Viena

Estrigonia

Branichevo

Belgrado

Niš

Sofía

Filipópolis

Adrianópolis

Galípoli

Constantinopla

Danubio

Mar Negro

Condado de Edesa

Edesa

Éufrates

Antioquía

Filomelio

Iconio

Principado
de Antioquía

Laodicea

Atenas

Seleucia

Famagusta

Condado de Trípoli

Reggio Calabria

Limasol

Trípoli

Candia

Creta

Damasco

Tiro

editerráneo

Acre

Jerusalén

Reino de Jerusalén

Alejandría

El Cairo

Nilo

0   100 200 300 400 500km

La corona de los cielos

Juliane Stadler

La corona de los cielos

Traducción de
Jorge Seca

Papel certificado por el Forest Stewardship Council®

Penguin
Random House
Grupo Editorial

Título original: *Krone des Himmels*
Primera edición: febrero de 2022

© 2021 Piper Verlag GmbH, München
© 2022, Penguin Random House Grupo Editorial, S. A. U.
Travessera de Gràcia, 47-49. 08021 Barcelona
© 2022, Jorge Seca, por la traducción

Printed in Spain – Impreso en España

ISBN: 978-84-9129-584-6
Depósito legal: B-18827-2021

Compuesto en MT Color & Diseño, S.L.
Impreso en Rodesa, Villatuerta (Navarra)

SL95846

Dedicado con cariño a mis muchachos,
que hacen de mi vida una aventura intensa y variada

Prólogo

Godric desplazó el pequeño guijarro con la lengua, de una mejilla a la otra, con la esperanza de exprimir al menos un poco de humedad de su paladar reseco. Sin embargo, el humo y el polvo hicieron que la boca se le llenara tan solo de una masa pegajosa. El sol, el fuego, los miles de cuerpos sudorosos de personas y de animales creaban un calor insoportable a su alrededor, unos vapores intensos que apestaban a ceniza y a miedo. Peor no podía ser ni tan siquiera el purgatorio.

La idea de felicidad de Godric se reducía a una jarra de agua fría. Imaginar cómo se deslizaba fresca y estimulante por su garganta casi le hizo perder el sentido. Sin embargo, era imposible que cayera esa breva. Entre el lago que destellaba prometedor en la llanura y el ejército cristiano había miles y miles de guerreros sarracenos armados hasta los dientes.

La persona junto a Godric estaba de rodillas y mantenía sujeta una cruz de madera con tanta firmeza que podía apreciarse el color blanco de los nudillos de los dedos bajo su piel rebozada de polvo. Entonaba una y otra vez el padrenuestro, mientras le brotaban las lágrimas de los párpados entrecerrados trazando un rastro sucio sobre las mejillas.

—Será mejor que te guardes la saliva y la respiración porque las vas a necesitar —dijo Godric con la voz ronca, pero el hombre lo ignoró.

«Por mí que haga lo que quiera». Godric resopló y se dio la vuelta para contemplar de nuevo el escenario que se les presentaba en el valle. El conde Raimund estaba en lo cierto cuando señaló que no debieron haber abandonado nunca la llanura de Séforis, fértil y abundante en agua. Se decía que el viejo demonio de De Ridefort, Gran Maestre de la Orden del Temple, estuvo atosigando al rey hasta que este envió al ejército por aquella senda fatigosa: muchos miles de soldados de a pie, caballería ligera y tropas auxiliares, además de mil doscientos caballeros, el mayor ejército que había reunido jamás el reino de Jerusalén.

Solo Dios sabía si de esa guisa no había dictado la sentencia de muerte para todos ellos.

La larga marcha por laderas y colinas, sin agua, había dejado resecos a las personas y a los animales y había consumido sus fuerzas; los caballos habían perecido, los hombres se dejaban caer en el polvo para no levantarse nunca más, otros se desprendían de sus armaduras y de sus armas. Los incesantes ataques de los arqueros sarracenos y las hogueras que sus enemigos encendían para dirigir contra ellos un humo denso y picante habían hecho el resto.

Fresco y descansado, con el lago de Genesaret a sus espaldas, el ejército sarraceno no tenía en realidad otra cosa que hacer que esperar. Lo mismo que la soga del patíbulo, los paganos iban estrechando cada vez más sus líneas en torno a sus rivales. Disponían de todo el tiempo del mundo.

En cuanto a los cristianos, después de una noche agitada sin agua, ya el sol de la mañana hizo bullir los últimos restos líquidos de sus huesos.

—No tiene muy buena pinta —murmuró Godric y escupió el guijarro al polvo, donde produjo un sonido sordo.

—¡Deja de hablar así! —le gruñó su vecino poniéndose en pie con mucho esfuerzo—. Un ejército cristiano nunca ha perdido una batalla cuando le ha precedido la Santa Cruz.

—Por mí, vale —refunfuñó Godric y dirigió la vista hacia el obispo de Acre y hacia la magnífica cruz con los herrajes de oro que destellaban al sol—. A pesar de ello, en cada batalla han caído muchos hombres. Y, créeme, hoy van a ser más que nunca.

Entre sollozos, su vecino volvió a desplomarse de rodillas y se puso a rezar con las manos entrelazadas con fuerza, como si no creyera en sus propias palabras.

«¡Sí, ya puedes rezar lo que quieras si eso te ayuda!», pensó Godric y se frotó con el puño los ojos ardientes. Él mismo llevaba ya demasiado tiempo ejerciendo su brutal oficio como para hacerse ilusiones falsas. Solo por esa razón seguía con vida. Godric estaba seguro de que, incluso antes de que el sol alcanzara su punto más alto, la sangre de muchos hombres buenos empaparía la tierra seca, y únicamente Dios sabía quién de ellos sobreviviría para ver el final del día.

En algún lugar, una mula comenzó a rebuznar y a provocar un pequeño tumulto. En una de las líneas de retaguardia, Godric descubrió al animal encabritado que trataba de desprenderse de un manojo de lanzas y de flechas clavadas. Numerosas manos intentaban sujetarlo, pero nadie se atrevía a acercarse demasiado hasta el ronzal por entre aquel torbellino de cascos herrados. Finalmente, la mula acabó por soltarse del todo, disolvió las filas de los soldados y corrió colina abajo hacia el enemigo y el agua prometedora. Incluso parecía haber olvidado su temor natural al humo y al fuego, así de loca estaba por la sed. ¿Quién se lo podía tomar a mal?

Godric se pasó la lengua por los labios agrietados y se sorprendió deseando hacer lo mismo que el animal. ¿Qué importaba si los endiablados sarracenos lo acribillaban a flechas? Al menos se acabaría todo con rapidez, pues, si algo había peor que el infierno furioso, rugiente y sangriento de la batalla, ese algo era la espera.

Y estar a solas con tus propios pensamientos.

Fue la orden de Clement de Gise la que le ahorró una decisión. Así pues, iban a intentar un ataque. ¿Qué otra cosa podían hacer?

—¡Aprestaos, hombres! —vociferó mientras forzaba a su cansada montura a ir al trote—. *Deus lo vult!* ¡Dios lo quiere!

Godric trató de escupir, pero no pudo reunir suficiente saliva. En lugar de eso, se agarró con mayor firmeza y se santiguó. Se decidió por otro grito de guerra: «¡Que Dios nos auxilie a todos!».

LIBRO I

«Lo que no cura la palabra, lo cura la hierba.
Lo que no cura la hierba, lo cura el cuchillo.
Lo que no cura el cuchillo, lo cura la muerte».

Hipócrates (h. 460 – h. 370 a. C.)

1

L a flecha se clavó temblorosa en el disco de paja, apenas a un palmo de la diana. Con una sonrisa de superioridad, Gérard bajó el arco y dio un paso a un lado.

—Te toca, hermanito.

Étienne avanzó, calculó la distancia y buscó afirmar su postura clavando hondo las botas en el suelo empapado del patio. Cargó su peso sobre el pie sano y colocó una flecha. Mientras exhalaba, con la mirada fijada en el blanco, tensó la cuerda hasta que la oyó crujir y disparó. La flecha salió rauda en línea recta y se clavó en plena diana produciendo un sonido sordo.

La sonrisa burlona de Gérard se le quedó congelada en los labios y dio paso a un asombro incrédulo, casi de extrañeza.

—Vaya, Gérard, me temo que la navaja me la voy a llevar yo. —Étienne hizo todo lo posible para que el timbre de su voz sonara sosegado, aunque su estado de ánimo era de júbilo—. Tal vez puedas recuperarla la próxima vez.

—¡Maldito y condenado tullido!

—Sí, en efecto, te ha batido un tullido. Eso tiene que ser muy amargo para un gran guerrero como tú —le dio la razón Étienne de buen humor.

El puño de Gérard apretó el arco con fuerza y sus rasgos se deformaron en una mueca de enfado. Resultaba muy fácil provocarlo, tanto que casi llegaba a ser aburrido. Pero Étienne no gozaba tampoco de muchas ocasiones para desempeñar el papel de ganador, más bien todo lo contrario.

Estaba a punto de dirigirle otra indirecta, cuando la mirada de Gérard se desvió detrás de él y una sonrisa maliciosa le levantó las comisuras de la boca.

Antes de que Étienne pudiera darse la vuelta para mirar, una mano enguantada lo agarró de un hombro y lo zarandeó.

—¿Qué haces aquí? —le espetó su padre con los dientes apretados.

Étienne no podía controlarse, la alegría por su pequeña victoria lo tenía embriagado y fuera de sí.

—Me parece que estoy a punto de humillar a vuestro primogénito en el tiro con arco —dijo con una amplia sonrisa.

Basile d'Arembour agarró a Étienne del cuello con tanta fuerza que la correa de cuero con la cruz de plata de su difunta madre amenazó con cortarle la respiración.

—Ya sabes perfectamente a lo que me refiero, hombre. ¿Cómo es que no estás en tu aposento? Geoffroi va a llegar en cualquier momento con nuestros huéspedes.

Étienne asintió con desánimo. Su triunfo se desvaneció como humo en el viento y dio paso a una ira sorda.

—Perdonad, padre, cómo fui capaz de olvidarlo, esta criatura deforme tiene que desaparecer para no avergonzaros ante esos dignos caballeros.

Era tan solo una verdad a medias. Aunque no hubiera huéspedes alojados en Arembour, Basile evitaba a su tercer hijo como a un leproso.

—¡Cuidado con lo que dices, muchachito!

Casi con repugnancia dio un empujón a Étienne y este tropezó y cayó de espaldas en la suciedad. Con dificultad volvió a ponerse de pie y miró con gesto desafiante a su padre a los ojos.

—Os lamentáis de no haberme ahogado nada más nacer como a un cachorro lisiado, ¿estoy en lo cierto?

Basile lo miró con furia y escupió.

—¡Vete a tu aposento! —exclamó en un tono de voz peligrosamente suave.

Étienne no sabía qué demonio le llevó a pronunciar las siguientes palabras.

—Fuisteis demasiado cobarde, ¿no es así?

Con una fuerza desatada, el puño de Basile le golpeó entre la mejilla y la mandíbula inferior y lo envió de vuelta al suelo.

Sintió el sabor de la sangre en la lengua y su cráneo retumbaba como una campana.

—¡Desaparece de mi vista, ingrato desgraciado, antes de que se me ocurra hacer lo que no hice en su momento! —bramó su padre—. ¡Y lo del tiro con arco se te ha acabado de una vez por todas!

Sonó un restallido sordo cuando Basile partió en dos de un mandoble con la espada el arco de Étienne tirado en tierra.

El muchacho tragó saliva y permaneció en el suelo hasta que su padre se hubo alejado. Su mirada se quedó fijada en el arma despedazada. Tenía la sensación de que no solo el arco se había partido en dos.

Étienne, sentado en su cama, miraba por la ventana pequeña. Nada impresionado por sus sombríos ánimos, el sol parpadeaba a través de las nubes, y las golondrinas cazaban a una velocidad vertiginosa trisando con estridencia en el patio. Los cerdos y las gallinas buscaban algo comestible entre los desperdicios, mientras una criada desplumaba un ganso frente a la cocina para el asado de la cena en la mesa de los huéspedes. Él, seguramente, no probaría ni un bocado.

Étienne se recostó en su lecho y se quedó mirando fijamente al techo. Sentía la mejilla hinchada y la mandíbula le palpitaba sin cesar. Sin embargo, lo que más le dolía era la certeza de que su padre lo aborrecía. No es que fuera un descubrimiento nuevo, bien lo sabía Dios, pero haber sido consciente siempre no hacía que resultara menos amargo. Levantó el pie izquierdo desnudo

—en realidad no merecía el nombre de «pie»— y lo contempló con asco. ¡Qué cosa más abominable! Con una deformación infame y retorcido hacia dentro como un pedazo de madera flotante, imposibilitaba a Étienne caminar con normalidad. Esa malformación congénita le había acortado la pierna, de modo que su tronco se inclinaba siempre un poco hacia el lado izquierdo y llevaba el hombro derecho algo más elevado. Su caminar no podía describirse siquiera como una cojera, sino que se trataba más bien de un tambaleo hacia delante como el de un oso.

A lo largo de sus diecinueve años de vida había aprendido a arreglárselas. Gracias al afán de una criatura que desea complacer a su padre, había luchado por sostenerse sobre sus piernas, aprendió a cabalgar y se ejercitó hasta convertirse en un arquero aceptable. Sin duda nunca había sido, y seguía sin ser, apto para el oficio de guerrero; en su lugar, se había dedicado al estudio de las lenguas griega y latina y se manejaba muy bien con los números.

Pero ¿para qué? Nada de eso le había proporcionado la benevolencia o incluso el respeto de su padre, sino todo lo contrario; Basile evitaba la visión y la presencia de su hijo tullido siempre que le era posible.

La puerta del aposento crujió y una cabeza rubia se asomó por la abertura.

—Adelante, Phil —dijo Étienne haciendo señas al muchacho con la mano para que entrara.

Philippe sonrió con picardía y se coló en la habitación. Se sacó una morcilla seca y un pan de debajo de la camisa y los alzó con gesto triunfal.

—¡Hermanito, me vienes como caído del cielo! —exclamó Étienne suspirando—. ¡Siéntate!

—Margot te envía muchos recuerdos —contó el muchacho y dio un brinco ágil para subirse a la cama junto a él.

Étienne aceptó aquel bocado exquisito y fue dándole mordisquitos con cuidado, tratando de proteger su maltrecha mandíbula.

—Margot me ha dado también esto. —Philippe sacó un frasco del bolsillo de la túnica—. Dijo que podrías utilizarlo. ¿Quién te ha hecho eso? —preguntó señalando con el dedo la mejilla hinchada de Étienne—. ¿Gérard?

—Padre.

—Entiendo.

El hermano menor abrió el recipiente con el ungüento de hierbas curativas con el que la cocinera Margot solía ocuparse de las heridas menores y mayores. Desde la muerte de la madre se había propuesto hacer felices a los dos hijos menores de la casa Arembour y proporcionarles un poco de calidez y de cuidados.

Philippe cogió un dedo entero de bálsamo y comenzó a extenderlo con habilidad en la mitad izquierda de la cara de Étienne.

—Mañana se te pondrá azul y seguro que te dolerá y verás las estrellas —profetizó—. ¿Valió la pena?

—¡Cielos, ya lo creo que sí! ¡Tendrías que haber visto la cara de tonto que se le puso a Gérard! ¡Derrotado por un tullido, vaya deshonra! —Étienne intercambió una sonrisa de pillo con su hermano. Sin embargo, Philippe volvió a ponerse serio de inmediato.

—Si padre te detesta tanto, ¿por qué no te envía a un monasterio?

—¿En tu lugar? —preguntó Étienne con una sonrisa resplandeciente.

Philippe hizo un mohín.

—No me parece tan mala la idea de ser pronto un novicio. No sé manejarme con las armas y los caballos me la tienen jurada. Además, con Gérard y con Geoffroi ya tenemos a dos espadachines en la familia. Nuestra hermana está casada y muy lejos de aquí, madre murió. No creo que nadie me vaya a echar de menos, excepto tú tal vez. —Ensayó una sonrisa falsa.

Étienne miró de reojo a su hermano pequeño de arriba abajo. Nunca se le había pasado por la mente que él no era el único que sufría por las circunstancias.

—Me lo he preguntado a menudo. ¿Por qué padre no te ha consagrado a Dios cuando su obsesión es tenerte encerrado todo el día?

Étienne resopló con tristeza.

—Él sí quiso, pero el padre Boniface se lo desaconsejó encarecidamente.

—¿Y por qué?

—Porque a mí me corresponde la tarea de ser la mala conciencia que camina..., perdón, que cojea, de padre.

—No lo entiendo —admitió Philippe y frunció el ceño.

¿Cómo entenderlo? El propio Étienne llevaba mucho tiempo sin comprenderlo. Era algo absurdo. Nació con el pie tullido en un mundo en el que las malformaciones eran consideradas por todos como una señal de culpabilidad. Ahora bien, ¿de qué manera habría podido pecar un recién nacido? Lo bautizaron con el nombre de san Étienne, a quien también estaba consagrada la iglesia de Épineuil, para mitigar aquella mácula. Y, aunque por lo menos su madre, los criados y los siervos se esforzaban por tratarlo como a los demás miembros de la familia, siempre había sido consciente de su particularidad y se avergonzaba de ella.

Solo paulatinamente se fue resignando a aquella imagen, lo que no aliviaba apenas la vergüenza. Se había convertido en un inocente culpable, igual que un personaje de las tragedias griegas que el padre Boniface le hacía traducir siempre.

—Podría decirse que soy el engendro de los pecados de padre —explicó finalmente al más joven.

—¿Quieres decir que lo de tu pie es un castigo por haber pecado nuestro padre? ¿Por haberse buscado... a mujeres desconocidas para llevárselas a la cama y todo eso?

—¿Qué sabes tú de esas cosas?

El muchacho se encogió de hombros.

—Margot lo ha contado.

—La buena de Margot tiene la lengua muy larga —criticó Étienne reprimiendo una sonrisa burlona—. Y unas orejas muy finas, además. —Cuando siguió hablando, volvió a poner una cara seria—. Al principio, padre le echó la culpa a nuestra madre y afirmaba que yo era un bastardo.

—¿Quién iba a creerse eso? —preguntó Philippe indignado—. Si tú eres su viva imagen.

Étienne gruñó enojado.

—Me temo que eso es innegable.

El pelo castaño, los ojos de color ámbar, el hoyuelo en la barbilla... Su parentesco ya era algo inconfundible para todo el mundo durante su infancia.

—¡No te hagas mala sangre! —exclamó su hermano dándole un golpecito alentador en el costado—. ¡A cambio tienes el buen corazón de nuestra madre!

«Y su desaliento», completó Étienne mentalmente, pero se limitó a sonreír.

—Sea como sea, el parecido llevó a nuestro padre a concebir la idea de que mi... malformación era, en efecto, un castigo de Dios por su propia lujuria. Y el padre Boniface lo convenció de que el Todopoderoso le envió a un hijo tullido como una amonestación constante para que lleve una vida temerosa de Dios y penitente, y de que no puede confinarlo de ninguna manera en un monasterio sin atraer sobre sí de nuevo la ira divina. —Étienne respiró hondo—. Cada vez que padre me ve, le recuerdo sus propios pecados y deslices. Puedes imaginar el poco cariño que le despierto y por qué prefiere rehuir mi compañía.

—¡Pero es una injusticia que clama al cielo! —exclamó con enfado Philippe—. ¿Por qué deberías expiar tú los pecados de padre? Y además múltiples veces.

Eso se lo había preguntado Étienne con mucha frecuencia sin encontrar nunca una respuesta satisfactoria.

—¿Acaso porque es la voluntad de Dios?

Philippe resopló.

—Un pie tullido, de acuerdo, pero el hecho de que padre te trate como a un leproso... ¡no tiene nada que ver con Dios!

Étienne se recostó en la fría pared.

—Puede que estés en lo cierto, hermanito, pero eso no cambia las cosas. Soy y seguiré siendo el chivo expiatorio y, por consiguiente, la cabeza de turco de nuestro padre.

—¡Entonces tienes que huir de aquí ya! —le exhortó Philippe con la firmeza de un niño de diez años.

Étienne se rio con suavidad y despeinó al muchacho con la mano.

—Hermanito, hermanito, una cabecita tan pequeña y llena ya de ideas de rebelión. Los monjes van a disfrutar de lo lindo con tus ocurrencias.

Philippe le apartó la mano con brusquedad.

—Hablo en serio, Étienne. Si es cierto lo que dices, puede que padre te mate a porrazos, te deje morir de hambre o vete tú a saber qué más. Es mejor que desaparezcas.

—Es encantador que te preocupes por mí, Philippe, pero, dime, ¿cómo te lo imaginas? En toda mi vida no he salido nunca más allá de Auxerre. Y, aun dejando eso a un lado, con esto de aquí —se señaló el pie— no puedo llegar muy lejos.

—Bueno, habrás oído hablar alguna vez de cabalgaduras, digo yo, ¿no? Por todos los cielos, Étienne, uno podría pensar que solo estás buscando una excusa.

—No elegí ser un tullido —replicó Étienne con frialdad.

—Pero sí elegiste compadecerte de ti mismo.

Étienne resopló.

—Vaya, ¿voy a tener que dejarme sermonear ahora por un pimpollo?

—Si el pimpollo es más listo que tú, claro que sí —dijo Philippe saltando de la cama—. Piénsatelo bien. Yo te ayudaré en lo que pueda.

Sin añadir ni una palabra más, salió del aposento y cerró la puerta tras él.

Étienne lo siguió con la vista, en silencio. Era bien posible que Philippe estuviera en lo cierto. Reconocer eso lo avergonzó.

Se dirigió de nuevo hacia la ventana. El cielo se había despejado por completo y resplandecía con un azul brillante. Su mirada siguió el vuelo de las golondrinas que aún surcaban el patio y las murallas... y se trasladó más allá, hacia el horizonte.

Contaba ya diecinueve veranos. Si Dios quería, todavía tenía muchos años por delante. ¿Qué futuro le aguardaba en el interior de esas murallas? No podía esperar heredar, ni aunque sobreviviera a todos sus hermanos. En calidad de tullido de nacimiento, la ley le negaba cualquier derecho a una parte de la herencia. Iba a depender siempre de la misericordia de los demás, de la misericordia de personas que lo despreciaban. ¿Su destino tenía que ser necesariamente servir de espejo a la culpa de su padre? ¿Podía ser eso todo lo que le cabía obtener de la vida?

Igual que la tinta en un cuenco de agua, unas estrías de color púrpura se extendieron por el cielo anunciando la llegada de la noche.

Étienne estaba de pie, tiritando de frío frente a la maciza puerta de roble que daba acceso al edificio principal del castillo con los salones festivos. Desde el gran salón llegaba a sus oídos el sonido de voces y la risa clara y tintineante de una mujer. Se le aceleraron los latidos del corazón, y solo a duras penas pudo reprimir el impulso de dar marcha atrás de inmediato. Agarró con firmeza la cruz que colgaba de su cuello, hasta que la joya se le hundió en la palma de la mano.

«Tengo derecho a estar aquí. Soy un Arembour exactamente igual que mis hermanos. Igual que mi padre, le guste o no».

Había llegado el momento de reclamar ese lugar; mejor dicho, se trataba de una decisión que llegaba con mucho retraso. La conversación con Philippe le había hecho tomar conciencia de ello. Étienne respiró hondo y cerró un instante los ojos. A continuación abrió la puerta de roble de un empujón.

Las conversaciones en la mesa se interrumpieron. Las miradas se centraron en él.

Al lado de su padre estaban sentados dos caballeros de Épineuil con sus cónyuges, que lo examinaron con curiosidad de arriba abajo. Además, estaba su hermano Gérard con su jovencísima esposa Isabelle, Geoffroi y, por último, Philippe, cuya mirada iba y venía entre Étienne y su padre, y que tenía el horror escrito en la cara, presumiblemente no solo por la afrenta que Étienne estaba a punto de cometer, sino por las consecuencias que aguardaban a su hermano. Y es que ese desacato a sus instrucciones no iba a quedar sin consecuencias, de eso no cabía la más mínima duda por la expresión de la cara de Basile d'Arembour. Había en ella una frialdad y una hostilidad que hicieron que Étienne se estremeciera. Tragó saliva, pero entonces percibió dentro de él cómo le inundaba una ira sorda, vieja conocida suya, y también una buena porción de terquedad. Se mantuvo lo más erguido posible, pero no hizo ningún esfuerzo por ocultar su horrible cojera. Que la viera todo el mundo. Era otro el que llevaba la culpa de esa mácula.

—Basile —se dirigió al padre de Étienne uno de los caballeros con una sonrisa que denotaba sorpresa—, ¿quién es este? ¿No vas a presentarnos a este joven?

A él no se le podía haber pasado por alto el parecido entre Étienne y su anfitrión.

—Soy Étienne d'Arembour, su hijo —declaró Étienne antes de que su padre pudiera responder.

El caballero entrecerró los ojos y lo examinó con más atención.

—Yo…, yo no sabía que tuvieras otro hijo… —Se calló. Estaba visiblemente incómodo con la situación.

—Solo es un bastardo —explicó Basile en un tono cortante. El labio superior le temblaba con una rabia reprimida a duras penas—. Y como tal no tiene nada que buscar en esta mesa.

—Pero…

La boca de Étienne se abrió, pero la mirada gélida de su padre hizo que se le congelaran las palabras en la lengua. Por el rabillo del ojo vio a Philippe que se había puesto en pie indignado, pero Gérard lo obligó en el acto a ocupar de nuevo su asiento.

Étienne respiró hondo y levantó la barbilla con gesto desafiante.

—Eso no es cierto, soy su hijo legítimo. Es mi derecho...

Basile le cortó la palabra con un gesto autoritario.

—¡Lo que es tuyo por derecho, lo sigo decidiendo yo en esta casa! ¡Toma!

Algo fue a parar al suelo delante de él. A través de un velo de lágrimas, Étienne vio un muslo de pollo asado y grasiento echado a perder.

—¡Sírvete y lárgate!

Étienne era incapaz de moverse. La vergüenza le había dejado petrificado. Uno de los perros se levantó y se acercó olfateando. Con la mirada fijada con cautela en él, atrapó con la boca el muslo a los pies de Étienne para desaparecer finalmente bajo la mesa y masticar ruidosamente aquel pedazo de comida.

—Todo el mundo en esta casa tiene que saber cuál es su sitio en ella —prosiguió Basile. La expresión de su cara era de repugnancia absoluta—. Gérard, condúcelo de nuevo a su aposento.

Por la mirada que intercambiaron su padre y su hermano, Étienne pudo deducir que la cosa no se acabaría ahí. Sin embargo, le daba exactamente lo mismo, y esa sensación le resultó extraña. Ninguna paliza podía ser más humillante o degradante que el espantoso espectáculo del que era protagonista principal en esos instantes.

Su padre no le concedería jamás un lugar, ni en su mesa, ni en su vida, ni desde luego en su corazón. Probablemente esa fea escena había sido necesaria para darse cuenta de una vez por todas. Étienne se sintió increíblemente estúpido.

2

Ducado de Lorena, junio de 1189

Con las manos temblorosas, Aveline separó las ramas del arbusto para inspeccionar aquel campamento.

Sus dedos eran finos como las ramas del saúco, delicados y sin fuerza. Exactamente igual que las piernas que apenas la sostenían. No podía regresar porque eso plantearía muchas cuestiones. Pero ¿hacia dónde ir entonces?

«Dios me ha abandonado. No es de extrañar después de todo lo que he hecho».

Al pensarlo volvió a comenzar aquel zumbido sordo que amenazaba con reventarle el cráneo. Aveline entrecerró los ojos y sintió náuseas.

«El fuego del infierno y la condenación eterna me esperan por esto. Pero todavía no. Todavía no».

Ojalá no sintiera esa punzada del hambre. Con cautela espió entre las ramas. Las brasas moribundas de la hoguera hacían que las caras de los hombres y mujeres que dormían brillaran como el latón. Un poco apartado dormitaba un burro atado a una estaca con la cabeza gacha; a su lado había dos alforjas cerradas. «No robarás», decían los sacerdotes.

Comparado con el quinto mandamiento que había quebrantado de una manera tan horrible, este otro le parecía hasta ridículo. ¿Qué más podía perder, si ya había perdido la salvación de su alma?

Esperó unos cuantos latidos más hasta que estuvo segura de que no se movía nada en aquel claro.

Cuando abrió la correa de cuerda y apartó a un lado la tapa de cuero de la alforja, le llegó a la nariz un olor potente a carne de cerdo en salmuera, a cebollas y a queso. El estómago se le encogió convulsivamente. Desasosegada, abrió más la bolsa, palpó su contenido, percibió la magnífica corteza de un pan entre los dedos.

Un golpe tremendo la alcanzó entre los omóplatos, la lanzó de cara contra la alforja y a continuación contra el polvo; el sabor a sangre y a tierra entre los labios la obligó a escupir. Antes de que Aveline pudiera ponerse de rodillas para incorporarse, la voltearon con brusquedad.

—¡Mujer libertina! ¡Chusma ladrona! ¿Cómo te atreves a robar a unos peregrinos? ¡Que Dios te castigue con la viruela y la lepra, mal bicho!

—Hermano Gilbert, ¿qué sucede?

—¿Qué ha pasado?

Entre voces que exclamaban confundidas, unos pasos apresurados se aproximaron.

Alguien puso una antorcha a Aveline frente a la cara, tan cerca que le picó en la nariz el hedor a brea y a pelo quemado. Con ánimo de protegerse se tapó los ojos deslumbrados con el antebrazo.

Cuando se hubo acostumbrado a la claridad, parpadeó ante la cara de un hombre enjuto, embutido en un hábito de la orden benedictina. Su cabello ralo formaba una tonsura circular en el cráneo, tenía las cejas enarcadas con gesto airado, sus ojos eran duros como canicas. Su bastón se cernía sobre ella amenazadoramente.

—¡Espera, hermano! —El portador de la antorcha, un monje muchísimo más joven con una coronilla pelirroja agarró al hombre del brazo—. ¡Pero mirad! Si solo es una muchacha medio muerta de hambre.

Más personas se agolparon en el círculo de luz. Eran dos mujeres y tres hombres, armados también con teas ardientes, palos o cuchillos; un hombre cercano ya a los treinta años mantenía una flecha tensada en el arco.

Aveline trató de hacerse lo más pequeña posible y levantó un brazo por encima de la cabeza para protegerse, mientras la miraban atentamente con reserva y desconfianza.

—Esta bruja nos quería robar la comida —dijo entre dientes el monje viejo—. ¡Una asquerosa ladrona, eso es lo que es!

«Por favor, dejadme marchar», susurró Aveline. ¿O acaso solo fue un pensamiento? Tal vez era la voluntad de Dios que la mataran a palos ahí y en ese instante, como castigo por su terrible acto. Y en comparación con lo que le aguardaba después de la muerte, unos cuantos bastonazos no eran nada.

Condenación eterna. Tormentos infernales.

«Pero todavía no, todavía no».

—Por favor, dejadme.

Esta vez sí salieron realmente las palabras de sus labios, aunque se trató tan solo de un susurro ronco. El hombre del arco bajó su arma y se abrió paso hacia delante. Quizá fuera una casualidad, pero se colocó de tal manera que el anciano no pudiera arremeter contra ella con su bastón.

—No tenemos nada que temer de esta gallinita flaca —dijo el arquero.

Su lengua materna no era el francés. Sonó como si estuviera aporreando las palabras con un hacha, con aspereza y torpeza. Sin embargo, había calidez en su voz y en sus ojos verdiazulados. Se arrodilló frente a Aveline, le agarró la barbilla con una mano y le alzó la cara con suavidad. Ella se sustrajo apresuradamente de aquella mano y se arrastró hacia atrás hasta que sintió en la espalda una de las alforjas.

—Vienes sufriendo, ¿verdad, muchacha? —preguntó con compasión—. Caliéntate junto a nuestra hoguera y comparte nuestro pan. Aquí estarás a salvo.

—¡No puedes estar diciendo eso en serio, Bennet! —exclamó con acaloramiento el monje viejo—. Si no hubiera intervenido, esta bruja habría robado nuestras provisiones. ¿Y ahora quieres que comparta nuestra hoguera como recompensa? —Seguía manteniendo su bastón en alto sin que estuviera muy claro a quién iba dirigido su gesto amenazante—. Por lo visto no te ha tocado pasar hambre en la vida, anglosajón, es fácil hablar por hablar. —Escupió—. A mí me enviaron al monasterio de pequeño porque mis padres no tenían nada que llevarse a la boca. ¡Si queréis saber mi opinión, deberíamos mandar al diablo a esta bruja!

—Salta a la vista que esta mujer ha sufrido. Y nuestro deber de cristianos es proporcionarle protección y alimento al menos por esta noche —insistió con calma el arquero.

—¿Y qué pasa si nos vuelve a robar?

—No tenemos suficientes provisiones para otro comensal —objetaron ahora los demás.

—Puede comer de mi pan. Y yo cuidaré de ella —aclaró Bennet.

—Pero...

El monje joven asintió con la cabeza.

—«De cierto os digo que lo que le hicisteis a uno de estos mis hermanos más pequeños, a mí me lo hicisteis», advierte el Señor —recitó mirando admonitoriamente a los demás—. ¿Qué clase de peregrinos somos si les negamos nuestra misericordia a los necesitados? No lo dudéis. Dios cuidará de nosotros; no en vano estamos de camino para alabarlo. «El que os recibe a vosotros, a mí me recibe; y el que me recibe a mí, recibe al que me envió», anunció.

Se levantaron unos murmullos de aprobación. Únicamente el anciano mantenía agarrado su bastón y no se movía del sitio.

—Hermano Gilbert, por favor.

El arquero llamado Bennet dirigió una mirada penetrante al monje. Este dudó todavía unos instantes; luego arrojó su bastón ante Aveline con un resoplido de rabia y se fue caminando con paso firme.

Bennet se levantó, avanzó un paso con cautela hacia ella y le tendió la mano.

—Ven, muchacha, no debes tener miedo.

«¿De verdad?». Aveline titubeó. En los ojos del anciano había visto borbotear la ira. ¿Podía fiarse de los demás?

El vértigo la aturdió y volvieron a aparecer las náuseas. Los sucesos de los días anteriores habían consumido sus últimas fuerzas. Tenía que comer urgentemente si no quería morir. Y no quería morir. Todavía no.

Se puso en pie a duras penas y permitió que Bennet le tomara la mano.

Una vez disipada la agitación inicial y convencidos todos de que Aveline no representaba ningún peligro, la mayoría volvió a tumbarse a descansar.

Solo el anglosajón Bennet y el monje joven que se presentó como el padre Kilian, de la abadía de San Arnulfo en Metz, hicieron compañía a Aveline, o la vigilaron, según quisiera interpretarse.

Bennet le entregó pan, embutido y un pedazo generoso de queso, y el monje avivó las brasas hasta conseguir una buena fogata.

Aveline se había propuesto no zamparse todo de golpe, pero en cuanto tuvo la comida delante cayó sobre ella como una loba voraz. Lo que le llegara al estómago, nadie podría quitárselo ya.

Solo al cabo de un rato se dio cuenta de que Bennet y Kilian la observaban con gesto divertido. Se obligó a detenerse y a masticar el siguiente bocado con mesura. El queso tenía un sabor delicioso.

—¡Vamos, ataca! —la instó Kilian con una sonrisa amistosa. Y tras unos instantes—: ¿Cómo hemos de llamarte en realidad?

El monje joven era tal vez uno o dos años mayor que ella, tenía por lo menos veinte veranos, pero a diferencia de su hermano de congregación había demostrado ser un buen cristiano.

—Mi nombre es Aveline, me llaman Ava —susurró ella.

Bennet agarró una de sus mantas y se la puso alrededor de los hombros huesudos.

—Pareces enferma —dijo—. ¿Qué te ha ocurrido, Ava?

Ella se interrumpió. El pan en su boca pareció deshacerse en cenizas. Podía imaginar lo que los demás veían cuando la miraban: el pelo negro, desgreñado y enmarañado, unas mejillas hundidas, unos ojos grandes y azules en los que vagaba el terror, unas prendas de vestir rasgadas y manchadas. Era natural que le hicieran preguntas, por supuesto.

Masticó largo y tendido para ganar tiempo.

—Un asalto... —murmuró finalmente.

Y en cierto modo se correspondía con la verdad, si bien el asalto había ocurrido hacía meses. Sin embargo, ese día fue el origen de su desdicha. La cabeza le zumbó al recordarlo. Aveline percibió cómo se le levantaba el estómago y comenzó a tener arcadas.

—Chis, tranquila. —Bennet iba a ponerle la mano en el hombro para sosegarla, pero ella se estremeció—. En realidad no importa lo que te haya ocurrido. Puedes quedarte con nosotros. Aquí estarás segura.

Kilian asintió con la cabeza.

—Somos peregrinos de camino a Tierra Santa.

Aveline levantó la vista.

—Pero... Jerusalén ha caído.

La voz sonó extraña y ronca a sus propios oídos. Parecía haber pasado una eternidad desde que la utilizara para hablar. Lo último que había salido de su garganta habían sido gritos de dolor.

—Sí, la ciudad santa de Dios ha caído en las garras de los paganos, igual que la Santa Cruz, ¡que el Señor nos asista! —Kilian meneó las brasas con una rama larga y algunas chispas saltaron hacia el cielo nocturno—. Un duro golpe para todo cristiano honrado y de buena fe, pero... —levantó la vista y no eran solo las llamas las que hicieron brillar sus ojos verdes— un ejército como nunca antes ha visto la cristiandad se ha puesto en marcha hacia Tierra Santa a fin de recuperar Jerusalén para la fe verdadera.

—El emperador Federico I Barbarroja y el rey Felipe II de Francia están reuniendo a sus caballeros para la guerra justa o se hallan ya de camino. También el rey inglés partirá hacia Tierra Santa en cuanto llegue a su fin la desafortunada disputa familiar entre él y Ricardo, el heredero al trono —explicó Bennet.

Aveline asintió con la cabeza. Ya había oído hablar de ello.

—Nosotros no somos más que unos simples creyentes —añadió el monje—, pero con la ayuda de Dios queremos aportar nuestro granito de arena a la causa de Cristo.

—Por la gloria del Todopoderoso y por el perdón de todos nuestros pecados.

Bennet se santiguó.

Aveline sintió una punzada de calor en el pecho.

—¿Cómo..., qué quieres decir con eso?

—Todo aquel que peregrine a Tierra Santa bajo el signo de la cruz obtendrá una bula con la remisión completa de sus pecados —respondió el padre Kilian en lugar de Bennet.

—Las almas quedarán limpias de cualquier mácula. ¿No lo sabías?

A Aveline se le hizo un nudo en la garganta.

—¿De todos... los pecados?

Bennet asintió con la cabeza en silencio e intentó leer en los ojos de ella.

—«El Señor es mi pastor; nada me faltará» —rezó Kilian mientras fijaba la vista en la hoguera—. «Me guiará por sendas de justicia por amor de su nombre. Ciertamente el bien y la misericordia me seguirán todos los días de mi vida, y en la casa del Señor moraré para siempre».

3

Borgoña, junio de 1189

Por encima de Étienne se extendía, terso y despejado, el cielo de principios de verano y el sol lo calentaba con unos rayos suaves. Su guía lo había conducido por un sendero llano, de modo que el caballo castrado de Étienne trotaba a grandes zancadas y pronto dejó atrás a la mula de su acompañante.

Étienne inhaló hondo en los pulmones el aire sedoso lleno del aroma dulce de la hierba y de las plantas silvestres aromáticas. ¡Conque aquel era el sabor de la libertad! No había manera de que se hartara de esa sensación.

Lo había hecho, sí. Desde hacía cinco días cabalgaba en dirección al sur, sin una meta; el único objetivo era alejarse de Arembour. Durante los primeros días de su fuga, había prevalecido en él el miedo a todo lo desconocido y nuevo que le esperaba, a si conseguiría arreglárselas por sí mismo, a si lograría encontrar comida y alojamiento y en algún momento también una ocupación con la que poder ganarse la vida. Y, por último, el miedo omnipresente a que sus hermanos mayores o su padre pudieran aparecer y conducirlo de malos modos de vuelta a su prisión.

Pero en ese momento ya no creía que nadie estuviera buscándolo o incluso persiguiéndolo, sino todo lo contrario: un caballo robado, algunas provisiones y mantas seguramente le parecían a su padre un precio pequeño por librarse del hijo detestado sin ninguna intervención por su parte y, por tanto, sin provocar la ira de Dios.

A Étienne no le quedó más remedio que sonreír. Con toda probabilidad, Gérard había visto las cosas de otra manera al descubrir que habían desaparecido su cuchillo de monte y su valioso arco. La navaja era una pertenencia legítima de Étienne, no en vano se la había ganado en una competición honesta. Por otro lado, consideraba el arco una indemnización por todas las humillaciones y acosos que había tenido que soportar de su hermano mayor. No había pues razón para sentir remordimientos de conciencia.

Además, Margot se había asegurado de que sus alforjas estuvieran repletas de pan, embutidos, vino y todas aquellas cosas que hacían más agradable el viaje. El bueno de Philippe le había procurado incluso un talego con monedas. Solo el cielo sabía de dónde procedía ese dinero. En cualquier caso bastaría para ir tirando durante un tiempo. Y, después, ya se vería.

Aprovechó para escaparse el día en el que su padre partió de caza con sus hermanos mayores y con una gran parte de la servidumbre.

¿Por qué no lo había hecho mucho antes? ¿Por qué había despilfarrado tanto tiempo? Era un disparate que hubiera hecho falta un mocoso descarado para decidirse a tomar por fin las riendas de su vida. Sin embargo, los caminos de Dios eran inescrutables, incluso cuando concernía a la elección de Sus herramientas.

Dio las gracias mentalmente a su hermano pequeño. Cabía esperar que su padre no relacionara a Philippe con la fuga y se la hiciera expiar. Aunque Étienne apenas podía imaginarse a aquel muchacho despabilado en un aislamiento monacal, callado y sumiso, lo tranquilizaba el hecho de que de esa manera pronto se sustraería al control de su padre.

Por Margot no tenía por qué preocuparse. Esa cocinera resuelta sabía arreglárselas bien a solas. Y todavía no había habido nadie que se metiera con ella. Al menos nadie que valorara una comida decente.

¿Volvería a verlos a ella y a Philippe alguna vez? De una manera u otra demostraría a todos, empezando por sí mismo, que podía ser bastante más que el cabeza de turco para todos los desaguisados, que tiraría adelante y sabría valerse por sí mismo.

Étienne miró a su alrededor. No tenía ni idea de dónde se encontraban, pero en el fondo le daba lo mismo siempre y cuando fuera lo suficientemente lejos de Arembour. Para ese cometido había contratado a su acompañante. Refrenó al caballo para que el hombre montado en la mula pudiera alcanzarlo.

Se trataba de un muchacho bajito, vigoroso, llamado Hernand, con una barbilla prominente y unos ojos despabilados, que el día anterior se había ofrecido a Étienne en una posada como guía conocedor del territorio y que por unas pocas monedas iba a llevarlo hasta Roanne. Étienne estuvo conforme pues, aparte de que él no conocía para nada la región, le pareció que viajar en compañía era más seguro y más entretenido.

—¿Por qué no nos hemos quedado en el camino militar? —preguntó.

Hernand hizo un gesto de negación con la mano.

—Por allí hay gran cantidad de peregrinos, caballero, pero también muchos canallas. Todos quieren llegar a las ciudades portuarias. Quieren unirse a los grandes señores para ir a Tierra Santa a masacrar paganos. —Sonrió burlonamente y dejó al descubierto una dentadura con huecos—. Pisotean el camino y continuamente se averían los carros y obstaculizan la ruta. Las posadas se llenan hasta la bandera. Ni que decir tiene que estos días cobran el doble por un saco de paja lleno de piojos. —Hernand escupió—. Mientras aguante el buen tiempo, este camino es mejor y más rápido, señor.

Étienne asintió con la cabeza y una vez más se alegró de haber confiado en un lugareño, a pesar de que lamentaba un poco sustraerse a la visión de los guerreros peregrinos y de su séquito. La noticia acerca de las devastadoras condiciones en Tierra Santa después de la catástrofe de Hattin y de la abrumadora pérdida de Jerusalén había llegado también a Arembour, por supuesto, igual que el llamamiento del Papa a una peregrinación armada. No obstante, hasta el momento, Inés, la condesa de Auxerre, Tonnerre y Nevers, de quien eran vasallos los Arembour, todavía no había llamado a las armas. Se rumoreaba que no deseaba dejar al descubierto sus posesiones, aun cuando la Iglesia reiteraba que protegería los bienes y pertenencias de los príncipes peregrinos. Quedaba por ver cuánto tiempo podría rehuir la presión del Santo Padre y del rey francés, de quien había sido pupila. La recuperación de Jerusalén con la iglesia del Santo Sepulcro era, después de todo, un deber sagrado. Y si las cosas continuaban así, era probable que uno de los hermanos mayores de Étienne o incluso su padre partieran para luchar contra los paganos en los Estados Cruzados.

Seguro que Étienne no era apto para convertirse en un guerrero de Cristo. Se preguntó hacia dónde dirigiría Dios sus pasos.

«Esperemos que primero nos dirija a una posada». Su estómago se manifestó con un gruñido. Su última parada para descansar y recuperar fuerzas había sido muchas horas atrás.

—¿A qué distancia está el próximo albergue? —Se giró a mirar al guía que había vuelto a quedarse un poco atrás.

—No mucha —contestó Hernand, mientras mordisqueaba una brizna de hierba seca—. Todavía queda un trecho a través de ese bosque. Es una buena casa, comida decente.

Poco después, Étienne se internó en las frescas sombras de las hayas y de los robles. Aquí y allá caían los haces de rayos de sol a través del follaje y dibujaban modelos destellantes de luz sobre el pelaje de su caballo y en el suelo del bosque. Le recordaron la pequeña ventana de cristal, escandalosamente cara, que su padre había mandado instalar sobre el altar de la capilla privada. El sol de la mañana proyectaba cada día la magia del reflejo sobre las losas de piedra.

Étienne había oído que la catedral de Le Mans estaba equipada con magníficos cristales pintados de colores que bañaban la casa de Dios en un mar de luz y de tonalidades. Quizá tuviera la oportunidad de contemplar alguna vez en persona ese espectáculo.

—Pero ¿por dónde andas, hombre? —exclamó por encima del hombro.

Hernand había detenido a su mula y desmenuzaba la brizna de hierba seca.

—Vamos, continúa.

Su guía negó con la cabeza y una expresión de frialdad se coló en su mirada.

—Final del viaje, amigo mío.

—¿Qué dices? Tenemos que... —Étienne se interrumpió al oír ruidos en el camino al tiempo que su caballo se desbocaba hacia un lado moviendo la cabeza con rapidez.

«¡No, no, por favor, esto no! No, no, no».

Cuatro tipos bloqueaban el sendero del bosque, unas figuras desaliñadas armadas de palos tan gruesos como sus brazos y con una sucia sonrisa burlona en los labios.

Una mezcla de indignación, rabia y un miedo no conocido hizo que el corazón de Étienne martilleara contra las costillas como si diera puñetazos. Su decente acompañante lo había conducido directamente a los brazos de unos asesinos. ¡Qué bastardo! ¿Cómo había podido ser tan confiado y tan estúpido?

Sacó el cuchillo de caza de la vaina colocada en el cinturón y golpeó a su caballo en los flancos con los talones, pero uno de los canallas se abalanzó de un salto y agarró con brusquedad las riendas. El animal se encabritó con un relincho estridente y a Étienne se le escapó el cuchillo de la mano.

—No tan rápido, muchachito —gruñó un tipo picado de viruelas. Lo agarró de una pierna y lo sacó del lomo del caballo con un tirón potente.

El golpe de la caída dejó por unos instantes a Étienne sin aire en los pulmones y jadeó.

«Dios, no puede terminar el viaje. Así, no. Ahora, no».

Miró a su alrededor con furia, vio el cuchillo no muy lejos tirado en el suelo del bosque, se abalanzó hacia él con desesperación y extendió la mano.

En ese mismo momento lo alcanzó el primer garrotazo en la espalda y cayó boca abajo en la tierra. Recibió otro golpe en el costado, y una ola de dolor abrasador le recorrió todo el cuerpo. Gimió, sollozó, lloró. Otro golpe, esta vez en el hombro, luego uno más en el costado. Unas manos lo agarraron por debajo de su jubón, se lo desgarraron, le tiraron de las botas. Lo volvieron a colocar boca arriba, lo aplastaron con el peso. Él intentó zafarse del agarre y gritar cuando un puño comenzó a golpearle una y otra vez en la cara. Algo se le quebró entre los puñetazos y de repente se le llenaron la boca y la nariz de sangre. Étienne jadeó intentando respirar, escupió a borbotones. Intentó acurrucarse y protegerse la cabeza con los brazos.

—Por favor... —fue todo lo que consiguió decir mientras la sangre y la saliva le corrían por la barbilla.

—Enseguida todo habrá terminado... —anunció una voz por encima de él, seguida de unas carcajadas roncas.

Étienne parpadeó y vio volar un garrote sobre su cabeza.

4

Ducado de Austria, julio de 1189

H e matado a mi hijo.
Aveline percibió cómo Kilian le retiraba la mano de la coronilla con un estremecimiento, y ella levantó la mirada hacia él.

Estaba arrodillada en las losas de piedra de la sencilla capilla perteneciente a un pequeño convento cercano a la ciudad de Melk. El convento de religiosas se había establecido a la sombra de la abadía benedictina del lugar, a orillas del Danubio, y se dedicaba a atender y aprovisionar a peregrinos y viajeros. Cuando las monjas se enteraron de que Aveline pensaba hacer sus votos para el peregrinaje a Tierra Santa, le confiaron un sencillo vestido de lino de su *vestiarium*. Esa sobria túnica gris estaba remendada en varios lugares y los dobladillos de las mangas se encontraban deshilachados, pero estaba limpia y se ajustaba a su cuerpo delgado como hecha a medida. Un tocado simple de lino cubría su cabello pulcramente trenzado.

Se había retirado con Kilian al frescor de la capilla para confesarse. Solo los pecados confesados podían alcanzar el perdón a través de la peregrinación. Solo exculpada podía realizar el voto solemne del peregrino durante la misa de la víspera.

El monje se la quedó mirando boquiabierto.

—Has... ¿qué?

Aveline vio el desconcierto en sus ojos y apartó la mirada. Se puso a observar las motas de polvo que danzaban en los rayos luminosos del sol entrante. En contra de sus esperanzas, la confesión no borró un ápice de la pesada carga de su alma. Las náuseas le ascendieron por la garganta y carraspeó.

—Entregué a mi hijo a la muerte —repitió ella—. Tras el parto dejé al niño a su suerte en el bosque.

Le resultó extraña la calma, la indiferencia casi con la que salió de sus labios esa terrible verdad. ¿Era una persona tan monstruosa? Una semana antes de encontrarse con Kilian, Bennet y los demás, había dado a luz a solas y desamparada. Tuvo la sensación de que la criatura se abría paso en el mundo con cuchillos.

Levantó la vista hacia Kilian y de pronto sintió la necesidad perentoria de justificar su monstruoso acto.

—Era un hijo del pecado —dijo a borbotones—. Un caballero... me violó y me lo implantó por la fuerza. Yo...

«Fui incapaz de mirar aquel día esa cara que también era la de él, fui incapaz de tener que pensar cada día en las circunstancias en las que fue concebida esa criatura».

Cuando su cuerpo se redondeó, su madre la insultó llamándola «puta licenciosa» y la echó de casa. Durante un tiempo entró al servicio como lechera en una granja cerca de Nomeny, pero tampoco la quisieron allí cuando era inminente ya el alumbramiento. Lo había perdido todo, su hogar, su medio de vida, su honor... y finalmente también la salvación de su alma.

—¿Sabes que al hacer eso has entregado a la condenación el alma de ese niño no bautizado?

La voz de Kilian sonó cascada y frágil. Aveline no supo deducir a quién iba dirigida su pena, pero estaba convencida de que no cabía para ella ninguna compasión. Ninguna, después de su acto horrible.

Dos almas perdidas porque ella no había sido capaz de aceptar su destino.

Entrecerró los ojos, se apartó las lágrimas y asintió con la cabeza.

—Lo sé. ¡Que Dios me asista!

Kilian volvió a ponerle la mano en la coronilla.

—Lo hará —dijo con dulzura—. El Padre celestial no rechaza a nadie que se presente ante él con arrepentimiento. «Porque el Señor, vuestro Dios, es clemente y compasivo, y no apartará Su rostro de vosotros si os volvéis a Él», está dicho en las Sagradas Escrituras. Tú has decidido peregrinar a Tierra Santa en Su nombre y aportar tu contribución a la causa de Cristo. A cambio, Él te ofrece la absolución de todos tus pecados. Sin embargo, para tu... acto inaudito se requiere de una penitencia adicional.

—¿Qué puedo hacer?

¿Existía realmente una posibilidad de reparar lo sucedido, de liberarla a ella de esa culpa? Aveline no se atrevía siquiera a tener la esperanza de tal cosa.

—Rezarás por la salvación de tu alma y la de tu hijo inocente junto a la tumba de nuestro Salvador Jesucristo que murió por todos nuestros pecados. En Jerusalén.

—Pero... si Jerusalén está en manos de los paganos —replicó Aveline con un hilo de voz.

Percibió cómo crecía en ella la desesperación y eso le dificultaba la respiración. ¿Cómo iba a poder cumplir semejante voto?

—Y todos nosotros y media cristiandad nos hemos puesto en marcha para volver a arrebatar a los sarracenos la ciudad santa —señaló el monje con calma—. No dudo de que lo conseguiremos con la ayuda de Dios. Y tú vas a contribuir con todo lo que esté en tu poder.

Aveline guardó silencio un buen rato; a continuación asintió con la cabeza.

—Cueste lo que cueste.

—Amén —dijo Kilian y Aveline notó la mano de él posarse cálida en su cabeza.

—*Ego te absolvo a peccatis tuis in nomine Patris et Filii et Spiritus Sancti.*

El canto prístino de las hermanas resonaba en las paredes de la pequeña casa de Dios. Aveline se arrodilló frente al altar con la cabeza gacha y las manos juntas en actitud orante. Le dolían las rodillas, pero ese dolor le resultaba agradable pues aguzaba sus sentidos. Quería asimilar ese instante por completo y no olvidarlo jamás, el olor a miel de las velas de cera, la piedra fría bajo su piel, el canto que parecía envolverla y llevarla lejos mezclándose con el ritmo de los intensos latidos de su corazón. Quería recordar ese día, del que ella esperaba que lo cambiara todo a mejor.

En los escalones frente al altar había un morral de fieltro, un bastón de caminante y una capa sencilla. La pequeña Maude de la comunidad de peregrinos había confeccionado la capa a partir de una de las mantas de Bennet y la había provisto en la zona de los hombros de la cruz blanca de Jerusalén. El arquero le había tallado el bastón. Aveline resistió el impulso de volverse a mirarlos. Bennet, Maude y el monje joven se habían empleado a fondo para que pudiera unirse a su comunidad, y por ello sentía una profunda gratitud.

Los cánticos enmudecieron. Kilian, que ya había recibido las órdenes sacerdotales y ofrecía la misa, se adelantó y pronunció una bendición sobre los objetos colocados frente al altar. A continuación agarró el morral y se dirigió hacia Aveline. Se inclinó ante ella y le colgó la correa.

—Aveline, en nombre de nuestro Señor Jesucristo, toma este morral como señal de tu peregrinaje para que llegues purificada y dispensada hasta la tumba de nuestro Señor, hacia la que vas a encaminar tus pasos.

Kilian alzó el bastón y se lo tendió. La madera se sentía caliente y viva en la palma de su mano.

—Toma, pues, este bastón como apoyo y para defenderte de tus enemigos y en los peligros, para que llegues segura a la tumba de nuestro Salvador.

Por último agarró la capa, la desplegó y se la colocó a Aveline por encima de los hombros.

—Y toma esta capa que debe envolverte como la bondad de nuestro Padre todopoderoso y el amor de la madre de Dios. Te protegerá del viento y del frío, para que llegues sana y salva a la tumba de Jesucristo y puedas regresar desde allí. La cruz blanca te recordará tu voto y mostrará a todo el mundo en nombre de quién estás de camino. —Levantó ambas manos sobre la cabeza de Aveline para bendecir—. Que el todopoderoso Dios que reina desde la eternidad hasta la eternidad te lo conceda. Amén.

Juntos rezaron el padrenuestro y el credo y Aveline sintió cómo crecía su confianza con cada palabra que pronunciaba. Por último, él la agarró por los hombros y la levantó.

—¡Aveline, yérguete como peregrina en el nombre de nuestro Señor Jesucristo!

Ella respiró hondo. Por primera vez en mucho tiempo sintió algo similar a la seguridad y la confianza en sí misma. Dios no la había abandonado, le había mostrado la senda que la llevaba de vuelta a Su casa, una senda larga repleta de penas y de peligros, pero una senda al fin y al cabo.

En la pradera frente a la casa de los huéspedes, Aveline y los demás compartieron una sencilla cena de la cocina del convento: pan negro, cebollas y un queso de cabra que producían las mismas monjas. El sol se fundía sobre el horizonte como hierro incandescente y dotaba a las caras de los hombres y las mujeres de un brillo casi sobrenatural, como si estuvieran prendidos por un fuego interior.

«Igual que en Pentecostés, cuando Dios llenó a los discípulos con Su espíritu», pensó Aveline. Y, de hecho, después de hacer sus votos, ella se sentía renovada y animada por un espíritu bueno. Volvía a tener una meta por delante, una misión y una perspectiva de salvación.

En lugar de agua, Bennet pasó esa noche una jarra de vino para que circulara entre todos. Había que celebrar la alianza inquebrantable de Aveline con Dios, igual que la que habían establecido los demás miembros de la comunidad. El anglosajón vertió con generosidad el vino en las copas que le tendían, mientras una sonrisa se enredaba juguetona en sus labios. Casi siempre sonreía, de forma serena y confiada. Había en él una seguridad en sí mismo que carecía de toda arrogancia. Su pelo castaño le llegaba justo a los hombros, tenía las mejillas bien rasuradas, su cuerpo era delgado y musculoso, y apenas superaba en altura a Aveline.

Después de servir a todos los presentes, alzó su copa.

—¡Bebamos por Ava y por todos los peregrinos para que lleguen a su destino y regresen sanos y salvos!

—Amén.

Todos bebieron un trago de vino.

—Yo... os doy las gracias —tomó Ava la palabra— por haberme acogido entre vosotros. Y por todo lo demás. No sé qué habría hecho sin vosotros.

Con timidez fue mirando a todos y cada uno de ellos. Contemplaba caras amistosas; únicamente el hermano Gilbert giró la cabeza a un lado con expresión huraña. Seguía sin perdonarla.

—No pasa nada, muchacha —gruñó Jean haciendo un gesto de negación con la mano.

El hermano de la bajita Maude era un gigantón de buen carácter que tenía siempre una palabra amable para todo el mundo y cuidaba del burro con completa entrega. A Aveline le gustaban esos dos hermanos de Saint-Nabor, que habían iniciado el viaje de peregrinación en lugar de su padre enfermo, para quien esperaban la sanación.

Además de ellos, también pertenecían a la comunidad Frédéric y Lucille, un matrimonio joven de las cercanías de Nancy. El vientre de Lucille comenzaba a redondearse por un embarazo. Le había confiado a Aveline que sus dos últimos hijos habían nacido muertos y que ahora esperaba y anhelaba que la peregrinación le procurara por fin un vástago sano. Desde entonces, a Aveline le resultaba difícil mirar a los ojos a aquella delicada mujer. Su propio hijo había vivido tras el parto, y ella lo había entregado a la muerte. Solo por ese motivo estaba allí.

En cambio, los dos monjes y Bennet se habían puesto en marcha con la intención de aportar su granito de arena en la recuperación de Tierra Santa, sobre todo de Jerusalén, como combatientes, padres espirituales o cualquier otra misión que Dios tuviera pensada para ellos.

Todos perseguían el mismo objetivo, pero sus motivaciones no habrían podido ser más diferentes.

—En cinco o seis días cruzaremos la frontera con Hungría —anunció Kilian.

—¿Hay mucho peligro por allá? —preguntó Lucille llevándose una mano protectora al vientre.

—No es más peligroso que en el Sacro Imperio Romano Germánico. Se dice que Federico I Barbarroja ha llegado a un acuerdo con el rey húngaro Bela, que concede a los peregrinos paso libre y avituallamiento. También ha mantenido contactos y establecido medidas para las tierras bizantinas. ¡Este emperador es un hombre sabio y previsor!

Bennet asintió con la cabeza.

—Espero que pronto consigamos unirnos a su ejército.

—Por el momento parece que Barbarroja y sus hombres han tomado rumbo hacia Alba Graeca, la capital de Serbia. Pero un ejército tan imponente se ve obligado a seguir los caminos militares, y eso lo hace avanzar con lentitud. Nosotros, en cambio, podemos elegir otras sendas y tomar atajos. Seguramente los alcanzaremos pronto —lo tranquilizó Kilian—. He oído que nunca antes un príncipe había reunido tantos hombres para una peregrinación armada como Barbarroja. Una docena de obispos y más de dos docenas de condes se han unido a él con sus vasallos, así como unos cuatro mil caballeros y varios miles de soldados de a pie, por no hablar de sus partidarios. Media cristiandad está de camino hacia Jerusalén.

—¡Junto con los franceses e ingleses vamos a propinarles una tremenda patada a esos paganos! —vociferó Jean alegremente y vació su copa de un solo trago para corroborar sus palabras.

Kilian suspiró.

—Siempre y cuando puedan por fin ponerse de acuerdo los dos jefes del ejército. Ahora que el viejo rey inglés ha muerto, parecen haber terminado los días de armonía entre su sucesor Ricardo y Felipe de Francia. Según se dice, los dos se acechan mutuamente como dos perros, cada uno con el miedo a que el otro pueda arrebatarle un hueso.

—Pero Ricardo parece ir en serio con la causa —comentó Bennet—. Ya antes de mi partida, los constructores navales de Dartmouth estaban ocupados en construir una flota para el ejército inglés. Dicen que en cuanto Ricardo tenga la corona sobre su cabeza y los barcos estén construidos, se embarcará con sus hombres desde Marsella hacia Palestina.

—¿Por qué hacer el viaje en barco? ¿Por qué no toma la ruta terrestre igual que el emperador Federico? —quiso saber Jean—. Ricardo se arriesga de esa manera a que su ejército se disperse en muchas secciones. Además, nadie puede decir con certeza si a su llegada encontrará un solo puerto seguro donde desembarcar.

—Bueno, después de todo, el viaje por mar es más corto, solo unos pocos meses en lugar de todo un año. Quiere que sus guerreros lleguen frescos y descansados a Tierra Santa. Además, tener una flota propia puede apoyarlo *in situ* durante los combates y asegurar el abastecimiento.

—Suena a una diversión cara —vociferó Frédéric.

—Por Dios, claro que sí —admitió el anglosajón—. Igual que ya hizo su padre, Ricardo está intentando recaudar dinero para esta empresa por las vías más diversas. Sería capaz de vender incluso Londres si encontrara un comprador, dicen por ahí. Además, desde el año pasado rige un nuevo impuesto en Inglaterra para cubrir los costes.

—Igual que en Francia —observó Kilian—. Llaman a ese impuesto el «diezmo de Saladino».

Saladino, el príncipe de los sarracenos. Incluso Aveline había oído ese nombre. Se susurraba con terror, se escupía con repugnancia, a veces se pronunciaba con reacia veneración. Saladino, el hombre que estaba a punto de poner de rodillas al reino de Jerusalén, el hombre que había robado la Vera Cruz. No sabía muchas cosas acerca de él, pero sí sabía que se interponía entre ella y la salvación de su alma.

5

Acre, Jumada al-Awwal 585 (julio de 1189)

El sultán Salah ad-Din Yusuf ibn Ayyub estaba sentado con el tronco inclinado sobre el tablero de ajedrez pensando en la próxima jugada. Su mano iba de una a otra de aquellas figuras de marfil sin poder llegar a una decisión. Finalmente retiró los dedos del todo y los posó en el borde de la mesita de madera tallada con primor y arte, mientras continuaba concentrado en la batalla que se desarrollaba en el tablero extendido ante él.

Salah ad-Din no era un hombre de decisiones rápidas o imprudentes. Su talento para mantener una visión de conjunto, ponderar y planear estratégicamente le había granjeado una y otra vez la fama de irresoluto. Sin embargo, eso —y el hecho de que se había pasado la mitad de su vida haciendo la guerra— lo había convertido en lo que era en la actualidad: el hombre más poderoso del mundo islámico.

No obstante, en este momento el sultán daba la impresión de estar cansado y agotado. Y esa circunstancia tenía preocupado a Karakush.

—¿Un té? —preguntó este con cortesía echando la mano a la tetera de plata.

Salah ad-Din hizo un gesto de negación con la mano con la mirada fijada en el precioso tablero de ajedrez.

Se habían retirado del calor del mediodía a las salas umbrías del antiguo castillo de la Orden de San Juan en el interior de la ciudadela que servía a Karakush como sede del gobernador y que estaba equipada con las comodidades de entrambos mundos. Desde que Salah ad-Din había forzado a Acre a capitular hacía apenas un año y medio, esta ciudad portuaria se encontraba otra vez por entero en manos musulmanas. Había autorizado a los habitantes cristianos su permanencia en la ciudad siempre y cuando pagasen el impuesto de capitación, pero la mayor parte de ellos había abandonado la ciudad en dirección a Tiro o se había embarcado por mar hacia poniente. El sultán lamentaba especialmente la marcha de los innumerables mercaderes. En cambio, había mandado dar caza implacable a los caballeros templarios o caballeros de la Orden de San Juan que habían escapado del baño de sangre de Hattin. El pasado le había enseñado que la piedad con esos guerreros orgullosos y obstinados no conducía a otra cosa que a un mayor derramamiento de sangre.

Karakush se recostó en los cojines y esperó. Salah ad-Din no daba muestras de apresurarse con su siguiente movimiento, y tampoco tenía por qué hacerlo. El sultán había llegado a Acre para recuperarse durante algunos días del asedio del castillo de Schakifs-Beaufort, como llamaban los francos a esa fortaleza en el Líbano, uno de los pocos enclaves que seguían en poder de los combatientes cristianos y que eran ferozmente defendidos. Además, quería intercambiar información con Karakush sobre los trabajos de reparación de las fortificaciones de la ciudad y sobre los últimos acontecimientos políticos. Hacía menos de un año, el sultán lo había nombrado «muhafiz», gobernador de Acre y comandante en jefe de la guarnición. Y Karakush no tenía ningún motivo para quejarse.

Acre había vuelto a pertenecerles casi sin combates y, por consiguiente, casi sin daños. La ciudad poseía numerosos palacios, jardines con mucha sombra y fuentes de agua, y aunque la antigua refinería de azúcar había sido víctima del saqueo de sus soldados, las caravanas y los barcos procedentes de todos los lugares del imperio hacían que no les faltara de nada. En esos días reinaba un ambiente tranquilo, casi apacible, aunque cada vez había más indicios de que ese estado de cosas no iba a ser duradero.

Salah ad-Din se había recostado también en los cojines. Se golpeteaba la rodilla rítmicamente con el dedo índice, mientras dirigía la vista a la lejanía. Karakush no estaba seguro de si el sultán seguía meditando sobre la partida o si sus pensamientos hacía ya rato que habían tomado otros derroteros. No se lo preguntó, sino que se quedó mirando fijamente al hombre a quien veneraba más que a cualquier otra persona.

A diferencia de Karakush, que tenía una buena estatura y era ancho de hombros, Salah ad-Din poseía una complexión delgada, casi delicada, que podría engañar a un observador superficial haciéndole creer que ante sus ojos no se hallaba un guerrero curtido en años de combates. Su cuerpo era delgado, pero al mismo tiempo de una resistencia musculosa; una cuchilla elástica con un borde extremadamente afilado. Su rostro también era flaco, con unos pómulos altos y una barba abundante y bien recortada que, al igual que su cabello, estaba teñida de negro, de ahí que no presentase ningún mechón gris a pesar de que el sultán ya había sobrepasado la edad de cincuenta años. En la cabeza llevaba un turbante blanco, atado con primor, confeccionado a partir de una tela de seda entretejida con hilos de plata. En cambio, su vestimenta gris de brocado sirio producía un efecto casi sencillo; únicamente en los dobladillos de las mangas presentaba unos bordados con caligrafía de unos piadosos versos coránicos. Las piernas cruzadas atraían la mirada hacia los zapatos puntiagudos de cuero de camello, cuyo único adorno consistía en una hilera de laminillas de plata. Para un hombre de su posición, aquel atuendo parecía sobrio, casi modesto. Y justo esa era la imagen que quería dar él, así quería que lo vieran, como el muyahidín humilde y temeroso de Dios, cuyo único afán era defender el islam y volver a arrebatar a los infieles la tierra de sus padres y los lugares sagrados. Y, de hecho, en los dos últimos años había logrado encadenar una serie de victorias sin precedentes contra los francos, comenzando por el aplastante golpe de Hattin y terminando con la tan esperada y gloriosa reconquista de Jerusalén, al-Quds, la ciudad sagrada.

Sin embargo, Karakush sabía que el temor de Dios no era el único impulso de Salah ad-Din, probablemente ni siquiera el más fuerte.

Karakush llevaba ya treinta años de fidelidad al sultán, primero como mameluco, es decir, como esclavo militar, posteriormente como oficial libre, cuyas habilidades Salah ad-Din valoraba al máximo y utilizaba en muchos lugares. Karakush lo conocía ya de la época del sultanato; sabía de las luchas, los esfuerzos, la sangre y las lágrimas que le había costado alcanzar su posición actual a Salah ad-Din, el advenedizo kurdo. Y para asegurarse esa posición de poder era indispensable que todos los musulmanes de su imperio y los emires terriblemente divididos que no cesaban de aserrar su trono se unieran hacia un objetivo común: la guerra contra los infieles y la reconquista de las tierras. Mientras durara esa lucha, continuarían existiendo también las pretensiones de poder de Salah ad-Din Yusuf ibn Ayyub.

Karakush, inmerso en sus cavilaciones, se sobresaltó cuando el sultán movió ruidosamente la figura ornamentada del elefante sobre el tablero de juego.

—¡Jaque! —exclamó en un tono triunfal.

Una red de arrugas se expandió alrededor de sus ojos cuando levantó la vista hacia él con una amplia sonrisa y su rostro adquirió un aire casi travieso. Bajo unas cejas muy arqueadas sus ojos inteligentes, negros, eran capaces de mirar en lo más profundo de su interlocutor y, al mismo tiempo, raras veces delataban un estado de ánimo.

Tras un breve vistazo al tablero de juego, Karakush replicó la sonrisa.

—Señor, permitidme retrasar unos instantes mi derrota definitiva —pidió—. Acompañadme antes a las torres para que pueda mostraros nuestros progresos en el muro de levante. Las obras están prácticamente terminadas.

—¿Cómo podría negarle su última voluntad a un hombre vencido? —replicó el sultán de buen humor, y ambos se echaron a reír.

Un poco más tarde, miraban los dos desde lo alto de la torre norte al imponente baluarte que protegía Acre por el lado terrestre.

—Una cosa hay que reconocerles a los francos —confesó Karakush—: con este anillo de murallas crearon una estructura defensiva excelente. Nosotros no tuvimos más que emprender algunos retoques para estar preparados contra eventuales ataques con catapultas —añadió, al tiempo que señalaba la sección entre la torre norte y la Torre Maldita, donde picapedreros, albañiles y prisioneros de guerra estaban ocupados en reforzar la mampostería.

Salah ad-Din siguió la dirección del dedo índice extendido y asintió con la cabeza en señal de reconocimiento.

—Sabía que eras el hombre adecuado para esta misión. Ya demostraste sobradamente tus capacidades en El Cairo. Para derribar las murallas de esa ciudad tendría que abrirse la Tierra.

Karakush bajó la cabeza en señal de modestia. Sí, sus hombres y él habían hecho un buen trabajo, tanto en Egipto como aquí. Sin embargo, a diferencia de lo que ocurría con El Cairo, los francos tenían su mirada codiciosa puesta en Acre. Y, a pesar de que su guarnición estaba compuesta por unos cinco mil guerreros excelentes, ese mero pensamiento le desató un malestar punzante en las tripas.

Salah ad-Din pareció darse cuenta y le dio una palmadita tranquilizadora en el hombro.

—¡No te preocupes! Acre está en buenas manos contigo, amigo mío, no hay ninguna duda. ¡Y por eso le doy las gracias a Alá!

Karakush se limitó a asentir con la cabeza. Se giró a mirar la ciudad con sus numerosos mercados y sus plazas llenas de gente. Llegaba hasta él un zumbido bullicioso. Dejó vagar la mirada por los huertos sombreados, las viviendas y los palacios, las fortificaciones de los monjes-caballeros y los grandes almacenes que habían levantado los mercaderes francos alrededor del puerto.

—¿Qué ha sido del rey de Jerusalén, Guido de Lusignan? —preguntó finalmente—. Tengo que admitir que a día de hoy no entiendo por qué le concedisteis la libertad tan rápidamente después de Hattin.

El sultán apoyó las dos manos en la muralla y suspiró.

—Su esposa, la reina Sibila, me pedía una y otra vez su liberación. Tienen dos hijas pequeñas.

Karakush sonrió con desgana.

—Sois un soberano verdaderamente bondadoso.

—Bueno, no fue únicamente la bondad la que me movió a hacerlo —confesó el sultán con una expresión pícara en la cara—. En parte también esperaba que Guido de Lusignan y su rival, Conrado de Montferrato, se hicieran la vida imposible en la lucha por la corona de Jerusalén. Por el momento parece que la cosa va por ese derrotero. Los dos se odian a muerte, y, mientras se peleen entre sí, no tendremos que batirnos con ellos. —Mirando de reojo a Karakush añadió—: Pero pareces preocupado, amigo mío.

Karakush alzó los hombros con disgusto, pero se decidió por la franqueza; no en vano había muy pocas cosas que escaparan a la penetrante mirada del sultán.

—No estoy seguro de si nuestra decisión fue correcta —admitió—. Me refiero a mantener Acre en lugar de mandar arrasar la ciudad.

Salah ad-Din lo miró con suma atención y con un movimiento breve de la cabeza lo animó a continuar hablando.

—De acuerdo, la ciudad es preciosa, y rica, y dispone del puerto más grande y más seguro de la costa de Ash-Sham, pero no en vano albergó durante mucho tiempo a más habitantes que Jerusalén —prosiguió Karakush—. Antes de recuperar Acre, era algo así como la capital secreta de los francos a este lado del mar. —Profirió un suspiro grave—. Si Jerusalén ha sido el alma de su «reino», Acre era su corazón de vigorosos latidos. Y a veces me pregunto si no habría sido mejor clavarle una daga hasta la empuñadura.

6

Borgoña, julio de 1189

Anda, mira tú, un resucitado de entre los muertos!
Étienne no podía decidir si un ser humano había pronunciado esas palabras o si solo existían detrás de su frente, como las piedras que rodaban por su cráneo y que le atronaban las sienes desde dentro.

Gimiendo, se llevó las manos a la cabeza. Percibió el lino entre los dedos, en algunas partes cálido y húmedo, en otras seco y rígido. Solo a duras penas y con enormes dolores consiguió abrir los ojos, pero todo lo que estaba en su campo de visión se desdibujaba en unas rayas grises, razón por la cual se apresuró a cerrarlos de nuevo. También le dolían endemoniadamente la nariz y las mejillas. Al palpar, sus dedos hallaron una piel ardiente y tensa, hinchada como una manguera llena de agua.

Bendito Jesús, ¿qué había sucedido? Se llevó una mano a la cruz de plata, pero esta no encontró sino el vacío.

Los recuerdos fueron apareciendo desde la niebla, gritos, el relinchar de un caballo..., ¿de su caballo?, caras, golpes.

Cuando Étienne trató de incorporarse, los dolores y las náuseas lo obligaron a desistir al instante. Le retumbaba el cráneo. Para ser exactos, le dolían todos los huesos del cuerpo, especialmente el pie izquierdo, pero esto no le sorprendió. Ese dolor le resultaba familiar, un viejo conocido, por decirlo así, y casi le resultó un consuelo.

El cuerpo de Étienne se balanceaba de un lado a otro. Tardó un rato en comprender que no era él quien se movía, sino el suelo debajo de él. Estaba tumbado en un carro.

Presa de un pánico repentino se le contrajo el pecho.

«¡No seas estúpido, idiota!», se reprendió para calmarse. «¿Quién se habría molestado en llevarte si su intención hubiera sido matarte?».

Se puso a escuchar como hechizado. Los cascos de un animal de tiro golpeaban en la arena, unas ruedas crujían y tableteaban, algo cerca de él gemía al ritmo del movimiento, algo diferente traqueteaba.

Creyó distinguir el aroma de la milenrama, de la manzanilla y de hierbas que no conocía, pero también el olor a miel, a sebo y a vinagre acre.

¿Acaso lo había recogido del camino un tendero? Esta vez, Étienne consiguió abrir más los ojos, si bien pasó un rato hasta que las manchas borrosas frente a él se convirtieron en imágenes.

Divisó unas lonas de cuero de cabra, cosidas con primor, que cubrían el carro. En la superficie de carga de madera se bamboleaban ramilletes de hierbas y diferentes sacas de lino. A su alrededor divisó cajas y baúles, hatillos y varios tonelillos, de los que se derramaban gotas de misteriosos líquidos. Él mismo estaba tumbado sobre unas lonas de piel, unas mantas dobladas y unos paños encerados. Y llevaba ropas que no eran suyas.

A duras penas pudo apoyarse sobre un codo para procurarse una visión mejor. Al instante regresaron las náuseas. El brazo le temblaba de debilidad y se le dobló, cayó hacia un lado y golpeó contra una de las cajas.

—¡Sooo!

El carro se detuvo súbitamente y el corazón de Étienne con él.

Alguien retiró la lona de cuero que separaba la carga del puesto del cochero, y apareció la cara de un hombre de unos cuarenta años probablemente.

—Estás despierto —constató innecesariamente.

Era la voz de antes. Las arrugas en torno a los ojos de color gris mar y en la frente se hicieron más profundas cuando examinó a Étienne de arriba abajo.

—¡Eres más duro de lo que yo pensaba! No esperaba poder saludarte de nuevo entre los vivos tal como te habían dejado apalizado. —Una sonrisa súbita dejó entrever la impecable dentadura del desconocido—. ¡Bienvenido de vuelta!

Solo a duras penas consiguió Étienne formar unas palabras comprensibles con sus labios magullados, tenía la sensación de hablar a través de un trapo. La nariz hinchada le deparó un tormento adicional.

—¿Quién... sois?

Su interlocutor ladeó profundamente la cabeza, como si tuviera que reflexionar primero.

—Llámame simplemente «buen samaritano» —replicó finalmente con una amplia sonrisa que mostraba sus dientes—. Sí, eso me parece lo más adecuado.

La cabeza desapareció y la lona volvió a su sitio. Sonó un chasqueo de lengua y el carro volvió a ponerse en movimiento.

«¿Cómo? Por todos los santos...». Ese hombre ¿había dicho eso realmente o su cerebro le estaba jugando una mala pasada? ¿Era un loco? ¿Un hereje después de todo? Ninguna de esas dos posibilidades le gustó a Étienne, y regresó la tenaza del miedo. Se acercó con mucha dificultad a la caja y se subió a ella. El sudor amenazó con irrumpir por ese pequeño esfuerzo. Se apoyó con fuerza contra la madera y recuperó el aliento. Una cosa era segura: fuese quien fuese su salvador desconocido, a Étienne no le quedaba otra que confiar en él, pues, tal como estaban las cosas, iba a depender de su ayuda durante un tiempo.

El carro cambió de rumbo, el terreno se volvió más desigual, con muchos baches, y cada sacudida lanzaba violentas punzadas a las extremidades de Étienne. Finalmente, el vehículo se detuvo.

Por los ruidos coligió que el hombre estaba desenganchando al animal de tiro.

Poco después se abría la lona de cuero a los pies de Étienne y era fijada a un lado. La luz del sol de las primeras horas de la tarde penetró en el interior del carro haciéndole parpadear.

—¿Tienes hambre?

El desconocido le dirigió una mirada indagadora y se puso a rebuscar en una de las cajas. Étienne asintió con la cabeza. De hecho tenía un hambre canina. ¿Cuánto tiempo había pasado desde la última vez que había comido?

Mientras aquel hombre sacaba un caldero ennegrecido de hollín, separaba de un baúl diferentes ingredientes para cocinar y por último retiraba un hatillo de leña, Étienne lo observaba de reojo. Tenía encanecidos ya el cabello desgreñado y la barba de tres días, tan solo las cejas presentaban todavía un color más oscuro. No era ningún gigante, pero tenía una espalda ancha y manos de tendones marcados con unos dedos delgados. La vida había trazado numerosas marcas en su cara que componían el relato de días tanto buenos como malos, sí, pero Étienne no pudo descubrir en ella ninguna expresión ni indicio de demencia.

No muy lejos del carro, el hombre se dispuso a preparar una hoguera. Se encontraban en un pequeño claro rodeado de árboles. Étienne oía el murmullo de una corriente de agua desde algún lugar cercano. A unos pocos pasos de distancia pastaba una mula robusta atada a una estaca.

—¿Quién eres? —quiso saber el desconocido.

Étienne permaneció callado un rato, luego respondió:

—Si vos sois el buen samaritano, yo debo de ser un hombre de Jerusalén de camino hacia Jericó.

El hombre levantó la vista de la hoguera y sonrió mostrando los dientes.

—Tienes buena labia a pesar de que tu aspecto haría pensar lo contrario en estos momentos. —Se sacó una navajita del cinturón y comenzó a cortar tocino y unas cebollas en la olla—. Supongo que sería demasiado incómodo estar diciendo todo el rato: «¡Gracias, buen samaritano, por haberme salvado la vida!», o: «¡Gracias, buen samaritano, por no haberme dejado desnudo en el camino y como pasto de los lobos!». Por esa razón puedes llamarme Caspar en el caso de que desees expresarme tu lealtad.

Étienne sintió que regresaba con fuerza el dolor de cabeza. «¿Desnudo en el camino? ¡Por todos los santos!».

—¿Qué sucedió?

—¡Oh, vaya! Esperaba que pudieras decírmelo tú, hombre de Jerusalén.

—Étienne. Mi nombre es Étienne.

—Bien, así que Étienne. ¿Y qué más?

Étienne hizo una mueca de dolor, lo cual no le resultó nada difícil, y esperó que su interlocutor se diera así por satisfecho. A ese hombre acababa de conocerlo hacía unos pocos instantes, por lo que no le pareció conveniente desvelar de inmediato su identidad entera.

—Bueno, Étienne, vale. Hace apenas dos días te encontré tirado al borde del camino cuando me dirigía hacia Roanne, sin otra ropa que te cubriera que la luz del sol. Al parecer, poco antes habías tenido un encuentro con unos bandoleros. Puedes decir que tuviste suerte de que se tratara de chapuceros, de individuos débiles o de idiotas, pues, como seguramente te habrás dado cuenta, no fueron capaces de golpearte en la cabeza como es debido, o tal vez lo hicieron de forma muy descuidada.

Étienne tragó saliva. Gritos, caras, dolores, los relinchos de su caballo cuando unas manos sucias lo tiraron al suelo desde su montura.

—Por lo demás, bien puedes decir también que tuviste suerte de que yo transitara por ese camino apartado. Y podríamos considerar una grandísima suerte el hecho de que yo no fuera tan solo un buen samaritano, sino también médico cirujano. —Miró a Étienne con las cejas enarcadas mientras se le insinuaba una sonrisa burlona en las comisuras de los labios—. Y no debo de ser ningún mal médico si tenemos en cuenta que ahora mismo estás medio erguido frente a mí y en disposición de pronunciar frases con sentido completo.

—Yo..., cómo...

—Bueno, vale, ya es mucho lo de estar erguido.

Caspar se dedicó de nuevo a la comida.

—¿Cómo puedo agradecéroslo, Caspar?

—Hummm, me temo que no puedo contar con monedas de plata, a no ser que te las hayas zampado. Y, si no ando muy errado, tampoco guardas escondida ninguna bota de vino. Así que yo propondría que me contaras lo que te ha traído por estos lares.

Durante un rato, Étienne estuvo observando cómo su salvador añadía harina fina a los demás ingredientes en la olla y removía todo con una cuchara de madera. Cuando comenzó a emanar un olor apetitoso, Caspar vertió agua de un odre.

—¿Podría beber un poco? —preguntó Étienne intentando enderezarse.

Sin decir palabra, Caspar llenó un cuenco con agua y se lo llevó al carro.

Durante unos instantes, Étienne trató de ver su propio reflejo en la superficie del cuenco, pero el agua se movía sin cesar por el temblor de sus manos.

—Yo ni lo intentaría —comentó Caspar como de pasada—. Verte podría quitarte de golpe las ganas de comer. Permíteme decírtelo de una manera muy suave: tienes el aspecto de alguien a quien han ejecutado hace una semana, despacio y después de sufrir unos tormentos enormes.

La náusea ascendió por la garganta de Étienne, quien reprimió el impulso de palparse la cara. Se apresuró a tomar un trago de agua y se vertió la mitad sobre la túnica. ¡Jesús, María y José! Todo aquello sonaba a que había escapado por los pelos de la muerte. Lo menos que le debía a su salvador era una explicación.

—Mi nombre es Étienne d'Arembour, el tercero de los cuatro hijos varones del caballero Basile d'Arembour, del condado de Tonnerre al norte de Borgoña.

Caspar no dijo nada, se limitó a enarcar una ceja.

—Yo... iba de camino hacia el sur... Estaba de paso, por decirlo así.

—¿Y qué sucedió con tus acompañantes?

—Yo..., yo...

Étienne se apresuró a beber un trago de agua.

—Viajabas solo —adivinó Caspar.

—Cerca de Vézelay contraté a un guía, pero el maldito sinvergüenza me condujo directamente a una trampa.

La ira amenazaba con ahogar la voz de Étienne al acordarse de aquel canalla y de su propia simpleza.

—¡Por san Cristóbal! —Caspar sacudió la cabeza en señal de censura, mientras seguía anidada una sonrisa en las comisuras de sus labios—. Decenas de millas por caminos apartados sin una compañía de confianza... No me parece que seas una persona demasiado lista, Étienne d'Arembour.

Las mejillas de Étienne se acaloraron.

—Vos viajáis también solo —replicó desafiante.

—Con la diferencia de que llevo muchos años por esos caminos, hijito. Conozco los peligros y sé cómo evitarlos. Aparte de eso, hasta hace poco me acompañaba un asistente. Así que, dime, ¿cómo se te ocurrió esa idea grandiosa?

«La mirada de asco de mi padre, el tono repugnante de su voz. Las humillaciones constantes y el desprecio omnipresente».

—Supongo que el orgullo fue una de las razones —confesó Étienne finalmente—. Pienso que quería demostrarme a mí mismo y al mundo que sirvo para algo, que también puedo arreglármelas solo en la vida.

—Y lo has demostrado de un modo excelente.

La burla de Caspar le afectó más de lo esperado. ¡Qué razón tenía ese hombre! De repente, Étienne estaba lidiando con las lágrimas. Se pasó una manga por los ojos con brusquedad.

Una de dos, o su acompañante no se había percatado de la situación, o tenía la suficiente decencia como para ignorar el asunto.

—Óyeme bien, Étienne —dijo en tono serio—, en unos pocos días vamos a pasar por Roanne. Allí conozco a un montón de gente. Puedo pedirle a un comerciante amigo mío que te lleve de vuelta al norte, con tu familia.

Étienne apretó sus labios destrozados hasta que le dolieron aún más. ¿Qué podía esperarle si regresaba a casa? En el mejor de los casos, desprecio, probablemente la mayor paliza de su vida, tal vez algo peor. La única persona a la que podría importarle su regreso ya habría ingresado en el noviciado para entonces.

Étienne negó en silencio con la cabeza.

—Sé apreciar vuestra oferta, Caspar, y os agradezco vuestra amabilidad, pero solo pido que me llevéis con vos hasta la ciudad más próxima. Es más de lo que podré pagaros nunca de todos modos.

—Y, luego, ¿qué?

—Con la ayuda de Dios, encontraré una nueva misión.

Caspar resopló.

—¿Ingresar en un monasterio, o qué tienes en mente? —El cirujano se dio la vuelta con brusquedad y comenzó a picar unas hierbas sobre una tabla igual que si tuviera que derrotar a un enemigo. Los dos permanecieron en silencio un buen rato—. Bueno —gruñó Caspar finalmente mientras removía las hierbas en el cocido—, puede que Dios haya encontrado una misión para ti. Como ya he mencionado, mi asistente ha desaparecido, y empieza a resultarme muy pesado tener que realizar yo mismo sus tareas. Tú podrías entrar a mi servicio.

Étienne estuvo a punto de soltar una carcajada, aunque, bien mirado, no estaba de humor en esos momentos para ninguna broma.

—¡No os burléis de mí, maestro! —exclamó señalándose el pie con la cabeza—. Con este pie apenas puedo seros de utilidad.

Caspar chasqueó la lengua con impaciencia.

—Tal como parecen las cosas, vas a terminar recuperándote del asalto. Y, para lo que te necesito, no tienes por qué ser ningún gran corredor. Cuidar de la mula, preparar la comida, mantener limpios los utensilios y ayudarme con los enfermos...; de estas tareas me parece que es capaz incluso un tullido quejica como tú.

Étienne cerró los ojos y se sintió de pronto indeciblemente exhausto. El dolor de cabeza le estaba amartillando por detrás de la frente, la debilidad hacía que le temblaran los hombros y los brazos. Tal vez la oferta de Caspar no fuera la mejor solución a sus preocupaciones, pero por el momento era la más sencilla. Y para las soluciones complicadas le faltaban las fuerzas.

—De acuerdo.

—Por cierto, no me interesa lo más mínimo tu ascendencia de alta cuna, Étienne. Si te vienes conmigo, tendrás que obedecer lo mismo si te pido que friegues los platos o que limpies los vómitos de un enfermo —puso en claro Caspar—. Soy un cirujano ambulante, como seguramente no se te habrá pasado por alto. Te espera un viaje largo y penoso. Posiblemente no regreses nunca con tu familia.

Étienne se encogió de hombros y reprimió una queja por el dolor.

—No me importa —dijo, y se dio cuenta de que eso se correspondía con la verdad. Fuera cual fuera la ruta de su viaje, cualquier destino era mejor que regresar a Arembour y llevar una vida llena de palizas. Nadie le necesitaba. Nadie iba a echarlo de menos.

Caspar lo miró durante unos instantes como si quisiera añadir algo, pero lo dejó así y se limitó a enarcar las cejas. Finalmente se dio la vuelta, llenó un cuenco con el cocido del caldero y se lo alcanzó a Étienne junto con un mendrugo de pan de varios días.

Étienne estaba contento de no tener que hablar más y sorbió con avidez el sabroso caldo. Un mordisco al pan duro le indicó que todos sus dientes seguían en su sitio, y dio las gracias a Dios por ello.

—La ropa que llevo puesta, ¿es de vuestro asistente? —preguntó después.

Caspar asintió con la cabeza mientras masticaba.

—¿Qué sucedió con él?

—Se fue corriendo —respondió el cirujano con la boca llena—. Pero confío en que no volveré a pasar ese disgusto contigo. Tú —dijo señalando con la cabeza el pie torcido de Étienne y mostrando una amplia sonrisa—, tú no puedes irte corriendo. Al menos no con la suficiente rapidez.

7

Reino de Hungría, julio de 1189

A veline se levantó sobresaltada y jadeante de su lecho de acampada. El corazón le latía con fuerza contra las costillas, y percibió el sudor pegado en el cuello y la nuca. No se atrevió a cerrar los ojos por miedo a conjurar de nuevo las imágenes de la pesadilla. Una y otra vez revivía los mismos horrores. ¿Por qué tenía que perseguirla su torturador incluso mientras dormía? También soñaba en ocasiones con su hijo, y, cuando se despertaba, sus gritos acusadores le resonaban en los oídos. Él sí tenía todo el derecho a perseguirla hasta en los sueños, pero no el caballero errante que el pasado otoño la había arrastrado por la fuerza a un granero para violarla.

Al recordarlo se le escapó un gemido de dolor.

—¿Todo bien?

Aveline se estremeció, pero enseguida se recompuso al reconocer la voz de Bennet. Pasada la ciudad de Jaurium habían encontrado un refugio para pernoctar y habían organizado su campamento muy pegados a otros peregrinos, comerciantes y viajeros en el dormitorio correspondiente. A propuesta de Kilian iban a dejar la calzada romana a lo largo del Danubio y proseguir el viaje a través de la llanura panónica. A diferencia de lo que ocurría con un ejército lento con grandes contingentes de tropas y con carros, ellos podían avanzar por senderos angostos e intransitables, y de esa manera esperaban poder atajar en el trayecto hasta Alba Graeca y el ejército de Barbarroja.

A pesar de estar abiertas las ventanas, en el aire del dormitorio flotaba un olor impreciso a cuerpos sin aseo, a mantas húmedas y frías y a cebollas, acompañado por la polifonía respiratoria de muchas personas durmiendo.

La luna arrojaba un poco de luz en el interior y se reflejaba en los ojos de Bennet mientras la miraba.

—¿Está todo bien, Ava? —preguntó de nuevo.

—Me encuentro bien, sí, solo era un sueño.

El anglosajón se acercó un poco más a ella y, al instante, la piel de Aveline comenzó a arder. En el poco tiempo que llevaban viajando juntos, Bennet la había cuidado casi como a una hermana, había compartido su comida e intercambiado noticias con ella; en su modo de hacer las cosas con sosiego y mucha seguridad en sí mismo había procurado que Aveline se sintiera perteneciente a la comunidad de peregrinos. Ni una sola vez había intentado acercársele con intenciones impúdicas. En realidad, tenía todo tipo de motivos para estarle agradecida, y, aun así, la proximidad de un hombre le provocaba malestar, sobre todo tan poco tiempo después de que un sueño trajera a la luz aquellos horribles recuerdos. Solo a duras penas consiguió no apartarse de él. De todos modos, Maude se había enroscado a su izquierda, pegada a ella.

—Aveline... ¿no significa «palomita» o «pajarito»? —preguntó Bennet súbitamente.

Aveline asintió con la cabeza hasta que se le pasó por la mente que él no podía ver su gesto.

—Sí, eso dicen. ¿Por qué te interesa?

—No serás por mucho tiempo una paloma, Ava, vamos a hacer de ti un halcón.

Aveline descubrió al día siguiente a qué se debían las misteriosas insinuaciones de Bennet. Hicieron un alto al lado de un arroyo, rezaron juntos una breve oración y comieron un poco de pan con queso. A continuación querían descansar un rato antes de proseguir su camino en dirección a Alba Regia, la ciudad de la coronación de los reyes húngaros. Mientras los monjes se enfrascaban en un docto debate y los demás dormían o se dedicaban a otros asuntos, Bennet se acercó a Aveline. Mantenía sujeto uno de sus dos arcos y una aljaba con flechas.

—Ven, Ava. Quiero enseñarte algo.

Aveline titubeó brevemente, pero luego dejó a un lado la túnica que se disponía a remendar. Intentaba ser útil siempre que podía para devolver al menos un poco de la ayuda que le habían prestado.

—¿Qué pretendes hacer? —preguntó.

Bennet sonrió misteriosamente.

—Ya te lo dije. ¡Vamos a hacer de ti un halcón!

Aveline lo miró con la cabeza ladeada. Había despertado su curiosidad. Se levantó y siguió al anglosajón hasta una pequeña pradera alejada del campamento. Las estacas de un redil de ganado en mal estado se estaban pudriendo en la linde del lugar.

—Sujeta esto, por favor.

Bennet le puso en las manos su arco y la aljaba de las flechas. A continuación se dirigió al redil y empezó a trastear con unas tablas viejas. Aveline no podía encontrarle sentido a su actividad, así que se concentró en contemplar el arma. Bennet poseía dos arcos, uno corto que empleaba sobre todo para cazar en el bosque, y otro largo. Este último era el que ella tenía en sus manos ahora. Aquel palo fino le llegaba desde el suelo hasta casi la coronilla. Su madera era rojiza y por el frecuente uso estaba lisa y grasienta. Unas cuerdas de lino bien tensadas en el centro del arco aseguraban no obstante un buen agarre.

Bennet regresó al claro y arrojó a tierra algunos tablones anchos que todavía mostraban cierta estabilidad. A continuación comenzó a colocar los tablones en posición vertical. El último lo empleó para sostener por detrás el muro de tablones. Con los brazos en jarras contempló finalmente su obra y asintió con la cabeza con gesto de satisfacción.

—Esto debería bastar para empezar.

Aveline había seguido su trajín con perplejidad, pero con una curiosidad creciente.

—¿Y ahora qué?

—¡Ahora voy a enseñarte cómo se dispara!

La joven estuvo a punto de dejar caer el arco al suelo.

—¿Disparar? ¿Yo?

Bennet se echó a reír y miró a su alrededor con gesto exagerado.

—¿Es que ves a alguien más por aquí?

—Pero yo..., no sé. No debo...

El anglosajón se acercó a ella.

—¿Qué es lo que no debes?

Nerviosa, Aveline apartó la vista a un lado. Carraspeó cuando la voz se le quebró a mitad de camino en la garganta.

—Disparar con un arco. No es apropiado... para una mujer. Es una actividad insolente e indecente.

Quiso devolver a Bennet rápidamente el arco y las flechas, pero él ignoró sus manos extendidas y la agarró por los hombros con suavidad.

—Ava, mírame.

La piel de Aveline comenzó a picarle, se soltó de su agarre y dio un paso atrás. Le costó un gran esfuerzo levantar la vista y mirarlo a los ojos.

—Escúchame bien —dijo Bennet despacio y con calma como si hablara con un caballo desbocado. Algo oscuro, una expresión de tristeza se insinuó en su mirada—. Disparar con el arco no es indecente. Lo indecente y falto de escrúpulos es cuando uno se aprovecha de la indefensión, cuando un hombre emplea sus fuerzas para ejercer la violencia sobre una persona más débil. Lo indecente es abandonar a su suerte a quienes necesitan ayuda.

El corazón de Aveline comenzó a martillear a lo loco, incluso creyó oír los latidos por detrás de las sienes.

—¿Cómo es que...?

—Tengo ojos y oídos —repuso él con una sonrisa triste—. Me acuerdo muy bien en qué estado llegaste hasta nosotros. Además te oigo gimotear en sueños y veo cómo te sobresaltan las pesadillas. Retrocedes ante casi cualquier roce. No sé qué te sucedió exactamente, tampoco tengo por qué saberlo, pero dispongo de mucha imaginación. Y deseo que no seas ninguna persona desvalida en el futuro y que desaparezca la angustia de tu mirada.

Aveline lo observó durante un buen rato, le miró a los ojos verdiazulados, agitados como un cielo de tormenta.

—¿Por qué haces esto?

Bennet se encogió de hombros. Al cabo de un rato respondió pero más para él mismo:

—¿Acaso para salvar mi alma? ¿Tal vez porque me puse en marcha para ser un hombre mejor?

A Aveline se le aflojaron las piernas y se sentó en la hierba. Aquel anglosajón era otra prueba más de que Dios no la había abandonado. ¿Por qué, si no, iba a poner a una persona así en su camino?

Guardando cierta distancia, Bennet se sentó a su lado.

—¿Sabes? —comenzó a decir él—. En Inglaterra no son pocas las mujeres que disparan con arco. Incluso algunas damas finas. Cazan liebres y otros animales.

Aveline levantó la vista con timidez.

—Mucho antes de que se convirtieran a la fe de Cristo, nuestro Señor, los antiguos romanos creían en una diosa llamada Diana —explicó Bennet mientras peinaba las briznas de hierba con los dedos—. La tenían por la diosa de la caza y de la naturaleza, y siempre iba armada con un arco. Además, la veneraban como auxiliadora de las mujeres. —La miró a la cara y sonrió—. Resulta apropiado, ¿no te parece? ¿Hay algo en contra para no emularla?

—¿Como sabes tú todo eso? —preguntó Aveline.

Bennet se encogió de hombros y volvió a concentrarse en la hierba.

—Nosotros, los ingleses, somos un pueblo de bardos. Adoramos las canciones, los cuentos de hadas y las leyendas. El cura de nuestra aldea se sabía un montón de leyendas. Cada vez que podía nos contaba historias, incluso de épocas paganas.

Aveline asintió con la cabeza. También a su padre le gustaba contar historias. Con frecuencia se sentaba con sus hermanos junto al fuego de la chimenea y escuchaban embelesados sus relatos. Su madre, de un carácter riguroso, nunca mostró interés por semejantes holgazanerías, y con la muerte del padre se acabaron también las historias.

—¿Qué te parece? —preguntó Bennet al cabo de una larga pausa—. ¿Lo intentamos?

El apocamiento de Aveline regresó al instante.

—Pero yo... Este arco es demasiado grande para mí.

Bennet sonrió mostrando los dientes.

—Y por eso mismo podrás darle a la diana de ahí enfrente aunque no consigas tensarlo del todo. —Se puso de pie y le tendió la mano para ayudarla a levantarse—. ¡Ya lo verás, Ava! Pronto serás un halcón, una cazadora, y no una presa.

8

Borgoña, julio de 1189

Bébete esto! Caspar alcanzó a Étienne un vaso de cuero con un líquido humeante. Habían acampado en una pradera entre unos peñascos de piedra caliza. Antes de proseguir su camino hacia Annonay, el cirujano quiso atender las heridas de Étienne.

El muchacho bebió un buen sorbo y disfrutó de la sensación de calor que se expandió por su pecho y su estómago.

—¿Qué brebaje es este?

—¿Me lo preguntas ahora cuando llevo administrándotelo desde hace no sé cuántos días? Al final vas a aprender alguna cosa, ¿verdad, Étienne d'Arembour? —Caspar sonrió con satisfacción—. Se trata de una decocción de melisa y de corteza de sauce —explicó—. Ayuda contra los dolores y los zumbidos en la cabeza. Y, ahora que lo pienso, también contra las consecuencias de una noche de juerga.

El cirujano le quitó el vaso a Étienne y vació el resto de un trago. Étienne quiso protestar, pero luego se limitó a un movimiento negativo de la cabeza en señal de resignación. Su acompañante sabía muy bien lo que eran las noches de juerga. La pasada noche y la anterior, Caspar había bebido vino como si no hubiera un mañana, hasta que los ojos se le pusieron vidriosos y la lengua pesada, y finalmente se tumbó a dormir entre intensos ronquidos. Étienne no podía decir si había ocurrido lo mismo otras noches, pues las fatigas y los agobios sufridos le habían procurado el sueño de un muerto. Y a Caspar no había manera de que a la mañana siguiente se le notara algo de su impía borrachera.

A los ojos de Étienne, aquello era un milagro. El mero recuerdo de las pocas ocasiones en las que él mismo se había pasado de la raya le provocaba dolores de cabeza. Una de dos, o la infusión de corteza de sauce de Caspar era una fórmula verdaderamente mágica, o aquel cirujano aguantaba mucho más vino que cualquier otra persona. ¿Por qué demonios se ponía hasta arriba de alcohol?

Étienne dejó escapar un silbido agudo cuando Caspar le desprendió las vendas pegajosas de la frente para examinar la herida de la cabeza entre las cejas y las sienes. Sin más preámbulos, agarró la barbilla de Étienne con el pulgar y el índice y le movió la cabeza de un lado a otro.

—Bueno, bueno —gruñó—, no tiene un aspecto muy bonito que digamos. Te va a quedar una linda cicatriz, pero las heridas están curándose y eso es lo que cuenta. Así que creo que podremos renunciar a cauterizar otra vez la herida.

Étienne respiró aliviado, lo cual provocó en su interlocutor una maliciosa sonrisa burlona.

—No te pongas así, la primera vez ni te quejaste. Bueno —Caspar levantó las manos para evitar la réplica—, eso puede que se deba a que en esos momentos estabas más muerto que vivo, pero me vi obligado a cerrar la herida y para un cosido no estaba lo suficientemente fresca. Gracias a Dios que el cráneo no quedó dañado por los golpes, pero no estoy tan seguro en lo relativo a tu mente, a no ser que hayas sido siempre tan corto de entendederas.

Étienne puso los ojos en blanco. En los pocos días que hacía que se conocían, el cirujano había convertido en un pasatiempo tomarle el pelo y burlarse de él. Sin embargo, lo soportaba con magnanimidad. Probablemente no se merecía otra cosa después de la increíble imprudencia que había cometido.

Caspar lo examinó con una mirada penetrante.

—Por el momento vamos a olvidarnos de hacerte una sangría. Ya se encargaron de eso aquellos canallas. De todos modos, me parece que eres de temperamento sanguíneo.

—¿Sangui... qué?

—Con demasiada sangre.

—¿Cómo se puede tener demasiada sangre?

Caspar chasqueó con la lengua.

—Si quieres ser un asistente útil, deberás aprender muchas cosas, Étienne d'Arembour, y, por lo que parece, tendremos que comenzar desde el principio. —Suspiró—. Ahora bien, si Dios quiere, algún día haremos de ti un buen cirujano.

—¿No tendría que ir para tal fin a París?

Su interlocutor resopló.

—Eso solo si quisieras convertirte en uno de esos doctos médicos municipales que hablan como los listillos pero que a la hora de la verdad no se ensucian los dedos. De ese tipo de médicos conozco yo un montón. Tal vez esos sabelotodo puedan decirte lo que comiste tres días antes observando el color de tu meada, pero cualquier bruja te preparará un brebaje más efectivo contra la fiebre o los dolores. Y jamás ha dejado de sangrar una herida únicamente con palabras. Claro que eso no impide a esos tipos exigir unos honorarios exorbitantes por sus diagnósticos y mirar con desprecio a los curanderos y a los cirujanos. —Mientras hablaba, Caspar sacó un crisol con un ungüento que aplicó con sorprendente suavidad sobre la herida de Étienne en la frente. Había algo familiar en ese olor. ¿Hierbas curativas?—. Si deseas aprender el arte de la cirugía —continuó diciendo Caspar—, deberías ir a Salerno, en la región de Campania. La *Schola Medica Salernitana* es la mejor institución de enseñanza para médicos cirujanos a lo largo y ancho de este mundo.

Salerno. Étienne ya había oído hablar de esa ciudad. A los médicos de allí los precedía la fama de unas facultades insuperables, aunque también se decía que profanaban cadáveres de forma impía para profundizar en sus conocimientos. A Étienne le parecía asombroso el rumor de que allí se formaban incluso mujeres como médicas. ¿Quién iba a creerse semejante dislate?

—Como es natural, en lugar de ir allí puedes aprender directamente de un auténtico maestro. Como yo, por ejemplo —añadió Caspar exhibiendo una amplia sonrisa.

Caspar estaba muy pagado de sí mismo y de sus facultades. Y con razón, tal como Étienne no tenía más remedio que admitir, pues de lo contrario probablemente ahora no estaría vivo.

—¿Y quién os instruyó a vos?

—El mejor —respondió Caspar en un tono serio y comenzó a colocarle una venda limpia—. Roger Frugard, o Frugardi como lo llaman en Lombardía, en donde nació.

—Nunca he oído hablar de él.

Caspar resopló.

—No me sorprende. Aparte de algunos remiendahuesos y saludadores de tres al cuarto, no creo que se haya perdido ningún médico por vuestras heredades, y seguramente ninguno que conozca realmente algo de su oficio. ¿Estoy en lo cierto?

Étienne reflexionó unos instantes. Cuando alguien enfermaba en Arembour, se buscaba la ayuda del padre Boniface o le pedían a Margot que preparara una infusión de hierbas o un ungüento. En el caso de los gusanos de los dientes, se presentaba el herrero con una de sus espantosas tenazas. Ni siquiera cuando su madre se consumía por la fiebre mandaron llamar a un galeno de Auxerre, sino que confiaron en los remedios caseros, los amuletos y las oraciones del sacerdote. ¿Seguiría tal vez con vida si hubieran procedido de otra manera?

—Frugard enseña su arte en Parma y en Salerno. Ha redactado diversos textos sobre la cirugía —prosiguió Caspar—. Es increíble de lo que es capaz. Domina incluso la trepanación, casi tan bien como los musulmanes. —Al continuar, la voz de Caspar sonó en un tono inusualmente bajo y serio—. También yo le debo la vida a Frugard. En muchos sentidos. —Étienne abrió la boca para formular una pregunta, pero el cirujano no le cedió la palabra—. No, no voy a contarte cómo ocurrió. Hoy no.

Anudó la venda alrededor de la frente de Étienne y le hizo señas para que se quitara la camisa.

A Étienne le costó algunos esfuerzos penosos sacarse la prenda por la cabeza. Todavía le dolían todos los huesos del cuerpo y el tronco estaba cubierto de excoriaciones y estigmas de los colores más horripilantes. Caspar palpó cuidadosamente aquellas zonas, luego extendió sobre el pecho y la espalda una pomada de hierbas trituradas, de un aspecto y un olor repugnantes, y lo cubrió todo con un pañuelo fino de lino.

—Esto hará que disminuyan las inflamaciones —explicó—. Es una mezcla de miel, árnica, manzanilla y otros ingredientes diversos. Si se presenta la ocasión, te mostraré cómo se prepara la mezcla. Abulcasis transmitió unas recetas muy útiles al respecto.

Fijó la capa de pomada con algunas tiras de ortiga y a continuación se lavó las manos en un cubo de agua.

—¿Abulcasis? —Solo con dificultad pudo pronunciar Étienne aquel nombre que le resultaba extraño.

—Un médico moro andalusí. Hace mucho tiempo que murió, pero dejó constancia de sus increíbles conocimientos en escritos que se tradujeron al latín, de modo que podemos aprender de ellos.

—¿Un moro? Eso quiere decir que era...

—Un pagano, sí. —Caspar chasqueó la lengua con impaciencia—. Cierra la boca de nuevo, Étienne, antes de que te entren las moscas. Nadie negará que los paganos disponen de unos médicos excelentes. Los mejores, en mi opinión, exceptuando tal vez a Frugard y a mí. —El cirujano se echó a reír cuando vio que Étienne seguía sin dar crédito a lo que acababa de oír—. Por Dios, joven, todavía tenemos mucho trabajo por delante —dijo Caspar suspirando—. Mucho trabajo.

9

Reino de Hungría, julio de 1189

L a cuerda del arco se grabó en los dedos de Aveline y ella sintió cómo su brazo se ponía a temblar por el esfuerzo. De pronto se le resbaló de la mano y chocó dolorosamente contra su antebrazo a pesar del protector de cuero que le había dado Bennet. La flecha describió una curva cansada antes de clavarse en la hierba muy cerca de la diana.

Bennet, que seguía los esfuerzos de ella de brazos cruzados, logró mantener una expresión seria en la cara.

—No está nada mal, Ava, siempre y cuando lo que quieras cazar sean margaritas silvestres.

A continuación se echó a reír súbitamente, con ganas, a carcajada limpia y contagiosa. Aveline no pudo menos que unirse a la risa. Todavía le resultaba un sonido extraño a sus oídos ya que durante mucho tiempo no había tenido motivo alguno para reír. Sin embargo, desde que Bennet había empezado a enseñarle a manejar el arco en cualquier ocasión, había ido germinando en su pecho algo similar a la confianza en sí misma, y le había regresado la risa. A pesar de que sus progresos hasta el momento tenían que parecer lamentables a los ojos de cualquier arquero experimentado, ella se sentía mejor, cada vez un poco menos indefensa ante los peligros. Le gustaba la idea de poder mantener a raya a los atacantes con un arco, y matarlos desde lejos si era preciso. Nadie podría acercarse demasiado a menos que ella lo permitiera.

—¡Sigamos! —exigió Aveline frotándose la quemazón que sentía en el antebrazo.

Los intentos anteriores ya habían dejado un dibujo de manchas azules, verdes y amarillas bajo el cuero. Y allí donde las ampollas dolorosas habían recubierto los dedos tensores al comienzo, se habían ido formando unos callos duros. Además, Bennet le había fabricado unos dedales de cuero con los que podía proteger las yemas de los dedos.

—Vamos a tomarnos un descanso. Estás cansada.

—¡Una última vez!

Bennet asintió con la cabeza en señal de consentimiento.

—Vale, de acuerdo, una vez más, pero luego se acabó para que tus brazos puedan descansar. —Sacó la flecha de la tierra—. Todavía te falta fuerza aquí, y aquí también —dijo tocándole con suavidad los omóplatos con la aljaba, luego la espalda, antes de devolverle el arma—. Pero no te preocupes, eso llegará con la práctica. No intentes seguir el movimiento de la flecha con el tronco. Mantente erguida y firme, con ambos hombros alineados.

Aveline buscó la posición adecuada para los pies desnudos, colocó la flecha y tensó el busto.

—Encuentra tu punto de anclaje. Es preferible que sea siempre el mismo, no importa si a la altura de la boca, de la mejilla o de la nariz. Eso te ayudará a controlar la trayectoria. Mantén el codo en línea con la flecha. Y no te olvides de tomar aire.

Aveline buscó el objetivo y lo mantuvo fijado en su mirada. Levantó el arco, sintió la cuerda entre los dedos, tensó, sintió la mano en la mejilla y disparó.

Con un sonido sordo, la flecha se clavó en el tocón de un árbol muerto que les servía de diana.

Una risa absorta recorrió sus labios.

—¿Lo has visto? Zas, justo en el centro.

Bennet asintió orgulloso con la cabeza.

—Bien hecho. ¡Cada día lo haces mejor!

—¡Hace tiempo que eres mejor que yo, mi fiel! —Jean aplaudió en señal de reconocimiento y se acercó a los dos.

—Puedes intentarlo tú también si quieres —le ofreció Bennet.

El hombre alto hizo un gesto de negación con las manos alzadas.

—No, no, déjalo, Ben. Yo entiendo más de asnos.

—Eso no es nada extraño porque a esos animales grises les encanta la compañía de los congéneres —dijo con una sonrisa sarcástica Kilian, que estaba preparando una hoguera un poco más lejos.

—¡Ten cuidado, pastor! —exclamó Jean amenazándole en broma con el puño.

Aveline sonrió y comenzó a recoger los arcos y las flechas. Durante las últimas semanas se habían ido convirtiendo en una comunidad en la que ella volvía a sentir algo similar a la sensación de protección y de seguridad que no había tenido desde hacía mucho tiempo.

Solo cuando contemplaba los ojos de mirada dura del hermano Gilbert, volvía a ella la sensación de agobio y de angustia. El monje viejo seguía viéndola igual que antes: como a una desconocida, como a una intrusa a quien no le correspondía hallarse en su medio. El rechazo era legible en cada una de sus miradas y de sus gestos. Y Aveline temía que llegara el momento en que se convirtiera en algo más.

10

Borgoña, agosto de 1189

Étienne se tomó su tiempo para arrodillarse a orillas del pequeño lago donde habían realizado un alto, y comenzó a lavar los platos. Sus fuerzas regresaban con cada día que pasaba y las heridas estaban cicatrizando hasta tal punto que se atrevió a examinar su semblante en el espejo del agua. Algunas sombras de color verde amarillento en torno a los ojos seguían testimoniando los golpes brutales de aquellos salteadores de caminos. También perseveraba el chichón en el puente de la nariz, así como la cicatriz de un dedo de largo sobre la sien derecha.

Étienne se apartó el cabello a un lado y se palpó el estigma que en parte continuaba cubierto por una costra. Le hacía parecer más duro, casi osado, pero, sobre todo, más adulto. Casi podía confundirse la cicatriz con una herida de guerra recibida en un combate contra los impíos sarracenos. La idea le gustó, y sonrió. «¡Étienne, el terror de los paganos!». Eso sonaba significativamente mejor que «Étienne, el tullido».

—¿Se te ha roto el pie del todo, o en qué estás perdiendo el tiempo? Hay trabajo para ti.

Étienne suspiró. Caspar conseguía devolverlo sin dificultad a la realidad.

—¡Enseguida estoy! —exclamó por encima del hombro y se apresuró con la vajilla restante. A mediodía iban a ofrecer sus servicios en Troishêtres, una pequeña aldea situada apenas a dos

78

horas de distancia de su campamento. Hasta entonces era necesario reponer las provisiones de pociones y de ungüentos curativos.

Caspar no empleaba la medicina solo para sus tratamientos, sino que la ofrecía también a cambio de cosas útiles, como por ejemplo el sustancioso vino tinto que producían las gentes de aquella región.

Cuando Étienne regresó al lugar de acampada, Caspar estaba ya de pie junto a la sencilla plataforma que consistía en dos caballetes de madera y un tablón que normalmente le servía para examinar y tratar a los pacientes. En ese momento la utilizaba como mesa y estaba troceando unas hierbas en una tabla de cortar. Además había colocado varios crisoles cerca de las brasas de la hoguera para fundir su contenido. Tal como Étienne sabía a esas alturas, contenían cera, grasa de ganso o manteca de cerdo, la base de muchos ungüentos.

—¡Hombre, ya estás aquí! —comentó Caspar sin interrumpir su trabajo—. Tráeme el talego con los brotes de álamo.

Étienne se fue cojeando hasta el carro y guardó la vajilla. A continuación arrastró hacia él el cajón en el que Caspar guardaba las plantas medicinales secas. No tenía ni idea de lo que estaba buscando. Después de revolver un rato sin un propósito fijo entre los saquitos de lino y los paquetes de diferentes cortezas, Caspar exhaló un suspiro audible. El cirujano consiguió que su suspiro sonara a la vez con indulgencia e irritación.

—A veces me pregunto si Dios te ha enviado hasta mí como una ayuda o como una prueba. —Se puso al lado de Étienne y sin titubear sacó del cajón un talego con varios remiendos—. ¿No has retenido nada de lo que te he enseñado en estos últimos tiempos?

Étienne prefirió no responder y puso cara de bueno.

—Toma —dijo el médico abriendo el talego y volcando algunos fragmentos secos de plantas en el cuenco de la mano del muchacho—. Este es el aspecto que tienen los brotes de álamo, largos como una uña, estrechos y puntiagudos. ¿Lo podrás retener en la memoria? —Como Étienne seguía sin responder, Caspar chasqueó la lengua con impaciencia—. ¡Huele!

Étienne levantó la mano con las puntas marrones hasta la altura de la nariz e inhaló su aroma balsámico. Ahora lo recordó bien. Efectivamente, Caspar le había mostrado ya aquellos brotes alguna vez. El cirujano le descubría cada día plantas y hierbas medicinales, le enseñaba cómo se colocaban las vendas o le instruía acerca de los síntomas e indicios de las enfermedades más diversas. Al hacerlo, Caspar no escatimaba sus comentarios lenguaraces acerca de la facultad de comprensión y la rapidez mental de Étienne, pero a grandes rasgos parecía satisfecho con su alumno. De vez en cuando, Étienne conseguía arrancarle incluso algún gruñido aprobatorio.

Hundió una vez más la nariz en los brotes marrones y trató de memorizar el aspecto y el olor.

—Echa dos puñados a la manteca y calienta bien toda la mezcla. ¡Pon mucho cuidado en que no hierva! —le indicó Caspar antes de regresar a su tarea de picar hierbas. Caléndula y manzanilla, constató Étienne no sin un dejo de orgullo. Hizo lo que le habían mandado y luego tomó asiento junto a la hoguera para remover de tanto en tanto con un palito el contenido de la olla.

—De ahí va a salir un bálsamo contra la gota y el dolor de las articulaciones, siempre y cuando no lo eches a perder —se adelantó el cirujano a su pregunta—. Galeno nos transmitió un sabio aforismo de Hipócrates: «Lo que no cura la palabra, lo cura la hierba. Lo que no cura la hierba, lo cura el cuchillo. Lo que no cura el cuchillo, lo cura la muerte». —Caspar rio para sus adentros—. Resume con bastante precisión nuestro trabajo de cirujanos. Habrás oído hablar de Galeno, digo yo, ¿no? —Levantó brevemente la vista y Étienne hizo como si estuviera examinando el contenido de la olla. Caspar exhaló un suspiro—. Galeno fue un sabio griego que vivió hace mucho, mucho tiempo. Era un gran experto en medicina, tal vez el más grande de todos. Gracias a él sabemos que en el cuerpo humano, en cada órgano, predomina una mezcla de diferentes humores, la sangre, la flema, la bilis amarilla y la bilis negra, y estos, a su vez, están conectados con los cuatro elementos. La proporción de la mezcla, es decir, el hecho de que predomine uno de esos humores, provoca que cada individuo posea un temperamento. —Caspar señaló con el cuchillo a Étienne, cuyo interés había logrado despertar—. En el temperamento sanguíneo predomina la sangre. —Étienne iba a formular una pregunta, pero el cirujano continuó hablando al tiempo que se dedicaba a desmenuzar hierbas—. Además están los melancólicos; los individuos de temperamento melancólico poseen un exceso de bilis negra. Los individuos de temperamento flemático disponen de demasiada flema, lo cual los hace perezosos y lentos, mientras que los individuos de temperamento colérico poseen un exceso de bilis amarilla y les gusta reaccionar de una forma exagerada y tempestuosa.

—¿Y qué cualidades les corresponden a los individuos de temperamento sanguíneo?

—No son los más rápidos con la cabeza, se desalientan con rapidez y son un poco perezosos —replicó Caspar con una sonrisa burlona—, pero, aparte de eso, son tipos muy agradables.

Étienne puso los ojos en blanco y se volvió de nuevo a la olla con la manteca.

—Todo lo que comemos y bebemos, todo aquello que ingerimos se compone de los cuatro elementos que se transforman en fluidos corporales en su camino a través del estómago y de los intestinos —prosiguió Caspar con su discurso—. Si esa mezcla de fluidos se desequilibra en un órgano o en todo el individuo porque una sustancia está presente en exceso o de manera muy reducida, se origina una desproporción y el individuo enferma. Nuestra tarea consiste entonces en restablecer una mezcla equilibrada. ¡A través de esto! —dijo levantando un puñado de hierbas picadas—, ¡o a través de esto! —dijo levantando el cuchillo—. Lo cual nos llevaría de nuevo al aforismo de Hipócrates. —Exhaló un suspiro—. Muchas personas sanarían por sí mismas si se moderaran al comer, si no bebieran tanto o se tomaran las cosas con calma, pero por regla general no quieren oír estas cosas. Galeno tiene razón: *Populus remedia cupit!*

Étienne reflexionó unos instantes y tradujo a continuación:

—¿A la gente le encantan los medicamentos?

Caspar se echó a reír a carcajadas.

—¡Eso es! Así que vamos a hacerles ese favor.

—Tienes que ser consciente de una cosa, Étienne. —Estaban sentados uno al lado del otro en el pescante del carro, mientras la mula, de nombre Fleur, tiraba de su vehículo sin prisa por el camino imperial a lo largo del Ródano en dirección a Troishêtres—. Quien domina la ciencia de la medicina dispone de un poder posiblemente mayor que un hombre con un arma en la mano. Si sabes sanar a una persona, te será leal toda su vida, pero si no consigues auxiliarla, te pedirán cuentas y responsabilidades. Y ahí está también el peligro de nuestro oficio.

Étienne asintió con la cabeza. Cuando estaba a punto de formular otra pregunta, oyó de pronto un retumbar lejano que hacía vibrar la tierra. Fleur comenzó a mover las orejas y a agitar la cola con inquietud.

—¿Qué es eso?

—Vamos a tener compañía —constató Caspar con una mirada atrás por encima del hombro antes de dirigir el carro hacia un lado. Pocos instantes después se arremolinaba el polvo por el camino, y cinco jinetes, algunos ataviados con cotas de malla, otros con gambesones y guerreras sencillas, refrenaron sus caballos sudorosos al pasar a su lado. Los blasones de armas que llevaban en las vestimentas o en los escudos que colgaban sueltos en sus monturas no le decían nada a Étienne. En cambio, las cruces blancas de tela que algunos de ellos llevaban prendidas en los hombros o cosidas en sus capas hicieron que su corazón latiera con mayor rapidez.

—Señores míos —dijo uno de los hombres de barba cana y cota de malla saludándoles con la cabeza. Las espuelas de plata en sus botas lo identificaban como a un caballero—. ¿Estáis familiarizados con esta región? Los campamentos que habíamos previsto están todos ocupados ya y buscamos una alternativa para nuestro señor y su séquito.

Étienne miró por el camino abajo y reconoció a lo lejos una nube de polvo que indicaba un gran número de viajeros.

—¿Y quién es exactamente vuestro señor? —preguntó Caspar fijándose con aparente indiferencia en el blasón de la pechera de su interlocutor, un escudo rojo con tres anillos plateados. Étienne ya había pasado suficiente tiempo con el cirujano para notar la tensión subliminal en su voz. Estaba en guardia. No podían oponerse a cinco hombres armados de darse el caso. La armadura y los caballos por sí solos no eran ninguna garantía de intenciones íntegras. A pesar de haber partido hacia Jerusalén con fines piadosos, algunos peregrinos habían optado a mitad de trayecto por una vida más lucrativa como salteadores de caminos o caballeros bandidos.

El hombre procuró que no se le notara si la pregunta provocadora de Caspar le había molestado.

—Mi nombre es Perceval Tournus. Mi vasallo es Guillaume, conde de Mâcon y de Vienne, en compañía de unas dos decenas de caballeros y cuatro decenas de siervos guerreros —replicó con sosiego—. Además de escuderos, séquito, animales de carga y carros.

Caspar reflexionó unos instantes.

—Hoy ya no conseguiréis llegar a Valence —respondió finalmente—. Y los pueblos en el camino hasta allí difícilmente podrán dar albergue a tantos viajeros, pero en las vegas que se hallan a dos o tres horas de aquí deberíais encontrar sitio para todos. En esta época del año las praderas están secas, y a lo sumo os encontraréis con algunos pastores.

Su interlocutor asintió con la cabeza en señal de agradecimiento.

—¡Que Dios os bendiga! ¡Buen viaje! —dijo haciendo señas a sus acompañantes y girando su caballo bayo.

—Un momento. —Uno de los jinetes acercó su caballo. Tenía el pelo trigueño corto, a lo normando, lo cual acentuaba sus orejas de soplillo. Un llamativo hueco entre sus incisivos superiores le confería a su sonrisa algo de infantil y le hacía parecer joven, si bien los anchos hombros y la vigorosa nuca decían lo contrario—. ¿Sois comerciantes? —dijo dirigiéndose a Caspar—. ¿Nos venderíais tal vez una bota de buen vino? Lo que llevamos con nosotros sabe peor que una meada de cabra.

Sus acompañantes rieron. Caspar también exhibió ahora una amplia sonrisa.

—No puedo sino decepcionaros, señor. Somos cirujanos de camino a una aldea llamada Troishêtres, para ofrecer allí nuestros servicios. —Caspar prefería viajar sin llamar la atención y por ello renunciaba a decorar su carro con símbolos misteriosos o baratijas llamativas como hacían otros de su gremio. Solo el forro de cuero de su cinturón, en el que llevaba consigo, no sin orgullo, los instrumentos quirúrgicos más importantes, lo identificaba como cirujano al examinarlo con atención. Y cuando un forastero se detenía en las pequeñas aldeas y pueblitos, la curiosidad y la charlatanería de sus habitantes hacían que se corriera la voz enseguida sobre los servicios que ofrecía—. Ahora bien, si necesitáis un remedio contra los dolores articulares o de las tripas —continuó hablando Caspar—, podemos ayudaros.

Su interlocutor negó con la cabeza.

—No me duele nada si dejamos aparte que tengo la garganta reseca. Aunque, bien mirado..., sí, esperad un momento. —De pronto esbozó una sonrisa ancha y se dio la vuelta en su montura—. Tyrell, ¿no decías que tenías un picor entre las piernas desde que te follaste en Lyon a aquella criaturita de amor por horas?

Se produjo un estallido de carcajadas toscas y la cara del aludido se puso roja como un tomate.

—¡Ya está bien, hombres! —exclamó el caballero conminando a sus acompañantes a la calma con una mano alzada—. El conde Guillaume está esperando nuestro informe. ¡Así que venga, vámonos ya de una vez!

Volvió a saludar con la cabeza a Caspar y Étienne y espoleó a su caballo. Los demás giraron sus monturas y lo siguieron. Étienne se mantuvo atento un rato a sus risas y sus bromas con el corazón en un puño hasta que desaparecieron definitivamente.

11

Reino de Hungría, agosto de 1189

Atónitos se quedaron Aveline y sus acompañantes en una colina contemplando aquello que, según los informes de otros viajeros, debía ser un río pequeño y animado. Llevaban días caminando por tierras húngaras con la esperanza de alcanzar por fin al ejército de Barbarroja y poder encomendarse a su protección. Se hallaban próximos ya a la frontera con el reino de Serbia. Y ahora esto...

El agua bramaba con un color arcilloso por el cauce del río, y rugía y espumeaba como si fuera a desbordarse de un momento a otro y devorarlo todo a la izquierda y a la derecha de su recorrido. Allí donde un puente de madera debía conducir a la otra orilla, sobresalían de la riada unos cuantos postes rotos semejantes a los dientes de un monstruo. Las olas los sacudían con furia, como si intentaran eliminar también esos últimos restos de una obra humana.

—¡Jesús bendito! ¿Qué ha sucedido aquí? —preguntó la pequeña Maude persignándose sin apartar la vista.

—Yo diría que en algún lugar ha debido de llover con muchas ganas —conjeturó Jean dejando vagar la vista por el horizonte—. Eso ha hecho crecer el río, que se ha llevado por delante el puente. No puede haber ocurrido hace mucho, a lo sumo unos pocos días, de lo contrario nos habría advertido alguien por el camino.

Lucille se tumbó en la hierba y se llevó las manos al vientre, que cada vez se perfilaba más bajo la ropa. Tenía la cara gris por el agotamiento. Todos estaban cansados, hambrientos y desfallecidos. Pensando que iban a poder pasar la noche en un albergue, habían caminado durante las últimas horas sin descanso. Habían consumido sus provisiones salvo algunos restos.

—Tal vez haya algún vado cerca, ¿no? —reflexionó Maude mirando esperanzada las caras de sus acompañantes.

Jean negó con la cabeza.

—¡No seas tonta, hermanita! Con una riada así no nos serviría de nada un vado. Las aguas nos arrastrarían al instante. Y ningún barquero en su sano juicio cruzaría el río con una corriente como esta. No —dijo negando de nuevo varias veces con la cabeza—, una de dos: o acampamos aquí hasta que el descienda el caudal y esperamos a que alguien nos pase al otro lado, o seguimos caminando hasta que encontremos un puente intacto.

—¡Pero eso puede llevarnos algunos días y el ejército de Barbarroja no va a esperar! —objetó Frédéric—. Nuestro camino va por allí, pasando por aquel pueblito —dijo señalando a la otra orilla, en donde se apiñaban a lo lejos unas pocas casas y se veía ascender por las chimeneas el humo de los fogones de las cocinas.

Bennet exhaló un suspiro.

—Puede que sea así, pero Jean tiene razón. Debemos buscar otro puente para pasar a la otra orilla, a menos que san Cristóbal nos pase volando por encima del río.

—¡Deja de pronunciar semejantes blasfemias! —le espetó el hermano Gilbert—. Tú y esa mujer —dijo dirigiendo una mirada fulminante a Aveline—, vosotros sois los que habéis atraído la ira del Señor sobre nosotros. Si no frustrarais el orden divino con vuestras acciones, el Todopoderoso no nos pondría a prueba de esta manera. ¡Vais a traernos la desgracia a todos nosotros!

Frédéric y Lucille fijaron también su mirada en Aveline, y sus caras se ensombrecieron tanto por la preocupación como por el descontento creciente. La semilla plantada por Gilbert comenzaba a germinar.

—¿Qué es exactamente lo que insinúas? —preguntó Bennet con calma, pero Aveline pudo apercibirse de que el monje lo estaba llevando al límite de su paciencia.

—«Una mujer no debe llevar cosas de hombres porque eso es una abominación a los ojos de Dios», se dice en el Deuteronomio.

—¿A qué te refieres con «cosas de hombres»? —preguntó Bennet con frialdad.

—Trajes de hombre y armas. Él no quiere que una mujer se comporte como un hombre.

Bennet resopló.

—Con tu permiso, hermano Gilbert, eso es ridículo. El mero hecho de que una mujer lleve un arco no significa, ni de lejos, que vaya a comportarse igual que un hombre. En Inglaterra, la mitad de las mujeres dispara con arco, y no tengo la impresión de que el Todopoderoso nos niegue su bendición por ello.

El hermano Gilbert no parecía muy convencido. En la expresión de su rostro podía leerse que tenía a aquella isla bárbara en el mar del Norte por un lugar abandonado de la mano de Dios.

Bennet lo intentó de otra manera.

—¿No es también usual en estas tierras que las mujeres tomen las armas para defender sus casas y sus terrenos cuando sus maridos están fuera?

—¡No puedes comparar ambas cosas! —dijo Gilbert enfurecido y su calva comenzó a adoptar un brillo rojizo—. Esa es una situación de emergencia, un acto de autodefensa.

—¡Pero no sucede nada distinto en este caso! —objetó Bennet—. Aveline fue víctima de una violación antes de que se uniera a nosotros. Le estoy enseñando a tirar con arco para que pueda defenderse en caso necesario.

—Yo, por mi parte, estoy muy contento de que no sea Bennet el único que nos mantenga alejados de salteadores de caminos u otra gentuza de la misma calaña cuando las cosas se pongan feas

—gruñó Jean sin mirar a los debatientes. Su hermana asintió con la cabeza.

—Pero ¿qué ocurre si Dios en efecto no lo aprueba? —intervino Lucille con las lágrimas asomándole a los ojos—. ¿Qué ocurre si Él nos cierra por eso el camino que nos conduce a Su Tierra Prometida?

El monje viejo asintió con la cabeza como corroboración.

—¡Eso es lo que digo yo! Dios quiere ponernos a prueba y ver si estamos preparados para librarnos de todo lo pecaminoso, pues solo podemos servirle estando puros y purificados. La desgracia nos persigue desde que esta mujer trató de robarnos. Hay algo en ella que despierta la cólera de Dios. Nunca debimos llevarla con nosotros. Lo mejor sería dejarla aquí mismo.

La piel de Aveline comenzó a arder y su boca se abrió. Iba a replicar algo, pero las palabras se le secaron en la lengua. ¿Qué habría podido objetar? ¿Decir, por ejemplo, que era una infanticida, que había perdido la benevolencia de Dios y había emprendido aquel viaje para salvar su alma perdida? Tal vez tenía razón el monje en su suposición y Dios deseaba mantenerla lejos de Su Tierra Santa por haber pecado tan gravemente. Sin embargo, ¿no había dicho también Kilian que el Todopoderoso mostraba misericordia cuando alguien acudía a Él con arrepentimiento? La mirada de ella se dirigió al monje joven, que parecía estar buscando las palabras y mirando torpemente de un lado a otro.

—Eso es un disparate, hermano Gilbert. —Desde que se conocían, era la primera vez que la ira ensombrecía los rasgos por lo general serenos de Bennet al tiempo que su voz adquiría un tono mordaz—. Ava es una simple peregrina que ha confesado sus pecados y ha hecho sus votos. ¡No hay ningún motivo para tratarla como a una delincuente!

El monje miró a Bennet con las cejas enarcadas y una sonrisa despectiva le separó de repente los labios.

—Me parece que ves en ella algo más que una simple peregrina.

Bennet apretó los puños y avanzó un paso hacia el benedictino, pero Kilian se interpuso entre los dos.

—Hermano Gilbert —dijo en tono suplicante y posando una mano sobre el brazo del monje—. Puede ser que Dios quiera ponernos a prueba, pero seguramente será solo la prueba de si somos firmes en nuestra fe y no nos dejamos desconcertar ni siquiera ante los obstáculos para seguir su llamada. «Confía en el Señor de todo corazón, y no en tu propia inteligencia. Reconócelo en todos tus caminos, y él allanará tus sendas». —Kilian suspiró y miró en dirección a las aguas tempestuosas—. Es una desgracia que el río haya arrancado el puente. También a mí me habría apetecido un sitio en el albergue y una cena caliente, pero las cosas son como son, es decir, se trata de una desgracia de la que nadie es culpable. —Miró a la gente a su alrededor—. Dios nos ha reunido, y juntos proseguiremos nuestro viaje. Descansemos, oremos y comamos un poco de pan. Después seguiremos este sendero a lo largo de la ribera alta. Tal vez nos topemos con una aldea o con un pueblito en donde podamos encontrar alojamiento para la noche.

Lucille asintió con cansancio y Frédéric se sentó a su lado. Solo la expresión del rostro del hermano Gilbert seguía siendo implacable e hizo que Aveline se estremeciera.

—Ya veréis —murmuró, y su mirada abrasó la de ella—, esta mujer va a acarrearnos aún más desgracias.

Ese día no encontraron ningún pueblo, ni tampoco lugareños; al día siguiente, tampoco.

Las provisiones se habían agotado definitivamente cuando acamparon a primera hora de la tarde en la linde de un bosque caducifolio.

Las miradas que el hermano Gilbert, Lucille y Frédéric dirigían a Aveline no dejaban lugar a dudas sobre a quién consideraban responsable de aquella situación crítica.

Mientras tanto, Bennet había recuperado de nuevo su antigua serenidad.

—Voy a ir a cazar —anunció mientras sacaba sus flechas de una bolsa y examinaba concienzudamente las puntas y las plumas—. Ava me acompañará.

Si alguien se escandalizó por aquello, no lo hizo saber. Tan solo la cara del hermano Gilbert se ensombreció con las palabras de Bennet. Cuando el anglosajón se dio cuenta, tendió al monje el arco corto de caza.

—En el caso de que tengas problemas con que una mujer cace para la cena, puedes encargarte tú mismo de la tarea.

Gilbert ignoró la mano extendida y se dio la vuelta con un resoplido furioso. Por lo visto, un estómago vacío lograba que incluso aquel monje hiciera la vista gorda ante las reglas del decoro.

—Regresaremos antes de la puesta del sol. Y, si Dios quiere, habrá un buen asado para la cena. ¡Ava, ven!

Aveline cogió el segundo arco y lo siguió con sentimientos encontrados. Por un lado, no veía la hora de escapar de la estrechez de la comunidad que estaba ahogándola cada vez más, sobre todo porque el acoso difamatorio del hermano Gilbert se interponía entre ellos como una sombra; pero, por otro lado, no quería empeorar más las discordias.

Sí, dejando aparte al anglosajón, ella era probablemente la única persona que sabía manejar un arco. Sin embargo, dudaba de que pudiera serle de gran ayuda a Bennet.

Al cabo de unos pocos pasos los rodeó el bosque, y, cuanto más atrás iban dejando las voces de sus acompañantes, más sosegada y regular se fue volviendo la respiración de Aveline. Siguieron un angosto paso utilizado por el venado. La luz del sol atravesaba la espesura, le rozaba la piel como un cálido terciopelo y hacía que brillaran de color plata los hilos de las telarañas. Emanaba de la tierra un intenso olor a musgo, a resina y a hongos; los pájaros revoloteaban en el follaje y los insectos zumbaban en círculos. Aquel ambiente apacible hizo que la tensión de Aveline acabara desapareciendo. Aspiró hondo en los pulmones aquel aire suave. No recordaba cuándo había percibido por última vez esa paz interior. Bennet, que la precedía, la miró brevemente por encima del hombro y le sonrió. Ella pudo ver en la cara de él que se sentía de una manera similar.

Al cabo de un rato le hizo una señal con la mano alzada para que se detuviera; se giró hacia ella, se llevó el dedo índice a los labios y le señaló un lugar entre los árboles. La mirada de Aveline siguió la mano extendida. En un pequeño claro de la espesura pacían algunos conejos. De tanto en tanto levantaban las cabezas y se ponían al acecho con las orejas aguzadas, pero la brisa suave se llevaba consigo el olor de Aveline y de Bennet, y los animales se creían equivocadamente a salvo.

Bennet sacó dos flechas de su aljaba y le tendió una a Aveline. Simultáneamente colocaron las flechas, levantaron los arcos y los tensaron. Dos latidos después dispararon ambos.

Los conejos salieron disparados en todas direcciones, solo dos pequeños cuerpos peludos permanecieron en el claro después de unas breves contracciones.

La cara de Bennet se iluminó cuando sonrió a Aveline y movió la cabeza en señal de reconocimiento. Había una familiaridad entre ellos, una complicidad como la que existe entre compañeros de armas.

—Pronto no habrá ya nada más que pueda enseñarte yo. Eres una cazadora, Ava —dijo mientras extraía las flechas de los animales muertos y los ataba por las patas traseras—. ¿O debería llamarte Diana?

Aveline se echó a reír. Su corazón estaba desbordado de orgullo. ¿Cuándo había sido la última vez que se había sentido tan libre y feliz?

Ninguno de los dos sentía la necesidad de volver enseguida con los demás, así que continuaron vagando por el bosque, arrancaron setas y hierbas, y Bennet recolectó un puñado de moras.

—Te las has ganado —dijo él y le entregó los frutos a Ava.

Despedían un aroma dulce, a sol de verano. Descansaron junto a un pequeño arroyo. Bennet se inclinó sobre el agua para refrescarse, y Aveline se dedicó a observarlo. Él la había salvado más de una vez. Quería darle las gracias por todo, con creces, y sintió una tristeza imprecisa porque no había nada que ella pudiera ofrecerle. Excepto una cosa, tal vez.

Cuando Bennet se puso en pie en la orilla y se giró hacia ella, Aveline había aflojado las cintas del vestido de modo que este se deslizó hasta sus caderas, dejando desnudos los hombros y los pechos. Se sintió indefensa y vulnerable. La sangre le bramaba en las orejas y no pudo evitar ponerse a temblar. ¿Le gustaba a Bennet lo que veía, su figura esbelta, casi de muchacha, los pechos pequeños...? Aunque todo en ella clamaba para que se cubriera la desnudez, se obligó a dejar los brazos caídos en los costados. Sin embargo, sus manos se cerraron.

Cuando la primera sorpresa desapareció de la mirada de él, en los ojos de Bennet se reflejó la pugna de las más diferentes emociones. En ellos estaba su conocida serenidad alegre, pero había tristeza, y también hambre, un anhelo impetuoso. Se acercó a ella y la contempló. Las manos de él se posaron en su talle y ella se estremeció con ese contacto. Con suavidad volvió a alzarle la vestimenta por encima de los hombros y posó las manos en ellos.

—Yo... me siento honrado, Ava, pero, lo que hago, no lo hago esperando nada a cambio. Inicié este viaje de peregrinación para purificarme, para volver a ser una persona cabal. No espero nada, nada que no estés dispuesta a dar tú por tu propia voluntad. Solo si tú lo quieres, no si lo sientes como una obligación.

Ava lo miró con los ojos muy abiertos. Se le hizo un nudo en la garganta y, de pronto, las lágrimas comenzaron a deslizarse por sus mejillas.

Bennet la estrechó entre sus brazos con cuidado y suavidad, como si fuera de cristal. No había allí nada aterrador, nada violento ni constrictivo, todo lo contrario: ella se sentía segura y protegida, como si los brazos de él fueran un baluarte contra todo mal. Se apretó contra él, se arrimó cariñosamente a su pecho y oyó latir el corazón de él en su mejilla. Él abrió la boca para decir algo, pero ella le quitó las palabras de los labios con un beso.

12

Borgoña, agosto de 1189

L legaron a mediodía a Troishêtres. No tardaron mucho en
acudir personas que buscaban ayuda. Algunas conocían a
Caspar de visitas anteriores.

Erupciones cutáneas con picores, niños que se habían quemado en el fuego de la chimenea, heridas supurantes o extremidades
dislocadas... Caspar se ocupaba de cada dolencia con una paciencia que se echaba de menos en sus lecciones diarias.

Étienne ayudaba en lo que podía, sosteniendo a los pacientes, alcanzando las pociones curativas al cirujano o aguantando
el cuenco que utilizaban para recoger la sangre durante las sangrías. Al cabo de algunas horas le dolía el pie izquierdo y sentía
la fatiga en cada hueso. Sin embargo no se trataba de ningún
cansancio impreciso ni agobiante, sino de una pesadez colmada
de una profunda satisfacción. El corazón de Étienne se calentaba con la expresión de gratitud en los ojos de las personas cuando
les ofrecían como honorarios un cesto con huevos o una fragante hogaza de pan o les besaban la mano con una plena devoción.
Nunca hasta entonces le había mirado nadie de esa manera. Las
miradas que solía cosechar normalmente eran, en el mejor de los
casos, de compasión, y no pocas veces de asco y de completa
aversión.

—¡Ya es suficiente por hoy! —exclamó Caspar sacándose la
camisa por la cabeza y dejando ver una cicatriz abultada y alargada

95

por debajo del omóplato derecho. Étienne ya la había visto en varias ocasiones, pero todavía no se había atrevido a preguntar por su origen—. Envía a los restantes a sus casas —le indicó el cirujano mientras se lavaba la cara y el pecho en un cubo de agua—. Diles que vuelvan mañana.

Étienne hizo lo que se le dijo, y aquellos pocos hombres y mujeres se marcharon sin rechistar. Habían esperado durante tanto tiempo que un médico se pasara por su pueblo que un día más les parecía perfectamente asumible.

El sol estaba ya bajo aunque seguramente seguiría habiendo luz durante algunas horas. Étienne y Caspar habían acampado en una pequeña dehesa situada en la linde del pueblo. Una tienda de campaña descolorida servía durante el día como lugar de la consulta médica y después de campamento nocturno de Caspar. Desde que sus heridas se habían curado en su mayor parte, Étienne dormía bajo el carro, envuelto en varias mantas. Aunque no estaba acostumbrado a pasar la noche al aire libre y en un suelo duro, dormía mucho mejor que entre los angostos muros de su alcoba en Arembour.

Después de ponerse una camisa limpia, Caspar ayudó a Étienne a desmontar el catre y a guardar las vendas y los ungüentos en las cajas.

—Esta noche podremos llenarnos la barriga como es debido —comentó el cirujano echando un vistazo a las ofrendas de sus pacientes. Además de huevos y de pan había un tarrito de miel, un queso envuelto en lino y salchichas fragantes. Caspar levantó una gallina por las patas atadas—. ¿Qué te parece un asado, Étienne?

El estómago de Étienne se contrajo solo con imaginárselo. Era en parte por el hambre, sí, pero sobre todo porque le tocaría a él la tarea de retorcerle el cuello a la pobre ave y desplumarla.

—¡Encárgate de ello! —dijo el cirujano poniéndole al animal ante el pecho—. Mientras tanto iré a por nuestro vino.

—¿Nuestro?

«Tuyo, querrás decir». No hacía mucho, Étienne se había atrevido a preguntarle por los motivos de sus borracheras de todas las noches. «Las horas del día son para los enfermos, pero las de la noche son para mí y para mis recuerdos», había gruñido Caspar sin dar más explicaciones. «No pueden ser buenos esos recuerdos, si tienes que ahogarlos en vino», pensó Étienne, pero prefirió dejar las cosas como estaban. No le correspondía juzgar al hombre que sin duda alguna le había salvado la vida.

La gallina aprovechó esos momentos de inatención de Étienne para intentar escapar batiendo violentamente las alas y solo a duras penas pudo dominarla. Por ese motivo, Étienne no se percató de la llegada de los tres jinetes sino cuando estaban a punto de alcanzar el lugar de su acampada.

Caspar se situó a su lado con una jarra llena y miró en dirección a los hombres que conducían sus caballos por el camino a todo galope.

—¡Anda, mira tú! Esos tienen mucha prisa. Será que hay alguno que no aguanta ya el picor entre las piernas, ¿verdad?

Tomó un trago de vino y esperó con calma hasta que los jinetes llegaron hasta ellos. En efecto, se trataba ni más ni menos que del caballero Perceval Tournus en compañía de dos escuderos, uno de los cuales era el muchacho orejudo. De sus miradas había desaparecido todo rastro de picaresca y de malicia; tenían los ojos oscurecidos por la preocupación. A los caballos les caía el sudor a chorros por el pecho y tenían las cabezas gachas por el agotamiento. Sus jinetes debían de haberlos cabalgado de una manera despiadada.

Caspar levantó la vista alarmado y dejó la jarra a un lado.

—¿Qué ha ocurrido?

Tournus saltó de su montura.

—Dijisteis que erais médico cirujano, ¿verdad? —preguntó el caballero. Su voz sonaba a la de una persona en apuros.

Caspar asintió con la cabeza.

—El conde Guillaume..., su caballo de combate le ha dado una coz en el pecho. Al principio pensamos que no era muy grave, pero entonces comenzaron a aumentarle los dolores y se veía perfectamente que le resultaba difícil respirar. Cuando partimos, ya apenas estaba consciente. ¡Tenéis que ayudarlo, rápido!

Las arrugas surcaron la frente del cirujano como si estuviera tratando de dar sentido a las palabras de Tournus.

—Ve a por mi bolso —encargó a Étienne. Al mismo tiempo se palpó en el cinturón para asegurarse de que en el forro se encontraban en su sitio los instrumentos quirúrgicos—. ¿Ha escupido sangre o tenía la saliva sanguinolenta? —le oyó preguntar Étienne mientras se dirigía cojeando al carro.

—No —respondió el caballero.

Étienne arrojó al interior del carro la gallina que cacareaba indignada y agarró un bolso de cuero desgastado. Contenía los vendajes, algunas medicinas, remedios medicinales así como otras cosas que Caspar se llevaba consigo cuando un paciente no estaba en condiciones de ir a su tienda de campaña. Cuando regresó, el caballero ya estaba de nuevo en su montura y Caspar detrás de él. El escudero orejudo montó a Étienne en su caballo y salieron a toda velocidad.

Los recibieron al instante una vez llegados al campamento del ejército, y los condujeron a una tienda de campaña de color verde. Un hombre, en la mitad de la treintena, yacía en un lecho de pieles y cojines; el pelo, que le llegaba a la barbilla, le colgaba revuelto en la cara; tenía los ojos semicerrados. Dos hombres estaban arrodillados a su lado, otro más le sostenía la espalda. Étienne oyó ya de lejos que la respiración del conde no sonaba natural sino silbante, como si tuviera dificultad para llenarse los pulmones de aire. Sus labios estaban azules, la cara e incluso las manos tenían un color cadavérico.

Perceval Tournus se apresuró a ponerse a su lado.

—Conde Guillaume, ¿podéis oírme? —Su afirmación fue tan débil que apenas cabía considerarla como tal—. Tenemos a un cirujano con nosotros. ¡Os va a ayudar!

«Si no es ya demasiado tarde», pensó Étienne. Aquel hombre tenía el aspecto de quien va a presentarse de un momento a otro al Creador.

Caspar apartó al caballero y a otro hombre —por lo visto un curandero—, y se inclinó sobre el herido. Con un rápido movimiento de la mano le desgarró la vestimenta hasta el cinturón y le examinó el pecho. No había manera de pasar por alto el hematoma que le había dejado la herradura del caballo. Caspar le palpó las costillas, a continuación asintió con la cabeza como si se hubiera confirmado una sospecha.

—¡Ahora, silencio!

Puso la oreja en el tórax de Guillaume y le buscó el pulso en la muñeca. Finalmente miró la boca del conde.

Étienne admiró la calma y aquella concentración tensa y en máxima disposición, como la cuerda de un arco antes del disparo, a pesar de lo amenazadora de la situación. Mientras que su propio corazón le latía intensamente por la agitación, Caspar parecía casi disfrutar de cada momento. El poder sobre la vida y la muerte, dulce y embriagador como un vino reposado si no se abusaba de él. Esto era lo que el cirujano había tratado de explicarle esa misma mañana.

Caspar volvió a presionar la oreja sobre el torso desnudo del conde y le golpeteó el tórax con tres dedos. Cuando levantó la vista, su cara mostró una expresión muy seria.

—Tenemos que actuar ahora con rapidez, de lo contrario vuestro señor se ahogará en su propia sangre. —Señaló con el dedo al tipo orejudo—. ¿Cómo te llamas?

El escudero tardó unos cuantos instantes en apartar su mirada clavada en el conde Guillaume y reaccionar. En sus ojos había tensión y terror.

—Del... Aymeric de l'Aunaie.

—Bien, Del. Afuera hay algunos saúcos. ¿Sabes qué aspecto tienen?

Asintió con la cabeza.

—Ve y tráeme una ramita no más gruesa que tu dedo meñique. Y una jarra de vino fuerte. ¡Date prisa, vamos!

De l'Aunaie estuvo a punto de tropezar con sus propios pies al salir de la tienda con tantas prisas.

—Étienne, tráeme el cuenco de las sangrías, el lino y el ungüento. Vosotros dos —dijo señalando a los hombres arrodillados junto al conde—, ponedlo de costado. Luego sostendréis a vuestro señor; tiene que permanecer quieto. Y traed luz para que pueda ver bien.

Nadie se atrevió a contradecir a Caspar. Hacía rato que todo el mundo había comprendido que aquello era cuestión de vida o muerte. Caspar toqueteó la funda forrada del cinturón y la desenrolló. Sacó un hierro de corte con palo y un escalpelo, y los preparó. Eran objetos condenadamente afilados, tal como Étienne sabía por propia y dolorosa experiencia. Más de una vez se había herido con el filo al limpiarlos.

Un momento después entraba apresuradamente De l'Aunaie en la tienda de campaña.

—¡Tomad! —exclamó entregando a Caspar una ramita de saúco y una jarra de vino.

El cirujano tomó un trago de vino, cortó la ramita hasta dejarla con un palmo de longitud y peló con cuidado la corteza. Con una aguja larga y gruesa de su instrumental quirúrgico extrajo el tuétano blando, de modo que se originó un tubito. Se lo tendió a Étienne y le hizo señas para que lo frotara con el ungüento. Nadie decía nada, todos miraban embelesados a Caspar. El cirujano cogió el hierro de corte. Golpeteó una última vez en el tórax del conde, limpió la zona con un paño empapado en vino y luego aplicó el filo.

—¡Jesús bendito!, lo vas a matar —se quejó el curandero y se dispuso a arremeter contra Caspar, pero De l'Aunaie lo agarró férreamente del brazo.

—¡Déjalo hacer, Vachel! De lo contrario morirá de todos modos.

Étienne no tenía por qué ser un entendido en medicina para estar de acuerdo con el escudero. En los ojos semicerrados del conde centelleaba ya el purgatorio. Con una mezcla de admiración y de repugnancia observaba a Caspar en su trabajo. El médico realizó un corte pequeño y profundo por debajo del arco costal derecho. La cuchilla penetró sin dificultad a través de la piel y la carne. Guillaume se arqueó con un gemido, pero los dos ayudantes lo devolvieron a su posición sobre el lecho. Étienne limpió la sangre con un paño. Caspar cogió el tubito de saúco y, sin prestar atención a los gemidos de su paciente, lo introdujo profundamente en la abertura sangrante hasta que solo sobresalieron unos dos dedos de largo.

—¡Étienne, el cuenco! —Caspar se inclinó sobre el tubito y aspiró con fuerza. Cuando retiró la boca, comenzó a fluir la sangre por la abertura hacia el recipiente, un chorro fino pero constante—. ¡Sostén esto!

Entregó el cuenco a uno de los hombres que estaban al costado de Guillaume, que tenía la mirada fijada en aquel espectáculo con expresión de hechizo y de asco a la vez. Caspar se echó un poco hacia atrás y se permitió un suspiro.

—Ahora toca esperar.

Todo el mundo seguía sin decir palabra, todas las miradas estaban puestas en el conde Guillaume que yacía sobre las pieles, inmóvil y con los ojos cerrados; su respiración era reducida y sibilante. La tensión hacía que el aire de la tienda de campaña fuera espeso como una sopa.

Étienne comenzó a morderse el labio inferior. ¿Qué les harían los vasallos de Guillaume si no volvía en sí? ¿Los dejarían marchar por las buenas o los despedazarían como represalia? Observaba con tensión al conde. Seguía sin realizar ningún movimiento, pero algo había cambiado. ¿Se lo estaba imaginando o estaba regresando de verdad el color a las mejillas del herido? Se inclinó un poco más cerca y vio cómo el tórax de Guillaume se elevaba y descendía visiblemente, el resuello disminuía y era sustituido finalmente por una respiración profunda y tranquila.

—¡Mira! —De l'Aunaie golpeó al hombre que tenía a su lado con tanta fuerza en el hombro que este estuvo a punto de caer. Una sonrisa de loca alegría separó los labios del escudero—. ¡Está volviendo en sí! Pero ¡mirad! ¡Está volviendo en sí!

En efecto, los párpados de Guillaume se estaban agitando y finalmente abrió los ojos. De sus labios brotó un suspiro, pero sonó menos a dolor que a alivio.

Caspar se acercó a su lado.

—¿Cómo os sentís, alteza?

—Yo... puedo respirar, ¡a Dios gracias! —dijo el conde con un hilo de voz y en un tono de asombro. Se llevó la mano al pecho, pero Caspar la agarró antes de que pudiera rozar el tubito—. ¿Te lo debo a ti? —añadió entre susurros.

—Bueno —contestó Caspar con una amplia sonrisa—, primero tenéis que agradecérselo a vuestros hombres. Parece que sois un caballero decente, al menos estaban verdaderamente preocupados por vuestra vida cuando me llamaron para que acudiera a vuestro campamento.

Guillaume sonrió con una mezcla de emoción y de orgullo.

—¿Y cómo ha ido tu intervención? —preguntó.

—Una costilla rota desgarró algo en vuestro interior. La sangre se filtró en el pecho, presionó vuestro corazón y os complicó mucho la respiración. —Carraspeó—. Tuve que sajaros un agujerito para que fluyera afuera.

El conde Guillaume sonrió, si bien su aspecto era todavía de fragilidad.

—No sería la primera vez que alguien me agujerea la carne.

—Ahora tenemos que esperar hasta que toda la sangre haya salido y rezar para que se cierre la herida en vuestro tórax. Tendréis que estar en reposo durante un tiempo, y deberíais estar alejado de vuestro rocín de combate en los próximos tiempos.

Guillaume asintió con la cabeza, pero sonrió al mismo tiempo.

—Debo de haberlo pillado en un día aciago. Por regla general, Titán no intenta matarme más de una vez al mes.

Caspar se echó a reír.

—Y su estado de ánimo no será seguramente el mejor cuando se dé cuenta de que ha vuelto a fallar. Si Dios quiere, viviréis.

13

Reino de Hungría, agosto de 1189

L levaban varios días siguiendo el curso del río sin toparse con puente ni vado transitable alguno. De todos modos habían conseguido adquirir provisiones en una aldea pequeña. Por los lugareños se habían enterado de que existía un paso del río a dos jornadas más de marcha.

El ambiente era tenso e incluso el bueno de Jean gruñía como un oso irritado.

Nada de esto le preocupaba a Aveline. La envolvía una red de luz y de calor contra la cual rebotaba toda disputa, toda mala palabra, toda mirada rencorosa. Siempre que le era posible, enviaba a hurtadillas una sonrisa en dirección a Bennet. Y él le rozaba la mano al pasar, como por casualidad, y aquella era una sensación como si un rayo de sol danzara sobre su piel.

¡Qué diferente era todo de pronto, desde que en su corazón habitaba ese nuevo sentimiento que expulsaba la angustia y la tristeza de él. ¿Era eso la felicidad?

También ese día, la caza les sirvió de excusa para escaparse juntos después de haber montado el campamento a primera hora de la tarde.

Tan pronto como el bosque los envolvió con su vivacidad de trinos y de susurros, con sus olores a musgo y a follaje, y con los haces de luz centelleantes, parecían ser las únicas personas en el universo.

«Como Adán y Eva en el jardín del Edén». Aveline sonrió al pensarlo.

Unos brazos la rodearon por detrás y el cálido cuerpo de Bennet se arrimó cariñosamente a su espalda. Aveline se estremeció, pero de forma reconfortante. Si unas pocas semanas atrás cualquier roce humano le deparaba un malestar enorme, ahora no se hartaba jamás de sentir la piel de él sobre la suya.

Bennet apoyó la barbilla en el pliegue de su cuello y su cálido aliento le alborotó el pelo con suavidad. Se dio la vuelta y apretó la cara contra su pecho. Aspiró hondo el olor a sudor reciente y a cuero, y se puso a escuchar con atención sus latidos. Nunca habría creído posible que pudiera sentir algo diferente al miedo en los brazos de un hombre.

Por primera vez desde que había dejado de ser una niña, se sentía llena de confianza y de seguridad en sí misma. Todo iba a encaminarse por la senda buena. Ya no estaba sola. En esos brazos estaba segura.

Disfrutaron en silencio aquella proximidad y confianza mutuas. Hasta ahora no habían intercambiado más que besos y caricias. Solo habría más cuando Aveline lo quisiera, Bennet no había dejado ninguna duda al respecto.

Descansaron en un peñasco. Aveline se acurrucó en la piedra caliente con las rodillas dobladas y dejó que el sol le brillara en la cara. Bennet le tendió una espiga en la que había ensartado algunas bayas y se sentó a su lado. Ella acomodó la cabeza en el hombro de él.

—¿Por qué dijiste que querías regresar de Tierra Santa como un hombre mejor? —preguntó mientras cogía uno de los frutos—. No puedo imaginarme a ninguna persona mejor que tú.

Bennet se rio en voz baja.

—Eso es demasiado honor para mí, suena como si yo fuera un santo. —Se calló para proseguir con voz seria—. No, no soy ningún santo, en absoluto.

Aveline percibió bajo su mejilla cómo se tensaba el cuerpo de Bennet. ¿Había dicho algo malo? ¿Lo había ofendido?

—Me refiero a que no conozco a nadie que sea tan generoso y paciente —explicó ella—, con tanta disposición a ayudar y a...

—Soy un asesino, Aveline.

Las palabras de Bennet cayeron entre ellos frías y afiladas como un hacha. Se apartó de él para poder mirarlo a la cara, pero él tenía la mirada puesta en la distancia, en otro tiempo, y sus ojos estaban colmados de tristeza. Aveline se arrodilló ante él y le cogió las manos.

—¡Cuéntamelo, por favor!

Primero pareció que él no deseaba decir nada más, pero al cabo de un buen rato comenzó a hablar finalmente.

—Se llamaba Gunhild. Todo el mundo la llamaba Hild. Era la hija del herrero. Un cabello largo, de color marrón miel, ojos brillantes. Era bella, una criatura delicada, un hada chiquita. —En sus labios se esbozó una sonrisa que parecía proceder de tiempos mejores, pero se extinguió cuando continuó hablando, y Aveline vio en sus rasgos un dolor reprimido a duras penas—. Nos amábamos, no podíamos estar separados. Yo quería tenerla siempre a mi lado, quería casarme con ella, pero su padre había trazado otros planes. Le pegaba hasta meterle el miedo en los ojos. También fue a por mí cuando quise persuadirle de que me la concediera. —Bennet se frotó la cara con la palma de la mano, como si quisiera borrar esos recuerdos—. Ojalá me hubiera tomado en serio sus advertencias... Si hubiera... —Tragó saliva con fuerza—. Seguimos encontrándonos, en secreto, sin que nos viera nadie, o eso era lo que pensábamos, pero él se enteró. —Bennet permaneció en silencio hasta que el silencio se puso a susurrar en los oídos de Aveline. Casi parecía que él estaba reuniendo fuerzas para poder continuar hablando—. La golpeó hasta matarla, la destrozó como a una muñeca de madera... porque había opuesto resistencia a su voluntad, porque me amaba a mí.

De sus labios salió un sollozo, un jadeo entrecortado, y alzó las manos en un gesto de impotencia. Aveline las agarró y las sujetó con firmeza.

—¡Pero entonces no eres tú el asesino!

Bennet apretó los labios y los músculos de su mandíbula se tensaron perceptiblemente.

—Claro que sí. Yo provoqué su muerte, o al menos fui responsable por mi estupidez egoísta. Soy un asesino, Aveline. ¡Y soy cualquier cosa menos una buena persona! ¡Por Dios, si nuestro cura no me hubiera enviado a esta peregrinación poco después de la muerte de ella, habría apaleado a su padre en la primera ocasión!

«O él a ti». Aveline lo miró fijamente hasta que la pena en los ojos de él se convirtió en su propia pena. Eso explicaba muchas cosas acerca de por qué se preocupaba tanto por ella y por qué quería que supiera defenderse. Trataba de enmendar en ella algo que no había conseguido con Hild: protegerla.

Ambos eran almas pecadoras, doloridas. Un hijo y una hija de la culpa.

Súbitamente, Bennet agarró la cara de ella con ambas manos y la atrajo hacia sí. Se aferró a ella como alguien que se ahoga en las aguas. Sus labios se encontraron y se besaron el uno al otro, atropelladamente, con inquietud, casi con desesperación.

Aveline sintió que la sangre le latía en las sienes. Todo su cuerpo vibraba bajo las manos de Bennet. Ella quería consolarlo; quería ser consolada. Juntos se deslizaron hasta el suelo del bosque; aspiraron la fragancia mohosa de la vegetación y de las setas; aspiraron el aire del otro.

Bennet le desató las cintas del vestido; le acarició los pechos. Con la otra mano le subió la falda por encima de las rodillas y le deslizó los dedos callosos por el interior blando de los muslos. Él se estaba mostrando perentorio, henchido de ansias, pero en ningún momento fue zafio ni tosco.

Aveline sintió un tirón cálido en su bajo vientre y constató, no sin sorpresa, que le deseaba. Le deseaba encima de ella, quería sentirlo dentro de ella. Lo atrajo entre sus muslos; con dedos temblorosos le abrió el calzón y le palpó el sexo duro. Por unos instantes, unos recuerdos horribles amenazaron con imponerse y dejarla sin aliento, pero los labios calientes de Bennet ahuyentaron la angustia. Aveline aspiró hondo el aire cuando finalmente él se deslizó dentro de ella. Sin embargo, en lugar de los dolores temidos se sintió completada de una forma que apenas podía describirse. Era algo más que eso. Bennet le mostró qué deleite podía deparar el acto de la entrega de dos personas a un cariño mutuo.

Y mientras él la amaba con una ternura ensimismada, el mundo alrededor suyo se detuvo, el tiempo los pasó por alto y los dejó atrás.

14

Borgoña, agosto de 1189

E s increíble que vuelva a estar sentado en su montura cuando hace una semana estaba prácticamente muerto.

Étienne observaba al conde Guillaume quien, rodeado por sus allegados más íntimos, cabalgaba unos diez pasos por delante de su carro. Iba demasiado erguido conduciendo su caballo de marcha. Cualquiera que se fijara con atención, podía descubrir la tensión que las finas arrugas dibujaban en su semblante.

Caspar se encogió de hombros.

—Es un hombre de la guerra. Sabe lo que significa el dolor, y ha aprendido a lidiar con él. En su posición sería poco inteligente mostrar debilidad. Siempre hay algún que otro lobo a la espera de que el semental líder dé un traspié. —El cirujano suspiró—. Sí, por supuesto, habría preferido que descansara un tiempo más; después de todo, nos está pagando a cambio de llegar sano y salvo a Marsella. No podemos excluir que la herida de su pecho vuelva a abrirse. Y entonces ¡que Dios nos ayude!

Caspar le había retirado el tubito de saúco un día después de la intervención, cuando el chorro de sangre se fue haciendo cada vez más fino y dio paso a unas pocas gotas de un líquido acuoso y turbio. Un ungüento y una venda que Caspar le cambiaba todos los días hicieron que el corte sanara bien. Todo lo demás estaba en manos de Dios.

—¿Cómo supiste lo que le pasaba?

El restablecimiento de Guillaume seguía pareciéndole a Étienne un milagro.

—Una parte esencial de nuestro arte consiste en observar y en interpretar correctamente los síntomas —explicó Caspar—. Eso tiene mucho que ver con la experiencia.

—Entonces, ¿ya habías hecho antes algo así?

—No. —Caspar mostró los dientes en una amplia sonrisa y su aspecto resultó casi arrogante—. Funcionó gracias a una buena porción de suerte.

Étienne no daba crédito a sus oídos.

—¿Suerte? —preguntó con un jadeo—. ¿Le hiciste un agujero en el pecho al buen tuntún?

—¡Chis! ¡No hables tan alto!

Caspar hizo un gesto de súplica, pero continuó sonriendo. Étienne agitó la cabeza desconcertado.

—¡No me lo creo! Si el conde hubiera muerto, sus hombres habrían hecho morcillas con nosotros.

—Es bien posible —admitió Caspar; sin embargo, el tono de su voz no sonó lo más mínimo a inquietud—. Pero si no hubiera hecho nada, habría muerto de todas maneras. Y tampoco fue solo una cuestión de suerte. El maestro Frugard me describió una vez ese fenómeno, y Abulcasis informa en sus escritos sobre lo que hay que hacer en tales casos. En ocasiones se requiere audacia y valentía para ser un buen médico.

—Más bien temeridad y desatino, me parece a mí.

—Ya lo ves. Mi «desatino» nos ha asegurado el sustento para el futuro inmediato. Y nunca está de más tener amigos poderosos de tu parte, eso ya lo aprenderás.

Cuando poco después atravesaron una llanura cubierta de hierba, el conde Guillaume hizo una señal para que se detuvieran. Tras varias horas de marcha, tanto las personas como los animales se habían ganado un buen descanso. Y, pese a todo su autocontrol, el conde necesitaba descansar también con urgencia.

Después de desenganchar a Fleur y de atarla a una estaca, ingirieron una sencilla refacción de pan y queso. Caspar se tumbó a continuación para dormir una siestecita en la hierba, momento que aprovechó Étienne para dar una vuelta por el campamento.

Descubrió a Aymeric de l'Aunaie y a dos escuderos más junto a una pequeña hoguera. Se habían despojado de sus prendas superiores y dejaban que el sol brillara en sus espaldas. Cuando Étienne vio aquellos amplios hombros y aquellos brazos musculosos, fue dolorosamente consciente de su propio cuerpo débil y deforme. Estos de aquí no eran campesinos corrientes y molientes, sino guerreros experimentados incluso sin llevar las espadas ceñidas en el cinto. Su meta era Tierra Santa, donde iban a luchar en el nombre de Cristo y bajo el signo de la cruz contra los infieles y a ganarse el honor. No se le había perdido nada entre ellos.

Justo cuando estaba a punto de escabullirse de allí inadvertidamente, oyó una voz a sus espaldas.

—¡Eh, tú, el cojo de un pie! ¡Siéntate con nosotros!

Étienne pensó durante unos instantes si debía ignorar la invitación, pero entonces se dio la vuelta. Mientras se dirigía cojeando hacia los escuderos, se sintió expuesto incómodamente a sus miradas. Intentó mantenerse lo más erguido posible, pero la piel le ardía como si estuviera en llamas.

Se apartaron un poco y le hicieron sitio entre ellos.

—¿Cómo te llamas?

El muchacho que le formulaba la pregunta era el mismo que lo había llamado. Tenía el pelo oscuro, la nariz torcida y un destello malicioso en los ojos grises.

—Me llamo Étienne.

—Según he oído no eres del sur. ¿Dónde naciste?

—En la Borgoña septentrional.

—¿Y dónde exactamente?

—Eh, Bertrand, deja de hacerle tantas preguntas.

Quien así intervino era un hombre joven de rizos castaños que le llegaban a la barbilla, ojos azules y una sonrisa bonachona.

Sostenía un pincho con pan y unos trozos de salchicha sobre el fuego. Una cruz de bronce le balanceaba en el pecho desnudo.

Étienne se llevó la mano involuntariamente al escote, pero allí solo encontró el recuerdo de su increíble estupidez en lugar de la cruz de plata, lo que no contribuyó a que se sintiera más cómodo en su piel.

—Anselme tiene razón, déjalo en paz, Bertrand. Casi podría pensarse que quieres casarte con él —secundó De l'Aunaie con una sonrisa sardónica.

—Pero uno está en su derecho a saber de quién se ha encariñado tanto el conde recientemente.

—¿Qué pretendes, Bertrand? Al parecer, esos dos le han salvado la vida. Vachel estaba torpe como un bebé mientras el conde se asfixiaba.

—Vachel es un buen curandero.

—Un buen curandero puede que lo sea, pero no menos ni tampoco más —replicó Anselme mordiendo un trozo de salchicha con una mirada escrutadora.

—Lo de tu pie, ¿fue un accidente? —siguió preguntando Bertrand.

Étienne negó con la cabeza con gesto cansino, pues sabía lo que venía a continuación.

—Entonces eres un bastardo.

El escudero lo miró desafiante, de un modo que le recordó desagradablemente a su hermano Gérard y que le hizo sentir calor en las mejillas.

—¡Vamos, cierra ya el pico, Bertrand! —intervino Anselme antes de que Étienne pudiera contestar.

—¿Y esa cicatriz? —continuó preguntando impasible el escudero y señaló con el dedo la frente de Étienne.

—Por ahí es por donde lo cosió Dios Nuestro Señor, después de rellenarle el cráneo con paja —bromeó De l'Aunaie, y los dos se pusieron a reír. Anselme puso los ojos en blanco y dedicó su atención al pincho.

—No fue Dios quien lo remendó, sino yo —dijo una voz a espaldas de Étienne—. Y así pude asegurarme también de que se oculta un cerebro en ese cráneo. Me apuesto lo que sea a que me habría encontrado un vacío de bostezo en los vuestros.

Esta vez solo se rio Anselme. De l'Aunaie dirigió la vista al suelo consciente de su culpa, mientras que los ojos de Bertrand se entrecerraron hasta convertirse en rendijas furiosas. Sin embargo, ninguno se atrevió a rebatir las palabras de Caspar, el hombre que recientemente gozaba de la confianza ilimitada de su señor.

Étienne sonrió solo para sus adentros, aunque no estaba seguro de si le gustaba que hubiera sido Caspar, y no él mismo, quien hubiera cerrado la boca a aquellos imbéciles.

El cirujano lo agarró del hombro.

—Ven conmigo. Guillaume nos ha mandado llamar.

Étienne se levantó a duras penas y se fue cojeando tras Caspar. Podía percibir en la nuca las miradas de los escuderos, pero se obligó a sí mismo a no volverse para mirar.

Habían montado en el centro del campamento la sencilla tienda de campaña del conde. Tournus estaba de guardia en la entrada y comía una manzana. No parecía estar muy vigilante. Étienne supuso que un grupo de viajeros tan grande y armado no debía temer ningún ataque enemigo. El caballero los saludó con la cabeza y les indicó que entraran.

—El conde Guillaume os espera.

Caspar y Étienne se adentraron en la semisombra de las lonas de tela enceradas. El conde estaba sentado en una silla plegable de viaje con las piernas cruzadas sobre un baúl pequeño. En la mano sostenía un vaso de vino. Parecía cansado, pero sonrió cuando entraron.

—Caspar, Étienne, os saludo. Tomad algo de beber y sentaos a mi lado —dijo señalando una bandeja con una jarra de vino y varios vasos.

Étienne se sirvió para él y para Caspar y los dos se sentaron en sendos taburetes.

—¿Cómo os sentís, señor? —preguntó Caspar mientras examinaba detenidamente con la mirada al conde—. ¿Tenéis dolores?

—Supongo que de nada me sirve fingir ante vosotros —respondió Guillaume haciendo una mueca—. Lo que sea que se ensartó en mis costillas, parece que se va recomponiendo otra vez a regañadientes. Sin embargo, puedo respirar libremente, por eso supongo que se está curando.

Caspar puso a un lado su vaso.

—Permitidme echar un vistazo.

Sin protestar, Guillaume dejó que el cirujano le levantara la vestimenta y le palpara en el pecho. Étienne vio estremecerse al conde cuando Caspar le palpó con cuidado una zona del tórax, pero de sus labios no salió ningún sonido. Caspar echó mano de su ungüento y le untó los vestigios del corte, le renovó la venda y volvió a bajarle la ropa.

—Es como decíais. Está curando, pero deberíais tomaros algunos días de descanso, alteza. Cuando me llamaron para que acudiera a vos, estabais más cerca de la muerte que de la vida. Vuestro cuerpo necesita tiempo para recuperarse.

Guillaume bebió un trago largo de vino, como si quisiera lavar todos los reparos.

—Me he sobrepuesto a heridas más graves. Hace cinco años, durante el asedio a Vergy junto al duque Hugues, me ensartaron una lanza. Tal vez hayáis visto la cicatriz. Nadie creyó que pudiera volver a sostenerme en pie. —Realizó un gesto de negación con las manos—. No, no puedo demorarme por más tiempo. En Marsella hay que hacer los preparativos para la travesía a Tierra Santa, hay que contratar las embarcaciones, comprar las provisiones y el equipamiento. El duque me ha enviado como avanzadilla. Me pidió que lo preparara todo para su llegada a los Estados Cruzados en compañía de nuestro rey. Tiene su confianza puesta en mí. No, no puedo esperar más tiempo. —De pronto, una sonrisa juvenil separó sus labios—. Estoy seguro de que Dios me tiene reservada alguna tarea ya que no desea que muera. ¿Por qué, si no, iba a haberos enviado hasta mí?

Caspar mantuvo una expresión seria.

—Y esto nos lleva al motivo por el que os he pedido que vinierais a mí. —Guillaume se levantó entre dolores visibles y se puso a caminar de un lado a otro de la tienda de campaña—. Ya has demostrado que eres un médico excelente, Caspar. Por los cielos, desde que me trajiste de vuelta desde el umbral de la muerte, la mayoría de los míos te tienen por un maldito santo. Incluido yo mismo. —Volvió a sonreír, lo cual le hacía parecer algunos años más joven. Esta vez, los labios de Caspar dibujaron una sonrisa en la que se hallaba su habitual mezcla de ironía y burla—. Lo que quiero decir —prosiguió el conde— es que podría necesitar a personas como tú y como tu eficiente ayudante para una misión.

Era evidente el interés de Caspar, pues tenía la mirada atenta en el conde. El corazón de Étienne también se aceleró cuando comenzó a presentir lo que quería decirles Guillaume.

—No es ningún secreto que el reino de Jerusalén está destrozado. No falta mucho para que ese demonio de Saladino lo haya tirado por tierra definitivamente. No obstante, hay informes de que el rey Guido y una multitud de fieles están de camino hacia la ciudad portuaria de Acre, tal vez hayan llegado ya. Sin embargo, y Dios nos asista, tiene poquísimos hombres para tomar una fortaleza como Acre, no hablemos ya de reconquistar Jerusalén. Y Saladino no dudará en aplastar al contingente de Guido si se le presenta la oportunidad. —Guillaume volvió a llenarse el vaso de vino antes de continuar hablando—. Nuestra misión será reforzar al ejército cristiano con hombres descansados para que Acre vuelva a ser nuestra. Esa ciudad es la puerta de entrada a los Estados Cruzados. Solo si la retenemos tendremos asegurados los suministros de combatientes, armas y provisiones que nos hará posible recuperar Jerusalén con la iglesia del Santo Sepulcro. —Volvió a tomar asiento en su sillón y miró con insistencia a Caspar y a Étienne—. No vamos a engañarnos. El precio por Acre se pagará con sangre, con mucha sangre, por ambos bandos. Por este motivo os propongo un trato: acompañadme, a mí y a mis hombres, a Tierra Santa y velad por nuestro bienestar como cirujano de campo. Mientras nos encontremos en suelo franco, viajaréis en mi séquito, yo os daré de comer, cuidaréis de mi herida, pero podréis trabajar por propia cuenta como hasta ahora. En cuanto hayamos embarcado hacia Acre, vuestra tarea consistirá en ocuparos de la salud de mis hombres, especialmente si entramos en combate y hay heridos a los que atender. Por ello os pagaré una soldada semanal de cinco denarios. —Miró alternativamente a Caspar y a Étienne—. ¿Qué me decís a esta propuesta?

Étienne se dio cuenta de que tenía la boca abierta y se apresuró a cerrarla. Tierra Santa, Estados Cruzados, Acre..., esos nombres tenían un sabor extrañamente excitante en su lengua. Sonaban a calor, polvo e incienso. A aventura.

—Ya tenéis a un curandero en vuestro séquito. ¿Qué sucede con él? —objetó Caspar.

La expresión de Guillaume se endureció, era la cara de un jefe del ejército.

—Vachel tiene suerte de que no lo mande a paseo. ¡Es un chapucero! Si Dios no hubiera querido ponerte de mi lado, ahora no estaría aquí sentado. Por mí que cure a los soldados de los piojos o de las úlceras, pero a mí no va a volver a ponerme la mano encima. ¡Lo juro por el Todopoderoso!

—Sois demasiado duro —replicó Caspar—. Son muy pocos los que habrían podido ayudaros en esa situación. Fue una feliz providencia que yo fuera uno de ellos.

Guillaume se encogió de hombros.

—Puede ser. —Tras un instante, sus rasgos se suavizaron y sonrió—. Sí, puede ser, Caspar, pero seguro que entiendes que mi confianza en las habilidades de Vachel se han visto menguadas. Bien, veamos, ¿cuál es tu respuesta?

Al cabo de unos instantes, Caspar acabó asintiendo con la cabeza y se dio unas palmadas en los muslos.

—Entonces está decidido. ¡Os acompañamos a Tierra Santa!

Se levantó y golpeó sonriente la mano derecha que le tendió Guillaume.

A Étienne le entró un mareo y se apresuró a beber un trago de su vaso. ¿Era posible que Dios le hubiera asignado una tarea en Su guerra justa después de todo? ¿A él, al tullido? No era la tarea de un guerrero sino la de mantener sanos a Sus combatientes, lo cual era, como mínimo, igual de importante. El corazón se le desbocó al pensar que formaba parte de esa gran causa.

Antes de salir de la tienda de campaña, Caspar le entregó al conde un talego pequeño de lino.

—Corteza de saúco —dijo en un murmullo—. Llevadla con vos. Si os fastidian los dolores, masticad uno o dos trozos. Y hacedme el favor de no caeros del caballo por agotamiento. No vería con agrado que mi reputación de santo resultara dañada.

15

Acre, Rayab 585 (agosto de 1189)

Karakush cerró los ojos y se permitió unos instantes de contemplación interior. Estaba sentado inmóvil en el borde de la fuente de mármol y escuchaba con atención el continuo chapoteo del agua, un sonido relajante, casi meditativo. Las ramas extendidas del almendro y los zarcillos floridos transformaban el patio interior de la mezquita en un oasis umbroso y casi le hacían olvidar que se encontraba en una ciudad sitiada.

Como cabía esperar, los francos habían regresado al corazón de su reino, con la intención inquebrantable de recuperarlo. Lo único sorprendente del caso era que no habían movido ficha los recién llegados de occidente, ni Conrado de Montferrato, el poderoso señor de Tiro, sino Guido de Lusignan, el desventurado rey de Jerusalén. Este, inmediatamente después de su liberación y contraviniendo el juramento ofrecido a Salah ad-Din, había reunido con su hermano a los dispersos caballeros de la Orden de caballería así como a un buen millar de soldados, y habían marchado en dirección a Acre.

Hacía algunas semanas que los mensajeros habían informado a Karakush acerca del avance, pero ni él ni el sultán se habían tomado en serio esa empresa. Durante un tiempo pensaron incluso que se trataba de un ardid para atraer a las tropas de Salah ad-Din y apartarlas del asedio de Shakif. Nadie había creído capaz de semejante osadía al perdedor de Hattin, un error que ahora se ponía de manifiesto. Los francos habían marchado sin oposición hasta las puertas de Acre y en una acción nocturna se habían hecho fuertes en Tell Fukhar entre las ruinas de un antiguo asentamiento, a menos de una milla al este de la ciudad.

Karakush seguía sin estar seguro de si lo que tenía a la vista era locura, audacia, desesperación o una fe incuestionable en Dios. Al igual que sus hombres, al principio se había burlado y se había reído de aquel montoncito de latinos, pero su tenaz determinación le despertaba una preocupación creciente, una preocupación tan seria que había pedido apoyo al sultán.

Aunque a los sitiadores se les había unido ya un grupo de combatientes recién llegados de Pisa, el número de enemigos seguía siendo abarcable. Junto con el ejército de Salah ad-Din, la guarnición debería conseguir expulsar a los francos hacia el mar sin mucho esfuerzo.

Karakush agarró la palangana de plata que brillaba con la luz del sol, y empezó con el lavado cuidadoso de las manos, la cara barbuda, los antebrazos, luego la cabeza con el pelo corto y oscuro, y por último los pies. Hacía rato que el almuédano había convocado a los fieles a la oración. El profeta Mahoma —¡alabado sea su nombre!— había ascendido a los cielos en el mes de «rayab», un mes sagrado en el que los pecados pesaban el doble, pero a cambio las oraciones tenían una fuerza mucho mayor.

Finalmente entró descalzo en la casa de la oración alfombrada y se volvió hacia el mihrab que estaba flanqueado por dos ostentosos candelabros.

«No hay más Dios que Alá, y Mahoma es su profeta» —rezó en silencio la declaración de fe. Luego comenzó con el raka'ah y recitó la primera sura en un tono apagado. En el momento en que su frente rozaba por primera vez el suelo, un zumbido sordo desgarró aquel silencio apacible. Le siguió un segundo toque de corneta con una duración larga y sostenida.

Karakush se puso en pie apresuradamente y se dirigió al patio, en el preciso instante en el que entraba Raed. Este recluta de dieciséis años era el sirviente personal de Karakush.

—¡Están atacando! —exclamó sin aliento—. ¡En este momento!

Karakush parpadeó perplejo y agarró de los hombros a su interlocutor.

—¿De quién hablas, en nombre de Alá?

—¡Vienen los francos, muhafiz! ¡Están marchando hacia las murallas!

—¡Eso es imposible! ¿Un ataque frontal de ese insignificante grupito? ¿Cómo van a...?

—Es cierto, señor —insistió suplicante su muchacho—. ¡El comandante os espera en la torre norte!

Karakush asintió aturdido y a continuación se puso en marcha.

—¡Tráeme la armadura! —ordenó a Raed por encima del hombro—. ¡Y mis miserables botas!

Abu'l Haija, a quien también llamaban «el Gordo», se llevó la mano a su amplio pecho y lo saludó con una brusca inclinación de la cabeza, pero de inmediato volvió a dirigir la mirada a la llanura situada a sus pies.

—Es simplemente ridículo, muhafiz —comentó. En su voz había un dejo de burla y no de preocupación.

Karakush se puso a su lado y fijó la mirada abajo.

En efecto, los cristianos avanzaban a buen paso, pero en filas bien ordenadas y con los escudos alzados desde su fortín en dirección a las murallas de la ciudad. Los acompañaban unos pocos caballeros. Unos soldados llevaban unas escaleras largas.

—Pero ¿qué esperan esos tipos? —preguntó su comandante—. No tienen nada, no tienen catapultas ni maquinaria para sitiar una ciudad, tan solo espadas y escudos.

—Y su fe —añadió Karakush en un tono sombrío.

Y esa era, probablemente, el arma más peligrosa de todas. No había ninguna duda: ese puñado de locos quería intentar tomar la ciudad al asalto sin más demora.

—¡Dotad de arqueros las almenas de las murallas! ¡Tened preparadas las piedras! —vociferó—. ¡La caballería y la infantería deben estar en formación para una salida!

La seriedad y el rigor en la voz de Karakush hicieron que Abu'l Haija se pusiera en posición de firmes.

—A la orden, muhafiz.

Se apresuró torpemente y se puso a conminar a sus hombres a gritos en todas direcciones.

«Esto podría haberse hecho ya mucho antes», pensó Karakush enfadado. El Gordo era un experimentado jefe del ejército, pero en ocasiones parecía incapaz de ver más allá de su obesa barriga. Karakush miró hacia la llanura desde la que los francos estaban acercándose con tenacidad hacia las murallas. Desde la imponente ciudad fortificada de Acre, aquel pequeño ejército no infundía ningún temor especial, pero la experiencia había demostrado que era mejor no subestimar la determinación de los cristianos.

Los arqueros se distribuyeron por las almenas de las murallas; se repartieron haces de flechas; se vociferaron nuevas órdenes. Los hombres seguían contando chistes aquí y allá sobre los atacantes, pero Karakush los mandó callar con una mirada fulminante. Estaba claro que podían bromear, pero una vez que hubieran realizado el trabajo de repeler al enemigo.

Raed le trajo por fin la armadura y lo ayudó a ponerse el jubón acolchado y la cota de malla. Karakush no había considerado la posibilidad de que tuviera que emplear ambas prendas tan pronto. Mientras el chico le abrochaba las últimas hebillas y le calaba finalmente el yelmo con forma de casquete esférico reforzado con malla, Karakush oteaba el horizonte. Aunque hacía días que había enviado la paloma mensajera a Salah ad-Din, todavía no había señales de que las tropas del sultán se hallaran de camino. Esperaba que al menos el recado hubiera llegado a su señor. Tal como estaban las cosas, parecía que tendrían que vérselas a solas para mantener a raya a aquellos rabiosos francos.

Volvió a sonar el zumbido sordo del toque de corneta cuando los soldados enemigos se pusieron a correr precipitadamente hacia las murallas con un griterío inmenso. A la orden de Abu'l Haija se disparó una primera salva de flechas, pero esto solo detuvo unos instantes a los francos tras sus escudos de tamaño humano. Colocaron la primera escalera; llovían las piedras desde las almenas y dieron con su objetivo. Había dado comienzo la batalla.

—¡Baja de la muralla, Raed! —le indicó Karakush al muchacho. Este titubeó unos instantes, le dirigió una mirada esperanzada y movió los dedos como si amasara. Sin embargo, Karakush realizó un movimiento negativo con la cabeza—. Hoy todavía no.

El jovencito abandonó el adarve como un perro apaleado. Karakush sabía que se desvivía febrilmente por asistir a su primer combate, pero todavía era demasiado pronto.

Se mantuvo a la espera con la espada desenvainada. La intrepidez con la que los francos corrían contra la fortaleza era fascinante e intranquilizadora a la vez. Con los escudos alzados sobre las cabezas ascendían por las largas escaleras, eran alcanzados por las flechas o por las piedras, caían, se precipitaban llevándose consigo entre gritos a los hombres de abajo, y, a pesar de todo, los siguientes estaban listos de inmediato para asaltar las almenas de la ciudad.

¿Qué era lo que impulsaba a esos hombres? ¿Acaso deseaba su melek, Guido de Lusignan, borrar la deshonra de Hattin mediante aquella iniciativa suicida y demostrar que era un valiente comandante en jefe y estratega?

¿Se les había prometido a sus hombres el paraíso celestial por su ataque, exactamente igual que a un muyahidín ortodoxo? ¿Lo hacían por lealtad altruista a su señor o por veneración a su Dios? Fuera lo que fuera, parecían haber olvidado toda precaución y todo miedo ante la muerte. Y así no fue de extrañar que pronto los primeros atacantes alcanzaran ya la cima de la muralla. Se desencadenó un acalorado todos contra todos, una sangrienta maraña de cuerpos y cuchillas. A pesar de encontrarse en inferioridad de condiciones, los francos avanzaban con todas sus fuerzas y sin tener en cuenta las bajas. Querían forzar la decisión sin mayor tardanza.

Como la presión continuaba con el mismo tesón, Karakush decidió ordenar una salida de ataque. Sin embargo, en el momento en el que se disponía a dar las órdenes pertinentes, sonó una señal por la parte exterior de las murallas. Los soldados enemigos que estaban escalando a las almenas desaparecieron en un abrir de ojos.

Karakush se apresuró a llegar a la cima de la muralla y vio cómo los francos recogían a toda prisa las escalas y se retiraban de la ciudad casi presas del pánico. Una mirada al horizonte le indicó el motivo de su repentina prisa: jinetes. Había llegado Salah ad-Din.

El sultán y sus hombres hicieron retroceder a los francos pillados por sorpresa y abatieron a aquellos que tuvieron la mala suerte de estar al alcance de sus lanzas y espadas. No obstante, Salah ad-Din se abstuvo de atacar a los cristianos en su fortín, lo cual podía deberse al hecho de que una buena parte de su ejército aún no había llegado a Acre y en esos momentos solo disponía de una escasa superioridad numérica.

Karakush había estado observando la escaramuza desde la Torre Maldita. Finalmente respiró hondo y dio las gracias a Alá por aquel afortunado giro de los acontecimientos. Tuvo la sensación de haber estado conteniendo la respiración todo el tiempo durante el desarrollo de la batalla, un desarrollo que había resultado mucho más ajustado de lo que podía pensarse. Si el sultán se hubiera retrasado un poco más, los francos probablemente habrían conseguido dejarlos fuera de combate.

Mientras que la mayor parte de sus tropas tomaba posiciones en la ladera de Tell al-Kharruba, a unas seis millas al sudeste, esa misma noche consiguió Salah ad-Din hacer pasar por entre las líneas enemigas a un destacamento de guerreros fuertemente armados. Era un refuerzo bienvenido para la guarnición de Acre, y otro motivo más para que Karakush pudiera respirar con alivio. Se preguntó si no sería sensato aprovechar el favor del momento. ¿Por qué no contraatacar a la mañana siguiente junto con el sultán y aniquilar a los cristianos en un ataque sorpresa antes de que estos tuvieran la oportunidad de adaptarse a la nueva situación? Sin embargo, Salah ad-Din demostró ser una vez más el comandante en jefe con la vitoreada fama de prudente. Mandó que comunicaran a Karakush que quería esperar para el ataque a gran escala a que llegara el resto del ejército y sus aliados de Egipto y de Siria. Temía que la victoria no fuera de ninguna manera segura por el momento.

Probablemente tenía razón. Pero quizá su titubeo fuera también un gran error. Karakush no supo decidirse por ninguna de las dos opciones.

No fue sino a la mañana siguiente cuando se le aportó certeza en esta cuestión.

Raed lo despertó solo unas pocas horas después de echarse a dormir.

—¡Muhafiz, despertad! Un mensajero desea hablar con vos. ¡Afirma que es urgente!

Karakush asintió aturdido con la cabeza y se incorporó en su lecho. Trató de arreglarse un poco el pelo y la barba sin mucho entusiasmo, pero lo dejó enseguida mientras Raed se apresuraba a salir del aposento. Él era, y seguía siendo, el gobernador de Acre y comandante en jefe de la guarnición, peinado o sin peinar.

Cuando Raed regresó, Karakush frunció el ceño sorprendido. El hombre que lo acompañaba no era ningún soldado. Su vestimenta sencilla, su piel quemada por el sol y las manos con cicatrices proclamaban algo diferente. El anciano permaneció en una postura reverencial y mantuvo la vista en el suelo hasta que Karakush le dirigió la palabra.

—¿Qué sucede?

—Es un pescador, señor —explicó Raed en su lugar—. ¡Cuéntale al muhafiz lo que has visto! —dijo dirigiéndose ahora a su acompañante.

—Barcos, señor —susurró el hombre—. Muchos, seguramente entre dos y tres docenas. Barcos de occidente, con cruces en los estandartes. Si el viento sopla con más fuerza, alcanzarán la costa mañana como muy tarde. ¡Que Alá nos auxilie!

Karakush exhaló el aliento con un silbido y volvió a tumbarse en su lecho. De repente sintió una pesadez plomiza, agotadora.

Era posible que, después de todas las batallas perdidas, los latinos de aquel lugar poseyeran tan solo unas pocas tropas capaces de combatir, pero por el mar estaban conectados a occidente como a través de un cordón umbilical que bombeaba constantemente sangre fresca entre sus filas.

Karakush despidió a Raed y al pescador con una señal de la mano. En cuanto estuvo a solas, entrecerró los ojos para contener el dolor de cabeza pujante.

Habían perdido la oportunidad de una victoria rápida. Habían desaprovechado la ocasión de apagar la chispa de la amenaza cristiana. Y ahora esa chispa iba a convertirse en un incendio.

16

Reino de Serbia, agosto de 1189

No levantes tan alto el codo, Ava. Y pon más tensión en el tronco. —Bennet se acercó a ella por detrás y le puso las manos en el talle. Aveline percibió la calidez a través de la ropa, ahora y después, cuando esas manos ascendieron hasta abarcar sus pechos. La cuerda se le escapó de entre los dedos y la flecha salió disparada hacia los arbustos, lejos de la diana.

—¡Ben, no hagas eso! —le regañó sonriendo.

—Un buen arquero no permite que nada le altere —objetó él soplándole el aliento cálido en la nuca.

—Pero los demás...

Bennet la hizo girar de cara.

—¿Y qué ocurre si es así? —replicó él arrimándola a su pecho—. Me es imposible esperar tanto tiempo para tenerte en mis brazos. ¡Ya puede escupir Gilbert el veneno y la bilis que quiera! Somos personas de carne y hueso, no santos.

Sí, eran criaturas pecadoras, débiles. Y no era la primera vez que Aveline se preguntaba si Dios los aceptaba como tales y los miraba con indulgencia o si iba acumulando en una pila de culpa todas las transgresiones y habría que ir retirándolas una tras otra antes de que Él les concediera la entrada a Su casa. No lo sabría hasta presentarse ante Su trono. Sin embargo, todavía no era el momento. Todavía no.

Por encima del hombro de Bennet, Aveline vio salir a Kilian del albergue para peregrinos. Habían pasado la noche en él, un poco más allá de Alba Graeca. Él había pedido noticias a unos viajeros que hablaban en griego.

—Por ahí viene Kilian. Oigamos si ha podido averiguar alguna cosa.

Tiró de la mano a Bennet para que la siguiera. Los demás también se reunieron en torno al monje.

La cara pecosa de Kilian estaba iluminada, y sonrió a los presentes antes de comenzar a hablar.

—Buenas noticias, amigos míos. Barbarroja y su ejército están acampados cerca de la ciudad de Naissus y todo parece indicar que van a demorarse todavía un tiempo allí. Al parecer existen algunas desavenencias entre Federico I Barbarroja y el emperador bizantino, que él debe resolver antes de proseguir el viaje. ¡Es nuestra oportunidad para darles alcance por fin!

La crecida del río les había costado dos semanas largas y casi habían perdido ya la esperanza de acoplarse al gran ejército, pero ahora eso volvía a parecer factible.

—Si no sucede ningún imprevisto, podemos conseguirlo en diez días. Sin embargo, tenemos que proceder con mucho ojo. Por el momento, los bandoleros andan haciendo de las suyas por esta región, según me han comunicado otros peregrinos. Sin embargo, confío plenamente en que se mantendrán alejados de un grupo tan numeroso de viajeros como el nuestro. Y, si no, pues sabremos cómo defendernos —añadió mirando a Bennet y a Aveline. El hermano Gilbert resopló con desprecio y agitó displicente la cabeza, pero Kilian lo pasó por alto y se limitó a dar una palmada fuerte—. Y ahora atemos nuestros hatillos y pongámonos en marcha para avanzar un poco más en nuestro recorrido. Cuando nos hallemos bajo la protección de Barbarroja, habremos dejado atrás lo peor.

Todos comenzaron a dispersarse charlando animadamente. También Aveline y Bennet se disponían a alejarse de allí, pero Kilian los retuvo.

—Esperad, tengo que hablar con vosotros. —Le vieron una expresión seria en la cara cuando se giraron para atender a su petición—. Yo..., yo quería... —Se interrumpió y bajó la vista al suelo—. Yo... Como sabéis, somos una comunidad piadosa de peregrinos y hemos partido en nombre de Cristo para la salvación de nuestras almas...

—Suelta esa lengua, Kilian —lo interrumpió Bennet con suavidad.

Aveline sintió cómo le ardía la piel. ¿Y ahora qué venía? Kilian los miraba alternativamente. Respiró muy hondo.

—Creedme, me alegra mucho... que os hayáis encontrado. Quiero decir... Bueno, vosotros ya sabéis. —Sus mejillas se arrebolaron y volvió a dirigir la mirada al suelo. Cuando levantó la vista al cabo de unos breves instantes, sus rasgos eran serios—. El hermano Gilbert no tolerará mucho más que viváis en pecado. Por el Señor de los cielos, lleva tiempo buscando un motivo para poner a los demás en vuestra contra, y estáis en la mejor disposición de suministrarle un motivo definitivo. Y por mi parte... tampoco puedo aprobar lo que estáis haciendo. Atenta contra..., contra el orden divino. ¡Tenéis que acabar con eso!

—Pero...

A Aveline se le hizo un nudo en la garganta. De manera instintiva agarró los dedos de Bennet. Le apretó la mano y la cálida y seca piel de él la reconfortó y le dio apoyo. ¿Cómo iba a renunciar de nuevo a eso?

La dureza en el rostro de Kilian se fundió cuando se dio cuenta de la desesperación de Aveline. Levantó la mano para agarrarla por el hombro, pero la bajó de nuevo sin llevar a cabo su propósito. Cuando continuó hablando, había un dejo de súplica en su voz.

—Tenéis que entenderlo. No puedo permitir que nuestra comunidad se disgregue o se fracture incluso. Lo que estáis haciendo es pecado. Por el Todopoderoso, ¿y si de vuestra unión nace una criatura? Un bastardo, peor aún...

Aveline ya había pensado en eso. Bennet no sabía nada de su primogénito, pero la idea de llevar otra vez una criatura del pecado en su vientre hizo que entrara en pánico. De todos modos, desde el nacimiento anterior no había vuelto a tener la regla. Un poco le parecía a Aveline como si Dios le hubiera quitado el derecho a ser una mujer, o por lo menos a ser una madre.

—Es pecado —repitió Kilian.

—No, si tú nos casas —replicó Bennet con calma.

Estas palabras tardaron algunos instantes en calar en la mente de Aveline. Su cabeza se giró de inmediato hacia él y lo miró fijamente, desconcertada. Por la Santa Madre de Dios, ¿acababa Bennet de pedir su mano?

El anglosajón continuó mirando a Kilian y se limitó a sonreír.

La boca de Kilian se abrió en una mezcla de sorpresa y asombro.

—Bueno..., yo... Sí, eso es cierto. No había contemplado siquiera esa posibilidad.

—Según tengo entendido, Ava no tiene ya familia, así que no hay nadie a quien podamos pedirle permiso, aparte de a ella misma, por supuesto. —Bennet se volvió hacia Aveline y la miró a los ojos. Una cálida sonrisa iluminaba su cara—. ¿Qué opinas? ¿Podrías imaginarte tomando por esposo a un bárbaro de una isla lluviosa?

Las lágrimas impedían a Aveline contemplar su cara con nitidez. Quería sollozar, llorar, reír. Era como si de pronto todo encajara en su sitio.

—¿Y me lo preguntas tú? —dijo entre susurros y se arrojó en los brazos de Bennet.

—Creo que eso significa que sí —constató Kilian y se echaron a reír.

Se habían encontrado el uno al otro bajo los árboles, y Kilian los casó bajo los árboles dos días después de la Asunción de María. El sol comenzaba a ponerse, se fundía con el horizonte y lo cubría todo de un brillo cobrizo.

Los destellos de luz danzaban sobre el pelo suelto de Aveline como pequeñas ascuas. Llevaba una corona entretejida de lúpulo silvestre y de flores de madreselva que desprendían una fragancia embriagadora.

Se arrodilló junto con Bennet ante Kilian con las manos unidas en oración. Los demás también asistieron a la ceremonia, incluso el hermano Gilbert, aunque este parecía mostrarse malhumorado y displicente como de costumbre. A Aveline no le importó, pues se sentía como en un sueño, todo era irrealmente bello y ella estaba sobrecogida de felicidad.

Mientras Kilian pedía la bendición de Dios, ella miró con disimulo a Bennet. Este tenía los ojos cerrados y parecía absorto en la oración. Llevaba el abrigo colgado sobre los hombros. Sus rasgos mostraban una serena confianza, como siempre. A Aveline le era indiferente si él la amaba por ella misma o porque así podía enmendar con ella lo que se había perdido con Hild. Sabía que en los brazos de él iba a encontrar calidez y seguridad. Él iba a ser un compañero fiel y cariñoso. La ayudaría a estar sana y salva en cuerpo y alma. ¿Qué más podía pedir?

Kilian dio un paso al frente y puso cada mano en la coronilla de ambos.

—Bennet, de Kent, yo te pregunto: aquí, a la vista de Dios, ¿quieres tomar por esposa a Aveline, de Blénod? ¿Quieres ser de ella, la protegerás y la alimentarás y le serás fiel hasta la muerte?

—Sí.

La voz de Bennet sonó clara y firme, llena de convicción, y el corazón de Aveline quería desbordarse de felicidad. Kilian se volvió hacia ella.

—Aveline, aquí y ahora a la vista de Dios, ¿quieres unirte en matrimonio con Bennet? ¿Quieres serle una buena esposa, le pertenecerás y le obedecerás y le serás fiel hasta la muerte?

Su corazón deseaba responder con un grito, pero se esforzó para que su voz sonara clara y decidida como la de Bennet.

—Sí, quiero.

—Amén. —Kilian hizo la señal de la cruz sobre ellos—. A partir de ahora sois ante Dios marido y mujer. Dios es amor, y quien permanece en el amor permanece en Dios, y Dios permanece en él. *In nomine Patris et Filii et Spiritus Sancti.* Que la bendición de nuestro Señor os acompañe en todos vuestros caminos y tanto en los buenos como en los malos tiempos. Amén.

Se levantaron y Bennet se volvió a Aveline. Le tomó las manos y se las besó una tras otra. A continuación se desprendió de su abrigo y se lo puso a ella suavemente sobre los hombros. Intercambiaron una larga sonrisa. Él era su marido. Ella era su esposa.

—¡Vivan los novios! —vociferó Jean devolviendo a Aveline al aquí y al ahora. Los demás, con la excepción del hermano Gilbert, también intervinieron, los felicitaron y aplaudieron.

—¡Toma! —exclamó Jean arrojándole a Bennet una bota y el anglosajón la atrapó con habilidad—. Tomad un poco de vino y de pan y buscaos un sitito tranquilo. Y entonces, ya lo sabéis, consumaréis vuestro matrimonio —dijo haciendo un gesto lascivo.

—¡Jean! —chilló Maude tapándose la boca con las manos, pero se echó a reír y todos comenzaron a vitorear a los novios.

Bennet se echó la bota al hombro, luego levantó en brazos a Aveline como si fuera tan ligera como un pajarito y se la llevó al bosque.

Hicieron el amor por primera vez como marido y mujer sobre el lecho de musgo bajo un tilo encorvado. Se tomaron su tiempo, descubrieron el cuerpo del otro con toda delicadeza, como si nunca se hubieran tocado antes.

Después, Bennet puso en la mano de ella una figurita de María que había tallado él mismo.

—Este es mi regalo de bodas. ¡Que la madre de Dios te tenga siempre bajo su mano protectora! —exclamó con gesto serio, y la besó.

Y cuando él se quedó dormido a su lado, Aveline contempló su sonrisa relajada y el tranquilo movimiento de subida y bajada de su tórax. Estaba maravillada de la felicidad que le había caído en suerte, pero al mismo tiempo temía secretamente que no fuera a durar mucho.

17

Marsella, agosto de 1189

Marsella, o Marsilha, tal como llamaban los lugareños a su ciudad, era una puta. Se imponía seductoramente con sus aromas a canela y a madera de cedro, presentaba descaradamente sus relucientes joyas en los escaparates de los comerciantes, se envolvía en tejidos de seda que se deslizaban por sus dedos como el agua, embelesaba a los viajeros con palabras arrulladoras y con el sonido de flautas y panderetas. Seducía, excitaba, embriagaba... y siempre tenía una mano puesta en el portamonedas del visitante ingenuo.

Marsella era una Moloch, grande, sucia, abarrotada. Miles y miles de personas vivían entre sus murallas y sus ruinas, se abrían paso por callejones angostos llenos de basuras y de perros vagabundos. Apestaba a paja podrida, a sudor, a humo y a excrementos. La gente no hablaba, sino que gritaba en decenas de idiomas, de los cuales Étienne apenas entendía el provenzal y el griego además del francés. Era repulsiva y aterradora.

Marsella era horrible y bella a la vez. Una puta seductora que apestaba a pescado entre las piernas.

Étienne no había vivido nunca nada que se le pudiera comparar. Y nunca nada le había deparado semejantes dolores de cabeza.

Al sentarse pesadamente en el puerto sobre una piedra del muelle, tuvo la sensación de que un herrero diabólico empleaba su cráneo como un yunque.

«Y yo, cordero de mí, pensaba que Auxerre era grande. ¡Qué ridículo!». Marsella era enorme y eso que la ciudad había sido reconstruida hacía apenas doscientos años después de su destrucción prácticamente total. Ahora albergaba casi tantos habitantes como París, a personas que el mar había arrojado a sus costas provenientes de todos los lugares del mundo. Étienne meneó la cabeza renegando de su simpleza, pero se arrepintió al instante porque ese gesto hizo que el dolor le arañara inmisericorde en el interior de su cerebro. Cerró los ojos y se masajeó las sienes con ambas manos. Lo que habría dado por un sorbo de la infusión de corteza de sauce de Caspar, pero el cirujano se había marchado sin él para hacer algunos recados en la ciudad. Era de suponer que esos «recados» estaban desarrollándose en una casa de putas y en una tasca. Bueno, ¿y qué?, él estaba feliz de haber escapado por un rato de aquellos callejones estrechos, aunque la animación no le iba a la zaga en aquel puerto grande. Decenas de barcos se balanceaban sobre unas aguas sucias, galeras con un sinfín de remos, veleros abombados, barcos mercantes, y entre ellos barcas pequeñas y gabarras. Los pescadores descargaban cestos con sus capturas y extendían las redes sobre bastidores de madera para remendarlas. A lo largo del muro del muelle y a la sombra de la fortificada abadía de San Víctor, las pescaderas vendían a grito pelado animales marinos, asediadas por gaviotas o por gatos callejeros que esperaban hacerse con algún bocado. Puestos de comida que con frecuencia no eran más que diminutos cobertizos inclinados preparaban cocidos con las capturas del día anterior o vendían mejillones cocidos y pescado en escabeche. Étienne descubrió también a comerciantes ataviados con prendas finas que regateaban con los capitanes de los barcos entre muchachas del puerto con los pechos desnudos y criaturas sucias a su alrededor que se ganaban un poco de dinero haciendo recados o aliviando a los visitantes desatentos del peso de sus portamonedas. Imperaba un continuo ir y venir, un trajín bullicioso que seguramente habría continuado aumentando el dolor de cabeza de Étienne si la suave brisa del mar no hubiera refrescado sus mejillas ni se hubiera llevado las voces y el hedor del agua salobre y de los restos de pescado en descomposición.

El mar. «Mare Nostrum», «Nuestro Mar», como en la Antigüedad lo bautizaron los romanos con toda naturalidad y consciencia de sí mismos.

Étienne había oído hablar mucho del mar, por supuesto, pero hasta hacía cuatro días que llegaron a la ciudad de Marsella no había tenido todavía ocasión de contemplarlo con sus propios ojos. Una amplitud interminable que se extendía hasta el horizonte, sin que el ojo pudiera ver lo que había más allá, si es que había algo más allá. Y por debajo una profundidad incalculable en la que moraban seres monstruosos, cuyos pequeños parientes con tentáculos o provistos de pinzas se agitaban en los expositores de los comerciantes. A los seres humanos se les toleraba su presencia en el mejor de los casos, y, con mucha frecuencia, ellos y sus embarcaciones eran engullidos por las furiosas olas.

No obstante, día tras día los pescadores, los marineros y los viajeros desafiaban los peligros. ¡Por el amor de Dios, pronto sería él también uno de ellos! Se llevó la mano al pecho antes de recordar por enésima vez que ya no se encontraba allí su cruz de plata.

Hacía tan solo unas pocas semanas llevaba una triste existencia entre unos muros repelentes, ahora tenía la vista puesta en un horizonte desconocido que le susurraba promesas de aventuras y el paraíso celestial.

El conde Guillaume estaba contratando embarcaciones para la travesía, barcos grandes que pudieran contener a los hombres, el armamento y las monturas. No podían esperar un tiempo excesivamente largo para la travesía, pues debían aprovechar los vientos favorables. Se decía que como muy tarde en otoño el tiempo comenzaba a cambiar, haciendo que el viaje por mar se convirtiera en una empresa aún más amenazadora de lo que ya era de por sí, y eso si es que había algún barco dispuesto a realizar la travesía marina en esa estación del año.

Ya desde hacía algunas décadas, al no cesar el flujo de peregrinos a Tierra Santa, Marsella había crecido hasta convertirse en uno de los puertos más grandes e importantes del sur. El transporte de combatientes o de penitentes cristianos, pero también el comercio con los colonos de los Estados Cruzados, eran un negocio lucrativo que aseguraba el sustento de multitud de marineros y armadores. Así pues, no debía de depararle al conde grandes problemas la tarea de contratar barcos, sobre todo teniendo en cuenta que los arcones con las soldadas estaban todavía bien llenos.

—¡Oé! ¡Eh!

Étienne salió de golpe de su ensimismamiento y miró hacia arriba cuando le gritó aquella voz desconocida. Era de un marino con la cara curtida que estaba de pie y despatarrado en su gabarra a la deriva y que le hablaba en un idioma incomprensible. En la mano sostenía una soga.

Étienne tardó unos instantes en comprender que aquel hombre quería atracar en la piedra en la que se había acomodado él. Se levantó, agarró la soga y la enrolló varias veces alrededor de la roca. El hombre asintió con la cabeza en señal de agradecimiento y dirigió la atención a su cargamento.

Étienne miró al cielo. El sol estaba alto y su estómago le dio a entender también que se acercaba el mediodía. Las campanas de la abadía de San Víctor habían tocado ya la sexta. Los puestos de comida cercanos tentaban con sus calderos humeantes y con el olor a verduras, a pescado y a especias foráneas. Étienne dejó que decidiera su nariz y se llenó el cuenco con una sopa de pescado en uno de los puestos. Conforme a su humilde experiencia, era cuestión de suerte si te daban comida recién hecha y saciante o si poco después de la ingesta vomitabas en la acequia el contenido del estómago porque la comida había estado fermentando al sol durante demasiado tiempo.

Esta vez la suerte parecía estar de su lado, al menos el caldo solo olía suavemente a agua de mar, el pescado y el marisco que contenía tenían un color fresco, e incluso podían reconocerse las verduras, que no habían sido cocidas en exceso hasta convertirse en un puré gris.

Lleno de expectación, Étienne balanceaba el cuenco humeante entre las manos y buscó con la mirada un lugar tranquilo para sentarse. Entonces sintió una fuerte sacudida entre los omóplatos.

La mitad de la sopa se le derramó fuera del cuenco y cayó al suelo salpicando; el resto le mojó la túnica. Étienne aspiró con fuerza el aire cuando sintió en la piel el líquido caliente.

—¡Vaya! ¡Me parece que he sido un poco impetuoso! Y eso que lo único que quería era saludar.

Étienne conocía esa voz. Al girarse, divisó la jeta sonriente de Bertrand. Se encontraba en compañía de un muchacho llamado Gaston, con la cara llena de espinillas y que también sonreía con burla pero manteniéndose en un segundo plano. En los ojos del escudero destellaban las ganas de fastidiar.

—¿Cómo se te ha ocurrido tal cosa, idiota? —Étienne apretó el puño de su mano libre, y dio un paso tambaleante hacia el maleante.

—¡Despacito, despacito! —exclamó Bertrand alzando los brazos en un gesto apaciguador y dio un paso atrás—. No vayas a caerte, tullido de pie. —Comenzó a rodear a Étienne obligándolo de esta manera a girar torpemente en círculo como un oso, si no quería perder de vista a su adversario—. ¿Así que estás solo? ¿No le calientas la cama hoy a tu médico? —Bertrand se echó a reír con su propio comentario obsceno y arrojó a su socio una mirada en busca de su aplauso. Este le hizo el favor y se unió a las carcajadas—. No puedo imaginarme en absoluto lo que tu amo puede estar haciendo con gente como tú.

Étienne conocía de sobra a los tipos de la calaña de Bertrand. Perseguían a personas supuestamente más débiles, personas como él, para sentirse superiores e importantes. Se trataba de una chusma vil y peligrosa. No iba a conseguir nada con argumentos sensatos. El escudero solo buscaba un pretexto para propinarle una paliza o vaya Dios a saber qué. Cualquier palabra no haría sino irritarlo innecesariamente.

Étienne se dio la vuelta en silencio para marcharse.

—¿Adónde vas con tantas prisas? —Bertrand realizó una maniobra brusca y le rodeó con el brazo hasta inmovilizarlo casi por completo—. ¿No aprecias nuestra compañía, bastardo?

—Prefiero revolcarme en el lodo con los cerdos —repuso Étienne entre dientes intentando zafarse de la presa.

—Ah, ¿sí? —dijo el escudero en un tono sibilante—. ¡Pues eso se puede arreglar!

Bertrand lo soltó súbitamente y le propinó un empujón que le hizo tambalearse hacia delante. Una patada en la corva le hizo caer definitivamente de cara entre las basuras. El hedor infernal de los desperdicios y de los excrementos lo dejó casi sin aliento. Sin embargo, igual de abominables le resultaron las carcajadas caprinas de Bertrand y de su acompañante que parecían horadarle directamente la nuca.

Con los últimos restos de dignidad que fue capaz de reunir, Étienne se levantó a duras penas y se limpió con la manga de la camisa la suciedad más gruesa de la cara. Se alejó dando tumbos sin girarse de nuevo.

—¡Fue todo un placer, tullido del pie! —le gritó Bertrand a sus espaldas—. ¡Hasta pronto!

A pesar de haberse lavado a fondo y de haberse vestido con ropas limpias, Étienne seguía sintiéndose sucio y humillado. Estaba sentado en silencio a la sombra del carro y trataba de restregar la suciedad de su sobreveste manchada.

Las huestes del conde Guillaume estaban acampadas frente a las murallas de la ciudad de Marsella en una llanura cubierta de hierba, junto con innumerables peregrinos que esperaban a realizar la travesía a Tierra Santa.

—No me lo tomes a mal, Étienne —comentó Caspar, que estaba más elevado que él, apoyado en el carro, y se llevaba uvas a la boca—, pero supongo que eso iba dirigido a mí. El tipo se molestó porque le reconvine hace poco. Patea al perro si lo que quieres es atizar al amo, ¿no se dice así? —preguntó tendiendo a Étienne algunas uvas.

—¡Genial! —exclamó Étienne resoplando e ignorando la fruta—. Pensaba que se habían acabado los tiempos en los que yo era el chivo expiatorio de los demás. Para eso mejor me vuelvo a Arembour. —Arrojó su camisa al cubo con tanta fuerza que salpicó el agua de la lavada—. Estoy muy harto de que me vayan dando empujones por culpa de este maldito pie. ¡Yo no elegí esto! ¿Qué he hecho yo para que todo el mundo crea que puede tratarme como a una inmundicia?

—¿Como a una inmundicia, dices? —En la voz de Caspar no quedaba rastro de broma.

—Eso mismo —se acaloró Étienne—. Continuamente se burlan de mí o me humillan, o no me toman en serio.

Caspar se acercó a la trasera del carro y comenzó a llenar un saco con panes, frutas y otros alimentos.

—¡Ven conmigo! Quiero enseñarte algo —dijo cuando estuvo listo.

—Tengo cosas que hacer —gruñó Étienne y sacó su camisa del cubo sin levantar la vista.

—¡No se trata de un ruego!

La voz del cirujano sonó fría, y, cuando Étienne levantó finalmente la vista, divisó unos ojos duros que no admitían discrepancia alguna. Se puso en pie con dificultad y siguió a su maestro.

Pusieron rumbo a la ciudad y se encaminaron a una de las dos colinas que se alzaban por la parte septentrional del puerto y que formaban el núcleo de la antigua Marsella, con muchas ruinas que se remontaban a los tiempos de los fundadores paganos de la ciudad. Incluso teniendo en cuenta que el calor del mediodía era inmisericorde, llamaba la atención aquel silencio entre los muros derruidos, un silencio inquietante. Las basuras fermentaban en las calles por las que vagabundeaban perros asilvestrados, aquí y allá ascendía el humo de hogueras moribundas, alguien tosía con una tos seca.

Étienne oyó en algún lugar el suave tañido de una campanilla. Le entró un mal presentimiento.

—¿Estás seguro de que vamos bien por aquí, Caspar? —Algunas ruinas se habían acondicionado mínimamente para vivir, las aberturas estaban tapadas con trapos o con tablones clavados. Tras los huecos de las ventanas le pareció distinguir unos ojos que seguían cada uno de sus pasos. Comenzó a sentir un cosquilleo desagradable en la nuca—. Creo que deberíamos irnos de aquí ahora mismo.

—No me seas tan gallina, Étienne. No nos quedaremos mucho rato.

Un silbido agudo de Caspar hizo que Étienne se sobresaltara. El cirujano gritó a continuación algunas palabras en provenzal mientras sostenía el saco en alto. Comenzó a partir las hogazas en trozos del tamaño de un puño, y los extendió con los demás alimentos encima de un trapo grande.

Se originó movimiento en los callejones sombríos y en las ruinas, se apartaron los harapos que servían de puertas, surgieron de la penumbra algunas figuras humanas, o lo que la lepra había dejado de ellas. Eran seres deformes, llenos de cicatrices, que cojeaban, avanzaban despacio, se arrastraban. Algunos se aferraban a palos o a muletas, otros se apoyaban mutuamente o avanzaban valiéndose de toscos cacharros porque les faltaban los pies o incluso las piernas enteras. Sus cuerpos estaban cubiertos de sarpullidos, de bubas y de llagas supurantes, apenas ocultas bajo harapos rígidos por la suciedad pegada a ellos; en lugar de dedos, muchos tenían solo unos muñones retorcidos, a otros les faltaban las orejas o las narices, lo cual desfiguraba sus rostros en una mueca espantosa. Eran muy pocos aquellos en los que no se distinguían todavía los signos de la enfermedad.

139

Étienne se llevó las manos ante la boca, como si el aire apestara de repente. Quiso apartar la mirada, pero Caspar lo agarró por la nuca y lo obligó a mantener la cabeza en alto.

—¡Mira con atención, Étienne d'Arembour! ¡Fíjate bien en estos pobres diablos! Y luego vuelve a decirme que te sientes como una inmundicia. Cuando muestran los primeros indicios de la lepra, se los declara públicamente muertos y se los expulsa de la sociedad. ¡Son muertos vivientes! Cuando salen de este agujero, tienen que llevar tablillas y campanillas para avisar de su presencia y no deben acercarse a menos de diez pasos de ninguna persona sana. Deben hablar en contra del viento para que este se lleve las miasmas causantes de la enfermedad, no se les permite ir a las iglesias y no se les imparte ningún sacramento. La dañan en la inmundicia a la que son arrojados, sin esperanza de salvación.

A Étienne le costó tragar saliva. Por supuesto que sabía cómo se procedía con los leprosos, pero no se había imaginado nunca lo que realmente significaba.

No se trataba únicamente de adultos, entre ellos había también niñas y niños pequeños, algunos marcados por la enfermedad, otros aparentemente sanos. Sin embargo, ¿adónde habrían podido ir si su padre y su madre habían caído víctimas de la lepra?

Los enfermos se habían ido reuniendo en torno al pañuelo con los alimentos. Algunos se echaron encima como animales, pillaban lo que podían y se iban a hurtadillas. Había algo salvaje en sus miradas, casi como los perros vagabundos que haraganeaban por todas partes.

Étienne se horrorizó al principio, pero luego comprendió que a esas criaturas maltrechas no les quedaban fuerzas para mostrar compasión o incluso misericordia frente a sus compañeros de infortunio.

Lo que más le impactó, sin embargo, fue la expresión de un niño de unos ocho años, desfigurado, que se había quedado atrás. Había desolación y vacío en ella, era la indiferencia de una persona que ya había rebasado el punto en el que todavía cabía tener esperanzas, una expresión que no debería hallarse en los ojos de un niño.

Étienne sintió que le asomaban las lágrimas y le temblaban los hombros, pero Caspar siguió sujetándolo con firmeza.

—Tienes razón —dijo el cirujano—, después de todo lo que me has contado, tu padre no es más que un cabrón que te ha hecho sufrir por algo que no fue culpa tuya, de acuerdo, pero él te crio, te vistió, te alimentó. Tuviste una nodriza, un maestro y una alcoba propia. ¡Por los cielos, Étienne! ¡Una alcoba propia! —Caspar meneó la cabeza casi con torpeza y soltó a Étienne de su abrazo—. Voy a darte un consejo, amigo mío: siempre que pretendas darte un baño de autocompasión, acuérdate de estas personas. Y en lugar de sentirte descontento con lo que te han abrumado o con lo que no posees, da las gracias al Todopoderoso por lo que tienes, dos manos y dos brazos sanos, una mente lúcida (aunque todavía me debes una prueba de que es así) y dos piernas que te llevan. ¡Dios sabe que eso es más de lo que posee la mayoría de estas personas! ¡Olvídate de tu padre y de tus torturadores, deja de quejarte y emplea las habilidades que Dios te ha dado! Porque, si hemos de ser sinceros, la fortuna se ha portado condenadamente bien contigo.

Étienne tragó saliva con esfuerzo, a continuación asintió con la cabeza y se obligó a no apartar la vista de aquellos infortunados. Se sintió miserable, pues a la vista de su sufrimiento, su propio destino parecía justamente una ridiculez.

Caspar volvió a ponerle la mano en el hombro, esta vez con un gesto casi de consuelo.

—Ya es suficiente, Étienne. Vámonos.

Se lo llevó consigo con suavidad. Dejaron atrás el campamento de los leprosos como un sueño oscuro. Caspar no volvió a hablar de nuevo hasta que salieron de las murallas de Marsella a través de la Puerta de Lyon y se hallaron frente a la ciudad de las tiendas de campaña de los peregrinos.

—Hay una cosa más que quería decirte, Étienne. En lo que respecta a esos escuderos bocazas, la mitad de ellos se dejará la vida en los combates por recuperar la Tierra Santa. Y la otra mitad te envidiará pronto el pie tullido cuando su mano o su pierna se haya quedado en el campo de batalla. —Una vez más volvió a agarrar el hombro de Étienne y se lo apretó—. Llegará el momento en el que demostrarás lo que vales y lo que llevas escondido en tu interior.

18

Reino de Serbia, agosto de 1189

No me mires con esa cara tan seria, pajarito! Solo es una fiebre leve, nada más. ¡Me encuentro bien!

Como si quisiera demostrárselo, Bennet dio un paso hacia delante con vivacidad y le guiñó un ojo a Aveline por encima del hombro. Ella se lo quedó mirando fijamente con cara de escepticismo. Todo parecía igual que siempre. Probablemente él tenía razón, y ella se estaba agobiando por nada. Y, sin embargo, Aveline no podía evitar que la preocupación anidara en su pecho.

Ya había hecho calor a primera hora de la mañana, pero en ese momento el sol quemaba abrasador desde el cielo. El aire era húmedo y opresivo, y dejaba una sensación pegajosa en la piel. Aveline tuvo que obligarse a no echar mano constantemente a la bota de agua. No sabían cuándo iban a encontrar un albergue. De todos modos, los lugareños con los que se topaban se mostraron por regla general amables y francos con ellos, lo cual permitía colegir que el emperador Federico I Barbarroja dirigía su imponente ejército con férrea disciplina y no se producían incidentes con los habitantes de las comarcas por las que atravesaban sus tropas. El ejército ya había partido de Naissus y proseguía su avance por la Via Militaris, pero todos estaban convencidos alegremente de que los alcanzarían pronto.

Jean, que conducía el burro, se detuvo y fijó la vista en el horizonte, donde las nubes comenzaban a acumularse amenazadoramente. El cielo había adquirido una sucia coloración gualda.

—Esto tiene pinta de tormenta —gruñó y escupió a la tierra—. Tal vez tengamos suerte y consigamos llegar a un cobijo antes de que comience a descargar.

La suerte les fue esquiva. Media hora después, unos nubarrones negros empezaron a oscurecer el sol. Si unos momentos antes el calor era abrasador, ahora el aire se enfrió súbitamente. Aveline se echó el abrigo encima y se lo ciñó a los hombros. Sin embargo, las potentes ráfagas de viento hacían que la prenda ondeara como una vela y que sus rizos se agitaran intensamente bajo la toca que cubría su pelo.

—¡Tenemos que encontrar un refugio! —vociferó Kilian contra la tormenta.

Pero siempre es más fácil decir que hacer. Transitaban por una senda sobre un terreno estepario, lejos de cualquier asentamiento. Los pocos árboles existentes apenas podían ofrecerles amparo.

Caían del cielo las primeras gotas de lluvia. Golpeaban con dureza sobre el polvo del camino y dejaban unos pequeños cráteres como las pústulas de la viruela; penetraban sin dificultad en el tejido del abrigo.

Bennet le pasó el brazo por los hombros a Aveline, y aceleraron la marcha inclinados contra el viento. Aveline sintió un calor anormal que emanaba del cuerpo de él y lo miró de reojo con preocupación. Bennet llevaba muy calada la capucha sobre la frente de modo que no podía verle los ojos.

—¡Jesús Santo!

Por delante de ellos Lucille iba aferrada a su marido, cuando un relámpago rasgó el cielo, seguido inmediatamente por el estruendo de un trueno. Debían de tener la tormenta justo encima. Y como si el relámpago hubiera rajado las nubes como un cuchillo, la lluvia comenzó a caer sobre ellos a raudales.

Siguieron más relámpagos deslumbrantes y unos truenos que retumbaban en sus oídos como si hubiera llegado el día del Juicio Final.

El burro comenzó a rebuznar y se resistía a moverse.

—Calma, mi buen amigo —trató Jean de tranquilizar al animal tirando con mucha energía de la cuerda.

—¿Veis eso de ahí? —vociferó Kilian señalando al frente.

Aveline entrecerró los ojos y se esforzó por reconocer algo a través de la densa cortina de lluvia. Finalmente distinguió a lo lejos una sombra agazapada. ¿Se trataba tal vez de un granero? ¿O eran unas ruinas?

—¡Adelante! ¡Adelante! —los impelió Kilian—. Allí podremos guarecernos.

Y eso era urgentemente necesario, pues el vendaval los estaba azotando sin tregua y los expulsaba del camino. El abrigo empapado pesaba lo suyo y presionaba los hombros de Aveline, así que los pasos que dio hasta el ansiado refugio le parecieron millas. Finalmente pudo reconocer que aquella sombra era un viejo silo. El tejado de ripias estaba lleno de agujeros, pero cualquier cosa era mejor que continuar a la intemperie.

—¡Rápido! —los conminó Kilian a que avanzaran.

En ese momento cayó un rayo en un árbol cercano con un estruendo ensordecedor que hizo estallar la madera en astillas humeantes y en parte ardiendo en llamas.

Todos gritaron. El burro, presa del pánico, tiró fuerte de la soga que sostenía Jean, se soltó y se fue corriendo como si el demonio en persona le pisara los talones. Jean se fue tras el animal, pero luego se detuvo indeciso.

Todos se miraron unos a otros perplejos. Kilian fue el primero en recuperar el habla.

—Vamos a ese lugar seco. Podemos ir después a buscar al burro —dijo empujando a Maude y Lucille hacia el silo.

—Pero ¿qué estás diciendo? —le chilló Gilbert tirando bruscamente del brazo de Kilian—. ¡Esa bestia lleva todas nuestras pertenencias! —En efecto, el burro no solo cargaba en su lomo la mayor parte de las provisiones, sino también las lonas de las tiendas de campaña, las cacerolas, los recipientes de agua y otros componentes importantes de su equipamiento—. ¡Más tarde estará más allá de las montañas o algún canalla nos lo habrá robado! Hay que atraparlo de inmediato. Que vaya Jean a buscarlo, no en vano fue él quien no lo sujetó como es debido.

La lluvia que caía a cántaros sobre el rostro de Gilbert transformaba sus rasgos en muecas. Jean dirigió una mirada sombría al monje anciano.

—Iré —dijo finalmente y se dispuso a ponerse en marcha, pero Maude lo retuvo.

—¿Solo? ¿Con este diluvio? ¿Has perdido la cabeza del todo?

—Maude tiene razón. Es demasiado peligroso ir uno solo. Te acompañaré —se ofreció Bennet.

Aveline inspiró hondo y se aferró al brazo de él. Lo miró con ojos penetrantes. «Estás enfermo», quiso gritarle, pero Gilbert se le adelantó.

—Eso es, que vaya el anglosajón también. Al fin y al cabo es el único que entiende algo en asuntos de matar llegado el momento, ¿no es cierto? —preguntó, pero al hacerlo no miraba a Jean ni a Bennet, sino a Aveline. Una infame sonrisa burlona le desfiguró los labios.

—Por mí, de acuerdo —intervino Kilian con un hilo de voz.

—Intentadlo, pero no tardéis demasiado.

Bennet apretó la mano de Aveline a modo de despedida y le dedicó una sonrisa alentadora para desaparecer luego con Jean bajo la lluvia.

«Seco» no fue la palabra que se le pasó por la mente a Aveline cuando pisaron el interior del silo. La lluvia penetraba a través de los agujeros del tejado y había formado unos charcos sucios en el suelo. Caían gotas por todas partes. El viento sacudía las paredes de madera carcomida como si quisiera arrancarlas de sus anclajes. Ahora bien, comparado con el exterior, el interior de aquel cobertizo tenía unos aires muy hogareños. En un rincón yacía un resto de paja húmeda y había incluso una zona en la que el tejado había quedado medio intacto.

Aveline se despojó de su abrigo empapado y se tumbó exhausta en la paja. La idea de que Bennet continuaba expuesto a aquel temporal tremendo le oprimió el pecho y se puso a rezar una oración entre murmullos. Percibió la mirada de Gilbert fija en ella, pero no se giró a comprobarlo. Bajo ningún concepto quería deparar al monje la satisfacción de verla preocupada.

Frédéric, por su parte, consiguió encender un fuego humeante con un poco de paja y algunos pedazos de leña húmeda que encontró en un rincón. Aveline dudaba de que tuviera la suficiente fuerza para calentarlos o incluso para secar las ropas húmedas, pero las llamas temblorosas le proporcionaron al menos un poco de consuelo. Un fuego era la luz, era un lugar alrededor del cual te reunías, al que podías regresar.

Nadie tenía ganas de hablar ya fuera por la angustia o por el agotamiento. Aveline trataba de acechar los sonidos del exterior, pero solo alcanzaba a oír el tamborileo de la lluvia sobre el tejado, los truenos que rabiaban sobre sus cabezas y el bufar del viento. «Por favor, Dios mío, tráemelo de vuelta sano y salvo!».

Se sobresaltó cuando una mano le rozó el brazo. Era Maude, que le tendía un pedazo de pan que al parecer llevaba consigo en su hatillo. Aveline lo tomó agradecida y comenzó a comer. En la cara de su acompañante se había instalado también la preocupación. Ni a un perro se le mandaba salir con un temporal como aquel, pero, por otra parte, la pérdida del burro y del equipamiento los expondría a una situación desesperada. Aunque a regañadientes, no le quedaba otra que admitir que el hermano Gilbert había estado en lo cierto.

Aveline era incapaz de decir cuánto tiempo había transcurrido hasta que por fin se abrió de par en par la puerta del silo y Jean y Bennet entraron dando tumbos y arrastrando tras ellos al burro.

—¡Alabado sea el Señor! —exclamó Kilian y se puso en pie de un salto—. ¡Venid y calentaos! Estáis calados hasta los huesos.

Aveline se precipitó sobre Bennet y se le echó al cuello. Su cara estaba gris de agotamiento; los labios, azules. Su piel húmeda y fría le recordó a Aveline a un pez muerto. Y estaba temblando. Se despegó suavemente del abrazo de ella y le puso brevemente la palma de la mano en la mejilla.

—Todo está bien, Ava —dijo en tono apagado y trató de esbozar una sonrisa—. No me pasa nada, solo estoy cansado.

Nada estaba bien. Hasta un ciego podía verlo. Su marido apenas podía sostenerse en pie. Ella lo condujo a su sitio sobre la paja y lo ayudó a quitarse las ropas mojadas. Kilian le arrojó una manta medio seca que había sacado de una de las alforjas. Aveline se la puso a Bennet alrededor de los hombros y a continuación se acurrucó junto a él para transmitirle el calor de su cuerpo. Aferrados el uno al otro se tumbaron sobre la paja. A Bennet le temblaba todo el cuerpo y acabó con los dientes rechinándole ruidosamente.

«¿Por qué lo he permitido? ¡Maldita tormenta! ¡Maldito burro! ¡Monje tres veces maldito!». Aveline frotó la piel fría de Bennet para infundirle algo de calor con el masaje. Le dio un poco de cerveza tibia que Maude había calentado en las llamas. Y, efectivamente, al cabo de un rato disminuyeron los escalofríos y cayó en un sueño inquieto.

Justo cuando Aveline iba a permitirse un poco de alivio, la fiebre incendió el cuerpo de Bennet. Estuvo toda la noche con una temperatura muy elevada, daba vueltas constantemente y gemía en sueños, de modo que a Aveline no le quedó más remedio que sujetarlo y mojarle la frente una y otra vez con un paño húmedo.

En algún momento debió de quedarse dormida, pues la despertó una tos. Era una tos a borbotones, de muy mal agüero, y el corazón se le contrajo. Era la tos de Bennet.

19

Reino de Serbia, agosto de 1189

El estado de salud de Bennet fue empeorando a lo largo del día siguiente a pesar de que él hacía grandes esfuerzos por ocultarlo y seguir el ritmo de los demás.

Replicaba con una sonrisa a las angustiosas miradas de Aveline con el propósito de tranquilizarla, pero a ella le causaba una angustia mayor porque esa sonrisa era cada vez más quebradiza. Una y otra vez lo asaltaban los ataques de tos en los que se retorcía y se presionaba el pecho con la mano como si quisiera evitar que se le desgarrara. Y pronto le faltó incluso la fuerza para sonreír. Sin embargo, aunque se quedaba rezagado cada vez con mayor frecuencia, no quería que los demás le mostrasen ninguna consideración.

—Necesitas un descanso, Bennet —le imploró Aveline—. ¡Por favor, sé razonable!

Él hizo un débil movimiento negativo con la cabeza.

—No puedo parar la marcha de todos. Si queremos dar alcance por fin al ejército del emperador Federico I Barbarroja, no podemos derrochar más tiempo. Ya descansaré en nuestro próximo alto en el camino, pajarito.

—Pero...

—¡Chis! —exclamó Bennet poniéndole suavemente los dedos en los labios, infundiéndole una sensación de calor y de fragilidad—. Solo un tramo más, Ava, y luego me echo a descansar, te lo prometo.

Cuando poco después encontraron un lugar en una pradera para hacer un alto, Bennet se arrebujó aparte en su manta y al instante cayó en un sueño de agotamiento del que no era capaz de despertarlo ni su propia tos.

Los demás se reunieron en torno a una pequeña hoguera en la que Maude preparó un caldo de carne seca y lentejas. Nadie tenía ganas de hablar, pero las caras de preocupación lo decían todo.

—Si queréis saber mi opinión, yo diría que es una fiebre pulmonar —dijo Jean finalmente.

Aveline sospechaba algo similar, pero la idea fue creciendo en forma de amenaza fatal hasta que se le hizo un nudo en el corazón. Hundió la cara entre las manos e intentó contener el miedo.

—Eh, muchacha —dijo Jean poniéndole suavemente una mano en el hombro—, Bennet es un tipo resistente. Se recuperará, tan solo hay que esperar.

—Pero ¿cómo se va a recuperar? Tiene que descansar, pero no puede mientras sigamos avanzando.

—Entonces haremos un alto más largo en el camino —terció Kilian.

—¡Eso es! —exclamaron, secundándolo, Jean y su hermana.

—¿Cómo se os ocurre semejante cosa? —Los ojos del hermano Gilbert se entrecerraron dándole un aspecto de serpiente mientras les iba mirando a la cara—. De esa manera vamos a perder la que probablemente será nuestra última oportunidad de alcanzar al ejército imperial. Y con ello perderemos la posibilidad de viajar a Tierra Santa bajo su protección. ¿Creéis que esa es una decisión que solo podéis tomar vosotros?

Frédéric asintió con la cabeza. Y, aunque Lucille no dijo nada, en su rostro podía leerse que la idea de continuar el viaje por su cuenta y riesgo le ocasionaba mucha angustia.

—Presuponiendo la aprobación de Bennet, la mayor parte de nuestra comunidad está a favor de realizar un alto más largo en el camino —replicó Jean con frialdad.

—Es mejor que mantengas la boca cerrada —le increpó Gilbert—. A tu estupidez le debemos que nos encontremos en esta situación. Si no hubieras soltado al burro, ahora no tendríamos que pelearnos.

Jean se mordió los labios y agachó la cabeza.

—Pero fuiste tú quien le envió a buscarlo con el temporal —le echó en cara Aveline al viejo monje—. Y eso que ya estaba enfermo.

—¿Enfermo? No tenía ni idea de eso. Y, por si lo has olvidado, fue él quien se ofreció voluntariamente.

Las lágrimas de la ira asomaron a los ojos de Aveline.

—Eres tan...

—¡Hermano Gilbert, Ava, por favor! —los interrumpió Kilian alzando las manos con gesto apaciguador—. Eso no conduce a nada. Bennet está enfermo y necesita tiempo para recuperarse, así que por ahora vamos a quedarnos aquí.

—¡Entonces tendrás que romper tu juramento, Kilian, pues, como muy tarde pasado mañana, Frédéric, Lucille y yo proseguiremos nuestro viaje! —dijo Gilbert. Con una última mirada furiosa se levantó y se fue de allí a paso firme. Frédéric se puso también en pie y se llevó a Lucille con él.

—¿Qué juramento? ¿Qué ha querido decir con eso? —quiso saber Maude.

Kilian suspiró y se le ensombreció la cara.

—Nosotros, los benedictinos, tenemos prohibido viajar solos. La regla de la Orden establece que, cuando viajamos, debemos estar acompañados como mínimo por otro monje más. Nuestro abad nos hizo jurar ante nuestro Señor Jesucristo que permaneceríamos juntos y que nos cuidaríamos el uno al otro. Nos dejó marchar solo con esa condición.

Aveline cerró los ojos y respiró profundamente. ¿Qué más debía pasar?

—No te preocupes —intentó tranquilizarla el monje joven—. Bennet podrá dormir ahora largo y tendido y recuperarse un poco. Mañana ya veremos cómo van las cosas. «Dios es nuestro amparo y nuestra fortaleza». Él nos mostrará el camino.

Ella miró a Kilian a los ojos. Daba la impresión de estar agotado y desgarrado, pero reconoció que había hablado con sinceridad.

Bennet se pasó durmiendo el resto del día. Algunas veces la tos lo arrancaba del sueño y Aveline conseguía entonces que ingiriera un poco de caldo y una infusión de hierbas. Le acostaba la cabeza en el regazo y le refrescaba la frente con un paño húmedo.

«Por favor, Dios mío, no me lo quites», rezaba en silencio. «Es todo lo que tengo».

En algún momento al caer la tarde le bajó la fiebre. Bennet despertó y la miró dirigiendo los ojos hacia arriba. Los tenía vidriosos, pero se adivinaba una sonrisa en sus labios. Extendió la mano y le tocó la cara.

—No estés tan triste, pajarito. Eso hace que me pese mucho el corazón. ¡Ten confianza!

Aveline le cogió la mano y se la llevó a la mejilla. «¿Confianza en qué?», quiso preguntar. ¿En que todo iba a salir bien? ¿En que todo seguía el plan de Dios? ¿En que todo tenía un sentido?

—Quédate conmigo —le susurró, pero Bennet había vuelto a sumirse en un sueño febril.

El descanso del día siguiente le sentó bien a Bennet. La fiebre permaneció baja y comió y bebió. Insistió en que Aveline realizara sus prácticas de tiro diarias. Sin embargo, al empuñar él mismo el arco, le tembló la mano por la debilidad. No consiguió tensar la cuerda, y ya el mínimo esfuerzo le hacía jadear. Finalmente se dobló en un ataque asfixiante de tos y se dejó caer en la hierba exhausto.

¿Cómo, por amor de Dios, iba a aguantar una caminata a pie durante horas?

—¡No podemos partir mañana todavía! —declaró Aveline con firmeza, después de que su marido hubiera bebido un poco de infusión de hierbas y se hubiera echado a dormir—. Bennet está muy debilitado. Necesita descansar por lo menos dos o tres días, si no más.

—Entonces tendrá que renunciar a nuestra compañía —contestó el hermano Gilbert. En su voz no había ni una pizca de compasión—. Nosotros nos pondremos en marcha mañana al amanecer. Nos queda un largo recorrido por delante.

—¡Pero ya ves lo mal que se encuentra! —Aveline sintió que la ira se apoderaba de ella—. No lo conseguirá. Primero debe descansar.

—Nadie te impide quedarte a su lado —replicó el monje con un dejo gélido.

—¿Aquí, en mitad de la naturaleza? ¿Lejos de toda población? ¿Sin un techo sobre nuestras cabezas? —rebatió Aveline con la voz ahogada—. ¿Cómo tienes tan poco corazón? Eres un hombre de Dios.

—Y a Dios le he prometido peregrinar a Su Tierra Santa. No me lo impedirán un anglosajón con tos ni su puta.

—¡Hermano Gilbert! —le reprendió Kilian con dureza—. Sabes perfectamente que ambos son marido y mujer.

Al monje anciano no pareció afectarle el comentario, ni tampoco dio muestra alguna de querer disculparse. En lugar de eso dirigió unas miradas despectivas hacia Aveline.

Kilian menó la cabeza negativamente con cansancio.

—Bennet no tiene por qué ir a pie —dijo Jean de pronto—. Cabalgará a lomos del burro. De esta manera podremos llevarlo hasta el próximo albergue de peregrinos. Allí seguro que encontrarán la manera de ayudarlo.

—Pero nuestro equipaje... —objetó Gilbert siseando.

—Yo cargaré con una parte.

—¡Y yo con la otra! —exclamó Aveline poniéndole la mano en el brazo a Jean en señal de agradecimiento. ¿Por qué no se le había ocurrido eso a ella misma? Así podrían ir mejor las cosas. Así el monje no tendría nada que refutar.

Tras una noche movida en la que Bennet estuvo despierto por la tos, lo subieron al burro. A Aveline se le rompió el corazón al verlo tan enfermo. La fiebre había derretido toda la energía y la alegría de su cara y había dejado en ella los finos surcos del dolor. Encorvado como un anciano, iba sentado sobre el animal gris y se agarraba a su melena con ambas manos.

—Un burro encima de un burro —bromeó con voz apagada y envió el asomo de una sonrisa a Aveline, que caminaba muy pegada a él para apoyarlo.

Avanzaban con mucha lentitud ya que Bennet no podía sostenerse sino con dificultad en el lomo de su cabalgadura. Además, Jean y Aveline cargaban a sus espaldas una gran parte del equipamiento, lo cual no les hacía precisamente ir más rápido.

En dos ocasiones, solo gracias a la resuelta intervención de Jean no se cayó Bennet del burro por debilidad.

El hermano Gilbert no pensaba en absoluto en adaptar su ritmo de marcha y la mayoría de las veces tomaba una buena delantera. Si alguna vez los esperaba era tan solo para regañarlos o para hacer comentarios despectivos sobre su lento avance.

Aveline tenía ganas de gritar, pero apretaba fuerte los dientes para evitar que le salieran de la boca las imprecaciones. No habría servido de nada, tan solo Bennet habría salido perdiendo.

Se esforzaban en avanzar hora tras hora. La fiebre tenía agarrado a Bennet con firmeza, de modo que se adormecía una y otra vez sin encontrar realmente el sueño. En cada ataque de tos, Aveline temía que se cayera de la montura. Al pasar junto a las ruinas de una ermita tomó una decisión.

—Me quedo aquí con Bennet —les dijo a Jean y a Kilian, que caminaban a su lado.

No tenían otra opción. Bennet necesitaba descanso para poder restablecerse. Y, aunque no tenía que caminar, a lomos del burro no descansaba. En las últimas millas del camino, ella se había dado cuenta de esa certeza con dolor.

—Pero... ¿estás segura?

La mirada de Kilian estaba llena de preocupación, en buena parte por ella.

Una vez tomada la decisión, Aveline sintió una sorprendente calma interior, si bien la angustia continuaba al acecho en un rincón de su corazón. Asintió con la cabeza.

—No hay otra solución.

—Hagamos un alto aquí todos juntos, y ya veremos luego —propuso el monje joven.

Ella volvió a asentir con la cabeza, pero su decisión era firme.

La ermita estaba construida con piedras del campo. Su parte frontal se había derrumbado, pero la zona superior y alrededor del altar sin adornos había permanecido intacta y proporcionaría protección suficiente contra las inclemencias del tiempo y contra los animales. Dormir cerca del altar y, por consiguiente, cerca de Dios, solo podía ser bueno para Bennet. Junto a un camposanto cubierto de maleza, un arroyo perezoso serpenteaba por entre la hierba. Más allá se extendían campos abiertos y praderas, donde ella podría cazar si fuera necesario.

—¿Os las arreglaréis bien solos?

Kilian había llevado a Aveline aparte y la miraba escrutadoramente. Ella asintió con la cabeza. Allí tenían todo lo que necesitaban. Les bastaría. Tenía que bastarles.

—En cuanto lleguemos a la próxima población, mandaremos que os envíen ayuda —prometió el monje.

Aveline trató de sonreír, pero ambos sabían que las probabilidades de encontrar a un sanador eran bien escasas. Y, además, ¿con qué habría podido pagarle sus honorarios? Solo le quedaba aguardar, rezar y tener esperanza. No podía hacer mucho más.

Mientras los demás descansaban o se refrescaban, ella se acercó a Bennet. Estaba apoyado medio erguido contra el muro de la ermita y tenía la cara vuelta hacia el sol de la tarde. A través de la hierba alta que lo rodeaba corría una suave brisa y los insectos zumbaban alrededor; en algún lugar cantaban unos grillos. Habría podido ser una imagen apacible, pero la fiebre había comenzado ya a minar a Bennet. Tenía las mejillas hundidas y los ojos encajados en sombras de color púrpura.

Levantó la mirada hacia ella cuando Aveline se acercó. En sus labios asomó una sonrisa. Ella trató de devolverle con ganas la sonrisa mientras se sentaba a su lado, pero se dio cuenta de que había fracasado en el intento.

Él le agarró una mano y se la apretó con una firmeza sorprendente para su estado.

—Deberías irte con los demás.

—¿Y dejarte aquí?

—Hiciste los votos de peregrina.

—Y también juré que te sería fiel, bobalicón, ¿lo has olvidado ya?

Él se echó a reír con suavidad, pero su risa acabó en una tos estrepitosa que le quitó el aliento.

Aveline estrechó a Bennet entre sus brazos y lo sujetó, lo sujetó con fuerza hasta que se le pasó y se quedó dormido con la cabeza recostada en su hombro.

Permanecería a su lado, por supuesto. Por Dios, no iba a volver a abandonar a una persona a su suerte nunca más.

20

Marsella, agosto de 1189

El conde Guillaume era un experimentado señor de la guerra. Sabía que entrañaba mucho peligro concentrar en un lugar a tantas personas durante un tiempo largo, no tanto por los ataques enemigos sino por el aburrimiento y las enfermedades. Vigilaba con rigor que se rellenaran con regularidad los hoyos de las letrinas y se excavaran nuevas, que las casi doscientas personas a su cargo dispusieran de agua limpia y que los hombres descargaran sus fuerzas sobrantes en los ejercicios diarios con las armas.

Entretanto, Guillaume había logrado contratar los barcos necesarios. Ahora había que esperar que arribaran a Marsella para poder cargarlos. Se decía que, si la meteorología estaba de su parte, nada iba a obstaculizar una temprana partida.

No obstante, el ambiente en el campamento era muy tenso, el aire parecía chisporrotear como en los instantes previos a una tormenta. Los hombres estaban cansados de esperar. Habían partido para liberar Tierra Santa de los paganos y no para aporrear sacos de paja o a los compañeros en una dehesa del sur de Francia. Así que Étienne solo esperaba que descargara la tormenta de un momento a otro.

Estaba de pie y de brazos cruzados frente a la carpa médica y observaba cómo se hundía en el horizonte el sol de poniente. El humo de los fuegos de las cocinas se enroscaba en el cielo, los hombres charlaban y los caballos dormitaban en los pastos.

—¡Étienne, ven, ayúdame a recoger! —exclamó Caspar desde el interior de la tienda de campaña—. Me parece que ya tenemos bastante por hoy. Podría beberme un barril hasta dejarlo seco de la sed que tengo.

Esos días no había mucho trabajo. Un hombro magullado en un combate de entrenamiento, una herida abierta o un estómago fastidiado. Gracias a la cautela de Guillaume se habían librado hasta ahora de las epidemias que no raras veces afectaban a los grandes campamentos militares, aunque todo el mundo sabía que el peligro aumentaba cuanto más tiempo permanecían en un mismo lugar.

Estaban poniendo a un lado los caballetes cuando alguien carraspeó audiblemente frente a la tienda de campaña.

—¿Qué hay? —gruñó Caspar—. ¡No os quedéis ahí afuera, entrad!

Alguien corrió la lona a un lado y entró Anselme. Traía con él a un Aymeric de l'Aunaie pálido, angustiado y con mala cara, que trataba de ocultar la mano izquierda.

A Caspar no se le pasó ese detalle.

—¿Qué ocurre? —preguntó aparentemente impertérrito.

Anselme volvió a carraspear.

—Bueno, Del querría pediros que le echéis un vistazo a su dedo pulgar, ¿no es verdad?

Agarró del hombro a su amigo indeciso y lo empujó sin contemplaciones ante el cirujano. Caspar fijó una mirada severa en el escudero y le agarró la mano izquierda sin apartar la mirada de su cara. Las comisuras de la boca de De l'Aunaie se crisparon cuando el médico le alzó la mano.

Étienne inspiró aire con fuerza y silbó. El pulgar de la mano izquierda de Del estaba grotescamente hinchado y deformado, con la piel enrojecida y pringosa. Podía verse con claridad que cualquier roce le causaba unos dolores infernales.

—¿Por qué no has acudido a mí hasta ahora? —dijo Caspar sin alterar en ningún momento la expresión de su cara.

—Yo... —Del agachó la cabeza.

—Primero estuvo donde Vachel —explicó Anselme en su lugar.

—¿Y qué te aconsejó Vachel que hicieras?

Tampoco la voz de Caspar permitía descifrar sus pensamientos.

—Dijo..., dijo que me pusiera este amuleto con la imagen de san Quirino —el escudero pescó del escote de su camisa un colgante de bronce que llevaba colgado al cuello con una correa de cuero— y que le rezara tres veces al día una bendición de sangre. Dijo que dejara madurar el pus de la herida, pues de lo contrario no podía curarse el pulgar.

Caspar chasqueó la lengua y sacudió la cabeza en un gesto de fastidio y de resignación.

—Me pregunto por qué no te cortó la mano directamente, pues así es como se consigue que salga.

Los ojos de De l'Aunaie se abrieron de par en par y su cara adoptó el color de un pollo desplumado. Iba a decir algo, pero Caspar ya le había soltado la mano herida y se había dado la vuelta.

—Tengo la garganta completamente reseca. Voy a dar por terminado el día.

—Pero tenéis que... —Anselme iba a agarrar al cirujano del brazo, pero se lo pensó mejor en el último instante.

—Te vas a encargar tú de esto —dijo Caspar dirigiéndose a Étienne mientras caminaba—. Ya sabes lo que hay que hacer.

Y a continuación salió de la tienda de campaña. A duras penas consiguió Étienne ocultar su sorpresa y poner una cara inexpresiva. Era la primera vez que Caspar le dejaba el tratamiento de un paciente a él solo. Y seguramente no era casualidad que le tocara probar sus habilidades con el bocazas de De l'Aunaie.

Étienne sintió que le latía el pulso en las sienes y respiró hondo.

—¡Siéntate! —ordenó con frialdad y le señaló un taburete—. Y tú vas a quedarte también aquí —dijo dirigiéndose a Anselme, a quien podía vérsele bien en la cara que deseaba estar en otro lugar—. Tal vez te necesite.

Los dos escuderos intercambiaron una mirada incómoda.

Étienne fue a por otro taburete y tiró de la mano herida y caliente de Del hacia él. Examinó con sumo cuidado el pulgar desde todos los ángulos. Descubrió un montón de líquido amarillento con una piel abultada y roja extendida sobre él. No pudo detectar ninguna señal de gangrena, ni tampoco había rastros bajo la piel del temido gusano rojo.

Sin decir palabra se fue a buscar una caja pequeña de madera y sacó un cuchillo curvo que Caspar utilizaba para la amputación de los miembros más pequeños.

—Hipócrates dice: «*Ubi pus, ibi evacua*» —explicó Étienne y comenzó a pasar la cuchilla ostentosamente sobre una piedra de afilar.

—¿Qué diablos significa eso?

La mirada de De l'Aunaie no se apartaba del cuchillo y el color de su rostro se volvió aún más gris. Su aspecto era, más que nunca, el de un granuja ya muy crecidito al que han pillado robando.

—Donde hay pus, quítalo —tradujo Anselme con voz ronca.

Del saltó del taburete y ocultó la mano con el pulgar extendido bajo la axila.

—Pero Vachel dijo que...

—¿Tienes la impresión de que las indicaciones de Vachel han hecho avanzar la curación lo más mínimo? —preguntó Étienne y se dio cuenta de que estaba imitando como propio el tono burlón de Caspar—. Ya has oído lo que ha dicho mi maestro. Puedes considerarte afortunado de que hasta el momento solo te haya afectado el pulgar. Y ahora pon tu trasero en el asiento y aguanta como un hombre.

Étienne alzó el cuchillo para verlo bien y examinó el filo.

De l'Aunaie abrió y cerró la boca unas cuantas veces, y luego se desplomó de nuevo en el taburete.

Étienne se apartó rápidamente e hizo como si estuviera buscando algo para ocultar así su sonrisa burlona ante el escudero.

Ciertamente Del no le había atormentado ni de lejos igual que esa escoria de Bertrand, pero aun así le procuraba una satisfacción diabólica ver de pronto tan achicado a aquel fanfarrón. Preparó una sonda para heridas y se acercó una vasija de barro con vinagre así como estopa y vendas. A continuación volvió a dedicar su atención al paciente, con el cuchillo todavía en la mano. Los ojos de Del estaban desencajados y el puro miedo anidaba en ellos.

—¿Cómo..., cómo voy a poder sostener el escudo sin..., sin mi...?

El escudero tragó saliva y parecía que luchaba contra las lágrimas.

De pronto, Étienne se sintió mal por su broma cruel. Para un guerrero, y no solo para él, la pérdida de un pulgar equivalía a una catástrofe. Puso el cuchillo a un lado y se sentó frente a él.

—Ahora no empieces a lloriquear —le reprendió con rudeza—. Si Dios quiere, conservarás tu dedo pulgar.

—¿Lo dices en serio?

—¡Claro que sí, por los cielos! —exclamó Étienne poniendo los ojos en blanco—. Nunca tuve la intención de amputártelo. Considéralo una pequeña retribución a cambio de tus bromas a mi costa.

—¡Uf! —resopló Del.

Por la expresión de su cara no quedaba claro si quería abrazar a Étienne o propinarle una bofetada. Anselme, que seguía estando detrás de su amigo, comenzó a reír a carcajadas.

—Hombre, Del, te la han gastado pero que muy bien. No voy a entrometerme, pero te lo merecías —dijo dándole una palmada sonora en el hombro.

Finalmente, también Del se unió a las carcajadas.

—Maldita sea, me lo he creído de verdad, tú, bastardo. Perdón, quería decir...

—Ya, pero eso no cambia —lo interrumpió Étienne con voz seria— que tengamos que limpiar bien la herida, de lo contrario se te gangrenará el dedo y tendremos que utilizar este cuchillo dentro de unos pocos días. ¿Lo has entendido?

Del guardó silencio y asintió con la cabeza a disgusto. Tras un último titubeo le tendió a Étienne la mano herida.

Étienne volvió a examinar una vez más el dedo y trató de recordar lo que hacía Caspar en un caso como ese.

—¡Cuéntame cómo ocurrió! —instó al escudero.

De l'Aunaie suspiró.

—Fue una tontería de nada. Estaba partiendo leña menuda para hacer fuego y cocinar, cuando una condenada astilla se me metió por debajo de la piel. Era la mitad de larga que mi pulgar. Pensé que la había extraído por entero, pero al parecer... —El escudero profirió un grito—. ¡Maldito y condenado infierno!

Con un movimiento rápido de la puntiaguda sonda, Étienne había abierto la ampolla de pus del pulgar de Del. El escudero habría caído hacia atrás por la sorpresa si Anselme no lo hubiera sostenido férreamente para mantenerlo en el taburete.

—¡Maldita sea! Pero ¿has perdido la cabeza o qué? —jadeó Del y trató de apartar la mano del agarre de Étienne, pero se la tenía sujeta sin compasión.

—¡Cierra el pico! Enseguida va a ponerse mejor, lo vas a ver ahora.

Eso era mentira, y solo gracias a la ayuda de Anselme, que tenía agarrado fuertemente a un De l'Aunaie que se retorcía y echaba pestes, Étienne consiguió llevar a cabo todo lo necesario para la intervención. No le soltó la mano hasta que el pus quedó retirado por entero de la herida y, con él, los últimos restos de la astilla; por último, le lavó la herida cuidadosamente con vinagre. Debía de estar doliéndole de lo lindo, pero al menos la tensión bajo la piel seguramente se había reducido.

Del examinó el pulgar con una mezcla de asco y de alivio. Tenía el pelo revuelto en todas direcciones y sudaba como si hubiera combatido él solo contra una horda de sarracenos.

—¿Ya está? —gruñó en tono apagado.

—Casi —respondió Étienne. Y, cuando vio asomar de nuevo la angustia en la mirada de Del, añadió—: No te preocupes, lo peor ha pasado ya, te lo juro.

Machacó un puñado de hierbas curativas en un mortero y las mezcló con unas gotas de aceite. A continuación extendió el ungüento con suavidad sobre el pulgar de Del y cubrió todo con una venda. Esperaba que no se le hubiera pasado por alto nada importante. ¿Por qué diablos no había seguido con más atención las instrucciones de Caspar? Ahora solo cabía esperar. Al día siguiente podría verse si había hecho todo correctamente.

—Ahora sí —dijo Étienne dirigiéndose al escudero e intentando dar un tono de confianza a su voz—. Ven mañana y te cambiaremos la venda. Y te haremos una sangría para drenar cualquier humor perjudicial que haya quedado...

Antes de que pudiera terminar la frase, Del lo estrechó entre sus brazos y lo apretujó contra la caja torácica.

—¡Gracias, hombre!

—Bueno, bueno —dijo Étienne apartándolo de sí—, el pulgar no está todavía curado. Guárdate el agradecimiento para más adelante.

De l'Aunaie hizo un gesto de negación con la mano.

—Tengo buenas sensaciones. Después de todo trajisteis al conde Guillaume de vuelta del reino de los muertos. ¿Qué es un pulgar herido comparado con eso?

—Bueno...

Argumentos como esos eran difíciles de rebatir.

—Te debo una.

Étienne sonrió burlón y negó con la cabeza.

—Por mí estamos en paz.

21

Reino de Serbia, septiembre de 1189

Llegó el día en el que a Aveline no le quedó más remedio que admitir que Bennet se estaba muriendo. El cuerpo de este hacía ya mucho que lo sabía, pero su espíritu se aferraba aún a la vida.

Habían pasado cinco días desde que los demás reanudaran el viaje. Antes de marchar, Kilian le había tomado la confesión a Bennet. Él y Jean les habían dejado sus provisiones. No apareció ningún médico, pero eso no sorprendió a Aveline. Tal vez no había ninguno en la región. O no había sido suficiente el dinero ofrecido. De todos modos, ella dudaba ya a estas alturas de que hubiera podido ayudarlo. Aunque Bennet dormía o descansaba la mayor parte del día, la enfermedad no le había liberado de sus garras. Día tras día comía menos, menguaba más hasta parecer tan solo una sombra del hombre con el que se había casado unas pocas semanas atrás.

Mientras permanecía sentada en su lecho junto al altar, Aveline se dominaba, pero siempre que dejaba la ermita por un tiempo breve daba rienda suelta a las lágrimas, maldecía y se mostraba descontenta con el mundo y con Dios. ¿Por qué le había hecho saber lo que significaba la felicidad para arrebatársela poco después? ¿Quería castigarla o darle una lección?

Sin embargo, su descontento no cambiaba para nada el hecho de que Bennet se estaba muriendo y de que el tiempo que les quedaba era limitado.

Una vez que Aveline comprendió esto, tan solo se apartaba del lecho de Bennet para atender a las necesidades humanas más perentorias. Recostaba la cabeza de él en su regazo, le acariciaba el cabello sudoroso de la frente, le administraba agua y le contaba historias. Le contaba acerca de su niñez, de sus hermanos, de su difunto padre y de la dura madre que había envidiado el cariño que sentía por el padre, le contaba sobre su vida en Blénod.

La mayoría de las veces, él se limitaba a escuchar o sonreía de vez en cuando; a menudo se adentraba en los territorios de la noche, pero Aveline continuaba hablando. Había algo reconfortante y curativo en ello. Cuando le hablaba de su hijo y de lo sucedido, sus lágrimas calientes le goteaban en la frente. Él la atraía hacia sí y la besaba suavemente. Ni acusación, ni horror, ni asco..., nada de todo eso descubría ella en la mirada de él, sino tan solo tristeza y compasión. Y su corazón quería reventar de amor por ese hombre.

Debió de quedarse dormida, pues se despertó con la mano cálida de Bennet tocándole la mejilla. Aturdida, se desprendió de sus sueños y lo miró. Él se había medio apoyado en un codo y sonreía. Su mirada era absolutamente nítida, y parecía como si le hubiera regresado un poco de color a las mejillas.

El corazón de Aveline comenzó a martillear con una esperanza desesperada. Sin embargo, enseguida vio con claridad que Bennet no había sanado milagrosamente, sino que se trataba de la última rebelión de su cuerpo moribundo, el último acopio de fuerzas.

Bennet lo sabía también.

Ella se pegó al lado de él y le acostó la cabeza en su muslo. La mano de él estaba apoyada en su brazo.

—Ava, pajarito mío —dijo en voz baja—, lo siento mucho, no puedo quedarme contigo, pero, aunque Dios no nos haya concedido más que un tiempo breve juntos, tú me has hecho un hombre feliz.

La cara de Bennet comenzó a desdibujarse y Aveline se limpió las lágrimas de los ojos con la manga. Le agarró la mano y la apretó fuerte.

—Recuerda siempre que, aunque te llame «pajarito», eres en verdad un halcón, una cazadora. Eres fuerte y no tienes que temer nada ni a nadie. Si tú quieres, puedes ser la dueña de tu vida. Creo que la misión que me confió Dios fue mostrarte eso. Así que no tengas miedo y cuídate mucho. Y, cuando estés en Jerusalén, reza por mi alma.

Ella asintió con firmeza.

—Algún día volveremos a vernos —susurró ella.

Bennet la miró fijamente a los ojos. Su respiración se fue haciendo más plana, más lenta. Y finalmente se aquietó y se detuvo. Cuando su mirada se quebró, había una sonrisa de serena confianza en sus labios.

Después de agotadas sus lágrimas, Aveline desnudó el cuerpo consumido de Bennet, lo lavó y lo acarició una última vez con una ternura desesperada. La idea de que él no volvería a tocarla nunca más hizo que de su garganta surgiera un lamento dolido.

Se quedó contemplando un buen rato su rostro como si pudiera aprendérselo de memoria y lo besó por última vez. Finalmente envolvió su cuerpo con una de las mantas y lo sacó al camposanto. Después de todo, descansaría en paz en una tierra consagrada.

No consiguió cavar más que un hoyo superficial porque le faltaban las herramientas apropiadas y las fuerzas. Acostó a Bennet dentro y se despidió de él tocándolo una vez más con la palma de la mano a través de la tela. Deseaba tanto darle algo de ella para su viaje a la eternidad, pero no poseía nada aparte de sí misma.

Obedeciendo a una súbita inspiración, se recogió el pelo enmarañado con el puño para formar una coleta, con la otra mano agarró la navaja de Bennet y se cortó la mata de pelo por la nuca.

La anudó y se la colocó a Bennet sobre el pecho. Por lo menos eso.

Luego comenzó a recoger piedras de la parte derrumbada de la ermita y a ponerlas sobre su cuerpo mientras rezaba un avemaría.

Mejor habría colocado las piedras sobre su propio corazón para ahogar el dolor que rabiaba en su interior. Estaba sola. Otra vez.

Pero ahora ya no estaba desvalida e indefensa. Ese era el legado que le había dejado Bennet.

Permaneció allí dos días hasta que se sintió preparada para abandonar a Bennet. Antes, se lavó en el arroyo valiéndose de hierbas y de juncos. Se sumergió hasta la barbilla en el agua refrescante, dejó que la corriente acariciara su piel y se llevara lejos lágrimas, sudor y suciedad.

A continuación se contempló el cuerpo. Se había vuelto muy flaco y huesudo, apenas era ya un cuerpo femenino debido a que había comido demasiado poco mientras cuidaba de Bennet. Le resultaba extraña su propia cara en el reflejo del agua por el pelo corto y desgreñado. Los ojos parecían aún más grandes de lo habitual entre las mejillas hundidas.

Por último, Aveline lavó sus ropas y también las cosas que había llevado Bennet. Mientras se secaban, se puso ropa de él. Inhaló hondo el olor que todavía desprendía. Era un poco como si él estuviera a su lado, como si la piel de él rozara la suya. Aveline decidió dejarse esas ropas puestas. Se colocó sobre los hombros el abrigo de peregrina, se puso la capa con capucha de Bennet y se calzó también sus botas. Le quedaban demasiado grandes, pero le servirían. Luego ató las restantes pertenencias en un hatillo, se echó al hombro los arcos y las flechas, y se puso en marcha sin mirar atrás.

Tenía que ir a Jerusalén. Tenía que rezar por tres almas.

22

Marsella, septiembre de 1189

Étienne estaba sentado con Del y Anselme a la sombra de la abadía de San Víctor y observaba el ajetreo en el puerto. Una vez más volvía a crujirle el cráneo. Todo en su cabeza se agitaba de un lado a otro como la asquerosa salsa de pescado que se vendía por todas partes en frascos como condimento. Y también el sabor en su lengua era similar al del caldo asquerosamente apestoso.

Étienne cerró los ojos y hundió la cara entre las manos. Esta vez no eran la ciudad ni su ruidoso trajín la causa de su tormento, ni tampoco un ataque de Bertrand. Era el denso vino tinto del sur de Francia el que le había deparado aquellos dolores de cabeza infernales. ¿Habían sido una o dos jarras? ¿O más? No podía acordarse ni con el mejor empeño, así como tampoco era capaz de acordarse de los pocos sucesos de la noche pasada. Del había insistido en arrastrarlo de una taberna mugrienta a otra para celebrar la curación completa de su pulgar. Además, su partida hacia Tierra Santa era inminente.

¿De verdad se habían subido a la mesa de una taberna y habían berreado groseras canciones de soldados hasta que el mueble se partió en dos bajo sus pies? ¿O lo había soñado? ¿Y qué demonios había sucedido en aquella casa de putas? Creyó recordar a una muchacha pelirroja de piel pálida y pecosa. Y de una belleza de ojos negros. Sarah. No, Samira. ¿O se llamaba Salma? Étienne se apretó los puños contra las sienes para acordarse, pero lo mismo habría podido intentar sacar agua de una piedra.

—Estás hecho una mierda igual que yo —dijo Del con una sonrisa burlona y dolorida.

—¡Hombre, muchas gracias! —gruñó Étienne—. Mientras no tenga que ir por ahí con esa jeta tuya, me irá todo a las mil maravillas.

Anselme se echó a reír, pero al instante se agarró la cabeza con un gemido.

—¡Maldita sea! Creo que tengo el cráneo a punto de reventar.

—Tendremos muchas semanas para estar sobrios —lo tranquilizó Del—. Una vez que nos pongamos en camino, ya no habrá ninguna oportunidad de emborracharnos durante mucho tiempo.

A la vista de su cerebro torturado, a Étienne aquello no le pareció la peor de las perspectivas.

—Ni siquiera con suficiente vino a bordo, el conde Guillaume consentiría ningún desenfreno —conjeturó Anselme—. Ya lo conoces. Ha establecido unas reglas estrictas para el tiempo de la travesía en el barco. Al fin y al cabo, nadie quiere que los combatientes por la causa de Cristo se abronquen y se peleen unos con otros, o que se caigan borrachos por la borda.

Del se encogió de hombros.

—Sea como sea, doy las gracias a Dios de que no nos toque cargar hasta la tarde porque si fuera ahora seguramente caería yo mismo por la borda.

Todos dirigieron la vista al muelle donde estaban anclados tres imponentes veleros de dos palos. «Urcas» se denominaba a aquellos gigantescos barcos de transporte con dos cubiertas inferiores, una de ellas para los caballos. Habían llegado de Génova hacía unos pocos días. Las vergas, colocadas en ángulo con el mástil, sobresalían enhiestas hacia el cielo, con las velas triangulares cuidadosamente enrolladas. A diferencia de los dromones de Bizancio o de las galeras venecianas, no tenían remos. Estos barcos estaban construidos para una navegación a vela exclusivamente. Así pues, había que esperar que el viento no los dejara en la estacada durante su viaje.

Por la proa del barco delantero se había abierto una escotilla de carga por la que se conducía a los caballos a la panza del barco a través de una pasarela. En el muelle se apilaban las cajas, los barriles y los hatillos, pero también tablones de madera para la construcción y armamento desmontado para el asedio.

—¿Cabrán todos los jamelgos ahí dentro? —preguntó Étienne.

Le estremecía un poco la idea de desaparecer él mismo durante muchas semanas en el interior de una de esas embarcaciones, como engullido por un voraz monstruo marino.

—Cabrán, seguro. El conde Guillaume mandó vender la mayoría de los animales de carga y una parte de los caballos de la expedición —explicó Anselme—. Los reemplazarán en los Estados Cruzados. Quedan algunos animales de tiro, algunos caballos de montar y, por supuesto, los caballos de combate.

Por supuesto. La mayoría de los guerreros preferiría separarse de su mano derecha que de su fiel y valioso compañero de batalla entrenado con sumo cuidado. Se decía que un franco a caballo podía abrir un agujero en las murallas de Babilonia cabalgando. En cambio, sin su caballo de combate era como un león sin garras: seguía siendo peligroso, pero le faltaba el vigor decisivo que hacía temblar a todo el mundo.

—En cada barco caben cincuenta caballos, y unos setenta hombres además de la tripulación. Esto me lo contó uno de los capitanes cuando estuvimos mirando todo ayer.

—Pueden darte mucha pena esos rocines —gruñó Del y escupió—. Hacinados ahí dentro durante semanas en cuadras angostas, sin ver la luz del día, sin salir... No me extrañaría que la mitad de ellos estirara la pata durante la travesía.

Estarían entre seis y diez semanas de viaje, siempre y cuando les fueran favorables los vientos y no se produjeran incidentes imprevistos. Se decía que la flota navegaría cerca de la costa para poder abastecerse regularmente de agua potable y de alimentos, pero, tan pronto como todos los caballos y los bultos grandes se encontraran en la panza del barco, sellarían cuidadosamente la escotilla de carga y no volverían a abrirla hasta la arribada a Tierra Santa. Una tortura para aquellos animales que Dios había creado para correr y saltar.

—Uno de los marinos afirmó que darán latigazos con regularidad a los jamelgos para que se muevan —informó Anselme.

Sus amigos se lo quedaron mirando incrédulos. Del dijo agitando la cabeza:

—Por Dios, los caballos no deberían tener que viajar en barco.

«Y las personas tampoco», pensó Étienne, pero no lo dijo en voz alta. Nunca en su vida había puesto un pie en un barco, y ahora estaba a punto de cruzar un mar. Desde que se enteró de la fecha de la partida, le asaltaban las pesadillas más terribles, alimentadas por las truculentas historias que contaban los marineros en las tabernas del puerto. Se decía que hacía unos pocos días los piratas habían capturado algunos barcos mercantes. Y nadie podía concretarles con exactitud lo que les aguardaba en Acre. Desde que la ciudad estaba en manos de los paganos, los barcos mercantes evitaban esa zona y ponían la proa rumbo a Tiro, en poder de Conrado de Montferrato, uno de los últimos bastiones cristianos en la costa levantina. Lo único cierto era que el rey Guido había llegado frente a Acre y tenía sitiada la ciudad con su ejército y con el apoyo procedente de Pisa. Se decía también que un gran contingente formado principalmente por combatientes de Frisia y de Flandes estaba de camino hacia la ciudad sitiada, bajo el mando del famoso Jacques d'Avesnes.

—¿Por qué no viajamos en las ágiles galeras? —quiso saber Étienne—. ¿O mandamos que nos escolten algunas?

Había oído decir que los remeros eran también guerreros entrenados y que sabían defender sus barcos contra los piratas en caso necesario. Algunas galeras disponían de armamento en la borda.

—Es demasiado caro. Y poseen poco espacio de carga. Y también porque cada remero bebe más que un jamelgo. —Anselme se echó a reír para agarrarse acto seguido la frente con una cara contorsionada por el dolor—. Necesitaríamos una flota entera para transportar todo.

—No te preocupes —dijo Del dando una palmada a Étienne en el hombro que le provocó una punzada tremenda en las sienes—. Dicen que los marinos genoveses saben manejar las ballestas igual de bien que las velas. Además, Guillaume repartirá a los caballeros y a los escuderos en tres barcos, de modo que, en caso necesario, podremos mandar a paseo a cualquier pirata piojoso. Pero, aparte de eso, Dios mantendrá su mano protectora sobre nosotros si viajamos en Su nombre, ¿no te parece?

Después de una noche agitada, Étienne estaba en la borda con la mirada fijada a lo lejos en el puerto de Marsella y en la ciudad en la que había pasado casi cuatro semanas. El humo de los numerosos fogones se enroscaba en el cielo de la mañana como velos mortecinos y algunas gaviotas sobrevolaban en círculo los tejados chillando. Al final casi se había sentido un poco como en casa entre sus sucias murallas.

Zarparon con el sol naciente cinco días después de San Miguel para aprovechar los vientos favorables. Caspar y él se embarcaron en la nave capitana, la *Aquila*, junto con el conde Guillaume, que quería tener cerca a los cirujanos. A bordo iban también De l'Aunaie y Anselme. Y Bertrand.

Si Dios tenía buenas intenciones con ellos, seguro que una ola se llevaría a aquella escoria por la borda. Hasta entonces, Étienne intentaría no toparse con él de frente, lo cual no era tarea fácil porque, si bien el barco daba la impresión desde el exterior de ser gigante, después de cargar a personas, animales, barriles de agua y provisiones, así como las montañas de armamento, imperaba una tremenda estrechez. La víspera la pasaron ya a bordo para poder partir por la mañana sin ningún retraso. Instalaron sus lechos bajo la cubierta en hileras largas, alternando cabeza con pies, y Étienne ya se había hecho una ligera impresión acerca de lo que significaba que decenas de personas se encontraran hacinadas en el espacio más reducido: calor, hedor, estrechez; y aquello se prolongaría durante las próximas semanas. Los caballos, que se hallaban en la cubierta por debajo de ellos, tenían al menos sus propios establos, si bien sus relinchos de pánico y, a veces, de furia demostraban que apenas estaban más satisfechos con su situación. Étienne no quería ni imaginar lo que pasaría en el barco si se desencadenara una tormenta. Solo el capitán y los viajeros de categoría superior como el conde Guillaume y su entorno más íntimo disfrutaban de la comodidad de sus propios aposentos en la cubierta superior.

Étienne inhaló hondo el aire de mar que le dejaba en la lengua un sabor a sal y a algas. Estaba feliz de poder disfrutar por el momento de esa brisa fresca. Observaba fascinado cómo los marineros manejaban los timones de mando, cómo subían y bajaban por los obenques como ardillas y se esforzaban con las jarcias. Las velas triangulares ondeaban al viento. Por todas partes resonaban órdenes rudas. Era un mundo diferente, y Étienne formaría parte de él durante los próximos meses. Solo Dios sabía lo que le aguardaba más allá del horizonte. Tal vez su destino.

23

Territorio del Imperio bizantino, septiembre de 1189

Aveline se mantenía apartada de los grandes caminos utilizados por los peregrinos y de la Via Militaris. Ciertamente, en algunas ocasiones deseaba regresar a la compañía de Kilian o de los hermanos bonachones, pero alcanzarlos significaría también volver a encontrarse con el hermano Gilbert. Y, por Dios, no habría soportado la presencia de aquel monje desalmado. Hacía ya diez días que Aveline había dejado atrás la ermita y la tumba de su marido. Desde entonces la acompañaba la pena por Bennet.

Unas veces, el dolor era solo una sombra vaga, otras veces se precipitaba sin piedad sobre ella como un depredador que desgarraba en pedazos su corazón. No era justo, pero ¿qué sabía ella acerca de la justicia? ¿Había sido justo acaso abandonar a su suerte a un recién nacido indefenso?

Le costaba un gran esfuerzo apartar el recuerdo de su acción, pero estaba segura de que en ese momento no podía soportar más dolor.

El camino era pedregoso y la conducía por unos terrenos cada vez más cuesta arriba. Rocas y una vegetación escasa bordeaban la senda. No se sentía del todo bien viajando sin compañía, pero por otra parte estaba contenta de poder estar a solas con ella y con sus pensamientos. Y, en cualquier caso, ¿qué más podían quitarle?

«La vida», susurró para sus adentros. Y no quería morir. Todavía no. No antes de haber alcanzado su meta: Tierra Santa, Jerusalén, la tumba de Cristo. Era responsable de tres almas. Aveline decidió unirse de nuevo a un grupo de peregrinos en la primera oportunidad que se le ofreciera. O, mejor aún, al ejército en campaña del emperador Federico I Barbarroja.

Cada vez que hacía un alto en el camino para descansar, se ejercitaba en el tiro con arco cazando o disparando a dianas fijas. Durante la enfermedad de Bennet había perdido fuerza y precisión que ahora tenía que recuperar. Además, se sentía cerca de él cuando empuñaba uno de los arcos y colocaba los dedos en la madera que las manos de Bennet habían pulido.

Al acertar a una paloma, se le escapó una risa de los labios.

—Ya lo ves, Ben: fuiste un buen maestro.

A mediodía acampó apartada de la senda, entre unos grandes peñascos. Tras una breve oración asó la paloma desplumada y destripada en una hoguera pequeña.

Lo mucho que había cambiado su vida desde que partió en peregrinaje. Casi no podía acordarse de quién había sido la antigua Aveline. Una muchacha callada y simpática que jamás había traspasado las lindes de su aldea. Tarde o temprano, su familia la habría entregado como esposa a un campesino o a un artesano. Habría llevado su hogar y le habría dado un hijo todos los años. Y ¿quién sabe? Tal vez incluso habría sido feliz, si en una única noche horrible un maldito caballero no lo hubiera arruinado todo.

Ahora se encontraba a más de mil millas de su antiguo hogar, había visto otras tierras y a otras personas. Había perdido ya a un hijo y a un esposo, y en lugar de estar remendándole la túnica a algún tipo o de mantener la casa bien limpia, como haría una palomita buena, estaba sentada allí con ropas de hombre y con un arco a su lado.

Aveline no podía imaginarse regresando alguna vez a Blénod, ni aunque la quisieran allí. Casi parecía que la piel de la antigua Aveline se le hubiera vuelto demasiado estrecha.

La grasa de la paloma goteaba con un siseo sobre las llamas y Aveline giró con cuidado la broqueta. Hacía ya tiempo que no disfrutaba del placer de la carne asada. Se le estaba haciendo la boca agua pensando en los bocados. Clavó la punta de la navaja en el asado para comprobar su punto.

De pronto oyó ruidos, toscas carcajadas, voces. Y se estaban acercando.

Aveline se apretó contra las rocas y se puso a acechar con cautela entre ellas.

Eran seis hombres en la senda por debajo de su escondite. Personajes venidos a menos, algunos con chaquetas sucias, otros con guerreras andrajosas y gambesones. Llamaba la atención un estigma a hierro candente en la frente de uno. Así que eran violadores, ladrones y salteadores de caminos. Probablemente era una de las bandas de asaltantes de las que había oído hablar infinidad de veces. Iban armados con cuchillos largos, lanzas, uno llevaba incluso una espada.

El corazón de Aveline se puso a galopar. El fuego, tenía que apagar el fuego. Rápidamente echó tierra con las botas sobre las brasas. Al hacerlo volcó el asador, y la broqueta con la paloma cayó dentro. La grasa se incendió humeante antes de que ella consiguiera enterrarla por completo bajo la arena.

Echó otro vistazo fugaz entre las rocas. Los tipos aquellos se habían detenido, discutían en un idioma que Aveline no entendía, el del estigma gesticulaba a lo loco en dirección a ella. «¡Maldición!».

Era demasiado tarde para huir. Agarró la aljaba y el arco que seguía tensado a su lado. Con dedos temblorosos colocó una flecha.

Los bandidos habían sacado sus armas. Con parsimonia y cautela se movían hacia el escondite de Ava. Todavía estaban a unos buenos setenta pasos de distancia. No debía dejar que se le acercaran demasiado.

—¡San Sebastián, guía mi mano! ¡Bennet, ayúdame! —susurró Aveline, y luego disparó.

Su flecha pasó a un palmo de un hombre barbudo con una lanza y se clavó en la hierba. El tipo aulló con una mezcla de sorpresa y de rabia, y echó a correr. Sus compañeros se lanzaron también al ataque vociferando.

El siguiente disparo tenía que dar en el blanco. Aveline no podía perder un solo instante. Colocó otra flecha, eligió un objetivo, soltó la cuerda.

¡Diana!

La flecha atravesó el muslo del bribón y derribó al hombre en plena carrera. Se revolcaba en el suelo entre gritos. La embestida de los ladrones quedó paralizada.

Una oleada de calor inundó el cuerpo de Aveline hasta que le comenzaron a hormiguear incluso las puntas de los dedos. Oyó cómo circulaba su sangre, sintió que el corazón le amartillaba el pecho. Le quedaban siete flechas. Sosegó la respiración a duras penas y se concentró en el siguiente blanco. Su flecha alcanzó al hombre en mitad del pecho y lo hizo caer hacia atrás, donde permaneció inmóvil.

Cuatro hombres, seis flechas.

Sin embargo, los tipos aquellos estaban ahora advertidos. Iban agachados a medida que ascendían por el terraplén y buscaban ponerse a cubierto detrás de los arbustos y las rocas.

Otra flecha falló y se clavó inofensivamente en la hierba. Cinco flechas. Tenía que concentrarse.

La siguiente dio en un blanco. Perforó el hombro de uno de los atacantes y el cuchillo le saltó de la mano. Se quedó parado y trató de quitarse la flecha de la herida en una mezcla de dolor y de ira.

Cuatro flechas para tres hombres.

—¡Santa María, madre de Dios, ruega por mí...!

La mano de Aveline comenzó a temblar. No conseguía mantener el arco firme, ni tensar la cuerda lo suficiente. La flecha se clavó en la tierra alejada de los tipos. Ahora no tenía más remedio que acertar con cada tiro. Rápido, la siguiente flecha. En ese momento llegaba ya uno de los atacantes directamente hacia ella saltando por las rocas. La expresión de su cara era una mueca de ira.

Aveline disparó sin apuntar, la flecha le penetró el vientre. El hombre cayó hacia atrás como fulminado por un golpe de martillo.

Aveline se giró con rapidez hacia los restantes atacantes, pero su siguiente flecha no acertó, ni tampoco la última.

Aveline rugió de rabia. Unos pocos instantes más y esos tipos, entre ellos el de la espada, la habrían alcanzado. Entonces se habría acabado todo para ella.

No, todavía no. Todavía no. Desenfundó la navaja larga de caza y buscó un punto de apoyo firme. Vendería su piel lo más cara posible.

El corazón quería salírsele del pecho a martillazos. Oía las voces de los adversarios muy cerca, su respiración jadeante.

Pero entonces surgieron otros sonidos, un zumbido sordo, un tamborileo que iba creciendo en intensidad. Y gritos.

¡Jinetes! Aveline vio a través de una rendija entre las rocas cómo ascendían por el sendero, eran nueve, diez hombres, que empuñaban lanzas o espadas.

En un primer momento se quedó horrorizada, pero entonces reconoció las cruces blancas en las capas y en las guerreras de los recién llegados. Estuvo a punto de vitorearlos con gritos de alegría.

Sus dos últimos adversarios intercambiaron una mirada de pánico y, acto seguido, se pusieron a correr como locos en dirección a un bosque cercano, alejándose del lugar de acampada de Aveline. Los heridos intentaron también escapar, pero no tenían ninguna posibilidad contra los jinetes. Unos pocos instantes después, los caballeros los alcanzaron y los abatieron sin piedad uno tras otro, incluso los heridos.

Aveline dejó resbalar la espalda contra la roca hasta quedar sentada. Sentía un agotamiento plomizo en los hombros. Con la mano izquierda rodeó el taleguillo de su cinturón en el que llevaba consigo la figurita de María que le había tallado Bennet.

—Santa María, madre de Dios, te doy las gracias —murmuró y cerró los ojos.

Cuando los abrió de nuevo, uno de los caballeros estaba de pie frente a ella con el yelmo bajo el brazo. Su cabeza era tan lampiña como un huevo; su cara, ancha y carnosa con los cañones de la barba canos. Casi la cara de un campesino de no haber sido por la cicatriz dentada que se extendía desde la raíz de la nariz por toda la mejilla izquierda. Llevaba una cota de malla y por encima una guerrera con un escudo de armas que le resultaba desconocido.

Aveline sintió que regresaba a ella la tensión. Sin apartar la vista del hombre, se levantó apoyándose en la roca hasta ponerse en pie por completo. Fue entonces cuando se dio cuenta de que seguía sujetando firmemente la navaja.

El hombre le decía algo. Era alemán, pero Aveline no entendía esa lengua. El caballero interpretó correctamente la expresión de perplejidad en su cara y cambió al francés que hablaba con fluidez aunque con acento.

—¿Te encuentras bien, muchacho?

Aveline titubeó unos breves instantes, luego asintió con la cabeza.

—Os doy las gracias, señor.

El caballero se echó a reír con una carcajada sonora.

—¿Agradecer? ¿El qué? Nos has quitado casi todo el trabajo. ¡Todos mis respetos! —exclamó inclinando la cabeza en señal de reconocimiento—. Puedes guardarte el cuchillo, mocito. Ya no lo necesitas ahora.

—¡No soy vuestro mocito!

Aveline no sabía de dónde había sacado la audacia para dirigirse de esa guisa al caballero. Debía de ser a causa del terror que seguía circulando por sus venas. Sin embargo, de una cosa estaba bien segura: sería un error revelar que bajo esas ropas se ocultaba una mujer. Sabía demasiado bien qué derecho se tomaban los hombres de su estamento cuando se encontraban con una muchacha sola e indefensa. Era mejor que siguiera creyendo que era un muchacho.

Tras un momento de sorpresa, el hombre se echó a reír de nuevo.

—Sea como sea, tienes agallas, ¡eso hay que admitirlo! Me llamo Ulf von Feldkirch, caballero del ejército del emperador Federico I Barbarroja. ¿Cómo te llamas, muchacho?

—Av... Avery. Me llaman Avery.

Aveline ató su hatillo y reunió las flechas que todavía eran servibles. Contempló con repugnancia a uno de los ladrones muertos mientras trataba de extraer el asta de su cuerpo.

—¿Habías matado ya a alguien alguna vez? —preguntó Ulf. Mientras sus compañeros reunían y registraban los demás cadáveres, él se había repantingado en la hierba y seguía los esfuerzos de Aveline con un aire casi divertido—. Me refiero a antes que estos.

Las mandíbulas de Aveline se cerraron firmes.

—Sí.

«Pero no de la forma en la que estás pensando». Al recordar al niño, su cabeza comenzó a retumbar. Cerró los ojos unos instantes. Tenía que recomponerse si no quería que la descubrieran.

—¿Y cuántos años tienes?

—Creo que quince —mintió tras un momento de vacilación. Nadie podría tomarla por un jovencito barbilampiño si revelaba los años que tenía en verdad.

—¿Quince?

Ulf entrecerró los ojos y la examinó en detalle. ¿Había exagerado? ¿Había descubierto que estaba disfrazada? La respiración de Aveline se aceleró. Evitó su mirada.

Sin embargo, el caballero se echó a reír de pronto y a mover la cabeza en señal de sorpresa.

—Quince. Por Dios, ni siquiera tiene pelusilla en las mejillas, pero se ha cargado casi sin ayuda a toda una banda de forajidos que llevábamos persiguiendo hacía ya algunas semanas. Hazme el favor de que no se entere el emperador porque me despediría con una buena patada en el trasero. —Volvió a echarse a reír en voz alta y ruidosa, y ahora también Aveline se permitió una sonrisa tímida—. Eres uno de los nuestros —dijo el caballero señalando la capa de Aveline con la cruz blanca—, un peregrino de camino hacia Tierra Santa.

Ella asintió con la cabeza.

—Ven conmigo y con mis hombres y únete al ejército imperial. Vamos a necesitar en nuestras filas a todo arquero excelente. Y Dios sabe que has demostrado con creces tu excelencia.

Aveline dudó unos instantes tan solo para acabar asintiendo. Proseguir el viaje con aquellos guerreros fuertemente armados significaba seguridad, al menos mientras no le descubrieran el juego. Una vez alcanzado el ejército de Federico, ya vería qué podía hacer a continuación.

Después de que los hombres de Ulf se adueñaran de las armas y de los bienes robados y colgaran de los árboles los cadáveres de los forajidos como medida disuasoria, continuaron cabalgando y siguieron finalmente la calzada romana bien fortificada en dirección hacia el sudeste. El caballero había montado a Aveline tras él sobre los anchos lomos de su caballo de combate.

—El emperador Federico nos envió a dar caza a esa gentuza —informó—. Esos tipos y algunas otras bandas de forajidos de los bosques búlgaros han asaltado numerosas veces a los respetables peregrinos y se han atrevido incluso con las tropas imperiales. Justo la semana pasada, un grupo de viajeros entre quienes había también algunos monjes fueron víctimas mortales de un ataque. —Ulf escupió—. Esos demonios no se arredran siquiera ante los hombres de Dios.

Aveline respiró muy hondo.

—¿Monjes, decís?

¿Sus antiguos acompañantes tal vez? Kilian y Maude y Jean... ¿Qué había sido de ellos?

El caballero echó la vista atrás un instante por encima del hombro.

—Sí, dicen que había monjes también, pero no tengo detalles más concretos. ¿Eran compañeros tuyos de viaje?

Aveline no respondió, sino que se quedó mirando fijamente al frente en silencio. Su corazón era una roca fría. Tal vez había consumido toda su pena en el duelo por Bennet, tal vez simplemente no estaba dispuesta a permitir que la pena se repitiera. Si las víctimas mencionadas eran, en efecto, sus amigos, la tristeza no cambiaría un ápice las cosas. Solo cabía admirar las decisiones del Todopoderoso que habían dispuesto que ella quedara sana y salva y que probablemente hubiera escapado de una muerte prematura por la enfermedad de Bennet. «Y al menos esos forajidos están muertos», pensó con sombría satisfacción. «Esos tipos ya no harán daño a nadie».

—No eres muy hablador, ¿verdad? —preguntó Ulf por encima del hombro.

Aveline no respondió. No lejos de la calzada vio una aldea abandonada, en parte calcinada y con escombros humeantes.

—Fue nuestra gente —informó el caballero sin que se lo pidieran—. El emperador Federico ha cancelado recientemente la prohibición de los saqueos. —Exhaló un suspiro antes de comenzar a dar explicaciones—. En realidad esto de aquí es territorio del Imperio bizantino, es decir, son las tierras de nuestros... aliados, pero los vecinos serbios se han independizado, e incluso los búlgaros llevan algún tiempo en rebelión, dicen que no quieren continuar bajo la férula de Constantinopla. Es un asunto bastante turbio y tiene como consecuencia que todo tipo de gentuza de mal vivir merodea por estos lugares y nadie emprende nada contra ellos, ni siquiera Isaac, el soberano bizantino, aunque en realidad sería su obligación. Pues no, sucede justo lo contrario, todo tiene la pinta de que algunos de esos salteadores de caminos campan a sus anchas y hacen de las suyas con su connivencia, para estorbar nuestros propósitos. ¡Estos griegos bizantinos son una chusma astuta y pérfida! —Ulf volvió a escupir un gargajo con mucho ruido—. Por este motivo, nuestro emperador ha tomado cartas en el asunto y ha enviado a hombres a poner coto al menos a esas bandas de malhechores. Le dará gusto oír que los caminos son ahora un poco más seguros gracias a ti. —La risa bondadosa de Ulf se convirtió en una mueca seria—. Pero los bandidos no son ni de lejos el mayor de nuestros problemas. Isaac, ese bastardo desleal y alevoso, no se atiene a ninguno de los acuerdos que alcanzó Barbarroja con él mucho antes del viaje de peregrinación. Rehúsa los suministros de abastecimiento, impide todo mercado, hasta el momento no ha deparado ninguna recepción adecuada a nuestro emperador, a pesar de que él, Dios lo sabe, se ha atenido a todos los acuerdos. Federico ha vigilado con mano férrea que no se produzcan hostilidades hacia los lugareños, ha mandado prohibir los saqueos o las violaciones de la paz bajo pena de muerte o de excomunión. No obstante, estos griegos han imputado intenciones deshonestas a nuestro emperador. —La voz de Ulf había adquirido un dejo tembloroso por la indignación apenas reprimida—. Y, como si eso no fuera suficiente, Isaac se ha atrevido a mandar encarcelar a los legados que Barbarroja envió a Constantinopla para entrevistarse con él: el obispo Hermann von Münster, el conde Rupert von Nassau, Walram von Laurenburg y Heinrich von Dietz, y también al camarlengo de Federico, Markward von Neuenburg, como a chuchos vagabundos. —Ulf escupió varias veces al suelo.

A Aveline no le decían nada esos nombres, pero el énfasis con el que los pronunciaba Ulf no dejaba lugar a dudas de que se trataba de hombres importantes.

—Por Dios, nuestro emperador no es un hombre que tolere una humillación semejante. En dos días alcanzaremos el campamento militar frente a Filipópolis; entonces verás lo que quiero decir.

24

Filipópolis, septiembre de 1189

Aveline había oído a muchas bocas hablar sobre el tamaño imponente del ejército imperial, pero nada la había preparado para ese espectáculo.

Toda la llanura que rodeaba la ciudad de Filipópolis, desde el río de aguas pardas con unos tremendos meandros en el norte hasta el pie de las montañas en el sudoeste, estaba salpicada de tiendas de campaña y de lugares de acampada de los tamaños y colores más diferentes hasta donde alcanzaba la vista.

Caballeros y soldados, vivanderos, reseros, putas, monjes, artesanos, hombres, mujeres, niños..., allí donde uno miraba pululaban personas por todas partes. Miles y miles de pies habían pisoteado la hierba hasta convertirla en barro. Aunque, al parecer, la mayoría de los árboles habían sido talados para obtener material de construcción o para leña, unos escasos arbustos formaban unas últimas islas verdes.

Por encima de todo flotaba el impresionante hedor de las zanjas de las letrinas, de los excrementos de los animales y de las innumerables hogueras.

Durante los días que Aveline había pasado vagando sola, el silencio había sido su acompañante. Ahora, el ruido la inundaba como una ola de pleamar: los mugidos de los bueyes y los relinchos de numerosos caballos, gritos, cantos y rezos de incontables personas, el martilleo de los herreros, el astillado de la madera, el tintineo de muchas armas y el ruido metálico de las armaduras.

En un primer momento, Aveline creyó que iba a estallarle la cabeza con todas aquellas impresiones, y solo con esfuerzo superó el impulso de cerrar los ojos y de apretar las orejas con las manos. Al mismo tiempo se sentía abrumada por la vista que se ofrecía a su mirada. Nunca antes había visto a tanta gente reunida en un mismo lugar. Para ser exactos, hasta ese momento jamás había podido imaginarse que existieran tantas personas en la tierra de Dios.

Mientras se adentraban en la ciudad de las tiendas de campaña, el caballero miró atrás por encima de su hombro y se echó a reír a carcajadas sonoras.

—Estás asombrado, ¿verdad, muchacho? Estás viendo ante ti al mayor ejército de la cristiandad. Nuestro emperador ha reunido a setenta mil almas, o algo así más o menos. Nadie los ha contado con exactitud. Cada día se adhieren unos cuantos y otros mueren o desaparecen.

Pasaron por campos de entrenamiento donde los hombres con armadura se aporreaban entre sí. Los herreros herraban los caballos y reparaban las cotas de malla. Los peregrinos se arrodillaban a los pies de unas cruces de madera y celebraban misas de campaña. Los predicadores deambulaban lamentándose en voz alta compitiendo con los comerciantes que anunciaban a grito pelado sus mercancías, mientras las gallinas asustadas corrían entre las patas de las cabalgaduras. Si en un principio y desde la distancia, a Adeline le había parecido caótica la disposición de las tiendas de campaña, ahora podía distinguir un orden unitario. Cada grupo parecía tener asignadas sus propias hogueras, sus corrales de animales y sus letrinas. Había lugares en los que se distribuía el grano o la carne en salazón, supervisados por monjes que llevaban meticulosamente las listas. Todo daba la impresión de estar bien pensado y planificado hasta en el último detalle. Y aunque ese inconcebible número de personas le parecía un hormiguero, ahora se daba cuenta de que el orden y la disciplina reinaban hasta en el último rincón del campamento militar.

—¿Avery? ¡Eh, muchacho!

Aveline tardó unos instantes en comprender que se referían a ella con ese nombre. Levantó la vista apresuradamente.

—Te voy a llevar con mi gente por ahora. Ya veremos luego dónde te colocamos, ¿de acuerdo?

Ella asintió con la cabeza.

—Gracias, señor.

¿Qué otra cosa podía hacer? ¿A quién habría podido dirigirse? Dios le mostraría un camino para continuar.

Su mirada se posó en la ciudad fortificada con murallas macizas que se alzaba entre varias colinas. En las almenas ondeaban banderas con tres leones negros y otras con un águila.

—¿No son esos los...?

El caballero se echó a reír.

—Los escudos de armas de los duques de Suabia y de los reyes romano-germánicos, eso es. Ya te dije que el emperador Federico estaba bastante indignado con el comportamiento de los bizantinos. Así que, sin vacilar, se apoderó de Filipópolis para mostrarle a Isaac su..., su determinación. Un tipo valiente, nuestro emperador —dijo Ulf entre risas.

Aveline no pudo evitar esbozar una sonrisa. Al parecer, el emperador alemán no iba a permitir que nada ni nadie le impidiera llevar a cabo sus propósitos.

Justo en ese momento, un grupo de jinetes salía de la ciudad por la puerta de poniente y se movía en dirección a ellos.

Ulf refrenó su caballo. Miró atrás a Aveline y sonrió.

—Hablando del rey de Roma...

En el centro del grupo de jinetes galopaba sobre un magnífico caballo blanco un hombre con la barba y el pelo cuidadosamente recortados. Iba sentado más tieso que una vela sobre su semental y guiaba a su montura sin esfuerzo alguno a través del gigantesco campamento. Estaba ataviado como un simple caballero, con una cota de malla y una guerrera, pero todo en él irradiaba majestuosidad y poder. Como armadura adicional cargaba con su indómita fuerza de voluntad.

—El emperador —susurró Aveline con un estremecimiento. Ulf se rio.

—Sí, es él, el hombre más poderoso del orbe, el emperador Federico, a quien algunos llaman «Barbarroja», aunque lo que se dice rojo no le queda mucho en la barba.

Aveline no podía apartar la vista de Federico, que en ese momento había refrenado su caballo de batalla y estaba impartiendo instrucciones. Decían que había alcanzado los setenta años, pero en verdad el cabello cano era el único indicio de su edad provecta; incluso desde la distancia rebosaba vitalidad y dinamismo.

—Cada día hace una ronda por el campamento para ver que nada esté fuera de lugar. Atiende a las preocupaciones de todo el mundo y actúa sin vacilar con mano dura cuando resulta necesario —explicó Ulf—. En mi opinión, ningún otro estaría en disposición de dirigir un ejército como este. ¡Saladino ya se puede ir preparando!

Aveline asintió aturdida. ¡No le quedaba duda ninguna de que con ese ejército y con ese hombre a la cabeza Jerusalén volvería a estar pronto en manos cristianas!

25

Costa levantina, octubre de 1189

É tienne se revolvía en su lecho entre gemidos y lamentos. Las náuseas no lo dejaban en paz. Ni siquiera le había procurado el alivio esperado la tintura de vinagre, hierba pulguera y ajenjo que Caspar había triturado.

El aire bajo la cubierta era bochornoso y estaba viciado, enriquecido con el olor ácido del sudor, la ropa sin lavar y los cubos de las necesidades perentorias sin ser vaciados con la frecuencia suficiente. Por si fuera poco, de la segunda cubierta ascendía el pestazo acre de la orina de los caballos.

A Étienne le habría gustado subir a la cubierta superior y dejar que la brisa fresca del mar le soplara en las narices. Sin embargo, sentía tanta debilidad en las piernas que no se atrevía a levantarse. Además no deseaba exponerse una vez más a la burla de los marineros y de todos aquellos compañeros de viaje que tenían la inmerecida suerte de librarse de los mareos.

Étienne solo se acordaba de algunos fragmentos de la última parte del viaje. Se habían visto obligados a navegar por mar abierto sin la posibilidad de poner rumbo a las costas para recoger provisiones y agua limpia con regularidad; se hallaban indefensos y a merced de la caprichosa meteorología. Étienne había pasado la mayor parte del tiempo vomitando por la borda la escasa comida que había ingerido. No es que lo sintiera por aquel malísimo pan tostado, pero con el tiempo se le iban consumiendo las fuerzas.

La distribución de su tiempo se movía entre periodos de náuseas paralizantes y fases de un sueño agitado. Por lo demás, solo se acordaba de las situaciones extremas: de un calor tremendo sin ninguna brisa refrescante o de atronadoras tormentas que hacían tambalear las embarcaciones como madera flotante con las olas, y con ellas a las personas y a los animales a bordo. El mar se había llevado al menos a dos marineros. A un semental que amenazaba constantemente con hacer un agujero en el costado del barco le tuvieron que partir el cráneo en dos con un hacha. Pero, gracias a la ayuda de Dios y de san Nicolás, ningún barco se había perdido por desviarse del rumbo y se habían librado hasta el momento también de los abordajes de los piratas.

Unas voces y un desasosiego general sacaron a Étienne de su estado de seminconsciencia y lo devolvieron al presente. Alguien lo estaba sacudiendo por los hombros. Cuando abrió los ojos, divisó la cara bronceada de Anselme, otro de los afortunados que desafiaban a los mareos.

—¡Eh, hombre, despierta! ¡Te estás perdiendo lo mejor!

Étienne se frotó los ojos con las manos.

—¿De qué me hablas?

Anselme sonrió con alegría traviesa.

—Tierra Santa, tontorrón. Ya se divisa la costa. ¡Vamos, ven de una vez!

Étienne dejó que lo ayudara a ponerse en pie y a subir la escalera hacia la cubierta superior. ¿Habían llegado a los Estados Cruzados? ¿De verdad? ¿Por fin?

El cielo se extendía por encima de las aguas con un color azul acero; el viento fresco que empujaba las nubes con forma de borrego arremolinó el cabello desgreñado de Étienne y le refrescó la piel.

En la cubierta reinaba mucha agitación, todo el mundo estaba en pie, se impartían órdenes a gritos, los marineros adaptaban al viento las velas triangulares. ¿Eran imaginaciones de Étienne o había en el aire un olor nuevo, desconocido? Anselme lo agarró de un codo y tiró de él hasta la borda en donde estaban apoyados otros marineros y pasajeros con la mirada fijada en el horizonte.

Étienne hizo una visera con la mano y siguió la mirada de aquella gente. Tardó un rato, pero luego reconoció tras el oleaje una línea borrosa de color marrón arena. ¡Era verdad, en efecto! Así que allí estaba la tierra de Cristo, el escenario de su pasión y de su resurrección. Étienne se persignó. Se le hizo un nudo en la garganta y le costó tragar saliva. ¡Lo habían conseguido realmente! Habían pasado semanas en alta mar, pero el mar no los había engullido y ahora tenían su destino al alcance. ¡Tierra Santa! Ya solo el nombre le sonaba en los oídos como una oración, como una revelación. Una tormenta de sentimientos, alivio, emoción profunda, alegría, todos querían abrirse paso a la vez en él, y de repente le ardieron las lágrimas en los ojos.

—No irás a ponerte a llorar ahora, ¿verdad? —Del se interpuso entre Anselme y él y le dio un empujoncito en el costado.

—Es solo el viento —se apresuró a contestar Étienne secándose los ojos con la manga.

—No pasa nada, hombre —replicó su amigo conciliador—, a mí me sucedió lo mismo. Lloré igual que un bebé. ¿Puedes creerlo? ¡Lo hemos conseguido! Por fin vamos a bajar de esta barcaza apestosa. Por los cielos, no puedo esperar a volver a sentir la tierra firme bajo los pies.

—Todavía no estamos en tierra firme —replicó Anselme con seriedad—. Por lo que sabemos, Acre está en manos de los paganos, ¿lo has olvidado? Dominan la ciudad y el puerto.

Fue entonces cuando Étienne se dio cuenta de que los ballesteros estaban tomando posiciones en la borda. La tensión se estaba extendiendo entre la tripulación.

Tan cerca ya de su meta y aun así podían fracasar. E, incluso si conseguían llegar a tierra firme, solo Dios sabía lo que los esperaba allí. Según todos los informes, el rey Guido y sus hombres habían llegado ante las murallas de Acre a finales de agosto en compañía de una flota de Pisa. Sin embargo, nadie podía decir cómo les había ido.

—¡Otra voz agorera y pesimista! —exclamó Del agitando la cabeza con gesto reprobatorio. A continuación pasó los brazos alrededor de los hombros de sus amigos y les sonrió alternativamente—. ¡No os lo hagáis en los pantalones! Todo va a ir bien. Dios está con vosotros. ¡Y Aymeric de l'Aunaie también!

De repente resonó un grito ronco desde la proa de la embarcación. Uno de los arqueros gesticuló en dirección a la costa y gritó unas palabras en italiano.

Étienne siguió el dedo extendido y reconoció a lo lejos varios puntos oscuros que se balanceaban.

Barcos.

26

Filipópolis, octubre de 1189

M oveos, cabronazos! ¡Colocad, apuntad, disparad! ¡De aquí no se mueve nadie hasta que haya acertado como mínimo tres veces en la diana, Dios me asista!

Gall, que realmente se llamaba Gallus, tenía el aspecto de una comadreja. Vigoroso, media cabeza más alto que Aveline, una cara puntiaguda con ojos estrechos y mejillas hundidas. El cabello rubio que le llegaba hasta los hombros era graso y ralo y apenas le cubría las orejas de soplillo. Era de la Alta Lorena, como la mayoría de los arqueros a los que había sido designada Aveline porque hablaba francés.

—¡Nada de dormirse! ¡Otra flecha!

Desde que se había unido a la tropa, las lecciones y el entrenamiento fijaban los días de Aveline. Tiro al blanco, cubrir a alguien, disparar dentro de una formación o protegidos por un portador de escudo; una y otra vez practicaban los procedimientos y las órdenes o simplemente ponían a prueba sus fuerzas. Barbarroja no habría sido un comandante en jefe con tanto éxito si no hubiera regulado con tanto rigor la formación de sus guerreros. Aparte de los breves descansos, pasaban el resto del día reparando y cuidando los arcos o ayudaban a los artesanos a producir arcos y flechas. Iban a necesitar muchos arcos en las inminentes batallas. Y aún más flechas.

Estos esfuerzos procuraban a Aveline una buena excusa para hablar poco e irse a dormir temprano a una de las tiendas de campaña de su sección. Así se despertaba ya antes del amanecer y podía dedicarse a sus necesidades humanas alejada de las miradas de sus compañeros. La regla seguía viniéndole de manera irregular desde el nacimiento del niño, lo cual la exponía al peligro, pero la hemorragia era tan débil que la había podido ocultar siempre con unas tiras de lino. Hasta el momento le habían ido bien las cosas. Todas las formas femeninas que poseía las sujetaba con un paño, las ropas amplias de Bennet ocultaban el resto. Los demás le tomaban el pelo por su falta de barba y por su cuerpo aparentemente débil, sí, pero nadie sospechaba nada. Y desde que contaba como uno de los tiradores más seguros y precisos de la tropa, se habían acallado incluso los comentarios burlones.

Un golpe en el cogote la arrancó de sus pensamientos.

—¿Ya estás soñando con mujeres desnudas, guarro flacucho?

—Me llamo Avery —respondió Aveline impasible.

Tenía que repetir ese nombre, incluso para ella misma, una y otra vez. Un instante después tenía el rostro de Gall directamente enfrente del suyo. Al hablar le llegó el pestazo a cerveza agria y a cebollas.

—Si lo quiero yo, también puedes llamarte boñiga, ¿está claro?

Alguien se rio con sorna, y Gall salió disparado, agarró al pelirrojo Hubert por el cuello de la túnica y le espetó entre dientes:

—¿Y tú? ¿Qué nombre quieres que te ponga? Déjame pensar... Me pones de los nervios con tal intensidad que al verte me entran ganas de vomitar, así que te llamaré el vomiteras. —Uno de los pasatiempos favoritos de Gall era inventarse motes feos para ellos y soltar tacos a diestro y siniestro, pero en resumen se asemejaba a su tocayo, el gallo, que cacarea mucho y muy alto, pero no es especialmente peligroso. Ahora bien, él era quien determinaba el reparto de las raciones de comida a los arqueros, razón por la cual todo el mundo evitaba meterse con él a fondo—. Pero qué pandilla de inútiles que sois, ¿no? —Gall puso los puños en jarras y entrecerró los ojos hasta convertirlos en unas rendijas aún más angostas de lo que ya eran de por sí—. Esos hijos de puta sarracenos os convertirán en erizos y os cortarán a tiras antes de que consigáis dar en el blanco con una flecha. Así que ¡vamos! ¡Colocad, apuntad, disparad! ¡Hasta que os sangren los dedos!

Hacía ya mucho que habían quedado atrás los tiempos en que le sangraban los dedos a Aveline por el continuo tensar de la cuerda del arco. Los ejercicios de tiro eran duros, pero daban estructura a sus días y le impedían dar vueltas a la cabeza con sus pensamientos. Percibía cómo iba adquiriendo día a día habilidad y aguante. También parecía haberse ensanchado su espalda, y, aunque Gallus la llevaba hasta el límite de sus fuerzas, Aveline le estaba agradecida.

—Os prometo una cosa —continuó rezongando el capitán—. Si a alguno de vosotros, cabronazos piojosos, se le ocurre largarse a hurtadillas, lo encontraré, y, cuando acabe con él, deseará estar muerto. ¡No me estoy rompiendo el culo aquí para que huyáis de mí, tarugos de mierda!

Aveline dudaba de que Gall la descubriera si volvía a cambiar la ropa de Bennet por vestidos de mujer y se tapaba el pelo corto con un pañuelo. Pero ¿a qué sección iría entonces? Nadie permitiría que una mujer prestara su servicio como arquera. Y muchas mujeres que habían perdido a sus compañeros en aquella ardua peregrinación habían acabado en la más absoluta pobreza o como putas de campaña. Estar en las filas de los arqueros le permitía a Aveline ganarse su sustento con decencia, pasando por alto el hecho de que estaba engañando a todos acerca de su verdadero sexo. Era una empresa arriesgada. Más que eso. No hacía ni diez días que Hubert la había pillado en un lago durante un baño nocturno. Solo debía a la simpleza y al miedo al agua de Hubert que no la hubiera desenmascarado. Probablemente no saldría tan bien parada en otra ocasión.

Sin embargo, si tenía que ser sincera, el papel de arquero estaba comenzando a gustarle a Avery. Le procuraba respeto, atención y reconocimiento. No, una vida de mujer en esas circunstancias no le parecía que valiera la pena para nada, y además era más peligrosa que el riesgo a que le descubrieran el juego. Por el momento no había ningún motivo convincente para volver a convertirse en la antigua Aveline.

27

Acre, octubre de 1189

Étienne no entendía ni una sola palabra, pero aquella joven voz masculina sonaba nítida y clara y estaba henchida de una fuerza vibrante y de entusiasmo. Todos los demás sonidos quedaron en un segundo plano, y pronto el canto quejumbroso llenó toda la llanura frente a Acre; parecía proceder de todas partes y de ninguna.

Habían puesto el pie por fin en Tierra Santa hacía diez días. Gracias a las galeras de Pisa y a las galeotas de Tiro, y con la ayuda de los fabulosos ballesteros de Génova, habían conseguido mantener a distancia a las embarcaciones enemigas para poder desembarcar finalmente en la bahía por debajo de Tell Musard.

Étienne se hallaba sobre el terraplén del conjunto de fortificaciones recién construidas que, junto con las empalizadas de madera, las torres y los fosos, servían de protección al campamento de los combatientes cristianos. Aunque hacía rato que se había puesto el sol, un viento cálido y seco le acariciaba la piel.

En las murallas de Acre llameaban las hogueras de vigilancia de los invasores sarracenos. También por el nordeste brillaban innumerables fuegos en la ladera de una lejana colina llamada al-Kharruba, y hacían presentir el tamaño del imponente ejército de Saladino que había tomado posiciones en ella.

Desde alguna parte de allá afuera llegaba flotando aquella voz de una frágil belleza que cantaba en el idioma gutural de los paganos y que tocaba alguna fibra del interior de Étienne.

Se sobresaltó cuando Caspar apareció de improviso en el terraplén, con una bota de vino en la mano. Desde su llegada a Acre, su aspecto era relajado y casi retozón. Para él, todo aquello parecía ser una gran aventura.

—Hermoso, ¿verdad? —preguntó señalando con la cabeza en dirección a la voz.

—Que Dios me asista, sí que lo es —confesó Étienne.

—Está cantando versículos de su libro sagrado, el Corán —explicó Caspar—. Así rinden homenaje a Alá y a su profeta Mahoma.

—¿Cómo sabes eso?

El cirujano se encogió de hombros.

—Como ya te dije, estudié en Salerno. Allí viven muchos musulmanes y tuve ocasión de oír con frecuencia sus cánticos.

Étienne entrecerró los ojos. No era capaz de imaginar ni con la mejor voluntad cómo era posible que los cristianos pudieran convivir pacíficamente, puerta con puerta, con los enemigos de Dios. Al mismo tiempo se preguntaba qué clase de personas eran aquellas que honraban a su Dios de esa guisa tan maravillosa. Por unos instantes se le pasó por la mente que no podían ser malas personas si cantaban así.

Pero entonces su mirada vagó en dirección a la tierra removida entre el campamento de los cristianos y las murallas de la ciudad de Acre, a los cadáveres de caballos a lo lejos y a las zanjas recién excavadas. Miles de guerreros cristianos habían perecido allí poco antes de su llegada, durante el intento fallido de desarticular al ejército de Saladino y de tomar al asalto Acre. Y, por si eso fuera poco, el príncipe de los sarracenos había mandado arrojar los cadáveres de los latinos al río Belus que abastecía de agua al campamento de los cristianos.

Saladino había ganado la batalla a comienzos de octubre, pero no había conseguido desarbolar las construcciones defensivas de los cristianos. Se había retirado de nuevo a sus posiciones en la colina de al-Kharruba para lamerse las heridas. Allí esperaba la oportunidad de aplastar definitivamente a sus enemigos. El ambiente pacífico de aquella noche solo podía ocultar brevemente el hecho de que se hallaban en medio de un campo de batalla, encajados entre la guarnición de Acre y el ejército de Saladino, igual que entre un martillo y un yunque.

Caspar siguió su mirada.

—Sí, Étienne, así es la guerra —dijo tendiéndole la bota de vino, pero el joven la rechazó—. Todavía morirán muchos buenos hombres o resultarán heridos, pronto sucumbirán también algunos de entre las filas del conde Guillaume. Y nosotros procuraremos que los heridos vuelvan a ponerse en pie lo más rápidamente posible para que puedan despedazarlos de una vez por todas en la siguiente batalla. —Se echó a reír resoplando y tomó un trago largo de vino—. En mi opinión, es una locura, pero bien pagada.

—¡Pero Caspar! —le censuró Étienne con desaliento—. ¡Eso es una calumnia! Nosotros lo hacemos en honor a Dios.

—Sí, claro, en honor a Dios. —El cirujano sonrió con un aire tan burlón que hizo que Étienne se sintiera un mocoso bobalicón—. No sabes nada, Étienne d'Arembour. Nada en absoluto. —Caspar se puso entonces muy serio—. Deja que un anciano te diga una cosa: las guerras las hacen las personas principalmente por motivos corrientes y molientes, por vanidad y por la búsqueda de gloria, por intereses de poder y por codicia, por odio, venganza y celos, o porque los obligan los juramentos terrenales establecidos. En cualquier caso, darle el gusto a Dios desempeña un papel secundario. Así es por lo menos para la mayor parte de los nobles y de los príncipes de la Iglesia que conozco. Pero incluso entre los soldados rasos y los siervos guerreros se persiguen metas más vulgares. Algunos huyen de la horca, otros de sus esposas, otros más de la servidumbre feudal, del hambre y de la pobreza... o de la insignificancia.

Étienne sintió que se acaloraba por la ira.

—¿Estás afirmando que miles de cristianos que han peregrinado a este lugar con las mayores privaciones y que han sacrificado sus vidas en este campo de batalla, o en otro cualquiera de los muchos que existen, lo han hecho por puro egoísmo? Lo siento, Caspar, les podría haber salido más barato de otra manera.

Caspar lo miró de reojo y asintió con la cabeza.

—Es probable que la mayoría de ellos estén convencidos de hacer lo correcto por motivos correctos. Y no voy a negar que, en efecto, hay unas cuantas personas desinteresadas para quienes la salvación de Dios está por encima de todo lo demás. Pero pongamos como ejemplo a tus dos amigos, a Anselme de Langres y a Aymeric de l'Aunaie. Ambos son hombres temerosos de Dios, sin duda ninguna. ¿Por qué están aquí? Permíteme conjeturar que están aquí porque su señor espera eso de ellos, sus vasallos, porque les está guiñando el ojo su ascenso a caballeros si obran como es debido, porque nacieron después de la muerte de su padre y sin perspectiva de una herencia decente. ¡Ah, bueno, sí, y por encima está la remisión de todos los pecados!

—¿Vas a negarles sus buenas intenciones?

—No, me refiero a que son motivos humanos los que los llevan a hacer algo piadoso y a gustar a Dios. Y ya que estamos en estas... ¿por qué sigues todavía aquí?

Étienne apartó la mirada y no respondió.

«Para demostrar mi valía», oyó susurrar a su mente detrás de la frente.

Caspar bebió un sorbo de vino y dijo después:

—Las guerras las hacen personas que envían a personas contra personas.

Étienne apretó las mandíbulas hasta que le crujieron los dientes y permaneció mirándose fijamente las manos.

—Pero no es el caso de esta guerra —susurró.

—Sí lo es —replicó el cirujano en voz baja—, me temo que esta también es así.

28

Filipópolis, octubre de 1189

Tú y tú! —exclamó Gall clavando sin contemplaciones el dedo índice extendido en el esternón de Aveline y de Hubert—. Vais a ayudar a los mozos para que quede todo bien empaquetado y cargado en los carros. Mañana a primera hora nos dirigiremos a Adrianópolis. Y entonces les enseñaremos a esas ratas bizantinas lo que les hacemos a los traidores. ¡Que Dios se apiade de vosotros si me encuentro luego por aquí una sola pluma! Ya os podéis ir olvidando de la cena si es así, ¿entendido?

—Ya os podéis ir olvidando de la cena... —dijo Hubert imitando a Gallus a media voz y poniendo una mueca divertida.

—¡Cuidado, capullito! —dijo Gall entre dientes—. Lo he oído. ¡Y ahora al trabajo o vais a saber quién soy yo! Y a todos los demás: ¡moved vuestros putrefactos traseros! También hay cosas por hacer para vosotros.

Cuando los restantes arqueros se retiraron, Hubert dejó vagar la mirada por los escudos, los fardos de las tiendas de campaña y los barriles llenos de flechas y de cuerdas, todo amontonado en pilas junto al cercado de los caballos.

—Total, para cuando hayamos terminado con esto, los demás ya se habrán zampado todo —se quejó él y dio una patada con cara de disgusto a una piedra.

Aveline sonrió.

—No te preocupes, Hub. Gallus los mantendrá ocupados un buen rato todavía, ¿no crees? ¡Vamos, echa una mano!

Juntos alzaron un barril a uno de los carros donde un mozo iba guardándolo todo. Hubert era un muchacho larguirucho de pelo rojizo y con muchas pecas, y tenía aproximadamente la misma edad que Aveline. Era lo más parecido a lo que ella habría denominado un «amigo», si bien sabía más de él que a la inversa.

—Avery, ¿crees de verdad que los griegos están confabulados y hacen causa común con el príncipe pagano? —preguntó mientras iba alzando al carro los fardos con las lonas de las tiendas de campaña.

Aveline se encogió de hombros.

—Hay muchas cosas que parecen indicarlo así, ¿no crees? Después de todo no han cumplido ni uno solo de los acuerdos que alcanzaron. No creo que se atrevan a atacarnos, pero tampoco harán nada por apoyarnos. El emperador tiene motivos de sobra para desconfiar de ellos, como mínimo después de lo ocurrido con los legados.

—Bueno, ahora ya vuelven a estar libres por fin.

Aveline asintió con la cabeza. Por el caballero Ulf sabían que, hacía dos días, Federico VI de Suabia, hijo del emperador, había recibido a los rehenes liberados, escoltados por una tropa de jinetes acorazados y armados hasta los dientes. El recado a los bizantinos había sido claro: ¡Mirad a quién habéis convertido en enemigo vuestro!

Y lo que los legados informaban acerca de su cautiverio daba muy pocas esperanzas para un acuerdo conciliador; por el contrario, todo parecía indicar que Constantinopla se hallaba en intercambio directo con los sarracenos. Los liberados relataron que en la ciudad había una gran casa para la oración pagana. Se decía que Saladino había enviado valiosos regalos al soberano bizantino, animales exóticos, especias, pero también un enorme barril lleno de veneno con el que Isaac debía de quitarse de encima a los cristianos latinos. ¡Por Dios, los griegos iban a arder en el infierno más profundo por eso!

Y dado que Bizancio les negaba todo apoyo y que incluso andaba poniéndoles piedras en el camino siempre que le era posible, a Barbarroja no le quedaba ninguna otra opción que abrirse paso violentamente hacia Tierra Santa. La siguiente ciudad en caer iba a ser Adrianópolis, la puerta hacia Oriente. Así pues, la primera batalla de Aveline estaría dirigida contra cristianos. Y a pesar de que todo eso servía para el único gran objetivo, a ella la asaltaban las dudas. ¿Podía Dios dar por buena esa acción?

Mientras recuperaba el aliento, la mirada de Aveline vagó por la dehesa cercada de los caballos. Un caballero estaba de espaldas a ellos y acicalaba un caballo de batalla alazán. Eso era bastante inusual porque, al fin y al cabo, el cuidado de los caballos contaba entre las tareas de los mozos y de los escuderos. Aún más sorprendente era la pasión con la que estaba cepillando el pelo del animal. Le pasaba los dedos por la melena casi con ternura, le murmuraba palabras tranquilizadoras y le acariciaba entre las orejas hasta que cerraba los ojos relajado y estiraba el cuello. Aveline no pudo menos que sonreír antes esas muestras de amistosa familiaridad. ¿Quién era ese hombre? Todo lo que podía ver desde atrás era su espalda amplia bajo una cota de malla y una guerrera, así como su pelo corto y negro. Su escudo de armas no le decía nada, no recordaba haberlo visto antes.

—Eh, viejo amigo. —Aveline reconoció la voz de Ulf von Feldkirch, que acababa de llegar cabalgando a la dehesa cercada. Solo cuando el caballero desconocido alzó la mano se dio cuenta de que el saludo de Ulf iba dirigido a él a pesar de hablar en francés—. ¿No estuviste con el duque en la entrega de los rehenes? —preguntó Ulf mientras se bajaba del lomo de su caballo y abría la valla—. Según tengo entendido, les disteis un buen susto a los griegos, ¿eh?

El otro asintió con la cabeza.

—Ya lo creo. Esos perros cobardes casi se mean en los pantalones cuando nos vieron llegar cabalgando con los escudos en alto —dijo riéndose con aspereza.

El sonido de su risa hizo que algo estallara en mil astillas afiladas dentro del cerebro de Aveline. Se le encogió el pecho dificultándole la respiración. Tuvo que agarrarse súbitamente al carro para evitar que cedieran sus piernas.

Vio cómo Ulf se acercaba al desconocido y lo agarraba del antebrazo en señal de saludo.

—¿Qué te trae hasta nosotros, Coltaire?

—Bueno, seguramente has oído decir que el emperador está reorganizando la estructura de mando. Quiere que el ejército se agrupe en estandartes de cincuenta caballeros cada uno junto con sus escuderos y que las unidades de combate estén bajo el mando de un comandante de estandarte. ¿Y qué puedo decir? Me han asignado a tu estandarte. Así que tendrás que soportar mi facha durante un tiempo.

De nuevo esa risa que hurgaba en la memoria de Aveline como una cuchilla roma. Mientras los latidos de su corazón acelerado martillaban por su cuerpo, el campo de visión de Aveline comenzó a ennegrecerse por los bordes. Aferró los dedos en el armazón del carro, inspiró hondo y cerró por un instante los ojos; trató de respirar contra el estruendo por detrás de su frente.

Se estremeció cuando Hubert le puso una mano en el hombro.

—Avery, ¿qué te pasa, hombre? ¿No te encuentras bien? —preguntó con una voz de preocupación auténtica—. Tienes unas pintas jodidamente malas. Ven, siéntate antes de que se te caigan las botas. —Con suavidad obligó a Aveline a sentarse en el borde del carro y la miró fijamente en la cara—. ¿Estás bien? ¿Te encuentras mejor?

Aveline asintió con dificultad con la cabeza, aunque tenía la sensación de estar a punto de vomitar.

—La culpa la tiene ese Gall —renegó Hubert—. Nos hace currar todo el santo día como a siervos y no nos da suficiente de comer. ¿A quién le sorprende entonces que nos derrumbemos? Yo también ando muy mareado.

—Vas a ser el único guerrero de nuestra unidad que vaya a la batalla montado en una yegua —oyó Aveline que decía Ulf con sorna.

—Sí. —El caballero llamado Coltaire dio unos golpecitos en el robusto cuello de su caballo de batalla—. Mi Fay es una chica leal. Intrépida y obediente bajo la silla de montar, cosa que no puede afirmarse de muchas hembras que he montado y a las que tuve que enseñarles primero quién era el amo y señor.

Ambos caballeros se echaron a reír a carcajadas.

—Los animales son seres entregados y sin malicia —añadió Coltaire mientras acariciaba a su caballo entre las orejas—. En cambio, las personas acaban engañándote todas, tarde o temprano.

Y por fin, el caballero giró la cabeza de modo que Aveline pudo verle la cara. Unas cejas oscuras sobre unos ojos grises como el hielo, unos pómulos altos y una barba bien recortada. Un semblante apuesto si no fuera por ese mohín cruel en torno a la boca y por la barbilla torcida.

En el interior de Aveline todo la conminaba a salir corriendo de allí, lo más lejos que pudieran llevarle las piernas, pero al mismo tiempo era incapaz de moverse por el miedo.

Hubert siguió la mirada paralizada de ella.

—¿Sabes quién es ese tipo?

Aveline no estaba en disposición de asentir. Por supuesto que lo sabía a pesar de que su único encuentro no había durado ni una hora y de que oía hoy su nombre por primera vez. Aveline conocía esa cara casi mejor que la suya propia. Cada uno de sus detalles, su dureza cruel, su risa gélida, había penetrado en su memoria como un hierro candente.

El hombre que bromeaba con Ulf y acariciaba a su caballo de batalla no era otro que el padre de su hijo muerto.

LIBRO II

«El señor de la guerra es el padre de todas las cosas y el rey de todo. A unos los convierte en dioses, a otros en seres humanos; a unos en esclavos, a otros en personas libres».

HERÁCLITO (h. 520 – h. 460 a. C.)

29

Acre, Rabi' al-Awwal 586 (mayo de 1190)

Largaos al diablo, dejadme en paz! —ladró Karakush cuando alguien llamó a la puerta de su aposento. El hambre lo ponía de mal humor. Y en estos días se hallaba con frecuencia de mal humor.

Las provisiones en la ciudad se habían ido reduciendo hasta alcanzar un nivel alarmante, todo estaba estrictamente racionado, más aún desde que cincuenta barcos procedentes de Tiro habían logrado derrotar a su flota y se habían hecho con la supremacía naval frente a las costas de Acre no hacía ni seis semanas. Su gente había podido asegurar el puerto interior cerrado con la gran cadena y las galeras dentro, sí, pero desde aquella batalla naval ningún barco de suministros había conseguido arribar a la ciudad.

Karakush no tenía ni idea de cómo iban a mantener en su poder la ciudad de Acre en esas circunstancias, sobre todo considerando que los cristianos habían erigido diversas torres de asedio, imponentes, de varios pisos de altura que sobresalían como montañas frente a las murallas y que estaban a la espera de ser utilizadas. Eso podía ser cualquier día ahora que los francos habían conseguido rellenar una parte del foso de la fortaleza, y eso a pesar de haber abrumado a los enemigos con flechas y piedras y de que el sultán Salah ad-Din había acosado el campamento cristiano sin descanso.

Volvieron a llamar a la puerta con una insistencia enervante. Karakush puso los ojos en blanco. «Señor, concédeme longanimidad! ¡A ser posible, ahora mismo!». Era poco antes de la puesta del sol, esa noche no se esperaba ningún ataque ni tampoco noticias de Salah ad-Din. Su única comida había consistido en un trozo de pan, un pescado diminuto con muchas espinas y media docena de dátiles. Además, apenas se acordaba de lo que era dormir más de cuatro horas de un tirón. Y detrás de la frente le hacía rabiar un endemoniado dolor de cabeza. Entonces, ¿por qué no le concedían siquiera esos pocos instantes de deplorable autocompasión?

Llamaron una vez más, y a continuación se abrió la puerta sin permiso.

—Por Alá, espero que haya una buena razón para esta falta de respeto —dijo Karakush resoplando y dirigiéndose al recién llegado.

Raed estaba en la puerta. La armadura le quedaba demasiado grande para su cuerpo larguirucho y marcado además por el hambre, pero su mirada era franca y bienhumorada.

—¡Muhafiz, por favor, tenéis que ver una cosa!

Karakush frunció el ceño y miró al chico con insistencia.

—Que Alá me asista, ¿estoy viendo de verdad una..., una sonrisa burlona? ¿Qué cosa puede alegrarte de tal manera en nuestra situación?

Raed carraspeó desconcertado, pero continuó sonriendo.

—Venid y vedlo vos mismo, señor. Estoy seguro de que os levantará el ánimo.

Raed lo condujo a un patio trasero miserable en las cercanías del puerto. Durante la caminata pugnaban en el interior de Karakush la curiosidad, la excitación y el enfado. Ya se estaba arrepintiendo de no haber echado a patadas al muchacho y de no haber aprovechado el tiempo en su lugar para echar una cabezadita un rato.

Al llegar al patio se encontró a Abu'l Haija y a algunos capitanes de la guarnición.

—¿Qué significa todo esto? —gruñó y se llevó la mano a la espada—. ¿Una conspiración? ¿Una rebelión?

—¡Por el Todopoderoso, deja envainada tu espada, Karakush! ¡No hay ni remotamente tal cosa! —lo tranquilizó el comandante de la guarnición con una sonrisa bonachona.

¿Por qué, por todos los demonios, sonreían todos de pronto?

—¡Tienes que ver una cosa!

Karakush alzó las manos al cielo.

—¿Podría decirme alguien de una vez por todas de qué se trata?

Se le acercó un hombre joven en quien no había reparado hasta el momento; no era especialmente alto, pero sí musculoso, ancho de espaldas y con una mirada despierta. Donde sus brazos asomaban por debajo de una túnica sin mangas, la piel estaba cubierta de hollín y de cicatrices de quemaduras.

—Este es Fadit ibn Mansur, un herrero de Damasco —hizo las presentaciones el Gordo.

Karakush estaba al límite de su paciencia.

—Un herrero, muy bien. ¿Y qué es eso tan urgente para que yo sacrifique a cambio mi descanso nocturno?

Abu'l Haija animó al hombre con un gesto de la cabeza, y este comenzó a hablar.

—Estoy trabajando con la nafta, muhafiz, con fuego líquido —explicó sin rodeos.

—Ya sé lo que es la nafta —observó Karakush de mal humor. Era su arma más peligrosa, aunque sus existencias se habían reducido de forma alarmante y los francos habían ido aprendiendo a reducir al menos los peligros que suponía aquel fuego consumidor.

—Bueno, estoy experimentando con ella —continuó el hombre sin inmutarse—. Es una afición mía, señor. Y creo que podría haber producido una mezcla muy superior ante la que no cabe resistencia, ni tan siquiera con una protección de vinagre y arcilla. —El herrero sonrió satisfecho.

Solo a duras penas pudo dominar Karakush el deseo de borrarle esa sonrisa de la cara con un puñetazo.

—¡Eso ya lo intentaron muchos otros antes que tú, gente más inteligente! —replicó con dureza. Quería volver a su cama.

—Mi mezcla contiene pez, salitre y potasio además de petróleo, azufre y cal viva —prosiguió Fadit—. Es un proceso laborioso...

Karakush emitió un gruñido peligroso.

—¿Pretendes seguir aburriéndome?

—Muéstraselo, Fadit —exhortó Abu'l Haija al herrero.

Este asintió con la cabeza, agarró dos pequeñas vasijas esféricas y se giró hacia la trasera del patio. Allí había varias cajas de madera apiladas.

Karakush siguió aquel ajetreo con los ojos entrecerrados y expresión de escepticismo.

El herrero arrojó a la pila de cajas uno de los recipientes; al hacerse añicos se derramó un líquido inusualmente acuoso del color del mosto diluido que apenas se asemejaba a la nafta viscosa que Karakush conocía. Aquella sustancia se extendió rápidamente por toda la madera y empezó a gotear por todas sus ranuras.

Entretanto, Fadit había prendido fuego al contenido de la segunda vasija y la arrojó sobre la primera. La madera empapada prendió con un bufido espantoso y las llamas recorrieron la pila con tal velocidad que los ojos apenas pudieron seguirlas. Poco después, la pila quedaba completamente envuelta en llamas.

Karakush se quedó mirando boquiabierto aquel infierno.

—¡Por Alá, el Todopoderoso! —exclamó fuera de sí—. ¡Es un regalo del cielo! —Cuando por fin pudo apartar la mirada de la madera ardiente, agarró al herrero por los hombros y lo sacudió con entusiasmo—. ¿Cuánto tenemos de esto?

Era la primera vez desde hacía mucho tiempo que Karakush sentía cómo sus labios dibujaban una sonrisa.

30

Acre, mayo de 1190

Los gritos llegaban hasta el lugar en el que se hallaba. Unos chillidos estridentes que apenas tenían algo de humano a pesar de que eran hombres quienes vociferaban sus tormentosos dolores.

Étienne se encontraba frente a la tienda de campaña y tenía la mirada fija en las murallas de la ciudad de Acre. Llovían piedras y flechas sobre los atacantes cristianos. La parte superior de la torre de asedio ardía en llamas. El joven reconoció unas sombras danzantes sobre la plataforma, hombres que trataban de ponerse a salvo con desesperación. Algunos no veían otra salida que un salto al vacío, otros ardían como antorchas humanas. Ninguno de ellos podía tener la esperanza de una salvación.

Si el infierno existía, tenía que parecerse a aquello.

El fuego griego había hecho arder la torre de asedio a pesar de su revestimiento con pieles frescas de animales empapadas en vinagre. A diferencia de los ataques anteriores, esta vez los proyectiles, al impactar, se habían estrellado formando unas nubes de fuego salpicantes que lo encendían todo en el acto. ¡Era un arma diabólica!

En marzo, Étienne había sido testigo de una batalla naval entre cuatro docenas de barcos cristianos procedentes de Tiro y otras tantas galeras enemigas que partieron del puerto de Acre. También en esa ocasión se empleó fuego líquido. Observó con horror que las llamas no solo resistían los intentos de extinguir-

211

las con agua, sino que flotaban sobre la superficie del mar y formaban alfombras de llamas abrasadoras. Al final, las tropas de Conrado de Montferrato alcanzaron la victoria por los pelos. De ese modo llegaron al hambriento campamento cristiano las provisiones que se necesitaban con urgencia, además de armas y de madera para la construcción, una madera con la que se habían erigido tres torres de asedio, de las cuales una se estaba convirtiendo en esos momentos en humo y cenizas. Y también las otras dos estaban siendo objeto de numerosos proyectiles incendiarios.

Étienne tragó saliva con dificultad. Tantas vidas humanas y, sin embargo, no habían dado ningún paso firme para la reconquista de Acre. Y mucho menos de Jerusalén. Dos muchachos cargando con un herido que gemía sobre una tabla pasaron a su lado en dirección a la tienda de campaña médica.

—Étienne, muévete ahora mismo. ¡Te necesito ya! —vociferó Caspar desde el interior.

A pesar de que estaban alzadas las lonas laterales, la tienda de campaña apestaba como la jaula de un animal depredador. Por si fuera poco reinaba un bochorno asfixiante.

En un rincón ardía al rojo vivo una estufa en la que yacían diferentes instrumentos médicos. Desprendía un calor insoportable, pero, si había que cauterizar una herida, no había tiempo para encender primero las brasas.

Las tareas de Étienne incluían también la de esparcir arena una y otra vez para no resbalar en la mezcla de sangre, vómitos y secreciones de los heridos y moribundos que el suelo ya no podía absorber. Durante los primeros días, Étienne había arrojado al instante el contenido de su estómago. Aun cuando poco a poco se había ido familiarizando con la vista y el olor, estaba convencido de que nunca podría acostumbrarse del todo.

Desde que se reanudó la temporada de combates tras un agotador invierno de hambre, una escaramuza seguía a otra aunque sin éxito duradero hasta el momento. Los nuevos combates se estaban produciendo desde hacía una semana, y todas las esperanzas estaban puestas en aquellas laboriosas máquinas de asedio. También ese día eran los hombres del conde Guillaume quienes combatían en el frente, pero no quienes se hallaban en las torres.

Caspar se inclinó sobre el herido de los quejidos, a quien los dos muchachos estaban presionando contra el catre, le cortó una pernera empapada de sangre y se la separó de la piel. El hombre era un soldado raso, como la mayoría de sus pacientes, pues aquellos pobres diablos luchaban en la primera línea del frente. Una mirada a aquella cara gris, sudorosa y desfigurada por el dolor le reveló a Étienne que lo conocía fugazmente. Se llamaba Leon, si no recordaba mal. La parte inferior de su pierna derecha y su pie no eran más que carne retorcida y devastada, por la que asomaban los huesos astillados. Probablemente había caído desde una de las torres atacantes, o una de las piedras lanzadas desde las almenas le había destrozado la pierna de aquella manera.

Caspar, inclinado sobre el hombre, le sujetó la cara con ambas manos para que centrara en él la atención. Los ojos, oscurecidos por el tormento, miraron en dirección al cirujano.

—Óyeme bien, amigo mío —dijo Caspar con calma—, tú eliges si quieres morir con la pierna o seguir viviendo sin ella, eso si Dios quiere.

El hombre atenazó una muñeca de Caspar con la mano.

—Por favor, haz que cesen los dolores —profirió—. No aguanto este dolor.

—Si te libro de eso que fue tu pierna, seguirás teniendo dolores durante mucho tiempo, pero mejorará. Y te daré algo para que el dolor sea soportable hasta entonces. Eso es todo lo que puedo ofrecerte.

A Étienne se le hizo un nudo en la garganta. Le resultaba incomprensible cómo Caspar podía pronunciar esas terribles verdades con tanta calma y frialdad, mientras que a él cada una de las palabras le dejaba reseca la lengua.

Leon cerró los ojos y apretó los dientes hasta que se le vieron las venas en las sienes. El breve asentimiento pareció costarle una fuerza descomunal.

Caspar le dio una breve palmadita en la mejilla y se dio la vuelta a continuación.

—Muchacho, procúrale a este hombre unos dulces sueños.

Étienne notó algunas señales de agotamiento en torno a los ojos del cirujano. No era de extrañar ya que llevaba trabajando casi ininterrumpidamente desde que había comenzado el ataque poco después del amanecer. Tenía el cabello sudoroso esparcido en todas direcciones, la camisa arremangada hasta los hombros, el delantal de cuero que llevaba por encima estaba manchado con Dios sabía qué.

—¡Vamos, Étienne! —murmuró—. Este tipo se merece un poco de alivio, ¿no crees?

Étienne se apresuró a coger de un barril pequeño una de las esponjas secas que estaba espolvoreada con una tintura de jugo de amapola, beleño y cicuta. Étienne la mojó con agua caliente que tenía ya preparada junto a la estufa para activar los olores anestesiantes. A continuación levantó un poco la cabeza de Leon y le apretó la esponja contra la boca y la nariz.

—¡Respira bien hondo, Leon! —dijo con firmeza y esbozó una sonrisa alentadora—. Cuando vuelvas en ti, todo habrá terminado.

Étienne contó hasta diez, luego retiró la esponja. Un velo turbio se superpuso al miedo en los ojos de Leon, y finalmente estos se cerraron por completo. La aplicación de la esponja anestésica no estaba exenta de peligro, pues el paciente no siempre regresaba de la oscuridad. Sin embargo, los dolores inhumanos que causaba la inminente intervención también podían ocasionarle la muerte. De ahí que Caspar se decidiera a ahorrar al herido al menos un sufrimiento innecesario. El resto lo dejaba en manos de Dios.

Una vez que el paciente se quedó quieto y en silencio, y después de que Étienne despidiera a los mozos, Caspar comenzó su trabajo. Le aplicó un torniquete muy ajustado por debajo de la rodilla y preparó una tina. Acto seguido echó mano de una sierra de dientes finos.

El sonido de la hoja afilada atravesando músculos, tendones y huesos casi le revolvió el estómago a Étienne, a pesar de que no era la primera vez que lo oía y de que sabía que tan solo duraba unos pocos instantes.

Lo que hacían allí se asemejaba más al trabajo de un carnicero que al de un médico.

Fijó la mirada en la cara de Leon y mantuvo preparada la esponja para el caso de que fuera a volver en sí antes de tiempo. Estaba atento a su respiración y le tomaba el pulso, que se estaba ralentizando por el efecto de la esponja narcótica.

Valiéndose de unas pinzas, Caspar fue retirando de la carne las últimas astillas de hueso, enjuagó la herida con vino y recompuso cuidadosamente la piel por debajo de la rodilla. Entonces pidió un hierro candente para cerrar las aberturas restantes y detener las últimas hemorragias. Después de colocar unos paños empapados en una decocción de hierbas medicinales, vendó el muñón con tiras de lino.

Étienne iba a echar mano de un paño con vinagre fuerte para arrancar a Leon del sueño, pero Caspar hizo un gesto de negación con la cabeza.

—Concédele todavía un poco más de descanso. Los dolores le van a volver rápidamente. Es joven y fuerte, ya se despertará por sí solo.

«Es joven y fuerte y será ya un tullido cuando abra los ojos», se le pasó a Étienne por la cabeza. «Como yo. Peor aún».

Caspar indicó a dos mozos que llevaran a Leon a la carpa de enfermería que habían instalado en una tienda grande de campaña cercana. Los familiares, las criadas, los compañeros de armas y los escuderos se ocupaban allí de los heridos. Y, siempre que había tiempo, Caspar o Étienne iban a ver si todo estaba en orden y repartían pócimas analgésicas.

Clérigos y monjes se mantenían también en las proximidades de la carpa de enfermería para llevar las listas de los fallecidos, escuchar las confesiones o administrar la extremaunción. «Son como cornejas que esperan la carroña», había afirmado Caspar, pero Étienne sabía que, para muchos moribundos, la atención de los sacerdotes era un consuelo. Para muchos era el único que recibían en la hora de su muerte.

Hasta la última hora de esa tarde, ningún otro hombre había perdido una pierna ni otras extremidades, pero, en cambio, Étienne ayudó a Caspar a extraer media docena de flechas de las más diferentes partes del cuerpo así como a tratar otras heridas profundas y quemaduras y a curar algunas fracturas. Ocho de los hombres de Guillaume habían muerto, otros cuatro probablemente no sobrevivirían a aquella noche. Los días siguientes revelarían si a alguno de ellos, además, iba a afectarles la gangrena.

Al anochecer cesaron los combates. Todas las torres de asalto se habían convertido en pasto de las llamas. Numerosos guerreros habían dado su vida sin lograr ningún avance en el asedio.

La melancolía y la desesperanza se instalaron en el campamento cristiano como un manto sombrío. Esa noche no se escucharon risas ni voces ruidosas, tan solo el martilleo rítmico de los herreros remendando armaduras y ajustando las armas, y las letanías de los sacerdotes durante el sepelio de los muertos frente a la muralla.

Caspar le puso a Étienne brevemente la mano en el hombro.

—Ya es suficiente por hoy, muchacho. Ya me las apaño yo solo con el resto.

Étienne se encontraba un poco más tarde en compañía de Anselme y de Del en la carpa de las rameras que, junto con los corrales de ganado y una parte de la caravana, se hallaba en la parte externa de la fortificación cristiana, entre la muralla y el segundo foso. Para disgusto de los señores eclesiásticos, uno de los últimos en arribar a Acre en las postrimerías del otoño había sido un barco repleto de prostitutas, lo cual probablemente había levantado la moral de los combatientes más que muchos discursos piadosos, aunque eso significaba más bocas hambrientas que alimentar durante el invierno.

Étienne y sus amigos no eran los únicos que buscaban consuelo y olvido en los brazos de las mujeres después de aquel día catastrófico, y allí reinaba un constante ir y venir.

Se habían acomodado alrededor del fuego en el centro de la carpa y se pasaban un odre de vino. A Del se lo llevó finalmente una joven y risueña prostituta a la trasera de una de las tiendas de campaña. Anselme sostenía en brazos a una belleza de ojos saltones que lo acariciaba con ternura. Las putas casi se peleaban por servirle, pues no solo era un tipo escandalosamente guapo, sino también amable y decente. Casi cada noche encontraba a una mujer que le calentara la cama, y no siempre esperaban una compensación a cambio.

Tampoco Étienne tenía motivos para quejarse, al fin y al cabo tenía la cabeza en el regazo de Marica, una delicada muchacha con una cabellera larga y de color rubio miel, unos ojos azules como el agua y una boca sensual. Siempre que iba a ver a las putas, su camino le llevaba a ella. En sus brazos no sentía vergüenza ni dudas de sí mismo. Quizá se debiera a que ella también cojeaba tras una fractura mal curada, pero otra razón podía ser que no siempre había sido una prostituta y carecía de la calculadora perspicacia comercial de las putas experimentadas. Como tantos otros, ella había partido como peregrina hacia Tierra Santa. En algún momento, a medio camino, el hambre y la necesidad la habían obligado a buscarse el sustento por esa vía. Eso era al menos lo que suponía Étienne, pues ella no le había revelado qué había sucedido exactamente.

Apartó a Étienne el pelo de la frente y le sonrió con tristeza. Ahora que lo pensaba, él no la había visto nunca libre de preocupaciones. Étienne se estaba masajeando el pie izquierdo, que le dolía horrores de tanto estar de pie y de levantar pesos todo el día. «Bueno, al menos tengo todavía un pie», se dijo para sus adentros pensando en Leon y en lo que le había profetizado Caspar en Marsella en su momento. La diferencia, sin embargo, era que las heridas de guerra se consideraban honorables, mientras que las deformidades congénitas se consideraban una mácula y la manifestación de una culpa. Eso no cambiaba un ápice que las personas en uno u otro caso tuvieran que vivir con las consecuencias de sus malformaciones.

—¿Qué te aflige? —preguntó Marica escudriñándole la cara.

—Ah, solo me pregunto cuándo acabará todo esto. Y cuántos hombres más perderán hasta entonces la vida o la salud.

—Pero todos serán mártires —intentó consolarlo ella.

Étienne asintió con la cabeza, pero por experiencia sabía que los mártires también sufrían, se desangraban y gritaban por el miedo y por la tortura del dolor o se lo hacían en los pantalones cuando se acercaba su final. Convertirse en mártir no le parecía algo muy deseable. Sin embargo, se cuidaba de no expresarlo ante sus amigos porque la esperanza de ir directamente al paraíso era probablemente lo único que les procuraba fuerzas para continuar en semejantes días.

Marica introdujo sus pequeños dedos cálidos por el escote de él y los deslizó por el pecho. Luego lo besó en la frente.

—Deja que te haga olvidar las penas —le susurró al oído.

Era una promesa tentadora por la que pagaba ese día con mucho agrado. Étienne cerró los ojos y se abandonó a aquellas manos acariciadoras.

31

Sultanato selyúcida de Rum, mayo de 1190

Capones en una espesa salsa marrón, salchichas aromáticas y pan blanco recién hecho, paté de pescado con guisantes y puerros, condimentado con pimienta negra. Y, por último, buñuelos rellenos de mermelada, nueces y frutas melosas para todos —dijo Hubert al tiempo que se secaba de la frente las gotas de lluvia que penetraban poco a poco por la lona tensada. Se sentaron apiñados bajo aquel techo provisional, ya que las tiendas de campaña se habían quedado en el lado del ejército principal, cuando sus adversarios los dividieron—. Por todas partes había mojigangas y sesiones de trucos —prosiguió Hubert—, y cada cual podía rellenar su vaso de vino tinto dulce tantas veces como quisiera.

—Cierra el pico de una vez o te cortaré en pedazos esa condenada lengua tuya —gruñó Gallus mordiendo con disgusto su mendrugo de pan reblandecido.

Aveline se abrazó las rodillas. Tenía el jubón pegado a la piel y estaba congelada miserablemente. Desde San Marcos, hacía ya cuatro días, se hallaban allí expuestos a los ataques continuos de los arqueros selyúcidas a caballo. Por el momento, las tropas de Gall disfrutaban de un pequeño descanso, pero no duraría mucho hasta que los llamaran para el relevo. Laurel de Nancy, el pentarca de su estandarte, había cometido el imperdonable error de dejarse apartar del ejército principal por los atacantes selyúcidas. Creyó que iba a tenerlo fácil con los arqueros montados a caballo, que estaban débilmente acorazados. Sin embargo, en cuanto se hubieron alejado lo suficiente del resto del ejército, los turcos les cerraron el paso con hordas de jinetes que habían permanecido ocultas. Solo con ayuda de Dios consiguieron escapar a esa pequeña cuenca protegida por peñascos y atrincherarse allí.

Hubert no se dejó amedrentar por las amenazas de Gall.

—Fue un festín glorioso. Había unas mujeres, cómo deciros... —dijo dibujando con las manos unos pechos exuberantes—. ¡Putas de las más finas!

Renier se echó a reír con una risa de cabra.

—Ya, claro, como si alguna nena te hubiera permitido que te acercaras a ella, muchachín.

Los demás estallaron en carcajadas y Hubert puso gesto de ofendido.

—Os lo podéis creer o no, pero fue tal como os digo cuando el emperador se unió a la cruzada el día de San Jorge del año pasado. Preguntádselo a él.

—¿Cómo iba a saber el emperador donde metiste tu cosita?

Todos volvieron a reírse y a proferir gritos escandalosos y Hubert se dio la vuelta con cara de pocos amigos.

Aveline le guiñó un ojo. Igual que los demás, ella estaba contenta en el fondo por la distracción. A quién demonios le importaba si los cuentos de Hubert eran ciertos o inventados mientras les hicieran pensar al menos por unos instantes en algo diferente que en su situación desesperada, en los diablos selyúcidas que iniciaban un ataque tras otro sobre sus posiciones y no los dejaban descansar. Igual que un enjambre de avispones, sus enemigos aparecían, golpeaban de lejos y volvían a desaparecer de inmediato en las colinas de la altiplanicie. No se dejaban enredar en combates cuerpo a cuerpo pues sabían perfectamente que no tenían nada que hacer frente a la fuerza combativa unida de los caballeros cristianos y los arqueros. De ahí que recurrieran a ocasionar pinchazos ininterrumpidos de desgaste a los soldados del ejército de Barbarroja y a desangrarlos lentamente. Pero sobre todo obligaban a los cristianos a permanecer a cubierto sin saber cómo le iba al resto del ejército y cómo contactar de nuevo con él. La lluvia, el frío y la disminución de las provisiones hicieron el resto para llevar a los ánimos a su punto más bajo.

Resonaban las órdenes por todo el campamento. En algún lugar, un hombre herido clamaba por la misericordia de Dios.

Renier y los demás intercambiaron unas miradas angustiadas; probablemente Aveline no era la única que deseaba que Hubert reanudara su cháchara intrascendente. Para ella, la situación del momento no solo era fatigosa, sino manifiestamente peligrosa. Aquella estrechez forzosa hacía prácticamente imposible sustraerse a la atención de los compañeros ni siquiera por algunos instantes. Incluso hacer las necesidades se convertía en un osado juego del escondite.

A esto se añadía la continua presencia de Coltaire. Tras el inesperado reencuentro el otoño pasado, Aveline solo había pensado en una única cosa: huir. Era inimaginable perseverar siquiera un momento en la cercanía de ese monstruo que le había ocasionado tanta desgracia. Sin embargo, después de superar el pánico y de que su mente recuperara el control, esa posibilidad quedó excluida. ¿Qué podría haber hecho después?

Durante unos instantes sombríos sopesó degollar a Coltaire una noche y enviar al diablo su alma depravada. ¡Se merecía la muerte! Pero finalmente decidió no ensuciarse con su sangre. No podía consentir que ese hombre siguiera determinando su vida y le impidiera al final ganar la salvación de su alma y que la arrastrara con él a las fauces del infierno.

Así que era más importante que nunca ocultar a toda costa su verdadera identidad. Siempre que podía, evitaba su cercanía.

Una vez más se vociferaron órdenes y se desató una oleada de actividad frenética en el campamento. Un pelotón de soldados se puso en movimiento.

—Ya están aquí otra vez —dijo Hubert en un tono apagado.

Sus enemigos solo les permitían unos breves descansos durante el día antes de enviar al siguiente enjambre de jinetes para cubrir el campamento cristiano con salvas de flechas desmoralizadoras. Y eran tan hábiles y rápidos en sus acciones que los propios arqueros apenas causaban bajas entre los paganos.

—¡Maldita jauría sarracena! ¡Que se los lleve el diablo! —gruñó Renier y escupió.

—No son sarracenos —corrigió Gallus—. Son selyúcidas y, en realidad, aliados nuestros.

—¿Y qué si lo son? Todos son unos hijos de puta paganos. No se puede confiar en ellos como podemos ver.

—Los bizantinos son cristianos, y a pesar de ello nos han traicionado una y otra vez —precisó Hubert, y todos asintieron.

—Los griegos son conocidos todos por su astucia. Un pueblo de traidores y de envenenadores —vociferó Renier—. En mi opinión, Barbarroja no debería haberse comprometido con ellos nunca.

La colaboración con los bizantinos no había mejorado siquiera después de la toma de Adrianópolis, en donde el ejército imperial pasó a continuación el invierno. Todo lo contrario. Las amenazas, las insinuaciones y las demostraciones de poder iban y venían, los acuerdos se ignoraban. A esto siguieron unas despiadadas incursiones de saqueo del ejército de Barbarroja, en las cuales se derramó también mucha sangre cristiana. Finalmente, los griegos les negaron los barcos apalabrados que debían transportar al ejército a través del Bósforo.

El emperador Federico había recurrido a la medida extrema de amenazar con llevar a sus hombres a Constantinopla para tomar y destruir la ciudad con el apoyo de las galeras pisanas y de aliados eslavos si seguían sin cumplir los acuerdos. Precisamente eso era lo que los bizantinos habían atribuido falsamente, desde el principio y sin fundamento, al emperador. Y solo la amenaza de Barbarroja de llevar a la práctica el rumor calumnioso había movido a los griegos a actuar. Siguieron contratos leoninos, intercambio de rehenes y nuevas amenazas, y por Semana Santa los peregrinos cristianos con su séquito y sus animales de tiro y de montar pudieron cruzar por fin el estrecho por Calípolis y proseguir su viaje. Tan grande era la desconfianza frente a los bizantinos incluso en ese momento que obligaron a todas las galeras y barcos griegos a permanecer en los puertos durante la travesía del ejército cristiano.

Todos esperaban una mejora de la situación en cuanto el territorio bizantino quedara a sus espaldas. Mucho antes del comienzo del viaje de peregrinación, Kilij Arslan, el anciano sultán selyúcida, había asegurado al ejército de Barbarroja el libre paso por su territorio, aparte de un tipo de cambio razonable, mercados con precios fijos para el cereal y la carne, así como una recepción adecuada para el emperador y su séquito. Ya en Laodicea aseguraron su lealtad a Federico. El anciano gobernante sí estaba dispuesto a cumplir con los acuerdos, pero a sus hijos les importaba un bledo. Perseguían sus propios y ambiciosos planes, y estos no incluían la cooperación con los cristianos. Y, al parecer, los turcomanos independientes que vivían en el altiplano tampoco se sentían obligados por los acuerdos.

Hubert suspiró pesadamente.

—Según parece, el emperador no ha tenido buena mano al elegir a sus aliados.

—Algunos dicen también que Dios lo ha abandonado —explicó Renier en tono lúgubre.

—¡Cierra tu boca sucia y deslenguada!

Gallus se giró hacia él; sus ojos poseían un brillo peligroso.

—¿Qué quieres? Yo solo pronuncio lo que muchos piensan.

Gallus agarró al arquero por el cuello del jubón.

—Creo que eso suena condenadamente a alta traición, tú, cagón de mierda.

A Gall se le podía acusar de muchos defectos, pero en ningún caso de falta de lealtad al emperador.

Renier apartó la mano a un lado.

—No tolero que me cierren la boca —gruñó, y se levantó.

También Gallus se había puesto en pie de repente y su cara se encontraba directamente frente a la de Renier, aunque este le superaba en altura casi media cabeza.

—¡Una palabra más y te destrozo esos malditos dientes, por Dios!

—¡Basta ya de disparates! ¡Ahora mismo! —tronó de repente la voz de Ulf von Feldkirch—. ¿O queréis que os separe con el látigo? —El caballero pasó al lado de Aveline y separó a los gallitos pendencieros sin contemplaciones—. ¿No tenéis suficiente con los miserables selyúcidas que nos están reventando con sus ataques? ¿También entre vosotros tenéis que estar a la greña, malditos imbéciles?

Gallus y Renier bajaron la vista al suelo y se callaron.

—Así está bien. —El caballero respiró entrecortadamente y se pasó la mano por el gorro de lino manchado que le cubría la calva. Tenía un aspecto cansado—. Hay trabajo, Gallus. Necesitamos a cinco de tus mejores arqueros, solo quienes tengan una vista excelente para dispararle a un gorrión posado en un árbol. De ellos dependerá probablemente que nos deshagamos de esas molestas moscas cojoneras selyúcidas y podamos salir de aquí por fin, ¡así que elige bien!

—¿Cuál es el plan, señor? —quiso saber Gallus.

—No he sido yo sino Coltaire de Greville quien ha tenido esta osada idea —replicó el caballero y en su cara podía vislumbrarse que más que «osada» lo consideraba una temeridad insensata.

Solo el nombre de Coltaire bastó para que una cuchilla ardiente ascendiera por el cuello de Aveline y elevara la frecuencia de sus latidos. ¿Qué pretendía ese caballero? ¿Y qué tenían que ver ellos en el asunto?

—Un ataque nocturno con solo un puñado de hombres. Al amparo de la oscuridad deben penetrar en el campamento selyúcida, causar la mayor confusión posible y matar a sus líderes. El alboroto resultante nos hará ganar tiempo para abandonar esta posición y reunirnos con el resto del ejército.

—¡Por los pechos de María Magdalena! —renegó Gallus—. ¿Una idea osada? Eso suena a locura, a suicidio, si me permitís expresar mi opinión. ¡Greville debe de haberse vuelto loco! Lo que propone significa conducir a esos hombres directamente a la muerte. —Soltó un salivazo.

Ulf volvió a pasarse la mano por el cráneo.

—Sí, a mí tampoco me gusta nada este asunto, Gall, pero De Nancy ha concedido a Coltaire el permiso para intentarlo. —Suspiró y añadió casi como queriendo disculparse—: En uno o dos días se habrán agotado nuestras provisiones y también nuestras flechas. Nadie sabe si Barbarroja nos enviará refuerzos a tiempo, no sabemos siquiera si están en disposición de hacerlo. Tal vez él mismo esté sometido a una presión intensa. Estamos metidos en una condenada trampa. Puede que el plan de Coltaire sea nuestra única oportunidad de salir de ella.

—Posiblemente se trate de la maldita ambición de un único caballero —gruñó Gall y pronunció lo que pensaban muchos.

Coltaire de Greville no se perdía ni una sola batalla, combatía en las líneas más avanzadas y siempre estaba allí donde uno mejor podía ganar fama, honores y la atención del emperador. A primera vista podía pensarse que su comportamiento era de coraje y de lealtad desinteresada, pero muchos se habían dado cuenta ya de que se trataba de unas ansias personales de reconocimiento. Ulf había mencionado en algún momento que Coltaire era el quinto hijo en su familia y no le correspondía esperar ninguna herencia. Para cosechar prestigio y fortuna como caballero y ascender finalmente, tenía que tomar él mismo las riendas de su vida. Y para alcanzar sus objetivos era evidente que estaba dispuesto a pasar por encima de cadáveres, y no solo los de sus enemigos. Si bien los líderes y los capitanes no aprobaban su ambición casi patológica, se servían de ella a menudo y con agrado.

—¿Y por qué no un ataque de los caballeros con armadura acorazada? —dejó caer Renier.

—Son demasiado pocos. Y el terreno abrupto nos impide utilizarlos de manera efectiva, sobre todo porque todavía seguimos sin conocer el número de esos perros turcos que se mantienen al acecho ahí fuera. Estamos experimentando en nuestras propias carnes lo que les sucede a los caballeros que emprenden la persecución actuando de forma irreflexiva. Eso es lo que están esperando precisamente esos hijos de la gran puta.

—Pero a nosotros, los arqueros, sí nos enviáis a las fauces de la bestia, sin pestañear siquiera, genial, oye —murmuró Hubert y esbozó un mohín lastimero. Tenía toda la razón, por supuesto, aunque nadie se atrevía a manifestarlo abiertamente.

—Fin del debate —decidió Ulf con brusquedad y alzó las manos—. Está decidido que sea así y vais a obedecer. Los cinco mejores, Gallus. Coltaire vendrá a por ellos poco antes de la puesta del sol. Todos los demás que se apresten para marchar. En el caso de que todo vaya según lo planeado, tendremos que salir de aquí con la mayor rapidez posible.

«En el caso de». «En el caso de».

El cielo había estado todo el día gris y lluvioso, por lo que la puesta de sol solo se anunció en un desplazamiento de los tonos grises hacia una luz crepuscular plomiza.

Aveline pasó la mano por su arco, contó por quinta vez las flechas en la aljaba de cuero sujeta al cinturón y tiró de las plumas para examinarlas. Gallus la había seleccionado para la misión, por supuesto. Después de dedicar todos los minutos libres al tiro con arco —para llenar sus días, para distraerse, para tener un motivo para hablar poco—, se había convertido casi sin querer en uno de los mejores arqueros. Además de ella, en el grupo estaban Matthieu, un viejo luchador de la Champaña, Renier y el mismo Gallus. Contaban también con Hubert, que ocupaba el lugar de Pas-

226

cal al no estar este en condiciones de intervenir a causa de una herida de su mano tensora. Hubert tenía el aspecto de un perro apaleado al salir elegido.

Poco después apareció Coltaire de Greville en compañía de diez soldados de mirada huraña y de su escudero Guise. Coltaire llevaba puesto todo el equipo de combate,; el yelmo con el protector de la nuca hecho con cota de malla mostraba numerosos arañazos y abolladuras, y demostraba que aquel caballero no evitaba ninguna refriega, lo cual le daba un aspecto tan intimidante como el que presumiblemente pretendía. Coltaire se enderezó ante ellos despatarrado y levantó la barbilla torcida con un gesto desafiante, como si esperara alguna oposición o protesta. Las cejas enarcadas daban a su expresión un aire de ave de rapiña. Dejó vagar la mirada por el pequeño grupo, pero nadie se atrevió a decir nada, aunque seguramente había muchas cosas que objetar.

Verlo bastó para que Aveline sintiera pánico. A duras penas reprimió el impulso de agazaparse o, mejor aún, de darse a la fuga. En su lugar, bajó la mirada, apretó la mano en el arco y se quedó mirando fija y obstinadamente las puntas de sus botas.

—Hombres, de nosotros depende si vamos a diñarla hoy en este lugar olvidado de Dios. Creedme, nadie va a venir a ayudarnos. Tendremos que ayudarnos nosotros mismos —comenzó diciendo el caballero sin rodeos. Su voz era fría y lisa como la nieve recién caída, exenta de todo sentimiento.

—Vamos a salir y nos vamos a encargar de que los paganos estén tan ocupados consigo mismos que nuestra gente tenga tiempo suficiente para la retirada. Espero lo mejor de vosotros, hasta el último aliento. ¿Lo habéis entendido?

Hubo un asentimiento general pero titubeante. Aunque no se emplearan a fondo ni dieran lo mejor de sí mismos, ya estaba sellada su sentencia de muerte. Apenas veinte hombres contra un número desconocido de selyúcidas: un comando suicida. Pero Aveline no quería morir todavía, todavía no. Cogió la bolsita en la que llevaba la figurita de María que le había hecho Bennet y se puso a rezar en silencio.

—¡Entonces, en marcha! —vociferó Greville—. ¡Esperad mis órdenes!

—Mucha suerte —exclamó Pascal a sus espaldas cuando recogieron los arcos y se calaron las capuchas de cuero.

Gallus meneó la cabeza con una sonrisa exenta de humor.

—Gracias, amigo mío, pero la suerte es una pequeña furcia infiel. Ruego al Todopoderoso para que interceda por nosotros.

Luego abandonaron el campamento.

32

Sultanato selyúcida de Rum, mayo de 1190

El aire era frío y se deslizaba con sus dedos húmedos por debajo de las guerreras enguatadas y reforzadas con cuero. Gracias a las patrullas sabían aproximadamente en qué dirección se encontraba el campamento de los selyúcidas. Los patrulleros, o bien no se habían aventurado a acercarse lo suficiente para obtener unos pronósticos más precisos sobre el número de sus adversarios, o bien no habían regresado para contarlo. Lo único indiscutible era que superaban ampliamente en número al puñado de cristianos de la encerrona.

En vista de ello, un pequeño pelotón combativo como el suyo, que podía hacerse casi invisible al amparo de la oscuridad, probablemente era el único modo de penetrar en el campamento enemigo. Dejaron sus monturas a medio camino. Se suponía que debían ayudarlos más tarde para huir con mayor rapidez si llegaba el caso.

No sabían qué iban a hacer exactamente en el campamento selyúcida. Aveline dudaba que Coltaire lo supiera. Repasó con los dedos la cuerda floja del arco para mantenerla suave y flexible a pesar de la meteorología. Lo último que necesitaba ese día era un arma rebelde.

Cuando percibieron voces a lo lejos, Gallus hizo la señal de tensar los arcos y colocar la primera flecha. Todavía debían de estar lejos del campamento de los turcos, así que se trataba de una patrulla de vigilancia.

Se pusieron a cubierto detrás de un conjunto de rocas y árboles achaparrados. La tenue luz de la luna que se filtraba a través del manto de nubes les permitió distinguir que se trataba de tres jinetes que se movían con toda calma hacia donde se encontraban ellos. Los hombres parecían sentirse seguros, pues dos de ellos bromeaban y charlaban sin prestar gran atención a su entorno. Solo el último dirigía la vista de vez en cuando a su alrededor.

¿Por qué estaban tan despreocupados? ¿No debían suponer que sus rivales cristianos tomarían impulso para contraatacar? Resultaba evidente que los enemigos cercados no les producían ningún temor especial, o se sentían invulnerables dada su superioridad numérica. Sin embargo, tenían que temer como mínimo que Barbarroja enviara refuerzos para sus tropas desmembradas. ¿Sabían los paganos algo que ellos mismos ni barruntaban siquiera? ¿Era posible que el ejército imperial los hubiera abandonado a su suerte? ¿O había sido derrotado finalmente?

«¡Ahora no!». Aveline se obligó a apartar esos pensamientos deprimentes.

Los jinetes se estaban acercando a su escondite. Coltaire hizo una señal a los arqueros. Los selyúcidas estaban protegidos con cotas de malla de manga corta y unos yelmos extrañamente puntiagudos. En aquella penumbra era difícil distinguir cuál era el lugar más apropiado para insertar una flecha. En caso de duda, la punta de la flecha atravesaría también una cota de malla, pero era arriesgado.

Gallus les indicó a qué pagano debía apuntar cada uno de ellos; a continuación dejaron que los jinetes se acercaran unos instantes más y, a una orden suya, se levantaron, apuntaron y dispararon. Sonó casi como un suspiro cuando las flechas partieron casi simultáneamente de los arcos.

Los dos parlanchines distraídos fueron alcanzados por varios disparos y murieron casi en silencio. Su compañero consiguió hacer girar bruscamente a su caballo y lo espoleó con los talones mientras una flecha se le clavaba en el hombro.

Si escapaba, ellos no iban a salir de allí con vida. Rápida de reflejos, Aveline le disparó otra flecha. La fuerza del impacto arrojó al jinete de su montura y este quedó tendido en el suelo entre gemidos. Su caballo galopó todavía unos cuantos metros antes de detenerse indeciso.

Coltaire hizo un gesto con la cabeza a Aveline en señal de reconocimiento, y ella bajó la vista. Respiraba a sacudidas, sentía la sangre agolpándose en las venas. No sabía si se debía a la tensión o a la mirada de ave de rapiña de Coltaire.

Algunos soldados se acercaron apresuradamente donde estaba el herido y lo remataron. A continuación se hicieron con los caballos y arrebataron los yelmos, los escudos y las guerreras a los muertos. Parecía como si Coltaire de Greville tuviera realmente algo similar a un plan.

—¡Vamos! ¡Adelante!

Aprovechando todos los relieves del terreno para ponerse a cubierto, fueron avanzando a hurtadillas en dirección al campamento selyúcida.

—¡Bondadoso Jesús, ayúdanos! ¡Asístenos! —murmuraba Hubert sin cesar, lo cual le valió una mirada fulminante de Gallus.

Pero, incluso después de eso, sus labios seguían moviéndose en silencio en forma de oración siempre que Aveline lo miraba. El miedo le hacía parecer increíblemente joven. Y ella tenía que poner atención para que el temor de él no se le contagiara a ella.

Pronto distinguieron a lo lejos, sobre una meseta, el resplandor de hogueras. Llegaban a sus oídos relinchos de caballos.

Coltaire dio instrucciones a los soldados, y a continuación tres de ellos se pusieron por encima el equipamiento militar de los selyúcidas muertos y montaron en sus caballos. Camuflados de esta guisa debían explorar la situación. Las caras de los hombres no mostraban ninguna emoción, aunque a todas luces tenían que ser conscientes del peligro que corrían. Aveline dudaba que aquel disfraz resistiera siquiera una mirada escrutadora.

Esperaron el regreso de los patrulleros al amparo de algunos peñascos. «Si es que regresan», pensó Aveline.

Se volvió hacia Hubert, que no había cesado de orar. En lugar de la expresión lastimera que solía exhibir, en su cara estaban grabados el miedo y la pena, y algo más, un presentimiento fatal y funesto que hizo que Aveline se estremeciera. Le puso unos instantes la mano en el brazo, pero él no pareció darse cuenta.

Cuando regresaron los exploradores, tenía entumecidos y rígidos todos los músculos, igual que un pez muerto. Aveline trató de procurarse un poco de calor con frotamientos al tiempo que escuchaba con atención el informe de la patrulla.

—Hay dos vallados provisionales en los cuales han encerrado a los caballos —explicó un soldado con una nariz ancha y rota varias veces. Su nombre era Malin—. Son unos doscientos animales, diría yo. Así que debemos suponer un número similar de hijos de puta paganos allá arriba.

Gallus gimió de espanto, pero Coltaire lo mandó callar con un gesto imperioso.

—¿Y qué más?

—La mayoría de los hombres parece estar durmiendo —informó Vite, un guerrero fornido con barba de tres días—. Hemos contado una docena de hogueras en los puestos de guardia. Además, hay hombres armados patrullando, y hay también centinelas frente a los cercados con los caballos. De lejos no nos ha reconocido nadie, pero de cerca no podríamos dar el pego durante mucho tiempo. Hay un lugar desde el que posiblemente podamos permanecer un rato sin ser vistos.

Coltaire oyó atentamente el informe y reflexionó durante unos instantes. Luego miró a todo el grupo y les contó su plan.

El guerrero selyúcida condujo a los prisioneros a empujones bruscos hacia los tres compañeros que estaban de servicio de guardia frente al cercado de los caballos; los tres hombres se lo quedaron mirando con expresión perpleja. Uno de ellos exclamó algo y se dirigió al grupo. En ese momento, los prisioneros se desprendieron de las fingidas cadenas, sacaron las armas y se precipitaron sobre los soldados de guardia. Pocos instantes después, los selyúcidas yacían bañados en su propia sangre. En la segunda dehesa ocurrió algo similar, se desató el alboroto. Los hombres de las hogueras de los puestos de guardia se levantaron alarmados y comenzaron a moverse; resonaban gritos por todo el campamento.

Ese fue el momento en el que Coltaire dio la orden. Los arqueros, que se habían distribuido entre las rocas y los arbustos en el extremo sur del campamento, enviaron una salva de flechas al centro de los soldados enemigos. Algunos hombres se desmoronaron al suelo al ser alcanzados, los gritos desgarraron la noche. En un instante, el campamento selyúcida se transformó en un hormiguero espantado. Los hombres corrían enloquecidos, unos estaban heridos o buscaban refugio, otros agarraban las armas, trataban de poner orden en aquel caos y vociferaban órdenes, los soldados salían de las tiendas de campaña somnolientos y desorientados.

La segunda salva sobrevoló sobre ellos con un zumbido funesto. Y aunque Aveline y sus compañeros eran tan solo unos pocos, sus proyectiles, disparados con rapidez, bastaban para ocasionar la mayor confusión posible y dar tiempo a los soldados con los caballos. Unos relinchos estridentes anunciaron poco después que el plan estaba en marcha. Allí donde los hombres de Coltaire habían arrojado haces de heno a los vallados, las llamas y el humo destellaron en el cielo nocturno, prendieron fuego a crines y colas, y los caballos salieron desbocados por el pánico para alejarse de las llamas. Cuando los soldados abrieron las vallas, la manada escapó a galope tendido aplastando a una decena de guerreros selyúcidas que se habían apresurado a la dehesa cercada.

Cuando Aveline colocó la siguiente flecha y disparó, la respiración de sus compañeros resonó con fuerza en sus oídos. ¿O era su propia respiración? Mientras tanto, algunos enemigos habían cogido sus arcos y comenzaron a disparar. Sin embargo, en aquel pánico generalizado apenas podían distinguir desde dónde les llegaba el ataque y las flechas zumbaban sin rumbo en la oscuridad. A esto se añadía el hecho de que los arcos de los paganos, cortos y curvos, estaban diseñados para ser usados a lomos de los caballos y eran inferiores a los suyos en cuanto al alcance. Tan solo unas pocas flechas se perdieron en su dirección.

—Vosotros dos —gritó Coltaire señalando a Gallus y a Aveline—, no perdáis de vista esa tienda de campaña, grande y amarilla, de ahí atrás. En cuanto salga uno de los comandantes, matadlo, ¿entendido?

Aveline asintió con la cabeza. Sabía que, una vez cumplida esa misión, su trabajo acabaría. ¡Y entonces no quedaría nada más que largarse de allí!

Fue un vago presentimiento, un gélido hormigueo en la nuca lo que obligó a Aveline a volverse a mirar un momento y ver aparecer a una patrulla selyúcida a caballo a sus espaldas. No reaccionó como un ser humano, sino más bien instintivamente, como un animal. Un feo bufido salió del arco selyúcida, mientras simultáneamente su propia flecha salía disparada de la cuerda tensada y alcanzaba al primer jinete. Un instante después moría el segundo.

Un jadeo ahogado la despertó de su concentración.

Dirigió la vista a un lado y vio a Hubert tendido en la tierra. Tenía agarrada fuertemente con la mano una flecha que se le había clavado en el cuello atravesándole la capucha.

Dando un brinco se colocó a su lado y le agarró una mano. Hubert, con los ojos desorbitados, se quedó mirándola. En su mirada reinaban la incredulidad, el miedo y un horror impotente. Trató de decir algo, pero sus palabras se ahogaban en la sangre y tan solo salieron de sus labios unas gárgaras espantosas, seguidas de un chorro rojo.

No hacía falta ser curandero o cirujano para darse cuenta de que nadie podía ayudar a su amigo. Se le cerró un nudo frío en el corazón. «Maldita flecha, ¿no podías haber impactado en Coltaire?».

—¡Fija la vista en esa tienda de campaña, ahora mismo! —gritó el caballero en ese momento—. Ya estás viendo que va a morir.

—Pero nadie debería morir a solas y con miedo —le espetó ella. «Como nuestro hijo».

«Nuestro» hijo, resonó esa frase en su cabeza. Sonaba absurda, monstruosa, falsa. Como si alguna vez hubiera habido algo que los uniera.

Al volverse de nuevo hacia Hubert, percibió a sus espaldas la mirada punzante de Coltaire. Durante unos instantes se preguntó de dónde había sacado el valor para plantarle cara al caballero, qué locura la había llevado a dirigir la atención de Coltaire sobre sí misma. Sin embargo, en esos momentos lo único que importaba era el moribundo que tenía a sus pies.

Le acarició con cuidado la mano fría y esbozó una sonrisa.

—No tengas miedo —le susurró ella—, no estás solo. Me quedo a tu lado.

Las facciones de Hubert parecieron destensarse levemente, si bien la angustia solo cedió un poco. En la expresión de su cara había una sumisión a su destino que hizo que a Aveline se le formara un nudo en la garganta. Ella le sostuvo la mirada.

—No temas, eres un guerrero de Cristo —dijo a pesar de que esas palabras le sonaron hueras y charlatanas—. Tienes asegurado un lugar al lado de Dios.

Aveline comenzó a rezar el padrenuestro.

Cada vez que inspiraba, Hubert respiraba su propia sangre, y con cada resuello le llegaba cada vez menos aire a los pulmones hasta que los labios ya tan solo se abrían y cerraban impotentes. Finalmente se quedó inmóvil y en silencio.

Aveline le apretó la mano una última vez.

La rabia que se expandió de pronto por su pecho no dejaba espacio a la tristeza. Aguzó sus sentidos a un nivel sobrehumano y convirtió el miedo y toda compasión en una ira ardiente, una ira contra Coltaire, que los sacrificaba sin titubear por alcanzar sus fines, ira contra los malditos selyúcidas, ira contra el emperador que no había acudido a su rescate.

Oyó a Coltaire gritar una orden, oyó el crujido de la cuerda del arco de Gallus, y, ya mientras se daba la vuelta, tensó una flecha en el arco y apuntó. Percibió la mirada punzante de Coltaire clavada en ella, pero la ira era el sentimiento que lo dominaba todo.

Frente a la tienda de campaña amarilla apareció un hombre ancho de espaldas y barbudo. Sin duda era uno de los comandantes. Mientras se colocaba el cinturón con la espada sobre la cota de malla, miró agobiado a su alrededor, como si intentara hacerse una idea general de la situación. Vociferó algo en su idioma gutural.

En ese momento realizó su disparo Aveline.

La flecha se le clavó en el cuello a la altura del hombro, allí donde habían alcanzado también a Hubert, y lo derribó. Unos hombres se apresuraron donde el herido, que se retorció unos instantes en el suelo, pero no pudieron hacer nada por él. Las sombras de los selyúcidas alborotados y gritones danzaban frente a las llamas de las hogueras de los puestos de guardia igual que engendros de una horrible pesadilla. Un desconcierto pululante, un caos absoluto allá donde uno mirara.

Aparte de Coltaire, su escudero y los arqueros restantes, también seis de los soldados consiguieron llegar al campamento cristiano en las primeras horas de la madrugada.

Recogieron todo apresuradamente y lo colocaron sobre los animales de carga y en unos pocos carros. Querían estar listos para marchar a la salida del sol. Nadie sabía cuánto tiempo les llevaría a los selyúcidas poner orden en aquel desconcierto para devolverles el golpe. En cualquier caso, los paganos tendrían que reunir primero los caballos, y eso otorgaría al ejército cristiano el tiempo necesario.

Nadie se creía todavía del todo que hubiera funcionado el osado plan de Coltaire. En él habían perdido la vida tan solo cinco hombres, rumoreaban todos con admiración.

Solo cinco, y uno de ellos había sido Hubert. Tuvieron que dejarlo allí sin enterrar, igual que a los demás muertos. ¿Encontraría su alma la paz algún día?

No obstante, a Coltaire de Greville se le veía muy satisfecho con el resultado de la acción. Había obtenido lo que pretendía: atención. Decían que se había asegurado sin duda una audiencia con el emperador.

En realidad, atención era lo último que deseaba Aveline. Mientras recogía sus escasas pertenencias junto con los demás, apareció el caballero.

—¡Tú! —exclamó levantando la barbilla en su dirección—. ¡Ven aquí!

Aveline dejó caer su hatillo y se le acercó con paso vacilante. Le costó un esfuerzo casi sobrehumano no ceder al temblor de sus rodillas.

—¿Cómo te llamas?

—Avery —susurró ella con la cabeza gacha.

—Gallus ha elegido bien. Has hecho un trabajo excelente, Avery.

Ella no dejaba de mantener la vista en el suelo. Él estaba demasiado cerca, demasiado cerca. El olor de su sudor se le deslizó por la nariz arrancando recuerdos de la oscuridad a la que los había desterrado Aveline. «Una bochornosa noche de verano, el desgarro de las prendas, unos dedos rudos por toda su piel». Le dieron arcadas.

—¡Haz el favor de mirarme cuando te estoy hablando, muchachito! —gruñó el caballero.

Aunque quisiera, Aveline no podía moverse del lugar, era un manojo tembloroso lleno de angustia. ¿Adónde había ido a parar la obstinada intrepidez que había mostrado tan solo unas pocas horas antes? Estaba asfixiada por recuerdos sombríos y un terror pánico.

Súbitamente, la mano enguantada de Coltaire la agarró por la barbilla y la obligó a levantar la cara. Aveline apretó los dientes para evitar gritar. «Las manos de él sobre su piel, todo roce era una cuchilla afilada».

—¿Qué te pasa? —graznó Coltaire—. No irás a ponerte a llorar ahora, ¿verdad?

Intentó girar la cabeza a un lado, pero el caballero se la tenía sujeta con mano férrea. La escudriñó con los ojos entrecerrados y pareció como si su mirada palpara cada centímetro de su cara. ¿Había detectado algo familiar en ella? ¿La había reconocido? Si era así, no lo dejaba entrever.

—No estarás llorando por ese tipo con el pelo de color fuego, ¿verdad? —Con un resoplido Coltaire le agitó la cabeza y la soltó casi con disgusto—. Déjame decirte algo, muchachito: la compasión es estúpida y afeminada. Convierte a un hombre en un ser débil y vulnerable. Exactamente igual que la confianza. No conduce a nada. En todo caso a nada bueno. Mira lo que me aportó a mí. —Se señaló la barbilla deforme—. Confié en mi padre y él me molió a palos. Confié en mi madre, pero ella no pudo ofrecerme sino compasión. Su compasión no me libró de ninguno de los golpes de él. —El caballero sacudió brevemente la cabeza, como si necesitara librarse de recuerdos desagradables—. Y una cosa más. —Volvió a agarrar a Aveline por la barbilla y se le acercó más. «El aliento cálido en su cara»—. Te has batido hoy con mucho valor y resolución —dijo siseando—, pero, si vuelves a incumplir una de mis órdenes, te romperé todos y cada uno de los huesos. ¿Me has entendido?

Aveline trató de asentir con la cabeza. Él la obsequió con una sonrisa lobuna, le apretó las mejillas con la mano y la soltó. Sin decir una palabra más, se giró y se marchó.

A Aveline se le doblaron las piernas.

33

Acre, Rabi' al-Awwal 586 (mayo de 1190)

Igual que un velo húmedo, el vapor y el aroma a aceite de rosas colgaban en el aire y envolvían a Karakush en una calidez relajante. El sudor se le acumulaba en la frente y en el labio superior, el pelo encanecido del pecho se le pegaba a la piel en pequeños rizos húmedos. Exhalando un suspiro dejó que su espalda se deslizara contra el borde de la pila, se sumergió hasta la barbilla en el agua y estiró las piernas. ¡Qué bien le hacía sentir aquello! Por primera vez después de muchos, muchos meses sentía algo similar a la relajación.

Había mandado que calentaran el balneario, que sacrificaran ovejas y sirvieran vino a sus hombres. Ese día se les permitía festejar y pasárselo bien.

Sí, en rigor había pocos motivos para estar de fiesta. Los francos continuaban abalanzándose contra las fortificaciones de Acre, cavaban túneles bajo las murallas como perros salvajes y construían nuevas catapultas. Sin embargo, ¡gracias a Alá, el Todopoderoso!, sus gigantescas torres de asedio estaban convertidas en escombros y cenizas. Además, la gente de Karakush, tras un arduo trabajo que puso sus vidas en peligro, había conseguido vaciar los fosos rellenos y excavarlos a una profundidad mayor.

Este hecho, junto con la carencia continuada de alimentos, había frenado al menos por el momento el espíritu emprendedor de sus enemigos. Y eso significaba un respiro muy necesario para la guarnición.

Tal vez era una imprudencia mostrarse tan despilfarrador con las provisiones. Eso debía juzgarlo Alá. Pero Karakush sabía que el asedio sería largo y que para el éxito de su causa era insoslayable fortalecer la moral de los combatientes. No servía de nada estar triste todo el día o tratar de predecir un futuro completamente incierto. Sus hombres no podían desanimarse, tenían que recuperar las fuerzas, divertirse. En el acto.

Y él también, aunque no estaba seguro de si lo conseguiría. Quería al menos intentar disfrutar de esos momentos de relajación.

En algún lugar sonaban una música de flautas y unas risas nítidas. Se oían chapoteos traviesos en el agua.

Algunos hombres habían llevado a algunas muchachas al balneario. Por su aspecto parecían esclavas. ¿O eran las rameras del campamento cristiano? Karakush sabía que algunos soldados se escabullían de la ciudad por las noches para hacer una visita a las prostitutas francas, pero fingía no tener ni idea a pesar de ser consciente de los peligros que entrañaba ese juego. Él mismo prefirió mantenerse al margen en esa ocasión.

Nunca se había atado a una mujer, no había engendrado hijos, al menos ninguno de quien tuviera él conocimiento. Como mameluco tampoco poseía ningún pariente consanguíneo. Tal vez fuera esa la razón de su apego por Raed. Este muchacho era la visión de lo que podría haber sido y tenido: hijos, una familia.

Karakush suspiró. Ya contaba más de cincuenta veranos. Cincuenta años, de los cuales había pasado como mínimo treinta y cinco combatiendo. Su vida era una lucha. Y algo en su interior se temía la llegada del momento en que esa lucha terminara.

34

Acre, mayo de 1190

Bien, bien, así que los cachorros quieren ir a ver qué les han dejado los lobos adultos —dijo Caspar mirando fijamente a Étienne, Anselme y Del, uno tras otro, con una sonrisa burlona.

Los escuderos habían preguntado si Étienne quería acompañarlos a la aldea sarracena donde se habían instalado los furrieles cristianos por la mañana. Desde que Saladino se había visto obligado a retirarse a una posición más interior por la falta de tropas de refuerzo, varias poblaciones paganas habían quedado desprotegidas. Eran una presa fácil para los asediadores cristianos que sufrían constantemente la carestía y el hambre.

Los caballeros y los soldados de las tropas de intendencia de Guillaume habían regresado horas antes con forraje para los caballos, grano, sacos llenos de lentejas y alubias, así como con un rebaño de ovejas y de cabras. Sin duda resultaba insuficiente para alimentar a todas las bocas, pero aliviaría un poco la peor de las necesidades. Y volvían a arribar barcos con provisiones desde occidente.

—Por mí, de acuerdo. Acompáñalos, Étienne —accedió Caspar—. Por el momento no hay mucho que hacer aquí. Ten la vista atenta a cosas que puedan sernos útiles. Y si te topas con un barrilito de vino...

Étienne asintió con la cabeza. No es que les faltara el vino, pues Caspar ya se encargaba él mismo de tal cosa. En comparación con los soldados rasos y los peones, ellos apenas carecían de nada gracias al conde Guillaume, pero es que incluso los pacientes agradecidos se ocupaban de que se sintieran a gusto, y así iba en aumento la mala conciencia de Étienne al ver las caras demacradas de sus amigos, que tenían que renunciar forzosamente a tantas cosas.

—Puedes llevarte la mula —le ofreció Caspar.

—Gracias de corazón.

Étienne resopló. Fleur era una mula valiente y correosa, pero sus patas cortas no lo sacarían a tiempo de un ataque sarraceno con flechas.

—Hemos traído un caballo para él —dijo Anselme.

—Y yo cuidaré de él —vociferó Del sonriente, pero bajó la vista de inmediato cuando Caspar alzó una ceja con gesto escéptico.

—Gracias, pero puedo arreglármelas solo —gruñó Étienne a pesar de no estar muy seguro de tal afirmación. Ya estaba harto de que todo el mundo lo tratara como a un niño pequeño desvalido.

Después de subirse a la silla de montar, Anselme le entregó en silencio el arco y la aljaba, y partieron.

Sin embargo, no eran los únicos que emprendían ese camino. También Bertrand y Gaston, su compinche con la cara llena de espinillas, formaban parte del grupo, acompañados de otros seis hombres jóvenes. El ambiente era muy alegre, casi demasiado animado pues todos estaban contentos por dejar atrás al menos durante un corto tiempo la estrechez y el hedor del campamento militar, y no en última instancia también el aburrimiento supino. Secretamente, todos esperaban que los hombres de la sección de intendencia no hubieran procedido con excesiva minuciosidad y que hubieran dejado algunos pequeños tesoros por desenterrar.

La aldea estaba a una hora a caballo del campamento cristiano, en el camino en dirección a Haifa. La columna de humo en el cielo les mostró el camino. Anselme dejaba vagar la mirada una y otra vez por las crestas de las colinas circundantes, y mantenía la mano sin tensión en la empuñadura de la espada. Aunque a plena luz del día y a escasas horas del saqueo el peligro de un ataque sarraceno era todavía muy reducido, parecía aconsejable estar alerta.

Después del mediodía alcanzaron por fin la pequeña población. En mitad del camino yacía un perro muerto. Una flecha sobresalía de su costado.

Los tejados de algunas moradas y cabañas de adobe se habían desmoronado hasta convertirse en armazones humeantes y calcinados que desprendían un penetrante olor a quemado; otras, por el contrario, parecían intactas. Salvo el ocasional crepitar de las vigas humeantes, imperaba un silencio fantasmal. Los habitantes hacía mucho tiempo que habían emprendido la huida.

Dirigieron los caballos a la plaza central del pueblo en donde se hallaba la fuente. Justo a su lado yacían los cadáveres de dos hombres sarracenos que por lo visto no habían querido quedarse de brazos cruzados ante el saqueo de su aldea. Las moscas zumbaban dando vueltas alrededor de sus cuerpos rajados.

Mientras ataban los caballos, resonó de repente un grito estridente y todos se sobresaltaron. Desenvainaron las espadas, Étienne levantó su arco. Sin embargo, no se trataba de ninguna horda de guerreros sarracenos al ataque, sino de una vieja gruñona y desaseada. Salió de un callejón entre dos casas, gritando y regañando; movía una mano en dirección a los intrusos mientras que con la otra se apoyaba a duras penas en un bastón. Su cara, enmarcada por unos velos oscuros, se asemejaba a un pergamino estrujado; su mirada furiosa parecía clavarse directamente en Étienne. Se tambaleaba entre berridos y alaridos, y señalaba acusadoramente a los hombres muertos y a las chozas calcinadas.

Nadie entendía sus palabras, pero tampoco era necesario, pues cualquiera podía hacerse una idea de su sentido sin dificultad.

A pesar de que no había participado en lo sucedido en aquel lugar, Étienne sintió de pronto vergüenza y dudas. ¿Qué estaban haciendo allí en realidad?

Las armas desenvainadas no parecían impresionar a la anciana. Se acercó aún más sin ningún temor mientras derramaba otra letanía de frases airadas sobre ellos.

—Esto no hay quien lo aguante ya —le espetó Bertrand—. ¡Cierra ese pico, mujer! —exclamó, y le propinó a la anciana un bofetón con el dorso de la mano que la hizo caer al polvo de la plaza. Le corrió la sangre por los labios y la barbilla mientras trataba de levantarse a duras penas; en sus ojos destelló el miedo, pero eso fue solo durante unos breves instantes. Entonces se aferró a las botas de Bertrand y comenzó a gritarle aún con más rabia. La cara de Bertrand se deformó en un gesto de furia. Se soltó al tiempo que alzaba su espada.

Antes de que pudiera asestar el golpe, Anselme lo agarró del brazo.

—Déjalo ya, Bertrand.

Este se sacudió la mano de Anselme con brusquedad.

—¿A quién cojones le importa una vieja furcia pagana?

—¿Tienes miedo acaso de que esa vieja gruñona desdentada te muerda el pie? —preguntó Del con cara sonriente pero con la mirada seria.

—Vamos, tíos, veamos qué queda para llevárnoslo —exclamó Anselme al grupo—. ¡Pero id con mucho cuidado!

Los escuderos no necesitaron que se les dijera aquello dos veces y se pusieron en marcha a toda prisa. También la codicia de Bertrand triunfó finalmente sobre su irascibilidad. Propinó a la anciana una patada con poca decisión y se marchó de allí con Gaston.

Étienne titubeó brevemente, luego se echó al hombro el arco y la aljaba, pero mantuvo una mano aferrada a su cuchillo mientras caminaba cojeando hacia una de las chozas abandonadas. La anciana continuó gritándoles sus incomprensibles maldiciones, pero él trató de ignorarla. No había nada que pudiera hacer por ella, ni tampoco podía cambiar lo que había sucedido.

La puerta de la vivienda estaba abierta de par en par, de modo que ya desde fuera podía distinguirse que no había atacantes al acecho en su interior. Los hombres del destacamento de intendencia habían revuelto y desordenado el escaso mobiliario, las esquirlas crujían bajo las botas de Étienne.

Se guardó en el talego unos cuantos pañuelos limpios de lino y algodón que podrían utilizar como material para vender. Oculta entre unas vasijas rotas descubrió también una jarra volcada apenas deteriorada llena de dátiles dulces hasta el borde. Étienne sonrió de oreja a oreja. No pudo resistirse. Se metió en la boca uno de aquellos frutos del color de la miel y disfrutó de su increíble dulzura en el paladar. ¡Qué delicia! No conocía este manjar hasta que llegó a Tierra Santa y todavía no había degustado nada que se le pudiera comparar. Con sumo cuidado llenó un pañuelo con los dátiles y lo anudó. Anselme y Del iban a tener un alegrón. Y también a Marica le tocarían algunos, decidió. Tal vez pondrían por fin una sonrisa alegre en su cara.

Al salir de la choza pisó una muñeca de madera que estaba vestida con retazos de tela. En un primer momento se le pasó por la cabeza el pensamiento de que también los paganos eran personas con familia. Por unos instantes se preguntó qué había sido de la criatura a la que pertenecía esa muñeca, y qué iba a comer en las siguientes semanas y en los siguientes meses. Sacudió la cabeza para expulsar ese pensamiento. No le conducía a nada. También ellos tenían que comer.

En muchas viviendas apenas quedaban cosas por rapiñar. Los hombres del destacamento de intendencia se habían empleado a fondo en esa tarea. Étienne se topó de camino con otro hombre asesinado, pero no se veía a ningún ser con vida exceptuando a dos gallinas que emprendieron la huida entre cacareos. Quedaba claro que él no era ni de lejos lo suficientemente rápido para atrapar siquiera una de las dos.

Entró en la choza siguiente donde reinaba también un caos tremendo. Una mesa había sido volcada; todo estaba revuelto en la alcoba; una estantería, algunas ánforas y cestas yacían apiladas en un rincón. Lo único que no había interesado a nadie eran algunos ramilletes de hierbas que se balanceaban colgados de una viga. Étienne distinguió la ruda que Caspar empleaba para muchos tipos de medicinas. No sabía qué eran los otros ramilletes, pero decidió llevárselos a pesar de todo. Cortó con cuidado aquellas hierbas.

Un ruido lo sobresaltó y le hizo levantar la navaja de golpe. El sonido provenía del rincón con la estantería tumbada. ¿Se trataba de un animal? Con la navaja en alto se acercó a aquella montaña de enseres domésticos tirados.

Tomó aire sorprendido.

Detrás de aquel montón se puso en pie muy despacito y sin apartar los ojos de él una muchacha de unos catorce o quince años tal vez. Con un gesto de orgullo desafiante mantenía la barbilla elevada, pero las manos que sujetaban sus prendas desgarradas temblaban como las alas de un gorrión. Tenía un ojo y el labio inferior hinchados, y, a pesar del color aceitunado de la piel, Étienne reconoció con claridad unas marcas de estrangulamiento en el cuello.

De golpe sintió unas arcadas de asco. Se denominaban guerreros de Cristo, caballeros de Dios, ¡pero en realidad eran peores que las malas bestias! Se apresuró a guardar la navaja en el cinturón y alzó las manos en un gesto conciliador.

—No tengas miedo, no voy a hacerte nada —dijo en voz baja y con una suave cadencia como si le estuviera hablando a un potro asustado—. Puedes confiar en mí.

Confiar. Casi se echó a reír de sus propias palabras. Seguramente esa muchacha no iba a confiar en nadie más durante mucho tiempo. Alzando la mano izquierda un poco, toqueteó con la otra su morral y extrajo el pañuelo con los dátiles. Despacio se lo tendió a la chica. Esta retrocedió hasta chocar con la pared de adobe.

—Para ti —le dijo Étienne con voz tranquilizadora—. Es comida. —Se llevó los dedos a la boca para hacerse entender. La sarracena siguió con los ojos cada uno de sus gestos sin moverse.

—¿Étienne? —La puerta de la choza se abrió de repente—. Étienne, vamos a... —Anselme estaba en el umbral y se quedó paralizado cuando divisó a ambos.

Los ojos de la muchacha se abrieron con una mueca de horror. Las manos le temblaban sin control ninguno.

Étienne lanzó una mirada suplicante a su amigo y se llevó el dedo a los labios. Anselme asintió con la cabeza. Ambos intuyeron lo que se cernía sobre la joven si los demás se enteraban de su existencia: volvería a pasar por el mismo sufrimiento que ya le habían ocasionado los del destacamento de intendencia. Étienne se puso malo solo de pensarlo.

Se movió hacia atrás despacio en dirección a la salida e hizo a la muchacha una señal para que permaneciera en silencio.

Justo cuando ya estaba saliendo y cerrando tras de sí la puerta, resonó la voz chirriante de Bertrand.

—¿Qué hacéis merodeando por aquí? ¿Hay algo interesante ahí dentro para llevárnoslo?

—No, aquí no hay nada. Solo trastos rotos —contestó Anselme con calma y cerrándole el paso.

Bertrand entrecerró los ojos con desconfianza.

—Me gustaría convencerme por mí mismo si no te importa —dijo siseando y avanzó un paso hacia Anselme.

Étienne percibió cómo se le aceleraban las pulsaciones. Con la mayor discreción posible trató de tapar con su cuerpo la rendija abierta en la puerta.

Anselme se cruzó de brazos y se apoyó con firmeza sobre las piernas abiertas frente a Bertrand.

—Ya te he dicho que no hay nada que ver ahí dentro. ¡Lo mejor es que te largues!

—¡Yo no dejo que me den órdenes y menos un fanfarrón como tú!

Bertrand quiso apartarlo a un lado, pero Anselme lo agarró por la muñeca.

—Pero deberías cumplirlas... —Su voz sonó con un sosiego amenazador—. Soy yo quien tiene el mando aquí por si no te has enterado.

—¡No me toques! —Bertrand se zafó de su agarre y se llevó la mano a la espada—. ¿Te crees alguien mejor solo porque le lames las botas al conde Guillaume? Y quién sabe qué otras cosas más...

Furibundo, Anselme salvó la distancia entre los dos con una larga zancada, de modo que quedaron pecho con pecho con las puntas de las narices casi tocándose.

De pronto apareció Del por detrás de Bertrand.

—Tómatelo con calma, amigo mío. —Le pasó el brazo por los hombros y lo apartó con firmeza. En los labios mostraba su habitual sonrisa, pero los ojos permanecieron serios—. Ahora vas a portarte bien y hacer lo que te dice Anselme. No en vano, Guillaume le ha concedido a él el mando, y seguramente no querrás tener un disgusto con el conde, ¿verdad que no? Sería una pena muy grande que tuvieras que quedarte en el campamento la próxima vez cepillando cotas de malla mientras nosotros nos llenamos los bolsillos.

Las fosas nasales de Bertrand temblaron de rabia mientras seguía mirando fijamente a Anselme durante unos instantes. Finalmente se sacudió el brazo de Del con un gruñido, se giró abruptamente y caminó pavoneándose sin mirar hacia atrás.

Cuando desapareció, Étienne exhaló el aire con alivio.

—Gracias.

Del se les acercó.

—No hay de qué, pero será mejor que os andéis con ojo de ahora en adelante porque ese tipo es un cabronazo taimado y vengativo. ¿Qué intentabais ocultarle?

Étienne dirigió la vista al suelo avergonzado.

—Una muchacha sarracena —respondió Anselme en su lugar.

Del enarcó las cejas con un gesto de sorpresa.

—No la he tocado, si es eso lo que piensas —tartamudeó Étienne—. Y no quería que nadie más lo hiciera. Los hombres del destacamento de intendencia...

Del alzó las manos con un gesto de negación.

—Puedo imaginármelo.

—Venga, vámonos de aquí —dijo Anselme—. Ya va siendo hora de emprender el camino de vuelta. Probablemente no pasará mucho tiempo hasta que los sarracenos envíen sus primeras patrullas.

—Pero la muchacha...

—La mejor manera de ayudarla es desaparecer de aquí lo más rápidamente posible —replicó Anselme.

Étienne asintió con la cabeza. Probablemente tenía razón. ¿Qué habría podido hacer por ella?

Se sintió aliviado cuando por fin dejaron la aldea a sus espaldas. Desde luego no iba a participar en ninguna otra acción de saqueo. Era más fácil no ver ni saber nada, aunque seguramente se daba cuenta demasiado tarde.

—¿Te pensabas que en una guerra solo morían soldados? —Caspar sacudió la cabeza con gesto cansino cuando Étienne le puso al corriente de sus vivencias.

—No, por supuesto que no.

Pero era bien distinto ver con tus propios ojos todo lo malo que la guerra sacaba de los seres humanos.

—La guerra es una invitación al diablo que habita en cada uno de nosotros —concluyó Caspar.

Y, sin embargo, la decisión de si le permitía habitar dentro de él seguía tomándola todo hombre.

35

Sultanato selyúcida de Rum, mayo de 1190

Toma, Avery! —exclamó Gallus tendiéndole un trozo de carne dura y seca.

—¿Para qué es esto?

—Tómalo y no hagas preguntas —gruñó él.

Aveline lo aceptó agradecida, aunque presentía que él iba a pasar hambre por ello ese día. Desde que habían combatido juntos contra los selyúcidas, el comandante se mostraba ante ella manso como un corderito. Aunque no saliera de sus labios ninguna palabra de agradecimiento, era evidente que no había olvidado lo que ella había hecho por el moribundo Hubert. Aveline supuso que esa era su ruda manera de demostrárselo.

—¿Y a mí qué me das? —se quejó Renier.

—Un bofetón en los morros si no te controlas, gallinita quejica.

Aveline sonrió. Los dos gallitos no perdían ninguna oportunidad para meterse el uno con el otro, pero no se guardaban rencor por mucho tiempo. Eso era algo que también había cambiado desde la noche en el campamento selyúcida.

Tras haber escapado de su embarazosa situación en el borde de la altiplanicie de Anatolia, no tardaron mucho en reunirse de nuevo con el ejército principal de Barbarroja. El emperador y sus hombres también habían sido acosados con dureza por hordas de jinetes enemigos, razón por la cual no habían podido enviarles ningún auxilio.

Entretanto, el hambre y la sed habían pasado a ser los mayores enemigos del ejército cristiano. De camino a Iconio, sede del gobierno del sultán Kilij Arslan, que seguía jurándoles lealtad, tuvieron que atravesar la llanura deshabitada de Filomelio, que apenas contenía algo más que rocas y unas hierbas duras y punzantes. Los ataques constantes de arqueros a caballo impedían que los destacamentos de intendencia pudieran partir hacia el interior para procurarse alimentos, agua y forraje para los caballos. Mientras que a los soldados se les seguían repartiendo escasas raciones de comida, se decía que el pobre peonaje se estaba alimentando con pieles de buey cocidas y orina de caballo. Se dejaba atrás, abandonados a su suerte, a los débiles y a los enfermos.

—¡Vamos, en pie, perros sin agallas! ¡Tenemos que continuar adelante!

Coltaire de Greville avanzó su caballo de batalla, cuyas costillas eran claramente visibles bajo su pelaje sin brillo. No solo sufrían las personas en esos días, aquellas hierbas duras no bastaban ni de lejos para mantener fuertes a los pesados animales de carga. Sin embargo, Aveline había observado cómo el caballero compartía sus raciones de pan con la yegua.

—¡Cuando regrese la próxima vez, estaréis preparados para marchar o me vais a conocer de verdad! —Coltaire giró con brusquedad su caballo y se alejó a toda prisa de allí.

Barbarroja había relevado del mando de su estandarte a Laurel de Nancy porque este caballero había perseguido a los jinetes enemigos con insensatez y en contra de las instrucciones imperiales, ocasionando que sus hombres cayeran directamente en una trampa. En su lugar había nombrado pentarca a Coltaire de Greville, su audaz salvador.

Aunque no era del todo inesperada, aquella noticia fue otro golpe duro para Aveline. Por lo visto, Dios quería poner a prueba día tras día su determinación y su firmeza. ¿Qué más podía sobrevenirle ahora?

«Ay, Ava, ni te lo imaginas», susurró la voz en su cabeza.

No le quedaba otra opción, tenía que estar a la altura del desafío. Y permanecer ojo avizor.

Coltaire de Greville, por su parte, parecía esperar del favor imperial algo más que un mando insignificante. Y su descontento lo sufrían ellos en toda ocasión.

—¿Qué es lo que espera? —gruñó Gallus—. Barbarroja no puede andar regalándole un feudo a cada uno de sus miles de caballeros solo porque cumplen con su deber —señaló moviendo la cabeza con un gesto de incomprensión.

—Greville tendrá ocasión pronto de demostrar su valía —dijo Ulf uniéndose a ellos.

Este caballero se contaba ahora entre los combatientes de a pie. Hacía unos pocos días, su caballo había estirado la pata por el agotamiento igual que muchos otros y había encontrado un final poco glorioso en un cocido. En esos momentos, Barbarroja disponía de apenas algo más de ochocientos guerreros a caballo.

—¿Qué quieres decir? —preguntó Renier.

—Según parece, los selyúcidas no se conforman ya con sus ataques de desgaste. Las patrullas informan de que Kudbeddin, el hijo del sultán, está de camino hacia nosotros con un ejército importante. Sus hombres están descansados, sanos y casi todos van montados a caballo. Nos enfrentaremos con ellos lo más tardar en dos días.

Gallus profirió una maldición blasfema y escupió al suelo.

—¿Es que estamos rodeados únicamente de malditos bastardos que rompen su juramento? Ese hijo de puta pagano, ¿no se arrodilló en Laodicea frente al emperador y le juró su amistad hacia nosotros?

Ulf se encogió de hombros.

—¿Qué te esperabas? Nunca creí que los ataques continuados fueran fruto de esos pueblos indómitos de las montañas, como pretende hacernos creer Kilij Arslan. Son el sultán y su prole quienes están haciéndonos la vida imposible.

—Pero ¿qué provecho sacan? —preguntó Aveline—. Nosotros no queremos nada de ellos excepto el paso libre y la posibilidad de adquirir lo necesario para vivir a cambio de plata. A pesar de que llevamos semanas pasando hambre, el emperador vela por el cumplimiento estricto de la prohibición de saquear las poblaciones.

—¡Eso es cierto! —secundó Renier con rabia—. No se nos permitió llevarnos siquiera los rebaños que dejaron los pastores junto a ese lago salado hace diez días. Y eso que no le habríamos podido tocar ni un pelo a nadie.

—Si los selyúcidas nos dejaran avanzar, se librarían de nosotros enseguida y tendrían su paz —añadió Aveline—. Cilicia no queda ya muy lejos.

Ulf suspiró pesadamente.

—La cosa no es tan sencilla. Hay rumores de que Kudbeddin ha formado una alianza con Saladino. Es de suponer que a sus hombres se les ha encomendado la misión de retenernos aquí para que el príncipe sarraceno tenga las espaldas cubiertas en su lucha contra el reino de Jerusalén.

—¡Por los cielos, vaya víbora! —Gallus levantó los brazos al aire en un gesto, mitad de impotencia, mitad de cólera—. ¿Qué provecho va a sacar ese asqueroso?

—Nada menos que una hija de Saladino, dicen por ahí.

—Por Dios, espero que sea fea y gorda como un sapo y que haga de su vida un infierno.

Un día después, miles de guerreros estaban con las cabezas gachas y arrodillados en el polvo de la llanura de Filomelio, con las lanzas y las espadas clavadas en tierra y las manos juntas para la oración. Eran figuras marcadas por el hambre y las privaciones, embutidos en guerreras desgastadas y cotas de malla oxidadas.

Aveline se maravilló de cómo una multitud semejante de personas podía permanecer en un silencio tal que se oía perfectamente el zumbido de los insectos y el ondear de las hierbas al viento. De este modo, la voz de Godofredo de Spitzenberg, obispo de

Wurzburgo, llegaba incluso hasta las últimas filas en donde Aveline escuchaba la misa en compañía de los demás arqueros.

—¡Hombres, soldados de Cristo, combatientes en la guerra justa de Dios, oremos en comunidad en este día de Pentecostés!

Aunque Aveline hablaba en francés con sus compañeros de armas, entendía el alemán lo bastante como para seguir el discurso. El obispo se había situado sobre un peñasco para que todos pudieran verlo. Era un hombre flaco de casi setenta años, una cabeza muy inteligente, un amigo fiel y compañero de andanzas del emperador, a quien ya había servido en calidad de legado y de canciller de la corte. Se contaba que de su mano había recibido Barbarroja la cruz bendecida para la cruzada hacía más de un año. En lugar de las vestimentas litúrgicas, Godofredo llevaba una cota de malla por encima de la cual revoloteaba una estola sacerdotal de color púrpura. El viento le agitaba también la barba y la cabellera completamente canas. A pesar de su avanzada edad, su voz sonaba potente y vital.

—Hombres, este tiempo entre la fiesta de la Resurrección y Pentecostés debería ser realmente un tiempo de alborozo y de alegría, pero en su lugar estamos viviendo un tiempo de penas, de agobios y de angustias. En realidad, la fiesta de Pentecostés debería ser un día lleno de convivencia y de felicidad, pero en cambio estamos aquí, lejos de nuestra tierra, preparándonos para luchar contra un rival prepotente. En lugar de las hogueras danzantes de Pentecostés, asciende al cielo el humo de los fuegos enemigos; en lugar de la carne crujiente de cordero con vino dulce, estamos comiendo la carne de nuestros caballos muertos y estamos bebiendo su sangre. Decidme, hombres, ¿es que Dios quiere castigarnos acaso? ¿Es que Él nos ha abandonado tal vez? ¿Quiere conducirnos y precipitarnos definitivamente al abismo con la ayuda del ejército enemigo, cuya polvareda podemos divisar ya en el horizonte?

El obispo hizo una pausa dramática y dejó que su mirada vagara por entre la multitud reunida. Estaba expresando lo que más de uno pensaba. El desasosiego comenzó a agitarse entre las filas de los soldados.

—¡No! —tronó de pronto la voz de Godofredo al tiempo que golpeaba con el puño de la mano izquierda sobre la palma de la mano derecha—. Quiere enseñarnos a ser humildes y quiere poner a prueba nuestra determinación.

Aveline ya había escuchado antes frases similares a esas, y ella misma las había recitado miles de veces para sus adentros.

—Quiere examinar si estamos entregados por completo a Su causa y si no desfallecemos ni siquiera en los momentos de peligro y de aparente falta de una salida. Y es que solo los hombres así merecen entrar en Su Tierra Santa y recuperarla para la cristiandad. «Lo dulce le sabe mejor a aquel que antes ha saboreado lo amargo». Os preguntaréis por qué sabe el obispo tal cosa. ¿Cómo puede estar seguro de eso? —De nuevo una pausa dramática—. ¡Hombres, no os desalentéis! El Señor está con nosotros, incluso en esta lucha, pues... —al decir estas palabras ayudó a ponerse en pie a un hombre de espaldas amplias que estaba a su lado en el peñasco— ¡Él ha enviado a mi hermano Luis de Spitzenberg una señal inequívoca, una señal dirigida a todos nosotros para otorgarnos nuevos ánimos y nuevas fuerzas! —Hizo un gesto a su hermano exhortándolo a hablar.

El conde Von Helfenstein daba la impresión de estar nervioso. Pese a ser un gigante, las privaciones de las últimas semanas habían hecho mella en él también. Con inquietud se pasó la mano por la barba. A diferencia de su locuaz hermano, él era un hombre de espada y no de grandes frases, pero finalmente se recompuso y enderezó los hombros. Cuando comenzó a hablar, su voz sonó débil, pero fue ganando fuerza palabra tras palabra.

—Dios me ha enviado una visión —explicó con sencillez, tras lo cual se levantó un murmullo—. Anoche vi a san Jorge, el santo patrón de los caballeros y de los guerreros; lo vi en el cielo, montado en un caballo blanco con su capa blanca ondeando al viento, avanzando por delante de nuestro ejército. —Unos gritos de asombro y muchos sonidos entusiastas recorrieron las filas de los soldados. Algunos elevaron los brazos al cielo y alabaron a Dios y al santo—. Y en este día de Pentecostés se me ha mostrado por segunda vez cabalgando por delante de nuestros hombres y conduciéndonos finalmente a la victoria. ¡Lo juro por Dios y por mi alma inmortal!

Estas últimas palabras tuvo que pronunciarlas casi a gritos porque por todas partes estallaron los vítores, los soldados levantaron los puños al cielo. ¿Qué podía salir mal si aquel caballero mártir luchaba en su bando?

El obispo Godofredo rogó silencio con las manos alzadas.

—Y ahora, hombres —dijo cuando la multitud se hubo calmado—, antes de ir a la batalla, ¡confesad vuestras culpas, rogad clemencia a Dios! Y yo os absolveré de todos vuestros pecados para que vuestras almas alcancen la salvación.

De nuevo reinó un completo silencio. En su conversación muda con Dios, la mayoría de los hombres mantenían cerrados los ojos. Finalmente, el obispo pronunció unas frases en latín y dibujó en el aire la señal de la cruz con la mano por encima de todos ellos.

—¡Levantaos, hombres! Que la certeza de vuestra salvación sea vuestro yelmo, y la palabra de Dios vuestra espada. ¡Que vuestra penitencia sea repartir golpes a diestro y siniestro con la espada! ¡Por Dios y por san Jorge!

36

Acre, mayo de 1190

aldita sea, cuidado! —increpó Guillaume a Caspar que trataba de coser un corte en el antebrazo del conde.

El cirujano enarcó las cejas con gesto de desaprobación.

—Si me hubieras llamado cuando la herida era reciente, habría sido más sencillo.

—Mi salud no vale más que la de cualquiera de mis hombres —declaró Guillaume con rudeza.

—Eres responsable de ellos —le censuró Caspar—, así que tú eres el responsable de tu salud.

Hubo un destello de agresividad en los ojos del conde Guillaume, pero entonces sonrió.

—¡Eres un asqueroso sabelotodo, Caspar!

Probablemente no eran muchos los que podían permitirse hablar en ese tono de camaradería con el conde —y viceversa—, pero en las últimas semanas y meses Étienne había podido observar cómo crecía una íntima amistad entre los dos hombres. Ambos eran inteligentes y elocuentes en extremo, pero presumiblemente la simpatía que se profesaban se basaba en el hecho de que compartían una visión del mundo burlona y, en ocasiones, cínica. El conde apreciaba la compañía y los comentarios astutos de Caspar, de modo que hacía tiempo que la misión de este y de Étienne no era solamente la de médicos personales, sino también la de consejeros. En el mundo de Guillaume, en donde la ambición, las vanidades y las mentiras impregnaban casi cada frase, un consejo sagaz y desinteresado era a veces más preciado que el oro.

La mirada de Guillaume se volvió seria al agarrar con su mano libre la copa y tomar un trago largo de vino.

—¿Cuántos de mis hombres han muerto hasta el momento?

—¿Desde el comienzo de los nuevos ataques hace tres días?

El conde asintió con la cabeza con gesto cansino.

—Una buena docena, señor —respondió Étienne tras el guiño de Caspar—. Todos soldados de a pie, jinetes ligeros y peones. En tres de los heridos está por ver si sobrevivirán a sus heridas, pero probablemente ya no podrán empuñar las armas nunca más. Los restantes estarán de nuevo listos para la acción dentro de una o dos semanas si Dios quiere.

El conde dejó la copa a un lado y se frotó la cara con la palma de la mano.

—Si pensamos en los muchos que ya han muerto por las fiebres vomitivas, pronto podríamos quedarnos sin hombres a los que conducir a Jerusalén. —Al cabo de una pausa añadió—: Voy a enviaros más tarde al padre Thomas. Decidle que confeccione una lista de los difuntos y de los tullidos. Entonces veremos qué podemos hacer por sus familias. Dios Santo, qué harto y cansado estoy de esto.

—Es la carga de los poderosos que otros tengan que desangrarse por sus decisiones —replicó Caspar mientras terminaba la última puntada y anudaba el hilo de seda. Finalmente aplicó un ungüento vulnerario y le colocó una venda con sumo cuidado.

Guillaume asintió con la cabeza angustiado.

—Tienes toda la razón, Caspar, pero yo, necio de mí, albergaba la esperanza de que mi legado consistiera un día en algo más que en viudas y huérfanos.

Se quedaron callados.

En su interior, Étienne no podía sino darle la razón al conde. A pesar del elevado empeño demostrado, hasta ahora no habían conseguido nada. La guarnición de Saladino seguía defendiendo

Acre con tenacidad. Era una ironía que las murallas y las instalaciones defensivas que los cristianos habían erigido antes de la conquista sarracena de la ciudad fueran el lugar contra el que se estrellaban ahora las cabezas ensangrentadas. Por el momento no podían ni acercarse siquiera a la ciudad portuaria. Desde hacía algunos días, el campamento cristiano estaba siendo acosado tanto por las tropas de Saladino como por una formación militar de los ocupantes de Acre. Solo gracias a la cautela y a la disciplina de los defensores cristianos habían podido mantener a raya a sus enemigos hasta entonces.

—Me pregunto cómo los sarracenos son capaces de coordinar de tal manera sus ataques contra nosotros —reflexionó Étienne en voz alta—. ¿Cómo pueden ponerse de acuerdo? Ningún mensajero habría podido abrirse paso hasta Acre sin nuestro conocimiento.

—A no ser que vuelen por encima de nosotros —observó el conde Guillaume recostándose y sonriendo repentinamente.

—Exacto —dijo Caspar resoplando con sorna—. Para ello solo necesitan que les crezcan las alas primero.

—Eso no es necesario —objetó Guillaume ensanchando aún más su sonrisa—. Solo necesitan algunos ayudantes alados.

Étienne y Caspar lo miraron desconcertados.

—Ten la bondad de iluminarnos, Guillaume —rogó el cirujano.

—Si nuestros hombres no estuvieran tan muertos de hambre, probablemente no habría salido nunca a la luz este descubrimiento.

Caspar enarcó las cejas.

—¿Qué? —preguntó con agitación.

El conde se deleitaba como un crío teniéndolos en vilo. Finalmente se compadeció de ellos.

—¡Simon! —El caballero que estaba haciendo guardia ante la tienda de campaña asomó la cabeza—. Por favor, muestra a estos dos lo que Robert se trajo ayer del cielo.

Ahora, también Étienne sentía una verdadera curiosidad.

Al cabo de unos pocos instantes regresó Simon de Cluny y arrojó el cadáver de una paloma encima de la mesa. Saltaba a la vista un cráter sanguinolento en el pecho por donde la había atravesado una flecha o un perno.

Caspar alzó las palmas de las manos.

—Un ave muerta. ¿Y qué más?

Pero Étienne ya había descubierto adónde quería ir a parar el conde.

—¡Mira bien, Caspar! —dijo Guillaume señalando la pata del animal en la que estaba fijado con un lazo un tubito alargado—. Dentro había un pergamino con un mensaje —explicó—. Instrucciones estratégicas de Saladino para los hombres de la guarnición, afirma el dragomán. A nuestros enemigos se les acaba el tiempo. Tienen que destruirnos antes de que Barbarroja pueda unirse a nosotros con sus fuerzas armadas. De ahí el ataque coordinado de estos días.

—Magnífico. —Caspar cogió una copa, la llenó hasta el borde de vino y bebió un trago largo.

—¿Emplean aves entrenadas para intercambiarse mensajes? —preguntó Étienne perplejo. No había oído nunca hablar de tal cosa.

—Así es —confirmó Guillaume.

—Sospecho que en el futuro más inmediato el pichón asado copará los primeros puestos en nuestro menú —dijo Caspar y tomó otro trago de vino.

Guillaume respondió con una amplia sonrisa.

—Nuestros arqueros han recibido la orden de apuntar a todo gorrión por esmirriado que sea. Pero, bueno, eso servirá más bien de poco. Nuestros enemigos se enviarán entonces los recados por vía acuática.

—Ya, claro, por supuesto —comentó Caspar en tono guasón—. Con aves, con peces, y lo siguiente que nos harás creer es que envían topos con mensajes subterráneos.

—Lo digo en serio, Caspar —replicó el conde—. Hace algunos días, el mar arrojó a la playa a un ahogado, un sarraceno. En un cinturón llevaba una aljaba de piel de nutria sellada con cera. Estaba llena de mensajes y de monedas de oro. Por lo visto, Saladino envía nadadores por las noches que bucean por entre nuestras embarcaciones en el puerto interior de Acre.

Caspar se quedó ahora boquiabierto y atónito.

—¡Esos taimados y astutos bastardos!

—Sí, lo son, ya lo creo. Y opino que de esta manera van a mantenernos en vilo durante bastante tiempo. —Guillaume suspiró—. Dios, desearía que el emperador Federico apareciera por fin con su ejército, y el rey Ricardo, el rey Felipe, el duque Hugues... Solo el cielo sabe qué es lo que los retiene tanto tiempo. Hombres de refuerzo, máquinas de asedio, provisiones..., todo eso nos libraría de algunas penurias y podríamos alcanzar un final feliz en este asunto. —Permaneció en silencio unos instantes y luego reconoció en voz baja—: Entonces podríamos irnos por fin de aquí. A casa.

Étienne dirigió la mirada al conde. El anhelo que descubrió en aquellos ojos azules lo estremeció. Hasta entonces había creído que Guillaume estaba entregado en cuerpo y alma a la causa de Cristo.

Caspar parecía estar pensando en algo similar.

—¿A casa? —preguntó con una sonrisa incrédula—. Eres un soldado, un señor de la guerra. Tu sitio está aquí.

Guillaume se encogió de hombros y se frotó avergonzado la barbilla.

—Un hombre sabio dijo una vez: «La guerra es al principio una hermosa muchacha con la que todos desean acostarse, pero al final es una vieja fea a la que solo cortejan la enfermedad y la muerte». Después de tantos meses viviendo entre la suciedad, el hambre y la muerte, anhelo el verde exuberante de mi condado, extraño a mi ruidosa prole y a mi esposa Escolástica. —Sonrió con ironía, lo cual confirió a su cara un encanto juvenil—. Por los cielos, puede ser una auténtica furia, pero ese bendito trasero que tiene... Ahora en serio, la echo de menos. Igual que echo de menos a mis hijos. ¡Por Dios! Mi hija seguramente estará persiguiendo a los gatos y cotorreando por ahí. —Se sirvió más vino para ocultar su emoción—. ¿Y tú, Caspar? —preguntó súbitamente—. ¿Tienes hijos también?

Étienne aguzó las orejas y miró furtivamente al cirujano. En todas aquellas semanas y meses que llevaban juntos, Caspar no le había revelado nunca una sola palabra acerca de su familia, ni siquiera cuando estaba ebrio.

La cara de Caspar se mostró inexpresiva al responder.

—Dos hijas.

—¿De verdad? —Guillaume levantó los ojos y se mostró radiante ante esta nueva coincidencia—. ¿Qué edad tienen? ¿Están ya casadas?

—Están muertas, alteza. Igual que mi mujer. Y, ahora, discúlpame. —Sin decir nada más, salió de la tienda de campaña.

Étienne hizo una rápida reverencia en dirección al conde y se dispuso a seguir a Caspar, pero Guillaume lo retuvo del brazo y lo miró con consternación.

—Lo siento mucho. Díselo, por favor. No quise remover viejas heridas. No lo sabía.

—Entonces estabais igual que yo.

Étienne salió de la tienda de campaña y se apresuró para seguir a Caspar cojeando. El cirujano caminaba hacia su tienda con paso firme y una expresión sombría en la cara.

—Caspar, espera. Guillaume... me pide que te comunique que lo siente mucho.

Sin mirarlo, Caspar resopló y siguió caminando.

—Y yo, también yo lo siento mucho —añadió Étienne—. Nunca me hablaste de ello. ¿Qué..., qué les sucedió?

Hasta el momento habían evitado hablar sobre la familia y en general sobre el pasado de Caspar. Todas las veces que una conversación tenía atisbos de encauzarse en esa dirección, Caspar la desechaba con rudeza o cambiaba de tema. Étienne presentía que iba a entender (y a soportar) mejor algunas cosas si conocía algo más acerca del pasado de su mentor.

Había dureza en los ojos de Caspar cuando se giró hacia Étienne. Al principio parecía que iba a negarle una respuesta como tantas otras veces, pero luego se decidió por lo contrario.

—Por mí, vale —gruñó—, hoy es un día tan bueno como cualquier otro.

Entraron en la tienda de campaña de Caspar, donde el cirujano se sirvió primero un vaso de vino y lo apuró de un trago. Lo volvió a llenar de nuevo sin ofrecer nada a Étienne. Este se sentó en un taburete. Caspar estaba de pie, de espaldas a él, cuando comenzó a narrar.

—Soy un hijo no primogénito de una familia de caballeros. Igual que tú, Étienne. Un glotón molesto sin perspectivas de alcanzar una herencia. Como de niño sacaba a todo el mundo de quicio, pronto me metieron en un monasterio. Al principio me gustaba aquella vida. Aprender no me costaba ningún esfuerzo, los libros eran refugio y alimento de mi alma inquieta. Sin embargo, al tiempo que crecían mis facultades, también lo hacía la aversión de mis profesores y compañeros hacia mí. Interpretaban mi sed de conocimientos y mi elocuencia como una rebeldía, una arrogancia, una falta de humildad. Quién sabe, tal vez tenían razón, tal vez solo hablaba por ellos el temor a verse superados por un muchacho adolescente. Sea como sea, decidieron amargarme la vida y encontraron diferentes vías para ese fin.

Caspar se interrumpió y tomó un trago largo de vino como si tratara de inundar y de sumergir los recuerdos que estaban brotando en su interior. Presumiblemente era justo eso lo que solía hacer todas las noches, cuando los sueños de los sucesos del pasado regresaban al presente. En todo caso, lo que había dicho hasta el momento explicaba por qué durante el viaje había evitado siempre los monasterios igual que si fueran leproserías, y también el hecho de por qué ponía siempre de vuelta y media a los hermanos religiosos.

Étienne esperó, cautivado, a que el cirujano prosiguiera su narración.

—Solo un viejo monje llamado Crispin, que cuidaba los jardines y las hierbas del claustro del monasterio, vio en mí lo que yo era: un niño con un hambre desmedida de mundo. Me apartó de los demás y me enseñó cuanto sabía sobre el poder curativo de las plantas. Pero entonces falleció, y todo volvió a comenzar desde el principio.

Étienne se estremeció cuando Caspar se le quedó mirando fijamente. La pena y otros sentimientos de difícil interpretación pasaron por su rostro como sombras de nubes. ¿Era ese el hombre a quien nunca le faltaba una crítica mordaz, que nunca dejaba pasar la ocasión de repartir comentarios desdeñosos a diestro y siniestro, y que ocultaba las emociones tras un muro de sorna y de burlas?

—Aunque yo ponía mi empeño en ello, Dios lo sabe, no podían echarme porque mis padres habían dejado a cuenta del monasterio una cuantiosa suma de dinero por mi ingreso. Así que me largué cuando ya no pude soportarlo más y se me presentó la oportunidad. Yo era tal vez dos o tres años más joven que tú en aquel momento. —Caspar respiró hondo—. No podía regresar a casa con mi familia. Supongo que puedes comprender mis motivos.

Étienne asintió en silencio con la cabeza. ¿Quién habría pensado que ellos dos tuvieran tantas cosas en común?

—Encontré trabajo en la casa de un carpintero en las cercanías de Chalon, un trabajo duro, honrado. Tuve que aprenderlo todo desde cero. Nadie se sentía amenazado ni amedrentado por mí, solo contaba lo que podían hacer mis manos. Era la primera vez en mi vida que tenía la sensación de estar en el momento justo en el lugar adecuado. —Al continuar hablando, su voz sonó ruda, casi ronca, como si el recuerdo hubiera limado burlas y asperezas—. La hermana del carpintero se llamaba Cécile. Era inteligente, hermosa, con una lengua como un látigo, y era la única persona que me dejaba sin habla. —Caspar se echó a reír en voz baja—. Al cabo de dos años tuvo lugar la boda, en los años siguientes nacieron nuestras hijas, Arlette y Jeanne. Eran buenos tiempos.

El cirujano se sirvió otro vaso más de vino (¿cuántos iban ya?) y se lo echó en el gaznate; a continuación se sumió en un silencio meditativo. Étienne se retorcía las manos. No se atrevía a pedirle a Caspar que continuara hablando por miedo a que se negara a decir nada más. Hizo falta otro vaso para que el médico prosiguiera por fin su narración.

—Algunos años después, yo debía de rondar por aquel entonces los veinticinco, una epidemia desconocida devastó nuestra aldea. —Pronunció las siguientes frases con rapidez como temiendo que la voz le fallara a mitad de camino—. Primero enfermó mi cuñado, luego mi esposa, por último, las niñas. Los pocos curanderos y médicos que no habían puesto ya los pies en polvorosa no pudieron hacer nada por ellos. Hasta el día de hoy sigo sin saber qué enfermedad fue, pero mató a todos mis seres queridos, lentamente y con muchos dolores. Y yo estaba a su lado, impotente.

Étienne guardó un silencio emocionado. Le habría gustado decir algo, pero no se le ocurrió nada que le pareciera apropiado ante la magnitud de la tragedia, ni que pudiera servirle de consuelo.

—¿Por eso te hiciste médico? —preguntó al cabo.

Caspar no respondió. Había vuelto a dar la espalda a Étienne y tenía la mirada clavada en la lona de la tienda de campaña, como si esta le mostrara imágenes de su pasado.

Justo cuando Étienne estaba a punto de repetir su pregunta, el cirujano continuó hablando en voz baja, casi en un tono apagado.

—Imploré al Todopoderoso, le supliqué que me dejara morir a mí también, pero ni tan siquiera enfermé. —Caspar sacudió la cabeza con gesto de cansancio—. Dios se ha olvidado de mí aquí abajo, o es un bastardo viejo y cruel que se complace contemplando el sufrimiento de sus criaturas.

Étienne se llenó los pulmones y se persignó. Entonces se levantó y se colocó al lado de Caspar.

—Tal vez..., puede que Dios te necesite todavía aquí. —«Sea como sea, yo no estaría con vida sin ti», pensó.

Caspar parecía no darse cuenta de su presencia.

—No fui capaz de ponerle fin a mi vida con una soga. Así que lo intenté con esto —dijo alzando la jarra de vino—. Una vez bajo tierra toda mi familia, no había nada que me atara por más tiempo a nuestra aldea. Vagué por las tierras bebiendo y apostando y fui manteniéndome a flote gracias a trabajos ocasionales. Quería dejarlo todo atrás, olvidarlo. Me daba lo mismo estar vivo o muerto. —Emitió un sonido similar a un resoplido, que Étienne tardó en reconocer como una risa—. Casi consigo ponerle un punto final a esta triste existencia mía. Entretanto había ido a parar a Lombardía. Una discusión estúpida por una cuenta, y, antes de que me apercibiera, tenía una navaja clavada entre los omóplatos.

«La espantosa cicatriz».

—Sin embargo, tampoco en esa ocasión tenía Dios la intención de dejarme marchar. No. ¿Y qué hace Él en lugar de esto? Me envía al mejor médico que pudo encontrar. El mismo Roger Frugard en persona me recogió en la calle y empleó sus tremendas facultades para impedir que me desangrara. —Caspar se echó a reír con dureza y sacudió la cabeza como si el Todopoderoso se hubiera permitido una broma especialmente buena con él—. Sí, sin Frugard yo no estaría aquí. Y, por los cielos, no sé si debo agradecérselo, la verdad. Cuando estuve curado, me enseñó su arte con la condición de que no me emborrachara nunca durante el trabajo. Disfrutaba de mi ocupación con la medicina, ponía a prueba mi entendimiento y lo mantenía alejado de las cavilaciones, tal vez incluso me sanó la mente. Además, hasta el día de hoy tengo la sensación de jugarle una mala pasada a Dios arrebatándole con mis artes curativas a personas que Él quería llevarse consigo hacía tiempo.

—Caspar, eso..., eso es...

—¿Una blasfemia? —preguntó el cirujano. Se giró hacia él y extendió los brazos con gesto conciliador—. No temas, Étienne. Como puedes comprobar, el Padre Celestial aún no ha enviado ningún rayo sobre mí. Créeme, a veces desearía que lo hiciera. Y sí..., en ese sentido tienes razón. Me hice médico a causa de la muerte de Cécile y de las niñas, sí. Pero también sé apreciar el hecho de que mi profesión me procura un buen sustento y una reputación aceptable. Y, ¡por los cielos!, me depara muchas alegrías, pero algunos días, como el de hoy, por ejemplo, desearía que Dios acabara de una vez por todas con esto. —Caspar dio un trago largo de vino y se puso a contemplar a continuación el vaso que sostenía en la mano—. ¡Y si no lo hace Él, que lo haga el diablo!

Sin decir una palabra más, abandonó la tienda de campaña.

Étienne se persignó y murmuró una oración. No sabía si rezaba por Caspar, que estaba a punto de jugarse la salvación de su alma, o por su pobre familia. Lo que sí sabía era que después tendría que ir a buscar al cirujano, borracho hasta la inconsciencia, tirado entre cualquiera de las tiendas de campaña.

37

Iconio, mayo de 1190

Un sonido extraño y prolongado resonó entre los árboles. Una vez, dos veces.

Aveline persiguió aquel sonido a través de la vegetación sombreada, pasando por arbustos de flores blancas arracimadas y pilas de agua engastadas en mármol. Pendía en el aire un olor denso y dulce a miel.

Después del largo tiempo de privaciones, aquel lugar le pareció el paraíso. Un paraíso del que pretendían expulsarla. No pudo sino pensar súbitamente en Bennet, en sus excursiones conjuntas de caza por bosques tupidos, en las caricias y en los besos a la sombra de los árboles. Estaba segura de que ese lugar le habría gustado. Aveline se esforzó con denuedo por subyugar ese recuerdo doloroso.

Se sobresaltó cuando una bandada de palomas blancas echó a volar al cielo de repente. Probablemente no debería alejarse tanto de los demás, pero según sus estimaciones no existía demasiado peligro por el momento, ya que los perseguidores habían tomado posiciones a media jornada de Iconio. La última batalla en la llanura de Filomelio había sido un éxito. Los hombres de Barbarroja habían procedido como una cuña por dentro del ejército de Kudbeddin, diezmándolo y dividiéndolo. Ciertamente no habían conseguido batir al adversario, pero con ayuda de san Jorge habían alcanzado una victoria el día de Pentecostés y el hambriento y exhausto ejército cristiano había ganado tiempo. Eso era más de lo que nadie se habría atrevido a esperar.

Kudbeddin envió poco después a negociadores y les ofreció paso libre a cambio de una considerable suma de oro y nada menos que el reino armenio de Cilicia, y con la condición de evitar Iconio. Como era de esperar, Barbarroja rechazó con indignación esas pretensiones y replicó que no iban a comprar su camino con oro, sino que iban a abrirse paso combatiendo con la espada y con la ayuda de Cristo, de quien ellos eran sus caballeros.

Eso era una locura porque los hombres estaban muertos de hambre y al límite de sus fuerzas; los caballeros que todavía disponían de caballos eran una minoría. Pero la verdad era que por esa misma razón no tenían otra opción. En su estado actual serían pocos los que alcanzarían con vida Cilicia, y no digamos ya Tierra Santa. Así, sometidos a las mayores privaciones, perseguidos por los restos del ejército de Kudbeddin, habían marchado a Iconio, la gran capital de los selyúcidas, para exigir con la espada el cumplimiento de los acuerdos alcanzados mucho tiempo atrás.

Aquel extraño sonido de lamento resonó de pronto muy cerca. Aveline apartó con cautela las ramas de un arbusto y miró a través de ellas. En el borde de una pila de agua mantenía el equilibrio un ave grande. Su esbelto cuello tenía una tonalidad azul intensa que captaba la luz del sol y la reflejaba como polvo. Ese juego de colores iridiscentes le recordaba a Aveline las alas de las libélulas o los caparazones brillantes de las cetonias. En su delicada cabeza llevaba un penacho de plumas como una corona, pero lo más impresionante era la cola de plumas que destellaban entre verdes y dorados, que arrastraba tras de sí como la cola larga de un vestido.

Sin previo aviso desplegó las plumas de su cola formando un brillante abanico. Fue como si, de pronto, decenas de ojos miraran fijamente en la dirección de Aveline, quien se estremeció con veneración. Sin duda estaba contemplando a la reina de las aves.

Y esta magnífica criatura no era la única maravilla, ni siquiera la mayor, en los jardines paradisiacos que rodeaban las murallas de Iconio como un cinturón y que por el momento servían de refugio al ejército imperial.

En otro lugar, Aveline había descubierto ya una jaula de la altura de una persona, en la que trepaban pequeños duendes peludos con rostro humano que la habían mirado con ojos sagaces. Peces de colores daban vueltas por las numerosas pilas de agua, y unos seres de patas altas con forma de cabra deambulaban sin recelo por entre las matas.

La magnífica ave y Aveline se sobresaltaron simultáneamente al sonar un silbido estridente. Era Gallus.

Pocos instantes después, el demacrado comandante apareció entre los árboles.

—¡Maldita sea, Avery, estás aquí! Pensé que te había devorado el monstruo ese de ahí atrás.

Aveline sonrió. Gallus se refería seguramente al gigante de color gris con largos colmillos curvados hacia arriba, unas orejas como velas de barco y una nariz en forma de trompa arrugada y gruesa como un brazo que le colgaba hasta el suelo. Llamaban elefante a ese ser. Lo sabía porque los príncipes de Helfenstein portaban el retrato de un animal semejante en su escudo de armas. Amarrada a una roca con una enorme cadena de hierro, la criatura permanecía a cierta distancia en un recinto desangelado y cambiaba el peso de una pata a otra con una mirada apagada. A pesar de lo impresionante de su aspecto, la visión del gigante encarcelado le había parecido a Aveline deprimente y fuera de lugar.

—Creo que no hay que tener ningún miedo ante esa pobre criatura —tranquilizó a Gallus—. ¡Pero fíjate en esta preciosidad! —exclamó señalando a la orgullosa ave colorida.

—¡Qué buena pinta tiene para un asado jugoso! —replicó Gallus con objetividad. Al lanzarle Aveline una mirada fulminante, él se encogió de hombros—. ¿Qué quieres que le haga?

Tenía razón, por supuesto. Quien llevaba padeciendo hambre desde hacía tanto tiempo no iba a arredrarse ante una bella estampa. Y el hambre había sido su acompañante fijo también en ese último tramo hasta Iconio. No quería saber cuántas de esas maravillosas criaturas de los jardines del sultán habían encontrado su final en la olla o en el asador desde su llegada el día anterior.

Sin embargo, era obvio que Gallus no pretendía comerse aquella magnífica ave.

—Ven, tenemos que regresar con los demás y realizar los preparativos. Todo parece indicar que mañana habrá batalla.

—¿Es cierto eso? —Aveline había puesto sus esperanzas en que dispondrían de más tiempo para descansar y recuperar fuerzas después de las fatigas pasadas.

—¡Mierda, claro que es cierto! —dijo Gallus y escupió—. El emperador quiere iniciar el ataque antes de que esa serpiente de Kudbeddin se nos eche encima definitivamente. Y eso no puede tardar ya mucho.

El príncipe selyúcida los había seguido a gran distancia con los restos de su ejército tras la batalla de Filomelio y después de que el emperador rechazara sus exigencias. Todavía no había osado realizar otro ataque, presumiblemente porque los parques ajardinados en torno a la ciudad eran intrincados y sinuosos y otorgaban una ventaja estratégica al ejército cristiano. Sin embargo, ¿cuánto tiempo seguiría titubeando?

—El ejército va a ser dividido. Federico de Suabia comandará la mitad contra Iconio; el emperador retendrá a Kudbeddin con el resto para que su hijo gane tiempo.

Aveline se quedó boquiabierta.

—¿Dividir al ejército? —preguntó incrédula—. ¿Dividir a esa insignificante cuadrilla que ha quedado de hombres y de caballeros aptos para el combate? ¿De cuántos hombres a caballo dispone todavía? ¿De algunos centenares, de mil tal vez? Eso..., eso es...

—¿Un suicidio? —preguntó Gallus y sonrió mostrando su dentadura deteriorada—. Ya somos duchos en comandos suicidas, ¿no te parece?

Sí, era un suicidio. Iconio era una ciudad grande y bien fortificada que sin duda contaba con una guarnición combativa, además de bien alimentada y descansada. Y, por si fuera poco, tenían a sus espaldas al hijo del sultán selyúcida.

—El emperador dice que es mejor que muramos con honor y valentía en la batalla que con el rabo entre las piernas. Bueno, o algo por el estilo según lo contó el caballero Ulf.

—¿Y qué tal no morir en absoluto? —preguntó Aveline en voz baja.

Gallus se echó a reír con voz ronca y le dio unas palmadas en el hombro.

—¡Eso es lo que opino yo también, así que no vamos a dejar que nos maten, maldita sea!

A la luz harinosa del amanecer, Aveline observó cómo el emperador, algo apartado del enjambre de sus consejeros y señores de la guerra, abrazaba a su hijo con cordialidad y un instante más largo de lo debido, como si se tratara de una despedida para siempre. A continuación se separó de él a un brazo de distancia y le habló al joven en voz baja y con insistencia.

A Aveline se le hizo un nudo en la garganta y desvió la mirada. No iba con ella perturbar esos instantes íntimos con su mirada. De hecho podría ser la última vez que Barbarroja y su hijo intercambiaran unas frases. Las posibilidades de una victoria nunca habían sido más escasas.

Federico de Suabia, junto con el conde Florencio de Holanda y la mitad del ejército, intentaría tomar al asalto la ciudad, mientras que el emperador, con los hombres restantes y sus leales, se batiría con la caballería selyúcida, que finalmente había emprendido la marcha bajo el mando de Kudbeddin. Todo el mundo tenía claro que solo se trataba de ganar el mayor tiempo posible para el hijo del emperador. Dadas las circunstancias, quedaba excluida una victoria contra el imponente ejército que se les acercaba, máxime cuando Barbarroja había prohibido expresamente a su hijo que se apresurara a socorrerle en caso necesario, y lo mismo a la inversa. Ambas secciones del ejército dependían de sí mismas. Los soldados de a pie y los peones quedaban abandonados a su suerte sin protección ya que no podía prescindirse de ningún combatiente, y muchos de aquellos desarmados buscaron refugio entre matorrales en los lugares más ocultos de los jardines.

Aveline vio el anuncio del amanecer en el horizonte en un juego de color púrpura y rosado. Trató de retener todos los detalles exactos en la memoria, posiblemente aquella iba a ser la última salida del sol de su vida. Pensó en su hijo y en Bennet, tocó la figurita de María que llevaba en el cinturón. Tal vez volvería a verlos hoy mismo.

¡No, por la Santa Madre de Dios, ella no quería, no «podía» morir, todavía no! Haría todo lo que estuviera en su mano para mantenerse con vida.

Aveline se sobresaltó cuando una mano se posó pesadamente sobre su hombro. A sus espaldas tenía a Renier, que le tendió un manojo de flechas.

—Las vas a necesitar.

Aveline asintió en silencio con la cabeza y las guardó con las demás en su aljaba fijada al cinturón. El arquero carraspeó.

—Regresa entero. Este es el recado que me pide Gallus que te dé de su parte. —Y al cabo de una breve pausa añadió—: Nos vemos en la celebración de la victoria, ¿entendido?

Ella volvió a asentir con la cabeza, incapaz de emitir un solo sonido mientras seguía con la mirada a Renier.

El emperador y sus caudillos militares alinearon en una larga fila a los combatientes de a pie que disponían de armas de largo alcance como arcos y ballestas, lanzas y picas, y aprovecharon todo aquello que pudiera servirles de defensa en los jardines de vegetación tupida y en los recintos para los animales. Detrás de ellos esperaban los restantes combatientes de a pie, los portadores de espada y muy pocos caballeros. Barbarroja pretendía obligar al ejército enemigo a salir de su formación cerrada, desmembrarlo e involucrarlo en combates individuales. Solo de esa manera tendrían una oportunidad y podrían obtener una ventaja real por su posición y por las condiciones del terreno. Como era natural, asumió que sus propios jinetes tampoco iban a poder desplegar toda su fuerza combativa, pero era un riesgo que tenían que correr.

Su misión más importante consistía en impedir que Kudbeddin llegara con su ejército por la retaguardia del hijo del emperador y que aniquilara a los combatientes entre ellos y las murallas de Iconio.

Aveline fijó la mirada ardiente en la dirección por la que esperaban el ataque. A unos pasos junto a ella se hallaba posicionado Pascal. No sabía dónde estaban sus otros compañeros de armas. Habían repartido a los arqueros de la mejor manera posible a lo largo de toda la línea defensiva.

Reinaba un silencio tenso, interrumpido ocasionalmente por el ronco graznido de algunas aves. No hablaba nadie, cada cual conocía su misión. Antes de ponerse en posición de combate se habían confesado y estaban en paz con Dios. Ahora lo único que podían hacer era esperar. Y esa sensación de inacción pesaba como la tortura de un yugo sobre los hombros de Aveline. Los instantes se dilataban en eternidades. Estaba agazapada tras una roca pequeña y se había colocado varias flechas en el suelo al alcance de la mano; tenía otra preparada en la cuerda.

A cierta distancia, una bandada de aves de color verde se echó a volar desde los árboles entre graznidos. Entonces, la tierra comenzó a temblar. Era una vibración apagada que fue apoderándose poco a poco de su cuerpo y que se deslizaba en forma de calor intenso por el pecho y los brazos. Percibió que se le agitaba la respiración, su corazón martilleaba, tensó el arco.

Instantes después, un jinete solitario se abría paso entre la espesura y corría a galope tendido hacia la línea de combate de Aveline. La boca de su semblante desfigurado por la furia estaba abierta en un grito de guerra atroz, pero ella no percibía ningún sonido. Oía únicamente su propia respiración, anormalmente fuerte.

Una flecha voló hacia el jinete, también la suya se soltó de la cuerda tensada sin una decisión consciente de disparo y pasó de largo silbando al lado del amplio pecho del caballo. Más jinetes irrumpían por entre la vegetación.

De pronto regresaron los sonidos y se agolparon sobre Aveline como una tromba de agua. Gritos tremendos, relinchos estridentes, ramas y arbustos rompiéndose en pedazos, el bufido de las cuerdas de los arcos y el tintineo del acero, sonidos agónicos henchidos de dolor y de angustia. Todo lo que la rodeaba era movimiento, un remolino de colores, un ruido atronador. Le costó mucho esfuerzo orientarse y agarrar la siguiente flecha. La vegetación tupida frente a ella seguía escupiendo cada vez más jinetes con lanzas y espadas desenvainadas que cargaban con una velocidad incesante sobre las filas cristianas, decididos a arrollarlas a toda costa. Caballos y jinetes selyúcidas eran empalados por lanzas enhiestas; combatientes cristianos de a pie eran rajados por cuchillas destellantes. Una y otra vez conseguían los enemigos abrirse paso y enfrentarse en duelos contra los hombres de la retaguardia.

No había tiempo apenas para apuntar con precisión y muchas flechas de Aveline, demasiadas, erraron su objetivo. Dos disparos, tal vez tres, habían dado en el blanco arrancando a sus rivales de las monturas, otros habían resultado heridos, ellos o sus caballos. Y, aunque las flechas de sus compañeros zumbaban por los aires en torno a Aveline, apenas frenaban el flujo de los enemigos. Eran muchos, demasiados.

Un jinete montado sobre un alazán esbelto tomó rumbo hacia la sección de Aveline en su línea de combate. Ella le disparó una flecha que rebotó en el blindaje del caballo. Antes de que pudiera efectuar un segundo disparo, algo la golpeó en la cadera con la fuerza de un martillazo de herrero, la zarandeó y la arrojó a tierra boca abajo.

Cuando Aveline volvió en sí del estado de inconsciencia, no sabía cuánto tiempo había pasado, si habían sido tan solo unos instantes o unas horas. A su alrededor oía un zumbido atroz, semejante a un enjambre de avispas espantadas; apenas podían distinguirse las fuentes de aquel sonido clamoroso por separado. Por todas partes había guerreros en despiadados combates cuerpo a cuerpo, los heridos se retorcían junto a cadáveres cruelmente mutilados en tierra. Era de suponer que los atacantes habían dado a Aveline por muerta, o por lo menos fuera de combate, y habían centrado la atención en nuevos rivales. ¿Cuánto tiempo pasaría hasta que se dieran cuenta de su conclusión errónea y la despedazaran?

El pánico le atenazó el corazón, jadeaba y respiraba como un pez fuera del agua, luchaba contra la negrura que volvía a aparecer en ella. Recordó que algo la había derribado al suelo y se palpó la cadera. No sintió correrle la sangre ni notó que tuviera los huesos rotos, tan solo percibía un dolor impreciso. El caballo del selyúcida la había atropellado, reconoció aturdida, no había sido ninguna flecha ni tampoco un cintarazo.

Debería haberse sentido aliviada, pero todo lo que sentía era esa mezcla de pánico y de tensión extrema que circulaba por sus venas como fuego líquido. Quería vivir. Sobrevivir.

Sin moverse del lugar miró a su alrededor tratando de obtener una visión general de la situación. Parecía como si sus ojos lo percibieran todo con una nitidez sobrenatural, mientras el ruido de su entorno más próximo seguía fundiéndose en aquel clamor omnipresente.

Tal como había planeado Barbarroja, el ejército selyúcida se había dividido en muchos grupos pequeños en el accidentado terreno de los jardines donde se hallaba Aveline, y esos grupos se enfrentaban en combates enconados con los soldados cristianos. En aquella maraña de cuerpos bamboleantes y espadas sanguinolentas resultaba imposible distinguir quién se estaba imponiendo en esos momentos.

Buscó a tientas su arco, el arco de Bennet, y sintió una felicidad casi infantil cuando lo descubrió a su lado, medio enterrado bajo su pierna, al parecer intacto. Con mano férrea empuñó la madera, resuelta enérgicamente a no soltar ya más aquella arma salvadora.

Aveline miró una última vez a su alrededor y entonces concibió un plan.

Apoyándose en los antebrazos fue arrastrándose y alejándose de los soldados que combatían, en dirección a la vegetación sombreada de los jardines. El impulso de huir y dejar atrás aquella maraña de sangrienta muerte era prácticamente incontenible. Hubo de hacer acopio de una considerable fuerza de voluntad para ignorar ese pensamiento. Tenía muy claro que, si el ejército de Barbarroja era vencido, no iba a servirle de nada la huida. La encontrarían y la matarían, o quizá algo peor una vez que descubrieran su verdadero sexo. De una manera o de otra no llegaría a Jerusalén y habrían sido vanos todos los esfuerzos y las penalidades sufridas hasta ese momento.

Y, además, ¿no había prestado el juramento de hacer todo lo que estuviera en su mano para reconquistar Tierra Santa?

Iba a luchar. No le quedaba otra opción.

A dos pasos de Aveline yacía un arquero muerto. Un mandoble le había rajado el jubón y el pecho. Probablemente se trataba de Pascal, pero ella no se atrevió a mirarle a la cara el tiempo suficiente para estar segura; no fue capaz también porque otro golpe le había rajado en dos las mejillas y le había reventado los huesos y los dientes.

Contuvo las arcadas y se concentró en lo esencial. Tras echar una mirada de seguridad hacia los combatientes que la rodeaban, extrajo todas las flechas de la aljaba del difunto y las guardó en la suya, que se había vaciado considerablemente. Tomó aire repetidas veces con los ojos cerrados y luego echó a correr. Medio a gachas, medio erguida, se abrió paso entre los combatientes que, afortunadamente para ella, estaban todos ocupados en sus respectivas refriegas. Llegó sin más contratiempos hasta el lugar que se había marcado, un árbol bajo. Aveline se echó el arco a la espalda y se subió hasta la primera rama. Fue escalando en dirección a la copa hasta donde era razonable subir, y finalmente se encontró a un brazo de distancia por encima de las cabezas de los jinetes. Se sentó a horcajadas en una rama, apoyó la espalda a medias en el tronco del árbol, posó los pies en dos ramas inferiores con forma de horquilla y de esta manera consiguió una posición de tiro razonablemente estable. Colgó la aljaba en otra rama al alcance de la mano y a continuación agarró el arco. La copa del árbol estaba bastante rala, de modo que tenía ante ella una buena vista sobre el campo de batalla y un tiro suficientemente libre.

Al preparar una flecha, percibió cómo el pánico iba cediendo más y más a la fría concentración. Esta vez podía tomarse tiempo para apuntar a un objetivo. Estaba segura ahí. Más segura, en todo caso, que en el suelo, pues nadie podía arremeter contra ella por la espalda.

En esta ocasión acertó en el blanco con casi cada flecha que enviaba a sus víctimas desprevenidas. Su muerte llenaba a Aveline de una rabiosa satisfacción, un entusiasmo que era embriagador y espantoso a la vez, la sensación de ser invencible.

Un dolor ardiente en una pierna la devolvió a la realidad con un estremecimiento. Solo con suerte consiguió agarrarse a una rama y mantenerse firme antes de que pudiera caer del árbol.

Un selyúcida la había descubierto, puso rumbo con su caballo hacia el árbol y trató de rebanarle las piernas con la espada. Desde su posición no podía ser muy certero, así que el primer golpe que asestó solo pasó rozándola.

Sin embargo, su mirada decidida reveló a Aveline que no iba a darse por vencido. Se puso de pie en los estribos para ampliar su alcance, pero entonces no podía controlar a su caballo que brincaba hacia todos los lados.

Para alejarse de aquel tipo, Aveline habría tenido que dejar caer el arco, así que le dio una patada al hombre en la mano, una acción que en ese mismo instante le pareció impotente y casi pueril y con la cual solo consiguió que el guerrero le atravesara la bota con la punta de la espada por encima del tobillo. El cuero recio pudo impedir lo peor, pero aun así resultó muy doloroso. El selyúcida no cedía, seguía blandiendo la espada, golpeaba y le gritaba imprecaciones incomprensibles. Quería matarla, eso estaba fuera de toda duda.

Y probablemente iba a conseguirlo de una u otra manera, pues a Aveline le estaba costando mucho esfuerzo esquivar los golpes sin caerse hacia atrás del árbol. Y, aunque él le hubiera dado la oportunidad de disparar, no le habría sido posible hacerlo en esa situación.

Su atacante encontró finalmente una buena posición y tomó impulso para asestar un golpe que probablemente le habría arrancado la pierna si en ese preciso instante su caballo no se hubiera desviado a un costado.

Un infante clavó una lanza corta en el flanco del animal y, ya en la caída, un segundo soldado atrajo al jinete hacia sí y lo degolló rajándole sin piedad la garganta de oreja a oreja.

Aveline se aferró con firmeza al tronco del árbol por el susto y trató de sosegar la respiración.

Sus salvadores levantaron brevemente la vista hacia ella, uno se llevó la mano al yelmo abollado a modo de saludo, y luego se apresuraron para proseguir su combate. Eran Malin y Vite. No podían ser otros que los rompehuesos de Coltaire quienes le habían salvado el cuello.

Este mismo caballero había partido con Federico de Suabia, ya que al hijo del emperador le habían asignado la mayor parte de la caballería para su ataque a la ciudad.

«Si le importo algo a Dios, que los selyúcidas rajen en lonchas finas a ese cabrón».

Aveline tardó algunos instantes en recuperar el sosiego necesario para emplear el arco con cabeza. Por debajo de ella seguía habiendo un ovillo de soldados enfrascados en un despiadado golpear y clavar, una gran parte de la tierra de aquellos magníficos jardines había sido pisoteada hasta convertirla en un lodo sanguinolento, los caballos sin dueño vagaban sin rumbo, los cadáveres y los moribundos cubrían el suelo. Ascendía hacia ella un olor nauseabundo a sangre y a excrementos, a hierro, a humo y a muerte, pero, al menos, el flujo de atacantes selyúcidas parecía estar agotándose, lenta pero decididamente.

Aveline acertó a un infante enemigo por debajo del omóplato. Con el arma todavía en la mano, el hombre se precipitó boca abajo en una de las pilas de agua. Unos peces plateados se alejaron en todas direcciones mientras la sangre, en finas estrías rojas, iba formando una nube en el agua. Era extraño comprobar cómo la mirada se aferraba a semejantes detalles en medio del caos omnipresente.

Contó las flechas que le quedaban. Más de una docena todavía. No disponía de mucho tiempo para verse condenada a la inacción, a menos que se propusiera bajar del árbol.

Mientras estaba preparando el siguiente disparo, sonaron de repente unas trompetas con sordina que provenían de los jardines traseros.

Aveline alzó la cabeza al acecho. ¿Era un toque de corneta? ¿Estaban tocando a retirada? No, eso era imposible. Barbarroja lucharía hasta la última gota de sangre.

Se oyó por segunda vez ese ruido, ahora más cercano, un sonido casi estridente que atravesaba sin dificultad el fragor de la batalla. No, no era ninguna corneta ni ninguna fanfarria. Aveline estaba segura ahora: se trataba del grito de una criatura henchida de dolor, de miedo y de cólera. Unos instantes después se oyó cómo crujía y se astillaba la madera muy cerca de ella cuando un gigantesco cuerpo se abría paso sin contemplaciones a través de los setos y de los arbustos. Mientras se aferraba al árbol, Aveline se quedó fascinada mirando en dirección a aquel sonido. No era la única; muchos otros combatientes se detuvieron y levantaron la vista horrorizados. Fuera lo que fuera lo que se les venía encima, era a todas luces imponente. Y estaba terriblemente furioso.

Un instante después, un enorme cuerpo gris irrumpía entre la vegetación, y con un intenso y sonoro trompeteo apareció el elefante. Tenía las orejas completamente desplegadas, lo cual hacía parecer aún más gigante su cabeza, y mantenía la trompa en alto con actitud amenazadora.

Tenía varias flechas clavadas en un costado y la sangre le corría por los flancos, pero esto no parecía frenar al coloso en su furor, sino todo lo contrario. En una de sus patas traseras arrastraba los restos de la cadena produciendo un sonido metálico. ¿Se había soltado la bestia? ¿O la habían soltado a propósito? En cualquier caso, daba lo mismo.

Las pesadas pisadas del elefante hacían temblar el suelo al abrirse paso entre los combatientes; la fiera iba clavando sus enormes colmillos gualdos en amigos y enemigos como una horquilla. Los cuerpos se arremolinaban en el aire, la gente gritaba y huía despavorida. El gigante profería unos sonidos triunfales con su trompa.

«Como si estuviera vengándose de los años en cautividad», se le pasó a Aveline por la cabeza. Al mismo tiempo dio gracias a Dios por estar sentada en aquel árbol, aunque no estaba segura tampoco de que eso fuera finalmente a salvarla.

El animal viraba la trompa como una guadaña y barrió a un guerrero que se le interpuso en el camino con una lanza. Aplastó sin más a varios heridos que no estaban en disposición de salir huyendo. En ese momento salió disparada una lanza corta por un costado y se clavó en el cuello arrugado del elefante. El gigante dio un traspié y resolló como si se ahogara. Se volvió tambaleante hacia su nuevo rival, un jinete selyúcida. Mantenía la cabeza gacha con los temibles colmillos preparados para atacar, pero al mismo tiempo la sangre le goteaba por la boca. Al selyúcida le costó mantener controlado a su caballo asustadizo, pero no huyó. En su lugar desenvainó la espada. Aveline admiró su valor.

El elefante se movió con pasos inseguros y bamboleantes hacia su torturador, dio un traspié, pero se sobrepuso de nuevo. Parecía que estaba reuniendo sus fuerzas por última vez y se lanzó al frente; clavó un colmillo en el pecho del caballo, y este se dobló hacia un lado con un relincho estridente. El jinete cayó de la silla de montar, pero se levantó con una velocidad sorprendente, saltó hacia delante y le clavó al coloso gris la espada en el cuello hasta la empuñadura. El elefante quedó en silencio unos instantes breves, luego se le doblaron de pronto las patas delanteras y se desplomó hacia un lado sin proferir ningún sonido. El impacto en el suelo de aquel cuerpo macizo hizo temblar el árbol en el que se encontraba Aveline. Tras unos instantes de silencio absoluto, el selyúcida se atrevió a acercarse, arrancó su arma del cuerpo del animal y se apresuró a buscar nuevos rivales. El campo de batalla por debajo de Aveline solo contenía ahora cadáveres y moribundos.

Tragó saliva mientras mantenía fija la vista en el coloso muerto. La muerte del animal le pareció extraña y fuera de lugar. No era su guerra. No tenía nada que ver con este cruel producto humano, era ajeno a los combates de ambos frentes.

El gigante había muerto al menos como criatura libre, aunque eso tampoco suponía un consuelo verdadero.

Cuando Aveline estuvo segura de que no existía ningún otro peligro inmediato por debajo de ella, agarró la aljaba y el arco y descendió de su posición elevada. ¿Y ahora qué? Oía el rechinar de las armas y los gritos desde direcciones diferentes. Lo lógico era conseguir algunas flechas más y lanzarse de nuevo a la batalla. Sin embargo, todo en ella se oponía a la acción.

Se apoderó de su cuerpo un agotamiento paralizante. Deseaba descansar, al menos brevemente. Comenzaron a temblarle las rodillas y tuvo que apoyarse en el árbol para no doblarse. Las lesiones se hicieron notar de pronto con mucho dolor. Se sentía como si la hubieran estrujado. La concentración y la tensión incesantes de la última refriega y los disparos agotadores de las flechas habían minado por completo sus fuerzas. Aveline tan solo podía rezar para que ningún enemigo la encontrara en ese estado pues se veía incapaz de levantar siquiera un brazo.

Se fue dando tumbos a través de los jardines devastados manteniéndose lo más lejos posible del fragor de la batalla. Por todas partes se topaba con muertos y heridos, un caballo sin jinete con una herida abierta y profunda en el flanco permanecía en una agonía silenciosa bajo un árbol, los primeros saqueadores se lanzaban como buitres sobre los cadáveres y los moribundos. ¡Como si eso no fuera prematuro! La batalla todavía no estaba decidida.

Aveline fue encontrándose con pequeños grupos aislados de combatientes, pero todos estaban demasiado ocupados para prestarle atención. Probablemente no daba la impresión de ser una amenaza especial al ir dando aquellos tumbos por el agotamiento. Pero ¿adónde dirigirse? Estaba convencida de que nunca más podría tensar un arco.

Justo al lado de un arbusto de flores amarillas descubrió a la magnífica ave de la víspera. Como repanchingada sobre un lecho, yacía inmóvil sobre sus propias plumas iridiscentes de la cola. Por fuera no mostraba señales de violencia, pero sus ojos abiertos miraban sin brillo hacia el vacío. Incluso en la muerte era un ave asombrosamente hermosa. Aveline se agachó junto al animal en la tierra y tocó su vestido sedoso de plumas. Dejó el arco, la aljaba y la navaja a su lado y se puso a esperar. ¿El qué? No podía decirlo ni ella misma. Solo sabía que no daría ningún paso más.

Era incapaz de apartar la mirada de esa magnífica ave que en todo aquel sangriento caos se le antojó una isla de belleza, un ejemplo de la perfección de la creación incomparable de Dios. De esa manera, no tenía por qué dirigir la vista a la parte muchísimo menos perfecta de sus criaturas que pisoteaba los mandamientos divinos trayendo la muerte y la destrucción a sus semejantes.

Un sonido prolongado la sobresaltó. Durante unos instantes creyó que había regresado el elefante, pero enseguida tuvo claro que esta vez sí sonaba realmente un toque de corneta. Y procedía de la ciudad. ¿Qué podía significar aquello?

La corneta volvió a sonar una vez. Y otra más. Respondió una señal desde los jardines.

Aveline se puso en pie tambaleante y buscó un lugar desde el que poder ver las murallas de la ciudad. Se hizo una visera con la mano encima de los ojos. Distinguió movimientos tras las almenas, en una de las torres estaban izando una bandera. La tela gualda se desplegó al viento y reveló el dibujo de un león negro. El escudo de armas de los duques de Suabia.

Aveline se arrodilló, cerró los ojos y dio gracias a Dios. Habían vencido. Iconio estaba en su poder.

Tras la caída de la ciudad no pasó mucho tiempo hasta que los hombres que le quedaban a Kudbeddin hicieron sonar con la corneta la señal de retirada y los combates de los jardines se detuvieron. Al ver cuántos soldados selyúcidas emprendían la huida, parecía un milagro que la sección del ejército de Barbarroja hubiera resistido tanto tiempo a aquella fuerza abrumadoramente superior.

Se decía que los conquistadores cristianos bajo el mando del duque Federico y del conde Florencio habían hecho pagar amargamente a todo aquel que no pudo huir a la ciudadela de Iconio el sufrimiento y las privaciones de los meses pasados en las filas del ejército cristiano. No se libró ningún hombre ni ninguna mujer, ningún joven ni ningún anciano. Aveline renunció a imaginárselo siquiera.

Para la celebración de la victoria eligieron un lugar apartado y sombreado de los jardines que apenas se había visto afectado por los combates. Se trajeron innumerables barriles de vino de la ciudad conquistada, sacrificaron terneros, cabras y ovejas para asarlos en grandes hogueras. Se repartió pan, pastas y frutas a los combatientes cristianos muertos de hambre y exhaustos.

Pronto comenzaron a sonar por todas partes flautas y tambores, risas y cánticos relajados. Entre el alborozo, Aveline oía una y otra vez los gritos espantosos de las mujeres a las que anteriormente habían sacado de la ciudad como si fueran ganado camino del matadero. Le revolvía el estómago pensar lo que les estaba sucediendo ahora. Eran unos tiempos condenadamente malos para ser mujer, y aún peores para ser una mujer selyúcida.

Aveline estaba sentada, apoyada en un árbol, y masticaba un pan con desgana. A pesar de los tentadores olores a asado y aunque llevaba varias semanas padeciendo hambre, no sentía verdadero apetito. Miraba entre la multitud que festejaba, en busca de caras conocidas. Los jefes del ejército y la mayoría de los caballeros estaban celebrando la victoria dentro de la ciudad conquistada, de modo que los soldados rasos, los sirvientes y los peones se hallaban a sus anchas entre ellos.

Descubrió a algunos hombres de su unidad, pero a nadie con quien tuviera un contacto más cercano. Vite le arrojó una sonrisa depredadora al pasar, pero por suerte no dio señales de querer acompañarla. A Renier no se le veía. En cambio sí apareció de pronto la jeta inconfundible de su comandante entre la multitud.

—¡Gallus! —Se puso en pie de un salto, un poco sorprendida ella misma por el sentimiento de alegría que le produjo ver al viejo compañero—. ¡Gall, aquí!

Él miró en su dirección y una amplia sonrisa se dibujó en sus labios. Finalmente se acercó a ella. Tenía la cara manchada de sangre y de suciedad. Cojeaba ligeramente, pero aparte de eso parecía haber salido ileso.

—¡Avery! ¡Qué cojonudamente bueno es verte! —La agarró por los hombros y la miró de arriba abajo—. ¿Continúas de una pieza?

Aveline se tragó el nudo en la garganta y asintió con la cabeza.

—Solo algunos arañazos —acertó a decir—. Pero ¿qué..., qué le ha pasado a tu oreja?

Ahora que tenía enfrente a Gallus, distinguió que lo único que le quedaba de la oreja derecha eran unas costras sanguinolentas.

El arquero se encogió de hombros.

—Un cintarazo. No merece la pena ni mencionarlo siquiera.

—Tienes razón, no te hace más feo de lo que ya eras.

Aveline quiso reír, pero su risa se convirtió en un sollozo duro. Y de pronto, sin que pudiera evitarlo, se puso a sollozar como una niña pequeña. Se apretó la boca con ambas manos y sintió las lágrimas cálidas bajo las puntas de los dedos.

—¡Ven acá, muchacho! —Gallus la estrechó entre sus brazos y la apretó contra su guerrera que apestaba a sudor, sangre y lodo. Un gesto paternal e inesperadamente reconfortante. Aveline tomó conciencia de lo mucho que había extrañado la cercanía humana en esos últimos meses, y se puso a llorar a moco tendido sobre el jubón de Gallus.

Al cabo de un rato, el comandante la apartó un poco de él y le examinó la cara.

—¿Ya estás mejor, pequeño?

Aveline apretó los labios, se limpió las narices con la manga y asintió con la cabeza.

No podía decir con exactitud qué era lo que la oprimía de aquella manera. Tal vez era esa certeza abrumadora, esa sensación paralizante y al mismo tiempo embriagadora de haber escapado al horror y de estar todavía con vida. Sintió los latidos de su corazón, percibió el pulso en sus oídos, e incluso le pareció agradable el dolor agudo que emitía por su cuerpo la herida en la pierna porque significaba que había sobrevivido. Seguía viva, en efecto. Y más aún: habían vencido.

38

Acre, junio de 1190

Los besos de ella eran cálidos y reconfortantes, igual que el contacto de su aliento en las mejillas. Deslizó con suavidad la mano por su cuello y apartó el vestido raído por los hombros hasta que resbaló por su cintura y dejó al descubierto sus pechos redondos. Se tomó unos instantes para contemplar a la joven prostituta a la luz llameante del farolillo. Se encontraban en el carro de Caspar, en donde Étienne había despejado un poco el espacio y extendido algunas mantas. Sabía que el cirujano estaba durmiendo la mona en la tienda de campaña y que nada ni nadie lo despertaría en las horas siguientes, así que podían estar tranquilos por el momento.

El cuerpo de Marica era grácil, casi flaco, y eso que Étienne procuraba que ella recibiera comida regularmente. Sin embargo, la fiebre recurrente que padecía como tantos otros exigía su tributo. No la había dejado ojerosa ni fea, todo lo contrario; su aspecto era de fragilidad, casi como un hada con los ojos azules como el agua, y el reflejo de la luz confería a su piel un brillo broncíneo.

Percibió como su miembro comenzaba a excitarse al ver su cuerpo desnudo, la respiración se le aceleró con el deseo, y la atrajo a sus brazos.

¡Qué agradable era la cercanía de un cuerpo cálido y vivo después de haber estado ocupado todo el día con heridos y moribundos!

Su pelo largo olía a humo y a hierba jabonera y le hizo cosquillas en las mejillas al hundir la nariz en él al tiempo que deslizaba las yemas de los dedos por sus hombros y sus pechos.

Marica le puso una mano en la nuca y lo atrajo hacia sí. La respiración de ella le sonó acelerada en sus oídos mientras le abría el calzón y le rozaba deliberadamente una y otra vez la punta de su sexo. Étienne gimió, pero ella le selló la boca con un beso. Su lengua jugaba con la de él, sintió los dientes enérgicos y excitantes de ella en los labios.

Casi tenía la impresión de que disfrutaba con lo que hacía y que en esos momentos le deseaba tanto como él a ella.

Al menos eso quería creer.

Levantó las faldas de Marica, deslizó la mano derecha por el cálido y húmedo lugar entre sus piernas y ella exhaló un suspiro. Casi con precipitación dirigió su miembro entre los muslos de ella y la penetró. Unos breves jadeos salieron de la garganta de Marica mientras se arqueaba y él le hacía el amor rápida e impetuosamente.

A continuación se quedaron tumbados sobre las mantas, uno al lado del otro, en una inercia somnolienta. Étienne contempló las sombras que producía la llama del farolillo al dibujar patrones espasmódicos sobre la piel desnuda de Marica hasta que casi se le cerraron los ojos. Buscó a tientas su cinturón con el taleguillo colgante y sacó algunas monedas.

—¡Toma! —dijo tendiéndoselas a Marica.

Ella se enderezó a medias y lo miró triste y ¿ofendida tal vez? Entonces le apartó la mano.

—Guárdate el dinero. Tú no tienes por qué pagarme.

Étienne parpadeó.

—¿Qué...? ¿Qué quieres decir?

—¿Es tan difícil de entender?

—Marica, yo...

Ella respiró hondo y habló con rapidez.

—Puedes tenerme así también, Étienne. Quiero decir..., por completo.

Sus palabras lo alcanzaron como un latigazo. Le tomó la mano y se la apretó.

—Marica, me gustas de verdad, mucho, sinceramente, pero...

—Podría ocuparme de tus cosas —lo interrumpió ella con premura—. Y cocinar para ti. Me tendrías a tu disposición siempre que quisieras. Tú... ya no estarías solo... Y yo tampoco.

Los ojos se le llenaron de lágrimas, bajó la mirada.

Étienne tragó saliva con esfuerzo. ¿Qué quería ella? ¿Esperaba que la redimiera de su miserable existencia tomándola como esposa? ¿Una vida segura al lado del asistente de un cirujano? Tal vez. ¿Y quién iba a reprochárselo?

Todo en él anhelaba estrecharla entre sus brazos y consolarla, pero sabía que habría traspasado un límite. En lugar de eso, le agarró la mano, puso las monedas en ella y le cerró los dedos por encima.

—No puedo darte lo que esperas, Marica —dijo en voz baja—. No..., no puede funcionar. Por favor, perdóname.

Notó las lágrimas de ella goteándole en la palma de la mano. De pronto se sintió como un ser miserable.

—Es porque soy una puta —murmuró.

Étienne hizo un movimiento involuntario con la cabeza.

—Yo..., yo...

Él mismo no estaba seguro de cuál era el motivo. Marica le puso la mano en el brazo y lo miró a los ojos.

—Olvídalo, Étienne —dijo con firmeza y con un dejo de resignación—. Eres un hombre decente y no me debes nada. Ni siquiera explicaciones. —Se alisó el vestido y salió del carro—. Adiós.

Desapareció en la oscuridad dejándolo a solas con sus pensamientos. A su lado, encima de la manta, yacían las monedas.

Étienne pasó el resto de la noche devanándose los sesos para saber por qué había rechazado en realidad la oferta de Marica. Y por qué aquello le deparaba tales quebraderos de cabeza.

A pesar de que era una muchacha guapa, simpática y una agradable compañera de cama, él no amaba a Marica, eso estaba claro, aunque no estaba seguro de si sabía realmente cuál era la sensación que procuraba el amor. En su mundo, el amor desempeñaba de todos modos un papel secundario en la unión de dos personas.

¿Qué le ocurría entonces? ¿Le asustaba la infamia de tomar por esposa a una prostituta que había estado con vete tú a saber cuántos hombres, posiblemente conocidos suyos, con quienes compartía el campamento? ¿No se tenía él a sí mismo por un engendro de la infamia y no estaba familiarizado desde hacía muchísimo tiempo con todas las variedades del rechazo y de la humillación? ¿Quién podía señalarlo aún más en sus circunstancias? ¿No debería alegrarse de que una mujer quisiera tomarlo por marido a él, a un tullido? ¿O en su orgullo creía que merecía algo con más clase, mejor dicho, que podía realmente conseguir algo con más clase?

Después de darles a los pensamientos vueltas y más vueltas en su mente hasta que quedaron lisos como guijarros pulidos, le vino de golpe la respuesta sobre lo que no le gustaba de ese asunto: casarse con Marica habría significado permitir que se aprovecharan de él, y a la inversa, aprovecharse de ella. Una existencia asegurada a cambio de una doncella servicial; no, eso no era lo correcto, así de simple.

No obstante, esa constatación no cambiaba un ápice el hecho de que percibía su decisión como si hubiera dejado a la muchacha en la estacada.

Cuando aparecieron Anselme y Del, estaba preparando el desayuno para él y para Caspar en un pequeño fogón.

—Vaya, vaya, vaya, mira qué pinta tienes —lo saludó Anselme sonriendo—. ¿Has estado toda la noche de juerga sin nosotros?

Étienne hizo un gesto de negación apático con la mano.

—Hay buenas noticias —dijo Del de pronto.

—¿De verdad? —repuso Étienne con un gruñido—. ¿Vas a jurar por fin el voto de silencio?

Anselme se echó a reír a carcajadas, pero Del puso cara de ofendido.

—¿Qué mosca te ha picado? Si quieres saber mi opinión, pasas demasiado tiempo con tu maestro huraño. Cada día te pareces más a él.

Étienne esbozó una mueca.

—Lo siento, Del. Venid, sentaos y contadme.

—No, primero tú —decidió su amigo tomando asiento junto al fogón.

—¡Eso es, que se te oiga! —le secundó Anselme mientras se apoyaba de brazos cruzados en el carro—. ¿Cuál puede ser la causa de tu deslumbrante humor?

Étienne suspiró. Luego relató los sucesos de la noche anterior.

—¡Por los cielos! —exclamó Del en tono de reproche después del relato de Étienne—. ¿Por qué vosotros dos podéis tener mujeres a cambio de nada, mientras que yo tengo que sacrificar media soldada para que una me caliente la cama?

—Bueno..., ¿no es obvio acaso? —preguntó Anselme riendo con sorna, con lo cual se ganó un golpe brusco en los hombros. Se rieron.

—En cuanto me nombren caballero, harán cola —afirmó Del.

—Entonces las noches solitarias están ya contadas —replicó Anselme con una sonrisa bonachona.

Étienne estaba a la escucha y miraba alternativamente a sus amigos a uno y otro lado.

—¿A qué te refieres?

—¡Ya lo dije antes! ¡Hay buenas nuevas! —Del sonrió de oreja a oreja—. A Anselme y a mí nos elevan al rango de caballeros.

—¿En serio? ¡Me parece magnífico! ¡Os felicito! —Étienne abrazó a sus amigos uno tras otro con ímpetu—. ¿Para cuándo?

—Dentro de unos pocos días. Por San Juan —respondió Anselme—. Junto a tres decenas de escuderos más.

La sonrisa de Del adquirió un matiz afligido.

—Sí, eso le quita un poco de brillo al asunto. De alguna manera yo tenía la esperanza de recibir el espaldarazo con todos los honores en Jerusalén, junto a la tumba de nuestro Señor, tras la gloriosa reconquista de la Ciudad Santa. —Se encogió de hombros.

—Los jefes del ejército han decidido que cada uno de los príncipes presentes elijan a los escuderos susceptibles de recibir el nombramiento —explicó Anselme—. Se rumorea por ahí que se están quedando sin caballeros. Están cayendo como moscas, y no parece que vayan a llegar refuerzos de occidente.

—¡Eso son tonterías! —exclamó Étienne desechando esa objeción—. Habéis demostrado vuestra valía más de una vez. ¡Ya era hora!

Y lo dijo completamente en serio.

Anselme asintió en silencio con la cabeza, pero no parecía convencido del todo.

—¿Y Bertrand...? —preguntó Étienne con cautela.

—Puede seguir cocinándose a fuego lento con los demás escuderos —dijo Del mostrando sin tapujos su alegría por esa circunstancia.

—¡Alabado sea Dios!

—El conde Guillaume no es tonto. Sabe que Bertrand es un asqueroso que vomita crueldad. Si no fuera sobrino de Simon de Cluny y escudero, lo habría mandado a hacer gárgaras hace tiempo —opinó Anselme.

—De hecho, lo que importa en el nombramiento como caballeros es que en un futuro podremos impartirle órdenes que deberá cumplir sin rechistar.

Y el resto del tiempo que pasaron juntos se entregaron a magníficas fantasías acerca de todo lo que encargarían hacer a Bertrand en el futuro.

Las preocupaciones de Étienne con respecto a Marica pasaron a un segundo plano, al menos por el momento.

—Deben de estar muy desesperados para ir armando caballeros ya a medio niños.

Caspar había introducido los pulgares por la parte trasera del cinturón y observaba con un interés aparentemente moderado la escena que se estaba desarrollando en uno de los campos de entrenamiento en el centro del campamento militar cristiano. Étienne calculó que había allí unos setenta escuderos alineados siguiendo con expresión solemne la misa y la bendición de las espadas que precedían a la ceremonia propiamente dicha del espaldarazo. Era un cálido y soleado día y el cielo despejado brillaba sobre ellos como seda azulada.

Los soldados procuraban que los numerosos curiosos no se agolparan en las proximidades. Étienne había elegido un lugar desde el que podía ver bien a sus amigos.

—De l'Aunaie tiene casi veinte años, por si te interesa saberlo, igual que Anselme de Langres —gruñó en dirección al cirujano.

—¿De veras? —Caspar enarcó una ceja fingiendo sorpresa—. ¡Quién lo habría dicho!

Étienne chasqueó la lengua en señal de censura, tal como solía hacer el mismo cirujano, pero se ahorró pronunciar más frases.

—Bien, después de todo, se le supone la dignidad y el valor, sí, cierto —añadió el médico—. Al menos mientras no se trate de su propio dedo pulgar.

Étienne decidió ignorar a Caspar y dirigió la atención de nuevo a lo que ocurría en el campo de entrenamiento.

Sí, las orejas de soplillo y el hueco llamativo entre los dientes incisivos hacían que Del pareciera más joven, pero la espalda ancha y los brazos musculosos demostraban hasta al más incrédulo que se trataba de un guerrero experimentado.

Había pasado la última noche como escudero en compañía de Anselme, entre rezos y en actitud de recogimiento, como era costumbre, por lo que ahora ambos tenían un aspecto algo pálido y cansado. No obstante, se mantenían erguidos con los hombros tensos, recién afeitados, con el pelo limpio y bien recogido y ataviados con una camisa de lino puro. El orgullo y la emoción se reflejaban en sus rasgos, y en el caso de Del se añadía una pequeña sonrisa incrédula.

Tras la bendición de las espadas, los escuderos se acercaron uno tras a otro a sus señores para ser investidos como caballeros. Un heraldo llamó finalmente a Anselme y a Del para que se adelantaran allí donde el conde Guillaume iba a recibirlos en compañía de sus caballeros, Perceval Tournus y Simon de Cluny. Los escuderos se arrodillaron con actitud sumisa de entrega, de modo que se les pasó por alto la sonrisa paternal de su señor feudal.

Los agarró de los hombros uno tras otro y los levantó en vilo. A una señal suya, Tournus y Cluny dieron un paso al frente, desplegaron los fardos que habían traído consigo y colocaron a los dos jóvenes una túnica nueva de fino lino rojo. Incluso en un campamento militar acosado por los ataques enemigos era posible encontrar de todo si se disponía de la calderilla necesaria.

—Esta túnica roja —explicó Guillaume con solemnidad— es para recordaros el deber de entregar vuestra sangre en defensa de la fe.

A continuación, los caballeros de Guillaume colocaron unas espuelas de plata en las botas lustradas de los amigos de Étienne.

—Llevad estas espuelas como distintivo de vuestro rango. Y no os olvidéis nunca de la responsabilidad a la que os obliga vuestro nuevo estado —amonestó Guillaume.

Finalmente, el conde ordenó que le entregaran un cinturón nuevo de espada magníficamente decorado en la que estaba envainada la espada de Anselme. Con sus propias manos se lo colocó alrededor de la cintura a su escudero. Luego fue el turno de Del.

—Poned vuestras espadas al servicio de la causa de Cristo. Luchad por la fe verdadera, proteged a los débiles y servid al bien en todo instante.

Durante un rato dejó que su mirada se posara en los dos caballeros recién nombrados que se hallaban ante él henchidos de emoción y con los hombros temblorosos, después los atrajo hacia sí y les dio un abrazo breve y cordial. Y, por fin, Étienne descubrió también una sonrisa en los labios de sus amigos.

Tras la solemne investidura, Del y Anselme volvieron a sus puestos y dejaron el turno a los siguientes escuderos con sus señores. Aunque con su sensatez y su prudencia al menos Anselme había irradiado siempre algo de dignidad caballeresca, lo cierto era que ambos amigos llevaban la cabeza más erguida después del espaldarazo, parecían de pronto más altos, más adultos, más maduros. Étienne no habría podido sentirse más orgulloso si hubiera estado allí él mismo.

Cuando por fin los últimos escuderos recibieron de sus señores el título de caballero, Jacques d'Avesnes, uno de los comandantes en jefe del ejército, se colocó ante ellos. Su piel lucía grisácea y las sombras oscuras bajo sus ojos atestiguaban las noches de insomnio que pasaba encorvado sobre los mapas discutiendo las estrategias de combate. No obstante, su voz era clara y enérgica, la voz de un comandante en jefe que debía oírse lejos en un campo de batalla.

—Hombres, hoy habéis recibido una túnica, unas espuelas y una espada. Sin embargo, para ser un caballero no basta con sacar de paseo los signos visibles de vuestro nuevo estado. No son las apariencias externas las que convierten a un hombre en caballero. Tampoco su linaje, ni siquiera la espada, pues esta arma no es nada sin el hombre que la empuña. Son las virtudes caballerescas las que os convierten en lo que vais a ser a partir de hoy y os elevan por encima de los demás. Estas virtudes indican que debéis ser humildes, leales y fieles ante Dios y ante vuestros líderes. En la batalla debéis ser varoniles, valientes y honorables. Sed amables y generosos ante todos aquellos que necesiten vuestra ayuda y vuestra protección. Dejad que la decencia y la moderación, la constancia y la conducta cortés, sean las normas que rijan vuestra acción. Vivid de acuerdo con ellas y no necesitaréis de esos signos visibles, pues todo el mundo os reconocerá como caballeros. ¿Juráis honrar y seguir las virtudes caballerescas?

—¡Lo juramos! —exclamaron decenas de gargantas.

D'Avesnes asintió con la cabeza y dejó vagar la mirada por entre los jóvenes. A continuación dijo:

—¡Ahora arrodillaos y demos juntos las gracias a Dios y a san Jorge! Y después, señores míos, ¡levantaos como caballeros! Comed, bebed y celebradlo. Quedáis exentos de toda obligación para el resto del día.

Por último, los jóvenes rompieron filas entre los vítores de los compañeros y de los espectadores. Y hasta Caspar se unió a los aplausos.

Primero fue el conde Guillaume quien reclamó para sí a sus nuevos caballeros. Mandó servir un exuberante yantar en su tienda de campaña, para ellos y para sus guerreros veteranos. Dadas las circunstancias, seguro que no había sido nada sencillo y, en todo caso, muy caro encontrar aquellas exquisitas viandas como eran el cordero asado y las frutas melosas. Por este motivo tanto más se sintió Étienne henchido de satisfacción de que el conde se hubiera tomado la molestia de mostrar su aprecio a Del y a Anselme y de organizarles una celebración adecuada al acto del espaldarazo. Presumiblemente, los caballeros recién nombrados sintieron una satisfacción adicional por el hecho de que a Bertrand le tocó servirles como copero para la ocasión.

Cuando comenzó a atardecer, Anselme y Del, acompañados por el conde Guillaume, se reunieron por último junto al fogón de Caspar. Del sonreía beatíficamente y era evidente que también Anselme se había entregado con pasión al vino, si bien todavía se hallaba lejos de estar borracho.

—No queríamos perder la oportunidad de brindar también con vosotros para celebrar este día —explicó Guillaume sacando un odre de vino y acomodándose sin más rodeos junto al fuego. Poco después estaban todos juntos sentados y alzando sus copas.

—¡A vuestra salud, caballeros míos! —exclamó Caspar esforzándose por poner una expresión solemne en la cara.

—Y si, Dios no lo quiera, un golpe de una espada enemiga encontrara en vosotros su objetivo, aquí estaremos para remendaros en persona —prometió Étienne sonriendo.

Sus amigos brindaron por él con una confianza en sí mismos que debía asegurar que nunca llegarían a tal extremo.

—De todas formas, no nos faltan para nada enemigos —dijo el conde Guillaume con cara meditabunda—. Pero hay novedades. Según parece, Saladino está retirando de Acre una parte de sus tropas.

Étienne estuvo a punto de atragantarse con su vino.

—¿Cómo? ¿Es eso cierto?

Guillaume asintió con la cabeza.

—Hemos interceptado mensajes en ese sentido. Y también nuestras patrullas confirman que el príncipe de los sarracenos está preparando a sus hombres para marchar.

—Pero ¿por qué?

—Por lo visto, no han tenido fruto las medidas adoptadas para contener a Barbarroja y a su imponente ejército. Y Saladino quiere encargarse en persona de este problema e interceptar al emperador antes de que pueda contrariarles sus proyectos aquí.

—Y eso... ¿es ahora bueno o malo? —preguntó Étienne repartiendo la mirada entre el conde y sus amigos.

Anselme, que por lo visto ya estaba al corriente de la situación, se encogió de hombros.

—Tal vez nos procure la ventaja decisiva para la reconquista de Acre, pero al mismo tiempo echaremos dolorosamente de menos los refuerzos de las tropas de Barbarroja a más tardar cuando avancemos en dirección a Jerusalén.

—Así es —confirmó Guillaume con un movimiento aprobatorio de la cabeza en dirección a su joven caballero. Luego suspiró y realizó un gesto desdeñoso con la mano—. Pero hoy no vamos a devanarnos los sesos con ese asunto. Tenemos algo que celebrar, ¿no es verdad?

Caspar desapareció, pero poco después regresó con más vino. Empinaron bien el codo, rieron e intercambiaron anécdotas hasta que estuvo del todo oscuro fuera.

Cuando ya iban a disolver su pequeña reunión, aparecieron de pronto dos muchachas cuyo descocado atavío no dejaba lugar a dudas acerca del ramo al que pertenecían. Sin pudor alguno se colgó cada una de un brazo de Del a derecha e izquierda.

—Bueno, señor caballero —dijo con un arrullo la rubia esbelta arrimándose cariñosamente a su hombro—, ¿no vais a venir con nosotras a mostrarnos vuestra imponente espada? —preguntó con la mirada puesta sin ambages en la bragadura de Del.

Del sonrió confuso mientras la nuez de Adán le brincó de arriba abajo.

—¡No os preocupéis por eso! —lo tranquilizó la segunda muchacha metida en carnes y con la nariz respingona cuando él fue a echar mano de su monedero—. Un hombre como vos no tiene por qué pagar por nuestros servicios, y menos en un día como hoy.

Ella le dedicó una sonrisa que habría derretido hasta una piedra. A continuación, las dos muchachas risueñas se llevaron a Del consigo.

—¡Os lo dije! —exclamó a sus amigos con la cabeza vuelta, y luego desaparecieron entre las tiendas de campaña.

Étienne intercambió una mirada de desconcierto con Anselme. ¿Qué acababa de suceder?

Al oír un tintineo, Étienne se dio la vuelta y vio cómo Caspar se anudaba en el cinturón el taleguillo de las monedas.

—¿Es que les has dado tú...?

También Anselme y el conde Guillaume miraron al cirujano esperando una respuesta.

Caspar se encogió de hombros y esbozó una amplia sonrisa.

—Bueno, es posible que alguien me haya persuadido —dijo dirigiendo una mirada de exagerado reproche a Étienne— de que no estaba tratando como adultos a ciertos caballeros de este grupo. Para demostrar lo contrario, pensé en...

—Pero, Caspar, hombre —le reprendió Guillaume—, hace unas pocas horas ese joven ha jurado comedimiento, moderación y una conducta cortés. ¿Crees que es el momento adecuado para...? —La sonrisa aviesa desmentía el pretendido tono de enfado del conde.

—Por supuesto que sí. Que por lo menos en el día de su espaldarazo se crea que tiene a las mujeres a sus pies —repuso Caspar—. Y, si ya no se me permite llamarlo «niño grande», con algo tendré que tomarle el pelo para el futuro.

39

Reino de Armenia Inferior, junio de 1190

Y, después de la batalla, Coltaire estaba tan encariñado con su rocín que estuve a puntito de ir a buscar a un cura para que los casara —informó Matthieu.

Aveline y Gallus no pudieron menos que echarse a reír.

También Renier se unió a las risas.

—Que no lo oiga él —advirtió.

Seguía llevando el brazo en un sucio cabestrillo, pero el curandero afirmaba que había muchas posibilidades de que pronto pudiera volver a tensar un arco. En la batalla de Iconio, un cintarazo le había ocasionado una herida fea. Al no aparecer en la celebración por la victoria se temieron lo peor. Pero algunos días después de haber contado y enterrado a todos los muertos y una vez atendidos los heridos, descubrieron al compañero en una carpa para enfermos, con el mismo mal humor de siempre, pero vivito y coleando. Pascal, en cambio, había perecido, igual que otros tres arqueros de su unidad.

Aveline inhaló profundamente la brisa fresca que ascendía desde el río Saleph. Sus heridas estaban curadas. Había sobrevivido a la batalla sin daños mayores. ¿Era ese el motivo por el que de un tiempo a esta parte el cielo le parecía más azul, la hierba más verde y el gorjeo de los pájaros más alegre? ¿Era porque Dios le había permitido demorarse todavía más tiempo entre Sus criaturas?

Justo al amanecer se habían puesto en marcha para cubrir el mayor recorrido posible antes de que el calor se volviera insoportable. Barbarroja había concedido tan solo una semana de descanso a sus tropas hasta abandonar Iconio; después de todo lo que habían sufrido, quería alcanzar tierras cristianas con la mayor rapidez posible. El trayecto posterior a través de los montes Tauro había sido fatigoso, pero los rehenes selyúcidas de alto rango habían respondido con sus vidas por la seguridad del ejército cristiano. De esta guisa pasaron sin ser molestados por la ciudad fronteriza de Larende y dos días después alcanzaron por fin territorio cilicio-armenio. Muchos, incluida Aveline, prorrumpieron en lágrimas al divisar la primera cruz en el camino.

Tras cuatro días de marcha a través de las montañas, siguieron ahora una ancha senda rocosa que serpenteaba a lo largo de la elevada orilla de un río verdoso. El camino estaba bien reforzado, pero no era especialmente ancho, razón por la cual el ejército imperial se vio obligado a avanzar como un gusano muy alargado. A pesar de todo, el ambiente era relajado, casi alegre. Se encontraban en suelo cristiano y eran dirigidos por legados del soberano armenio. Los animales de carga jadeaban bajo los barriles llenos de provisiones, y casi todos los caballeros poseían un nuevo caballo.

—Sigo sin entender por qué el emperador les ha pagado a esos perros selyúcidas por la comida y las monturas —gruñó Renier—. Yo, en su lugar, los habría dejado desangrándose como es debido y a ese sultán pagano y a su prole los habría colgado del árbol más alto.

—Tienes toda la razón, maldita sea —dijo Gallus—. Pero están vencidos. Y Barbarroja no es un hombre que pague la injusticia con injusticia. Se atuvo a lo acordado desde hacía tiempo, es decir, a adquirir todos los artículos de primera necesidad a precios decentes en un mercado organizado. Mierda, eso es lo que distingue a un soberano justo, ¿no es cierto?

Renier masculló alguna frase incomprensible.

—Dentro de unos pocos días alcanzaremos la costa y la ciudad de Seleucia —continuó hablando Gallus—. Y desde allí estaremos casi a un tiro de piedra del principado de Antioquía.

«Eso significa que definitivamente ya hemos superado la peor parte del viaje», pensó Aveline. Suspiró hondo y dirigió la vista abajo, al río que fluía entre afiladas laderas de piedra caliza. Las golondrinas volaban muy pegadas a la superficie del agua cazando insectos. También había descubierto ya un martín pescador. El aire desprendía un olor picante que parecía emanar de los matorrales que se aferraban a las rocas.

Aveline sintió una extraña emoción al pensar que la primera etapa de esa peregrinación iba a quedar pronto atrás. A lo largo de la costa, el ejército de Barbarroja desfilaría sin ser molestado a través de Cilicia hacia el principado de Antioquía para reunirse allí con las tropas del reino de Jerusalén. Todo el mundo estaba convencido de que, una vez juntos, arrebatarían la Ciudad Santa a Saladino y harían huir al príncipe sarraceno junto con todos sus hombres.

Y Aveline podría cumplir por fin con sus votos.

Cómo anhelaba que llegara el día en el que podría quitarse por fin de encima esa carga y volver a respirar libremente.

Hacia mediodía, la senda comenzó a descender con escaso desnivel hacia el valle fluvial en donde el río Saleph fluía ahora con intensos remolinos y corrientes rápidas sobre las rocas hacia un lecho más amplio con extensos bancos de arena. La parte delantera de aquel alargado gusano militar, con Barbarroja y sus leales, casi había alcanzado ya la orilla, tal como pudo ver Aveline de lejos. Hasta que ella misma y sus compañeros llegaran al agua fresca y pudieran descansar, tenían por delante todavía una larga caminata por el sendero sin sombra. El sudor le resbalaba entre los omóplatos y hacía que el jubón se le quedara pegado en la espalda. Solo podía adivinar cómo tenían que estar pasándolo los caballeros y los soldados bajo sus cotas de malla.

—Maldito calor —murmuró y se vertió en la boca el contenido del odre del agua, que tenía un sabor desabrido a cuero.

—Tú lo has dicho —se mostró de acuerdo Gallus. Con los mechones sudorosos pegados alrededor del cráneo parecía un hurón mojado—. ¡Cuando estemos por fin allá abajo, me tiraré de un salto a ese condenado río!

Aveline asintió con la cabeza. Podía entenderlo muy bien y secretamente no deseaba otra cosa que sumergirse hasta la barbilla en el agua fresca, aunque sabía que eso era imposible. Y al mirar los traicioneros remolinos y los rápidos del río en algunos lugares que lo hacían espumear, quizá era mejor así, pues ella nunca había aprendido a nadar como era debido en el pequeño caz del molino de su aldea natal.

Le pareció una eternidad el tiempo que tardó en poner por fin el pie en el alargado banco de arena donde las exhaustas huestes fueron dispersándose.

Aveline se sentó en la arena cerca de algunas rocas, comió un pedazo de pan de sus provisiones y observó cómo Gall y otros arqueros se despojaban de sus ropas para salpicarse luego el agua del río con alegría y travesura.

—¡Ven acá tú también! —exclamó Matthieu arrojando agua en su dirección haciendo pala con ambas manos. Ella se limitó a hacer un gesto de negación al tiempo que sonreía. Finalmente se tumbó sobre las piedras calientes y se dejó llevar por las risas y el jolgorio de los hombres, por aquel ambiente tranquilo y distendido.

Aveline se incorporó con un sobresalto. Algo la había despertado, una sensación imprecisa, un zumbido nervioso en el pecho. Se puso en pie bruscamente, miró alarmada a su alrededor y trató de identificar la causa de su extraño desasosiego.

Al principio no fue capaz de distinguir nada extraordinario, todos parecían estar ocupados en sus cosas sin preocupaciones. Pero entonces el viento acercó un extraño sonido desde el otro extremo del banco de arena, algo que sonaba como un gemido, como un lamento afligido.

Se levantaron algunas cabezas, algunos miraron con extrañeza. Así pues, Aveline no se había equivocado. Esforzándose, miró en la dirección de la que provenía el sonido. Creyó distinguir un alboroto a lo lejos, gente que corría precipitadamente. Se escucharon gritos nerviosos.

¿Se trataba de un ataque? ¿Habían elegido los enemigos ese momento favorable para abalanzarse sobre ellos? Aveline miró a su alrededor en busca de su arco, aunque algo le decía por dentro que no había ningún ataque tras aquella agitación. De todos modos agarró el arma, la aljaba y se puso en marcha. Era como si un poder invisible la llevara en la dirección de aquel suceso. Con la vista fija en su objetivo, se fue abriendo paso sin contemplaciones por entre la gente apiñada.

De repente, la multitud agolpada hizo sitio a un jinete que avanzó tan cerca de ella y con tanta prisa que la punta de su bota le rozó un hombro.

—¿Federico de Suabia? ¿Ha visto alguien al duque? —vociferó el hombre a todo pulmón cuando estaba junto a ella.

El corazón de Aveline comenzó a latir aceleradamente y el mal presentimiento dio lugar a una certeza opresiva: había sucedido algo terrible.

Sin intervenir ella, sus pies se aceleraron, comenzó a caminar, luego anduvo a paso ligero para echarse finalmente a correr. Entre jadeos fue adelantando a los hombres que se movían en la misma dirección, apartó a más de uno con brusquedad hasta que se vio frente a una fila de caballeros que con las espadas desenvainadas y las lanzas en alto cerraban el paso y hacían retroceder a las numerosas personas que habían acudido tapando a la vista lo que estaba sucediendo en la orilla del río detrás de ellos. Sus miradas eran de agitación, desconcierto y horror.

Aveline empleó a fondo los codos para seguir avanzando hasta que estuvo casi pecho con pecho frente a un caballero joven que le obstruía el camino con la lanza en ristre. El hombre respiraba entrecortadamente y parecía haber estado llorando. No tenía aspecto de poder concentrarse en la tarea recibida, y Aveline pudo distinguir por encima de su hombro y sin obstáculos lo que sucedía en la orilla del río.

De pronto le costó llenar sus pulmones de aire. Rodeado de personas arrodilladas yacía un hombre postrado en la arena de la orilla. Tenía las ropas mojadas pegadas al cuerpo. Su piel parecía gris y cérea como la de un pez. El pelo empapado le rodeaba el cráneo, tenía los labios semiabiertos y de color azulado entre la barba cana moteada de rojo. No respiraba.

Aveline tardó algunos instantes en distinguir claramente que el muerto era el emperador Federico Barbarroja. Fue como si el agua no solo le hubiera apagado de pronto la vida, sino también el aura de brillo resplandeciente, como si la hubiera estrujado para devolverla al tamaño de un ser humano.

El obispo de Wurzburgo, Godofredo de Spitzenberg, estaba inclinado sobre su viejo amigo con una cruz aferrada con ambas manos y murmuraba oraciones mientras las lágrimas se le deslizaban entre los párpados. Otros hombres, algunos de ellos empapados como el emperador, estaban sentados en la arena rodeándolo. Tenían la mirada fija y atónita o proferían lamentos desgarradores. Algunos tenían la cara oculta en las manos y lloraban en silencio.

El tiempo pareció ralentizarse a medida que la realidad fue filtrándose en la conciencia de Aveline. Sintió que las rodillas le flaqueaban y se tambaleó hacia atrás. El emperador. Ahogado. Muerto. No podía ser verdad.

La noticia del fin de Barbarroja se extendió por el campamento militar como el hielo en un lago. Todo pareció congelarse, cada movimiento quedó paralizado, las conversaciones enmudecieron, ni siquiera los animales emitían sonidos. Lo único que podía oírse eran susurros, llantos, lamentos y oraciones.

Aveline no fue capaz de decir cómo había regresado junto a sus compañeros, pero, cuando se encontró con ellos, ya estaban al corriente de la desgracia.

Al verla, Gallus se puso en pie de un salto y la agarró con dureza de los hombros. Tenía un aspecto desolado.

—¿Has estado allí? ¿Lo has visto? ¿Es verdad lo que dicen? —Volvió a zarandearla—. ¡Maldita sea, habla ya, Avery! ¿Es cierto?

Aveline percibió la desesperación en su voz. Y, al asentir, creyó que llevaba sobre los hombros un pedazo de roca en lugar de una cabeza.

—Es cierto —dijo con la voz ronca—. Lo he visto. El emperador... ha muerto.

—¡Que Dios nos asista!

Conmovido, Gallus se llevó las dos manos frente a la boca y cayó de rodillas. Su rostro se volvió de pronto de color ceniza; los ojos se velaron ahogados en la pena.

—¡Que Dios nos asista! ¿Qué vamos a hacer ahora?

El desconcierto, la desesperación y el miedo se adueñaron enseguida del ejército cristiano por entero y lo paralizaron todo. No se hizo esperar mucho la especulación acerca de las razones de tan espantosa desgracia. Los unos consideraban que la causa era la falta de penitencia y el estilo de vida disipado de muchos peregrinos. Otros afirmaban que el emperador había atraído sobre sí la ira del Todopoderoso al asesinar a cristianos bizantinos durante la expedición militar o incluso a causa de sus anteriores disputas con el Papa y la Iglesia.

Ahora bien, ¿Barbarroja no había desplegado indiscutiblemente toda su fuerza y todo su saber como soberano y como comandante en jefe para conducir hasta ese lugar a aquel imponente ejército a pesar de todas las adversidades, con el fin de recuperar para los cristianos la Tierra Santa de Dios?

Aveline estaba sentada un poco apartada al amparo de algunos arbustos. Contemplaba la corriente del río Saleph, en cuyas aguas había perecido el emperador a pesar de ser un nadador ejercitado. Probablemente había sufrido un ataque de apoplejía mientras se bañaba, tal vez la corriente lo había arrojado contra una de las rocas, o puede que hubiera subestimado esas aguas traicioneras y se había ahogado vilmente. Se rumoreaba que una profecía había predicho hacía tiempo la muerte de Barbarroja en el elemento líquido, razón por la cual había elegido aquella agotadora ruta terrestre con su ejército. Eso no le había salvado. El emperador había muerto y toda la cruzada de peregrinación quedaba ahora pendiente en el filo de la navaja. Muchos combatientes, tanto de alto como de bajo linaje, habían anunciado que darían la vuelta y regresarían a sus tierras. Pues ¿qué otra cosa podía significar sino una señal de Dios el hecho de que hubiera fallecido de una forma tan ignominiosa el poderoso jefe del ejército estando ya tan cerca de la meta?

Ava sacudió la cabeza con gesto de desaliento. Después de todas las desgracias imaginables, después de todas las innumerables pruebas para el cuerpo y para el alma a las que había sido sometida, se sumaba ahora la muerte del emperador y, por consiguiente, el fracaso de toda la empresa, aunque habría sido una señal de soberbia suponer que esto último se debía únicamente a la escandalosa acción de ella.

Lloró sin contención posible, sollozó hasta que le dolió la garganta y le ardieron los ojos. ¡Qué sencillo resultaría rendirse, simplemente no volver a moverse! ¿Por qué no lo hacía? Llevaba meses pasando por un infierno, ¿cuánto peor podía ser el purgatorio? Anhelaba el descanso, la paz, no quería dejarse zarandear por el destino de aquí para allá como una hoja en un río revuelto.

Sin embargo, no entraba en sus consideraciones abandonar. La responsabilidad por las tres almas seguía pesando como una rueda de molino sobre sus hombros y amenazaba con aplastarla.

—Aquí estás. —La voz de Gall sonó ronca y una mirada de reojo a sus ojos hinchados le hizo ver a Aveline que también él había derramado lágrimas, aunque presumiblemente por motivos diferentes a los suyos. El hombre se sentó a su lado y juntos contemplaron un buen rato en silencio las aguas—. Era un buen líder y una mejor persona —explicó Gallus sin esfuerzo—. Tiene asegurado un lugar en el reino de Dios. Probablemente el Todopoderoso no quería renunciar por más tiempo a su compañía, y por ello ha convocado al emperador a su lado. —Se echó a reír con acritud por el intento pueril de explicar lo inexplicable, pero al mismo tiempo sus ojos volvieron a colmarse de lágrimas. Las enjugó bruscamente con el brazo—. ¡Menuda mierda!

Aveline le puso una mano en el hombro. Por descontado, la inesperada muerte de Barbarroja la había afectado con dureza, pero Gallus estaba conmovido hasta la médula. Y a ella le dolió ver tan abatido a aquel luchador habitualmente tan correoso. Le habría gustado devolverle algo del consuelo que él le había brindado en otra ocasión.

Gallus se sorbió los mocos ruidosamente.

—El hijo del emperador va a ponerse al mando del ejército —dijo con voz ronca—. Bueno, de los hombres que se queden en él, claro. Una buena parte de esos canallas desleales se vuelve para casa. Ulf von Feldkirch y Renier pretenden largarse también, van a dirigirse a la costa a buscar una embarcación que los lleve a sus tierras. ¡Tendría que habérmelo imaginado, maldita sea! —exclamó antes de escupir.

De pronto, Aveline se sintió tremendamente egoísta. Mientras se lamentaba de su suerte, estaba en juego toda la peregrinación, posiblemente incluso la liberación del reino de Jerusalén, si el gigantesco ejército de Barbarroja se descomponía.

Sintió el mayor respeto hacia el duque, que no había alcanzado siquiera los veinticinco años, al querer llevar hasta el final la causa de su padre. Sin embargo, ese hombre joven carecía del carisma irrefutable del emperador y de la experiencia necesaria como líder y comandante en jefe.

—¿Qué va a hacer Coltaire de Greville?

—Se unirá al duque.

Por supuesto. La mayoría de quienes iban a seguir al hijo del emperador junto con los leales que le quedaban serían personas sin derecho a una herencia, o sin tierras, o incluso infractores de la ley, como ella misma, gente que no tenía nada que perder y cuyo único futuro posible estaba por delante, no a sus espaldas. La parte restante del ejército estaba demasiado desilusionada, demasiado decepcionada y amedrentada tras aquellos sucesos luctuosos. Eran demasiados los que creían que Dios les había retirado Su favor. ¿Y quién podía tomárselo a mal y culparles?

Serían poquísimos quienes seguirían a Federico de Suabia. Demasiado pocos, probablemente, para conducir aquella empresa a un desenlace exitoso.

Sin embargo, para Aveline era una oportunidad, probablemente la última, de cumplir con sus votos y de encontrar por fin la paz para su alma.

—Yo voy a Jerusalén —dijo con determinación.

LIBRO III

«Mientras vivimos, luchamos, y que luchemos es signo de que no estamos derrotados y de que el buen espíritu vive en nosotros. Y, si la muerte no te encuentra como vencedor, que al menos te encuentre como combatiente».

AGUSTÍN DE HIPONA (354 - 430 d. C.)

40

Acre, Rayab 586 (agosto de 1190)

Al sultán Salah ad-Din Yusuf ibn Ayyub an-Nasir, defensor y pilar de la verdadera fe. Le escribe y le envía sus saludos Baha ad-Din Karakush, muhafiz de Acre y su leal mameluco —dictó Karakush, mientras iba de un lado a otro de la estancia.

Detestaba escribir cartas. Sentía como si tuviese que ir sacándoselas de la piel palabra por palabra. Prefería enfrentarse a diez enemigos. Pero las cosas no estaban saliendo bien. Tenía que informar al sultán acerca de cuál era la situación actual y solicitar ayuda una vez más. Un nadador sacaría el mensaje de la ciudad durante la noche.

Raed levantó la vista y lo miró expectante mientras sostenía la pluma en la mano. De su difunto padre, que había sido comerciante, había aprendido el arte de la escritura. Era un buen muchacho. Karakush confiaba en él. Además, se sentía menos azorado frente a Raed cuando forcejeaba con las frases, como si se tratara de anguilas resbaladizas.

—Alabado sea Alá, el único, el indivisible, el eterno, el que no tiene fin ni comete ofensa —dictó en la apertura—. Sultán, mi gran señor, Acre se está muriendo de hambre. —¿Por qué iba a andarse con circunloquios?—. Aunque nuestros hombres, ¡Alá los bendiga!, son un ejemplo de coraje y de perseverancia, nuestras fuerzas flaquean. Como sabéis, desde hace semanas no nos llegan suministros porque los infieles mantienen bloqueado el puerto con sus barcos. Apenas quedan provisiones en la ciudad y estas no son suficientes para alimentar a la población de Acre. Es muy poco para mantener fuertes a nuestros guerreros. A excepción de los más robustos, que prestan un buen servicio cargando las catapultas, hemos llevado a los prisioneros hasta las puertas. Dejemos que los cristianos vean lo que hacen con ellos.

»Las murallas de Acre aún están en pie, pero ¿por cuánto tiempo más? Los enemigos se abalanzan contra la ciudad, día tras día, sin descanso, como las olas en la pleamar. Rellenan las trincheras de Acre con piedras y los cuerpos de sus muertos. ¡Que el Señor los maldiga! Día y noche caen sobre nosotros sus proyectiles. Apenas podemos ni pensar en dormir.

Karakush se detuvo para masajearse las sienes. El sonido de los proyectiles aproximándose lo acompañaría hasta la tumba; ese zumbido profundo y vibrante, como el de un insecto monstruoso, y el crujido, el chirrido y el estallido que producían al encontrar el blanco. Salvo contadas excepciones, no bastaba con el alcance y la capacidad de penetración de las catapultas y los proyectiles francos para poner en serio peligro las murallas de Acre, aunque sí para aterrorizar, herir o matar a los soldados de los adarves.

—Nosotros respondemos con nuestras manganas. Hacemos todo lo que está en nuestras manos. Alá, que todo lo ve, lo sabe, pero nuestros hombres están destrozados. Muchos están heridos, consumidos o enfermos. También escasean las flechas y los proyectiles, además de las reservas de nafta.

Con la mezcla milagrosa de Fadit habían conseguido destruir las gigantes torres de asedio. Había supuesto una grandísima victoria. El fuego líquido ya les había servido en muchas ocasiones, pero, entretanto, tenían que pensar detenidamente en cómo aprovechar al máximo lo que les quedaba de esa sustancia tan valiosa. Para ese fin había tramado un plan con Abu'l Haija y sus capitanes.

—En los próximos días, osaremos realizar un ataque. Unos pocos hombres a pie, al abrigo de la noche y armados con nafta, intentarán provocar el mayor daño posible en el campamento de los infieles...

Karakush interrumpió su discurso y exhaló un suspiro. Lo que planeaban era deshonroso y pérfido, pero habían llegado a un punto en el que ya no podían permitirse ni honor ni caballerosidad. Todo lo que habían hecho hasta el momento había estado orientado a la defensa, pero ya no era suficiente. Tenían que pasar al ataque.

—Que Alá nos conceda el triunfo —murmuró Karakush para sus adentros.

No sabía qué más hacer.

Al llegar a la guarnición la noticia de la muerte del gran emperador franco y de la disolución de su temible ejército, habían prorrumpido en vítores interminables. Les había parecido un milagro, como si el mismo Alá los hubiera librado de aquel mal. No pocos de los suyos se habían subido a las murallas para insultar y ridiculizar a los latinos. Sin embargo, quien creyera que ese acontecimiento desmoralizaría a los francos o frenaría su temple, se habría equivocado. Al contrario, a Karakush le parecía que, desde entonces, sus enemigos habían atacado con más ferocidad los muros de Acre. Nunca entendería a esos paganos, pero no pudo evitar sentir respeto por su tenacidad, su coraje y su inquebrantable fe en Dios.

—¿Muhafiz, señor? —interrumpió Raed sus pensamientos—. ¿Queréis que añada algo más?

Karakush recobró la compostura y finalmente asintió con la cabeza. Decidió limitarse a lo esencial.

—Escribe lo siguiente: «Si perseveráis y os atenéis a las enseñanzas de Alá, vuestro Señor, este acudirá en vuestra ayuda con cinco mil ángeles escogidos en el mismo momento en el que intenten sorprenderos. Podéis estar seguro de ello». Así lo dice el sagrado Corán.

»Sultán, mi gran señor, necesitamos ayuda urgentemente. Si queréis que Acre aguante más de dos semanas (aunque no sé cómo, la verdad), enviad suministros y armas. No consintáis que la desesperación y el hambre prevalezcan.

41

Acre, septiembre de 1190

Ningún frailecillo va a estorbarme en mi trabajo —gritó Caspar al joven monje.

El benedictino mantenía cruzados los brazos enfundados en las mangas de su hábito polvoriento y contemplaba al cirujano con sus intrépidos ojos verdes.

—Puede ser que no entienda el tratamiento de las heridas como vos, pero, cuando se trata de heridas del alma, puedo hacer mucho. «La oración de la fe salvará al enfermo y el Señor le levantará».

Caspar tomó aliento para darle una respuesta airada, pero Étienne se le adelantó. Apartó al monje tomándolo del codo y se lo llevó al otro extremo de la alargada tienda de campaña. Heridos y enfermos yacían muy cerca del campamento y esperaban asistencia. En el aire viciado flotaba sin cesar el sonido del dolor y de la agonía como un canto fúnebre.

—Quizá podríais ir a la parte trasera a ver al muchacho, padre. Se despierta una y otra vez temblando y gritando de miedo desde que vio a su hermano morir a su lado durante el último ataque. Vuestra ayuda seguro que le ofrecería consuelo a su alma. ¿Cómo dijisteis que os llamabais?

—Soy el padre Kilian, de la abadía benedictina de San Arnulfo, en Metz.

—¡Oh! —exclamó Caspar con sorna—. Entonces puede que seáis útil. Podríais pedirle a san Arnulfo un nuevo milagro cervecero. Ahora mismo no tenemos agua potable para los pacientes porque Saladino ha hecho que contaminaran otra vez el río Belus con cadáveres.

El monje apretó los labios y se fue hacia el sitio indicado, no sin que Caspar lo fulminara con la mirada.

—Cómo detesto a esta gentuza arrogante y autoritaria —dijo entre dientes el cirujano, cuando el hermano se hubo alejado—. Siempre se muestran engreídos, se las dan de perfectos y se entrometen en todo.

—Sí, sí, y los dos sabemos que tú no sientes un gran afecto por los religiosos. Pero eso no quita que tenga razón —objetó Étienne—. Nosotros podemos aliviar el sufrimiento físico, pero no comprendemos los males del alma. Estos pueden incapacitar a un hombre tanto como la herida provocada por una espada, ¿no crees? Así que deja que haga su trabajo.

Caspar resopló y lo miró con los ojos entrecerrados.

—A veces me pregunto por qué, en nombre del Señor, tuve que cargar con un piojo como tú.

—Y yo me pregunto por qué buscas pelea con todo el mundo. ¿No te basta con haber enfadado a estos piadosos alemanes porque querías prescribirles cómo llevar su hospital de campaña? ¿Qué es lo que te diferencia exactamente de ese monje?

—¡Por los cielos! ¡Estos alemanes son comerciantes! No tienen ni idea de estas cosas. Además, cualquier remiendahuesos sabe que sería mucho más útil si ellos... —Caspar se interrumpió y dirigió una mirada penetrante a Étienne—. ¡Olvídalo y ven conmigo! —dijo finalmente con un gruñido.

Llevó a Étienne junto a un hombre que gemía en voz baja y se retorcía sin estar del todo consciente. Su cabeza descansaba sobre el regazo de una mujer joven que le enjugaba la frente con un paño y miraba a los cirujanos con temor. El antebrazo y la pierna derechos del hombre estaban cubiertos con unas telas de lino que, empapadas de sangre y otros fluidos, habían adquirido un color repugnante.

Caspar se arrodilló junto a él y le tocó las mejillas.

—Tiene fiebre —constató.

Apartó con cuidado una de las telas de la pierna y retiró los restos del apósito de hierbas, ungüento y miel entre los que asomaban heridas abiertas y piel carbonizada. El hombre pronunció un lamento quedo.

—Toma esto.

El cirujano dio a Étienne un frasco de arcilla que se sacó del bolsillo y que contenía una bebida compuesta principalmente con la anestesiante adormidera.

—Dale un trago para mitigar el dolor. ¡Pero no más de uno!

Étienne hizo lo que le había pedido y observó cómo Caspar arrancaba jirones de piel del muslo del hombre con unas pinzas.

—¿Sobrevivirá? —le preguntó la mujer con un hilo de voz.

—Eso solo lo sabe Dios —replicó Caspar sin interrumpir su trabajo—. Las heridas son extensas y pueden gangrenarse en cualquier momento. Si sobrevive, las cicatrices le afectarán de por vida.

La mujer se tapó la boca con la mano y sollozó.

—Maurice estaba de guardia junto a una de las catapultas cuando los paganos arrojaron su fuego líquido —explicó con la voz ahogada— y se le prendieron las ropas.

Y no era el único. Más de ochenta hombres y dos docenas de caballeros habían muerto en el vil atentado de hacía cuatro días o estaban viviendo un martirio por culpa de las quemaduras que sufrieron. Una gran parte de las catapultas y lanzapiedras habían ardido y eso supuso un duro golpe para los sitiadores cristianos.

—Ese no era el típico fuego griego —dijo una voz que venía desde la entrada de la tienda de campaña.

Anselme entró y llegó hasta ellos. Inconscientemente, el joven caballero se tocaba el pelo sudado, de tal modo que se le formó un remolino tremendo alrededor de la frente; la sombra de la barba asomaba en sus mejillas y se le veía muy cansado.

—Pudimos averiguar que los sarracenos utilizaron una mezcla especial de esa sustancia diabólica, la misma que usaron para destruir las torres de asedio en mayo.

—¿Cómo lo sabes? —preguntó Étienne.

Anselme se encogió de hombros con disgusto.

—Uno de los pirómanos fue lo bastante imprudente como para dejarse atrapar. Llevaba consigo una botella de nafta. Cuando alguien vació su contenido sobre él y amenazó con prenderle fuego, de pronto comenzó a hablar sin parar —explicó sin entusiasmo—. Fue más que suficiente. El conde Guillaume manda preguntar por el estado de los heridos.

Tras dirigir una mirada a Caspar, Étienne dejó su puesto y acompañó a Anselme hasta donde el aire era solo un poco más fresco, aunque al menos no estaba enriquecido con el olor del sufrimiento y de la muerte. Juntos dirigieron la mirada hacia la ciudad.

Frente a Acre, los trabuquetes que quedaban en pie lanzaban piedras sin cesar contra las murallas. Los intrépidos zapadores —respaldados por arqueros y ballesteros— intentaban construir un túnel bajo los muros para derribar la fortificación. Mientras tanto, los invasores hacían llover piedras y fuego sobre ellos.

—Un año. ¿Puedes creerlo, Étienne? Un año entero llevamos arremetiendo contra las murallas de Acre.

«Y no hemos conseguido lo más mínimo», pensó Étienne.

—El bombardeo continuo y el hambre han desgastado a la guarnición y, ciertamente, los habríamos sometido pronto, si no... —Anselme sacudió la cabeza cansado, como si aún no pudiera comprender lo que Saladino había logrado unos días antes—. Un barco de abastecimiento repleto de grano hasta la borda, con un par de cerdos en cubierta y paganos bien afeitados que agitaban cruces, y nuestra gente deja pasar alegremente esa barcaza para que se escabulla por el puerto interior. Es casi de risa la facilidad con la que nos tomaron el pelo. —Anselme sacudió de nuevo la cabeza.

—Solo que ese error puede prolongar el asedio varios meses más.

—Mientras la guarnición de Saladino resista en el puerto interior, esto seguirá ocurriendo una y otra vez —conjeturó Anselme—. Nuestra flota debe atacar la fortificación portuaria desde el mar. Si destruyéramos la Torre de las Moscas, donde custodian la cadena de defensa, y si el puerto estuviera desprotegido, podríamos cortar definitivamente el suministro a los invasores. —Hizo un gesto de negación con la mano—. No obstante, son otros quienes tienen que preocuparse de tal cosa. Yo estoy aquí porque Guillaume quiere saber cómo les va a sus hombres.

La muerte de Simon de Cluny, que también estaba de servicio durante la fatídica noche, había afectado mucho al conde.

—Tal vez oíste a Caspar. No está claro si Maurice sobrevivirá a sus heridas. Los otros dos oficiales de guardia han muerto, algo que, por el aspecto de sus quemaduras, probablemente fue una bendición. Quedan cuatro que han sufrido heridas leves durante los intentos de rescate y extinción, pero en unos días estarán de nuevo en pie.

—Entonces diría que aún estamos saliendo bien parados.

Étienne se encogió de hombros. Si se comparaban con otras unidades, eso era verdad.

Las filas del ejército cristiano comenzaban a menguar peligrosamente. Entre otras razones se debía al hecho de que, después de unas cuantas semanas, miles de guerreros cristianos frustrados y hambrientos habían intentado saquear el campamento sarraceno de Tell al-Kharruba sin permiso de sus comandantes y habían fracasado miserablemente. Se decía que habían muerto casi cinco mil soldados. Sus restos mortales contaminaban todavía más el agua potable que bebía el ejército cristiano, después de que Saladino mandara que los lanzaran de nuevo al río Belus.

Todavía estaba por verse si, tras la triste e inesperada muerte del emperador alemán, muchos de sus soldados seguirían el camino hacia Tierra Santa para unirse a las tropas cristianas. Al menos, entretanto, habían llegado refuerzos de occidente en forma de avanzadilla francesa. El conde Enrique de Champaña —sobrino no solo del rey Ricardo de Inglaterra, sino del rey Felipe de Francia— había acudido en compañía de numerosos condes y obispos, y unas cuantas decenas de miles de nuevos paladines de Acre. Había recibido el mando del ejército sitiador después de que el landgrave Luis de Turingia cayera enfermo. Todos esperaban que esto le diera un nuevo impulso a la empresa.

No obstante, los propios reyes, al igual que el duque Hugues, aún no se habían presentado. Étienne empezaba a dudar de que alguna vez aparecieran.

Y no era el único que lo pensaba.

42

Reino de Jerusalén, septiembre de 1190

G allus, que era delgado, seguramente nunca había sido un hombre corpulento. Aunque se apoyaba casi con todo su peso sobre los hombros de Aveline, ella apenas sentía su cuerpo. Era poco más que piel y costillas puntiagudas. A pesar de todo, se habían quedado muy rezagados con respecto a los demás.

—Vamos, Gall. Un trecho más. Seguro que pronto podremos descansar un rato.

Él asintió débilmente con la cabeza; su respiración era intensa como si le costara las últimas fuerzas el más mínimo movimiento. Era un milagro que aún continuara con vida. En el principado de Antioquía, una terrible enfermedad había azotado al ejército del hijo del emperador, que estaba ya muy menguado. A los soldados rasos los habían enterrado como a caballeros y nobles, entre ellos, al fiel obispo de Wurzburgo, Godofredo de Spitzenberg, y al conde Florencio de Holanda, que había luchado codo con codo con Federico en Iconio.

La vida de Gallus también había pendido de un hilo, pero el arquero era un hombre fuerte y había sobrevivido a la enfermedad, si bien había quedado totalmente debilitado. Con descanso y buena comida recobraría las fuerzas, de eso estaba segura Aveline. Sin embargo, después de que un terremoto sacudiera la ciudad y de que muchos hombres desertaran, lo que quedaba del ejército partió en dirección a Tiro. Y Gallus no había querido quedarse a la zaga bajo ninguna circunstancia.

Aveline y Matthieu lo ayudaban a caminar por turnos, pero era una tarea ardua.

—¿Por qué haces esto, Avery? —quiso saber Gallus al cabo de un rato—. ¿Por qué pasas por esta maldita porquería? No me refiero a por qué llevas a rastras al debilucho de tu comandante, no. ¿Qué hace que un muchacho joven como tú se una, solo, a esta horrible aventura de mierda? Maldita sea, no tengo ni idea siquiera de por qué te lo pregunto.

—Cuando me puse en marcha, no estaba solo —respondió Aveline sucintamente.

—Entiendo. —Gallus, angustiado, asintió con la cabeza y escupió—. Pero ¿por qué no te diste la vuelta entonces?

Aveline guardó silencio durante un momento antes de responder.

—Porque se trata de la salvación de mi alma —contestó finalmente.

Gallus la miró inquisitivamente de reojo.

—Me pregunto qué debe de haber hecho un enclenque como tú para que solo una peregrinación pueda salvar su alma, pero tu mirada me dice que no voy a obtener ninguna respuesta. —Dejó escapar una risa ronca y le dio unas palmaditas en el hombro—. Está bien, Avery, de verdad. Mierda, todos tenemos nuestros secretos.

Aveline apretó los labios. Cada vez con mayor frecuencia, sentía que los secretos eran como plomadas que la hundían en tierra cada vez más y más. Hacían que se sintiera más sola de lo que ya estaba. Qué bueno sería confiar en alguien y compartir al menos un poquito de esa carga.

Abrió la boca, pero Gallus le puso sus dedos ásperos casi con suavidad sobre los labios antes de que pudiera hablar.

—Para ser sincero, no quiero oír lo que tengas que decirme. Hay..., hay cosas que es mejor no revelar. Así es más fácil para todos. Y más seguro también.

Aveline sintió la boca reseca; miró fijamente al comandante. ¿Sospecharía algo? ¿Le estaba insinuando algo? Intentó leer en sus ojos la respuesta, pero no halló en ellos más que una tristeza incierta y agotamiento. Finalmente, asintió con la cabeza.

—Sigamos andando.

«No, permanecer callada no se lo hacía más fácil». Tal vez a otros sí, pero no a ella.

De pronto, Aveline oyó ruido de cascos y, muy poco después, Coltaire de Greville detuvo a su yegua junto a ellos. Justo sobre la cabeza de Aveline quedaron los ollares de la yegua, que resoplaba un aliento cálido sobre su pelo.

—¿Qué sucede aquí? —vociferó el caballero.

—Gallus... aún está muy débil.

—Si no puede seguir el ritmo, debe quedarse atrás. No permitiré que perdamos más tiempo. Tiro está a unos pocos días de distancia.

Aveline sintió un vértigo repentino al recordar cómo asoló la enfermedad a Bennet y cómo algunos compañeros crueles insistieron en que lo abandonara.

—No os preocupéis, señor. Si es necesario, yo lo llevaré —replicó ella, aunque con la cabeza gacha, no por humildad, sino porque aquellos ojos de halcón del caballero, aquellas miradas penetrantes, le atenazaban la garganta y le provocaban náuseas.

Coltaire trazó con su caballo un círculo tan estrecho en torno a Aveline y Gallus que sus botas y los flancos del animal les rozaban una y otra vez. Intentó quedarse muy quieta, mientras el corazón le martillaba dolorosamente las costillas.

—En nuestra incursión en el campamento selyúcida me di cuenta de que haces pero que muy bien el papel de buen samaritano, muchachito.

Inesperadamente, Coltaire agarró a Aveline y la levantó por el cuello de la capucha de cuero, hasta que Gallus se le deslizó de las manos y ella quedó suspendida a unos centímetros del suelo.

—También me he dado cuenta de que eres muy insolente, Avery. Es así como te llamas, ¿verdad?

Aveline no consiguió asentir, pero el caballero tampoco esperaba una respuesta. Sin avisar, la dejó caer violentamente en tierra.

—Ya deberías haber comprendido a estas alturas que no soy un hombre especialmente paciente, Avery. También sabes lo que pienso de las emociones afeminadas, como la compasión o la misericordia. ¿Por qué te gusta tanto enfadarme, hijito?

—No pretendo enfadaros, señor, pero...

Coltaire soltó una risa tosca.

—Ya lo estás haciendo otra vez. Parece que no te das ni cuenta, mastuerzo. En cuanto abres los morros, empiezan a salirte las palabras de réplica.

—Por favor, perdonadme, señor. No quería...

Cuando Aveline levantó la mirada, se dibujó en los labios de Coltaire una sonrisa fría y despiadada. Aveline sintió cómo el pánico se le disparaba por las extremidades y oyó los latidos acelerados de su corazón; se apresuró a buscar una vía para fugarse, pero ¿hacia dónde habría podido huir?

El caballero deslizó la pierna por encima del cuerno de la silla de montar y saltó con desenvoltura desde el lomo del caballo.

—Sin el respeto de su gente, un líder no es nadie, Avery. No puedo tolerar que mis hombres cuestionen mis decisiones. Seguro que eso lo entiendes. Creo que ha llegado la hora de que recibas una lección de obediencia —dijo Coltaire mientras agarraba un látigo de cuero que tenía enrollado en la silla de montar.

El campo de visión de Aveline comenzó a ennegrecerse por los bordes. Se tambaleó y cayó de rodillas.

—No, señor, por favor —imploró ella—. Os juro que...

Coltaire se echó a reír de nuevo. Era una risa fría y cortante, sin el más mínimo atisbo de humor.

—Creo más en el dolor que en los juramentos, Avery. El dolor es el único y verdadero maestro. A mí mismo me ha enseñado muchas cosas.

Con mano de hierro, casi como de pasada, agarró a Aveline por el pelo de la nuca y se la llevó a rastras.

—Por favor, señor. No lo hagáis, por favor —clamó ella con voz ahogada y apoyó los pies en el suelo. Sin embargo, sus ruegos no detuvieron al caballero en absoluto.

—¡Tened piedad, señor! Por favor, dejad al muchacho —gritó Gallus con voz ronca y fue tras ellos dando traspiés—. Ha sido solo culpa mía...

—Cierra el pico, espantapájaros. Esto no es asunto tuyo —masculló Coltaire rechinando los dientes y sin darse la vuelta—. Malin —se dirigió a uno de sus peones—, asegúrate de que no se interpongan en mi camino ni él ni ninguno de los demás. Este joven tiene que disfrutar de mi atención y de mi dedicación enteras, ¿de acuerdo?

Arrastró a Aveline sin piedad al arcén de hierba polvorienta junto a la calzada. Allí la agarró del mentón y tiró de su cara hacia él.

—Bueno, amigo, vamos a ver si después de esto sigues sintiendo la necesidad de replicar —dijo mientras le clavaba la mirada en los ojos.

Aveline estaba a su merced y se vio impotente, como un ratoncillo en las garras de un águila ratonera. E, igual que a un ratoncillo, le temblaba todo el cuerpo. Durante un breve instante creyó vislumbrar cómo algo se avivaba en la mirada de Coltaire, una mezcla de desconcierto y confusión, pero ese momento pasó y Aveline no estuvo segura de si habían sido imaginaciones suyas.

Coltaire la dejó ir y le dio un empujón que la hizo tropezar y caer al suelo de espaldas a él.

—¡Quítate la camisa! —ordenó.

El pánico arrebató el aliento a Aveline por unos instantes; se cruzó instintivamente de brazos e intentó alejarse gateando.

—No, por favor, no hagáis eso —dijo con un susurro ronco.

En cuanto el caballero descubriera que les había estado engañando descaradamente durante tanto tiempo habría llegado su fin y no sería un final rápido.

«Santa María, Madre de Dios, asísteme, ayúdame», imploró con los ojos cerrados. Sintió un dolor punzante y abrasador en el hombro, la tela se desgarró en dos cuando el látigo cayó sobre ella.

—Eres un muchachito muy terco, Avery. Podría sacarte el jubón a latigazos, pero esto se alargaría desagradablemente para ti.

Aveline trató de hacerse lo más pequeña posible, entrecerró los ojos y negó con la cabeza casi imperceptiblemente.

Coltaire de Greville resopló.

—Como tú quieras.

El látigo cayó nuevamente sobre ella y la correa de cuero devoró la camisa por la espalda. De la garganta le brotó un grito atormentado. ¡Jesús Bendito! ¡No iba a aguantar ni diez azotes!

El siguiente latigazo le impactó en la nuca y en los hombros, y fue tan fuerte que por un momento creyó que le había fracturado las costillas. Sintió que la sangre le corría por la espalda y la saboreó en la boca porque se había mordido la lengua. Dos o tres latigazos más y tanto la camisa como la piel colgarían hechas trizas. Ava sintió náuseas provocadas por el miedo y el dolor. Todo había acabado. Todo iba a terminar en ese mismo instante...

«No, todavía no. Todavía no. ¡Santa Madre de Dios, asísteme!». Estaba buscando el taleguillo donde guardaba la figurita de María, cuando sintió cómo el suelo vibraba. Percibió el repiqueteo de los cascos de los caballos como a través de una niebla espesa.

El siguiente latigazo... nunca llegó. Aveline parpadeó confundida y finalmente se atrevió a abrir un poco los ojos.

—¿Coltaire de Greville? —resonó la voz de un caballero que acababa de llegar—. El duque Federico solicita que acudáis a una reunión con los otros pentarcas y portaestandartes. Aún quedan algunas cosas por aclarar antes de llegar a Tiro. ¡Poneos en marcha de inmediato!

—Entendido —replicó el caballero sucintamente, tras lo cual el emisario dio la vuelta a su caballo y se marchó a toda prisa.

Coltaire se acercó a Aveline. Su figura atlética se cernió sobre ella como una montaña y la sumergió en la sombra. Con un violento puntapié en el costado la dejó boca arriba y contempló con una mirada burlona aquel bulto tembloroso que yacía a sus pies.

—Agradécele al duque Federico que lo deje por hoy, pero ten por seguro que, si me vuelves a dar la más mínima razón, te arrancaré la piel a latigazos y ni el mismo san Jorge me impedirá llegar hasta el final.

Sin mediar una palabra más, el caballero se dio la vuelta y se dirigió a su caballo.

Durante un largo rato, marcado por los latidos de su corazón, Aveline respiró para aliviar el dolor, mientras daba las gracias a la madre de Dios en silencio. Luego se dio la vuelta y vomitó en la hierba.

43

Acre, octubre de 1190

Es como si el mismísimo diablo luchara a su lado —comentó Anselme abatido.

Étienne y él estaban sentados a la sombra de una de las tiendas de campaña y compartían una jarra de agua fresca.

Dos días antes, el intento de apoderarse de la Torre de las Moscas desde el mar había acabado en un profundo fiasco. Unas verdaderas fortalezas flotantes, equipadas con parapetos de madera, se habían aproximado a los barcos cristianos amarrados en el puerto y, tras bombardearlos con fuego griego, habían acabado hundiéndolos con sus tripulaciones en el mar convertido en un infierno.

La frustración y la desesperación se extendieron una vez más por el campamento militar.

—Al menos nuestra gente tenía que intentarlo, ¿no? Tú mismo lo dijiste.

—Tal vez ese sea el motivo por el que me siento tan mal.

—Dejando a un lado el hecho de que fue el conde Enrique quien ordenó el ataque, nadie podía prever cómo iban a salir las cosas. La suerte podría haberse decantado también de nuestro lado, por supuesto. Y, aunque no se haya tomado la fortificación del puerto, los barcos cristianos siguen dominando la costa y la bahía de Acre.

Anselme se frotó los ojos. Las preocupaciones reflejadas en su cara hacían que se le viera mayor y más preocupado.

—Puede ser.

El sonido de unos cascos de caballo hizo que alzaran la vista. Era Del, que los miraba desde lo alto de su montura, mientras mantenía apoyado el antebrazo con desenvoltura en el cuerno de la silla de montar.

—No os lo vais a creer, pero se acerca una flota a Tiro. Quince barcos que ondean la bandera del duque de Suabia. Están llegando los hombres de Barbarroja.

—Ya era hora. —En la voz de Anselme sonó una buena dosis de alivio y un nuevo optimismo—. Vamos allá.

Fue a buscar su caballo y Del subió a Étienne a su montura detrás de él.

En la pequeña bahía al norte de Acre, la flota había desembarcado a la sombra de Tell Musard, bajo la protección de los buques de guerra cristianos, y había comenzado a descargar. El sol abrasaba en un cielo casi sin nubes, pero la brisa fresca que provenía del mar traía espuma blanca a la playa y hacía ondear las banderas y los pendones.

El rey Guido en persona, el comandante del ejército Enrique de Champaña, Jacques d'Avesnes y otras figuras de alto rango esperaban en la orilla en comité de recepción para los recién llegados. Étienne y sus amigos se mezclaron entre los numerosos curiosos que se habían congregado en el lugar. No en vano, el ejército del emperador Barbarroja tenía una reputación casi legendaria.

Desde los lomos de sus caballos, los amigos podían ver bien lo que sucedía. Cuando el duque Federico de Suabia pisó la playa, el rey lo estrechó entre sus brazos. Étienne se dio cuenta de que el hijo del emperador parecía muy cansado. Creyó descubrir en sus ojos una expresión febril, inquietud y desasosiego, como si una promesa no cumplida pesara sobre él.

Los hombres de Federico abandonaban los barcos colocándose las armas y los efectos personales sobre la cabeza, y se echaban a caminar por las aguas someras. La playa se fue llenando poco a poco. A los caballos, visiblemente felices por volver a sentir tierra firme bajo sus cascos, los bajaban por unas rampas; los carros, la madera para la construcción y los toneles se descargaban por la borda con grúas.

La multitud observaba expectante todo aquel trajín, pero, al irse agotando el flujo de los recién llegados, Étienne contempló muchas caras perplejas. Del acabó verbalizando lo que él mismo se había preguntado para sus adentros.

—¿No creéis que faltan unos cuantos barcos? ¿Eso es todo? —dijo examinando a los soldados que se habían sentado exhaustos en la arena a la espera de órdenes—. ¿No decían que el emperador alemán había partido con más hombres que habitantes hay en París? Nunca he estado en París, pero estoy seguro de que allí viven muchas más personas que esas pocas almas de ahí. Habrá apenas cuatro mil hombres, a ojo de buen cubero. —En su voz resonó una mezcla de incredulidad y decepción.

Étienne sintió también un dolor punzante. Igual que sus amigos, esperaba que la llegada del ejército alemán supusiera un giro decisivo de la situación.

—¿Es posible que una parte de la flota se haya desviado?

Anselme contempló en silencio a los recién llegados con cara pensativa y seria.

—No, me temo que eso es todo lo que hay —respondió al cabo de unos instantes—. Si te soy sincero, contaba con más soldados, con muchos más soldados —observó respirando hondo antes de proseguir—, pero estos hombres han marchado por medio mundo y han soportado incalculables fatigas para llegar hasta aquí. Han venido, a pesar de la muerte de su emperador y líder. Eso solo lo hacen los guerreros más leales, más duros y más valientes. Lucharán por Tierra Santa hasta entregar el último aliento.

Étienne se dio cuenta de que posiblemente estaban contemplando más bien a los que no tenían nada que perder, pero le dio la razón a su amigo: esos hombres habían soportado innumerables calamidades y estas no habían acabado con ellos, sino que los habían hecho más fuertes. Y, desde ese punto de vista, a Étienne ya no le pareció que cuatro mil fuera un número tan reducido.

44

Acre, octubre de 1190

Mira eso! —gritó Matthieu mientras señalaba un carro de dos ruedas en el que se apilaban diferentes frutos, de los que Aveline no conocía ni la mitad. Despedían un olor dulce que recordaba a la miel y a la hierba recién cortada, y la boca se le hizo agua—. Y ahí detrás —dijo su compañero con voz ronca—. ¡Me voy a volver loco!

Un comerciante vendía jamón ahumado, panceta y embutidos secos. De algún lugar les llegaba el olor a cerveza y panecillos.

Se encontraban en una suerte de mercado que habían descubierto recorriendo la vasta posición cristiana, cerca de la Puerta de Haifa. Tras dos jornadas de servicio que dedicaron a montar el campamento, ese día estaban disfrutando de una última tarde libre.

—¿De dónde habrán sacado todo esto? —se preguntó Aveline.

No recordaba la última vez que había visto tanta cantidad de productos diferentes. No solo se ofrecían alimentos, sino paños, cinturones, zapatos y armas. Los herreros exponían cotas de malla en aparadores, y había gallinas, burros y cabras a la venta.

—Supongo que, mientras la vía marítima esté abierta, podrán traer la mayor parte de las cosas de su tierra. He oído que, antes de la conquista, los pisanos y los genoveses poseían media Acre.

—Y, en un tono conspirativo, añadió—: Dicen las malas lenguas que también hacen negocios con los paganos.

Aveline no se sorprendió demasiado. Eran comerciantes, así que los negocios estaban por encima de la política.

—Por Dios, no comeré nada que hayan tocado esos hijos de puta paganos —juró Matthieu—. Solo el diablo sabe qué venenos traicioneros habrán echado esos bastardos.

Aveline no estaba tan convencida. En dos o tres meses, cuando el mar se volviera innavegable y los graneros se vaciaran, los estómagos hambrientos se contentarían con el cereal sarraceno.

—Vamos a comprarle algo a Gallus —sugirió.

—¿Te refieres a algo con lo que ese gallo viejo se recupere lo suficiente como para incordiarnos? —preguntó Matthieu y se echó a reír—. Por mí, vale.

Sacaron unas pequeñas monedas de sus monederos y se lanzaron al puesto en el que se vendía jamón.

—¿Tenemos pinta de poder cagar oro? —le comentó al oído a Aveline el arquero de más edad cuando el vendedor les dijo los precios. De hecho, lo que pedía rozaba la usura, aunque, dadas las circunstancias, probablemente no debería haberles sorprendido. Se decidieron por una morcilla seca ridículamente cara y en otro puesto compraron uvas y almendras. Después de guardar la compra, continuaron su expedición por el campamento cristiano que rodeaba Acre de costa a costa y que prácticamente tenía una forma de herradura.

Aveline estaba convencida de que la vida dentro del ejército de Barbarroja la había preparado para esto; el asedio de Acre duraba ya más de un año y la antigua ubicación militar provisional se había convertido en una verdadera ciudad con el paso del tiempo. A ambos lados del camino habían levantado una tienda tras otra, y ya estaban polvorientas y descoloridas por el sol. La brisa, que soplaba sin cesar desde el mar, desgarraba gallardetes y pendones, cuyos colores y escudos de armas indicaban de qué tierras procedían los guerreros y los peregrinos que venían a cumplir con su deber sagrado. A esto se sumaban los campamentos de los caballeros de las dos órdenes más grandes: la de San Juan y la del Temple.

En todas partes reinaba un laborioso trajín. Una y otra vez, los guerreros a caballo los sacaban del camino con gritos rudos. Los carros de estiércol de caballo, que también se utilizaba para encender el fuego cuando la madera escaseaba, los adelantaban a toda prisa. Las lavanderas con las manos enrojecidas arrastraban cestos llenos de ropa sucia hacia los lavaderos. Durante los ejercicios de lucha que se realizaban dentro de unos cuadrados delimitados, los caballeros y los soldados se zurraban, y los escuderos almohazaban a los robustos caballos de batalla. Bajo unas cruces de madera se oficiaban las misas de campaña. Incluso había un cadalso con picota y patíbulo, aunque en ese momento ambos estaban abandonados.

Se encontraron con otros pequeños mercados, parecidos al de la Puerta de Haifa, descubrieron puestos de comida y algunas tascas. Les habían asegurado que, extramuros, en las inmediaciones del campamento de las putas, había un pequeño baño. Sin embargo, su funcionamiento dependía de cuánta agua fluyera por el río Belus, la arteria principal del campamento cristiano.

Ofrecían sus servicios innumerables artesanos, zapateros, guarnicioneros y espaderos. Bajo las cubiertas de cuero de las cabañas, unos enormes fuelles bufaban en la campana de la herrería, donde resonaba el canto incesante del acero sobre el acero y los hombres empapados en sudor martilleaban el metal candente. Aveline se preguntó dónde adquirían el carbón que necesitaban para mantener aquellas brasas o si también lo habían traído consigo de allende los mares.

—¡Por todos los demonios! Nunca me acostumbraré a esta peste hedionda —dijo Matthieu tapándose la boca y la nariz con la mano cuando, un poco más lejos, el viento que soplaba en su dirección les trajo el olor infernal de unas letrinas sobrecargadas.

Durante el largo viaje hasta Acre, Aveline casi se había olvidado de lo que significaba que miles de personas hicieran sus necesidades en el mismo lugar durante meses. Para ella, además del hedor y de las enfermedades, las letrinas comunitarias entrañaban otros peligros.

—Subamos ahí un segundo —propuso Matthieu, señalando el muro defensivo que limitaba el campamento cristiano por ambos lados. Una parte de la construcción se levantaba cerca de ellos.

Mientras que desde el interior del campamento la fortificación podía escalarse con gran facilidad, por fuera la muralla escarpada y lisa descendía hacia una zanja pronunciada. En la corona de la muralla, un muro de piedra ofrecía protección a los defensores ante los disparos del enemigo. Había puestos de observación y puertas cuidadosamente reforzadas.

Otra zanja se hallaba a un tiro de flecha de distancia. Detrás, la tierra de nadie no tenía ni un árbol ni un arbusto y estaba provista de barricadas confeccionadas con zarzales, ramas afiladas y fosos para que ningún atacante se acercara al campamento cristiano.

Aveline miró hacia abajo. Entre las dos fosas, en el redil, balaban ovejas y cabras, y mugían las vacas. La mayoría de los animales de carga y de tiro se alojaba ahí. Tan solo a los valiosos caballos de batalla se les permitía estar dentro de la fortificación. Junto a unos pocos soldados que patrullaban y custodiaban las catapultas que quedaban, vivía también un gran número de personas fuera de la muralla: vivanderos, prostitutas y vagabundos, lo más bajo que había en las cruzadas, gente que, sin mayor preocupación, estaba dispuesta a exponerse a los peligros que entrañaban los ataques enemigos.

A lo lejos se levantaba Acre. La ciudad, con sus fuertes murallas y torres, lucía desafiante e inexpugnable bajo el sol deslumbrante del mediodía, a pesar de que, como ocurría todos los días, los hombres trabajaban incansablemente, expuestos a un gran peligro, rellenando los fosos a sus pies o debilitando la fortificación para conseguir que se derrumbara antes o después. Mientras trabajaban, los arqueros intentaban mantener a raya a los defensores de Acre. Pronto, Aveline y sus compañeros llevarían a cabo esa misma misión.

—¡Eh! —Un potente grito la arrancó de sus pensamientos—. ¿Qué hacéis aquí arriba? ¿Tenéis guardia o qué? ¡Sacad rápidamente vuestros gordos traseros de la muralla! ¿O queréis que os los saque yo?

Se apresuraron a bajar.

—¿Qué te parece si nos acercamos a la casa de baños? —propuso Matthieu cuando llegaron abajo, y se rascó de forma ostensible la barba desgreñada—. Dicen que las masajistas de los baños no hacen ascos a unas monedas extra para dedicar sus masajes a zonas sensibles, tú ya me entiendes—. Y como aclaración, realizó un gesto obsceno.

Aveline le dio la espalda. Ya debería estar acostumbrada a esas obscenidades, pero el rubor le llegó hasta la frente.

Matthieu se dio cuenta y soltó una gran risotada. Le dio un golpe tan fuerte en el hombro que a punto estuvo de tirarla al suelo.

—¿Por qué eres tan tímido, amigo mío?

Ella no respondió.

—¿No me irás a decir que nunca has...? —preguntó él, divertido e incrédulo a partes iguales al ver su cara.

Las chicas eran la menor de las preocupaciones de Aveline respecto al tema del baño.

—Deberíamos..., deberíamos practicar la abstinencia —balbuceó y miró al suelo—. Somos..., somos peregrinos y...

—Y por eso después rezaré tres avemarías. —Matthieu se echó a reír de nuevo—. Entonces, ¿cómo lo ves, pequeño? ¿Cuento contigo? Seguro que tus compañeros de la tienda de campaña apreciarían que no siguieras apestando como un turón.

Aveline reprimió el impulso de oler su jubón. ¿Olía tan mal? Era verdad que había pasado un tiempo desde que había tenido la oportunidad de bañarse y lavarse la ropa, y seguro que el agua caliente iba a sentarle bien a su espalda destrozada. No obstante, visitar la casa de baños era imposible, por razones obvias.

Las campanas la salvaron de tener que dar una respuesta. En una de las iglesias de campaña tañían ya a nona.

—¡Cielos! Tenemos que regresar al campamento. Las prácticas de tiro van a empezar en cualquier momento —señaló aliviada—. Como faltemos, Gallus nos va a despellejar.

En efecto, a pesar de que a los guerreros de Barbarroja no se les habían asignado todavía las guardias o las misiones de combate, ella no dejaba de lado el entrenamiento diario. A pesar de su debilidad, Gallus podía volverse muy desagradable si no se seguían sus instrucciones.

—Qué suerte has tenido, ¿no? —contestó Matthieu con una sonrisa, pero no la presionó más.

Se dieron prisa para el camino de vuelta. Se perdieron dos veces antes de que un escudero les indicara el camino correcto. Aún pasó un rato hasta que consiguieron orientarse en el vasto campamento. Aveline corría dando grandes zancadas, no quería perder más tiempo y, en ningún caso, quería dar motivos para profundizar en la conversación acerca del comportamiento indecente de las masajistas de los baños.

—Ni con la ayuda del diablo encontraríamos una cara conocida entre todo este gentío —murmuró Matthieu con la vista puesta en las innumerables tiendas de campaña y personas.

Mientras caminaba, Aveline volvió la cabeza hacia su compañero para apremiarle y, justo después, chocó violentamente contra un hombre que venía en sentido opuesto.

El monje benedictino cayó hacia atrás al suelo e intentó desenredarse de la maraña que había formado su hábito.

—Disculpadme, padre —murmuró Aveline.

—No hay nada que perdonar, muchacho, si me echas una mano —respondió el monje, que al parecer no estaba enfadado.

—Por supuesto. —Aveline agarró por el hombro al caído, que seguía luchando con su hábito, y lo levantó. Le sacudió con vehemencia el polvo de la túnica y lo ayudó a arreglarse la vestimenta. Cuando alzó la vista, vio directamente la cara del padre Kilian.

—¡Jesús, María y José! —se le escapó al monje cuando la reconoció, y se la quedó mirando perplejo.

Por un momento, el corazón de Aveline se detuvo. Luego dio un traspié hacia atrás.

—Perdonadme, padre. Por favor, perdonadme —susurró ella y huyó de allí a toda prisa.

Era evidente que la había reconocido a pesar del camuflaje.

45

Acre, octubre de 1190

Y luego cogió una piedra a toda prisa y se la tiró a la cabeza a un sarraceno. Eh, Anselme, siéntate con nosotros. ¡Tienes que oír lo que pasó anoche durante mi guardia en el muro oriental! —Del le indicó a su amigo la pequeña hoguera donde Étienne estaba tostando una rebanada de pan y un trozo de panceta.

—No te puedes perder esta historia —secundó este a Del y le sirvió a Anselme un vaso de vino.

Él sonrió cansado, se quitó las botas y la guerrera, y se acomodó junto a sus amigos. Agradecido, aceptó el vaso de vino.

—¡Vamos a oírla! Pero será mejor que te des prisa. Estoy hecho polvo. Guillaume me tuvo la mitad del día en la reunión donde planeó la estrategia con Enrique de Champaña, que tiene a nuestro conde en alta estima y no solo desde que Guillaume está casado con su hermana —le explicó a Étienne y bebió un buen trago de vino—. Con la madera que trajo, planea construir una catapulta gigante con la que por fin abriremos una brecha en ese maldito muro.

Últimamente, Anselme parecía estar exhausto y reflexivo. Las nuevas responsabilidades daban la impresión de pesar mucho sobre sus hombros.

Del, impaciente, se removía inquieto.

—¿Puedo contar ya mi historia o vas a pasarte el día aburriéndonos con los planes para construir catapultas?

—Adelante —contestó riendo su amigo, antes de apoyar la cabeza sobre el ovillo que se había hecho con la guerrera y cruzar sus largas piernas.

—Bueno, atiende —comenzó Del—. Estaba montando guardia en el muro oriental. La noche era clara y la luna estaba resplandeciente, así que se veía muy bien. En un momento dado, entre los maitines y laudes, observé desde arriba cómo un caballero, un lombardo llamado Giacomo, según me enteré más tarde, que tenía guardia abajo, frente al muro, se iba hasta el foso exterior para hacer lo que un emperador debe hacer en el trono a solas, ya me entiendes. Bueno, se bajó los pantalones, asomó el trasero en el foso y entonces, gracias a la luz de la luna, noté en el brillo sobre el metal que algo se movía. ¡Eso solo podía ser una cosa! Me puse a gritarle: «¡Corred, hombre, corred, si apreciáis vuestra vida!». En ese momento, una lanza le pasó rozando. El lombardo volvió al campamento a trompicones, tan rápido como pudo, mientras se sujetaba los pantalones con una mano temblorosa. Con la otra cogió una piedra del suelo, se dio la vuelta y la lanzó. Y... ¿te lo puedes creer? Le dio al perro sarraceno justo aquí. —Del se señaló la frente con la mano estirada—. En ese momento llegaron los arqueros a mi sección y mandaron a los paganos al infierno. El lombardo estaba con el trasero oculto contra la pared y se quedó durante un momento con la vista clavada en los sarracenos que huían. Entonces, volvió al foso y, tranquilamente, hizo lo que había ido a hacer. —El recuerdo de lo que había pasado hizo que Del se riera a carcajadas; Étienne y Anselme se unieron a las risas.

—¡Madre mía, ya querría tener yo esa sangre fría! —exclamó Anselme, sacudiendo la cabeza con una sonrisa.

—Y que lo digas —contestó Del—. Los hombres le pusieron de apodo «el cagón sin miedo».

Esto provocó nuevas carcajadas.

—¡Ese sí que es un título honorífico! —comentó Étienne, mientras servía vino, pan y panceta.

—Si no fueras ya mi amigo, tendrías que empezar a serlo urgentemente —señaló Del, mientras miraba con placer el vaso y la fragante carne que tenía en la mano—. Si me obligaran a alimentarme todos los días solo con esa asquerosidad que les dan a los soldados rasos, probablemente me lanzaría desnudo sobre una horda de sarracenos.

Étienne se encogió de hombros con una sonrisa avergonzada. Como siempre, le incomodaba que Caspar y él pudieran saborear la prosperidad, mientras muchos otros debían arreglárselas con lo imprescindible o incluso con menos.

—Los pacientes... Ellos... —intentó explicar, pero la atención de Del ya estaba puesta en otra cosa.

—¡Jesús Santo! ¿Habéis visto eso? —señaló en dirección a una zona cercana, donde se encontraba desde hacía poco tiempo uno de los campamentos de los restos del ejército del emperador.

Desde donde se encontraban, veían perfectamente a una unidad de arqueros en el campo de entrenamiento. Bajo la supervisión de un comandante delgado y avispado, estaban entrenando algunos hombres que disparaban a unas dianas de paja y a unos muñecos de madera.

—Ese muchacho ha hecho diana tres veces seguidas —dijo Del sorprendido—, y parece como si hubiera dejado de usar pañales hace poco.

Aunque no miró, Étienne sabía de quién hablaba su amigo. Desde que la gente de Barbarroja se había establecido cerca, había visto al joven muchas veces tirando porque practicaba durante casi todos sus ratos libres.

—Sí —le dio la razón a Del—, es buenísimo. Siempre pensé que mi puntería era decente, pero, desde que vi a ese chico con el arco, debo afrontar la realidad: en Arembour solo era un tuerto entre ciegos.

Del se echó a reír y le dio un golpe en el hombro.

—No te lo tomes a mal, amigo. Si no en el campo de batalla, puedes dejar que los hombres se desangren durante una sangría.

—Asegúrate de que no sea tu sangre —replicó Étienne distraído, mientras posaba la mirada en los arqueros.

El muchacho había colocado otra flecha y levantó el arco para disparar. Como si hubiera percibido esas miradas extrañas, lo volvió a bajar y miró a su alrededor.

Sus miradas se cruzaron y una sensación repentina de incertidumbre, incluso de miedo, transformó el gesto del arquero. Entonces, estiró los hombros y, desafiante, miró a Étienne durante algunos instantes. Finalmente, volvió a su posición, colocó la flecha y disparó sin haber apuntado al blanco durante mucho tiempo. Esa flecha también hizo diana certera.

El joven volvió a mirarlo y Étienne entendió ese último disparo como lo que era: una advertencia. Pero ¿por qué? ¿Por si se le menospreciaba? ¿Por si se le acercaban demasiado?

—No me lo puedo creer —dijo Del arrancándolo de sus pensamientos—. ¡Mira esto! La flor y nata de los caballeros no sirve para nada, ni siquiera para emborracharse.

Étienne vio cómo hacía un movimiento con la cabeza dirigido a Anselme, que roncaba con la boca abierta, mientras que la copa de vino mediada y la rebanada de pan mordida ascendían y descendían sobre su pecho.

46

Acre, octubre de 1190

Aveline se había calado bien la capucha de cuero sobre la frente mientras, a la sombra de unas tiendas de campaña, vigilaba como un ladrón la zona de la enfermería, al otro lado del camino. Se encontraba a casi medio tiro de flecha de distancia del campamento bajo su estandarte. En ese sentido, era una verdadera suerte que, hasta el momento, no hubiera vuelto a tener un encuentro indeseado con Kilian. Parecía que el monje estaba echándole una mano al médico francés y a su ayudante cojo. Al menos se pasaba por allí con mucha frecuencia.

Cada vez que atisbaba su figura ataviada con el hábito negro, Aveline sentía una punzada, pero no por miedo a que la descubrieran, como había creído en un principio, sino porque de algún modo anhelaba intercambiar unas palabras con un amigo siendo ella, la Aveline real, sin secretos, sin necesidad de ocultarse. Por supuesto, debía tener cuidado. Todos la conocían como Avery, el joven arquero. Solo con un comentario o una reacción imprudentes por parte de Kilian se destruiría su tapadera y, sin querer, pondría en peligro su vida. Por mucho que ansiara estar en compañía de Kilian, probablemente no muy lejos de él se encontraría el hermano Gilbert. Con aquel monje anciano y amargado no deseaba volver a encontrarse bajo ningún concepto, porque estaba segura de que, si descubría su secreto, no dudaría ni un momento en mandarla a la hoguera. Pero, a pesar de no haber visto al otro benedictino, no sabía cómo se tomaría Kilian su mascarada. Tal vez su indignación no fuera menor a la de su hermano. Sin embargo, no parecía que hubiera emprendido ningún paso tratando de buscarla. Aveline no estaba segura de si debía sentirse contenta o decepcionada por tal motivo.

En aquel momento, vio salir a Kilian de la tienda. El monje se pasó las manos por la cara y la tonsura, que estaba quemada por el sol. Después se sentó a la sombra de la tienda de campaña. Apoyó la cabeza sobre una rodilla y cerró los ojos un momento. Se le veía rendido. Su pelo rubicundo estaba desteñido por el sol y le rodeaba la cabeza. Las pecas le cubrían los antebrazos y la calva.

Aveline hizo de tripas corazón. Se caló aún más la capucha sobre la frente y cruzó el camino rápidamente. Se arrodilló frente a Kilian y fijó la vista en la tierra polvorienta.

—Padre, ¿seríais tan amable de confesarme?

Percibió un movimiento, el roce del hábito, pero no obtuvo respuesta.

—Padre, yo...

De pronto, notó la mano de Kilian en el hombro y, luego, este atisbó bajo la capucha. Cuando se miraron, vio en sus ojos incredulidad, asombro, alegría, confusión, desaprobación, alivio y otras emociones que no sabía cómo interpretar.

—Eres tú de verdad —susurró él—. Eres quien se chocó conmigo, ¿verdad? Estaba empezando a dudar de mi cordura, pero ¿cómo...? —Hizo un gesto, que abarcaba todo el cuerpo de ella.

Aveline miró con premura alrededor, buscando posibles observadores de la escena, y Kilian se dio cuenta.

—¡Ven conmigo! —La agarró de la mano y la puso en pie.

La llevó a toda prisa entre las tiendas de campaña hasta un lugar apartado, tranquilo y con sombra.

—Vengo aquí a veces, cuando necesito un poco de calma —le explicó con una sonrisa traviesa, pero luego se puso serio de nuevo y miró a Aveline de arriba abajo.

Sintió cómo la tensión le subía por el cuello y un zumbido le vibraba tras la frente, pues era consciente de lo mucho que se estaba arriesgando. ¿Y si él no aprobaba lo que veía? Al fin y al cabo, ¿podía confiar en Kilian?

Sin embargo, el joven monje disipó sus miedos y la abrazó con firmeza.

—¡Alabado sea el Señor! ¡Estás sana y salva! He rezado por ti cada día. —La apartó y la volvió a examinar, como si desconfiara de sus sentidos. Después, la miró a los ojos y el semblante se le tornó serio—. Bennet..., ¿qué le pasó?

Aveline giró el rostro y tragó saliva con dificultad. Movió la cabeza en un gesto prácticamente imperceptible. El repentino recuerdo resurgió dolorosamente en el vacío de su pecho.

Con ambas manos, Kilian la tomó por las mejillas y guio su mirada hacia él. El sufrimiento se reflejaba en sus ojos verdes.

—Ava..., yo... lo siento muchísimo. Era un hombre bueno y honrado. Dios brindará paz a su alma. —La soltó y bajó la mirada—. Créeme, Jean y yo queríamos enviar un médico, pero no encontramos ninguno y el hermano Gilbert... —dijo afligido y negó con la cabeza.

Una vez más, el dolor le bajó por la garganta y se alegró de poder cambiar de tema.

—¿Dónde están los demás? ¿Qué ha pasado con Jean y Maude? ¿Y... Gilbert?

Una sombra cubrió la cara de Kilian al disponerse a responder.

—Jean y su hermana dejaron nuestra comunidad poco después de que te quedaras atrás con Bennet. No querían seguir viajando en compañía de Gilbert. Si te acuerdas, hubo... diferencias. Solo Dios sabe qué habrá sido de ellos. —Exhaló un suspiro—. Lucille y Frédéric se quedaron en Triaditsa para esperar el nacimiento de su hijo. El viaje se volvió demasiado duro para Lucille. Con ayuda de Dios, querían continuar su camino después del parto, pero no los he vuelto a ver desde entonces. —Hizo una pequeña pausa y luego siguió, casi a toda prisa—. Gilbert y yo nos unimos finalmente a un grupo de peregrinos. En tierras bizantinas nos asaltó una banda de ladrones. No teníamos nada que ofrecer y muchos fueron asesinados. Incluido Gilbert.

Aveline apretó fuerte los labios. Los rumores eran ciertos. Quizá con su arco y el de Bennet la cosa habría sido diferente.

«Pero Gilbert recibió su merecido castigo: nunca pudo completar el viaje a Tierra Santa por el que había aceptado de buena gana la muerte de Bennet».

—No seas tan dura con él, Ava —la reprendió Kilian, que pudo leerle el pensamiento en el rostro—. Solo quería hacer lo correcto.

—¿Lo correcto? —Aveline se echó a reír amargamente—. No nos engañemos, era un bastardo vil y egoísta.

—¡Ava! —gritó Kilian escandalizado—. Era un hombre de Dios.

—¿Eso lo hace una mejor persona? —replicó ella entre dientes.

Kilian la examinó con insistencia y con una consternación sincera.

—Esa no es la Ava que yo conozco —dijo negando con la cabeza.

Ella miró a un lado y cerró brevemente los ojos. No, ya no era la Aveline de antaño, la tímida palomita. Ahora era Avery, el arquero. Un halcón, un cazador, pero, sobre todo, una persona que gobernaba su propia vida.

Kilian fijó su atención en la ropa que llevaba y la estudió de pies a cabeza.

—Pero ¿qué prendas llevas puestas? Y tu pelo... ¿Qué significa todo esto?

Después de unos segundos, Aveline se lo explicó. Le contó cómo se había vestido con la ropa de Bennet, que se encontró con unos ladrones y sus salvadores la confundieron con un muchacho. Le contó que la habían admitido en el ejército imperial y le relató las batallas en las que había demostrado su valía siendo el arquero Avery. De lo único que no le habló fue de Coltaire.

Kilian escuchó su relato con una incredulidad creciente.

—¿Nadie sabe que eres una mujer?

—Nadie, aparte de ti.

—¡Eso es... una locura! —exclamó el monje inclinándose hacia el suelo y golpeándose la frente varias veces con la mano estirada—. Es una locura peligrosa. Si te descubren, te matarán.

Cuando levantó la vista, el miedo asomaba en sus ojos. A Aveline se le hizo un nudo en la garganta cuando comprendió que el miedo era por ella. Se sentó a su lado y arrancó unas briznas de hierba seca.

—Soy muy prudente, créeme. Nadie se va a enterar.

—¿Por qué estás tan segura?

Aveline dudó. Él tenía razón, por supuesto. ¿Cómo podía estar segura?

—Hasta ahora, nadie ha sospechado nada. Todos me ven como un joven arquero, puede que algo malhablado.

Los ojos de Kilian preguntaban a quién pretendía tranquilizar. Ella bajó la mirada.

—¿Por qué no retomaste tu vida como mujer? Seguro que había otras muchas posibilidades...

Aveline no respondió. Se agolparon en su mente amargos recuerdos y el conocimiento de lo que les pasaba a las mujeres que viajaban solas y lo que estas se veían obligadas a hacer.

De nuevo, pareció que Kilian había adivinado sus pensamientos y asintió con la cabeza.

—Por supuesto, lo entiendo, pero aun así: «No vestirá la mujer ropa de hombre...».

—«... pues constituye una abominación para Dios». Lo sé, gracias —le interrumpió Aveline—. Eso ya me lo explicó Gilbert en su momento, pero como arquero puedo servir mejor a la causa de Dios, ¿no? —Cansada, se apretó los párpados con los dedos. ¿Por qué no dejaba de sentir la necesidad de justificarse? ¿No tuvo buenos motivos para tomar esa decisión? ¿Pensó que era más fácil para ella? ¿Tal vez no había sopesado todas las posibilidades?—. Kilian, he cometido grandes pecados, impunes hasta ahora, pero ¿no crees que Dios pasará este por alto?

—Dios quizá sí —murmuró el monje sin levantar la cabeza—. Pero ¿qué me dices de sus siervos aquí en la Tierra?

—¿Te refieres a ti? —preguntó Aveline sin rodeos y no pudo evitar que su voz adoptara un tono amargo.

Él levantó la mirada. En sus ojos había una mezcla de ofensa y dolor, calidez y afecto, que se le clavó en el corazón.

—¿Cómo puedes creer que me tienes que temer? «En todo tiempo ama el amigo, y es como un hermano en tiempo de angustia». Eso dicen las Sagradas Escrituras.

Aveline agachó la cabeza avergonzada.

—Supongo que confiar es algo que tengo que volver a aprender.

Kilian asintió con la cabeza y espiró con dificultad. Dudó durante unos instantes, parecía estar luchando con las palabras que quería decir a continuación. Entonces empezó a hablar con urgencia.

—Hace unos meses, vi morir a una joven, Ava. Se había puesto un hábito, se rasuró el pelo y se hizo pasar por monje. Solo Dios sabe por qué lo hizo. Probablemente por razones similares a las tuyas, pero no se lo perdonaron.

—¿Cómo? —preguntó Aveline con voz ronca.

—La quemaron en la hoguera. Ese es el castigo que impone la Iglesia por ese tipo de usurpaciones.

—Pero yo..., yo no me he vestido de monje.

—No, no lo has hecho. —Kilian exhaló un suspiro, la tomó de la mano y se la estrechó—. Aunque no apruebo tu decisión, la respeto; quizá hasta me siento responsable de tu situación actual —añadió con gesto disgustado y levantando los hombros—. En cualquier caso, doy gracias a la Madre de Dios porque estés sana y salva. Y yo te ayudaré siempre que pueda.

47

Acre, octubre de 1190

Necesitamos más tarros de miel, aceite puro y sebo. También vino..., para limpiar las heridas, no para mí, por si alguien lo estaba pensando, y vinagre fuerte —dictó Caspar al escribano de Guillaume—. Las agujas nuevas, las pinzas y las tenazas me las hace Fabrice, el herrero. También se encargará de mis cuchillos, ya lo tengo apalabrado con él. Necesitamos muchos vendajes; lino, algodón, ortiga o estopa, todo lo que podáis encontrar.

El conde estaba de pie con los brazos cruzados. Su semblante mostraba una creciente preocupación.

—¿Qué hay de las medicinas?

—La mayoría las hago yo, pero necesito los ingredientes. ¿Étienne? —Caspar chasqueó los dedos.

Étienne se acercó a la mesa, desplegó la hoja de pergamino y leyó en voz alta:

—Aquilea, betónica, agrimonia, de esas apenas nos queda una cantidad muy pequeña; plantas medicinales, por supuesto, comino y llantén. Además, alumbre en polvo para el tratamiento de las heridas, corteza de sauce, adormidera, beleño y mandrágora para aliviar los dolores, y ficaria, que va bien para el agotamiento.

Guillaume suspiró.

—No va a ser una tarea fácil.

—No me importa dónde las compres, como si se las compras a los sarracenos o le pides a un pisano o a un genovés que las traigan antes de que la vía marítima sea infranqueable. Sin ellas no puedo hacer por tus hombres mucho más que ponerles unos amuletos o rezar por sus heridas.

El conde, serio, asintió con la cabeza.

—Me encargaré personalmente. ¿Hay algo más en la lista?

—Tenemos que hacernos cargo de que, hasta que llegue el invierno, la disentería y la fiebre gástrica van a causar estragos. Aunque podemos hacer bien poco al respecto, debemos prepararnos y...

—¿Guillaume? —Se abrió la lona de la tienda de campaña y apareció la cabeza de Anselme—. El conde Enrique quiere hablar contigo ahora. —Saludó brevemente con la cabeza—. Caspar, Étienne.

—Anselme, sé amable e invítale a pasar. —A una señal, el secretario abandonó también la tienda de campaña junto a Anselme.

Caspar hizo un gesto de negación con la mano.

—Podemos hablar del resto más tarde. —Comenzó a recoger sus papeles, pero Guillaume lo agarró del brazo.

—No, quedaos los dos. Me temo que lo que tengo que hablar con Enrique también os afecta a vosotros.

Étienne dirigió a Caspar una mirada inquisitiva, pero, antes de que pudiera responderle, las lonas de la entrada giraron en vuelo y el conde de Champaña entró como un torbellino en la tienda de campaña seguido de Anselme.

Era la primera vez que Étienne veía de cerca al actual comandante en jefe del ejército cristiano. Era media cabeza más bajo que Guillaume, pero de complexión atlética. Unos rizos rubios del color de la miel le caían por la nuca, y a sus intensos ojos, de color azul claro, parecía que no se les escapaba nada. El jubón, elegante y ridículamente limpio, le quedaba perfecto. En su presencia, Étienne se sintió como un campesino. Bajo el brazo, Enrique había traído muchos rollos de pergamino que arrojó descuidadamente sobre la mesa antes de que su amigo y cuñado le tomara por el brazo armado.

—Buenos días, Gui. Espero que hayas dormido bien, ¿ha sido así?

—Sabes bien que dormir es para los viejos y los niños. Ya me echaré a dormir cuando me retire. —Se rieron. Luego, Guillaume realizó un gesto en dirección a Caspar y Étienne—. Estos de aquí son mis dos cirujanos de campaña. Confío en ellos plenamente, así que puedes hablar con libertad.

—¡Señores míos! —Enrique los saludó levemente con la cabeza vuelta hacia ellos, pero no les dedicó más atención.

—¿Cuál es la situación? —preguntó Guillaume.

Al parecer, el comandante había estado esperando esa palabra clave. En la cara se le dibujó una sonrisa casi traviesa.

—Genial, si quieres conocer mi opinión. Mis carpinteros van a dar el toque final a la catapulta y va a quedar de maravilla. En dos días podemos hacer que funcione y, lo que no logre la catapulta, lo rematará el ariete del obispo de Besanzón.

Guillaume movió la cabeza con escepticismo.

—No sé. Hace un año que no intentamos otra cosa que superar la fortificación de Acre y no hemos tenido suerte. Muchos hombres se han dejado la vida. Hemos perdido tres torres de asedio, varios trabuquetes y catapultas. ¿Estás seguro de que esta vez vamos a lograr abrir una brecha?

—Sería muy duro para mí si no lo logramos —confesó Enrique con franqueza y sonrió de nuevo—. Al fin y al cabo, casi me he arruinado construyendo esta catapulta. Las antiguas eran demasiado pequeñas y frágiles como para causar daños graves. No es una gran pérdida que hayan quedado destruidas. Las piedras que podremos tirar con esta nueva arma van a despedazar la muralla de Acre, créeme.

Se decía que a Enrique aquella gigantesca catapulta le había costado la fabulosa suma de mil quinientos denarios de oro. Sin embargo, a oídos de Étienne las palabras del comandante del ejército sonaban, sobre todo, vanidosas y arrogantes. Al ver de reojo el ceño fruncido de Caspar, supo que pensaba igual que él. Sin que nadie se lo ofreciera, el cirujano se sirvió un vaso de vino y se arrellanó en uno de los butacones de campaña. Guillaume despachó tamaña irreverencia arqueando las cejas. Enrique pareció no darse ni cuenta.

—¡Mira! —Le indicó a Guillaume que se acercara a la mesa y desenrolló uno de los pergaminos. Étienne pudo distinguir que se trataba de un mapa de Acre—. Aquí es donde ubicaremos la catapulta. En cuanto hagamos una brecha, mi gente atacará la ciudad. Los ingleses que han llegado con el arzobispo de Canterbury se encargarán del flanco izquierdo, y el duque Federico con sus hombres, del derecho. El resto del ejército asegurará nuestra posición aquí, frente a las tropas de Saladino. —Se levantó e indicó a Anselme que le trajera vino. En su cara asomó, de pronto, un gesto de preocupación—. Federico de Suabia arde de impaciencia porque está deseando terminar la misión lo más rápidamente posible. —Enrique tomó un buen trago del vaso que le había entregado Anselme—. Tal vez tenga miedo de que la gente que le queda huya si el asedio continúa durante más tiempo, o a no vivir para ver el desenlace. Da la impresión de que está enfermo.

—A mí me parece que está más bien consumido.

—No me sorprende, teniendo en cuenta todo el sufrimiento y esa maldita tragedia que carga a sus espaldas.

—Y en tus planes, ¿qué papel nos has dado a mí y a mi gente? —preguntó Guillaume con amabilidad.

Enrique alzó la vista y sonrió sorprendido.

—Bueno, Saladino no permitirá que armemos una gran ofensiva contra su guarnición. Intentará alcanzar nuestra retaguardia. Necesito hombres leales y valientes que nos cubran, a nosotros y a la catapulta, y en quienes pueda uno confiar a ciegas.

Guillaume esbozó una sonrisa débil mientras fijaba la mirada en su vaso, como si tratara de buscar una respuesta.

Étienne buscó la mirada de Anselme y vio que se hallaba muy angustiado y en tensión. Si llegara ese momento, estarían en pleno centro de la refriega, no cabía duda.

Guillaume dudó un momento.

—¿Crees que esta vez lo conseguiremos de verdad? —preguntó de nuevo.

—Daré lo mejor de mí —prometió Enrique con solemnidad.

El conde Guillaume respiró hondo.

—Entonces está decidido.

Los dos brindaron para sellar el acuerdo.

—Este mediodía convocaré una reunión con los comandantes y capitanes —anunció el jefe del ejército—. Y el día de San Ignacio mandaremos al infierno a la guarnición de Acre.

Cuando el conde Enrique salió de la tienda de campaña, Guillaume miró seriamente a Étienne, luego a Anselme y por último a Caspar.

—¿Y bien?

El cirujano arqueó una ceja.

—Si quieres mi opinión te diré que tu querido cuñado no se ha curado de su insana arrogancia y del entusiasmo por la acción que tienen todos los recién llegados. No vio cómo ardían las torres de asedio... ni los hombres. Quizá se le ha subido a la cabeza la sangre Plantagenet. En cualquier caso, me temo que tendrá que partirse el cráneo para curarse de ese mal. Pero ¿quién sabe? Antes de que eso suceda, quizá logre hacer un agujero en esas condenadas y malditas murallas.

De repente, Guillaume parecía preocupado y meditabundo.

—¿Debería haber rechazado su petición?

— Eres el marido de su hermana. Probablemente, no.

—Entonces dame dos días.

Caspar asintió con la cabeza.

—Ven, Étienne. Tenemos muchas cosas que hacer. El día de San Ignacio puede que termine el asedio, pero, sea cual sea el desenlace, la sangre nos va a llegar hasta los tobillos.

48

Acre, octubre de 1190

A todo aquel que intente evadirse del campo de batalla lo trae-
ré de vuelta yo mismo a punta de espada. La única dirección
que existe es hacia delante, contra las murallas de Acre. La única
forma de volver al campamento es después de una victoria o en
camilla. Mientras podáis sostener una espada o un arco, lucharéis
hasta el final.

Coltaire de Greville no se molestó en alentar a sus hombres
para la batalla que se avecinaba. En lugar de eso, apostaba por el
miedo, y todos sabían que sus amenazas no eran vanas.

Aveline echó un vistazo a la ciudad, donde los hombres del
conde Enrique habían colocado la catapulta en posición de disparo.
El ariete estaba también listo a una cierta distancia. Se iba a utilizar
donde, tras varias semanas de arriesgado trabajo, se habían rellena-
do los fosos que rodeaban la ciudad y, por tanto, en el caso de que
se produjera un avance, se podría cerrar y entrar en la ciudad sin
demora. La tropa de Coltaire, entre otras labores, debía proteger al
monstruo de cabeza de carnero con una cubierta, o, mejor dicho, a
los hombres valientes que lo manejarían, frente a la guarnición de
Acre. Los arqueros y sus escuderos avanzarían en pequeños grupos
móviles para atraer a los defensores de la muralla antes de que pudieran ocasionar daños, o al menos ese era el plan previsto.

Aveline acarició un momento la figurita de María que llevaba
en el cinturón y murmuró una última oración. Sabía que lo que le

esperaba ese día no se parecía en nada a las batallas que había vivido.

Étienne se cercioró por última vez de que tenía todo preparado, los cubos de agua, el vino, los vendajes, los torniquetes, los cuchillos y las sierras, las esponjas anestesiantes y las infusiones analgésicas. En la pila de carbón ardían las brasas, preparadas para la cauterización.

Mientras que una gran parte de los combatientes cristianos defendía el campamento militar frente a los ataques de Saladino, Guillaume se encontraba con sus guerreros en el campo de batalla ante Acre. Los sarracenos, ciertamente, no iban a quedarse de brazos cruzados mientras los cristianos intentaban derribar la muralla. Iban a perecer muchos hombres. Incontables iban a ser los heridos que necesitarían ayuda.

El hospital militar de campaña estaba tan lejos de la batalla que no podían alcanzarle los proyectiles que salían de Acre. Guillaume, además, había dejado una docena de hombres atrás que debían garantizar su protección. Los escuderos y algunos peones pondrían a salvo a los heridos del campo de batalla y los traerían. Otros peones y criadas estaban preparados para prestar asistencia en los cuidados médicos.

Todo estaba tranquilo todavía, pues el pelotón de Guillaume acababa de partir para unirse a los hombres del conde Enrique. Reinaba una calma tensa que casi volvía loco a Étienne. Llegó a la conclusión de que no hacer nada y esperar era mucho peor que el caos sangriento que iba a desatarse en breve.

Salió de la tienda de campaña, se dirigió a donde estaba Caspar y observó la nubecita de polvo que dejaban a su paso los hombres de Guillaume. Sentía preocupación por sus amigos y rezaba para que no fueran ellos quienes, más tarde, yacieran en el catre frente a él, con el cuerpo destrozado. Involuntariamente, se echó la mano al cuello, a la cruz que hacía ya mucho tiempo que no colgaba ahí, y fue dolorosamente consciente de que los amigos, que podrían estar cabalgando hacia la muerte, eran la única familia que le quedaba.

El mundo de Aveline se había reducido a una franja de unos pocos palmos de ancho, detrás de una pared de escudos del tamaño de un hombre.

—¡Adelante! —ordenó Matthieu tal como habían practicado cientos de veces. Estaba sustituyendo a Gallus porque este no se había recuperado del todo. Los peones elevaron los escudos para que formaran una cubierta protectora inclinada sobre sus cabezas y, a la vez, dejaran a la vista el terreno que tenían enfrente. Los hombres avanzaban agazapados.

—¡Arriba!

Con un movimiento fluido, los portadores inclinaron aún más los escudos sobre sus cabezas, para que los arqueros avanzaran entre ellos, tensaran los arcos y pudieran disparar una salva sobre los defensores de Acre.

—¡Atrás! —ordenó Matthieu acto seguido.

Aveline y sus compañeros acababan de colocarse a cubierto cuando, con un ruido sordo, flechas y piedras comenzaron a golpear sobre la cubierta protectora. Uno de los portadores se tambaleó cuando una punta de hierro perforó la madera a menos de un dedo de distancia de su mano. Aveline lo sostuvo con el codo antes de que el escudo cayera de su posición. Otras flechas surcaron el cielo. En algún lugar se oía a los hombres gritar. A cierta distancia, los recipientes de arcilla con fuego griego volaban por encima de la muralla para neutralizar la catapulta del conde Enrique. Sin éxito hasta el momento.

A sus espaldas, Aveline escuchó los jadeos y gemidos de los hombres que transportaban el ariete bajo el tejado protector de madera y de pieles; oyó el estruendo sordo que hizo el monstruo al impactar contra el muro; sintió la vibración bajo sus pies, pero la fortificación seguía aguantando. Necesitaban más tiempo. Aveline y los demás debían dárselo. Si llenaban de flechas a los sarracenos, quizá estos no tendrían oportunidad de lanzar sus proyectiles candentes y mortales sobre ellos.

Esta batalla no tenía nada que ver con los combates cuerpo a cuerpo en los jardines de Iconio. Aquí eran hombres contra las murallas, contra las piedras, contra las salvas de flechas y de fuego. No se veía una sola cara, tan solo los yelmos que aparecían tras el parapeto de Acre y que volvían a desaparecer como las marionetas en un teatro de títeres.

—¡Arriba! —gritó Matthieu, y Aveline avanzó entre los escuderos, con el arco tenso en ristre y con la esperanza de acertar al menos en uno de los yelmos de las almenas.

La batalla no llevaba mucho tiempo en curso y ya los escuderos tenían a media docena de heridos colocados en hilera sobre unas mantas frente al hospital militar de campaña. Y, aunque su misión era ofrecer tratamiento tan solo a los hombres que portaran los colores del conde Guillaume, el número de heridos no dejaba de crecer.

Caspar pasó por la hilera y examinó las heridas acompañado de los quejidos de quienes buscaban auxilio. Étienne se mantuvo en un segundo plano, siempre preocupado por si veía una cara familiar.

—De este te encargas tú —le ordenó el cirujano y señaló a un hombre que sangraba con un corte profundo en el antebrazo—. Este de aquí para mí —dijo llamando a dos peones para que metieran en la tienda de campaña a un hombre que tenía la cara ensangrentada con una fea herida en carne viva y un pómulo destrozado. Con unos movimientos experimentados, el médico colocó en su lugar el hombro luxado de un soldado que gritaba, mientras continuaba dando instrucciones—. El muchacho de la pierna rota será el siguiente. Véndale las heridas y así aguantará mejor.

—¿Y qué hay de ese? —preguntó Étienne dirigiendo la mirada a un hombre joven que conocía de vista. Una flecha le había atravesado el vientre, justo al lado del ombligo, y jadeaba al respirar. Contemplaba el cielo fijamente, en silencio y con la mirada vacía, mientras le manaba sangre por la comisura de la boca.

Caspar se arrodilló junto al herido y le dio de beber el jugo de adormidera de su frasco de arcilla. Dio uno, dos, tres, cuatro sorbos y el tipo se atragantó violentamente, pero retuvo el líquido.

¿Cuatro sorbos? Demasiados. Étienne iba a protestar, pero se mordió el labio.

—El padre Kilian cuidará de ti —explicó Caspar al herido, que apenas parecía oírlo. Étienne, en cambio, comprendió a la perfección el sentido de las palabras del médico.

El estruendo que provocaba cada golpe del ariete mezclado con el latido furioso de sus corazones se convirtió en un ritmo vibrante que los hacía avanzar para disparar y retroceder para buscar cobijo, igual que una ola en la orilla. Disparaban salva tras salva sobre los defensores de Acre, tejían una red de acero de puntas de flecha que obligaba a los sarracenos a refugiarse tras la muralla, y así daban tiempo al ariete para que realizara su destructivo trabajo. A lo lejos, Aveline seguía viendo la catapulta sobre la cual caían proyectiles ardientes y piedras. Había comenzado a arder en muchos puntos y los soldados cristianos intentaban extinguir el fuego desesperadamente.

«Entonces, el Señor hizo llover azufre y fuego desde los cielos». A Aveline le vino a la mente el versículo sobre la destrucción de Sodoma y Gomorra.

Pero ellos luchaban en el bando de Dios, en Su nombre, por Su ciudad santa. ¿Por qué habrían despertado Su ira?

Gritos y órdenes se filtraban en la mente de Aveline. Al estruendo del ariete y de sus corazones se unió un temblor y un ruido de pisadas.

Ella no fue la única que bajó el arco y trató de identificar el origen. Siguió la mirada de Matthieu bajo la cobertura y vio a los jinetes que venían del oeste y prorrumpían en aullidos furiosos. Eran sarracenos.

Étienne y Caspar trabajaban espalda con espalda, cada uno inclinado sobre un catre manchado, donde los heridos se retorcían bajo las manos de los auxiliares. En ese momento no disponían de tiempo para largos reconocimientos ni para tratamientos delicados. En lugar de aguja e hilo, empleaban cauterizaciones; en lugar del lento proceso para componer los huesos destrozados, fue necesario recurrir al cuchillo de las amputaciones. Allí se gritaba, se lloraba, se rezaba y se maldecía. Por lo general, no podían hacer nada más que salvar vidas. A menudo ni siquiera eso, máxime cuando se cernía sobre ellos la amenaza de quedarse sin medicamentos y vendas.

—Llevad a este enfrente, a la carpa del hospital para que pueda recuperarse unos instantes —indicó Étienne a los peones.

Su paciente perdió el conocimiento cuando le aplicó el hierro candente. Era mejor así. Al fin y al cabo, por lo que se veía, saldría de esta con una fea cicatriz.

Étienne se limpió las manos en un trapo sucio, se apoyó en un catre y cerró brevemente los ojos. El pie izquierdo le ardía como el infierno y casi le asombraba poder mantenerse aún en pie.

Se dirigió hacia Caspar, que examinaba a su paciente con un rostro furioso. Sobre el cuello, los hombros y el pecho de aquel hombre, allí donde había recibido las quemaduras por el fuego griego, se extendía un paisaje de carne fundida y abierta. El herido temblaba sin control y de su boca no salía más que un quejido débil. No era buena señal. Étienne había aprendido que quienes más fuerte gritaban eran los que tenían un mejor pronóstico.

Durante unos instantes, Caspar pareció reflexionar, luego agarró el frasco de arcilla y vertió un poco de su contenido en la boca del herido.

Esta vez, Étienne no pudo mantenerse al margen. Agarró a Caspar del brazo y lo apartó.

—Lo vas a matar —dijo entre dientes.

El cirujano emitió un murmullo triste y se dirigió a Étienne.

—Si quisiera matar hombres, cogería la espada y saldría al campo de batalla, hijito. No soy yo quien los mata, sino la guerra. Este hombre va a morir después de varias horas de agonía. Lo único que puedo hacer es acortar su martirio.

—Pero... ¿no debería ser Dios quien decidiera sobre la vida y la muerte?

—Cotorreas como un cura, Étienne. ¿Está Dios ahí fuera empuñando la espada y juzgando a los paganos? ¿Está aquí dándoles la mano a los heridos? No, Él se sirve de sus herramientas humanas. No somos otra cosa —dijo mirando fijamente a Étienne durante un momento con los ojos enrojecidos—. No me mires con cara de cordero degollado. Lo que hacemos aquí es un maldito trabajo desagradecido y nadie te dice lo que está bien o mal. Mucho menos el Padre que está en los cielos. Es una decisión que debes tomar tú mismo y, como médico de campaña, no tienes tiempo para sopesar las consecuencias. Pensaba que ya lo habrías comprendido a estas alturas. —Caspar se acercó a la jarra de vino con la que se lavaban las heridas y se la llevó a los labios. Estaba vacía. Con un sentimiento de frustración arrojó el recipiente al suelo, donde se rompió en innumerables pedazos. Al principio, parecía que el cirujano estaba sufriendo uno de sus ataques de ira, y todos los que estaban en la tienda agacharon la cabeza imperceptiblemente, pero luego Caspar apretó los puños sobre los ojos y se mantuvo durante algunos instantes en esa posición.

Étienne lo miró fijamente con la boca abierta e intentó comprender lo que acababa de oír. ¿Tenía razón el cirujano? ¿Podían (o debían) disponer de la vida y de la muerte de sus pacientes? ¿No lo hacían ya al decidir a quién iban a curar primero y a quién después o nunca?

No tuvo tiempo para terminar sus reflexiones porque los gritos angustiosos que se oían fuera anunciaban la llegada de otros heridos. Una vez más había que tomar decisiones rápidas.

Aveline no sabía a qué enemigo enfrentarse primero, si a los defensores de la muralla o a los jinetes. No importaba si los recién llegados eran un destacamento de la guarnición u hombres de Saladino que habían logrado penetrar en sus filas. Estaban ahí y Aveline y sus compañeros se encontraban entre la espada y la pared.

—Avery, Vincent, cubridnos las espaldas contra los jinetes —ordenó Matthieu—, y vosotros contened a los bastardos de la muralla. Nos dieron la orden de proteger el ariete a toda costa. No dejéis que se queme, o toda esta mierda habrá sido en vano.

No cabía duda de que tenía razón porque la cara catapulta del conde Enrique estaba en llamas en esos momentos. Alrededor de la máquina, ahora inútil, se había desencadenado una refriega contra un grupo de jinetes atacantes. No obstante, dividir a los arqueros significaba dar a los sarracenos de la muralla más espacio para contraatacar.

Aveline vio cómo Coltaire, sus caballeros y sus peones se enfrentaban a los jinetes, pero estos eran muchos, demasiados. Ella lanzaba flecha tras flecha a toda prisa contra los enemigos. Acertaba, fallaba, fallaba, acertaba.

—¡Más flechas! —gritó cuando de pronto su mano encontró la aljaba vacía—. ¡Rápido!

Alguien le dio un puñado.

—Estas son las últimas. No han llegado los suministros.

¡Bum!, resonó el ariete al golpear contra la muralla. ¡Bum! La maldita fortificación seguía aguantando.

—¡A cubierto! —gritó Matthieu.

Sin pensárselo, Aveline se metió de un salto bajo la cubierta de escudos, aunque los arqueros no eran los objetivos de los recipientes esféricos de arcilla que se estaban lanzando desde el otro lado de la muralla. Emitiendo unos sonidos sordos, unos cuantos recipientes se hicieron trizas encima y a un lado del ariete, y un líquido negro, de olor penetrante, se derramó sobre la madera y las pieles.

—Nafta —dijo Matthieu, jadeando, en el momento en que unas flechas incendiarias prendían el artefacto y el fuego se extendía con furia descontrolada. En la llanura resonaron unos gritos desgarradores de horror y de dolor.

—¿Cómo les va a Anselme y Del? —preguntó Étienne, atosigando a Perceval Tournus, a quien un escudero ayudaba, con cuidado, a descender de un carro plagado de heridos. Un cintarazo le había atravesado la cota de malla al anciano caballero a la altura del hombro izquierdo dejando a la vista una horrible herida en carne viva.

Tournus, con la cara dolorida, se limitó a sacudir la cabeza y a apretar el brazo herido contra el costado.

—¿Eso qué significa? —Étienne se le acercó—. ¿Han caído o no lo sabéis? —le preguntó con el corazón en la garganta.

A lo lejos, la catapulta estaba envuelta en unas llamas que iluminaban la danza sangrienta que se estaba produciendo entre atacantes y defensores. El ariete también ardía. Una vez más, el condenado fuego líquido de los sarracenos había frustrado las esperanzas de conseguir abrir una brecha.

—¿Estabais con ellos? ¿Los habéis visto? ¿Y el conde Guillaume?

—¡Ya basta, Étienne! —intervino Caspar—. ¡Vuelve al trabajo ahora mismo! La batalla se ha decidido ya. Guillaume y Enrique se retirarán y entonces veremos cómo están los demás.

Étienne apretó los dientes y asintió torpemente con la cabeza. Era uno de esos raros momentos en los que maldecía su pie de tullido porque no le permitía estar codo con codo con sus amigos, sino que lo condenaba a la espera.

Muertos, heridos, guerreros en lucha, caballos con y sin jinete, enemigos y aliados..., y Aveline en el medio. La retirada de los cristianos era más una huida descabezada que una maniobra ordenada, e iba acompasada por los insultos e injurias de los combatientes de la guarnición enemiga. Todos sabían que no había nada ya que ganar, excepto la vida pura y dura; todos intentaban escapar de la refriega y retirarse al campamento. Coltaire no estaba a la vista, así que nadie los retenía.

A Aveline no le quedaba ni una flecha en la aljaba. Su única arma era un cuchillo largo que había arrancado de la mano de un soldado muerto. No aspiraba a defenderse así de una espada sarracena, pero lo menos que podía hacer era aferrarse a él. No tenía intención de ofrecer resistencia. Todo lo contrario, quería volver a la protección del campamento lo antes posible.

El campo de batalla se aclaraba cada vez más; solo había algunas escaramuzas aquí y allá. También los victoriosos sarracenos parecían retirarse tras la seguridad de las murallas de Acre.

Aveline había perdido de vista por completo a sus compañeros cuando todos empezaron a buscarse la vida por su cuenta. Con el arco a la espalda y el cuchillo en la mano se deslizó rápidamente entre los muertos y los heridos. Marchaba en dirección al campamento cuando, de pronto, un sarraceno a caballo se fijó en ella. Hizo girar bruscamente a su caballo y galopó hacia ella con una sonrisa triunfal. Por lo visto, su honor de guerrero le impedía dejar retirarse al enemigo.

Aveline sabía que no tenía ninguna oportunidad ya antes de darse la vuelta y disponerse a huir. Los cascos del caballo, a su espalda, hacían un ruido atronador cada vez más rápido y el jinete profirió un grito triunfal. Cuando Aveline creyó sentir la respiración del animal en el cuello, cambió repentinamente de dirección hacia la derecha. Algo trazó un rastro de fuego a un costado suyo y ella cayó en plena carrera.

Los jinetes que se acercaban al hospital de campaña presentaban una imagen triste; estaban cansados, destrozados, cubiertos de sangre y de polvo. Étienne reconoció a Del y fue cojeando hacia él.

Llegó cuando su amigo ya se bajaba de la silla de montar, se quitaba el yelmo que tenía un ancho protector nasal y se apoyaba exhausto contra el cuerpo de su caballo. La sangre se le filtraba por debajo de la manga de la cota de malla.

Sin pedirle permiso, Étienne examinó la herida.

—¿Cómo estás?

—Como está alguien a quien los paganos le han pateado el culo con ganas.

—¿Y Anselme? ¿Y el conde Guillaume?

—Están trayendo al resto de nuestros hombres de vuelta al campamento y contando cuántos pueden mantenerse aún en pie —explicó Del con amargura.

Así que estaban vivos. ¡Gracias a Dios! Étienne respiró hondo cuando la presión que sentía en el pecho se fue disipando.

—Es un corte pequeño —explicó tras examinar la herida de Del—. No es grave. Te lo vendaré y...

Su amigo le apartó la mano.

—Olvídate. Cuida a quienes más lo necesitan —dijo señalando con el mentón a los heridos que esperaban a ser atendidos en el hospital de campaña—. Guillaume quiere que saquemos a los heridos y los llevemos de vuelta a la fortificación. Aquí no están seguros. Los paganos están locos de alegría tras la victoria. Es posible que se les ocurra atacaros.

—Aún no nos podemos ir —explicó Caspar, que salía de la tienda de campaña. Tenía una pinta aterradora, con el delantal cubierto de sangre y suciedad, como si él mismo hubiera estado en el campo de batalla. De un odre de cuero sacó agua con la que se limpió el rostro, luego la dejó correr por los brazos y las manos,

y se lavó—. Van a seguir trayendo heridos del frente —dijo finalmente—. Para muchos, el camino hasta el campamento es demasiado largo. La mitad moriría antes de llegar.

—También morirán si los sarracenos le dan un repaso a este
lugar —replicó Del con sencillez. Por lo visto le había perdido el
miedo al médico. En el campo de batalla uno aprendía a temer
cosas peores que a un cirujano de lengua afilada.

Caspar asintió con la cabeza y midió al joven caballero con
una mirada casi de respeto. Después sonrió.

—Si me lo permites, me quedaré de todos modos. Me basta
con que me dejes media docena de soldados. El padre Kilian te
mostrará los heridos que se pueden transportar y dónde yacen los
muertos. Él los acompañará de vuelta al campamento. Étienne me
ayudará aquí.

Aveline sintió la sangre cálida y pegajosa entre los dedos cuando
se llevó la mano al costado izquierdo. Después de que el sarraceno desapareciera, había luchado por levantarse. Tenía que ponerse a salvo, regresar al campamento donde se curaría las heridas,
antes de que otro intentara matarla o se le ocurriera ocuparse de
ella y la descubriera.

Todo el costado, justo debajo del seno izquierdo, parecía estar
en llamas. Cada paso rasgaba con garras afiladas la herida que la
hoja sarracena le había producido. Aveline se sentía mal por el
dolor, pero no podía quedarse quieta. Intentó fijar la mirada en
su objetivo: el campamento cristiano que, a lo lejos, estaba ilumi-
nado por el sol vespertino; el muro con la empalizada y las banderas descoloridas que el viento agitaba. Para empezar, tenía que
llegar allí. Luego, ya vería. Paso a paso. Un pie después del otro.
Cuanto más se acercaba, más se estrechaba su campo de visión;
empezó a tener visión de túnel, luego vio como a través de un
tubo y, finalmente, por un agujerito. Sin previo aviso, el cielo se
inclinó a un lado y se hizo de noche.

366

—¡Ava, despierta! ¡Tienes que despertarte! —decía una voz mágica penetrando en su conciencia. Quiso ponerse en pie al recordar los acontecimientos que habían tenido lugar, pero un dolor abrasador la condujo de regreso a la oscuridad. Sin embargo, esa voz no dejaba de sonar—. Ava, ¿puedes oírme? —¿Por qué esa voz conocía su verdadero nombre? Escupió, sentía que se ahogaba cuando el agua le recorrió de pronto la frente entrándole por la nariz y la boca. Finalmente, abrió los ojos. Sobre ella pendía la cara de Kilian.

—¡Alabado sea el Señor! —gritó este aliviado y su semblante se relajó un poco—. Tenemos que sacarte de aquí. ¿Puedes levantarte? Apóyate en mí. —Le dio de beber un poco y se colgó el odre de agua sobre el hombro.

—Kilian —dijo Aveline con voz ronca—, ¿de dónde...?

—Acompaño a los heridos desde el hospital militar de campaña al campamento. —Señaló detrás de él y ella distinguió varios carros a una cierta distancia flanqueados por algunos caballeros y por soldados de a pie—. De pronto vi cómo te tambaleabas y caías, como si Dios me hubiera enviado a rescatarte en ese momento. «¡Alabad al Señor porque Él es bueno, porque Su misericordia es para siempre!» —dijo con una sonrisa mientras se persignaba, luego la agarró suavemente por los hombros y la incorporó. Aveline se puso de pie soltando un gemido al tiempo que se llevaba la mano al costado herido—. Cuando lleguemos al campamento, nos ocuparemos de eso —explicó el monje con la vista clavada en la herida.

Aveline agarró la mano que tenía en el hombro.

—Kilian, no puedo...

—Lo sé, nada de cirujanos. No te preocupes. Trataré... Bueno, haré lo que pueda.

Un peón les salió al paso, ayudó a subir a Aveline al carro y la ubicó entre los demás heridos. Un caballero joven dio la orden y la pequeña caravana se puso de nuevo en marcha.

Durante el viaje, lleno de trompicones, el monje presionó un paño en la herida de Ava y se mostró preocupado. Ella caía inconsciente una y otra vez, así que apenas se dio cuenta de que habían pasado la puerta de entrada de las posiciones cristianas. En el campamento de la tropa del conde Guillaume, Kilian dio instrucciones para distribuir a los heridos.

—Este es uno de los hombres del duque Federico —señaló el monje mirando a Aveline—. Yo mismo me ocuparé de él. —La ayudó a bajar del carro y la llevó a una tienda verde descolorida—. Esta es la tienda de campaña en la que trabaja el cirujano —le explicó a Aveline, cuyos pasos eran cada vez más lentos—. No te preocupes, él y su ayudante todavía están fuera en el hospital de campaña y, teniendo en cuenta todos los heridos que hay, estarán ocupados un buen rato más —dijo empujándola con suavidad hacia el interior y guiándola hasta un simple catre de madera donde tomó asiento.

Mientras Kilian cerraba la entrada con una cuerda, Aveline miró a su alrededor unos instantes. Todo estaba sorprendentemente limpio y ordenado. En las estanterías había diversas bolsas, cajas, cajitas de madera y cestos, junto a instrumentos y utensilios que nunca había visto. Un olor a vinagre y a hierbas flotaba en el aire.

—¿Y si viene otra persona? —murmuró con la vista fija en la entrada.

—Ah, eso no va a pasar —respondió Kilian con una amplia sonrisa—. Caspar ha amenazado con arrancarle la cabeza a todo el que entre en la tienda de campaña sin su permiso. Ten por seguro que los que conocen su genio no ponen en duda ni por un momento sus palabras —dijo respirando hondo y dirigiéndose hacia ella—. Ahora nos encargaremos de esto.

Con manos temblorosas le quitó el paño ensangrentado que Aveline seguía presionando contra la herida.

Aveline oyó una plegaria pronunciada a media voz, mientras él le levantaba con cuidado el jubón desgarrado. Ella respiró siseando y le detuvo.

—¡Para! —Esperó a que se le aliviara el dolor con los ojos muy apretados—. La herida está debajo del... Está muy arriba —le explicó. Kilian tragó saliva y asintió con la cabeza.

—Señor, dame coraje —murmuró él mientras los dedos le temblaban tanto que apenas podía utilizarlos. Cerró los ojos y los puños.

—Ava, yo..., yo no sé.

—Tráeme unas tijeras o un cuchillo con el que pueda cortar la tela —indicó ella impaciente. Se mareó. Tenía que hacerlo rápidamente antes de perder el conocimiento por completo.

Kilian asintió con la cabeza, nervioso, y buscó una herramienta útil. Al cabo de algunos segundos regresó con un cuchillo corto. Rechinando los dientes, Aveline cortó la tela hasta dejar la herida al descubierto.

El monje entrecerró los ojos y se dirigió hacia ella apresuradamente.

—¡Jesús, María y José! —murmuró.

Aveline estiró el cuello para poder verse mejor. Tenía una herida abierta en forma de media luna, aparentemente no muy profunda, un poco por debajo del pecho, que sangraba lenta, pero continuamente. Debía cerrarla porque no iba a curarse por sí sola, sobre todo si quería seguir disparando con el arco, y no podía ir al médico si no quería ser descubierta. Kilian no iba a serle de gran ayuda, así que no le quedaba ninguna otra opción.

Aveline reunió fuerzas con los ojos cerrados.

—Kilian, necesito una esponja empapada en vinagre, aguja e hilo —dijo finalmente.

El monje, que seguía dándole la espalda con los hombros temblorosos, asintió con la cabeza, indeciso, y buscó todo lo que necesitaba. Pálido y con la mirada fija en su cara, dejó las cosas junto a Aveline encima del catre y volvió a darle la espalda.

—Lo siento mucho, Ava. Yo...

Aveline ya no le prestaba atención. Tenía que apresurarse. Con manos temblorosas, enhebró la aguja y después limpió la herida con la esponja empapada en vinagre. La herida le ardía igual que el fuego líquido. El corazón se le aceleró y envió calor hasta el último rincón de su cuerpo. Jadeaba luchando por respirar. Juntó los extremos de la herida y dio la primera puntada para coser la herida.

Muy inclinado sobre el catre, Caspar examinó la herida del muchacho. Era el último de los heridos graves de los hombres de Guillaume que le habían traído. «Tan joven..., casi un niño», pensó Étienne. Probablemente no había luchado en el campo de batalla, sino que había llevado agua o flechas a los combatientes o había atrapado a caballos extraviados. Puede que hubiera rescatado heridos o algo por el estilo. Sin embargo, eso no lo había salvado del ataque de los enemigos. Tenía una lanza delgada y rota clavada en el muslo con la punta introducida a fondo en la carne. El joven gemía, rezaba y murmuraba una y otra vez un nombre. ¿El de su madre? ¿El de su mujer?

Étienne le apretó una mano y le dirigió una sonrisa que esperaba que fuera alentadora. «Todo va a ir bien», era lo que quería significar, aunque él no sabía si eso se correspondía con la verdad.

—¿Cómo te llamas?

—Martin, señor —respondió el joven con dificultad.

—Vamos a ayudarte, Martin. Te lo prometo.

Al rato, Caspar se incorporó e hizo un movimiento afirmativo con la cabeza.

—Empecemos. —Primero explicó a Étienne y a los dos ayudantes cómo iban a proceder—. Debemos tener cuidado al extraerla —advirtió el cirujano—. La punta está taponando la herida, pero tiene unos garfios muy feos. Por lo menos parece que no se le ha introducido en el hueso. Normalmente terminaría de atravesarle la pierna y la sacaría por el otro lado, pero me parece muy arriesgado en este caso. Si seccionamos la arteria femoral, se acabó todo.

El joven tragó saliva al oírlo, pero Caspar le dio unos cachetitos reconfortantes en la mejilla.

—No te preocupes, estás en las mejores manos, hijito —dijo agarrando un tubo de bronce—. Trataremos de hacerlo con esto.

—Étienne conocía muy bien ese instrumento, que Caspar tenía en varios tamaños y modelos, ya que esos días lo había usado con frecuencia. Iban a ensanchar la herida, rodearían la lanza con el tubo y, finalmente, tirarían de la punta para sacarla a través del tubo, de forma que los garfios no lo desgarraran todo. Sin embargo, era un procedimiento muy doloroso. Se habían agotado las esponjas anestésicas, así que Caspar le entregó al chico un vaso con una mezcla de vino e infusión analgésica que el herido cogió con manos temblorosas y se llevó a los labios—. ¿Estás listo, pequeño?

Martin no pronunció palabra, pero en cambio los ojos se le llenaron de lágrimas.

—¡Vaya preguntas que hago! —Con una sonrisa bondadosa, Caspar tocó de nuevo la mejilla del muchacho y luego le dio dos separadores a Étienne—. Tienes que ensanchar la abertura para que me pueda colocar sobre la punta. Vosotros —dijo, dirigiéndose a los peones—, sujetadlo bien. No debe mover la pierna para nada, ¿de acuerdo? —Por seguridad fijaron el tronco del paciente con una correa al soporte y prepararon un torniquete por si uno de los vasos sanguíneos quedaba dañado—. Entonces, manos a la obra.

Étienne regó algo de vino sobre la herida. A continuación colocó los finos separadores y retiró con cuidado la carne que cubría la punta metálica ensartada.

El chico chilló y trató de zafarse de las manos férreas de los peones. Étienne tragó saliva, pero no se apartó de su trabajo. Nadie podía evitarle el dolor a Martin por mucho que quisieran.

Caspar se inclinó sobre el orificio de la herida y colocó con cuidado el instrumental. Martin volvió a chillar y luego el dolor le quitó el sentido.

—Ladéale la cabeza para que no se trague la lengua —señaló el cirujano a uno de los peones.

De repente, una voz fuerte y autoritaria se coló desde la entrada de la tienda.

—¡Dejadme verlo de inmediato! ¡Dejad paso! ¿O tengo que ayudarme de la espada, bastardos? —Se abrió la lona de la tienda de campaña y un caballero entró en tromba.

El hombre, corpulento, de pelo oscuro sudado y un notable mentón deforme, no tenía ninguna herida a la vista y miraba con fiereza a su alrededor. Sus cejas oscuras se levantaban como la pluma de un ave rapaz sobre los ojos de color gris. Llevaba la guerrera sucia y ensangrentada. Étienne constató que no era uno de los hombres de Guillaume.

—¡Necesito al cirujano al instante! —gritó el caballero.

—Está trabajando en estos momentos —replicó Caspar con serenidad, sin apartarse de su tarea.

—¡Debéis venir, ahora mismo! —El caballero parecía muy tenso, tenía la frente muy sudorosa y abría y cerraba la mano incesantemente—. ¡No hay tiempo que perder!

—Pero ¿quién sois? —le preguntó Caspar, que aún le daba la espalda al caballero e, impasible, empujaba el tubo dentro de la herida.

Étienne contempló cómo se iba desfigurando el semblante de aquel hombre pasando del desprecio a la rabia ante la continua indiferencia de Caspar.

—Me llamo Coltaire de Greville —contestó entre dientes—, caballero y pentarca del duque Federico, y os ordeno en el acto que...

Antes de que nadie pudiera detenerlo, dio un paso rápidamente al frente y, de golpe, hizo girar a Caspar. Al cirujano se le escapó el tubo y Martin profirió un gemido angustioso. Étienne dio las gracias a Dios por que el muchacho no estuviera consciente.

—¿Cómo os atrevéis? —dijo Caspar entre dientes y se echó tanto hacia delante que entre las puntas de las narices de ambos hombres apenas quedaba espacio para un pergamino. Las aletas de la nariz del médico temblaban de rabia—. Puede ser que ahí fuera no estéis acostumbrado a que alguien os oponga resistencia, señor mío, pero aquí dentro se juega según mis reglas, ¿os ha quedado claro?

Étienne sabía que, incluso fuera de la tienda de campaña, Caspar desafiaba a las autoridades y pocas veces seguía sus instrucciones, pero nadie se había atrevido hasta entonces a molestarlo de una forma tan imprudente durante una intervención quirúrgica.

El caballero se quedó impactado durante unos breves instantes, dio un paso atrás y levantó las manos con un gesto apaciguador. Tenía la cara gris y Étienne creyó leer en ella nerviosismo y algo de desesperación.

—¡Necesito vuestras facultades! ¡Rápido! —dijo casi suplicando—. Solo vos podéis ayudarme. Me dijeron que sois el mejor.

Coltaire trató de congraciarse sonriendo, pero la sonrisa se tornó una mueca torpe que demostraba la escasa práctica de esa disciplina.

Caspar no se dejó engañar por sus alabanzas hueras.

—Aquí, detrás de mí, encima de ese catre —explicó en el tono que habría empleado para hablar con un imbécil—, yace un joven gravemente herido y, por Dios, no iré a ninguna parte hasta que acabe de socorrerlo.

—¡Pero se está muriendo! —gritó el caballero. La saliva le salía disparada de los labios y su rostro adquirió un tono encendido, como si se le estuviera cociendo la sangre bajo la piel.

—¡Ella se va a morir si no hacéis nada para evitarlo!

Caspar parpadeó confundido.

—¿Ella?

—Faye, mi yegua. Le han dado un cintarazo en el pecho...

Étienne creyó haber oído mal, pero Caspar sacudió la cabeza estupefacto.

—¿De verdad pensáis que dejaría a este chico aquí solo y dolorido para cuidar de vuestro rocín?

Greville apretó los puños y dirigió una mirada asesina a Martin.

—¡Solo es el mocoso de un campesino! —Casi parecía que deseaba estrangular al chico para acelerar las cosas.

—Es una persona —replicó Caspar—. Una persona que precisa de mi ayuda —recalcó mirando al caballero con los ojos en ascuas—. Cuando termine, y no antes, podré ir a ver a vuestro caballo, siempre y cuando me paguéis como es debido. Hasta entonces, ¡largaos de esta tienda de campaña!

Hirviendo de rabia, Greville dio un paso hacia Caspar y desenvainó la espada a medias.

—¡Hacedlo! —dijo entre dientes el médico, a la vez que realizaba un gesto de invitación con los brazos—. Hacedlo y los jefes del ejército cristiano, encabezados por el conde Guillaume, os colgarán mañana de la horca más cercana y, si no, ante instancias superiores os veréis obligado a poner fin a vuestras ambiciones. De una u otra forma, eso no le servirá de nada a vuestro querido caballo.

Étienne contuvo la respiración sin apartar la vista de los contrincantes. El caballero cerró el puño con tanta fuerza en torno a la empuñadura de la espada que Étienne pensó que iba a quebrarse de un momento a otro. Sin embargo, transcurridos algunos segundos, Greville apartó la mano del arma, se dio la vuelta y salió de la tienda de campaña como una exhalación.

Caspar respiró sonoramente unas cuantas veces antes de dirigirse de nuevo a su paciente y, con mano firme, prosiguió con la intervención. Étienne lo admiraba y envidiaba por eso, por dejar atrás lo que había ocurrido tan deprisa. Él mismo sentía escalofríos al pensar en el odio implacable que había vislumbrado en los ojos del caballero y tuvo dificultades para mantener firmes los separadores.

Caspar finalmente se las arregló para sacar la horrible punta metálica del muslo de Martin sin causar mayores daños. Lavó la herida cuidadosamente y la cubrió con una cataplasma de hierbas. Si todo curaba bien, el chico se recuperaría pronto.

—Ahora, vamos a ver si podemos hacer algo por ese jamelgo. Al fin y al cabo, no tiene la culpa de tener a un amo tan horrible— murmuró el cirujano.

Al salir de la tienda de campaña, contemplaron una escena extraña. A unos pocos pasos, Coltaire de Greville estaba arrodillado en el polvo, con la gran cabeza de su yegua alazana apoyada en el regazo. Una y otra vez, le acariciaba los ollares pegados del morro. Era un gesto de tal ternura que parecía extrañamente inapropiado en aquel guerrero despiadado. Una sangre espesa se filtraba en la tierra por debajo del cuerpo macizo del caballo. El animal no daba señales de vida.

—Ya es demasiado tarde —dijo el caballero con una voz ronca y rota, cuando vio a Caspar—. Llegáis muy tarde, remiendahuesos. —Levantó la cabeza del caballo con mucha suavidad y la depositó con cuidado sobre la hierba polvorienta. Después se puso en pie, cubierto con la sangre del animal, y se dirigió hacia Étienne y Caspar. Las lágrimas habían atravesado el polvo de sus mejillas y tenía los ojos todavía húmedos. Entonces, como el carbón sobre un lecho de cenizas, otra emoción brilló tras la tristeza: una rabia impotente. Ese sentimiento lo conocía bien Étienne. Le molestaba tener algo en común con ese cruel caballero. No obstante, sabía también que la rabia incandescente de Coltaire, a diferencia de la suya, no iba a quedarse en nada, sino que forjaría un odio salvaje y un deseo implacable de venganza—. Este caballo me llevó a innumerables batallas y me salvó la vida media docena de veces. Me fue incondicionalmente fiel, nunca me traicionó, nunca me decepcionó. —Al principio la voz de Greville sonaba irritada y casi desesperada, pero luego se impusieron otros sentimientos y el tono se volvió frío, cortante y peligroso—. Este animal significaba para mí más que cualquier persona de este maldito campamento o incluso del mundo. ¡Y habéis dejado que muriera!

—Sobreestimáis mis facultades, Greville. Ahora que veo la herida, dudo que hubiera podido ayudar a vuestro caballo —replicó Caspar con calma.

—Nunca lo sabremos, ¿verdad? Pero no dejaré que os salgáis con la vuestra —susurró el caballero con la voz ronca y en sus ojos brilló una oscura amenaza—. Lo pagaréis caro, cirujano. Encontraré la manera. —Durante unos instantes más, Coltaire dirigió su mirada candente a Caspar y después se volvió a su escudero—. Quítale la silla y las bridas, y luego regresa al campamento.

Diciendo esto, saltó sobre el caballo de su acompañante y se marchó a todo galope de allí.

49

Acre, octubre de 1190

Hace tres días que perdimos la batalla y tengo la cabeza como si hubiera estado bebiendo toda una semana —se lamentó Del y se apretó el puño en el entrecejo.

—Bueno —replicó Étienne con una sonrisa—, al fin y al cabo has estado bebiendo de lo lindo... al menos estos últimos dos días.

—Maldita sea, sí, ese pis barato que te destruye el cerebro. No da para nada más.

—La meteorología está cambiando poco a poco. Ya casi no llegan barcos con suministros desde occidente —explicó Étienne—. Estamos teniendo problemas para conseguir medicamentos y material para el hospital militar.

—Después del desastre, creo que podríamos dar por terminada la campaña de este año. El próximo enemigo al que hay que desafiar se llama invierno. —Del se frotó la cara con ambas manos, como si pudiera sacarse la niebla del cerebro de esa forma—. ¿Qué te parece? —preguntó finalmente—. ¿Te vienes donde las chicas? Hace tiempo que no se te ve por allí.

—No sé...

Étienne, incómodo, se encogió de hombros. Desde la oferta inequívoca de Marica, había evitado ir a la carpa de las putas. Aunque de vez en cuando le hacía llegar algún pan a la chica a través de sus amigos, no quería crearle falsas expectativas si continuaba visitándola.

—¿Cómo puedes aguantar tanto tiempo sin una mujer? —preguntó Del—. Eso no puede ser sano. No me digas que tienes una amante secreta. ¿Una lavandera, quizá? O... ¡Por los cielos! ¿Estás auxiliándote con la mano? —Hizo un gesto de negación con la mano—. ¡Bah! Olvídalo, no es asunto mío.

—¿Por qué no le preguntas a Anselme si quiere ir él?

Del resopló.

—Don Caballero Elegante tiene algo mejor que hacer, tiene planes con el conde Guillaume o qué sé yo. —En su voz sonó algo sospechosamente similar a la envidia.

—Ya sabes que se toma sus deberes muy en serio —intentó apaciguarlo Étienne.

—¿Y yo no?

—No quería decir eso. Lo que quiero decir es que Anselme es un pensador, alguien que reflexiona. Puede que exagere un poco, de acuerdo. Pero tú, por el contrario, eres un hombre de espada, un hombre de acción.

Esta respuesta pareció complacerle, en todo caso asintió con la cabeza.

—Tal vez tengas razón y por eso mi espada va a pasar a la acción ahora —dijo dedicándole una sonrisa obscena—. ¿Qué pasa contigo?

Étienne suspiró rendido. ¿Y por qué no, en realidad? Caspar le había dado la tarde libre y un poco de distracción en los brazos de una mujer no le haría daño después de los últimos días, pero no debía ser Marica.

—Está bien, de acuerdo.

Un poco después se dirigieron a la carpa de las putas. Del le dio un último golpe alentador en el hombro a Étienne antes de decantarse por una muchacha de rizos oscuros que llevaba un vestido medio desatado.

Étienne miró a su alrededor y se dio cuenta de que se encontraba fuera de lugar. Cuando estaba sopesando escabullirse, Marica salió de una de las mugrientas tiendas de campaña. Todas las palabras que había preparado en caso de encontrársela se ahogaron en su garganta cuando vio su cara.

—¿Qué te ha ocurrido? —le preguntó, mientras se acercaba a ella.

La mitad izquierda de su cara, desde la ceja hasta le mejilla, estaba hinchada y de color morado. Tenía el labio inferior reventado por varios sitios. Giró la cara de forma casi desafiante cuando Étienne la quiso tocar, y sus ojos preguntaban en silencio: «¿Y a ti qué te importa?». Sin embargo, acabó exhalando un suspiro.

—No todos los puteros son unos corderitos mansos como tú —dijo con amargura—. Y necesito el dinero. Se acerca el invierno.

Eso se traducía en menos paga y en unas raciones de comida míseras para los combatientes, y eso significaba, por consiguiente, que se avecinaban malos tiempos para las putas.

—Lo único que tiene dentro ese tipo es una rabia asesina. Solo se le ponía dura cuando me hacía daño. Parecía un mastín con el mentón torcido.

Étienne la miró fijamente a los ojos con una expresión de alarma.

—¿Coltaire de Greville?

Marica se encogió de hombros.

—Ni idea. Es alto, con una mirada punzante. Y es fuerte. Pensé que iba a partirme la mandíbula.

Solo podía tratarse de Greville. Rabia y desprecio eran las palabras que acudieron a su mente al pensar en aquel cabrón. Sabía que no sería la última vez que se encontraría con él en el hospital militar de campaña, pero el hecho de que sus caminos se hubieran cruzado tan rápido y de esa manera hizo que se estremeciera.

—Ten cuidado, Marica, ese hombre es capaz de todo, créeme. Tienes que alejarte de él y de otros de su calaña —le advirtió.

La ramera se rio sin alegría.

—Con esta cara destrozada que me ha quedado tendré que aguantar de todo en los próximos tiempos si no quiero morirme de hambre.

Ella consintió que él le acariciara la mejilla con dulzura.

—Hoy podrías conformarte conmigo.

Marica no pudo sino sonreírle con desgana y se arrimó a la mano de él con cariño.

—Pero en esta ocasión vas a tener que pagar —le dijo con seriedad. Su mirada dejaba inequívocamente a las claras que no volvería a repetirle una segunda vez la oferta que le había hecho en el carro de Caspar.

—Está bien —respondió Étienne refiriéndose tanto a su petición como al mensaje que llevaba implícito. No sintió ninguna lástima, sino todo lo contrario. Su sentimiento era de alivio y de alegría por el hecho de que Marica siguiera conservando el orgullo.

—¿Todo bien, Avery? —Gallus la miraba con preocupación.

Con ánimo apaciguador, Aveline realizó un movimiento de negación con la mano. A la vez, apretó los dientes y respiró para intentar mitigar el dolor. Había hecho creer a su comandante y a los demás que solo había sufrido un pequeño rasguño en la batalla para disuadirlos de un cuidado excesivo y potencialmente peligroso. Al mismo tiempo, eso la dejaba sin excusas para ausentarse de los entrenamientos. Tres días después del ataque fallido se esperaba que, exceptuando a los heridos graves y a los muertos, todos volvieran a la rutina.

—Se me pasará pronto, Gall —respondió ella—. Dame solo unos instantes.

El comandante la miró de nuevo con insistencia antes de volver con los demás. Aveline había conseguido coserse la herida a pesar de no ser curandera ni cirujana, de no tener ninguna experiencia en ese tipo de intervenciones y pese a que el dolor casi le había arrebatado el sentido varias veces. Al final, se las había arreglado para cerrar el corte y que dejara de sangrar, pero la sutura se había tensado y tiraba de la herida cuando movía el brazo a cierta altura. Y, en el tiro con arco, eso era inevitable.

Respiró hondo y después levantó el arco mientras apretaba los dientes. El dolor era soportable, pero, cuando intentó tensar la cuerda, una punzada desgarradora le recorrió el costado. Un gemido escapó de sus labios, mientras la flecha volaba y caía en picado. Aveline se retorció de dolor y se presionó el costado involuntariamente con la mano. Sintió la humedad atravesando la tela.

—¡Avery! —la llamó Gallus.

Parpadeó para eliminar la oscuridad de su visión y fue hacia él andando con las piernas tiesas. Él dio unos golpecitos a la caja que tenía a su lado y que le servía de asiento y ella se sentó a duras penas.

—Me pregunto dónde está ese tonto del culo que tenemos por comandante —dijo Gallus sin mirar a Aveline—. Hace dos días que Greville casi no se deja ver. No pienses que lo echo de menos. ¡Ni hablar! Soy feliz cuando no tengo que verle la jeta, pero me interesa saberlo. Antes de esconderse en su nido de ratas, le dio tal paliza a su doncel que el muchacho lleva dos días vomitando el alma del cuerpo. ¡Tirano sin escrúpulos! En cualquier caso, está de un humor de perros y me sentiría mejor si supiera a qué atenerme.

—He oído que murió su caballo de batalla —explicó Aveline. Cuando no se movía, el dolor era soportable—. Parece ser que sentía más cariño por su caballo que por las personas.

—Me lo creo de todas todas. Han caído veintiún soldados, solo en nuestro estandarte, hay seis arqueros muertos y no ha dicho ni mu. Mierda, Matthieu, ¿qué ha sido eso? —gritó con voz ronca, mirando en dirección al campo de entrenamiento, y se levantó—. ¿Y tú quieres sustituirme? Si eso es todo lo que eres capaz de hacer, deberías cambiarte por esos estúpidos y repulsivos zapadores que no saben más que sujetar un maldito pico.

—¡Hazte una paja, gallo viejo! —gritó Matthieu haciendo un gesto obsceno.

Gallus escupió y sacudió la cabeza, después cambió bruscamente de tema.

—Avery, muchacho, no tienes que demostrarme nada. Hasta un ciego puede ver que padeces unos dolores horribles. Ve a que te mire un curandero, por Dios, y luego busca un sitio tranquilo y descansa hasta que te recuperes y puedas volver a tensar bien el arco. ¿De acuerdo?

Aveline tragó saliva y luego asintió con la cabeza. Gallus la despachó con unos golpecitos de ánimo en el hombro.

No podía ir a un médico, pero al mismo tiempo dudaba que volviera a ser capaz de disparar el arco si no lo hacía.

50

Acre, noviembre de 1190

Cinco días después de la derrota frente a las murallas de Acre parecía casi como si la batalla no hubiera tenido lugar nunca.

Los heridos graves estaban a medio camino de la recuperación o ya habían muerto y, después de la tristeza inicial, el conde Enrique había superado el fracaso... y la pérdida de su cara catapulta. Después de haber enterrado y llorado a los caídos, en el campamento de Guillaume todo volvió a la normalidad. La campaña había llegado oficialmente a su fin ese año y les aguardaba un nuevo invierno frente a las murallas de Acre.

—Si tienes suerte, solo se te caerán algunos dientes —dictaminó Caspar, después de examinar la cavidad bucal del peón plagada de abscesos—. Es consecuencia de la comida asquerosa que te llevas a la boca. Tienes que comer más fruta o, por lo menos, col.

—¿Dónde la encuentro a no ser que la robe? ¿Cómo voy a pagarla, señor? —preguntó el hombre preocupado—. Me doy por satisfecho con encontrar algo de molienda y de lentejas para mí y los mocosos.

Caspar asintió con la cabeza en silencio y respiró hondo una vez.

—Étienne, la ficaria verna.

Étienne cogió la bolsa que contenía las hojas secas y que, lamentablemente, cada vez pesaba menos. Ese hombre no era el primero que había venido con esa afección. Caspar suspiró brevemente al ver sus menguados suministros. Después metió un puñado de hierbas en una bolsa y se las dio al hombre.

—Llévate esto y bébete cada día una infusión caliente que harás con unas pocas hojas. Eso debería aliviarte un poco las molestias.

—Y esto también te ayudará —añadió Étienne mientras le ponía un cuenco de higos en la mano.

—¡Gracias, señor! ¡Que Dios os bendiga! ¡Que Dios os bendiga! —El peón se inclinó ante él, apretó la ofrenda contra su pecho y salió a toda prisa con la cabeza gacha, como si temiera que los señores médicos fueran a cambiar de opinión.

—¡Ay! —Étienne se frotó la nuca donde Caspar le había dado un cogotazo.

—¿Cómo se te ocurre darle a ese tipo mis higos?

—Nuestros higos —corrigió Étienne—. Tú mismo le dijiste que comiera más fruta.

—Pero no de mi fruta.

—De nuestra fruta. Él la necesita mucho más que nosotros, que no hemos pasado hambre ni un solo día.

—Lo que nunca ha pasado, puede pasar rápidamente. ¿Quién se ocupará de estos pobres diablos si enfermamos nosotros?

Étienne puso los ojos en blanco y comenzó a desenrollar las lonas laterales de la carpa de los tratamientos mientras Caspar recogía las bolsas de hierbas. El cielo mostraba ya la tonalidad púrpura que precede al crepúsculo.

Cuando Étienne levantó la mirada de su trabajo, vio que en la entrada de la tienda de campaña estaba el joven arquero del ejército de Barbarroja que había observado tantas veces realizando sus ejercicios de tiro.

Caspar también lo había divisado.

—Vuelve mañana —refunfuñó—. Aún tengo que ver a los pacientes de la enfermería y luego tengo una cita con mi jarra de vino. ¡Alabado sea el Santísimo!

El joven se volvió sin decir una sola palabra. O más bien lo intentó porque una pierna cedió y dio un traspié, aunque en el último momento pudo mantenerse erguido.

Étienne fue cojeando hasta él, lo agarró por los hombros y examinó su cara pálida.

—¿Qué te pasa? —Un sudor frío cubría la frente del arquero y las aletas de la nariz le temblaban mientras presionaba la mano en el costillar izquierdo.

Con cuidado, Étienne le apartó la mano. El jubón estaba húmedo y manchado de sangre y de supuraciones de la herida.

Caspar puso los brazos en jarras, asintió con la cabeza y frunció los labios.

—Bueno, ahora estoy intrigado yo también. Entra.

El joven seguía sin pronunciar palabra y accedió al interior de la tienda caminando con las piernas tiesas, visiblemente dolorido. Étienne cerró las lonas de la entrada y lo condujo con cuidado hasta un taburete.

—No eres uno de los hombres de Guillaume —constató Caspar.

—Es uno de los hombres del duque Federico —explicó Étienne en vez del arquero.

—¿Cómo nos vas a pagar?

—¿No podemos hablar de eso después, Caspar? —le interrumpió Étienne—. Como puedes ver, padece dolores fuertes.

El cirujano se encogió de hombros.

—Por mí... Quizá pueda darnos unos higos nuevos, antes de que no haya más, ¿verdad? —dijo Caspar mientras se lavaba las manos en un cubo de agua—. Bueno, quítate la ropa entonces. Vamos a ver qué cosa bonita nos estás escondiendo.

Étienne vio cómo la cara del joven palidecía y los ojos se le abrían de par en par reflejando pánico.

—¿Escondiendo? ¿Por qué iba...? —preguntó cruzando los brazos por encima del pecho.

—¿Te estás haciendo de rogar? —exclamó Caspar con las cejas enarcadas—. ¿Eres una vieja solterona o qué? Puede que algunos piensen que soy un santo, muchachito, pero a través de dos capas de tela no soy capaz de examinar ninguna herida. ¡Así que venga ya!

—No..., no puedo —murmuró su interlocutor bajando la mirada.

Caspar chasqueó impaciente la lengua.

—Por los cielos, no dispongo de tiempo ni paciencia para esto. ¡Vete a molestar a otro con tus dolorcillos! Yo tengo todavía mucho que hacer.

Y, sin decir nada más, el cirujano se marchó de la tienda de campaña.

—Yo..., lo siento mucho. —El arquero se levantó tambaleante y se le escapó un gemido ahogado. Con los dientes apretados, se palpó a tientas la herida—. Tengo que irme.

—No. —Étienne lo llevó de vuelta al taburete—. Vuelve a sentarte. Tienes que disculpar a Caspar. Puede ser un verdadero maleducado, especialmente cuando ha tenido un día muy largo. Sé de lo que hablo y pongo a Dios por testigo —dijo dedicándole una amplia sonrisa. Sobre el rostro del arquero también aparecieron visos de una sonrisa, pero su postura seguía tensa, casi como si fuera a huir. ¿Qué le daba tanto miedo?—. Yo soy Étienne. ¿Cómo te llamas?

—Avery.

—Avery, tengo que decirte que llevo observándote un tiempo.

Étienne charlaba para distraer al muchacho y ganarse su confianza. Sin embargo, consiguió justo lo contrario. En el rosto del arquero se acentuó la expresión de temor y se levantó a medias de su asiento.

—¿Observándome? ¿Por qué?

—Bueno, porque admiro tu maestría con el arco —confesó Étienne con franqueza—. Yo soy un arquero decente, o eso pensaba hasta que te vi. ¿Cómo, siendo tan joven, has conseguido alcanzar ese dominio?

Avery volvió a sentarse en el taburete y profirió una risa casi aliviada.

—He tenido mucho tiempo para practicar. Y buenos maestros —respondió—. Ese es todo el secreto.

—La herida tiene que estar dándote muchos problemas.

Como si sus palabras le hubieran hecho recordar de nuevo el dolor, Avery entrecerró los ojos.

—Ahora mismo me es casi imposible tensar el arco —dijo.

—¿Qué ha pasado?

—En la última batalla, la espada de un sarraceno me...

—Espera un momento... Eso fue hace cinco días. ¿Te ha visto algún curandero?

Aveline negó con la cabeza.

—¿Por qué no viniste antes?

El miedo volvió a inundar el rostro del muchacho. Sus ojos sostuvieron la mirada de Étienne. Irradiaban un brillo de color azul grisáceo, como el mar antes de una tormenta.

—Yo..., yo podría ocuparme de esa herida —se ofreció Étienne—. Sé que habías venido por Caspar, pero hace casi un año que trabajamos juntos. Él me está enseñando las artes del oficio, y en el campo de batalla frente a Acre no te queda otra que aprender rápido.

Transcurrieron unos segundos mientras Avery lo miraba fijamente y en silencio. Étienne hubiera dado algo por poder leerle la mente.

Como el joven arquero no dio señales de querer contestar, Étienne cogió otro taburete y se sentó frente a él. Tras un último intercambio de miradas, comenzó a desatarle lentamente el jubón y lo ayudó a sacárselo por la cabeza con cuidado. Debajo quedó a la vista una venda ceñida que le cubría el pecho y las costillas por completo. La zona situada encima del costillar izquierdo estaba empapada en sangre y otros líquidos que supuraban de la herida. Étienne le quitó el vendaje con cuidado.

Ante él aparecieron una herida medio abierta que había sido cosida chapuceramente... y dos pechos redondos de muchacha.

Se levantó con un sobresalto y tumbó el taburete, tropezó y retrocedió unos pasos. Miró fijamente, boquiabierto, luego cerró los ojos y volvió a abrirlos. La piel comenzó a arderle y un calor le recorrió todo el cuerpo hasta las raíces del pelo. No había ninguna duda.

Étienne se giró bruscamente, se apoyó sobre el catre de las intervenciones quirúrgicas con todo su peso y trató de respirar para calmar los latidos de su corazón. «Es una chica». De pronto, aquel extraño comportamiento cobraba sentido. «¿Y ahora qué, Dios Santo Bendito?».

Los pensamientos de Étienne iban a toda velocidad. Finalmente, se dirigió a la entrada de la tienda de campaña y la cerró con varias cuerdas para que nadie pudiera acceder sin ser invitado. Luego se sentó de nuevo en el taburete y fijó su mirada en la joven un momento. Ella se había quedado totalmente paralizada. Había cruzado los brazos delante del pecho, su respiración era agitada y sus ojos, abiertos de par en par por el miedo, seguían cada una de sus miradas. No pronunciaba palabra alguna. ¿Para qué? Ambos sabían que ella estaba a su merced. Cuando se supiera que había vivido como un hombre entre hombres, nada en el mundo podría protegerla. ¿Cómo había podido mantenerlo en secreto durante tanto tiempo? Aunque, pensándolo bien, también a él lo había engañado sin esfuerzo hasta ese momento.

«Es una persona, una persona que necesita tu ayuda, una persona herida, nada más», se dijo Étienne. Sin embargo, su nuez de Adán desarrolló de pronto una ridícula vida propia. Obligó a sus ojos a fijarse en la herida, y solo en la herida.

—La has cosido tú, ¿verdad? —No era necesario que le respondiera, porque estaba claro. Étienne no estaba seguro de si él hubiese tenido el coraje de hacerlo en una situación similar—. Se han desgarrado los puntos y la herida ha vuelto a abrirse —señaló—. No me extraña, habiendo intentado disparar en este estado. Eso ha sido muy imprudente. El corte está... en un mal sitio. Te seguirá pasando si no guardas reposo. —Étienne se quedó pensando y respiró profundamente. La herida medía, más o menos, dos dedos de largo y, aunque ya no era tan reciente, estaba abierta—.

No será sencillo, pero trataré de volverla a coser. No sé cómo la podemos cerrar en este lugar. Luego es muy importante que guardes reposo y no tires con arco durante un tiempo. Eso es inevitable. ¿Me has entendido..., Avery?

La joven asintió con la cabeza en silencio. Mientras apretaba la mandíbula, los tendones del cuello emergieron como hebras bajo la piel pálida y los músculos de sus mejillas se tensaron.

—De acuerdo, entonces.

Étienne preparó trapos limpios, vino, un escalpelo, pinzas y una aguja. Aunque Caspar lo despellejara por ello, utilizaría como sutura una de las delicadas y preciadas fibras de seda, en lugar de tendón animal o crin de caballo. De esa manera podría mantener los puntos planos y elásticos. Empapó el hilo en vino y luego lo pasó por un trozo de cera de abeja para alisarlo. A continuación cogió el afilado escalpelo porque, antes de empezar a coser, era necesario hacer una herida nueva sobre la vieja.

Una mujer que servía como arquera en el ejército sin ser detectada. Ese pensamiento era monstruoso. A pesar de todo, Étienne tenía que sacárselo de la cabeza si quería hacer un trabajo concienzudo. Lavó la herida cuidadosamente con vino, siempre atento para no levantar la vista ni tocar su desnudez. La paciente no era la primera mujer que veía desnuda, pero las circunstancias le habían desconcertado más de lo debido.

«Solo es una persona, una persona herida —se obligó a calmarse—. Así que adelante».

Retiró el tejido incrustado con el escalpelo y creó unos bordes nuevos en la herida. Era una intervención muy dolorosa, sin duda, pero la chica no gritó ni se retorció una sola vez. Mantuvo los ojos cerrados y las aletas de la nariz se le ensancharon, algo que notó cuando le dirigió una mirada fugaz a la cara, pero de sus labios no salió ningún sonido. ¿Qué edad tendría? ¿Cuánto dolor habría soportado ya? Unió los bordes de la herida con sumo cuidado y cosió unos pequeños puntos, muy pegados entre sí, para cerrarla limpiamente.

Cuando terminó de coser, cubrió por los hombros a la paciente con una manta ligera, no solo para abrigarla, sino para poder mirarla sin que la vergüenza le atenazara la garganta.

—Ya casi hemos acabado —la tranquilizó.

En un mortero puso llantén, milenrama, betónica y agrimonia secos, los pulverizó y lo mezcló todo con aceite y un poco de miel para hacer una pasta que extendió cuidadosamente sobre la herida. Después le cubrió el pecho y las costillas con una venda generosa. La gangrena seguía siendo el mayor peligro. Por último, la ayudó a ponerse el jubón.

—Esto es todo por ahora. Vuelve mañana, después del atardecer, para que pueda examinarte la herida y cambiarte la venda. Nada de arco por el momento, de lo contrario esto no habrá servido para nada.

La chica lo miró con los ojos muy abiertos y le escudriñó la cara.

—¿No me delataréis vos? —Su voz sonó implorante, y de pronto muy joven..., ¿como de niña tal vez? ¿Cómo había podido escapársele ese detalle?

Étienne miró a un lado y sacudió la cabeza.

—No, no lo haré —contestó—. Eres una arquera excelente. El ejército cristiano necesita hombres como... Quiero decir... —De pronto la miró abiertamente y sus labios articularon en silencio un «¿cómo iba a hacerlo?».

—¿No me vais a delatar? —Ella le agarró el brazo con insistencia.

Étienne tenía claro que el destino de ella, la vida de ella, estaba en sus manos. Sí, lo que había hecho era un pecado, pero ¿no había luchado con valentía por la causa de Dios? No le correspondía a él juzgarla. Movió la cabeza con determinación.

—Por mi parte no tienes nada que temer, te doy mi palabra. Lo juro por la Sagrada Tumba.

La joven intentó leerle la mirada. Finalmente lo soltó y asintió brevemente con la cabeza. Al parecer, había decidido confiar en él. ¿Tenía otra opción acaso?

—Os doy las gracias. No podré pagároslo con nada.

Aunque intentaba aparentar fuerza, la voz se le quebró.

Étienne tenía mil preguntas, pero no formuló ninguna. No era el momento adecuado. En lugar de eso, abrió la entrada a la tienda de campaña y ella se fue sin decir una palabra más. Él ni siquiera sabía su verdadero nombre.

51

Acre, noviembre de 1190

L a muchacha que se hacía llamar Avery no fue a la tarde siguiente, ni tampoco a la siguiente. Aunque Étienne se mantuvo vigilante, desde su encuentro tampoco había vuelto a verla en el campamento de los arqueros.

Si en un primer momento sus pensamientos habían estado marcados por el nerviosismo y por la incertidumbre, ahora lo embargaba la preocupación. ¿Y si la herida se le gangrenaba porque él lo había hecho mal o había pasado algo por alto? Quizá yacía en algún lugar dolorida y con fiebre, y no podía valerse por sí misma. ¿Debía ir al campamento del ejército de Barbarroja y preguntar por Avery, el arquero, o eso la pondría en peligro innecesariamente?

—¡Étienne! —La voz de Caspar sonó afilada y se dio cuenta de que no era la primera vez que el cirujano lo llamaba—. ¿Estás dormido, muchacho? Tenemos que preparar nuevas infusiones analgésicas. Guillaume ha traído tres barriles con remedios y hierbas. Será uno de los últimos envíos antes de la próxima primavera. Hasta entonces vamos a ver cómo nos arreglamos. Étienne, ¿me estás escuchando?

El ayudante levantó la vista y se vio expuesto a la mirada inquisitiva de Caspar.

—Yo... no puedo pensar sino en el joven arquero que estuvo aquí hace dos días.

Étienne quiso morderse la lengua mientras las palabras salían de su boca. No había sido prudente sacar el tema. A causa de su profesión, Caspar era muy buen observador y él, un pésimo mentiroso.

—Sí —repuso Caspar alargando la sílaba—. El muchacho aquel que no quiso enseñarme la herida. No me has contado qué pasó.

El cirujano fue a buscar una báscula de precisión y un mortero, además de un cesto que contenía diversas bolsas, y comenzó a pesar los ingredientes. Una y otra vez le echaba un vistazo al libro que tenía abierto frente a él, el *Antidotarium Nicolai,* un recetario que poseía desde su época en Salerno.

—Ah, al..., al final pude convencerlo para que me dejara verla. Era una herida abierta, no era para tanto —afirmó Étienne y apartó la mirada de Caspar—. Solo era un poco... tímido.

—Solo un poco tímido. No me digas. —La voz de Caspar sonó fría—. Entonces, ¿por qué estás tan meditabundo?

Étienne profirió una maldición entre dientes. Debería haberse imaginado que no iba a despistar al cirujano con tanta facilidad.

—Quería verlo al día siguiente para comprobar si estaba bien, pero por el momento no ha aparecido. Supongo que eso es una buena señal, ¿no?

—Eso, o está muerto.

Étienne se giró y miró aterrado al médico. Caspar mostró una sonrisa de oreja a oreja.

—Qué gracioso —murmuró Étienne y desahogó su enfado con las raíces que tenía en el mortero—. En ese caso, tampoco vendrán tus higos.

—Cielo santo, eso sería una pena —replicó Caspar con fingida indignación—. Y encima habrías desperdiciado aquel hermoso hilo de seda.

Étienne gimió por dentro. Eso no se le había pasado por alto al cirujano, ¿cómo no?

—Si el muchacho llega a pagar al final, me pido tres cuartos de tu salario. Estarás de acuerdo con esto, ¿verdad?

—Por supuesto.

Étienne suspiró. En ese estado de ánimo, Caspar se ponía insoportable.

Ya anochecía cuando terminaron por fin de mezclar los componentes de la infusión analgésica. El tiempo tenía que hacer el resto.

Caspar se había ido con el conde Guillaume, con quien iba a vaciar unos cuantos vasos de vino. Desde la derrota, Guillaume estaba de muy mal humor. Se había peleado con su cuñado, el conde Enrique, cuyo error de cálculo era responsable, en el fondo, del desastre y de la muerte de muchos hombres buenos. Y también con el duque Hugues, que parecía haberlos olvidado en Tierra Santa.

Étienne colocó la última bolsa en su lugar y estaba a punto de apagar la lámpara de aceite cuando notó un movimiento en la entrada.

—Ya pensaba que no volvería a verte —confesó a la persona que acababa de llegar, esperando que no se le notara el alivio que sentía.

Miró con insistencia a la arquera que se había quedado callada en la entrada, igual que la primera vez. Sin embargo, tres días después, tenía buen color en la cara y podía mantenerse derecha sin aparentes dolores. Llevaba una bolsita consigo.

—Necesitaba tiempo para pensar y asegurarme de que no ibais a cambiar de opinión y a delatarme. Bueno —una sonrisa sincera hacía que su rostro brillara y pareciera totalmente cambiado—, si lo hubierais hecho, yo probablemente no estaría aquí. Os doy las gracias.

Étienne se encogió de hombros. Luego no pudo menos que devolver la sonrisa.

—En tu situación no debe ser fácil confiar.

—En determinadas circunstancias es mortal.

—No te preocupes, yo mantengo mi palabra. Por mí no lo sabrá nadie —prometió con gesto serio.

Ella se limitó a asentir con la cabeza.

—Bueno..., ¿cómo te encuentras? ¿Te duele todavía? —Con un gesto de la mano la invitó a entrar y a sentarse en el taburete—. Tranquila, estamos solos. Mi maestro volverá al alba, como muy pronto.

La chica accedió al interior finalmente y Étienne cerró cuidadosamente la entrada con las cuerdas. Cuando volvió a acercarse, ella le tendió la mano en la que llevaba la bolsita.

—Tomad, esto es para vos. —Étienne abrió el saquito, de donde salió un olor dulce y apetitoso: albaricoques secos—. Lo siento mucho, pero no pude conseguir higos —se apresuró a explicar la joven al no decir él nada.

—Los albaricoques son estupendos. —Étienne supuso que había pagado una pequeña fortuna por ellos.

—Pensé que, en señal de agradecimiento, podría enseñaros algunos trucos con el arco —dijo la muchacha.

—¿Lo harías?

—Claro, pero solo cuando la herida se haya curado bien, tal como me ha aconsejado mi médico —respondió ella con una sonrisa.

—Entonces vamos a ver si la cura sigue su curso, Av... —Titubeó—. ¿No vas a decirme tu verdadero nombre primero?

La cara de ella adoptó una expresión seria. Lo miró durante unos instantes en silencio, como si le costara trabajo revelar su último secreto.

—Me llaman Ava, señor.

Su interlocutor sonrió. Era una sonrisa sincera y abierta que iluminó sus ojos ambarinos e hizo que se le marcaran dos hoyuelos en las comisuras de los labios.

—Un placer conocerte. Mi nombre es Étienne, aunque eso ya lo sabías, y no tienes que dirigirte a mí como a un señor. ¿Comenzamos, Ava?

Ella asintió. Oír su nombre en la boca de aquel joven médico le deparó una sensación inesperadamente cálida. Mientras él lo preparaba todo para el reconocimiento y el posterior tratamiento, ella se tomó su tiempo por primera vez para observarlo. El pelo castaño le llegaba casi hasta la nuca y le caía alborotado por la frente. Ocultaba casi por completo la ancha cicatriz, de un dedo de largo, que iba desde la ceja derecha a la sien. Aveline estimó que solo podía ser un poco mayor que ella, tenía quizá unos veintipocos. En su mirada, descubrió un atisbo continuo de asombro suave, como si hubiera conservado la visión del mundo inocente, curiosa y tal vez ingenua de un niño. Eso lo hacía vulnerable y extrañamente atractivo. Aunque la cicatriz y la cojera señalaban que la vida no siempre le había tratado bien, parecía que el destino no había logrado endurecerlo ni amargarlo. ¿Se podía decir lo mismo de ella?

Con una sonrisa cohibida, Étienne se apartó el cabello de los ojos cuando sintió la mirada de ella.

—Ya estoy listo.

Aveline asintió con la cabeza y con la ayuda de él se quitó despacio el jubón. Aun sabiendo que podía confiar en él, seguía sintiendo vergüenza. Parecía que a su interlocutor le pasaba lo mismo porque la frente se le cubrió de sudor y las mejillas se le enrojecieron. A pesar de todo, sus manos actuaron con firmeza y trabajaron de forma rutinaria cuando le retiró con cuidado la cataplasma de hierbas para examinar la herida. Ella sintió cómo le palpaba pausadamente la sutura con los dedos cálidos.

Los dolores habían disminuido desde el tratamiento, tal vez porque ella había seguido a rajatabla el consejo de no tocar el arco.

Cuando el cirujano levantó la vista, le mostró una sonrisa orgullosa y casi aliviada.

—Se está curando. Los puntos están aguantando y tienen buen aspecto —le explicó—. Si tienes un poco de paciencia, la herida será pronto un mal recuerdo.

Aveline hizo un movimiento afirmativo con la cabeza y de sus labios salió con fuerza la palabra «gracias». Sintió que la tensión disminuía y sonrió aliviada. Étienne la miró con una amplia sonrisa y se deleitó con la alegría de ella.

—Un poco más y ya podremos quitarte los puntos. Luego estarás ya en condiciones de comenzar a practicar con el arco progresivamente. —Trató la herida con nuevas hierbas y le puso una venda limpia, antes de ayudarla a vestirse—. ¿Hasta mañana?

—Sí, hasta mañana.

Poco después del amanecer, mientras Caspar, con el pelo totalmente revuelto, estaba agachado junto al fogón y bebía a toda prisa una infusión de corteza de sauce, Étienne contó los albaricoques a su lado, sobre un paño.

—... cinco y seis. Eso es todo.

—¿Qué diablos es eso? —gruñó Caspar.

Esa mañana estaba especialmente malhumorado, lo que significaba que su juerga alcohólica con Guillaume debía de haber sido desproporcionada. Normalmente se solía controlar mejor después de las borracheras.

—Esta es la parte que exigiste de mi sueldo —explicó Étienne con una gran sonrisa.

Caspar, irritado, puso los ojos en blanco.

—¿Serías tan amable de iluminarme?

—Avery, el arquero joven del ejército del emperador, estuvo aquí ayer y ha pagado sus deudas.

—¿Y? —Caspar lo miró con una ceja arqueada y se esforzó en no mostrar un interés excesivo—. ¿Y bien?

La sonrisa de Étienne se hizo aún más amplia.

—Le va bien. La herida se está curando de maravilla.

Caspar asintió con la cabeza.

—Evidentemente, para eso estás aprendiendo conmigo el oficio. Bien hecho.

—¿Es eso un cumplido? A fe mía, ojalá se me permita vivir tal cosa. —Étienne hizo un bailecito triunfal hasta donde se lo permitió el pie lisiado.

—¡Ay, no hagas tonterías! —Caspar agitó sin parar una mano—. Y ahora déjame solo y llévate estas cosas resecas de aquí. ¿Has olvidado que detesto los albaricoques?

Era mentira y ambos lo sabían.

—Dios ha escuchado mis plegarias —exclamó Kilian alzando las manos al cielo.

El monje estaba arrodillado junto a Aveline, que se había tumbado en el lecho de su tienda de campaña y estaba comiendo el pan que él le había llevado. Kilian no sabía que había ido a ver dos veces al médico y que, por consiguiente, había otra persona al tanto de su secreto. Por el momento, se lo seguiría ocultando. Nunca se lo habría consentido ya que estaba preocupado justificadamente por su vida y por su seguridad. Ella sabía que Kilian consideraba al maestro de Étienne, Caspar, un cirujano excelente, pero que, en secreto, temía a aquel hombre impredecible y lenguaraz.

Como Kilian no había podido ayudarla con sus modestos conocimientos médicos, se centró en lo que verdaderamente dominaba: rezar. El alivio que él había sentido por su recuperación hizo sonreír a Aveline.

—¡Alabado sea el Señor! —exclamó.

—Sí, alabado sea el Señor.

Tal vez realmente se debiera a una intervención de Dios el hecho de haberse topado con Étienne y haber encontrado en él a una persona fiable y competente que la estaba ayudando. Kilian le proporcionaba consejo espiritual, comida y todo lo que necesitaba, mientras Gallus le cubría las espaldas y, junto a Matthieu, le contaba los últimos chismes del campamento.

Aunque nadie habría afirmado que se encontraba en una situación halagüeña, Aveline volvía a sentir algo similar a la dicha después de mucho tiempo, una emoción extremadamente frágil, como ella bien sabía.

52

Acre, noviembre de 1190

El invierno en Tierra Santa significaba sobre todo lluvia. Ese año había llovido con abundancia y de forma casi ininterrumpida. Casi podía creerse que el Todopoderoso había decidido pasar por agua el semblante terroso tanto de los paganos como de Sus fracasados guerreros.

A veces, las gotas golpeaban como guijarros caídos del cielo y dejaban tras de sí pequeños cráteres en la tierra donde acababan formando grandes charcos de agua sucia. La mayoría de las veces, sin embargo, sobre el campamento cristiano caía una suave llovizna que calaba los huesos poco a poco y dejaba todo húmedo y fangoso.

Las letrinas, ya de por sí repletas, comenzaron a rebosar y los excrementos se esparcieron por las posiciones militares cristianas. Entre las tiendas de campaña había charcas fétidas, donde fermentaban las miasmas infecciosas.

Entretanto, el mar estaba siendo azotado por unos vientos tormentosos y arrojaba a la orilla la espuma de las olas furiosas. Durante las próximas semanas y meses esperarían en vano la llegada de barcos desde occidente. Tendrían que lidiar con lo que tenían, que era muy poco. Una y otra vez, las tropas de Saladino interferían en el trayecto de las caravanas de abastecimiento urgentes que iban en dirección a Haifa, así que pocas llegaban a su destino.

Mientras tanto, el príncipe de los sarracenos había retirado a sus hombres al campamento de invierno de Saffaram, a unas millas de Acre, cerca del nacimiento del río Belus, y una parte de su ejército estaba pasando allí la pausa invernal, como supieron por boca de los exploradores en las patrullas y por los mensajes que habían interceptado. Eso agravaba considerablemente la situación de los cristianos, ya de por sí terrible porque la guarnición de Acre estaba padeciendo hambre, agotamiento y enfermedades.

—Se rumorea que el duque Federico está enfermo —dijo Caspar cuando Étienne entró en la carpa de los tratamientos.

Étienne se quedó parado un momento antes de quitarse la capa húmeda.

—¿Disentería?

Caspar se encogió de hombros.

—No lo sé. Puede que solo sea una fiebre, pero no sería de extrañar, teniendo en cuenta cómo llegó la tropa de Barbarroja, debilitada y exhausta. Hay problemas de disentería y fiebres gástricas por todo el campamento, como me temía, y a la muerte le importan una mierda las lindes entre los estamentos sociales. Esto debería habernos quedado claro después de la muerte de la reina de Jerusalén y de sus hijas en verano.

Las palabras de Caspar sonaban inusualmente serias, algo que preocupó a Étienne casi más que las malas noticias. Ni la disentería ni otras enfermedades que afectaban al campamento militar podían combatirse con el escalpelo y la cauterización. Quizá era eso lo que infundía respeto incluso a aquel severo médico, unido al hecho de que él había perdido a su familia en una maldita plaga divina.

—He aconsejado a Guillaume que no beba nada más que vino diluido. Los barriles de agua se me antojan unos auténticos focos de miasmas dañinas. Si eres listo, mantente alejado de ellos —dijo con un suspiro—. Poco podemos hacer por esos pobres diablos que están cagando hasta el alma. Unas cuantas bebidas reconstituyentes y medios para calmar la fiebre y los calambres, y ya está. Por lo demás, solo sirven el descanso, el agua limpia y los caldos sustanciosos, siempre y cuando puedan retenerlos y que nos sea posible conseguir los ingredientes. Hay que mantenerlos aseados y bien cuidados.

Étienne asintió con la cabeza y repasó mentalmente con qué ingredientes podía preparar medicamentos útiles. Mientras tanto, no podía dejar de darle vueltas a un asunto. Si el duque Federico se había infectado, ¿qué sucedía con sus guerreros o con Ava? Si ella enfermaba, iba a correr muchos más peligros.

Hacía menos de dos semanas que Étienne le había retirado los puntos. Aparte de una cicatriz rojiza, la herida había sanado limpiamente y él le había dado permiso para empezar a entrenar con moderación. Desde entonces se habían visto de lejos y no habían tenido oportunidad de hablar en privado sin que nadie los molestara. Étienne no sabía si a Ava le importaba esto último. Él sentía curiosidad, fascinación y admiración por la arquera y su secreto. Se le planteaban numerosas preguntas que exigían una respuesta. Puede que también sintiera que tenía una responsabilidad especial por su destino. Y luego estaba ese sentimiento, esa emoción que él no era capaz de identificar.

Caspar lo sacó de sus pensamientos al darse unos golpes ruidosos en los muslos y levantarse del taburete.

—Voy a ir a hablar con Guillaume sobre la situación. Quizá podamos hallar una solución para vaciar esas apestosas letrinas de nuestra parte del campamento e impedir que se eche a perder el agua potable. Al menos sus hombres están en una forma física decente y por eso la mayoría de los soldados cuentan con ventaja. En nuestras filas no ha habido señales de disentería, al menos hasta el momento, pero tenemos que estar preparados. —Caspar se echó la capa por encima y se dio la vuelta para ponerse en marcha—. Mientras esté fuera, prepara los ingredientes para los medicamentos antipiréticos y antiespasmódicos. Por Dios, me temo que pronto vamos a necesitar un montón enorme.

Como dos horas después seguía sin saber nada de Caspar, Étienne decidió ir al campamento de los arqueros. Lo que esperaba con eso, ni él mismo podía decirlo. A modo de excusa, puso en un pequeño crisol el resto de un ungüento de hierba gatera y aceite de rosas que facilitaban la curación de las cicatrices.

La lluvia se había calmado y caía solo como una fina cortina desde el cielo. Eso no impedía que los arqueros realizaran sus ejercicios rutinarios, como pudo comprobar desde lejos. Ava estaba de pie, de espaldas a él; apuntaba a uno de los blancos de madera, pero no había tensado la cuerda del todo. Muy bien. Cuando soltó la flecha, esta hizo diana sin esfuerzo.

—¡Buen disparo!

Ava bajó el arco y se dirigió hacia él. Una sonrisa iluminaba su cara. Tenía las mejillas hundidas y recubiertas de una suciedad que, de no conocer él la verdad, a primera vista habría podido parecer la sombra de la barba. El cabello corto le colgaba en mechones húmedos por delante de la frente y de los ojos brillantes. Aunque no estuviera bien alimentada, al menos daba la impresión de estar sana. A Étienne le sorprendió el alivio que le proporcionaba esa constatación.

—Parece que puedes volver a tirar sin dolor —observó él por decir algo.

Ella se encogió de hombros con una sonrisa.

—He tenido un buen médico.

Étienne sintió calor en la frente y, nervioso, se pasó la palma de la mano por ella, como si pudiera quitarse el rubor de esa manera.

—Yo..., yo te he traído algo para que la cicatriz... se te cure mejor —dijo. Con dificultad, sacó del talego el crisol con el ungüento y se lo entregó.

—Póntelo dos veces al día, cuando puedas.

Ava cogió el recipiente y asintió con la cabeza.

—Gracias.

De nuevo se hizo el silencio y, finalmente, le tendió el arco.

—Tengo una promesa por cumplir. ¿Qué te parece? ¿Quieres que lo intentemos ahora?

Étienne notó que el calor volvía a ascender en él.

—No sé —murmuró—, estoy muy oxidado. Llevo aquí más de un año y no he tenido un arco en la mano en todo ese tiempo. —La idea de fracasar delante de Ava no le parecía tentadora. No podía decidir si eso se debía a que ella era excepcionalmente buena con el arma o porque era una mujer—. En otra ocasión, tal vez. Tengo..., tengo que...

Impasible, Ava siguió tendiéndole el arco con una pequeña sonrisa en los labios.

—Vale, está bien —dijo Étienne suspirando con resignación. Se desprendió de su talego y cogió el arco. La madera estaba caliente por donde ella lo había tenido agarrado. Comprobó su peso con la mano y tiró de la cuerda. Se sentía extraño después de tanto tiempo. Ava le dio una flecha. Él se colocó, tensó la cuerda, enderezó el arco y apuntó.

El arco se movió. Sentía la mirada de Ava, lo cual no hacía disminuir su nerviosismo. Sabía que iba a errar el disparo en el mismo momento en el que soltó la cuerda.

—¡Demonios! —exclamó cuando la flecha se clavó en el barro.

—No ha estado tan mal —comentó Ava—, suponiendo que quieras cazar margaritas.

Cuando Étienne la miró, en los labios de Ava se dibujaba una sonrisa que no encajaba con la mirada casi nostálgica de sus ojos. Aun cuando sintió una pequeña punzada por la humillación, no pudo evitar sonreír.

—Muy gracioso —murmuró y cogió la siguiente flecha—. Ya te he dicho que no tengo práctica.

—Por supuesto, y, con este tiempo, la cuerda es bastante terca.

Su voz sonó seria, pero, cuando Étienne la miró, estaba sonriendo. Él tenía que demostrar que sabía algo de tiro con arco. Esta vez se tomó su tiempo y apuntó con cuidado. La flecha contactó con el blanco en un ángulo incómodo, rebotó y se deslizó al suelo.

—¡Demonios, otra vez! ¡No puede ser! —exclamó Étienne quejándose. ¿Se habían desvanecido sus habilidades?

Ava se acercó a él y lo tocó con suavidad.

—Asegúrate de que mantienes los hombros a la altura de las manos cuando vayas a disparar. Flecha, manos y hombros tienen que dibujar una línea.

Étienne sintió su tacto en la piel como si le quemara a través de la tela y le recorrió una mezcla de nervios, malestar y excitación. No estaba seguro de si quería averiguar la causa de esos sentimientos confusos.

—Maldita sea, ¿quién está soltando tacos de esa forma? —resonó una voz ronca; Ava retiró en el acto la mano de su hombro, como si la hubieran pillado haciendo algo ilícito—. ¡Soltar tacos es un condenado privilegio mío, que quede bien claro! —El comandante de los arqueros se acercó a ellos y puso los brazos en jarras—. ¡Que mal rayo te parta! ¿Ha volado hasta nosotros un nuevo pajarito? —Se detuvo frente a Étienne y lo miró con los ojos entrecerrados. Étienne no dijo nada, se limitó a examinar a su interlocutor. El comandante era delgado, más bien flaco, pero al mismo tiempo parecía musculoso y duro como la rama de un sauce. El cabello pálido le caía sobre los hombros en mechones sucios y parecía que de la oreja derecha solamente le quedaba un cartílago con cicatrices. De pronto, el hombre le dedicó una amplia sonrisa, mostrándole, tras una barba de pocos días, una hilera de dientes en malas condiciones—. Mierda, yo te conozco. Eres la sombra coja del remiendahuesos, ¿verdad?

—Gallus, este es Étienne —lo presentó Ava—. Es cirujano y me ha curado la herida.

La sonrisa de Gallus se ensanchó hasta que su cara casi se partió en dos.

—¿Es eso cierto? ¿Has remendado a nuestro pequeño Avery? ¡Qué bien! —Sin previo aviso abrazó a Étienne y le dio unos puñetazos amistosos en la espalda.

—No..., no ha sido nada. —Incómodo, Étienne se deshizo del abrazo.

—¿Y ahora qué? ¿Quieres desangrar a los paganos o qué? —le preguntó Gallus, que miraba el arco que tenía en la mano—. ¡Entonces veamos de lo que eres capaz, muchacho!

—¿Qué? Yo... no... —Étienne levantó los brazos a la defensiva.

—¡Tira! ¡Tira! ¡Tira! —jalearon otros arqueros que entretanto se habían acercado y estaban esperando presenciar un espectáculo entretenido.

Étienne buscó la ayuda de Ava con la mirada, pero ella se encogió de hombros y sonrió. Resultaba obvio que no pensaba apoyarle en ese lance.

—Muchas gracias —gruñó él y se puso en posición. Si metía la pata ahora, probablemente los tiradores seguirían burlándose de él hasta que acabara el sitio. No era lo que podía decirse una perspectiva muy halagüeña.

Ava se acercó a Étienne y le entregó una flecha.

—Piensa en lo que te he dicho —le susurró, antes de apartarse y dejarle espacio libre.

Étienne tensó la cuerda. Intentó calmar su respiración y el pulso mientras cerraba los ojos y, durante algunos instantes, desterró todo pensamiento de su mente. Finalmente consiguió ralentizar sus latidos y se concentró en el tiro inminente, igual que cuando disparaba con su hermano Gérard, hacía de eso ya una eternidad. Abrió los ojos y clavó la vista en el blanco; el alboroto a su alrededor disminuyó hasta convertirse en un rumor débil; todos sus sentidos estaban centrados en el disparo. Levantó el arco, corrigió la postura, tensó la cuerda y... disparó.

No fue hasta que el público a su alrededor comenzó a aplaudir y elogiarlo que Étienne se atrevió a abrir los ojos que había entrecerrado justo antes de realizar el disparo.

El proyectil no había dado en el blanco, pero no estaba tan lejos como para que tuviera que avergonzarse. La tensión que le atenazaba el cuello se fue disolviendo poco a poco y sintió que se le dibujaba una sonrisa en los labios.

—¡Demonios! No ha sido un disparo nada malo para un sanador —exclamó Gallus, que se paró de pronto a su lado y le dio un golpecito en el hombro—. ¿Estás seguro de que no quieres cambiar de oficio? Nos vendrían bien unos refuerzos. Quiero decir, que ya sea con un cuchillito o la punta de una flecha, lo tuyo es hacer agujeros a la gente, ¿cuál es la diferencia? —Se echó a reír a carcajadas y el público le secundó. Ava hizo un gesto con la cabeza en señal de reconocimiento.

—Me había ofrecido a enseñarle algunos trucos más —le explicó a su comandante.

—Maldita sea, sí, ¿por qué no? Pero primero tienes...

—¿Qué está pasando aquí? —dijo una voz gélida que cortó el buen ambiente como una guadaña—. ¿Estamos en una feria o qué? ¿A qué se debe este griterío?

Todos callaron de repente y sacudieron la cabeza. También Étienne se hizo instintivamente más pequeño y miró fijamente y en tensión la punta de sus botas. Conocía esa voz y no auguraba nada bueno. Con cuidado, alzó levemente la mirada y vio acercarse a Coltaire de Greville. Este se movía con agilidad y vigor, ocupando mucho espacio, como la peligrosa ave rapaz que era.

Se detuvo frente a ellos.

—¿Qué clase de extraña cita es esta? —preguntó rechinando los dientes. Paseó su mirada por Ava y Gallus, y por fin se fijó en Étienne. Lo había reconocido, naturalmente—. ¿Qué hace este aquí?

A Étienne le pareció que tenía delante a su padre. La forma de actuar, lo que decía y el tono de su voz hacían que Greville pareciera el espíritu de Basile d'Arembour.

De repente, cuando le alcanzó de golpe el recuerdo de todas las humillaciones sufridas, se sintió como el niño desvalido y lisiado de antaño.

—Yo... —comenzó a decir y vio en ese mismo momento cómo Ava abría la boca, pero Gallus se les adelantó.

—Si me lo permitís, señor, yo lo llamé. Tenía que ver a unos heridos. A cambio, me disponía a enseñarle unos truquitos con el arco.

—Qué casualidad tan singular ver reunidos a tres elementos de los más alborotadores por estos pagos, ¿no? —La mirada implacable del caballero le quemaba a Étienne en la piel y no pudo hacer nada más que apartar la mirada. En lo que se refería a él, podía entenderlo, pero ¿por qué habían caído también en desgracia Gallus y Ava?—. Tú, charlatán, no te quiero volver a ver por aquí, ¿te queda claro? —le dijo—. Ya tenemos a médicos y a curanderos que, mientras trabajan, nunca olvidan a quién le deben respeto.

Étienne sintió la mirada inquisitiva de Ava. Naturalmente, la joven no sabía a lo que se refería Coltaire. Sin embargo, que el caballero cuestionara sus facultades delante de ella hizo que sintiera aquella humillación como una punzada. Dentro de él despertó la obstinación, esa vieja y peligrosa conocida suya, que le hizo elevar la barbilla y mirar directamente a los ojos grises de Greville.

—Tenéis razón, señor, quizá en el futuro debería dedicarme a remendar caballos heridos. ¿Qué opináis?

La expresión de Greville se ensombreció y las articulaciones de la mandíbula se le tensaron bajo la piel. Por una fracción de segundo pareció que iba a agarrar a Étienne.

—¡Lárgate y no dejes que te vea nunca más por aquí! —gritó Greville con la voz tensa por la cólera—. Lo lamentarías, créeme. Todavía más en el caso del inútil de tu maestro. Y vosotros —añadió dirigiéndose a los arqueros que estaban alrededor sin dejar de mirar a Étienne—, ¡volved al trabajo o me vais a conocer de cerca!

Los ojos de Étienne rozaron a Ava, que lo miró con la cabeza gacha cuando recogió el arco y se fue con Gallus.

Étienne insinuó una reverencia ante Greville que estuvo cerca de rozar la ofensa. Luego se giró, sin mediar palabra, y se marchó del campamento.

Podía prescindir perfectamente de otro encuentro con el temible caballero. Le causó una angustia inesperada que aquella prohibición tal vez supusiera no poder ver más a Ava. Tenía que encontrar otra vía.

53

Acre, noviembre de 1190

Alguien puede decirme qué demonios están haciendo ahí abajo? —preguntó Del.

—No tengo ni la más remota idea —replicó Anselme sin apartar la vista de los acontecimientos más allá del segundo foso.

Étienne entrecerró los ojos. Estaban en el muro oriental, donde Anselme y Del tenían a su cargo la guardia de aquel día.

—Sea lo que sea, no puede tratarse de un ataque.

—Atacar nuestro campamento a plena luz del día solo con un puñado de hombres sería una locura hasta para los paganos —se mostró de acuerdo Anselme.

—¿Y si intentan hacernos salir con un ardid y nos atacan en una emboscada? —indicó Del.

—¿Tiene aspecto de ser una trampa? —Étienne señaló con la cabeza el lugar situado un poco por detrás del foso y de las defensas, donde seis jinetes de las filas de Saladino se desgañitaban y cabalgaban de un lado para otro.

Del se encogió de hombros.

—Ni idea, pero quién sabe lo que se les pasa por la mente a esos demonios. Voy a buscar a unos cuantos arqueros para hacerlos bailar un rato.

—¡Espera! —Anselme lo agarró por el antebrazo—. No están a tiro de flecha. Además... ¡Dios mío, mirad eso! —Uno de los jinetes sacó los pies de los estribos mientras cabalgaba a galope tendido, balanceó las piernas hacia atrás sobre la silla, se sentó a horcajadas en el lomo del caballo y agitó los brazos al aire con un gesto triunfal.

—Pero ¿qué demonios está haciendo ese? ¿Se supone que debe impresionarnos?

Otro jinete se subió a la silla, se mantuvo en cuclillas un momento y, finalmente, se puso de pie, mientras su montura seguía galopando.

—Bueno, la verdad es que yo estoy impresionado —confesó Étienne mientras veía cómo el hombre volvía a sentarse en su montura y el caballo galopaba de nuevo raudo y alegre.

Incluso Anselme empezó a sonreír.

—No creo que tengamos que temer a esos tipos. Me parece que solo están aburridos.

—¿Y por eso están haciendo esas mojigangas? No, no creo —gruñó Del—. No me fío.

—Vamos, anda —se burló Étienne—. La verdad es que un poco de distracción resulta divertido.

—Preferiría una batalla decente —murmuró su amigo, pero su boca exhibía una amplia sonrisa.

Se les unieron otros hombres que estaban de guardia y otros corrieron a la vez entre los fosos para ver aquel espectáculo. Los jinetes seguían mostrando sus habilidades temerarias. Luego, como obedeciendo una orden secreta, dieron la vuelta a sus caballos, regresaron al campamento de Saladino y todo se acabó.

Sin embargo, no quedó ahí la cosa. Dos días más tarde, volvieron a salir los jinetes. Esta vez eran ocho y una vez más demostraron su dominio sin parangón de la equitación. Se cambiaban de caballo a todo galope, se colgaban de un lateral de la silla de montar o hacían carreras a una velocidad de vértigo.

Entre los fosos, unos bromistas imitaban torpemente los malabares de los sarracenos sobre una mula que trotaba cómoda y lentamente, lo cual causaba risas y aplausos, tanto a un lado como al otro de los fosos. En tiempos de hambruna y de enfermedades, reinaba de nuevo algo de alborozo en el campamento cristiano, y Étienne estaba convencido de que eso no podía ser malo.

Se había corrido el rumor acerca de las exhibiciones de los sarracenos y, cuanto mayor fuera la frecuencia con la que aparecían, con más o con menos hombres, mayor era la audiencia que recibían. Aunque los líderes militares y los capitanes mostraban escepticismo y desconfianza ante aquel espectáculo recurrente, no emprendían ninguna acción al respecto. Esos días reinaba la fatiga general del combate y nadie parecía tener motivos para iniciar un enfrentamiento sangriento.

Al cabo de un tiempo, unos jóvenes caballeros ingleses se atrevieron a salir al encuentro de los visitantes y compitieron en una carrera de caballos contra los sarracenos. Aunque los gráciles y bien alimentados caballos del desierto de los paganos eran superiores a los cristianos en esta disciplina, se separaron después amistosamente y los caballeros regresaron con calma a la fortificación.

Durante una tarde seca, poco después del día de San Martín, salieron dos docenas de sarracenos a pie y se plantaron un poco más allá del segundo foso.

Étienne y sus amigos regresaban de la carpa de las putas, a donde habían llevado los alimentos más necesarios para aquellas mujeres hambrientas, cuando unos vítores llamaron la atención sobre los recién llegados.

—¿Qué están haciendo esos aquí? —Del, alarmado, se llevó la mano a la empuñadura de la espada y Anselme también se tensó.

Los jóvenes del otro lado del foso sonreían nerviosos y levantaban las manos en un gesto apaciguador. Unos cuantos traían fardos a la espalda. Uno de ellos sacó y levantó una bolsa de su interior y vociferó algo en su idioma gutural.

—No creo que nos quieran hacer nada —dijo Étienne.

—¿Por qué estás tan seguro? ¿Entiendes algo de esos gruñidos?

—Ni una palabra, pero, mira, no traen armaduras ni armas.

El hombre que tenía la bolsa metió la mano en el saco para extraer algo. En ese momento, Del se preparó para atacar con la espada, a pesar de que el sarraceno estaba muy lejos de su alcance.

El hombre repitió sus palabras incomprensibles. Luego, sacó lentamente la mano de la bolsa y mostró en alto un pan plano y redondo.

Un suspiro de alivio recorrió el pequeño gentío reunido. Aquí y allá se oyeron algunas risas. El sarraceno del pan les hablaba con rapidez y con una gran sonrisa. Les hizo un gesto de invitación hacia su lado del foso.

Étienne se quedó paralizado.

—¿Puede ser verdad...? Parece como si nos estuviera invitando a comer, ¿no?

Del lo miró atónito.

—¿Qué? ¿Por qué demonios iba a hacer eso?

Étienne se encogió de hombros.

—¿Cómo voy a saberlo?

Del miró suspicazmente hacia el otro lado del foso, donde los sarracenos habían retrocedido solo un poco. Estos quitaron piedras que había en el centro de la tierra de nadie, entre algunas de las trampas que habían colocado los cristianos; extendieron alfombras y encendieron un fuego. De sus bolsas sacaron panes, odres de agua y más comida, y dispusieron todo entre ellos. Después, el portavoz volvió al foso e invitó, con gestos, a que le siguieran.

Entre los cristianos se elevaron algunos murmullos de excitación.

—Lo dice muy en serio —reconoció Anselme perplejo. Tras una pequeña vacilación, comenzó a quitarse el cinturón de la espada.

—¿Qué haces? —le increpó Del.

Anselme le dedicó una sonrisa y una chispa traviesa brilló en sus ojos.

—Creo que voy a acercarme a verlo.

—¿Te has vuelto completamente loco? ¿Vas a ir sin armas? ¿Confías en esos demonios?

—No tanto como en lo lejos que puedo escupir, pero ahora mismo hay una tregua. Esos tipos llevan días viniendo hasta nuestra posición y no han tocado ni un pelo a nadie. Además, ni siquiera los paganos se atreverían a atacar a alguien con quien han compartido el pan. ¿Y no te parece muy apetitoso lo que han servido ahí? Si tengo que comer un día más nuestra papilla fangosa, me muero.

—Por lo que se ve, nuestra papilla fangosa ya te ha nublado la mente, Anselme de Langres.

—Deduzco que no vas a venir conmigo, ¿verdad? ¿Por qué últimamente eres tan cagueta, señor caballero?

—¡Vete a la mierda, Anselme! Yo me enfrento a esos bastardos con un arma en cualquier momento y en cualquier lugar, pero eso... ¿Qué pasa si te envenenan o te secuestran?

—No seas bobo. Están lejos de sus tropas y, por tanto, aislados. Un silbido y nuestros arqueros los freirían a flechazos. ¿Y qué iban a ganar envenenando a un puñado de cristianos?

—¿Y yo qué sé? —replicó Del y se dio la vuelta enojado.

—¿Y tú, Étienne? —le preguntó Anselme con una sonrisa osada—. ¿Te vienes?

Étienne dudó. Él no era como Anselme, valiente y lanzado. Al contrario, muchas veces su indecisión le había paralizado. Por otro lado, estaba ahí, a miles de kilómetros de su hogar, en territorio enemigo. Su vida anterior ya no significaba nada. Ya no era el Étienne de antes. Hizo de tripas corazón.

—Vale, de acuerdo.

—¡Toma! —Anselme puso en los brazos de Del, a la altura del pecho, su espada, la vaina y el cinturón—. Sé bueno y cuídame esto. Si me comen los paganos, te lo puedes quedar todo.

—¡Ojo! ¡Estad atentos!

—¿Qué quieres que pase, Del? Tengo a Étienne conmigo.

A continuación, comenzaron a descender en dirección al foso. Se les unió una buena docena de hombres, tal vez por hambre, curiosidad o aburrimiento. ¿Quién podía decirlo con certeza?

El pan estaba recién hecho, y, aunque las extrañas especias le cosquilleaban en la lengua, Étienne estaba convencido de que nunca había comido nada tan delicioso. Anselme también dio un gran bocado, con una expresión casi de felicidad en el rostro. A decir verdad, habían roto el ayuno previo a las Navidades, pero ninguno se arrepintió. Pensándolo bien, llevaban ya muchos meses ayunando.

Aunque Étienne, en esencia, compartía la opinión de Anselme de que no tenían nada que temer, se tomó su tiempo hasta que los sarracenos hubieron comido también del pan, de las aceitunas, de los frutos secos, de las almendras, del queso y de otros manjares. Ahora, anfitriones e invitados se observaban con franca curiosidad y sonrisas inseguras.

Kazim, tal como se había presentado el portavoz, les entregó un odre de cuero lleno de vino diluido. A Étienne le resultó difícil determinar la edad del sarraceno. Calculó que tendría unos treinta años. Sus cejas pobladas formaban una línea cerrada sobre los ojos oscuros. El pelo, negro, le llegaba hasta la barbilla. Como la mayoría de los paganos, tenía una barba frondosa y bien cuidada. Cuando reía, le brillaban en la boca unos dientes blancos.

Kazim, en su idioma, nombró todos los alimentos que tenían delante enunciando claramente las palabras y acompañándose de gestos. A los cristianos los llamó *ifranğ*. Étienne y Anselme trataron de pronunciar esas palabras, dejando rodar la erre sobre la lengua, y sacaron entrecortadamente de sus gargantas aquellos extraños sonidos. Esto divirtió mucho a la gente. Cuando se volvieron las tornas y los sarracenos se enredaron la lengua con las palabras francas, las risas cambiaron de bando.

El ambiente se iba volviendo cada vez más distendido y relajado. Un hombre, de nombre Sedat, sacó finalmente un instrumento abombado de una bolsa. El sonido que emitía les recordaba los instrumentos de los juglares de su tierra, solo que tenía el mástil doblado hacia atrás y la caja de resonancia presentaba una ornamentación sinuosa.

—*Ud* —aclaró Kazim. Luego señaló un objeto que se parecía al cañón partido de una pluma y era con lo que Sedat golpeaba las cuerdas y obtenía el sonido—. *Risha.*

Otro hombre sacó un tamborcillo, un *derbake,* y se lo colocó encima del muslo. Tocó un ritmo constante al que se unió Sedat con una melodía melancólica. Finalmente se pusieron a cantar. Los sarracenos pronunciaban las sílabas de una manera casi mecánica y eso dotaba a la canción de una resonancia trágica. Lo cual no cambiaba el hecho de que Étienne y Anselme no entendían ni una palabra de lo que cantaban y no ocultaron a sus anfitriones sus caras de desconcierto.

Kazim intercambió unas palabras con uno de sus compañeros y, acto seguido, se levantaron. Con grandes gestos y unas muecas encantadoras, explicaron el contenido de la canción, de forma que hasta el cristiano más torpe pudiera entender que se trataba de un drama amoroso.

Étienne a punto estuvo de atragantarse de risa cuando Kazim, al que obviamente le había tocado el papel femenino, lanzaba miradas lánguidas a sus compañeros y redondeaba los labios para darles besos de los que ellos huían chillando. Su actuación teatral fue recompensada con vítores, aplausos y las risas de los espectadores.

Finalmente, Sedat empezó a tocar una melodía más rápida con la que hacía bailar el *risha* sobre las cuerdas y acompañaba los redobles de la percusión. Cada vez se fueron uniendo más hombres que tocaban las palmas, otros se levantaron y siguieron el ritmo con los brazos extendidos. Unos cuantos invitados, incluido Anselme, se dejaron llevar y se unieron al baile.

A última hora de la tarde comenzó por fin la batalla entre cristianos y paganos... pero sobre el tablero. En enconadas batallas midieron sus destrezas en el juego del ajedrez o del trictrac.

Aunque al día siguiente iban a enfrentarse como enemigos, en ese momento eran tan solo unos jóvenes que estaban pasando una tarde distendida juntos. Y eso los unía más de lo que los separaba.

Cuando el sol se puso, se despidieron con mucha cordialidad, aunque con la oscura corazonada de que el siguiente encuentro probablemente sería en el campo de batalla con un arma en la mano.

—Ha sido estupendo. Tienes que venir, si se vuelve a repetir —dijo Anselme, después de haber vuelto al campamento de buen humor y de colocarse el cinto de la espada.

—Prefiero cortarme los pulgares —gruñó Del— a mezclarme con esos demonios.

—No tuvimos que hacerlo —replicó mordazmente Anselme y examinó a su amigo de reojo—. No somos tan diferentes.

—Espero que no olvides que esos tipos te van a cortar el cuello a la menor oportunidad.

—Como yo a ellos cuando me los encuentre en el campo de batalla. Son guerreros, como yo. Su oficio es la muerte, pero, lo creas o no, son hombres muy normales que comen, ríen y cagan.

Del resopló y se dio la vuelta.

—Eso no quiere decir que haya que confraternizar con ellos.

—Por favor..., «confraternizar». ¿Es posible que te estés comportando como una solterona celosa?

Del se dio la vuelta y se encaró a Anselme pegándosele al pecho.

—Te voy a enseñar cómo se comporta una solterona celosa, tú...

—¡Por Dios! ¡Dejaos de tonterías! ¿Queréis hacerle el trabajo sucio a Saladino? —dijo Étienne separando a los dos gallos de pelea, aunque a punto estuvo de perder el equilibrio en la acción—. Una cosa es segura: nosotros no somos enemigos, así que dejad de actuar como si lo fuéramos.

Del cerró los ojos, luego sacudió la cabeza con gesto cansado y se alejó de Anselme de brazos cruzados.

Étienne reconoció la confusión y el miedo en la expresión de su cara. Esos mismos sentimientos también le rondaban a él.

Aunque, para sorpresa suya, había disfrutado de la tarde con los sarracenos, se prohibió a sí mismo sentir una simpatía excesiva por los paganos. Eran sus enemigos en esta lucha y hacerse amigo de ellos no haría la situación más fácil. Sin embargo, Étienne estaba seguro de una cosa: no deseaba de ninguna de las maneras que su encuentro separara a las personas más cercanas a él.

Del y Anselme se habían dado la espalda y tenían la vista fijada en el cielo.

—Dejaos de niñadas —sentenció Étienne—. Daos la mano y comportaos como hermanos. —Poco después agregó—: No. Olvidad lo de hermanos. Comportaos simplemente como amigos.

54

Acre, noviembre de 1190

Hemos llevado a Alain y Matthieu al hospital de los alemanes. Los hermanos cuidan mejor allí de los enfermos que nosotros. —El abatimiento hizo que la voz de Gallus sonara áspera. Tenía la cara pálida—. Mierda, allí tampoco tienen lo suficiente para cuidarlos y abastecerles a todos. Ese obispo inglés, Hubert Walter, ha solicitado limosnas a los nobles para que los necesitados reciban lo más necesario, pero, de una manera o de otra, las cosas no pintan pero que nada bien para ellos, maldita sea.

Aveline asintió con la cabeza en silencio y sintió cómo la preocupación hacía que su respiración fuera más pesada. En ese momento, las enfermedades estaban arrasando en amplias zonas del campamento cristiano. Día tras día, perdían a decenas de hombres en la «muerte sin hierro», la vida y la dignidad abandonaban a los hombres de arriba y a los de abajo. Solo era cuestión de tiempo que los guerreros de sus filas, y hasta sus propios amigos, cayeran también enfermos. Lo único que quedaba era rezar y esperar no ser el siguiente.

—Según dicen, el comandante de la avanzadilla inglesa y arzobispo de Canterbury, Balduino de Exeter, el tipo que coronó al rey Ricardo, murió ayer. El conde de Blois está enfermo. —Gall se cubrió la cara con las manos con gesto de desaliento—. ¡Por Dios! Pronto estaremos sentados en un único cementerio enorme. Te juro que, si no tomamos esta maldita ciudad durante la próxima campaña, no lo lograremos ya. Los hombres no soportarán otro invierno en este lugar. Ya están huyendo en masa. He oído que muchos han abjurado incluso de Jesús, nuestro Señor, para que los paganos los reciban y les den algo de comer. Que Dios me asista, pero no puedo culparlos —concluyó persignándose.

Aveline se limitó a asentir con la cabeza. ¿Qué habría podido decir? En su campamento, la situación era cada día más desesperada; el hambre y las condiciones meteorológicas estaban debilitando a los hombres y los convertían en víctimas indefensas de las enfermedades. También Aveline se sentía agotada y consumida. Cada maniobra parecía costarle el doble de esfuerzo. ¿Qué pasaría si enfermaba? Aunque la enfermedad no se cobrara su vida, apenas podría cuidar de sí misma. Era difícil imaginar que pudiera ser capaz de mantener su secreto en tales circunstancias. A más tardar sería entonces cuando perdería la vida.

El miedo constante era abrumador. Le habría gustado compartir sus sentimientos con alguien, pero, desde que los casos de fiebres gástricas y de disentería se habían disparado, Kilian se pasaba el día entero cuidando de los enfermos o haciendo misas de difuntos y casi no se habían visto. Además, Aveline sabía que él evitaba cualquier conversación que tuviera que ver de alguna manera con su peligroso juego del escondite. Por mucho que quisiera aprobar su conducta, prefería ser lo menos cómplice posible en algo que a sus ojos era pecaminoso.

No obstante, ahora había alguien más en quien ella podía confiar.

Se despidió de Gall y se puso en marcha. En esos momentos, el trabajo era prácticamente inexistente, exceptuando las guardias y las prácticas de tiro, así que nadie iba a echarla de menos. Únicamente quería evitar encontrarse con Coltaire. Su escudero había muerto hacía unos días. Nadie sabía si había sido por la enfermedad o por una de las palizas implacables de su señor. De todos modos, el humor del caballero había tocado fondo otra vez y lo mejor era evitarlo. Atravesó el campamento con la capucha bien calada. Apenas se encontró con nadie. Muchos yacían enfermos y los que estaban sanos no frecuentaban los sitios en los que el agua podrida emanaba peligrosos vapores. Aveline vio a escuderos que cuidaban de los caballos de guerra que quedaban y a algunos guardias malhumorados que estaban parados y apoyados en sus lanzas. Al hedor asfixiante de las letrinas se había sumado el olor a descomposición de los muertos que provenía del otro lado de la muralla. A pesar de que Aveline se tapó la boca y la nariz con la manga, no pudo evitar inhalar los vapores y le causaron náuseas. Se alegró cuando llegó a su destino. La entrada al hospital de campaña estaba cerrada y no se oía dentro ninguna voz, pero oyó unos ruidos. ¿Étienne? Acababa de anochecer, un buen momento para encontrarse a solas con él, como ya sabía. Reconoció en diagonal la tienda de campaña del cirujano al lado del carro con el tejado de piel de cabritilla, pero no pudo distinguir a nadie. Mientras pensaba si debía entrar, se abrió la lona de acceso y Caspar salió de la carpa donde realizaban las curas. El médico se detuvo y la observó con una sonrisa burlona. Aveline vio en sus ojos un destello travieso, como si le resultara imposible tomarse nada en serio, incluido él mismo.

—Pero, bueno, ¿a quién tenemos aquí? Si es el tímido arquero del ejército de Barbarroja, si no me equivoco.

Aveline hizo un movimiento con la cabeza que podía interpretarse como un asentimiento.

—¿Y qué quieres? ¿Te está dando lata la herida?

Ella no respondió y el cirujano la contempló con firmeza, casi como si pudiera verla a través de la ropa. El pulso de Aveline se aceleró, se cruzó de brazos y bajó la cabeza.

—Todo está bien. Solo quería hablar con Étienne.

—Pues tengo que desilusionarte porque no está aquí. Tenía cosas que hacer. Supongo que yo no puedo ayudarte, ¿verdad?

—Gracias. Volveré en otro momento.

Caspar se encogió de hombros y en la boca se le dibujó una sonrisa burlona.

—Como quieras.

Aveline sintió su mirada en la espalda cuando se dio la vuelta y marchó adentrándose en el anochecer.

—Has tenido visita —le dijo Caspar nada más entrar en la carpa de los tratamientos para guardar su talego.

—¿Quién? ¿Del? ¿Anselme? ¿Están bien?

Caspar estaba tumbado en el catre donde realizaban las operaciones quirúrgicas, con las piernas estiradas y los dedos de las manos entrecruzados en la nuca. Miraba hacia el techo de la tienda de campaña.

—No, no te preocupes. Por lo que sé, los dos gozan de buena salud. Fue tu paciente, el arquero. Quería hablar contigo, pero no dijo para qué, ni tampoco quiso hacerme compañía. No sé por qué, pero parece que le doy miedo. —Caspar le dedicó una sonrisa lobuna.

—¿Volverá? —Étienne trató de aparentar indiferencia en el tono de su voz, y comenzó a vaciar lentamente el talego—. ¿Está enfermo?

—Es difícil decirlo desde lejos, pero no parecía para nada que tuviera la disentería. Estaba, quizá, un poco famélico y pálido, eso sí. ¿Qué edad me dijiste que tiene el muchacho?

Étienne lo miró alarmado.

—¿Por qué lo preguntas?

El cirujano gruñó vagamente.

—Me parece muy jovencito, tan imberbe y tan flaco. Eso es todo.

—Es lo suficientemente mayor como para que lo hagan trizas en una batalla —objetó Étienne con un dejo de amargura.

—Es cierto. —Caspar bajó las piernas del catre y se pasó las manos por los cabellos desgreñados—. Bueno, pues me retiro. Si viene alguien con disentería, avísame. —Su voz sonó de repente seria e implacable—. No lo toques, ¿entendido?

Étienne asintió con la cabeza. Al pasar, Caspar le dio un golpecito en el hombro y luego se marchó.

Étienne lo miró con los ojos entrecerrados. ¿Era posible que el cirujano se preocupara por él? ¿Quería evitar que sufriera el mismo destino que su esposa e hijas? ¿Acaso había llegado a representar para el médico lo mismo que un familiar?

No sabía con seguridad qué hacer con esos pensamientos. Tampoco podía decir qué lugar ocupaba Caspar en su vida.

Sin embargo, estas consideraciones quedaron desplazadas por la pregunta acerca de lo que quería Ava al ir a verlo. ¿Necesitaba ayuda, tal vez? Tenía que averiguarlo.

Cuando se acercó al campamento de los arqueros, la oscuridad lo cubría completamente todo y reinaba un silencio y una quietud casi fantasmales. No se oía música de flauta ni bullicio ni el relincho de los caballos. Parecía que todos esperaban que la enfermedad y la muerte pasaran de largo si se mantenían bien callados.

Étienne estaba tratando de orientarse cuando de pronto sintió una mano que lo agarraba por el hombro y le daba la vuelta bruscamente.

—Maldita sea, ¿es que te has vuelto loco? —En la cara chupada de Ava se leía enfado y miedo.

—Qué susto me has dado. Casi se me para el corazón.

—Tienes suerte de que te haya descubierto yo —masculló ella entre dientes—. Greville hubiera cortado por lo sano contigo. No es un hombre de palabras hueras, créeme. Aunque la verdad es que no entiendo por qué te odia tanto.

—Lo mismo podría decir yo de ti.

Ava hizo un gesto de negación con la mano. Se aseguró de que nadie los estaba observando y luego hizo señas a Étienne para que la siguiera. Lo llevó a un sitio del campamento que estaba un poco alejado de las vías de paso y de las tiendas de campaña. Allí, los barriles y las cajas se apilaban bajo una lona mal tensada de cuero.

—Aquí guardamos las flechas y las cuerdas —le explicó señalando un lugar que quedaba protegido de las miradas indeseables por unos barriles. Acercó una caja para sentarse y de un rincón sacó una lamparilla de aceite que se apresuró a encender. Estaba claro que no era la primera vez que iba a ese escondite.

—¿Por qué querías hablar conmigo? —Étienne trató de leer en su rostro. No tenía la impresión de que estuviera enferma. La pequeña llama parpadeante de la lámpara danzaba en sus ojos brillantes, mientras ella lo miraba fijamente.

—A decir verdad, ni yo misma lo sé. —Se volvió a callar y, como no daba muestras de volver a hablar, Étienne sacó de su talego un pan plano envuelto en un paño y se lo entregó. Ella vaciló durante algunos instantes, pero luego el hambre triunfó y a punto estuvo de arrancarle el pan de las manos. Ansiosa, se lo comió a bocados, antes de disculparse.

—Está bien —la tranquilizó Étienne—. Come tranquila, yo no tengo hambre.

Era verdad. Caspar y él, aun sin pertenecer a la clase alta, formaban parte del selecto grupo que disponía de suficiente comida, al menos de momento.

—Creo que tan solo sentí la necesidad de estar con alguien a quien no tengo que engañar —confesó Ava después de comerse hasta la última miga de pan—. Hace ya más de un año que soy Avery, el arquero. A menudo casi me olvido de quién..., quién se esconde bajo este disfraz. Y luego vuelvo a ser consciente —dijo suspirando con fuerza— de que el miedo a ser desenmascarada casi me asfixia. Estoy cansada.

Étienne asintió con la cabeza.

—Te entiendo.

—¿De verdad? —Ava lo miró con una mezcla de ligera burla y tristeza.

—No, tienes razón —admitió Étienne finalmente y bajó la mirada—. Claro que no sé cómo te sientes. Ni siquiera sé por qué te haces pasar por un hombre.

Ava se quedó callada. Cuando él levantó la cabeza, ella lo estaba mirando directamente con los labios apretados. Sus ojos eran un espejo que reflejaba sentimientos encontrados.

Étienne levantó las manos a la defensiva.

—Tranquila, no estás obligada a explicarme nada. Tendrás tus buenos motivos y yo mantengo mi palabra de que nadie lo va a saber por mí. —Tras una pausa, sonrió—. Quizá nos parezcamos en algo. Por lo que se ve, queremos dejar nuestro pasado atrás y convertirnos en personas distintas a las que fuimos en su día.

—¿Qué motivo ibas a tener tú para ser otra persona? —preguntó Ava.

Étienne echó un vistazo a su pie izquierdo y finalmente se encogió de hombros.

—Bueno, antes era un tullido infeliz y autocompasivo al que todos maltrataban. Hoy soy cirujano... y un tullido infeliz y autocompasivo.

Ava sonrió.

—Al menos ahora solo te maltrata tu maestro.

—La mayor parte del tiempo, pero entretanto he aprendido algo: al final no puedes huir de ti mismo... así. —Levantó el pie izquierdo y se rieron, pero pronto un silencio melancólico volvió a instalarse entre ellos.

—Sí, supongo que también estoy huyendo —admitió Ava— y espero escapar de mi pasado con este disfraz.

—Un bonito autoengaño.

—No tuve elección. Nunca quise ser otra persona —replicó Ava con vehemencia—. El destino siempre ha ido por delante de mí y me ha impuesto el camino.

—Otro bonito autoengaño —objetó Étienne—. Uno siempre tiene elección si está dispuesto a afrontar las consecuencias. Esto también tuve que aprenderlo.

Ava levantó la vista y, de pronto, se le llenaron los ojos de lágrimas.

—Lo..., lo siento —murmuró Étienne y, torpemente, estiró la mano hacia ella—. No fue mi intención ofenderte. Es presuntuoso por mi parte comparar mi situación con la tuya. Lo peor que me puede pasar es que me den una buena paliza si a alguien le desagrada mi cojera. Pero si se descubre tu secreto... Perdóname, por favor, no lo tuve en cuenta.

Ava se enjugó los ojos con la manga y luego sacudió la cabeza.

—No te preocupes. Lo peor es que en realidad tienes razón. Si hubiera sido capaz de afrontar las consecuencias, mi vida habría sido diferente. No solo la mía... —Se tragó las lágrimas—. No estaría aquí, en el fin del mundo, vestida de esta manera.

Étienne se atrevió a cogerle la mano. Sintió los callos que la cuerda del arco había formado en sus finos dedos.

—Entonces..., entonces no serías la Ava que está frente a mí. —Carraspeó—. Y seguramente no nos habríamos conocido.

Ava retiró la mano.

—Créeme, si supieras mi historia, estarías contento de no haberme conocido antes.

—Cuéntamela, anda.

Ella lo miró durante un buen rato con intensidad. Él correspondió a su mirada en silencio.

Finalmente, Aveline empezó a hablar. Tenía la sensación de que debía explicarse, de que debía justificarse ante Étienne, de que su indigna conducta también lo ponía a él en peligro, no solo a ella. Sentía asimismo que, con la confesión, iba a quitarse un grandísimo peso de encima. No habría más secretos, excepto uno: la verdad acerca de la identidad del padre de su hijo perdido. Cuantas menos personas la conocieran, menor sería el riesgo de que Coltaire sospechara algo o de que, por su culpa, su amigo se viera expuesto a nuevas amenazas.

Cuando hubo acabado, miró con expectación amedrentada a Étienne. De él dependían las conclusiones que extrajera de su relato. No dudaba de que iba a mantener su promesa, pero se preguntaba si en esas circunstancias iba a querer seguir siendo su amigo.

Étienne no apartó la mirada, aunque su expresión tal vez adquirió un matiz de desconcierto. Se tomó su tiempo para replicar y ella sintió esos instantes como una soga que se le iba cerrando alrededor del corazón. ¿Podía permitirse perder a un amigo? Y, lo que era más importante, ¿iba a ser capaz de soportarlo?

Esa decisión no estaba ya en sus manos.

Étienne respiró hondo. Cerró brevemente los ojos y se frotó el puente de la nariz con el pulgar y el índice.

—Realmente..., realmente es una... historia terrible. Yo... —Sacudió la cabeza—. Disculpa. Se me hace difícil encontrar las palabras correctas.

El coraje de Aveline se evaporó.

—Porque aborreces mis actos.

—No, Ava, no. No es eso —le aseguró Étienne con una voz que sonaba sincera—. Quizá me esperaba otra explicación. Que habías huido de tu marido o algo por el estilo —dijo riéndose con inseguridad—. Por lo que me cuentas, parece que la fortuna te ha jugado una mala pasada y, sin embargo, has mirado de frente una y otra vez a tu destino.

—Pero..., pero maté a mi hijo —objetó Aveline y sintió cómo se le quebraba la voz.

Étienne se inclinó hacia delante y volvió a cogerle la mano. Esta vez, ella se lo permitió.

—Ava, no lo mataste tú. Lo abandonaste, tal y como el mundo te abandonó a ti. No tuviste otra alternativa.

Aveline intentó tragarse las lágrimas, pero una se le escapó, resbaló por la nariz y cayó sobre la mano de Étienne.

—Aun así...

—¿Por qué estás tan segura de que el niño no está vivo? —le preguntó Étienne—. ¿No es posible... que alguien lo encontrara y lo esté criando?

Era algo en lo que Aveline había pensado muchas veces y que le había proporcionado algo de calidez y de consuelo. El hecho de que Étienne lo pronunciara hacía que sonara un poco más real.

—Gracias —murmuró ella.

—¿Por qué? —preguntó Étienne apretándole la mano.

Cerca, se oyeron voces y pasos. Se separaron y Aveline apagó la lamparilla.

—Es mejor que te vayas ya —susurró ella, aunque deseaba que se quedara—. ¡Pero ve con cuidado!

Étienne titubeó, pero finalmente asintió con la cabeza.

—¡Hasta pronto!

55

Acre, diciembre de 1190

El invierno se alargaba y trajo aún más lluvia, aún más hambre, aún más muerte y desesperación.

El conde Guillaume parecía cansado y rendido, como si se sintiera responsable del infortunio que afectaba a los guerreros cristianos, aunque las bajas entre sus hombres por muerte y enfermedad se mantenían dentro de los límites gracias a las facultades de sus médicos.

—No podía aguantarlo más y necesitaba un lugar donde esconderme —dijo explicando su repentina aparición en el hospital junto a Del y Anselme—. Me repugnan estos juegos de vanidad e intriga.

—¿A qué te refieres? —preguntó Caspar y le pasó un vaso que había llenado con el contenido del odre que había traído el conde. Los demás también bebieron. El vino estaba tan diluido que solo dejaba en la lengua un ligero regusto de su antiguo sabor.

—Me refiero a esas disputas indignas por la corona —aclaró Guillaume en un tono apático—. A Conrado de Montferrato lo casaron hace unos días con Isabel, la heredera directa del reino de Jerusalén.

—¿No está casada con Hunfredo de Torón? —preguntó Caspar.

Guillaume hizo un gesto de negación con la mano.

—Como si un marido hubiera supuesto alguna vez un obstáculo cuando se trata de colocar a una muchacha de una casa influyente en el tablero de ajedrez de la política —repuso con sorna—.
Esta vez, el pretexto ha sido que Isabel era demasiado joven cuando
se casó.

—Bueno, ese pretexto no es del todo descabellado —reflexionó Anselme—. Dicen que tenía once años por aquel entonces.

—Ahora tiene dieciocho y siente un gran afecto por Hunfredo —dijo Guillaume sacudiendo la cabeza—. De todos modos, la
tinta de la disolución matrimonial no se había secado y ya la habían metido con Conrado en el lecho nupcial.

—Creo que le podía haber ido peor, si queréis conocer mi
opinión —intervino Del—. Conrado es un caudillo valeroso, as-
tuto, y no tiene muy mal aspecto.

—Eso quiere decir que Conrado está más cerca del trono de
Jerusalén que Guido de Lusignan, que solo ostenta la corona por
los derechos de su esposa —constató Caspar—. Y dado que Sibila y sus hijas fallecieron en verano...

—Eso parece. El problema es que Guido y sus seguidores no
piensan entregarle el trono a Conrado —dijo Guillaume levantando los brazos con un gesto de impotencia—. ¡Cielo Santo! ¿Es
que acaso no tenemos peores preocupaciones en este momento?
Muchos están tan hambrientos que se están alimentando con ratas, con perros o con la sangre de sus caballos porque no hay nada
a lo que hincarle el diente. Necesito poner vigilancia armada a mi
caballo de batalla y a tu maldita mula, Caspar, para que no termi-
nen en un asador. En todo el campamento cristiano mueren cada
día decenas de hombres por enfermedad y agotamiento. Si esto
sigue así, al futuro rey de Jerusalén no le quedará nada ni nadie a
quien gobernar. —El conde Guillaume vació el vaso de vino y se
llevó la mano a la barbilla—. Ni yo mismo sé si podré alimentar
a mi gente hasta que, Dios sabe cuándo, lleguen los barcos de
abastecimiento. O se nos agotan las provisiones, o acaba con ellas
este maldito clima. Lo único que han podido reunir mis furrieles

han sido algunos carros llenos de esto —señaló sacándose una vaina plana de color marrón de un pliegue de la capa—. No sé qué es ni qué se puede hacer con esto.

—Yo... quizá...

Étienne hizo uso de la palabra y todas las miradas se posaron en él de repente. Se sintió cohibido y hubo de aclararse la garganta.

—¿Qué quieres decir? —preguntó Guillaume—. ¿Habías visto esto alguna vez?

—Bueno, lo probé cuando..., cuando estuvimos con los sarracenos —confesó Étienne, ignorando la mirada de desaprobación de Guillaume.

Anselme se golpeó la frente.

—Tienes razón. Ahora lo recuerdo. Lo llaman *charub* o *karub*, ¿verdad?

Étienne asintió con la cabeza.

—¿Me permitís? —preguntó cogiendo la vaina de la mano de Guillaume. A continuación extrajo un poco de aquella pulpa fibrosa y de color claro y se la metió en la boca—. Sí, es eso. Los sarracenos se comen la pulpa o mastican la vaina completa. Probadlo vos mismo.

Con una mirada escéptica, el conde cogió un pedazo de la vaina seca, lo olió y arrugó la nariz.

—Espero que sepa mejor de lo que huele. —Después de masticar durante un rato, su gesto se transformó—. ¡No está nada mal! Es dulce.

—Y saciante.

—Parece que al menos hemos resuelto un problema, para variar.

Las arrugas de preocupación en la frente de Guillaume se allanaron un poco.

Ava y Gallus estaban sentados juntos y rezaban en silencio. Después de Alain, también había muerto Matthieu, y otros dos compañeros estaban postrados en cama con convulsiones. No tenían buena pinta.

—Mierda, mierda y remierda —renegó Gallus—. Ya no quedamos muchos y las batallas decisivas están aún por venir. ¿Cuándo va a acabar esto, maldita sea?

Aveline miró a su comandante. La desesperación que descubrió en la expresión de su semblante era nueva y le dio miedo.

—Y nadie nos dice cómo está el duque Federico. Me parece que eso no presagia nada bueno, si quieres conocer mi opinión.

Aveline no dijo nada, pero pensaba lo mismo. Hacía semanas que estaban tratando al hijo del emperador en el hospital militar de campaña de los alemanes, y su estado de salud seguía siendo todo un misterio. ¿Qué pasaría si moría? ¿Supondría el final definitivo de su expedición?

En última instancia, eso estaba en manos de Dios. Y no les vendría mal contar con su apoyo.

—Me voy a misa —le dijo Aveline a Gallus.

Como cada día, Kilian oficiaba servicios religiosos para los enfermos del hospital militar y los demás, a los que ella asistía con regularidad ya que no podía hacer otra cosa que rezar; por otro lado, era una oportunidad para verse con Étienne sin levantar sospechas. Gallus se despidió de ella con una palmadita en el hombro.

Ya se había congregado una gran multitud en el pequeño espacio junto a la carpa de los enfermos. El diálogo con Dios parecía el último recurso contra el miedo, la impotencia y la inactividad impuesta. Era un ratito al día en el que dejaban al margen la situación desesperada que vivían y los gruñidos de su estómago pasaban a un segundo plano.

Aveline saludó con la cabeza al ver a Kilian, que estaba esperando a que los miembros de la congregación se reunieran. Después, buscó con los ojos a Étienne. Lo encontró entre la multitud y se le acercó.

—¿Qué tal estás? —la saludó él. A esas alturas el hambre también había dejado su marca en la cara de Étienne, pues se le notaban claramente los pómulos. Sin embargo, su sonrisa era de plena afabilidad, como siempre.

—Estoy bien —dijo ella arrodillándose a su lado—. ¿Y vosotros?

Una sombra oscureció el rostro del joven médico.

—Me temo que la muerte y la enfermedad no se detienen tampoco ante nuestras filas. Hay muchos que están moribundos y podemos hacer muy poco por ellos. —Aveline se dio cuenta de que esa circunstancia le preocupaba especialmente—. Pero yo me encuentro bien —añadió rápidamente cuando se fijó en la mirada de ella—, y también están bien quienes me rodean. ¡Alabado sea el Señor! —exclamó y le entregó un talego.

Aveline sabía que dentro había comida y dudó.

—Vosotros mismos no tenéis suficiente.

—Cógela —le rogó él—, y no te preocupes por nosotros. El conde Guillaume no va a dejar que sus médicos pasen hambre. —Y, como ella siguió dudando, añadió—: Dormiré mejor y más tranquilo sabiendo que te has llevado algo al estómago.

Así que Aveline agarró el talego. Sus dedos se rozaron un momento.

—Gracias.

Kilian predicaba la inminente llegada del Redentor en Navidad y profetizó que el ejército cristiano también podía esperar la redención. Dejó la puerta abierta a que sucediera en este mundo o en el otro, pero sus palabras dieron esperanza a la congregación. Y lo cierto era que en esos días la esperanza escaseaba tanto como el pan.

56

Acre, enero de 1191

A una desoladora Navidad le siguió una desoladora Epifanía, pero pocos días después hubo motivos para estar alegres.

Un trozo de la muralla oriental de Acre, cuya parte baja habían debilitado los zapadores antes del invierno, había sido socavado por la constante lluvia y había acabado derrumbándose. Lo que quedó fue un enorme hueco en la mampostería que abría una entrada a la ciudad. Aunque el ejército cristiano estaba demasiado debilitado para aprovechar esa circunstancia y la guarnición se apresuró a tapar la brecha, el episodio les dio a los hombres la confianza de que las cosas saldrían bien, máxime cuando unos pocos días antes el mar impredecible había empujado contra las rocas a siete barcos sarracenos de abastecimiento, cargados a plena capacidad, antes de que pudieran alcanzar el puerto de la ciudad sitiada.

Las buenas noticias no acababan ahí. Poco después, a pesar del fuerte oleaje, apareció un pequeño grupo de galeras venecianas frente a la costa. Tras varias horas angustiosas, los valientes marineros consiguieron poner los cuatro barcos ilesos rumbo a la bahía por debajo de Tell Musard. A bordo iba el duque Leopoldo de Austria junto con sus hombres, y una bodega repleta de cereal.

Sin embargo, llegó el día en que murió Federico de Suabia. Aunque todos habían estado esperando su muerte, esta supuso un duro golpe que sumió la incipiente confianza del campamento cristiano en un oscuro velo de tristeza.

El hijo del emperador fue enterrado en el camposanto del hospital alemán y su muerte la lloraron los grandes del ejército cristiano y sus vasallos.

—¡Qué maldito despilfarro! —susurró Gallus, con la voz ronca cuando enterraban el cuerpo de Federico.

Una corta vida se había extinguido sin producir el menor efecto. Después de aquello, hasta el más veleidoso sabía que la campaña militar de Barbarroja no tenía buena estrella.

El tañido metálico de la campana del campamento arrancó a Aveline del sueño. Después de finalizar su guardia en las murallas, se había acostado un rato. No podía llevar demasiado tiempo durmiendo, pues no se sentía recuperada en absoluto, cuando comenzó a oír unos ruidos fortísimos. ¿Qué estaba pasando? Se quitó la manta de encima y salió de la tienda de campaña.

Habían pasado solo dos días desde el entierro de Federico, pero el éxodo acababa de comenzar. Muchos miembros del ejército alemán querían irse de Tierra Santa en cuanto fuera posible y, aunque se acordó que todo el mundo estaría de servicio hasta la partida, los comandantes tenían dificultades para mantener la disciplina. Muchos hombres seguían enfermos, así que solo una parte de los arqueros se reunió en torno a Gall, que se había subido a una caja junto a la campana del campamento.

Con los ojos entrecerrados, dejó que su mirada vagara por entre las caras de su público.

—Supongo que todos esos infames de mierda que se van con el rabo entre las piernas y quieren huir no habrán aparecido siquiera por aquí. Así que lo que tengo que decir solo os concierne a vosotros. —Carraspeó y escupió—. A todos los hombres del ejército de Barbarroja que quieran seguir sirviendo a la causa de Cristo se les asignará un nuevo mando. La mayoría de la tropa irá con el duque austriaco Leopoldo, un nuevo vasallo leal a la familia imperial que, como todos sabemos, llegó hace unos días. Todas las tropas de habla francesa serán asignadas al duque Hugues de Borgoña, es decir, a su sustituto actual, Guillaume, conde de Mâcon y de Vienne.

—Eso nos afecta, ¿no? —exclamó un arquero del grupo.

—Sí que eres listo, por todos los diablos —dijo Gallus moviendo afirmativamente la cabeza—. Creo que deberías estar tú al mando del ejército. A ver, ¿qué opinas tú? —Cuando las risas se acallaron, prosiguió—. Señores, a partir de hoy vamos a estar bajo el pendón del conde Guillaume, nuestro amable vecino de ahí enfrente. —Señaló en dirección al campamento que se hallaba al otro lado del camino—. El conde hablará con nosotros después del mediodía.

—¿Qué hay de nuestra paga?

—¿Tiene pan para darnos?

Gallus levantó los brazos hasta que se hizo el silencio.

—Eso lo aclarará él mismo. Preocupaos por no traer esas caras miserables a las que me tenéis acostumbrado o hará que sus hombres la emprendan con vosotros.

Diciendo esto, se bajó de la caja y el grupo se dispersó.

Solo se quedó Aveline, que intentaba interpretar los sentimientos que la invadían. ¿Alivio? ¿Alegría? ¿Inseguridad? Podría seguir con su objetivo, aunque todo lo nuevo, cada cambio en su rutina, también entrañaba peligros. Sin embargo, el conde Guillaume era conocido por ser un comandante capaz, decente y justo. Formaría parte de la tropa en la que servían sus dos principales amigos y de esa forma podría buscar su compañía libremente. Étienne y ella por fin iban a tener la oportunidad de conversar con mayor frecuencia.

—Se te ve contento —le dijo Gallus y le dio un golpecito en el hombro.

—Hemos estado en peores circunstancias, ¿no?

Gallus gruñó alguna frase incomprensible.

—Coltaire de Greville seguirá siendo el pentarca y nuestro comandante directo. Va a gozar de más capacidad de influencia que nunca porque en poco tiempo se va a marchar un buen grupo de caballeros. ¡Maldita sea! Esta es su oportunidad de ascender a la cima y no la va a desaprovechar. Me apuesto lo que sea.

Aveline se encogió de hombros.

—Puede ser, pero así el conde Guillaume podrá tenerlo vigilado con más facilidad.

Gallus torció el gesto y, al cabo, asintió con la cabeza.

—Y eso definitivamente no está mal.

—¿Qué opináis del crecimiento de nuestra familia? —preguntó Del a los reunidos mientras mordía un trozo de cuero que le ayudaba a mantener un poco a raya el hambre. Las provisiones que habían llegado recientemente a bordo de las galeras se habían distribuido y consumido con rapidez, sobre todo porque el duque austriaco había reclamado la mayor parte para sí mismo y para las tropas de Barbarroja. Aunque las vainas de *karub* eran, para muchos, lo único que se interponía entre ellos y la inanición, ya no podían con más cantidad de aquella cosa dulce. Solo el racionamiento riguroso, del que no se eximió siquiera el conde Guillaume, haría que sus tropas aguantaran las próximas semanas.

Étienne estaba junto a Del, Anselme y Caspar, un poco apartados, y veía a Guillaume pronunciando un discurso a los recién llegados. Se decía que formaban un estandarte. Sin embargo, de los cincuenta jinetes que en su día pertenecieron a él, tan solo quedaban dieciocho con algunas decenas de escuderos y soldados, así como los restos de la unidad de arqueros.

—Vaya grupo más triste, si queréis saber lo que pienso —comentó Anselme.

—Nosotros no es que estemos muy bien tampoco —señaló Del.

—No proyectes tu imagen en los demás —replicó Anselme con una sonrisa de oreja a oreja que le hizo ganarse un empujón brusco. Después de todo, no habían perdido su buen humor, a diferencia de lo que sucedía con Caspar.

Desde que se habían acabado por completo las existencias de vino en el campamento cristiano, se comportaba como un perro rabioso. Cuando no mordía a su alrededor sin motivo aparente, se encontraba extremadamente malhumorado. Sus intentos por conseguir vino de los sarracenos habían fracasado, lo que no había ayudado a que mejorara su estado de ánimo. Lo mejor pues era evitar estar cerca de él o, al menos, abstenerse de irritarlo en la medida de lo posible, y ambas cosas estaban fuera del alcance de Étienne.

Con gesto hosco, Caspar roía una vaina de *karub* y examinaba a los recién llegados.

—En lo que se refiere a su pentarca, ya podemos esperar que sea todo un tesoro —dijo gruñendo—. Es un asqueroso de primera.

—Ya he oído por ahí que es malo —le dio la razón Anselme—. Ambicioso hasta la médula porque nadie le espera en casa. Esos son los peores porque no tienen nada que perder.

—Adivina, adivinanza, ¿quién le ha estado rondando últimamente, como las moscas a una boñiga de mierda? Nuestro buen Bertrand —apuntó Del con cara de disgusto.

—Avery me contó que el escudero de Coltaire murió hace poco —intervino Étienne—, así que a Bertrand no le faltan posibilidades de tener un jefe nuevo.

—Pasas mucho tiempo con ese Avery, ¿no? —dejó caer Del con aparente indiferencia.

Étienne, sorprendido, se encogió de hombros. ¿Era tan evidente?

—Bueno, sí. Nos llevamos bien. Es un..., un tipo simpático.

—¿Y nosotros no? —le preguntó Anselme con indignación fingida.

—Claro, solo...

—¡Eh, hombre, que no pasa nada! —Del le dio un puñetazo amistoso—. Te estamos tomando el pelo.

—Yo soy quien está tomándote el pelo —subrayó Anselme—. ¡Del es, como todos sabemos, una solterona celosa!

Se rieron. Solo Caspar resopló y puso los ojos en blanco.

—¿Cuándo fue la última vez que visitaste a Marica, Étienne? —le preguntó Anselme finalmente y esta vez su voz sonó seria—. Cuando la vi el otro día, no le iban bien las cosas.

Étienne sintió una punzada de calor. Si era sincero, durante las últimas semanas apenas había pensado en la joven meretriz. Su mente había estado centrada en otros asuntos.

—¿Qué le pasa?

Anselme se encogió de hombros.

—No soy médico, pero parecía que era la fiebre.

Paludismo, una nueva plaga que estaba asolando a numerosos peregrinos cristianos. No todos morían de eso, aunque muchos, débiles ya por el hambre y por otras enfermedades, no tenían ninguna resistencia que oponer.

—Iré a ver cómo está.

Étienne dejó el grupo y cogió unos medicamentos, un odre lleno de agua y un par de panes planos que habían hecho con las vainas secas de *karub* machacadas. Después echó a andar entre los fosos.

Donde antes había bullido la vida, donde las cabras balaban, los niños jugaban y los vivanderos vendían sus mercancías, ahora reinaba un silencio sepulcral. En todas partes apestaba a humo, a excrementos y a descomposición. Muchas de las tiendas de campaña y de las chozas estaban abandonadas y en ruinas; jirones de tela ondeaban al viento. Parecía que los animales, específicamente los perros, habían desaparecido. Étienne no quiso imaginarse lo que había sido de ellos. La gente que había vivido y aún vivía allí, extramuros de la fortificación, estaban casi indefensos ante las embestidas del hambre y de las enfermedades. Las provisiones que llegaban se repartían primero entre los miembros del ejército y lo que quedaba solía ser inasequible para los peregrinos. No era de extrañar por tanto que el hambre del invierno les hubiera afectado a ellos con especial dureza. Sin embargo, Étienne estaba horrorizado. Se avergonzaba porque había estado demasiado preocupado de sí mismo durante las últimas semanas. Todo lo demás había quedado relegado a un segundo plano. ¿Qué era lo que le había distraído tanto? ¿El trabajo, Ava o sus confusos sentimientos hacia ella?

La carpa de las putas también estaba inusualmente en silencio y parecía abandonada. En la plaza central, una mujer de rostro triste y prematuramente envejecida estaba en cuclillas calentando sus huesudas manos sobre una hoguera. Ella le mostró el camino hacia el lugar donde estaba Marica.

La chica yacía, sola, sumida en un duermevela sobre una estera dentro de una pequeña tienda de campaña llena de agujeros. Estaba alarmantemente delgada y la piel se le tensaba sobre los pómulos. A pesar de las bajas temperaturas, tenía el pelo pegado a la frente en mechones húmedos.

Étienne se arrodilló a su lado y apoyó la cabeza de Marica en su regazo. Humedeció un trozo de tela, se lo pasó por la frente y por los labios cuarteados. La fiebre era alarmantemente alta.

Tras un momento, los párpados de Marica aletearon y lo miró. Sus ojos, normalmente tan claros y azules como el agua de un manantial, estaban ahora cubiertos por un velo turbio.

—Étienne —susurró y trató de sonreír.

Él le devolvió la sonrisa.

—Te he traído algo para la fiebre —dijo y sacó de su talego un frasquito de arcilla encorchado en el que había una decocción de llantén y corteza de sauce—. Después te sentirás mejor. —Le dio a beber un sorbo, aunque sabía que no podía hacer mucho más para bajarle la fiebre. No había ningún remedio para la enfermedad de Marica—. ¿Te está cuidando alguien?

—Ya no quedamos muchas, pero nos cuidamos entre todas —le respondió ella y cerró los ojos. Parecía que esas pocas palabras habían consumido todas sus fuerzas.

—Aguanta un poquito más. Pronto llegarán más barcos de occidente con comida.

Marica no respondió porque había vuelto a sumergirse en un sueño febril.

Étienne se mantuvo vigilante a su lado y fue refrescándole el cuerpo una y otra vez con agua. Al cabo de un rato, la fiebre le bajó finalmente. Tenía la cara más fresca y la respiración más calmada y regular. Cuando abrió los ojos de nuevo, el velo que los cubría había desaparecido.

—Aún sigues aquí —le dijo y sonrió, esta vez de verdad. Le agarró la mano y se la apretó—. Eres un hombre decente, Étienne.

Él no respondió, solo le sonrió. No se sentía muy decente al pensar que Anselme había tenido que llamarle la atención sobre el estado de salud de Marica. Se propuso no permitir que eso volviera a pasar. Troceó uno de los panes planos de *karub* en un cuenco, lo regó con agua hasta obtener una papilla y luego se lo dio a Marica.

—Toma, debes comer algo. También te voy a dejar el resto del tónico. Si vuelves a empeorar, manda a alguien a buscarme.

—Eres un hombre decente, Étienne —repitió Marica y le acarició el brazo—. Estoy en deuda contigo.

Étienne hizo un gesto de negación con la mano. Después le acarició la mejilla huesuda y se despidió.

—Hoy estás muy callado —le dijo Aveline cuando se encontraron por la tarde en su escondite del campamento de los arqueros. Aunque Étienne ya no corría mucho peligro, gracias a la nueva política de mando, intentaban llamar la atención lo menos posible.

El joven cirujano lo negó con un ademán, aunque su mirada estaba perdida en la lejanía. Ella lo observó en silencio. Se le veía agotado, como a la mayoría. El pelo desgreñado ya le llegaba casi a los hombros y le caía por delante de la frente, y una barba de tres días cubría sus mejillas y el mentón. Le hacía parecer mayor y más atrevido, y ella pensó que le quedaba bien.

—¿Por qué sonríes? —preguntó él.

—No estoy sonriendo.

—Por los cielos, ya lo creo que sí. —Étienne se esforzó por poner cara de indignado, pero no pudo—. Soy yo la razón, ¿verdad?

—¿Por qué crees eso?

—Bueno, supongo que ahora mismo no hay muchas otras razones por las que sonreír.

Comedida, Aveline se encogió de hombros.

—¿Por qué estás tan contenta? —quiso saber él.

—Estoy contenta de verte.

Étienne arqueó una ceja, pero luego le dedicó una amplia sonrisa.

—Mis amigos se han dado cuenta de que paso mucho tiempo contigo —le dijo él finalmente.

Aveline sintió que la tensión le ascendía por la nuca. La sonrisa desapareció de sus labios.

—¡No te preocupes! —la tranquilizó Étienne rápidamente—. Solo ven en ti a Avery, el arquero, y no van a saber nada por mí.

—Pero...

—Ava, puedes confiar en mí. Ya deberías tenerlo claro, ¿no?

Ella asintió con la cabeza con brusquedad. Tantos secretos y tantas mentiras otra vez.

—Eh, no pongas esa cara tan triste. —Étienne se inclinó y le tocó la mejilla.

Sus dedos eran suaves y cálidos. Con un movimiento inconsciente, apoyó toda la palma de la mano. Pareció que el tiempo se había detenido mientras sus miradas se entrelazaban. Ella notó un brillo cálido en sus ojos; había inseguridad y preguntas que buscaban respuesta. Étienne comenzó a acariciarle suavemente con el pulgar la comisura de los labios.

Aveline cerró los ojos y buscó su contacto. ¿Cuándo había sido la última vez que un hombre la había tocado con tanta ternura? Tuvo remordimientos al pensar en Bennet, aunque solo por un momento, porque sabía que él habría sido la última persona en envidiarle la poca felicidad que sentía.

La mano de Étienne se movió hasta su nuca y la atrajo suavemente hacia él. Ella mantuvo los ojos cerrados porque albergaba un miedo infantil a despertar de ese sueño. Se tocaron sus mejillas y sus frentes. Ella buscó a tientas su cara y sintió el rastro de la barba bajo las yemas de los dedos y el vello fino de la nuca. Los labios de Étienne encontraron los suyos y la besó. Con firmeza y ternura a la vez, un sabor a sal y salvia.

El beso la llevó a otro tiempo, a otra vida que podría haber sido. Y tuvo la esperanza de que ese beso no terminara nunca.

57

Acre, Muharram 587 (febrero de 1191)

S ed bienvenido! ¡Bienvenido seáis! —exclamó Karakush y abrazó con vehemencia a su interlocutor contra su pecho. Disimuladamente, alzó la nariz.

Al-Muzaffar Umar se liberó del abrazo. Iba armado. Un tajo sangrante que le iba desde la barbilla hasta la oreja izquierda indicaba que su llegada a Acre había pasado por un enfrentamiento con los francos. No obstante, sonrió.

—Estás en los huesos, viejo amigo —dijo de buen humor, después de haber examinado a Karakush de arriba abajo—. ¿Dónde has dejado la barriguita que solías sacar de paseo por El Cairo? En su lugar te han salido unas cuantas arrugas.

—¿Te sorprende? —se mofó Karakush—. Deberías ver al Gordo, bueno, al Debilucho. Abu'l Haija lleva semanas enfermo y malhumorado. Es una sombra de lo que era. Apenas puedo hacer nada por ese oso viejo.

Umar asintió con gesto serio.

¿Por qué iba a irles mejor a ellos que a los malditos francos? El hambre, la enfermedad y el agotamiento se sentían igual a ambos lados de las murallas. Por ese motivo se habían tomado a mal que Umar, el hijo del difunto hermano mayor de Salah ad-Din, Sahansah, llegara hasta Acre con provisiones. Los cristianos estaban tan debilitados por las enfermedades que los hombres de Salah ad-Din pudieron atacar atravesando las líneas enemigas al amparo de la oscuridad.

—Nos llevaremos al Gordo —explicó Umar—. En su lugar, te dejaré a Al-Meshtub. Llegará con uno de los próximos destacamentos.

Karakush alzó las manos al cielo.

—¡Meshtub! ¡Alabado sea Alá!

Ya conocía a ese oficial kurdo. Era un buen soldado y tenía experiencia. No era un hombre de grandes palabras, pero, atendiendo a lo esencial, contaba con amplitud de miras y mente militar.

—Esta noche, todos los hombres que estén enfermos y heridos podrán abandonar la ciudad conmigo. El sultán quiere que los que se queden lo hagan por libre voluntad. A cambio, te enviará casi cuatro mil soldados nuevos, todos voluntarios valientes.

Karakush asintió con la cabeza, sofocado. Cuatro mil hombres, frescos y descansados, por los que estaba agradecido, aunque no sabía en verdad si serían suficientes. La última vez había enviado a poco menos de nueve mil hombres. Sin embargo, al cabo de semanas y meses de privaciones, la mitad de ellos estaban enfermos o heridos.

Había otra cosa que le rondaba a Karakush: el hecho de que Salah ad-Din solo enviara voluntarios. ¿Pensaba ya que su causa era tan desesperada como para dejar que decidieran los hombres si se embarcaban en esa misión suicida? ¿O solo quería estar seguro de que los nuevos combatientes estaban absolutamente comprometidos, con toda su fuerza y sin remordimientos ni vacilaciones? Karakush quería creer esto último.

Umar le puso una mano en el hombro y lo miró a la cara.

—Tú también puedes abandonar la ciudad. Si tú...

Karakush se echó a reír. Resopló y apartó a un lado la mano de su antiguo compañero de combate.

—¡Por Alá, el Todopoderoso! ¡No seas ridículo, Umar! ¡Por supuesto que voy a quedarme aquí! —Eso nunca se lo había cuestionado—. ¡Puedes decirle al sultán que mientras me sostenga en pie y exista la menor posibilidad de éxito, defenderé con uñas y dientes la ciudad! —Su vida era el combate.

—Le gustará oír eso —repuso Umar asintiendo con la cabeza—. Sabes que te tiene en alta estima. Valora mucho lo que tú y tus hombres habéis hecho aquí y todos los días le da las gracias a Alá por ello.

Karakush, avergonzado, hizo un gesto de negación con la mano. Cumplía con su deber, como correspondía a un verdadero muyahidín, nada más ni nada menos.

—¡Me quedaré aquí hasta el final! Pero hazme un favor. —Karakush se dio la vuelta—. ¡Raed, ven aquí!

El muchacho, que estaba mirando desde cierta distancia cómo llegaban los escuadrones y los camellos cargados, se acercó corriendo. Los ojos le brillaban llenos de optimismo.

—¿Qué puedo hacer por vos, muhafiz?

Karakush lo agarró por los hombros y lo empujó hacia Umar. Le notó los huesos a través de la guerrera.

—Este es Raed, mi sirviente personal. Es un buen recluta que ha permanecido a mi lado desde el comienzo del asedio y que ahora se ha ganado un permiso. Por favor, sácalo de la ciudad.

Raed se zafó de las manos de Karakush y le echó una mirada llena de reproches.

—No, señor, de ninguna manera. ¡Yo me quedo! ¡Aún no hemos terminado aquí!

Karakush sonrió con indulgencia y meneó la cabeza.

—¿He hecho algo mal, muhafiz? ¿Mi trabajo no ha sido lo suficientemente bueno? —le preguntó Raed casi con desesperación—. ¡Quiero quedarme con vos! ¡Quiero luchar, por favor!

—Eres un buen muchacho, Raed. ¡Alá lo sabe bien! No tengo razones para quejarme, pero aquí ya has terminado tu labor.

La verdad era que no quería ver morir a su lado a ese muchacho leal. Aún tenía toda la vida por delante.

—Señor, muhafiz... —imploró Raed. Su mirada tenía algo de cachorro.

Karakush se apartó.

—Es mi última palabra, Raed. —Y dirigiéndose a Umar—: ¿Puedo contar contigo?

—Por supuesto, se vendrá conmigo —le aseguró el comandante del ejército.

Raed se quedó mirando fijamente a Karakush todavía un momento con ojos ardientes. Después, agachó la cabeza y se resignó a su destino.

Karakush estaba sentado en su alcoba y estudiaba a la luz de una lámpara de aceite las listas de provisiones y de armas, de los nuevos soldados y los que quedaban. Había ordenado que su gente eligiera aguantar o abandonar la ciudad. Menos de tres mil habían decidido quedarse. Durante toda la noche siguieron llegando escuadrones de refuerzo a través del hueco en el cerco de los francos, de forma que ahora disponía de casi siete mil hombres. Además, habían traído consigo cinco decenas de camellos cargados con alimentos, flechas y espadas. No bastaría, pero al menos serviría para mantenerlos a flote durante un tiempo; hasta el momento, Salah ad-Din había conseguido, de alguna manera, traer suministros a la ciudad. Por boca de Umar, sabía que quería enviar pronto barcos con grano desde Egipto. Por Alá, Karakush esperaba que saliera bien.

Levantó la cabeza y miró por la ventana, donde la primera franja púrpura anunciaba la llegada de la mañana.

Hacía una hora que Umar se había marchado de Acre con los últimos hombres. Rezaba por que llegaran a salvo.

Cansado, se frotó los ojos y se puso de nuevo con las listas. Podía leer, pero le costaba trabajo. Normalmente, Raed se hacía cargo de eso, pero Raed ya no estaba allí.

Karakush suspiró. No servía de nada. Tenía que hacerse una idea general para decidir cómo desplegar sus nuevas tropas con la mayor eficacia posible. Con ayuda del dedo, fue leyendo nombre por nombre, palabra por palabra, hasta que una llamada a la puerta lo interrumpió. Fue un golpe tímido.

Karakush se levantó a duras penas y se dirigió a la puerta. Cuando abrió, divisó una cara muy familiar. Raed no dijo nada, se limitó a mirarlo sin miedo y con aire desafiante y una buena dosis de obstinación.

—Debería darte una paliza que te dejara sordo y ciego, hijo —vociferó Karakush furioso.

Por cómo agachó la cabeza entre los hombros, el muchacho se esperaba exactamente eso. Karakush no hizo nada parecido. Estaba demasiado cansado y, además, tenía que admitir que la idea de mantener al chico a su lado le producía un inesperado sentimiento de alegría.

Mientras Raed aguardaba, mirándolo fijamente, Karakush se echó a reír sin querer.

—Lo reconozco, muchacho, no creía que fueras tan cabezota. Espero que entiendas el peligro que corres. —Exhaló un suspiro—. Pero ahora estás aquí.

Raed resopló aliviado y Karakush se echó a reír de nuevo. Se apartó y le señaló las listas que tenía sobre la mesilla.

—¡Entra! Tengo trabajo para ti.

58

Acre, febrero de 1191

Transcurrieron algunas semanas más en las que muchas personas sucumbieron al hambre y a las enfermedades, hasta que a finales de febrero llegó por fin, sin sufrir incidentes, una flota compuesta por catorce buques mercantes genoveses. La alegría de los peregrinos era incontenible. Además de toneles repletos de comida y de vino, también traían noticias de los reyes. Ricardo y Felipe habían vencido con sus ejércitos en Mesina y se disponían a embarcarse en breve hacia Tierra Santa. Por fin. Después de todo lo que habían pasado, la conquista de Acre volvía a quedarles al alcance de la mano.

En todas partes se festejaba, se reía y se bailaba, y pronto entre las tiendas de campaña regresó el olor a panceta y a pan recién horneado. Parecía que aquel campamento casi extinto había resucitado a la vida.

—¿Qué te sucede, Étienne? Parece como si tuvieras una buena resaca —se burló Del, que tenía a su lado dos odres repletos de vino—. Pensé que íbamos a emborracharnos juntos.

—Déjalo, Del —dijo Anselme, mientras desplegaba un paño junto al fuego y abría una gran bolsa de cuero—. Como me ocurre a mí, seguramente está soñando con pasar el día festejando en brazos de una linda muchacha. En cambio, ¿qué estoy haciendo? Aquí me hallo, sentado con un montón de tíos hediondos para pillarme una buena cogorza. Dios mío, ¿qué me ocurre? —Se echó a reír de buen humor y todos le imitaron.

No obstante, Étienne no se sentía del todo a gusto al considerar lo cerca que estaban las palabras de Anselme de la realidad. De hecho había estado pensando en Ava. Se veían tanto como se lo permitía la razón y, con frecuencia, conversaban, disfrutaban de su cercanía y se besaban. Nada más, pero eso era ya absolutamente maravilloso. Era un sentimiento muy cercano de hecho a la embriaguez.

—¿Por qué no le dijiste a Avery que viniera a celebrar con nosotros? —preguntó Anselme, arrancándolo de sus pensamientos.

—Yo... Él... —Étienne sintió cómo le subía la temperatura mientras buscaba a toda prisa una explicación creíble.

—Ese Avery no parece un tipo muy sociable —gruñó Del—. Apenas abre la boca. ¿Es tartamudo? Si no, ¿por qué es tan callado?

—Ese muchacho es tan asustadizo como un cervatillo —dijo Caspar acudiendo en su ayuda inesperadamente—, y al parecer le doy miedo.

—Pues no sé por qué será —murmuró Del sonriendo.

Caspar lo miró con dureza, pero luego sacudió la cabeza y se echó a reír.

Las esperanzas de Étienne de que el cirujano hubiera aprendido a gestionar de una manera más racional su relación con el vino durante las semanas de abstinencia forzada resultaron ser vanas. Apenas pusieron un pie en la orilla los genoveses, Caspar ya les había comprado un barril de vino italiano. Étienne no quería ni saber cuántos vasos se había tomado a esas alturas. Aunque no se le notaba en el porte exterior, estaba pero que muy animado.

—Entonces tendremos que comernos estas delicias nosotros solos. —Anselme había puesto pan fresco, embutidos secos, queso, cebollas, unos nabos pequeños y ciruelas pasas encima del paño. No era gran cosa, pero después de tanto tiempo de sacrificio suponían todo un banquete—. Se lo debemos por entero al conde Guillaume —dijo Anselme con un gesto invitador.

—¡Dios bendiga al conde Guillaume y a los intrépidos comerciantes genoveses! —Caspar levantó el vaso que había llenado hasta el borde y tomó un trago largo—. Si el tiempo se mantiene calmado, seguirán llegando barcos y así podremos reponer nuestras medicinas.

Étienne saboreó un trozo de embutido y suspiró feliz. Parecía que la época de miserias había acabado definitivamente.

Se llenaron los estómagos con mucha rapidez y el vino se les subió a la cabeza. Estaban tumbados junto al fuego, hablando y riendo, cuando de pronto apareció Bertrand, que como siempre llevaba a remolque a Gaston, con su cara llena de granos.

Durante los últimos meses muchos hombres buenos habían muerto debido al hambre y a las enfermedades, y nada menos que esos dos se habían librado. Casi era para creer que el diablo había puesto algo de su parte. Tal y como temían, Bertrand estaba ahora al servicio de Coltaire. ¿Por qué razón el conde Guillaume iba a haberle negado el permiso, después de que Simon de Cluny, tío y maestro de Bertrand, hubiera muerto hacía semanas?

—¿Qué queréis? —preguntó Del en tono brusco. Se había levantado y su postura daba una impresión de rechazo verdaderamente hostil.

—Para los escuderos del pentarca siempre hay un sitio junto al fuego —dijo Bertrand sonriendo con picardía.

—No, si son bastardos de malas mañas.

La mirada de Bertrand se tornó fría y las comisuras de los labios se le contrajeron, aunque mantuvo la sonrisa. Se sentó entre ellos con todo el descaro.

—En ese caso no os va a importar si me uno a vosotros.

Del se puso rojo y tensó los músculos de la mandíbula. Parecía que iba a saltarle a Bertrand a la yugular.

—Los tiempos en los que apreciábamos tu compañía pasaron hace ya mucho.

—Deja que lo adivine. Tu flamante jefe, Coltaire de Greville, ¿te ha mandado a nosotros? —le preguntó Caspar con frialdad.

Era una constatación más que una pregunta—. Quiere que nos espíes.

Bertrand parecía sorprendido y abrió la boca, pero no replicó. El rubor de sus mejillas reveló por sí solo la verdad.

Étienne intercambió algunas miradas de disgusto con sus amigos. ¿De verdad iba a llegar tan lejos el caballero?

Caspar miró fríamente a Bertrand.

—Haznos un favor: levántate y vete a lamerle el culo a Coltaire. Es donde estás más cómodo.

Bertrand se incorporó de golpe.

—¡Os arrepentiréis de vuestra falta de respeto! —repuso entre dientes.

—¿Respeto, dices? ¿Por un gusano como tú? ¿Por un villano sin honor como Greville? —Caspar arqueó una ceja, como si el asunto no necesitara de mayores explicaciones—. ¡Lárgate! Y no te olvides de tu sombra granuda.

Temblando de rabia, Bertrand se dio la vuelta y se marchó con Gaston.

—¿Crees que ha sido inteligente ofenderlo de esa forma? —preguntó Étienne cuando ya se habían ido.

—¿Están saliendo de verdad esas palabras de tu boca, después de todo lo que te hizo? ¿No tienes orgullo? —le reprendió Del.

Por supuesto, Étienne podía prescindir perfectamente de la compañía de Bertrand, pero todos ellos habían estado bebiendo mucho vino y eso los volvía imprudentes. No era bueno cuando se trataba de Coltaire.

—¿No me habíais advertido de que Bertrand es un pequeño tonto del culo rencoroso? Le va a ir con el cuento a Greville y todos sabemos que ese caballero no es conocido por su longanimidad.

Caspar hizo un gesto de negación con la mano.

—Aun así. No voy a dejar que la compañía de ese sapo me amargue este delicioso vino. ¡Hoy estamos de celebración! ¡Celebramos que la sed ha llegado a su fin!

—Dirás el hambre —le corrigió Anselme.

Caspar le dedicó una amplia sonrisa.

—Me has entendido perfectamente. —Se rieron y vaciaron otra copa.

Étienne notaba que su estado de ánimo se ensombrecía. Sabía que Coltaire no lo dejaría pasar.

Ya era de noche cuando fue al encuentro de Ava. En un talego llevaba el resto del vino, un embutido, queso y un par de ciruelas. Eran los restos de la cena con sus amigos, que en ese instante yacían borrachos sin remedio. También en el campamento de los arqueros estaban de celebración. Grandes hogueras iluminaban el cielo nocturno, las risas y las canciones llegaban a oídos de Étienne de todos los rincones y había una actividad muy animada. Eso era bueno, porque así podría pasar casi desapercibido por el campamento. Junto a una de las hogueras creyó ver la silueta de Bertrand, pero no habría podido asegurarlo ya que no quiso permanecer mucho rato mirando.

Encontró a Ava en su escondite habitual. Hombro con hombro, se sentaron en cuclillas entre los barriles y se saludaron con un beso largo. Aunque se habían visto la víspera, Étienne se sentía embriagado una y otra vez al notar los tiernos labios de ella, el calor de su cuerpo y los mechones cortos de su cabello entre los dedos. Le excitaba pensar en sus ropas masculinas, o más bien en que él era el único que sabía lo que escondían. Sin embargo, en ese pequeño campamento, donde los pocos ratos que pasaban juntos suponían un peligro, tendría que limitarse por el momento a los besos robados.

Étienne no sabía qué iba a ser de ellos, pero en ese instante lo único que le importaba era la forma en que lo miraban aquellos ojos de color azul grisáceo, el modo en que sus alientos se entremezclaban y cómo el corazón le latía muy fuerte contra el pecho de Ava.

Cuando se separaron, le dio a la joven las delicias y se deleitó con su expresión de alegría.

—¡Eres maravilloso! —suspiró ella, mientras probaba un trozo de queso.

—Ah, estaría bien si pudieras convencer de eso a Caspar. A veces pienso que me considera ingenuo e incompetente.

—Créeme, él sabe lo que tiene en ti.

Étienne emitió un gruñido incomprensible.

—Sí, puede ser grosero y dar miedo —siguió Ava—, y usa las palabras como si fueran cuchillos, pero no importa lo que diga, no eres insignificante para él. —Se encogió de hombros—. Se preocupa por ti aunque tú no te des cuenta. Trata de hacerte avanzar. Piensa en lo que me contaste sobre tu encuentro con los leprosos en Marsella. Él confía en ti. Puede que seas la única persona en el mundo, o al menos en este campamento, en la que confía plenamente. Le gusta dar una imagen de persona dura y ausente, pero eso es un escudo con el que oculta su sensibilidad y las viejas heridas. Créeme, cuando perteneces a esa clase de personas, te reconoces a ti mismo en ellas.

Étienne miró a Ava de reojo. Se preguntó si tenía razón y cuánto tenía aún que aprender de ella. Le sorprendió un poco que tomara partido por Caspar, a pesar de que el cirujano la había tratado tan mal.

Sin embargo, respecto de su última observación, estaba de acuerdo con Ava. Al menos desde que Caspar le había explicado cómo fue su infancia y el trágico destino de su familia, Étienne sabía que detrás de esa cáscara dura se escondía un interior muy tierno.

El resto de sus afirmaciones también le hicieron reflexionar. Quizá era hora de reconsiderar algunas cosas.

Apoyó a Ava en su hombro y le dio un beso en la coronilla; pasaron largo rato en esa postura mientras escuchaban el sonido de una flauta que llegaba desde algún lugar. Tenían comida, tenían vino y se tenían el uno al otro. La vida estaba bien.

Finalmente llegó la hora de que Étienne se marchara. Salieron del escondite tras los barriles y se besaron furtivamente una última vez.

Poco después de haberse despedido de Ava y mientras hacía el camino de regreso, Étienne ya anhelaba su próximo encuentro.

Aveline dejó pasar algún tiempo antes de salir de su escondite con el sabor del beso de Étienne en los labios y se dirigió a la tienda de campaña de su sección. Sabía que sus circunstancias no eran nada favorables, pero en aquel momento el corazón hablaba más fuerte que la cabeza. Sentía que todo volvía a ser fácil.

Sin embargo, eso no cambiaba nada. Por la mañana, Gallus, sus compañeros y ella serían implacables en el campo de tiro; aún más desde que se había anunciado la llegada de los ejércitos inglés y francés para dentro de pocas semanas. La batalla decisiva por Acre se acercaba, pero hasta ese momento todavía tenían mucho que hacer. A causa del catastrófico invierno, sus filas raleaban y los que quedaban en pie se encontraban muy mal...

Una gran sombra salió de un callejón entre las tiendas, un brazo musculoso la rodeó por los hombros y en su brazo se clavaron unos dedos. Un olor feroz a sudor, cuero y metal invadió la nariz de Aveline y se cerró como un puño alrededor de su corazón. Sabía quién era antes de que empezara a hablar.

—¿A dónde vas, amigo «Avery»? —le preguntó en voz baja Coltaire de Greville.

Su voz sonó ronca, casi siseante junto al oído de Aveline, y su aliento sofocante y embriagado le rozó la mejilla. Desde un rincón oscuro de su alma le brotaron los recuerdos, que cayeron sobre ella en una cascada de horror y de pánico. Luchaba por respirar, trataba de zafarse de su abrazo, pero este era fuerte como el hierro. Sin que ella pudiera hacer nada al respecto, la empujó hacia la zona umbría del angosto callejón que quedaba bloqueado al fondo por el cercado de madera del campo de tiro. Apestaba a orina y allí solo se colaba un reflejo débil de las hogueras junto a las que se seguía celebrando y riendo a gritos. A Aveline le temblaban las piernas incontroladamente y estaba segura de que habría caído de rodillas si el brazo de Greville no la hubiera mantenido erguida. Dentro de ella todo lo que había era un miedo paralizante.

Con una mano, Greville le cogió la dos muñecas, mientras que con el peso de su cuerpo la empujó contra las tablas de madera del fondo del callejón. Con la mano libre, le giró la cara y quedaron frente a frente. La fuerza que desplegaba era aterradora.

—¿Qué queréis de mí? —dijo ella con la voz estrangulada.

La poca luz que había iluminaba los ojos de ave de rapiña de Coltaire e hizo brillar sus dientes tras su siniestra sonrisa.

—Cuando Bertrand me contó que habías besado al ayudante del cirujano pensé en un principio que eras uno de esos asquerosos sodomitas, un hombre que se lo monta con otros hombres.

Sus palabras cayeron sobre Aveline como el hacha de un verdugo y sintió cómo le abandonaban las fuerzas. ¡Santa Madre de Dios! ¡Los habían visto juntos y se había enterado nada menos que Coltaire! Eso significaba que no solo ella estaba en peligro.

—Étienne..., ¿qué pensáis hacer con él? —Su voz no era más que un susurro quedo.

—No te preocupes. —La brutal sonrisa de Coltaire se ensanchó—. Lo dejaré en paz, al menos por ahora, porque se me ocurrió algo que quería aclarar primero. —Acercó su cara a la de Ava, de forma que sus mejillas se rozaron, y con los labios tocó su oreja.

Lo tenía muy cerca, demasiado cerca. El corazón de Aveline galopaba y los latidos golpeaban su pecho como un animal enjaulado. Le entraron arcadas y se giró, pero él la presionó implacablemente contra la tabla que tenía a sus espaldas.

—Me pregunté: ¿puede ser que este chico flacucho y barbilampiño que se hace llamar Avery no sea en realidad un muchacho, sino una mujer que viste ropas de hombre?

Diciendo esas palabras, le metió la mano entre las piernas y arrancó de la garganta de Ava un gemido impotente. Lo sabía, lo sabía todo. Estaba perdida.

La cara de Coltaire apareció frente a la suya. Rebosaba satisfacción de ver a su presa indefensa.

—Después me vino a la mente otra cosa. Me pregunté por qué tenía todo este tiempo esa sensación absurda de que te conocía de algo. —De pronto puso su boca sobre la de ella y le lamió los labios como si quisiera probar su sabor. Aveline sintió náuseas hasta que finalmente la dejó—. Y, entonces, todas las piezas encajaron. —Coltaire recorrió su rostro con la mirada—. Me acordé de una fiera lorenesa que atrapé hace... ¿cuántos serán, tres años ya? ¡Oh! ¡Ya puedes sentirte honrada! Has estado en mis pensamientos todo este tiempo, lo que significa que disfruté mucho el rato que pasamos juntos. Me gusta cuando las mujeres me provocan, cuando se defienden y tengo que ponerlas en su sitio.

De repente, Aveline reunió toda esa rabia feroz que la consumía por completo y la dirigió contra el vil bastardo que estaba a punto de destruir su vida y la poca felicidad que había conseguido para sí misma. Se volvió loca, quiso pegarle, pero no pudo zafarse de sus manos, así que le escupió en la cara.

Con la mano que tenía libre, Coltaire la agarró rápidamente por el cuello, sin apretar mucho, pero lo suficiente para obligarla a que se quedara quieta. Con el hombro, se limpió el escupitajo de la mejilla.

—Eres la misma gata salvaje de siempre, ¿eh? —dijo echándose a reír con un tono áspero—. Me preguntaba qué estabas haciendo aquí, con este disfraz indecente, pero en realidad no me importa. Vas a ser una herramienta útil para mí. Vas a ayudarme a conseguir mi venganza. Vas a ayudarme a saldar las cuentas con el jefe de tu querido.

El contraataque de Aveline se desvaneció por completo y la joven emitió un sollozo. «No, por favor, eso no». Las lágrimas le quemaban los ojos. Todo en ella quería rebelarse. No quería ser ni una herramienta ni un juguete para ese hombre o para el destino. Y mucho menos si con ello destruía el futuro de Étienne. Todo lo que quería era cumplir sus votos y vivir tranquila. Un poquito de felicidad, Dios, ¿era mucho pedir?

Apretando la mandíbula, sacudió la cabeza.

Coltaire aumentó la presión en su garganta y ella comenzó a ahogarse. Su cara estaba tan cerca que las puntas de sus narices se tocaron.

—¡Oh, ya lo creo! —rugió él y la rozó con su aliento caliente—. Y te voy a explicar por qué. —Volvió a poner un poco de distancia y le dedicó una sonrisa lobuna, mientras la retenía haciendo fuerza ocasionalmente. Por fin aflojó la mano de su cuello y Aveline notó cómo el aire le entraba a borbotones en los pulmones—. Si huyes del campamento, aunque no sepa adónde has ido, convertiré en mi misión personal perseguirte y capturarte, y créeme que soy un cazador excelente. A continuación todos sabrán que, durante este tiempo, bajo estas ropas se escondía una putita que nos tenía engañados. Te entregaré a cada uno de mis hombres, una y otra y otra vez, hasta que entiendas por fin cuál es el sitio de una mujer como tú. —Hizo una breve pausa y se regocijó en el horror de ella—. Lo que quede de ti al final lo arrojaré delante de la tienda de campaña de tu cojo, pero solo después de que le diga cómo gritabas de placer durante nuestro primer encuentro, cuando me entregaste voluntariamente tu virginidad. —De nuevo le metió la mano libre entre las piernas. Luego la introdujo por debajo del jubón y le apretó dolorosamente los pechos vendados—. ¿Qué te parece si refrescamos la memoria?

Aunque la mano de Coltaire no seguía ahogándola, Aveline creyó que se asfixiaba. Se ahogaba por la repulsión, por la desesperación y por el odio que sentía por ese hombre.

—¿Por qué hacéis esto? —preguntó ella con dificultad.

Coltaire le dirigió una mirada fría y despiadada.

—Como ya te dije, considero que puedes serme útil para una cosa. Ese Caspar dejó que mi Faye, mi fiel caballo de batalla, se muriera y por eso me las va a pagar. Tú vas a ayudarme a hacer que pague sin que eso me perjudique.

—¿Por un caballo? —exclamó Aveline con voz ronca. No podía creer que un animal fuera la razón por la que el caballero trataba a todos con tanto odio—. ¿Hacéis esto por un caballo?

Rápidamente, él volvió a agarrarla por el cuello.

—¿Qué sabrás tú? ¿Cómo va a entenderlo una putita como tú? —La cara de Coltaire se desfiguró y se convirtió en una máscara de ira, odio y... dolor, pero recuperó rápidamente el control—. Es por el caballo y por más cosas. Se trata del respeto, de la insubordinación y de la obediencia. Yo tengo grandes metas y no dejaré que nadie me desafíe abiertamente ni que mine mi autoridad y mi reputación, ni que se interponga en mi camino. El conde Guillaume, que ahora es mi comandante, da mucho crédito a las palabras de ese charlatán y eso es lo que hace que...

Calló bruscamente y se golpeó la boca con la mano, como si ya le hubiera dicho demasiadas cosas a Aveline. Sus ojos de ave rapaz se clavaron en los de ella.

—Vas a hacer lo siguiente: vas a tirarle de la lengua a ese cirujano y vas a contarme todo lo que pueda usar contra él, cada palabra malsonante, cada comentario herético, cualquier cosa que pueda serme útil. Mientras esté contento con tu trabajo, guardaré tu secreto. Si me decepcionas o me traicionas, ya sabes lo que te espera. Y no le digas ni una palabra de nuestro acuerdo a nadie, ¿entendido? —Le agarró el mentón e hizo que lo mirara a los ojos—. ¿Me has entendido bien?

Aveline cerró los ojos, pero las lágrimas se le abrieron paso entre las pestañas, se le derramaron por las mejillas y le cayeron goteando por la barbilla. El corazón se le desintegró en un puñado de cenizas grises que se desvanecieron arrastradas por el viento. ¿Por qué Dios permitía aquello? ¿No había sufrido ya lo suficiente?

—Por favor —murmuró ella—, tened piedad. Dejadme marchar.

Coltaire de Greville se echó a reír en voz baja y se inclinó sobre Aveline con todo su peso hasta que la madera basta del cercado se le clavó en los omóplatos. Coltaire le puso la boca junto al oído.

—Por favor, chica, ya deberías haberlo entendido. No tengo piedad por nada. La piedad es para los débiles, los irresolutos y los cobardes que no tienen el coraje de seguir su camino, aunque no sea bonito. No seas tan estúpida como para creer que me voy a molestar en tener piedad.

Se toqueteó el pantalón.

Aveline sollozó. Él quería quebrarla de una vez por todas e intuía que esta vez iba a conseguirlo.

De pronto se escucharon unos pasos que se acercaban y una sombra se tropezó en el callejón. ¿Un borracho? ¿Alguien que estaba de fiesta e iba a vaciar la vejiga?

Coltaire se alejó de ella y se volvió, alarmado, hacia el recién llegado.

Fueron solo unos segundos, pero el miedo dotó a Aveline de una velocidad sobrehumana. Se dio la vuelta, se encaramó a la valla y en un instante ya había saltado al otro lado. Corrió y corrió sin mirar atrás, sin saber adónde ir, mientras las lágrimas le caían en cascada por las mejillas. Al mismo tiempo se dio cuenta de que, aunque por esa vez se había zafado de las garras de Greville, estaba completamente a su merced. Él lo sabía todo. La tenía por entero en sus manos.

LIBRO IV

Cristianos, judíos y sarracenos
dicen que esta tierra es patrimonio suyo.
Dios tendría que decidir con justicia
en nombre de su Trinidad.
El mundo entero está en guerra aquí:
nosotros tenemos razón en nuestra demanda,
y lo justo es que Él nos la otorgue a nosotros.

Estrofa extraída de «Canción de Palestina»,
WALTHER VON DER VOGELWEIDE
(h. 1170 – h. 1230 d. C.)

59

Acre, mayo de 1191

Toma, come! —dijo Caspar pasándole una tablilla con asado frío.

Étienne hizo un gesto de negación con la cabeza.

—Gracias. No tengo nada de hambre.

Caspar profirió un gruñido. Se lo quedó observando con esa mirada penetrante que solía reservar por lo general a los pacientes, hasta que Étienne se dio la vuelta.

—¡Entonces bebe un trago!

En el campo de visión del joven ayudante apareció un vaso lleno de vino tinto.

—Beber contra las penas nunca ha producido ningún efecto bueno —se defendió Étienne en un tono más vehemente de lo previsto.

Caspar gruñó ahora varias veces seguidas.

—¿Es eso verdad?

Los dos permanecieron en silencio.

—Supongo que sigues sin querer compartir la causa de tu melancolía, ¿me equivoco?

—Olvídalo, Caspar. No es nada.

Caspar se levantó para dejar a Étienne a solas consigo mismo.

—Como quieras —dijo al marcharse—. Pero me apuesto lo que sea a que esa nada lleva faldas y corpiño.

«Pues mira, te equivocas y no te equivocas en esto», pensó Étienne y arrojó disgustado una piedra a la arena. No, el motivo de sus penas no llevaba falda ni corpiño, y posiblemente era ahí donde residía el problema.

Ava apenas cruzaba una palabra con él, mandaba decir que no estaba y evitaba su compañía. Sin previo aviso y de un día para otro ella le había dado la espalda.

Aquella noche de febrero, cuando celebraron la arribada de los primeros barcos de suministros y de abastecimiento, fue al mismo tiempo la última noche en la que pudo estar cerca de ella.

No estaba enferma ni nada peor que eso, él se había asegurado de que así era, por supuesto, pero ese hecho no mejoraba las cosas, todo lo contrario: estaba completamente a ciegas e inmerso en la oscuridad más absoluta en lo concerniente a la causa de la conducta de Ava. Y esa incertidumbre lo consumía. ¿En qué se había equivocado? ¿Cómo había provocado su desprecio? ¿La había agobiado? ¿Tenía miedo? ¿No era el hombre adecuado para ella? ¿Había otro tal vez?

Solo con que hablara con él, unas pocas frases por lo menos... Étienne no podía dejar de pensar en ello aunque eso se asemejara a la sensación de masticar esquirlas y lo hiciera enfermar de pena.

—Étienne, ¿nos acompañas?

Anselme y Del se habían acercado sin que lo advirtiera y lo arrancaron de sus melancólicos pensamientos. Naturalmente, hacía tiempo que sospechaban que algo no le iba bien. Y, por supuesto, Étienne no podía decirles la verdad, así que se limitaba a hacer un gesto de negación con la mano para cambiar de tema cuando le preguntaban. Tal y como correspondía a unos amigos que se preciaban de tales, ellos dejaban las cosas como estaban sin insistir más.

—¿Qué planes tenéis?

—Podríamos ir a la zona de obras a mirar cómo avanza la construcción de las catapultas y de los fundíbulos —propuso Anselme.

Hacía una semana y media que el rey Felipe de Francia había llegado por fin a las puertas de Acre. Además de a sus soldados, había traído consigo grandes cantidades de madera con la que construir la maquinaria de asedio, torres con puente levadizo y balistas. Una vez estuvieran fabricadas, la guarnición de Acre no tendría ningún momento de descanso porque iba a ser bombardeada noche y día según el plan del monarca.

Junto con el rey Felipe y sus tropas regresó al campamento cristiano la confianza absoluta. Se pusieron a su disposición hombres de refuerzo, provisiones frescas, armas y equipos para el asalto definitivo a Acre. El duque Hugues de Borgoña también se unió finalmente a ellos. Y, aunque Ricardo de Inglaterra seguía ausente, reinaba un ambiente alegre, casi bullicioso. Étienne era probablemente la única persona afligida en todo el campamento militar cristiano.

—Cuando veo a Étienne de esta manera, pienso que lo mejor es que se dé un paseo por la carpa de las muchachas para que le revienten la mente a polvos —comentó Del.

—Según me han dicho, Marica vuelve a estar bien gracias a los cuidados de cierto cirujano —añadió Anselme con sorna—. Seguramente no te pondría ninguna pega a que le hicieras una visita.

Étienne titubeó. Por unos instantes se sintió realmente tentado de olvidar sus melancólicos pensamientos en los brazos de una mujer. ¿Y por qué no después de todo? Al fin y al cabo, a Ava no debía rendirle cuentas. Era ella quien había roto el contacto y no consideraba que fuera necesario explicarle sus motivos.

Sin embargo, algo en su interior se resistía.

—Oídme bien, aprecio sinceramente que queráis animarme, pero no es necesario, de verdad.

Por la expresión de las caras de sus amigos pudo deducir que tenían una opinión diferente, pero que renunciaban a plantear objeciones.

—Por mí, vale, nada de chicas —dijo Del en tono aprobatorio y tiró de Étienne sin contemplaciones hasta ponerlo en pie—, pero no vas a pasarte todo el santo día aquí sentado empollando tus penas. Anselme y yo tenemos el mediodía libre, y como amigo nuestro tu condenado deber es hacernos compañía y aburrir..., digo, entretenernos con comentarios ingeniosos.

Étienne no pudo menos que sonreír.

—¿Quién sería capaz de negarse a eso?

Se marcharon juntos. Las obras se encontraban fuera de la fortificación, cerca de la bahía donde desembarcaban los barcos procedentes de occidente. A la sombra de Tell Musard se hallaban fuera del alcance de los disparos enemigos. Los terrenos, además, estaban vigilados noche y día.

Ya de lejos oyeron el rítmico batir de hachas y martillos, el desgarro de la madera al ser partida. Resonaban por todas partes las órdenes y los gritos de los carpinteros y de los constructores de las armas de asedio.

Étienne contó una torre de asalto y al menos diez catapultas en construcción.

—Es impresionante —admitió.

Anselme asintió con la cabeza.

—En unos pocos días lloverán piedras sobre la guarnición.

—A eso de ahí atrás —dijo Del señalando una máquina extraordinariamente grande—, los carpinteros lo llaman «la catapulta de Dios». La mitad de los príncipes cristianos ha contribuido en su construcción. Cuando esté lista, podrán disparar media montaña con ella. Y esta otra de aquí —añadió señalando un fundíbulo muy cercano ya casi terminado de construir— es la «prima mala».

—¿La «prima mala»? —preguntó Étienne con cara divertida.

—Bueno —explicó Anselme encogiéndose de hombros—, los sarracenos en Acre han bautizado a una de sus máquinas «el vecino malo». Supongo que ese nombre es una respuesta nuestra a su ingenio.

—Un momento, ¿de dónde hemos sacado cómo llaman los paganos a sus catapultas?

Anselme carraspeó.

—Bueno, tenemos nuestras informaciones... de la ciudad —contestó bajando la voz casi a un tono de susurro.

—¿De la ciudad? ¿Cómo es eso?

—Saladino no es el único que dispone de una buena red de mensajería.

—¿Quieres decir que tenemos un espía? ¿En Acre? —preguntó Étienne sorprendido.

Anselme miró hacia atrás para asegurarse de que no había nadie escuchando.

—Eso parece. Dispara flechas con mensajes por encima de los muros, pero nadie sabe quién es. Tal vez sea mejor así para que nadie pueda traicionarlo. Sea como sea, sus informaciones han demostrado ser auténticas.

—¡Mirad quién viene por ahí! —Del dio un codazo a Étienne en el costado y señaló con la cabeza hacia el otro extremo del terreno. Se acercaba un grupo de jinetes; era nada menos que el rey Felipe en compañía del duque Hugues, el conde Henri y la guardia real.

—Su Majestad quiere asegurarse en persona de que el proyecto avanza —supuso Anselme.

Étienne no había tenido hasta el momento muchas ocasiones de ver de cerca al rey o al duque. Inmediatamente después de su llegada, este había asumido el mando supremo de las fuerzas armadas francesas por orden de Felipe. Se le consideraba un jefe militar con una experiencia extraordinaria y un estratega, un hombre de honor, intrépido e imperturbable hasta la obstinación y, por consiguiente, la mejor opción para esa misión, aunque, o quizá precisamente porque, no siempre había estado del lado del rey. A diferencia de su barba castaña, tenía el cabello ya encanecido y escaso, razón por la cual lo llevaba corto. Tenía la complexión de un herrero con los brazos gruesos como vigas y hacía que el rey francés a su lado pareciera casi un muchacho cenceño a pesar de contar ya veinticinco años. Felipe era un hombre apuesto, alto, de expresión noble y barba corta y oscura. Contrariamente a los ojos del duque, que observaban con severidad las obras, su mirada parecía abierta e interesada. Seguía con atención las palabras de su comandante en jefe, que daba explicaciones con todo tipo de gestos.

—¿Y para cuándo podemos contar con la presencia del rey inglés? —quiso saber Étienne.

Anselme refunfuñó.

—Es difícil de decir. Felipe y él pasaron juntos el invierno en Mesina, pero entonces rompieron relaciones.

Étienne miró a su amigo.

—¿Por qué razón?

—Por una mujer, ¿qué iba a ser si no? —vociferó Del.

—Para ser exactos se trataba de Alix, la hermanastra del rey Felipe —explicó Anselme en voz baja—. Y de la promesa de matrimonio de Ricardo en relación con ella. Una manzana de la discordia desde hacía mucho tiempo. En Mesina quedó anulado el acuerdo definitivamente.

—¿Qué otra opción tenía el rey Ricardo? —volvió a intervenir Del—. ¿Cómo habría podido casarse un hombre de honor con una mujer que no solo compartía el lecho con el padre de él sino que además, presumiblemente, había engendrado un bastardo?

—¿Por qué no hablas un poco más alto, anda? —dijo Anselme entre dientes—. Creo que el duque Hugues y nuestro rey no te han oído todavía y seguro que les encantaría participar en la conversación.

—Pero es la verdad —insistió Del, aunque con un volumen de voz mucho más bajo—. Dadas las circunstancias, ese matrimonio quedaba completamente descartado.

Anselme resopló.

—Tal vez esas «circunstancias» le sirvieron a Ricardo de Inglaterra como pretexto oportuno.

—¿A qué te refieres? —preguntó Étienne con curiosidad. Caspar no era especialmente locuaz cuando se hablaba sobre política o sobre los rumores que circulaban dentro y fuera del campamento cristiano, por lo cual Étienne se empapaba de todo lo que sus amigos le contaban.

—Bueno —repuso Anselme casi con un hilo de voz—, se rumorea que Ricardo se mezclaba con otros hombres. Quiero decir... de una manera obscena. —Se encogió de hombros—. Puede que el rey de Inglaterra simplemente no sienta interés por las mujeres.

—¿No tienes nada mejor que hacer que andar cotorreando todos los infundios que se comentan en el campamento, Anselme? —reprendió Del a su amigo con acritud—. He oído que Ricardo está a punto de casarse con una princesa navarra. ¿Cómo encaja eso con tu cotilleo?

—¿Qué significa aquí «cotilleo»? —replicó Anselme con vehemencia—. Poco antes de las Navidades, Ricardo se dio por vencido en Mesina, se puso el sambenito ante obispos y arzobispos, y se flageló a sí mismo para solicitar el perdón por sus pecados contra natura. Hay suficientes testigos que pueden confirmarlo. Ciertamente no habría hecho eso de ninguna manera si no hubiera habido pruebas contundentes.

—¡Bah! —exclamó Del haciendo un gesto de negación con la mano—. ¡Eso es una intriga! Un hombre como el rey inglés tiene muchos enemigos a quienes cualquier medio les parece bueno para mancillar su honor. Pero, bueno, seguid cotilleando como lavanderas. Yo tengo cosas más importantes que hacer.

Y a continuación se dio la vuelta y se marchó de allí caminando con paso firme.

—¡Del, vuelve aquí! —exclamó Étienne a sus espaldas.

—Déjalo, ya se calmará —dijo Anselme—. Su madre es normanda. Supongo que esa adoración ciega por los Plantagenet la absorbió a través de la leche materna.

No obstante, Étienne distinguió señales de preocupación en la expresión de la cara de Anselme.

Hacía ya muchas horas que la noche se había precipitado sobre el campamento. Por algún lugar llameaban algunas hogueras de los puestos de vigilancia, y solo unas pocas veces le llegaba a Étienne el sonido de voces con el viento. Sus amigos dormían desde hacía rato; en la tienda de campaña de Caspar retumbaban los ronquidos de borracho. A solas con sus pensamientos, Étienne era incapaz de conciliar el sueño. Estaba sentado en el borde del carro de Caspar, balanceaba las piernas y miraba fijamente el cielo estrellado. Las mismas estrellas bajo las cuales había besado a Ava.

Étienne se presionó las sienes con las palmas de las manos. Debía poner fin a esa situación. Ella no quería saber nada más de él y no quería explicarle la razón. Tenía que admitirlo.

¿Tenía que admitirlo? ¿Por qué, maldita sea?

Porque cualquier otra acción pondría en peligro la vida de ella. Y, si había algo que a duras penas podría soportar más que su estado actual, era justamente eso.

Se dejó caer hacia atrás en el carro y se tapó los ojos con el brazo. Así que esa era la sensación que tenía uno al ser engañado por el destino después de haber rozado la felicidad solo para verla disiparse después como el humo en el aire.

Una voz persistente en su mente, que sonaba sospechosamente parecida a la de su hermano Philippe, le reprochaba esa autocompasión. Y sí, ¡probablemente esa voz tenía razón! Sin embargo, Étienne no opuso resistencia, sino que se entregó por entero a ese sentimiento miserable que poco a poco lo condujo a la oscuridad del sueño.

Se despertó con un doloroso tirón en el pie izquierdo. Algo o alguien estaba tirando de él para sacarlo del carro. Su cabeza chocó con brusquedad contra una caja, luego contra el borde del carro, cuando su cuerpo salió despedido hacia afuera. Su boca se abrió para proferir un grito, pero, antes de que pudiera salir un sonido de su garganta, alguien le introdujo en la boca un trapo apestoso. Le entraron arcadas, trató de llenarse los pulmones con mucho esfuerzo y de quitarse la mordaza, pero alguien lo agarró bruscamente por los brazos y lo arrojó contra el suelo al lado del carro. Dos sombras sobre él, con capuchas, con pañuelos tapándoles las caras, con dos pares de ojos brillantes. Y entonces, sin previo aviso, golpes, patadas, dolores. Nadie decía nada. ¿Quiénes eran esos tipos, por todos los diablos? ¿Qué querían?

No podía preguntar, lo único que podía hacer era acurrucarse para protegerse. Le estaban asestando golpes por todas partes, y un dolor abrasador le recorrió el cuerpo, una y otra vez, durante una eternidad en la que sus gritos sofocados eran casi los únicos sonidos audibles. Un golpe seco en una sien lo condujo por fin a la bendita inconsciencia.

Aveline bostezó. Había dormido mal; en realidad no recordaba cuándo había sido la última vez que se había despertado descansada y repuesta. A pesar de todo, se encaminó por la mañana hacia el campo de entrenamiento. Al tensar la cuerda del arco, el mundo quedaba reducido únicamente a la flecha y a la diana. Las dudas, los temores, los pensamientos infructuosos (sobre él) ya no tenían cabida. Su cabeza quedaba agradablemente vacía y libre al menos durante esos breves instantes.

Apoyado con desenvoltura en un poste de la linde del campo de tiro se hallaba Bertrand. Aveline sintió cómo los músculos se le tensaban al verlo y agarró el arco con mayor firmeza. El escudero le dirigió una sonrisa sucia mientras que con muestras ostensibles de aburrimiento empleaba una navaja para quitarse la suciedad de las uñas. ¿Qué quería ese asqueroso? Seguro que no estaba allí por casualidad. De su mirada se desprendía la superioridad de un hombre que conoce los secretos de otro y no se arredra en emplear su conocimiento como un arma. ¿Seguía teniéndola por un sodomita o Greville le había puesto al corriente del engaño? No, el caballero confiaba demasiado poco en él como para hacerlo. ¿O sí?

La respiración de Aveline se aceleró. Se obligó a no continuar prestando atención al escudero de la sonrisa lúbrica y a hacer como si no existiera. Así que eligió una diana, sacó una flecha de la aljaba y la colocó. En ese momento, Bertrand empezó a acercarse a ella con paso provocador atravesando el campo de tiro por el centro.

Durante un instante sombrío, Aveline estuvo tentada de disparar a pesar de todo. Pero ese instante pasó, y en lugar de ello apretó los dientes y se llenó los pulmones entre temblores. Bajó el arco.

—Buenos días, Avery —dijo Bertrand al llegar hasta ella. Jugaba con desenvoltura con la navaja en la mano—. Ya sabía yo que iba a encontrarte aquí.

—¿Qué quieres?

—¿Por qué esa poca amabilidad? No voy a hacerte nada. Solo estoy aquí para transmitirte los saludos de alguien a quien tienes mucho cariño.

—Entonces difícilmente te habría enviado a ti para hacerlo.

El escudero continuó sonriendo y un brillo maligno apareció en su mirada.

—Bueno, dado que el susodicho no está en condiciones de transmitírtelos por sí mismo, hice de tripas corazón y asumí el recado a pesar de que no nos caemos muy bien.

El estómago de Aveline se endureció como una piedra fría.

—¿De quién estamos hablando? —preguntó.

La sonrisa de Bertrand se volvió más ancha mientras se regodeaba con su temor.

—Creo que lo sabes muy bien, pero no te preocupes porque sigue vivo. Qué suerte que su galán, perdón, su maestro, sea un cirujano. Quién sabe cómo le habría ido si no.

Aveline dio rápidamente un paso al frente. Le temblaba todo el cuerpo por la angustia y la rabia.

—¿Qué habéis hecho con él?

—¿Nosotros? —Bertrand levantó las manos en un gesto exagerado de candidez—. ¿Por qué íbamos a hacerle algo tan abominable? Tal vez haya sido una banda de ladrones o tal vez un amante celoso, ¿quién sabe?

—¡Dime ahora mismo qué habéis hecho con él!

Bertrand le dirigió una sonrisa colmada de infamia.

—Ve donde él y averígualo tú mismo, asqueroso sodomita —dijo siseando entre dientes y en voz tan baja que solo ella pudo oírlo—. Y ya de paso aclárale por qué le ocurren tantas calamidades. Tú ya sabes el motivo.

Con esas palabras se dio la vuelta y la dejó allí plantada.

Aveline necesitó unos instantes más para librarse de la rigidez que la tenía paralizada; luego se puso en marcha caminando y finalmente se echó a correr.

Por supuesto que conocía el motivo.

Inmediatamente después de las amenazas de Greville había buscado una salida a su desesperada situación.

¿Esconderse? ¿Huir? Coltaire la habría encontrado. Y no podía regresar a su tierra sin renunciar a sus votos, dejando aparte el hecho de que le faltaba el dinero para tal fin.

¿Tendría que haber puesto a Étienne al corriente, haberle dicho simplemente la verdad? Ahora bien, ¿qué habría podido hacer él? ¿Cómo podría haberla protegido a ella o a sí mismo? Posiblemente habría puesto su vida en peligro por un arranque impulsivo.

¿Y el conde Guillaume? Nadie habría creído al insignificante arquero llamado Avery acusando a nada más ni nada menos que un caballero, y desde luego jamás habrían creído a una mujer que había engañado a todos durante tanto tiempo sobre su verdadero sexo.

Aveline había ido alimentando cada vez más su odio y su desesperación hasta el punto de sopesar matar al caballero o a sí misma. Ambas acciones habrían significado su condenación definitiva. Para ella. Para su criatura inocente.

Así que al final había hecho lo único posible aunque eso le arrancara el corazón y supusiera renunciar una vez más a un poco de felicidad: de la noche a la mañana había roto el contacto con Étienne. Lo que de ella no supiera, no podría delatarlo.

Tendría que haber presentido que Coltaire no la dejaría salirse con la suya.

Cuando Aveline entró a toda prisa en la carpa del hospital militar, estaba sin aliento y los latidos le martilleaban dolorosamente en la garganta.

Un hombre tumbado en una camilla de tratamiento levantó la cabeza sorprendido mientras la sangre le fluía desde la parte interna del codo al cuenco de las sangrías. También Caspar se volvió hacia ella y la miró con los ojos entrecerrados.

—¿Cómo..., qué tal se encuentra? —acertó a preguntar.

Caspar miró hacia el desconocido de la camilla.

—Oh, me parece que después de la sangría se restablecerá rápidamente... Ah, entiendo, te refieres a Étienne, ¿verdad? Lo encontrarás en mi tienda de campaña. —Su voz estaba ahora exenta de sorna y su mirada era seria—. Anselme lo acompaña.

Pocos instantes después, Aveline se hallaba frente a la tienda de campaña de Caspar y respiró hondo para prepararse a lo que le esperaba. Anselme estaba sentado junto a la cama de campaña y se levantó al entrar ella.

—Avery, cuánto tiempo sin verte. Qué bien que estés aquí. Tengo que ir a hacer mi guardia. Tal vez puedas quedarte un poco con nuestro paciente. Por lo visto no se le puede dejar ni un instante a solas sin que se ponga a pelear con un oso furioso. —Esbozó una sonrisa falsa y apretó el hombro de Étienne—. Hasta luego, compañero.

Al salir saludó brevemente a Aveline con un movimiento de la cabeza.

Ella se acercó a la cama y se acuclilló a un lado. Étienne trató de sonreír, al menos eso le pareció a Aveline, pues tenía el labio partido e hinchado, igual que gran parte del lado derecho de la cara.

—Ava.

Más no dijo, pero su mirada era lo suficientemente elocuente. Había sorpresa en ella, alegría, pero también desconcierto y preocupación. Tenía la mano derecha vendada, y en cada uno de sus movimientos lentos hablaba el dolor.

Así que era eso, pues, un aviso de Coltaire. Y no habría un segundo.

Todo el recelo hacia Ava que llevaba consigo se desvaneció de pronto cuando ella se arrodilló junto a su lecho y lo miró con aquella mirada suya.

—¿Cómo..., por quién lo has sabido? —preguntó él.

Ella se encogió de hombros.

—Los soldados son como lavanderas con armadura. Los rumores se extienden por el campamento con mayor rapidez que el cosquilleo en los cojones en una casa de baños.

—Ya hablas como cualquier soldado.

Étienne no pudo menos que reírse contra su voluntad y tuvo que sujetarse las costillas dolientes.

Ava le agarró la mano.

—¿Qué..., qué pasó?

—Ojalá lo supiera. Todo surgió de improviso, sin aviso previo. Quienes me lo hicieron estaban encapuchados. No dijeron una sola palabra. Fue..., fue muy raro, casi espeluznante. Y lo más extraño de todo es que podrían haberme matado sin dificultad, pero... no lo hicieron.

Aveline tragó saliva y en sus ojos brillaron de pronto unas lágrimas.

—Eh, oye, está todo bien. No lo hicieron. Y al parecer he salido con tan solo algunas costillas rotas y algunas heridas abiertas.

Contempló a Ava un buen rato. Era la primera vez que tenía ocasión de hacerlo desde hacía varias semanas. Parecía triste, angustiada, temerosa. Le partió el corazón. Al mismo tiempo se preguntó si él o lo que le había sucedido eran la causa de su pena. O si quizá era más antigua y no tenía nada que ver con él.

—¿Se te ocurre quién..., quién puede haber sido? —quiso saber Ava antes de que él lograra formularle una pregunta.

—Solo conozco a tres personas que podrían hacer algo así: Bertrand y Gaston. O Coltaire de Greville.

La cara de Ava perdió toda coloración.

—Pero ¿qué motivo podrían tener...?

—Bertrand, ese bastardo, nunca ha necesitado motivo alguno para maltratar a los demás. Tal vez me haya hecho pagar de nuevo los comentarios maliciosos de Caspar, tal vez tenía un pedo atravesado, ¿quién sabe? Y de Greville..., bueno, ¿qué voy a decir? No me soporta. ¿Qué puede haber despertado su terrible ira? ¡Ni idea! En realidad hace semanas que no nos hemos cruzado por el camino.

Ava le presionó la mano.

—Lo siento mucho, Étienne.

—¿Qué? ¿Qué es lo que sientes? No es culpa tuya. —Ella no lo miró; en su lugar se mordió el labio inferior mientras una lágrima solitaria rodaba por su nariz. Él extendió la mano y le acarició con suavidad la mejilla—. No tienes ninguna culpa.

—Yo..., yo... —Ava se sorbió los mocos—. Siento mucho haberme apartado de ti sin decir ni palabra, sin ninguna explicación. Yo no quería eso..., no, pero..., pero...

—¡Pero ahora estás aquí! —la interrumpió Étienne—. Estás aquí y no necesito saber nada más.

Percibió cómo el cuerpo de Aveline se estremecía bajo su mano, mientras acurrucaba la cabeza en su costado.

—Tengo un miedo atroz por ti —confesó ella en voz baja.

Él le pasó la mano por el pelo corto, una y otra vez, contento e infinitamente agradecido de percibir su cercanía. Y aún más agradecido de que se hubiera roto por fin el silencio entre los dos.

Un carraspeo audible hizo que se apresuraran a separarse.

Caspar estaba en la entrada de la tienda de campaña. ¿Cuánto tiempo llevaba ahí? ¿Qué había oído? ¿Qué había visto?

—Yo... tengo que irme —tartamudeó Ava sin mirar al cirujano y huyó de la tienda de campaña.

Caspar no la retuvo; en su lugar dirigió a Étienne una mirada penetrante y seria, sin decir nada.

—Caspar... Déjame explicarte...

—Mejor no digas nada en estos momentos, Étienne. Da gracias a Dios de que sea yo quien está aquí y no cualquier otra persona.

60

Acre, mayo de 1191

Durante dos días no intercambiaron ninguna palabra cada vez que Caspar iba a comprobar el estado de sus heridas o a llevarle comida.

Étienne hizo un nuevo intento.

—Caspar, déjame explicarte...

—¡Chist! —exclamó el cirujano cortándole la palabra con un gesto imperioso—. ¡No quiero oír nada!

—Pero la cosa no es como te la imaginas.

—Para mí estuvo bastante clara. —Caspar rebuscó nervioso entre los vendajes—. No sabría decir qué se podía malinterpretar en esa escena.

«Todo», pensó Étienne; sin embargo, se mordió los labios y guardó silencio. Contempló la preocupación y el apocamiento que se desprendía de cada gesto, en el porte entero del cirujano. Cómo le habría gustado aclarar el malentendido, iniciarlo en el secreto de la historia, pero en ese mismo momento tuvo claro que no debía hacerlo sin el consentimiento de Ava. Se lo había prometido a ella, más aún, le había jurado que mantendría el secreto.

—Caspar, lo siento mucho, no quería hacerte...

—Por mí no tienes por qué romperte la cabeza, muchacho, por mi parte no corres ningún peligro. —Caspar se sentó en el borde del camastro de campaña y comenzó a retirar la venda vieja de la mano de Étienne. En su mirada centelleaba una preocupación sin-

476

cera—. Ni tampoco es Dios quien debe inquietarte, digan lo que digan los curas. Ahora bien, deberías tener miedo de cualquier otra persona..., ¡de todos los demás! —Levantó la vista y sostuvo con firmeza la mirada de Étienne—. Tú no eres ningún rey inglés. No os dejarán iros de rositas con un sambenito y una penitencia si os pillan juntos. En el mejor de los casos os colgarán de una soga; en el peor de los escenarios, os prenderán fuego en una hoguera.

Étienne vio en los ojos de Caspar que ese pensamiento le resultaba insoportable. Y una vez más fue consciente de lo que significaba él para el cirujano, y a la inversa.

—Caspar, por favor...

Caspar negó con la cabeza.

—Tenéis que dejarlo, Étienne. En el acto. Os exponéis a un peligro enorme. No debéis veros más, ¿lo entiendes?

Por supuesto que Étienne lo entendía. Y sabía igualmente que eso era imposible. Acababa de recuperar a Ava, las anteriores semanas sin ella habían roto su corazón en miles de esquirlas y justo en ese momento estaba empezando a recomponerlo fragmento tras fragmento. No podía renunciar a ella ahora.

—No puedo, Caspar —susurró—. ¡Por Dios, no puedo!

Caspar lo miró un buen rato en silencio. Finalmente su mirada se reblandeció con una expresión paternal y asintió con la cabeza despacio.

—No, claro, ¿cómo ibas a poder? —Apretó el brazo de Étienne y trató de sonreír—. El amor es un poder más grande que nosotros. ¿Cómo ibas a poder resistirte a él?

El cirujano se levantó y lo dejó solo.

En cuanto Étienne se sintió de alguna manera firme sobre sus piernas, se fue en busca de Ava. Desde que Caspar los había sorprendido juntos, ella se había mantenido alejada de él.

Aveline se aseguró exageradamente de que nadie los observaba y entonces lo condujo a un nuevo escondite. Étienne le cogió la mano con timidez, se la llevó a los labios y le estampó un beso en la piel. Ella no dijo ni una palabra, se limitó a mirarlo a la cara, como si fuera capaz de leer las respuestas a sus preguntas en sus ojos.

—Caspar no nos traicionará, eso es seguro, pero teme por nosotros —explicó de una manera concisa. Ava respiró, pero permaneció en silencio—. Piensa... que somos sodomitas. Es así. Y tenemos que contarle la verdad.

—¡No! ¡De ninguna manera! —se apresuró a contestar Ava y aferró el brazo de Étienne con la mano—. Lo has jurado, Étienne. ¡No debes decir ni palabra de esto!

—Si hay una persona en este campamento en quien podamos confiar, esa persona es Caspar. Sí, ya sé que tienes tus problemas con él, pero no le contará nada a nadie. Tal vez tenga una solución...

—¿Qué solución podría tener? —lo interrumpió Ava con brusquedad—. ¿Y cómo vas a saber que no se le escapará algún comentario estando borracho?

—No lo haría jamás.

—¿Cómo puedes estar seguro? Una frase de él puede costarnos la cabeza —replicó Aveline y vio el efecto de la dureza de sus palabras en Étienne. La nuez de Adán se le movió arriba y abajo antes de responder.

—Es como un padre para mí.

—¡Lo juraste, Étienne, por favor! —imploró ella—. Ya son muchos los que están al corriente de mi situación.

—¿Muchos? ¿Qué quieres decir?

Aveline titubeó.

—Bueno, Kilian... y tú. «Y, Dios me asista, Coltaire de Greville».

—Entiendo.

Étienne parecía dolido y se apartó de ella para no tener que mirarla a la cara.

—No era mi intención —le aseguró Aveline—. Si algo bueno tiene todo este asunto es que me he encontrado contigo. —Le agarró la mano y se la llevó a la mejilla, disfrutó de la calidez que desprendía su piel, y finalmente Étienne se volvió de nuevo a ella. El desgarro en su mirada casi le rompió el corazón. Atrajo su cabeza hacia ella y lo besó.

¿Cómo había podido olvidar esa sensación? No, no la había olvidado, la había desplazado para protegerlo a él y a ella misma. Y al tener ese pensamiento regresó también el miedo.

—Cuando partí hacia aquí, hice una promesa —susurró ella—. Juré a Dios nuestro Señor que peregrinaría hasta la tumba de Su Hijo para rogarle allí la salvación de mi alma y la de mi hijo. Y por mi difunto marido.

Tuvo que tomar aire varias veces antes de poder subyugar los recuerdos.

Étienne comprendió. La estrechó entre sus brazos y la abrazó con fuerza.

—Está bien, Ava. De verdad, está bien. Si así lo quieres, guardaré tu secreto.

—Tengo que cumplir con mi voto —susurró contra el pecho de él, casi para sí misma—. Tengo que hacerlo, a cualquier precio.

Y sabía que el precio era elevado.

61

Acre, junio de 1191

Imperaba una meteorología verdaderamente regia cuando arribó por fin a la bahía del norte de Acre la flota de Ricardo de Inglaterra un día después de Pentecostés: el sol resplandecía desde el cielo de un azul intenso y reverberaba en la superficie del mar, de modo que parecía que los remos de las más de dos docenas de galeras estuvieran surcando un espejo de plata. En el horizonte se vislumbraban más embarcaciones. Los estandartes con los leones ingleses ondeaban al viento, haciendo que el ejército cristiano estallara en ruidosos vítores. Igual que en la llegada del rey francés, innumerables cristianos se habían reunido en las orillas y por encima de la bahía para seguir el espectáculo y dar la bienvenida al auxilio esperado durante tanto tiempo. No quedaron decepcionados: los barcos flotaban pesadamente con su gran carga de soldados, caballos y maquinaria de asedio. A tierra desembarcaba un flujo casi incesante de personas y de materiales al son de las fanfarrias y de las exclamaciones entusiastas de quienes esperaban. El rey Ricardo fue el último en abandonar su barco, el *Esnecche,* junto con el hermano de Guido de Lusignan, que había solicitado ayuda al rey inglés en Chipre en su pugna por la corona y que ahora había regresado con él a Tierra Santa.

Ricardo no esperó a que el bote de remos alcanzara la orilla. En las aguas someras saltó por el centro de la borda y llegó vadeando a la playa. Llevaba una armadura ligera de cuero que acentuaba su cuerpo atlético, el pelo cobrizo se le rizaba en la nuca y una barba impecablemente recortada le cubría la barbilla. Cuando sus botas tocaron la orilla de Tierra Santa, levantó los brazos al cielo y murmuró una oración con los ojos cerrados. Entonces se echó a reír con una intensidad y una cordialidad tales que sus carcajadas resonaron hasta el lugar en el que Étienne seguía la llegada en compañía de Anselme y de Del.

En contra de su voluntad, Étienne quedó prendado en el acto de ese hombre rebosante de fuerza, confianza en sí mismo y espíritu emprendedor que estaba saludando ahora al comité de bienvenida de alta alcurnia y estrechaba en sus brazos al rey Felipe como a un hermano. ¿No decían que los dos andaban a la greña? Sin embargo, todas las dudas que comenzaban a brotar sobre la sinceridad de los gestos del rey inglés quedaron sepultadas por los interminables vítores de los circunstantes. El júbilo creció aún más cuando Ricardo bebió tan solo un trago de vino y, en lugar de degustar la comida de bienvenida que se le ofrecía, se puso a trabajar como un simple soldado arrastrando hasta la orilla la madera de construcción, las máquinas de asedio desmontadas y barriles. Nadie dudaba de que la reconquista de Acre iba a conseguirse con este hombre.

Por la noche, el campamento cristiano era un mar de luces de velas, farolillos y hogueras, de modo que casi parecía estar en llamas. Reinaban un alborozo y una alegría desbordantes que superaban con creces incluso el buen ambiente de la llegada del rey Felipe. Había cánticos y música por todas partes, a veces con arte, a veces con berridos alcohólicos, pues se decía que el rey inglés era un gran amigo de la música y de la poesía.

—Tengo que confesar, Del, que estoy un poco impresionado. —Anselme esbozó una sonrisa traviesa y se puso a dar vueltas a la copa de vino con las manos—. El rey Ricardo me parece un hombre involucrado en extremo con la causa.

—¡Ya lo decía yo! —respondió Del de buen humor—. ¡No sin razón lo llaman «Corazón de León»!

—Lo llaman así más bien porque en la batalla de Mesina debió de comportarse como un animal salvaje —refunfuñó Caspar, pero Del no se dejó confundir. Hacía mucho tiempo que Étienne no veía a su amigo en un estado de ánimo tan alegre.

—Tancredo de Sicilia encarceló a la hermana del rey y esta no quiso entregar su parte de la su herencia como viuda. Ricardo estaba en su perfecto derecho cuando conquistó la capital de Sicilia. Dicen que esa causa le reportó cuarenta mil onzas de oro y una novia para su sobrino Arturo. Y al proseguir el viaje va y conquista Chipre en un golpe de mano, ¿no es increíble?

Los ojos de Del se iluminaron al pensar en esa hazaña.

—Por no hablar del barco de abastecimiento sarraceno que hundió así, de pasada, poco antes de su llegada aquí según dicen —añadió Anselme con una sonrisa bonachona.

—Sí, este guerrero rey inglés lo pone todo patas arriba allá donde va. En eso sí estamos de acuerdo —afirmó Caspar irritado—. Tomad esto, bebed y dejad de cotorrear. Seguid el ejemplo de Avery.

Llenó generosamente todas las copas, también la de Ava, que estaba sentada un poco aparte oyendo en silencio la conversación. La joven hizo un gesto con la cabeza al cirujano en señal de agradecimiento, pero no consiguió mirarle a los ojos.

Étienne acogió con alivio que Caspar no emprendiera ningún intento serio de espantar a Avery, el supuesto arquero. Supuso que se estaba portando de manera comedida tan solo por su presencia.

Se sentó al lado de Ava e ignoró la mirada de Caspar.

—¿Está todo bien? —preguntó en voz baja.

Ella hizo un gesto que podía interpretarse como afirmación o como negación por igual.

—Con toda seguridad, con los hombres y las armas de Ricardo se quebrará definitivamente la resistencia de Acre. Seguro que celebraremos San Juan en una de las muchas iglesias de la ciudad. Y entonces Jerusalén no quedará lejos.

Ella lo miró y sonrió con timidez. Él creyó ver germinar en su mirada algo similar a la esperanza, una pequeña llama temblorosa que, sin embargo, le reconfortó el corazón.

Jerusalén. Eso significaba no solo el final de aquella peregrinación, sino el cumplimiento de unos votos y la perspectiva de una vida en común sin mentiras ni ocultamientos.

—¡Eh, Avery! ¿Qué tal está Pie Tullido?

Aveline se detuvo al oír la voz odiosa de Bertrand. De regreso al campamento de los arqueros, el escudero le bloqueó el paso junto al cercado de una dehesa. Tenía la mano apoyada con desenfado en la empuñadura de la espada. Un hormigueo en la nuca le reveló que tenía a sus espaldas la cara llena de granos de Gaston. Apretó los labios, dirigió la vista con obstinación al suelo e intentó respirar con sosiego.

—Está bien —contestó finalmente.

—Qué bien por él, me alegro. Quiera Dios que perdure en el tiempo ese estado.

Aveline distinguió por el rabillo del ojo su sonrisa lúbrica y sintió el impulso de precipitarse sobre él y arrancársela de la cara.

—¡Vete al diablo, Bertrand! —dijo entre dientes—. O con Coltaire, que viene a ser lo mismo.

—Será mejor que vigiles esa lengua larga que tienes, Avery. Dios sabe que no estás en situación de pronunciar impunemente ofensas ni amenazas.

Por supuesto que lo sabía. Y eso la colmaba de una ira impotente.

—¿Qué quieres? —masculló haciendo rechinar los dientes.

—Mi señor me envía a preguntarte cómo vas progresando y si entretanto tienes algo…, algo interesante para informar.

La respiración de Aveline se aceleró igual que su corazón.

—Se lo haré saber cuando lo tenga —acertó a sisear ella.

—Bien. Se alegrará de oírlo, pero déjame decirte una cosita: Coltaire de Greville no es un hombre muy paciente que digamos. Si no consigue pronto lo que quiere de ti, encontrará los medios y las vías para despertar tu ambición. ¿Entendido?

—Resulta difícil no entenderlo.

Bertrand se echó a reír.

—Entonces hasta muy pronto, Avery. Y dale muchos recuerdos a tu médico cojo.

Aveline siguió mirando fijamente al suelo para que nadie viera las lágrimas de impotencia y de rabia en sus ojos. Esperó en silencio hasta que dejaron de oírse los pasos de sus torturadores.

62

A su regreso de una visita a enfermos, Étienne echó un vistazo al campamento del rey inglés y su séquito. Incluso de lejos, los estandartes y las tiendas de campaña brillaban con colores potentes y causaban la impresión de pavos reales entre perdices. Los escasos diez días que llevaban expuestas al sol del sur no habían sido suficientes para desteñirlas. Se rumoreaba que en la tienda de campaña de brocado azul se alojaban Berenguela —la esposa más reciente de Ricardo—, su hermana Juana y la princesa de Chipre, rehén de la lealtad de la isla. En la gran tienda de campaña roja de al lado, adornada con ribetes dorados, estaba postrado en su lecho de enfermo Ricardo Corazón de León. Decían que, al igual que el rey francés, una fiebre lo tenía atado al lecho. Pero, a pesar de su enfermedad, los reyes atendían sus obligaciones con ayuda de sus comandantes del ejército y sus representantes. En todo el campamento cristiano reinaba una actividad similar a la de un hormiguero. Se trabajaba sin descanso en la construcción de las máquinas de asedio y en las catapultas que había traído Ricardo consigo. Se disparaba contra las murallas de Acre para derribarlas.

Cuando Étienne entró en el hospital militar encontró a Caspar en compañía de un hombre fornido y bien vestido con la cabellera rubia que le llegaba a los hombros. El hombre lo examinó de arriba abajo con una mirada cortante.

—Étienne, qué bien que estés aquí —lo saludó Caspar—. Voy a presentarte a un viejo amigo, Gilles de Corbeil. Estudiamos juntos en Salerno, enseñó medicina en París y en Montpellier, y en la actualidad es nada menos que el médico personal de nuestro venerado rey Felipe.

—Es todo un honor —dijo Étienne con una reverencia. Estaba un poco impresionado de poder hablar con un hombre del entorno inmediato del rey.

—Y no vas a adivinar la razón por la que se ha extraviado en mi modesta tienda de campaña —prosiguió Caspar con una sonrisa de satisfacción.

Étienne miró interrogativamente a uno y a otro, pero el cirujano no lo dejó en vilo por mucho tiempo.

—El insuperable Gilles de Corbeil, antiguo alumno de Salerno, docente en París y en Montpellier, médico personal del rey, está aquí nada menos que porque necesita mi consejo.

Caspar sonrió como un gato satisfecho, mientras Corbeil daba unos sorbos a su copa de vino con la cara avinagrada.

—Ya, ya, tú búrlate, Caspar. Podrías haber llegado muy lejos. Si no fueras un maldito testarudo, tal vez estarías tú ahora en mi lugar.

Caspar se encogió de hombros.

—Me gusta ser señor de mí mismo, como ya sabes. Y no tengo reparos en arremangarme y ensuciarme las manos.

Los ojos de Corbeil destellaron, luego se le suavizó la mirada.

—En cualquier caso no soy nada engreído cuando se trata de pedir ayuda cuando es necesario.

—¿Y en qué tipo de ayuda había pensado el modesto servidor de nuestro soberano ungido?

Gilles de Corbeil se echó a reír en voz baja, luego apartó su vaso a un lado.

—Por lo visto, el rey Felipe padece de la enfermedad leonardiana —dijo con expresión grave—. Una fiebre sudorosa que hace que se caigan el pelo y las uñas —explicó dirigiéndose a

Étienne—. La misma enfermedad que al parecer está afectando también a Ricardo de Inglaterra.

—Sin embargo, no ha venido a verme su médico personal —dijo Caspar con sorna.

—Eso puede que se deba a que Corazón de León se ha buscado un diagnóstico entre los insuperables médicos sarracenos.

—Ah, ¿sí?

Corbeil se inclinó hacia delante y habló en tono conspirativo.

—Dicen que está en estrecho contacto con Saladino en persona y que el príncipe pagano, cuando se enteró de su enfermedad, ordenó que le enviaran alimentos selectos y medicinas. Incluso que quería enviarle a su médico personal, pero que «Melek-Ric», tal como llaman los paganos al rey inglés, se negó. El riesgo de introducir de esta manera a un espía sarraceno en el campamento militar le pareció excesivo a Corazón de León.

—Mira tú qué bien —repuso Caspar cruzándose de brazos y poniendo una expresión meditabunda en su cara—. Entonces, tal vez deberías dirigirte mejor a Melek-Ric con tu solicitud de ayuda, ¿eh?

Corbeil hizo un gesto de negación con la mano. Parecía cansado.

—Ricardo y Felipe se comportan como críos que se pelean. Cara al exterior se hacen pasar por aliados, pero en verdad hay un abismo muy profundo entre ambos.

—¿A quién le sorprende con esa escandalosa historia familiar? —murmuró Étienne. Caspar lo miró con las cejas enarcadas—. Bueno —intentó explicarse Étienne—, ¿no se divorció la madre de Ricardo en su momento del padre de Felipe solo para casarse pocas semanas después con el bello Enrique de Anjou? Esa historia anda en boca de todo el mundo.

Caspar asintió con la cabeza.

—Y, al parecer, Alix, hermana de Felipe y prometida de Ricardo, tampoco pudo resistirse al bello Enrique de Anjou. No ayuda en nada además que ambos reyes compartan dos hermanastras.

Gilles de Corbeil se llevó los dedos a los labios en gesto amonestador, pero no dio la impresión de inquietarse especialmente.

—Sí, esa relación es tensa por todo tipo de motivos. Y aunque persiguen el mismo objetivo aquí, despilfarran tiempo y dinero en cuidar sus vanidades. Ricardo ofrece a todo caballero francés que entre a su servicio cuatro besantes de oro sabiendo muy bien que Felipe solo les ofrece tres y que no puede permitirse pagarles más.

Caspar se echó a reír a carcajadas.

—¿Y qué? ¿Cuántos se han pasado a su bando?

—Pocos —gruñó Corbeil—. A nuestros compatriotas se les puede atribuir de todo, pero son antes que nada leales. Lo que más me preocupa es que Ricardo y Felipe hayan convertido en asunto propio la disputa por Jerusalén. Nuestro rey está del lado de Conrado de Montferrato; Corazón de León, a favor de Guido de Lusignan. Y también los comerciantes genoveses y pisanos se han implicado con fuerza en esa disputa. Nada bueno puede salir de ahí. —Gilles de Corbeil se bebió de un trago el resto de su vino—. Pero ahora debería regresar donde el rey, y preferiblemente con una propuesta firme sobre cómo procurarle alivio lo antes posible.

63

Acre, julio de 1191

Conocéis ese sonido, eh, cagoncetes? —graznó Gallus desde su carro a los arqueros reunidos—. ¿Sabéis qué significa ese ruido infame?

Todos asintieron. Por supuesto que a esas alturas todo el mundo conocía el rápido y rítmico estampido que provenía de las murallas de Acre y que parecía vibrar bajo sus pies. Gallus lo explicó, no obstante.

—Significa que nuestros valientes hombres han vuelto a hacer tambalear alguna sección de las murallas de Acre y que nuestros amigos sarracenos están alertando ahora con sus tambores a Saladino para que lance un ataque de refuerzo de las defensas.

Los tambores sonaban cada vez que los defensores de Acre se veían en serios apuros o cuando parecía inminente una irrupción de los cristianos. Y con la misma certeza con la que el invierno sigue al otoño, las tropas de Saladino aparecían poco después por la cara oriental del campamento cristiano para distraer al mayor número posible de guerreros francos de modo que la guarnición sarracena pudiera tomar medidas o recuperarse al menos por un breve tiempo.

—Quiero deciros una cosa —prosiguió Gallus—, esos piojosos hijos de puta de Acre se cuentan entre los guerreros más valientes y correosos que conozco; ya llevan un condenado año aguantando sin recibir refuerzos ni suministros significativos de víveres. ¡Por todos los diablos! Nos podríamos sentir afortunados si hombres así lucharan en nuestras filas, siempre que no fueran unos sucios paganos de mierda. —Escupió—. Así que vamos, gente mía, llevad vuestros traseros cansados frente a las murallas y mostrad a esos perros sarracenos lo que saben hacer los arqueros francos. ¡Haced que a vuestro viejo Gallus se le caiga la baba de orgullo!

Se bajó torpemente de su carro mientras los hombres se dispersaban. También Aveline quiso unirse al grupo, pero Gallus la retuvo por el hombro.

—Tú no.

—Pero... ¿por qué?

—No estás en condiciones, jovencito. Si te dejara ir en ese estado, sería como clavarte aquí y ahora un cuchillo en las tripas. Tendría el mismo resultado.

—Gallus..., yo...

La agarró fuertemente por los hombros y le dirigió una mirada penetrante.

—Mierda, Avery, llevas días, qué digo, llevas semanas atontado, apenas disparas una flecha recta durante los entrenamientos. No tengo ni pajolera idea de lo que sucede contigo, pero que me aspen si te envío en estas condiciones a un campo de batalla.

—Gallus, tengo que...

—¡Cierra ese pico! ¡Es mi última palabra! Si no puedes decirme lo que ocurre contigo, búscate a alguien con quien sí puedas. Y hazlo pronto porque ahora que se ha recuperado el rey inglés no tardará en producirse la gran ofensiva sobre esa condenada ciudad. Quiero que vuelvas a estar en plenas condiciones para entonces, ¡no importa cómo, por todos los diablos! No hace falta que vuelvas a aparecer por aquí antes de que eso ocurra.

Y la dejó allí plantada con esas palabras. Aveline siguió boquiabierta su marcha. Se sentía engañada, conmovida y furiosa a la vez. ¿Cómo podía atreverse a tratar de esa manera a uno de sus mejores arqueros? ¿Cómo podía quitarle la tarea que daba un sentido a su existencia? ¿Qué sabía ese tipo de sus preocupaciones? ¿Cómo iba a entenderla?

Sí, ¿cómo iba a poder entenderla? Aveline tragó saliva con esfuerzo. ¿Había alguien en realidad que pudiera entenderla, que estuviera al tanto de las preocupaciones que arrastraba consigo como un yugo? No. Todas las personas de su confianza solo conocían fragmentos, nadie veía la imagen completa. Su pasado, su falsa identidad, las amenazas asesinas de Greville, no había nadie que estuviera en disposición de comprender lo que la inquietaba en realidad.

Gallus tenía razón, eso había que cambiarlo, de lo contrario la aniquilaría más tarde o más temprano o causaría su perdición.

Había una persona en ese campamento en quien ella podía confiar por completo.

—Padre, quiero confesarme.

Kilian la miró con los ojos entrecerrados.

—Si te tomé la confesión hace muy poco. Si quieres hablar, entonces vamos a...

—¡Tiene que ser bajo el secreto de confesión! —se apresuró Aveline a decir.

La frente pecosa de Kilian se arrugó en señal de preocupación, pero no replicó, se limitó a asentir con la cabeza, si bien en su mirada se instaló un oscuro presentimiento.

—Busquemos un lugar tranquilo.

Encontraron un lugar silencioso al borde de la muralla. Aveline se arrodilló y se persignó.

—*In nomine Patris et Filii et Spiritus Sancti.* Amén.

—¿Qué quieres confiarle a Dios, nuestro Señor? —preguntó Kilian mientras mantenía envuelta en la mano la cruz de madera que llevaba colgada del cuello.

Aveline titubeó, juntó sus manos temblorosas y las apretó hasta sentir dolor. El joven sacerdote se acercó a ella y le estrechó las manos con las suyas. Esperó en silencio a que ella se recompusiera. Él ya conocía su secreto más oscuro, el de su hijo. ¿Qué otra cosa la hacía titubear?

Por fin comenzó a relatar entrecortadamente cómo a causa de sus heridas se había mostrado a Étienne como era y cómo finalmente habían llegado a estar juntos, cómo Coltaire de Greville la había reconocido y la había convertido en su confidente, y cómo Caspar los había pillado a ella y a Étienne y había extraído una conclusión equivocada.

—¿Pretendes decirme con toda seriedad que aparte de mí otros dos hombres saben quién eres realmente? Con uno de ellos tienes un..., un amor pecaminoso; el otro es un canalla y querrá sacar provecho. Y no hablemos de quienes te tienen por un sodomita —rugió Kilian y se quedó mirándola conmovido del todo. Ella no le había visto nunca tan fuera de sí, tan furioso—. Pero ¿cómo...? ¿Cómo has podido exponerte a semejantes peligros, Ava?

Aveline miró fijamente al suelo. «Como si hubiera tenido otra opción...».

—Étienne probablemente me salvó la vida —susurró.

—Y le doy las gracias a Dios por ello —confesó Kilian con gesto compungido tal vez porque recordaba el papel tan poco glorioso que había desempeñado en la atención de la grave herida de Ava. Le tomó la mano y se la apretó con firmeza—. De verdad que le estoy muy agradecido a Él de todo corazón.

Ella lo miró a los ojos.

—Kilian, nadie, absolutamente nadie, debe enterarse de esto.

—Todo lo que me has confiado está sujeto al secreto del sacramento de la confesión, Ava. Y puedes estar segura de que nunca haré nada que pueda perjudicarte. —Su mirada se volvió dulce y contenía un anhelo apenas reprimido que Aveline no entendía—. Lo único que deseo es que estés sana y salva. —Suspiró y le soltó la mano—. Pero para ello tienes que comportarte discretamente, no llamar la atención, tienes que invisibilizarte. Y lo que estás haciendo por el momento es..., es justo lo contrario de un comportamiento discreto.

—Pero Coltaire...

—... es un hombre extremadamente peligroso, lo sé. No cejará hasta conseguir lo que quiere, eso es seguro. ¿No puedes...? ¿No puedes contarle alguna cosa? Cualquier cosa. Solo para mantenerlo contento.

A Aveline se le hizo un nudo en la garganta.

—¿Y traicionar a Caspar y a Étienne? ¿Es esta tu propuesta?

Kilian se la quedó mirando fijamente. Tenía escritas en la cara la angustia y la desesperación.

—Bueno, tal vez no Étienne, pero el cirujano..., bueno, él... Tiene que haber alguna cosa... —Kilian se interrumpió.

¿Y engañar a Étienne? ¿Quitarle tal vez a la persona a la que sentía de su familia?

Los ojos se le llenaron de lágrimas. Aveline negó con la cabeza con gesto derrotado.

—No..., no puedo. No puedo hacerle eso a Étienne. Yo..., yo lo amo, sí.

Estaba impresionada y al mismo tiempo un poco intimidada por esa constatación, pero, ahora que lo había pronunciado en voz alta, estaba segura: amaba a Étienne, a ese hombre dulce, inteligente, que le había entregado de buena gana su corazón y su confianza.

Kilian volvió a agarrar la mano de Aveline. Su mirada era difícil de interpretar, se hallaba entre el desgarro, la tristeza y la compasión.

—Después de todo lo que me has contado, no te quedará ninguna otra opción si quieres protegerte a ti y a Étienne —dijo en un tono apagado—. Lo siento muchísimo, Ava. Desearía poder mostrarte otra vía.

Al romper a llorar una vez más, él la estrechó entre los brazos y se puso a llorar con ella. Y, a pesar de que Aveline continuaba sin hallar ninguna solución para sus preocupaciones, sintió algo de consuelo por primera vez desde hacía mucho tiempo.

64

Acre, Jumada al-Thani 587 (julio de 1191)

E l suelo bajo los pies de Karakush se deslizó como si estuviera sobre el agua. Dio un traspiés y a duras penas pudo mantener el equilibrio.

—¿Qué es lo que está sucediendo, por todos los demonios...?

Un estruendo tremendo y un golpeteo sonaron en la distancia haciendo temblar la tierra como un animal moribundo. Luego hubo tranquilidad, pero solo durante unos instantes porque entonces se elevaron al cielo las exclamaciones, los gritos y las órdenes. Redoble intenso de tambores con un retumbo sordo. ¡Alá, asístenos!

—¡Muhafiz, la torre norte! —informó un soldado sin aliento un poco más tarde—. Se ha derrumbado parcialmente y con ella se ha desmoronado la muralla colindante.

Karakush asintió aturdido. Así que eso era la causa del temblor. Sintió cómo todo se contraía en su interior. Había sido una cuestión de tiempo, al fin y al cabo los zapadores francos llevaban semanas excavando bajo la fortificación. Y tampoco era la primera vez que se derrumbaba una sección de las murallas. Sin embargo, a diferencia de lo sucedido a comienzos de año, ahora el ejército cristiano no estaba enfermo, hambriento ni debilitado, de modo que la guarnición pudo reparar los daños sin ser importunada. En ese momento, un grupo de guerreros descansados y hambrientos de batalla estaba preparado y solo a la espera de comenzar el asalto por la brecha.

—¡Que se dirijan todos los hombres disponibles a la torre norte! —ordenó—. ¡Ahora mismo!

Mientras el soldado se alejaba a toda prisa, esperó un instante para que se le pasara el mareo. Debían de ser varios los días que hacía que no dormía, pero no había tiempo para descansar. La batalla de ese día decidiría el futuro de la ciudad.

Cuando llegó a la parte norte de la fortificación de Acre, Karakush presenció el cuadro de la devastación. Tuvo dificultades para respirar. Era peor de lo que se había temido. La torre se había derrumbado, había quedado completamente destrozada y presumiblemente había enterrado a una buena docena de hombres. La muralla colindante se había desplomado de modo que la montaña de escombros había llenado ciertamente el hueco, pero apenas alcanzaba la mitad de la altura original y formaba una rampa empinada de escombros tanto hacia dentro como hacia fuera.

Karakush trató de formarse una visión general y de ordenar los pensamientos. Lo que les faltaba en altura en la muralla tendrían que suplirlo y equilibrarlo con hombres que lucharan decididamente y entregando hasta la última gota de su sangre porque ese día no mirarían a sus enemigos desde las almenas, sino que se enfrentarían a ellos cara a cara.

A alguna distancia, Karakush distinguió ya que los francos estaban en formación; el bombardeo hacia esa sección de la muralla había cesado, todo apuntaba a que iba a producirse una ofensiva de un momento a otro.

Los soldados de la guarnición de Acre se reunieron al pie de la montaña de escombros por la parte interior de la fortificación, con las armas preparadas para la batalla; Meshtub distribuyó a los arqueros por el resto de la muralla. Al mirar a su alrededor, Karakush vio rostros decididos, obstinados, pero también distinguió el miedo, el desasosiego, el cansancio y el agotamiento plomizo que él mismo sentía en cada uno de los huesos. Todos llevaban varios días en pie casi ininterrumpidamente.

De repente vio la cara de Raed. El joven respiraba con intensidad mientras mantenía la espada sujeta férreamente al tiempo que lo miraba a él con gesto desafiante. Karakush sintió una punzada caliente en el estómago. Su primer impulso fue, de hecho, enviar al muchacho lejos, a alguna parte en la otra punta de la ciudad, lejos de las espadas afiladas y de las catapultas de los enemigos. Pero entonces reconsideró las cosas. Raed no había participado hasta el momento en ningún combate cuerpo a cuerpo, pero al igual que los demás había defendido las murallas de Acre durante las semanas pasadas prácticamente sin pausa. Karakush no podía negarle ese combate. Para ser exactos, no podía prescindir de ningún hombre ya que en las refriegas anteriores habían pagado un alto precio en sangre. Dirigió a Raed un movimiento afirmativo con la cabeza, y en el acto destelló en los labios del joven una sonrisa casi descarada. Karakush deseó haberlo sacado de la ciudad a golpes en la primavera junto con Umar.

—¡Hermanos! —exclamó dirigiéndose a todos—, como ya sabéis, no soy hombre de muchas palabras. Y probablemente no tenga tiempo suficiente para pronunciar un discurso largo ya que los infieles se están preparando para el asalto. Juntos los detendremos. En caso contrario, Acre estará perdida. —Carraspeó y miró a los reunidos—. Ya os he exigido todo lo que puede exigirse y, Alá lo sabe, ¡lo habéis dado todo! Sin embargo, tengo que exigiros una vez más, aquí y ahora, el todo y más: ¡subamos juntos a estos escombros y opongamos resistencia a los infieles! ¡Hombres! ¡Luchemos una última vez por esta ciudad, por nuestro sultán! ¡Y por Alá, el Todopoderoso, para que guíe nuestras manos y nos asista a todos!

65

Acre, julio de 1191

Vamos, Étienne! ¡Tengo que regresar! Nuestra gente ha conseguido abrir una brecha en la muralla. Puede que Acre caiga hoy mismo, y, ¡por Dios!, no quiero perderme eso de ninguna manera.

—¡Quédate quieto! —Étienne presionó a Del para que permaneciera tumbado en el catre y se puso a limpiarle con un paño empapado en vino la zona por encima del ojo en la que le había golpeado una piedra.

—No te habría molestado por este rasguño —explicó Del—, pero a Guillaume le preocupaba que la sangre me quitara la visión y que acabara machacando a nuestra propia gente.

Étienne asintió con la cabeza.

—La herida no es profunda, pero sangra profusamente. No tengas miedo, dos o tres puntos y listo.

Esta vez habían instalado el hospital militar de campaña en una granja abandonada a medio camino entre la Torre Maldita, en la que se concentraba el ataque de hoy, y el campamento cristiano. El edificio de mayor capacidad servía de alojamiento para los heridos no aptos para el combate, la otra construcción estaba destinada al tratamiento. De esa manera quedaban al menos un poco protegidos contra el sol punzante del verano que sin piedad caía abrasador desde el cielo.

—¿Cómo les va a los otros? ¿Cómo está Anselme? ¿Y Avery? —preguntó Étienne mientras daba la primera puntada.

—Estaban todos bien cuando los dejé. La guarnición está al límite, si quieres saber mi opinión. Albéric Clément, el mariscal del rey, ha conseguido alcanzar la muralla derrumbada con una docena de hombres y con la ayuda de un gato, ya sabes, una de esas escaleras de asalto. No hace ni dos semanas no habrían podido llegar allá arriba ni en sueños.

—¿Y qué pasó?

Del se limitó a mover la cabeza con un gesto de negación.

—Son héroes, verdaderos mártires y modelos para todos nosotros porque nos han mostrado lo que es posible hacer. —Dirigió la vista a Étienne y sus ojos se iluminaron—. La victoria pende ante nosotros como una manzana madura. No tenemos más que recolectarla.

«Y al mismo tiempo seguir con vida», pensó Étienne, pero se limitó a asentir con la cabeza.

De pronto, Del mostró una amplia sonrisa.

—Además, el rey Ricardo ha prometido dos besantes de oro a todo aquel que le lleve una piedra de la torre caída o de la muralla colindante. Como puedes imaginar, eso ha espoleado a todos los combatientes a esforzarse al máximo. El camino a la ciudad quedará despejado pronto.

Cuando Étienne terminó de coser los puntos, Del se bebió de un trago un vaso de agua, a continuación se puso el almófar de malla sobre la cabeza, volvió a colocarse el yelmo y se dirigió a su caballo. Del se había familiarizado ya con su armadura, su estamento y su misión. Y Étienne no sabía si decantarse por la alegría o por la lástima.

—¡Nos vemos esta noche!

El joven caballero volvió a saludar una vez más con la mano, luego espoleó a su caballo camino del frente.

El horizonte comenzaba a engullir el sol y a escupir oscuridad. El fragor del combate iba disminuyendo, los tambores habían enmudecido. La batalla había tocado a su fin por ese día. Y, aunque Acre no había sido reconquistada todavía, la caída de la ciudad era inminente, en eso estaban todos de acuerdo.

Salvo un puñado de hombres, los muertos y los heridos de las filas del conde Guillaume y del duque Hugues fueron llevados de vuelta al campamento protegido de los cristianos. Eran menos que en los combates anteriores, lo cual se debía en parte a que la guarnición se había quedado al parecer sin proyectiles y sin fuego griego. El mayor peligro provenía de las tropas de Saladino, que irrumpían una y otra vez hasta las murallas de Acre, pero no contaban con tantos efectivos como para haber cambiado definitivamente las tornas. No obstante, habían conseguido dar el tiempo suficiente a la guarnición para reparar provisionalmente la brecha y retrasar aún más el inevitable desenlace.

Étienne y Caspar se encontraban ya limpiando y recogiendo todo para el siguiente día de combate cuando la puerta se abrió de par en par y dos peones introdujeron a otro herido en una camilla. El hombre no emitía ningún sonido. Estaba cubierto de polvo y de sangre de arriba abajo, de modo que apenas podían distinguirse sus rasgos bajo toda la suciedad. Tenía rasgada la cota de malla; la guerrera le colgaba del torso en jirones empapados de sangre, pero el tórax se elevaba y descendía por debajo.

—Podría ser el último —explicó Louis, uno de los peones—. Lo hemos sacado de debajo de su caballo muerto con una lanza ensartada. Primero pensamos que estaba muerto, pero luego gimió como una vaca al parir un ternero. Cuando lo levantamos, se desmayó. Desde entonces no ha despertado. No creo que aguante mucho más.

—Eso solo Dios lo sabe —dijo Caspar examinando de cerca al recién llegado inmóvil—. Ponedlo en ese catre de ahí enfrente. Y luego haced que se lleven a los muertos que quedan. Ya nos las arreglamos aquí a solas.

Después de depositar al herido, echó a los peones del hospital militar de campaña y cerró la puerta tras ellos.

—¡Manos a la obra! —dijo dirigiéndose a Étienne y giró el pabilo de las lamparillas de aceite hasta que su cálido resplandor inundó aquel espacio. Caspar desabrochó el cinturón del herido y juntos desprendieron al hombre de los restos de la cota de malla y del jubón. A continuación, Caspar le puso a Étienne frente al pecho el pequeño cubo del agua.

—¡Toma! Limpia al tipo este para que podamos ver qué sangre es la suya.

Étienne asintió con la cabeza. Aparte de una costra marrón sucia no podía distinguirse mucho por el momento. Se puso a realizar su tarea con cuidado y concentración mientras Caspar examinaba el pulso y la respiración del hombre, le quitaba las botas y le cortaba las calzas.

A Étienne no le resultó familiar la cara del herido a primera vista, ni tampoco después de haber retirado la suciedad más gruesa. ¿Se trataba tal vez de un caballero de las filas del duque Hugues?

De pronto se apercibió de que la sangre comenzaba a acumularse debajo del hombre y descubrió una herida profunda en su costado derecho, por debajo de las costillas, causada presumiblemente por el mismo cintarazo o por la lanzada que le había desgarrado también la cota de malla. Había que cerrar esa herida si no querían arriesgarse a que el hombre muriera desangrado.

—Encárgate tú de eso —le indicó Caspar—. Después de todo ya no pareces tan mentecato en el manejo de la aguja.

Étienne no replicó nada, pero percibió una sonrisa en los labios de su maestro después de su grosera alabanza. De hecho era lo contrario; poseía un talento insospechado para la sutura fina. Le lavó la herida, le limpió la sangre y comenzó a cerrar el corte. Cuando el hombre empezó a agitarse cada vez más, se apresuró a dar las últimas puntadas. Solo unos pocos instantes después, el herido abrió los ojos y profirió de pronto como un bufido una serie de palabras en un tono furioso.

Étienne se echó hacia atrás con espanto.

—¡Jesús Santo! ¡Es..., si es un..., un sarraceno!

—Lo sé —replicó Caspar con serenidad—. Ya lo sabía cuando los peones lo introdujeron aquí.

—Tú..., tú..., ¿qué?

Étienne columpió atónito la mirada entre Caspar y el herido que, entretanto, parecía haber comprendido la situación. Inmovilizado por el terror, el hombre yacía allí y los miraba con angustia.

—Este tipo puede decir que tuvo suerte de que fuera de noche cuando lo encontraron y de que Louis y Pierre no sean precisamente las mentes más lúcidas en estas tierras de Dios, de lo contrario probablemente le habrían retorcido el pescuezo. —El cirujano chasqueó la lengua con impaciencia al no entender Étienne el sentido de sus palabras—. Las botas, el cinturón, la espada de un solo filo, Étienne —explicó en tono impaciente—. Toda su vestimenta. No lleva ninguna de las prendas que vestiría un caballero cristiano.

Ahora que Caspar se los había indicado, también Étienne distinguió esos detalles delatores a los que cabía añadir el color broncíneo de la piel que había aflorado por debajo de la sangre y de la suciedad, la barba y los ojos casi negros que seguían cada uno de sus movimientos a pesar de que en ellos parpadeaba una considerable porción de dolor.

El hombre profirió otra frase en su idioma.

Caspar se acercó a él junto al catre y le puso las manos en los hombros. Si Étienne se había sobresaltado con las palabras del hombre, ahora se quedó completamente atónito cuando Caspar respondió al herido con fluidez en el idioma de los sarracenos. En los ojos del hombre se reflejaron la sorpresa y el alivio. Un largo torrente de palabras fue surgiendo de su boca, a las que Caspar replicaba en la misma medida. Ambos se rieron. Caspar, con risa atronadora; el sarraceno, a duras penas y con voz ronca al tiempo que se llevaba una mano al costado.

—Tú..., tú..., ¿dominas su idioma? —tartamudeó Étienne.

—Lo domino, sí.

—Pero ¿cómo...?

—¿Qué es lo que te sorprende tanto? Viví durante muchos años en Salerno, como ya sabes.

—Pero nunca me contaste que...

—Algunas cosas es mejor guardarlas para uno mismo, especialmente en tiempos como estos, porque de lo contrario acaban contratándote de dragomán. Gracias, pero no.

—¡Por los cielos! —Étienne se llevó las palmas de las manos a la boca mientras las informaciones recibidas iban filtrándose despacio en su cerebro. No sabía qué pensar de todo aquello—. ¿De qué estabais hablando... hace un momento?

—Le he explicado que tiene una herida fea, probablemente algunas costillas rotas y una pierna destrozada. Él ha replicado que un maldito caballo cristiano le cayó encima.

—Y... ¿qué más?

—Le he aclarado que el maldito caballo gordo cristiano puede que le haya salvado la vida porque de esa manera lo tomaron por uno de los nuestros, y que, en lugar de condenarlo, debería rezar más bien por el alma de esa pobre criatura. Él ha dicho que solo podría hacer eso si el caballo se convirtiera al islam.

Caspar trazó una sonrisa muy amplia.

—¡Eso... es..., es un sacrilegio! —exclamó Étienne con enfado.

Caspar dijo algo al pagano. Este se echó a reír. Sus dientes blancos destacaban sobre su piel morena como una hilera de perlas perfectas. Pronunció algunas frases.

Étienne dirigió una mirada impaciente a Caspar.

—Dice que no sabe por qué te molesta tanto su broma cuando, según la doctrina cristiana, los animales no poseen un alma inmortal. Eso ya lo dijo Agustín.

—¿De dónde...? ¿Cómo...? ¿Qué sabe un pagano de estas cosas? —refunfuñó Étienne.

Caspar tradujo. Volvieron a reírse. Étienne sintió que el rubor le ascendía acaloradamente por la cara. Apretó los labios con furia.

Caspar tendió a Étienne un cubo y paños.

—¡Toma! Quiero que sigas limpiando a este hombre. Tenemos que asegurarnos de que no hemos pasado por alto ninguna otra lesión.

—¡No estarás hablando en serio, Caspar!

—Ya me has oído.

Étienne se apartó del hombre herido y dirigió una mirada cortante al médico.

—¡Lo que estamos haciendo aquí es alta traición, Caspar! Debemos entregar inmediatamente a este hombre al duque Hugues —dijo siseando a media voz aunque seguramente el sarraceno no podía entenderlo.

—No.

—¡Caspar! Nos colgarán en el patíbulo más alto cuando se sepa...

El cirujano agarró a Étienne con fuerza de los hombros y le dio la vuelta para que mirara a la cara al pagano herido.

—¿Qué crees que harían los nuestros con un hombre herido de gravedad como él? ¿Piensas que tendría la más mínima posibilidad?

Étienne se figuró la respuesta, pero todo en él se resistía. Pasar una tarde placentera con los enemigos durante una tregua era cuando menos cuestionable, pero cuidar a un rival herido durante la fase decisiva de la batalla era una absoluta locura.

Sin embargo, Caspar no había terminado aún su alocución.

—¿Qué piensas, Étienne? ¿No son también hijos, hermanos, padres, cuyas familias se preocupan y se afligen? ¿No están aquí también porque aman esta tierra, a su soberano y a su Dios? ¿No crees que sufren y sienten dolores igual que nosotros? ¿Qué es exactamente lo que los diferencia de nosotros?

Étienne tragó saliva con dificultad. No pudo menos que pensar en la muchacha de la aldea saqueada, en la muñeca pisoteada, en la anciana que lloraba la muerte de los suyos. En el bromista de Kazim con su risa ancha. «¿Qué los diferencia de nosotros? ¿Qué nos diferencia de ellos?».

—Si sus hombres y los nuestros se rajan con las espadas y se machacan el cráneo en el campo de batalla, ¿qué le vamos a hacer? Pero aquí —dijo Caspar extendiendo los brazos y abarcando toda la sala con su gesto—, en este lugar y entre mis manos, no vamos a abandonar a la muerte a nadie a quien le quede una oportunidad de vivir, ¡ni tampoco vamos a entregarlo! Aquí no es nuestro enemigo, en este lugar nuestros únicos enemigos se llaman dolor y sufrimiento.

Étienne se pasó ambas manos por la cara y sacudió la cabeza con gesto resignado. La parábola del buen samaritano se le coló en la mente sin pedírselo.

—¿Y luego qué? ¿Qué harás con él cuando sane?

Caspar se encogió de hombros con gesto reservado. Y Étienne adivinó la respuesta.

—Vas a dejarlo marchar, ya lo veo.

—¡Maldición! ¡No seas un miserable hipócrita! —le espetó el cirujano con impaciencia—. Si Dios dirige todos nuestros pasos, algo habrá pensado al poner al muchacho en nuestras manos, ¿no crees?

Y posiblemente esa era la excéntrica manera de Caspar de sanar un poco el sufrimiento que las criaturas de Dios llevaban ocasionándose durante tanto tiempo frente a esas murallas en Su santo suelo. Era muy propio de él.

Y tal vez estaba en lo cierto.

Étienne suspiró vencido.

—Pero ¿cómo...? ¿Cómo vas a ocultar a este hombre? Por lo que parece, va a tardar una buena temporada en poder caminar, y no digamos en poder cabalgar. ¿Cómo vas a mantener este asunto en secreto?

—Oh, créeme, soy un maestro en guardar secretos. ¿Y tú, Étienne d'Arembour? —Le dirigió una mirada penetrante, y ambos sabían hacia dónde apuntaba su pregunta.

—De acuerdo entonces —acabó aceptando Étienne—. Comencemos.

El alivio del sarraceno después de que Caspar se lo aclarara todo fue comprensible.

—*Shukran, hakim!* —decía una y otra vez.

La tensión en sus rasgos faciales se relajó y dio paso a una sonrisa exhausta. Era un joven de unos veintipocos años. A ese hombre debía de haberle parecido un milagro encontrar entre sus enemigos a personas que entendían su idioma y se mostraban bienintencionadas. Y probablemente era un milagro, sí. Cualquier otro lo habría degollado.

Étienne prosiguió la labor de librar al herido de la suciedad y la sangre, pero evitó mirarlo a la cara. En su pecho se agitaban emociones encontradas. Aquello no solo provocaría la ira cruel de los jefes militares si llegara a conocerse, sino también la ira de Dios, cuyo enemigo declarado era este hombre. Y a Dios no podían ocultarle de ninguna manera su acción.

Pero, con todo, el herido que estaba en sus manos era un ser humano que sufría con el miedo y padecía dolores, la sangre que le corría por las venas era igual de roja que la del propio Étienne y que la de los hombres que habían yacido ahí antes que él.

¿Y Dios no le había confiado la misión de ayudar a las personas y de mitigar sus sufrimientos? Todo lo que emprendían los seres humanos, ¿no lo hacían como instrumentos de Dios?

Étienne sacudió la cabeza con gesto agotado. Esas continuas contradicciones le estaban haciendo perder la razón. «Como si mi vida no fuera ya lo suficientemente complicada en estos momentos».

Una mano le tocó con suavidad el brazo. Era el sarraceno que sin duda le había leído esas dudas en la cara.

—*Shukran, ifranğ* —dijo con voz seria.

Étienne conocía esas palabras. Con «*ifranğ*», «franco», se estaba refiriendo a él; la otra palabra significaba «gracias». Asintió débilmente con la cabeza e intentó esbozar una sonrisa.

El hombre se tocó ligeramente el pecho con la palma de la mano.

—Musa.

—Étienne. Me llamo Étienne. Y él —dijo señalando al médico que estaba concentrado en la pierna fracturada de Musa— es Caspar, un cirujano extremadamente hábil. Estás en buenas manos.

El sarraceno sonrió, pero entonces se le desfiguró el rostro en una mueca de dolor cuando Caspar le palpó los huesos.

—Ahí apenas queda nada intacto —constató el médico con expresión seria—. Costará bastantes esfuerzos arreglar esa fractura. Y pasará algún tiempo antes de que pueda volver a cargar su peso sobre esa pierna.

Llenó un vaso con una poción contra el dolor y fue con él a la cabecera del catre. Le habló a Musa con insistencia hasta que el sarraceno asintió con la cabeza. Caspar le levantó la cabeza, le suministró la poción y poco después se puso manos a la obra.

Era pasada la medianoche cuando partieron en su carro de regreso al campamento cristiano. Habían dejado a Musa en una granja abandonada, en un corral para cabras un poco apartado. Le habían entablillado la pierna, vendado las costillas y curado la herida. Además le habían proporcionado una camisa limpia y mantas, agua y pan, de modo que sobreviviera esa noche a solas. Caspar quería regresar a primera hora de la mañana para ver cómo se encontraba antes de instalarse en el vecino hospital militar para cubrir el siguiente día de combate. Solo podían rezar para que nadie descubriera al herido hasta entonces. Musa apenas podía ponerse en pie por sí mismo y no habría podido oponer la más mínima resistencia a un atacante. Por no hablar del peligro que su descubrimiento podría suponer para Caspar y Étienne.

Era un juego delicado y peligroso el que estaban practicando, eso lo sabían bien ambos, pero Caspar no se amilanó. Étienne sabía también que nunca se atrevería a abandonar al indefenso

Musa a su suerte o a delatarlo. Si algo había comprendido era que aquellas personas a las que durante mucho tiempo había considerado únicamente como enemigos poseían una cara, un nombre, una historia. Y un destino que se asemejaba al suyo y al de muchos otros cristianos.

De vuelta ya en el campamento, Étienne buscó a Ava, pero presumiblemente dormía ya desde hacía un buen rato. Aunque sabía por sus amigos que había sobrevivido ilesa a la jornada de combates, le habría gustado comprobarlo en persona, brindarle una oración y darle un beso para la próxima batalla, pues ¿quién podía decir cómo transcurriría el día venidero, cómo finalizaría para los dos?

66

Acre, julio de 1191

E l estruendo sordo de los tambores de guerra que llegaba desde
Acre sonaba como el latido del corazón de un gigante moribundo, un latir que iba debilitándose cada vez más.

La llanura frente a la ciudad bullía repleta de soldados cristianos. Desde el ángulo visual de Aveline eran diminutos como insectos, se abalanzaban desde todas partes contra las murallas para abrir agujeros en la piel de piedra de Acre con catapultas, arietes, fundíbulos, con el objetivo de desangrar al gigante y de subyugarlo definitivamente.

Cuando por fin se desmoronó la sección de la muralla junto a la Torre Maldita y se abrió una muesca como una enorme herida entre las piedras, sonó un gemido casi humano, el lamento doloroso de una criatura marcada por la muerte.

Acre, el gigante de piedra, se tambaleaba.

Frente al campamento cristiano, tanto de un lado como del otro, se estaba derramando la sangre de muchos guerreros valientes, se mezclaba sin atender a su origen ni a su confesión religiosa, e iba calando en la tierra polvorienta. Se sufría y se moría codo con codo. La muerte, la gran igualadora, no hacía diferencias, en el morir eran todos uno y el mismo.

Pero no era la sangre de Aveline la que estaba siendo derramada, no, ese día no. La misión de ella junto con los demás arqueros y ballesteros franceses consistía en mantener alejados de la muralla a los guerreros de Saladino que emprendían un nuevo intento para dar un respiro a Acre y penetrar en el campamento militar cristiano. Un velo mortal de flechas y virotes les bloqueaba el camino. Y quien, a pesar de todo, lo atravesaba, era abatido o hecho preso poco después por los caballeros y los soldados de infantería. La táctica de Saladino se había vuelto demasiado previsible, el número de sus hombres era demasiado reducido. Resultaba obvio que parte de sus tropas ya daba por perdido el bastión de Acre y que no le estaban prestando apoyo en su desesperada empresa. Pero decía mucho acerca de su sentido del honor y del de sus seguidores que, a pesar de todo, continuaran intentándolo una y otra vez.

Acre iba a caer, era solo una cuestión de tiempo, a lo sumo de algunos días.

¿Y luego qué? Aveline apenas se atrevía a pensar más allá de la hora siguiente. El destino había frustrado con demasiada frecuencia todas sus esperanzas. Intentaba concentrarse al máximo en su siguiente disparo para mantener cerrada la puerta de los pensamientos.

Llevaban toda la noche en las murallas rechazando una y otra vez los incansables ataques de los hombres de Saladino cuando un estruendo ensordecedor sacudió de pronto la llanura en torno a Acre. El suelo tembló bajo los pies de Aveline, se desprendieron algunos terrones pequeños y resbalaron muralla abajo. Los combatientes se detuvieron de improviso, gritaron y gimieron; se cernía sobre todos la amenaza de un estallido de pánico. Pero, cuando finalmente reconocieron la causa de aquel ruido infernal, los gritos de angustia se convirtieron en vítores casi más intensos que el estruendo que los había precedido: la Torre Maldita había cedido por fin a los persistentes ataques de los combatientes cristianos y se había desmoronado formando una enorme montaña de escombros sobre la que ascendía, a la luz de la luna, una nube de polvo similar a un velo de plata. La fortificación oriental de Acre había quedado destruida en una sección de unos quinientos pasos largos.

Mientras los gritos de júbilo crecían a su alrededor y se extendían por todo el campamento cristiano, Aveline se quedó allí parada, casi como aturdida, con la vista fija en el montón de escombros. Alguien la abrazó fuerte haciendo que le crujieran las costillas y le gritó algunas palabras eufóricas que, sin embargo, no llegaron a penetrar en su conciencia. Finalmente, Aveline se arrodilló, juntó las manos y dio gracias a Dios.

No había duda alguna de que con aquella torre caía también Acre. Ahora quedaba libre de todo obstáculo el camino a Jerusalén en donde tres almas y su corazón debían encontrar por fin la paz.

67

Acre, Jumada al-Thani 587 (julio de 1191)

Frente a Karakush estaba sentado un diablo, un satán de la desdicha, más malvado que un lobo, más infame que un perro. Así era al menos si había que creer las descripciones de los informadores musulmanes. Ese día, Karakush se encontraba por primera vez en persona con Conrado de Montferrato.

Ante él tenía a un franco de mediana edad, con unos pronunciados rasgos faciales, que iba vestido con elegancia conforme a la moda autóctona y que estaba perfectamente familiarizado con los usos y costumbres orientales. Todo su porte irradiaba una seguridad en sí mismo rayana en la arrogancia.

Conrado era conocido como un hombre de una energía bestial, que habría sacrificado sin vacilar a su propio padre con tal de mantener Tiro en su poder, alguien que en repetidas ocasiones había abandonado a sus correligionarios al hambre y a la muerte a las puertas de Acre para debilitar a su rival, Guido de Lusignan, en la lucha por la corona. Era un hombre sin escrúpulos, un hombre con capacidad resolutiva y con una voluntad férrea y, por consiguiente, el portador de las esperanzas para el reino de Jerusalén.

«¡Que Alá lo maldiga!». Karakush no podía soportarlo. Y, sin embargo, él y Meshtub tenían que negociar con él, en ese instante, la capitulación de Acre. Habían intentado con todos los esfuerzos sobrehumanos que ese momento no llegara a producirse, pero al final no habían sido suficientes. Ahora lo importante era salvar lo que todavía podía salvarse.

Conrado estaba acompañado por su intérprete Hunfredo, el señor de Torón, a quien Karakush apreciaba infinitamente más. Ese hombre esbelto, de tupidos rizos negros y de ojos oscuros y melancólicos, había nacido ahí y hablaba el idioma de los fieles musulmanes casi tan bien como el idioma franco, tal vez porque tras la caída de Jerusalén había pasado varios meses cautivo por orden de Saladino.

Si contemplaba la situación de cerca, a Karakush le parecía más bien absurdo que esos dos hombres estuvieran sentados juntos frente a él. Hunfredo habría podido ser rey solo con haberlo querido; al otro le habría gustado ser rey, pero no se lo permitían. Y la llave de la corona era una y la misma mujer que le había sido arrebatada a uno para entregársela al otro.

Percibió que ascendía por su interior una risa histérica, pero se la tragó porque comprendió que era producto del cansancio, del exceso de trabajo y del agotamiento absoluto. ¡Por Alá, el justo! En ese lugar y en ese instante no había en verdad ningún motivo para la risa.

Conrado de Montferrato lo miró con la atención fijada en él y le sonrió desangeladamente. Pronunció algunas frases que hizo traducir a su acompañante.

—Por favor, ayudadme, muhafiz. No puedo decidirme por ninguna interpretación en la expresión de vuestro rostro. ¿Se trata de desaprobación, de odio o tan solo de un estómago que gruñe con enfado?

«Que Alá te depare una muerte lenta y dolorosa, bastardo engreído», pensó Karakush con amargura mientras apretaba las mandíbulas con fuerza. Sabía muy bien que tenía marcadas las cicatrices de tantos meses de privaciones y de combates ininterrumpidos, pero llevaba esas heridas como trofeos. Había perdido muchas cosas en los escombros de las murallas de Acre, en último lugar la esperanza, la confianza firme y la voluntad de luchar, pero jamás el orgullo.

En voz alta dijo:

—No estamos aquí para intercambiar buenos modales. Mis hombres han luchado durante mucho tiempo y han sufrido durante mucho tiempo. Les debo un final rápido en este asunto. Me gustaría presentaros nuestra oferta.

Previamente había deliberado con Meshtub y sus capitanes hasta dónde querían y podían llegar. Solo podía especular si eso se correspondía también con los designios de Salah ad-Din.

Una vez que Hunfredo hubo traducido, Conrado le hizo un gesto provocadoramente altivo para que continuara hablando.

Karakush respiró bien hondo.

—Os entregamos Acre con todo lo que se encuentra en ella, armas, oro, plata, barcos. Como contrapartida dejaréis partir a los habitantes de la ciudad, y la guarnición tendrá expedita la retirada.

Conrado se echó a reír a carcajadas después de escuchar la traducción.

—Karakush, aquí no estamos en uno de vuestros bazares. Ya hace tiempo que pasó la hora del regateo —le hizo saber, y por su voz hablaba la fría arrogancia del comandante invicto—. Habríais podido formular demandas de este tipo cuando todavía estaban en pie las murallas de Acre. —Conrado se inclinó hacia él por encima de la mesa baja y miró a la cara de Karakush sin compasión—. También a nosotros nos interesa un pronto final de las operaciones militares, creedme, pero todo lo que os concedamos ahora podéis considerarlo un acto de clemencia y de misericordia. Si os negáis, seguiremos asediando y atacando Acre hasta que de vuestra guarnición no quede sino un montón de escombros y de huesos.

Karakush pudo ver que hablaba muy en serio. El negociador franco no le haría ninguna concesión, ¿por qué iba a hacerlo?, y él carecía de todo medio para ejercer presión. No obstante, esa dureza y frialdad de corazón lo enfurecía y sentía que le rechinaban los dientes por la rabia reprimida. Diablo, satán de la desdicha, lobo y perro infame, todo lo que decían los informes sobre

Conrado de Montferrato era cierto. «¡No tiene ni una pizca de honor!». ¿Qué ocurriría si ese hombre despiadado llegara alguna vez a ser rey?

Conrado volvió a recostarse en los cojines y lo estuvo observando un rato. Finalmente sonrió con sorna.

—¿Sabéis lo que es divertido en este asunto, Karakush? A mi llegada a Tierra Santa hace cuatro años, nuestro barco navegaba hacia el puerto de Acre, pero en el último momento ordené virar el timón al no oír las campanas de ninguna iglesia como es habitual a la arribada de los barcos cristianos. Hicimos creer al práctico del puerto que éramos simples comerciantes y pusimos rumbo rápidamente hacia Tiro, en donde poco después me nombraron defensor de la ciudad. Como naturalmente ya sabéis, Saladino no ha sido capaz de conquistar Tiro hasta la fecha. De lo contrario, tal vez el reino de Jerusalén habría caído ya hace mucho tiempo. —Su sonrisa se convirtió en una repugnante y falsa mueca—. ¿No resulta amargo, Karakush, saber que estuvisteis tan cerca de hacerme prisionero y, por consiguiente, de expulsar probablemente para siempre a los cristianos de estas tierras?

Karakush se había propuesto no dejarse provocar, pero justo en ese momento, ¡que Alá lo perdonase!, sintió un deseo irreprimible de vomitar. Ojalá hubiera tenido algo en el estómago.

—Puede que Acre haya caído —replicó—, pero no el islam. ¡Vamos al grano!

Conrado juntó las puntas de los dedos y asintió satisfecho con la cabeza. A continuación enumeró las exigencias de los vencedores.

Ambas partes hicieron constar el acuerdo por escrito, sellaron los documentos y se separaron finalmente.

Ya mientras Karakush redactaba el escrito que debía poner al sultán Salah ad-Din en conocimiento de toda la situación, oyó a los pregoneros recorrer las filas del ejército latino. Según lo acordado, exhortaban a los hombres a cesar al instante las hostilidades contra los fieles musulmanes así como el bombardeo de piedras sobre la ciudad. Por primera vez desde hacía incontables meses reinaba el silencio en Acre y en la llanura.

Karakush se acercó a la ventana y miró afuera. Sabía que había hecho lo único posible. No obstante, se sentía increíblemente mal.

68

Acre, julio de 1191

Había transcurrido una semana desde que Musa había ido a parar a sus manos. Una semana larga en la que Étienne y Caspar le habían cuidado y abastecido con todo sigilo, siempre con el temor atenazándoles la nuca de que alguien pudiera descubrir su secreto. Sin embargo, tenían suerte de que todo el mundo estuviera demasiado ocupado con Acre como para notar algo inusual en la conducta de dos cirujanos en medio de la intensa actividad en el entorno.

Entretanto, Musa había conseguido sentarse erguido durante un rato. Caspar le había mostrado en qué dirección se hallaba el este para que pudiera dirigir sus oraciones a Alá desde el escondrijo.

Y ese día tenían la ingrata tarea de comunicar al sarraceno que la ciudad que había defendido con tanta pasión y con su propia sangre estaba a punto de volver a caer en manos cristianas.

—Los comandantes de la guarnición, Karakush y Meshtub, han negociado la capitulación definitiva con los príncipes cristianos —tradujo Caspar para Musa—. La valiente guarnición va a quedar cautiva hasta que tu sultán haya pagado el dinero de rescate de doscientos mil dinares de oro, haya devuelto la Vera Cruz y haya liberado, por su parte, a los cristianos cautivos.

Étienne sabía lo que Caspar estaba contando y observó con suma atención al joven sarraceno durante las explicaciones. Aunque probablemente lo sospechaba desde hacía mucho tiempo, las aletas nasales de Musa temblaron por la emoción reprimida a duras penas y sus ojos negros se fueron llenando cada vez más de lágrimas.

Entre susurros formuló una pregunta a Caspar.

—Jerusalén —respondió el cirujano con seriedad.

Por supuesto, la campaña no iba a terminar en Acre. El objetivo de los comandantes en jefe del ejército era la Ciudad Santa. Entonces, Musa ya no pudo contenerse más, las lágrimas corrían por su cara, le temblaban los hombros y murmuraba una y otra vez para sus adentros las mismas palabras en su idioma. Una oración, supuso Étienne. Le sorprendió lo mucho que le afectaba la pena de Musa. Se preguntó si él mismo reaccionaría como ese guerrero joven si se encontrara en el bando perdedor.

Musa comenzó a hablar entonces, rápidamente y sin dirigirse a nadie en particular. Sonaba apasionado y en ocasiones se le quebraba la voz. Al tiempo que hablaba se miraba las manos, grandes y de tendones pronunciados, marcadas por la lucha con la espada. Sin embargo, ahora eran unas manos temblorosas.

Caspar seguía sus palabras con gesto serio, asintiendo de vez en cuando con la cabeza. Finalmente tradujo para Étienne.

—Dice que Jerusalén no es solo un lugar especial para los cristianos y para los hijos e hijas de Abraham. Los musulmanes también la veneran. La llaman la ciudad *al-Quds,* la Ciudad Santa. Creen que allí, el día del Juicio Final, sus tres lugares más sagrados, La Meca, Medina y Jerusalén se unirán en uno solo. Allí se encuentra una de sus mayores casas para la oración, la mezquita de Al-Aqsa. Y en la magnífica Cúpula de la Roca veneran a su profeta Mahoma, que ascendió al cielo desde ese lugar. Por ello no permitirán jamás que los cristianos les arrebaten de nuevo Jerusalén, que les denieguen una vez más el acceso a sus lugares sagrados o que estos vuelvan a ser profanados.

Musa levantó la vista y miró con rostro serio a Étienne mientras le dirigía la palabra. A Étienne le pareció oír el término familiar de *umbilicus mundi.* Cuando el sarraceno terminó de hablar, dirigió a Caspar una mirada de ruego. El cirujano tradujo.

—Musa dice que es consciente de que para nosotros, los cristianos, Jerusalén es el *umbilicus mundi,* el ombligo del mundo, ya que nuestro profeta Jesús, a quien consideramos el Hijo de Dios, sufrió allí y su tumba se encuentra en ese lugar. Pero no puede imaginarse que los cristianos estén dispuestos a compartir algún día de forma pacífica la Ciudad Santa ya sea con los musulmanes o con los judíos. No después de haber empapado la llanura de Acre durante dos años con la sangre de sus hombres y de los nuestros.

Étienne permaneció en silencio, avergonzado. La importancia de Jerusalén para los musulmanes le era desconocida hasta ese momento, pero explicaba muchas cosas. Igual que para ellos mismos, esos lugares eran para sus rivales mucho más que un pedazo de tierra polvorienta. Los sacerdotes cristianos, en cambio, siempre se habían dado por satisfechos en sus explicaciones sobre los ataques diciendo que los sarracenos eran diablos paganos, sanguinarios y enemigos de Dios.

El hombre que estaba sentado frente a Étienne no respondía en absoluto a esa imagen. Era inteligente y culto, cortés y atento. Pensar en él, en Kazim y en los demás sarracenos que había conocido hacía que la victoria sobre Acre tuviera un regusto extrañamente desabrido.

Guardaron silencio juntos dejando espacio a Musa para la expresión de su tristeza. ¿Con qué habrían podido consolarlo?

Finalmente, el joven sarraceno dijo algo. Sonó a una pregunta.

Caspar lo agarró por los hombros y se los presionó brevemente para responderle a continuación. La respuesta iluminó la cara de Musa con una sonrisa débil.

—Se preguntaba si volvería a ver Jerusalén —dijo Caspar dirigiéndose a Étienne—. Y le he dado nuestra palabra de que, por nuestra parte, no fracasará en su empeño.

No, claro que no. Eso estaba fuera de toda duda para Étienne y asintió con la cabeza para corroborarlo.

Musa gesticuló en dirección a sus escasas pertenencias y pidió algo a Caspar. El cirujano le entregó entonces el cinturón que aún conservaba los rastros de la batalla librada. Bajo la costra de polvo y de sangre se distinguía débilmente el magnífico repujado en cuero y una hebilla con incrustaciones, una labor de gran calidad. Musa lo limpió con el pulpejo con el ímpetu que le permitían sus escasas fuerzas. Contempló un rato el cinturón, luego dirigió la vista a Caspar y a Étienne. Finalmente pasó los dedos a lo largo de la cara interna del cuero hasta encontrar lo que buscaba y sacó un objeto pequeño de un bolsillo oculto. Apretó el puño y se llevó la mano cerrada con el objeto al corazón. Luego habló en voz baja y con rapidez, y por último les tendió un anillo de oro con el sello de una piedra preciosa de color azul oscuro que mostraba un águila y caracteres de una escritura sinuosa.

—¿Qué significa esto? —preguntó Étienne con apremio dirigiendo la vista a Caspar.

Atónito, el cirujano miró boquiabierto al sarraceno. Tragó saliva con esfuerzo antes de traducir.

—Dice que su nombre completo es al-Malik al-Aschraf Musa Abu'l-Fath Muzaffar ad-Din, tercer hijo de al-Malik al-Adil Sayf ad-Din Abu Bakr Ahmed Najm ad-Din Ayyub, a quien nosotros llamamos Safadino. —Caspar respiró muy hondo—. Eso significa que Musa es nada menos que sobrino de Saladino.

69

Acre, julio de 1191

E l ruido de un asedio era múltiple, diverso y omnipresente, un tapiz densamente entretejido de sonidos que lo cubría todo: los redobles atronadores de los tambores y los pitidos estridentes de las cornetas, el suspiro continuo de las cuerdas de innumerables arcos y ballestas, el zumbido similar al de un avispón en el lanzamiento de grandes piedras y el crujido y el estallido cuando alcanzaban su objetivo, el canto nítido o el chirrido feo del metal sobre el metal, el retumbo de innumerables herraduras de caballo. Los gritos de los combatientes, las órdenes que atravesaban el campo de batalla, las exclamaciones de rabia o de desesperación, las maldiciones y las oraciones, los gritos del dolor y de la agonía. Un rugido ubicuo y vertiginoso, una canción de violencia y de muerte sin visos de querer acabar.

Sin embargo, ahora reinaba el silencio. Un silencio casi absoluto con excepción del resoplido ocasional de algún caballo o el traqueteo de los estandartes al viento. El ejército cristiano se había reunido casi en su totalidad en la llanura situada frente a Acre y flanqueaba por ambos lados la asamblea de los reyes y de los comandantes del ejército. No hablaba nadie, todo el mundo estaba a la espera.

El silencio se mantuvo incluso cuando se abrió finalmente la puerta principal de Acre y salieron cabalgando sobre sus monturas los comandantes de la guarnición, Meshtub y Karakush, seguidos por sus guerreros. Los vencidos desfilaban con la cabeza bien alta y con los hombros tensos. Sus caras estaban marcadas por la extenuación y el sufrimiento, pero también había en ellas un orgullo inquebrantable. Y ya podían estar orgullosos de haber defendido la ciudad durante tanto tiempo con tamaña dosis de valor y de altruismo en esas circunstancias.

Se trataba de una hazaña que también reconocían sus adversarios cristianos. No hubo abucheos, ni gritos injuriosos, ni expresiones de burla cuando pasaron desfilando en su retirada, sino tan solo una muestra callada de respeto hacia el enemigo valeroso.

A una orden de sus comandantes, los sarracenos depusieron sus armas y armaduras, y las arrojaron en el lugar designado a tal efecto. Iban hacia su cautiverio junto con sus familias y con los hombres que ya habían caído en manos cristianas en el transcurso de los combates. Estarían cautivos hasta que Saladino hubiera satisfecho las exigencias. A la población sencilla restante de Acre se le permitiría emigrar ya que nadie sabía qué hacer con ella. Nadie pagaría el dinero de rescate por esos pobres diablos muertos de hambre y habían dejado de ser personas gratas en la ciudad ahora cristiana.

En una mesa grande, el rey Guido de Lusignan, su sucesor designado Conrado de Montferrato, Ricardo de Inglaterra así como Felipe de Francia y los comandantes de la guarnición sellaron los documentos de la capitulación. Por último, Meshtub y Karakush entregaron simbólicamente la llave de la ciudad.

Entonces, por fin, estalló el júbilo entre los combatientes cristianos que habían aguardado ese momento.

Los vítores, oraciones y gritos de alegría fueron hinchándose cada vez más hasta convertirse en un rugido ebrio que colmó la llanura. Habían terminado por fin casi dos años de espera, de combates y de privaciones.

También el rey inglés levantó un puño al cielo y se echó a reír con su risa ruidosa y desatada. Felipe estaba a su lado con las manos entrelazadas y una fina sonrisa en los labios. Pocas veces se había expresado con tanta claridad la diferencia de sus temperamentos y la aversión mutua de ambos soberanos.

—¡Hombres! Hemos pagado un precio elevado, pero nuestros esfuerzos se han visto recompensados. ¡Dios nos ha deparado la victoria! —vociferó Ricardo. Nadie le denegó el derecho a tomar la palabra. A fin de cuentas, su triunfo se debía en buena parte a él—. ¡Alabado sea el Señor! ¡ACRE ES NUESTRA!

Los nuevos vítores rompieron como una ola por encima de él, de modo que el rey inglés tuvo que esperar para poder continuar hablando.

—Doy las gracias al Todopoderoso que haya puesto a mi lado hombres como vosotros, intrépidos, altruistas, valerosos. Sois la hoja de la espada que nos ha otorgado la victoria. ¡Y sois la hoja de la espada con la que recuperaremos también la Ciudad Santa y la tumba de nuestro Señor Jesucristo! —Ricardo volvió a esperar de nuevo a que el júbilo disminuyera—. Pero en primer lugar, hombres, ¡curad vuestras heridas y descansad, bebed y llenaos las panzas hasta arriba, engendrad bastardos, bailad, cantad, festejad! Hay que afilar incluso las mejores hojas de espada antes de poder blandirlas para la próxima batalla.

El estallido de ruido que se produjo a continuación fue ensordecedor. Lo habían conseguido por fin: ¡habían resultado vencedores!

Pocas horas después, los estandartes de los soberanos cristianos ondeaban sobre las murallas de Acre. La puerta hacia Tierra Santa volvía a estar de nuevo en sus manos y abierta de par en par.

70

Acre, julio de 1191

Tíos, si nos pillan, nos arrancarán la piel a tiras —avisó Anselme con una voz sepulcral—. Y se tomarán todo el tiempo del mundo para desollarnos.

—Entonces lo mejor es que no se enteren nunca de que nosotros tenemos algo que ver —dijo Del mirando a su amigo. Se le crisparon las comisuras de la boca y los dos cayeron en una risa tonta.

—¡Chist, chist! —amonestó Étienne con voz demasiado alta y agitando las manos—. Por los cielos, ¿no podéis ser menos ruidosos? Cualquiera diría que estáis completamente borrachos.

—No más que tú —afirmó Anselme con una risita, y Del y Étienne unieron sus voces en una carcajada.

—¡Chist! ¡En voz baja, por el amor de Dios! —volvió a exclamar el joven cirujano rogándoles silencio.

Étienne observaba absorto cómo Del desataba la bandera de la cuerda, la doblaba con un cuidado exagerado y finalmente la colocaba a un lado. A continuación, Anselme le tendió con la punta de los dedos lo que habían pescado poco antes de uno de los cestos de la ropa sin lavar. Del comenzó a anudar varios ejemplares uno por debajo del otro, acompañado por las risitas apenas reprimidas de sus amigos.

Un ruido. Étienne miró alarmado por encima del hombro hacia la oscuridad. Sonaban a lo lejos los berridos alcohólicos de hombres en plena fiesta, pero eso no fue lo que había alertado a Étienne.

—¡Date prisa, por todos los santos! —le susurró a Del—. ¡Ve más rápido!

Pero Del hacía rato ya que había izado en el mástil la nueva bandera.

—¡Eh! ¿Quiénes sois? —retumbó una voz desconocida desde el otro lado del patio. La luz de un farolillo se les acercaba dando tumbos—. ¿Qué demonios habéis venido a buscar por aquí?

—¡Larguémonos ya! —dijo Anselme siseando.

Tras un breve intercambio de miradas con Del, ambos agarraron a Étienne por las axilas de modo que quedó suspendido a un palmo del suelo y echaron a correr a toda prisa. Por suerte huyeron del patio y los pasos de su perseguidor se desvanecieron poco después en los callejones. De todas formas solo se detuvieron cuando el agua brilló a la luz de la luna frente a ellos y les llegó a la nariz el inconfundible olor a pescado, algas y piedras húmedas. Jadeando se dejaron caer en el muelle del puerto. Estuvieron tumbados un buen rato boca arriba aguantándose las panzas de la risa, mientras muy lejos, en el patio de armas del castillo templario, ondeaba al viento una bandera de calzoncillos sin lavar.

En Acre nadie pensaba en dormir esa noche, pues la ciudad estaba llena de vida. Excepto los pobres desgraciados a quienes se había condenado al servicio de guardia en las murallas o en el antiguo campamento cristiano, todo el mundo parecía estar en pie. Por todas partes se celebraba ruidosamente la victoria, la vida y la supervivencia. Y eso mismo ocurría también, como es natural, en el estandarte de Aveline.

—¡Toma, bebe un trago! —balbuceó Gallus tendiéndole el odre de vino.

—No, gracias. —La joven alzó la mano con gesto de rechazo. Se sentía aliviada y feliz como todos los demás, pero se contenía en el disfrute del vino tal como era habitual en ella.

—¡Sírvete sin miedo, muchacho! —insistió Gallus—. ¡Es gratis! ¡Y por todos los demonios, hasta sabe bien! —Tomó un trago generoso y se arrellanó en la muralla cálida junto a Aveline profiriendo suspiros de satisfacción—. Quién sabe si llegaremos a ver siquiera una mísera moneda de cobre del botín. Parece que los condenados reyes creen que ellos y su gente tienen derecho a todo, y la verdad es que esa panda piojosa de los hombres de Barbarroja no ha intervenido apenas. —Apareció la amargura en la cara del viejo guerrero, y soltó un escupitajo—. ¡Por los cielos, no! Yo no es que soporte mucho al duque Leopoldo, ese bastardo amargado, pero que su alteza, el rey Ricardo, lo humillara de esa manera fue una torpeza innecesaria. Todos hemos contribuido con nuestro esfuerzo a la victoria, y todos hemos pagado por ella con nuestra sangre de mierda.

—No, eso no estuvo bien —se mostró de acuerdo Aveline.

Nadie sabía qué había sucedido exactamente. Algunos decían que alguien, probablemente el mismo Ricardo, había arrancado de las almenas la bandera del duque y la había arrojado al foso. Otros afirmaban que el rey inglés, en un arrebato grosero, había arrancado las cuerdas de la tienda de campaña del duque haciendo que esta le cayera a Leopoldo encima. Fuera lo que fuese que sucedió, ese lance había provocado que el duque austriaco, humillado y furibundo, anunciara su partida. Y con él pondría rumbo a su tierra la mayor parte del ejército restante de Barbarroja.

—Mientras permanezcamos al servicio del conde Guillaume, no deberíamos quedarnos con las manos vacías, ¿verdad? —trató Aveline de apaciguar a Gall.

Este se encogió de hombros con desgana y tomó otro trago de vino.

—Ya veremos, pero hasta entonces, y por precaución, me pasaré por el gaznate todo el vino que pueda. Quién sabe cuándo se presentará una ocasión similar en el futuro.

Étienne estaba algo sorprendido de poder mantenerse en pie. No porque lo molestara el pie, sino porque se había pasado los últimos días más o menos borracho, igual que probablemente la mayor parte del ejército cristiano. Si Saladino hubiera tenido conocimiento de esta embriaguez colectiva, le habría sido muy fácil arrebatarles de nuevo la ciudad. Sin embargo, el príncipe sarraceno y el resto de sus tropas se había retirado a gran distancia, de modo que Acre permaneció sin ser atacada.

Sin andarse con muchos rodeos, el rey Ricardo y el rey Felipe se habían repartido la ciudad. El soberano francés con su séquito se había instalado en la poderosa ciudadela que en su día fue erigida por la Orden de San Juan, mientras que el rey inglés se había acomodado en el cuartel de los templarios en el extremo sudoeste de la ciudad, cerca del barrio pisano.

Aunque con el final de la reconquista y la reapertura de la enfermería municipal se había reducido considerablemente su trabajo, Caspar y Étienne habían instalado su hospital militar de campaña en una casa abandonada por debajo de la ciudadela. Hacia allí iba ahora de camino Étienne.

Para cuando hubiera aprendido a orientarse en aquel laberinto de calles y callejones de Acre, probablemente haría tiempo que habrían continuado su ruta hacia Jerusalén. Pero a Étienne no le perturbaba eso por el momento. Durante casi dos años, las desafiantes e imponentes murallas y torres de la ciudad habían sido todo lo que se le había mostrado a la vista. Ahora disfrutaba paseando sin rumbo, explorando los caminos sinuosos bordeados por jardines y plazas o maravillándose con las magníficas ermitas y las altísimas casas de los comerciantes y de los patricios, que habían escapado indemnes al asedio. Como puerta de entrada a Palestina, antes de la ocupación sarracena, Acre había sido la mayor ciudad cristiana en Tierra Santa justo por detrás de Jerusalén. Y se estaban realizando los preparativos para convertirla de nuevo en la magnífica metrópolis que había sido en su día. Por todas partes sonaba el cincelado de los canteros mientras trabajaban junto con los soldados para reparar las maltrechas fortificaciones de la ciudad. Los caballeros y los nobles, y también los antiguos habitantes de la ciudad, se habían instalado en las casas vacías, y los genoveses, los pisanos y los venecianos habían vuelto a tomar posesión de sus antiguos establecimientos comerciales alrededor del puerto. Los comerciantes trabajaban con diligencia para llenar sus almacenes y volver a abrir sus negocios. Antes de la ocupación de la ciudad, desde ahí se enviaba en barco a las patrias occidentales preciosas vasijas de plata y de cristal, tejidos y sedas de color púrpura, armas, especias extravagantes y joyas afiligranadas. Un viejo comerciante que había realizado sus negocios durante muchos años en Acre antes de la ocupación le había contado a Étienne que antes de la guerra vivían también numerosos sarracenos en la ciudad y que llegaban caravanas con mercancías exóticas desde todo el Oriente. Especialmente el comercio con bálsamo de incienso procedente de Arabia había hecho prosperar y enriquecerse a Acre.

El aroma a incienso que flotaba durante esos días en todos los callejones también era embriagador y adormecedor al mismo tiempo. Uno de los primeros actos oficiales de los obispos y de los sacerdotes después de la entrada en la ciudad reconquistada había consistido en limpiar, ahumar y volver a consagrar las casi cuarenta casas de Dios existentes en Acre, pues algunas de las iglesias parecían haber sido utilizadas por los ocupantes para sus oraciones paganas. Esto tampoco era algo nuevo, tal como le confió a Étienne el comerciante. En el pasado, los cristianos y los sarracenos habían compartido incluso algunas de las casas de culto y habían ejercido su fe unos al lado de los otros. No era la primera vez que Étienne se preguntaba cómo esa vecindad y ese entendimiento pacíficos habían podido degenerar en esta amarga guerra.

Miró a su alrededor en todas direcciones y suspiró. Una vez más había vuelto a perderse. Se giró sobre su propio eje y se puso a buscar con la vista torres de iglesias u otros puntos de referencia conocidos que habrían podido servirle de orientación, pero no tuvo éxito. Al llegarle a los oídos desde alguna distancia el zumbido de unas voces, decidió seguir ese sonido. A través de un arco extenso divisó poco después un gran patio interior dedicado al mercado, posiblemente un antiguo caravasar, lleno de gente. Eran prisioneros sarracenos, tal como reconoció Étienne enseguida, al menos doscientos. No eran todos ni de lejos, al parecer los habían distribuido en diferentes plazas por toda la ciudad. Los hombres estaban sentados o de pie en grupos o buscaban la sombra de los arcos circundantes, algunos se habían tumbado en el suelo. Muchos mostraban las marcas de los combates pasados. Soldados franceses con ballestas y picas se encargaban de su vigilancia.

Étienne se dio la vuelta para marcharse. No le parecía correcto mirar boquiabierto a los vencidos como si fueran animales enjaulados para humillarlos aún más si cabía.

—Eh, *ifranğ*—oyó de pronto decir a una voz conocida.

Al girarse, descubrió a Kazim entre la multitud. El corazón de Étienne se tropezó brevemente, titubeó. Finalmente intercambió algunas palabras y entregó una moneda al soldado de guardia, y le permitieron entrar en el patio. Sin saber muy bien qué hacer, se acercó al sarraceno. Los dos permanecieron frente a frente mirándose en silencio. Kazim tenía cara de agotamiento, de desgaste y de resignación, su piel estaba cubierta de polvo y de sangre seca. A pesar de todo, le dedicó a Étienne su sonrisa amplia y un efecto luminoso y radiante se abrió paso en aquel rostro sucio.

Étienne tragó saliva. ¿Cómo conseguía sonreír el sarraceno a pesar de todos los muertos, de todas las crueldades y de todos los sufrimientos que se habían infligido mutuamente sus gentes?

El cirujano le tendió su odre de agua, la única amabilidad que podía demostrarle. Las imágenes de aquella tarde conjunta aparecieron por su mente, los recuerdos de la música, de la comida y de las risas. En otra vida, en otro mundo, habrían podido ser amigos, pero allí el destino los había convertido en enemigos.

«Mira adónde nos ha conducido esta guerra», parecía decirle también la mirada de Kazim. Sin embargo, no había ninguna acusación en ella, tan solo había un pesar, una pena.

—Lo siento mucho —dijo Étienne expresando en palabras sus sentimientos.

Kazim asintió con la cabeza. Durante unos instantes estuvieron mirándose en silencio. Finalmente, el sarraceno le puso la palma de la mano en un hombro, luego se la llevo a su propio pecho y agachó la cabeza. Había algo definitivo en ese gesto. Étienne asintió con la cabeza, le dedicó una sonrisa débil y luego se separaron. No creía que volvieran a verse ya nunca más.

71

Acre, julio de 1191

Tal como habían acordado, Aveline esperaba en la fuente bajo la ciudadela. Aunque se hallaba en la oscuridad, llevaba calada la capucha.

Tras días de prolongados arrebatos de alegría y de borracheras, algo parecido a la paz y el orden había regresado otra vez intramuros de Acre. Solo unas pocas personas permanecían todavía en las calles. No obstante, la experiencia había enseñado a Aveline de la manera más amarga que era mejor no ser reconocida. Y, por supuesto, habría sido mucho más sensato renunciar por completo a ese encuentro, pero el amor y la razón eran tan incompatibles como el fuego y el agua.

El corazón de Aveline latía con tal vehemencia que estaba convencida de que se le podía oír a una cuadra de distancia. Se sentó en un murete que había absorbido el calor durante el día y se quedó a la espera.

Pero ¿dónde estaba él? ¿Se lo había pensado mejor? Hacía una eternidad que no habían vuelto a verse a solas, y el deseo de su cercanía propinó a Aveline al instante una dolorosa punzada.

Por fin oyó pasos de unas suelas de cuero, unos pasos desiguales, trabados. Étienne.

Aveline se puso en pie de un salto cuando él salía de un callejón lateral con una sonrisa dirigida a ella. Le costó un esfuerzo inesperadamente grande no correr a sus brazos. ¡Santa Madre de Dios, cuánto lo había extrañado!

Cuando estuvieron frente a frente, él le agarró la mano. Tras una mirada hacia atrás por encima del hombro se inclinó por debajo de la capucha que estaba muy tirada hacia delante y la besó con dulzura.

Aveline no pudo (o no quiso) impedirlo, tanto tiempo hacía que anhelaba su roce. Ella sabía que era una estupidez y una imprudencia que ponía en peligro sus vidas. Pero Étienne no tenía ni idea del peligro que suponía Coltaire, y Aveline quería olvidarlo, al menos en esos momentos.

—¡Ven! —le murmuró Étienne y tiró de ella para conducirla a lo largo del camino por el que había venido.

Siguieron por un laberinto confuso de callejones angostos, sinuosos, con muchos rincones y construcciones superpuestas. De tanto en tanto se les cruzaba alguna rata en el camino. Olía a aguas estancadas y a piedra caliente.

—¿Adónde me llevas? —quiso saber Aveline mientras subían por unos escalones desgastados.

Étienne le sonrió por encima del hombro.

—¡Espera y verás!

Finalmente torció por un pequeño callejón miserable que terminaba frente a un edificio al cabo de unos pasos. El joven cirujano se detuvo en la puerta y le dirigió una mirada.

Al verle ahí, frente a ella, con esa sonrisa feliz y despreocupada, su corazón quería desbordarse de amor y al mismo tiempo romperse.

—Étienne d'Arembour, ¿qué estás tramando? —preguntó ella con voz temblorosa.

En lugar de responder, él abrió la puerta desvencijada de madera y le hizo un gesto invitador. Con el ceño fruncido y un gesto de escepticismo, Aveline pasó a su lado y se adentró en la casa. La sala de detrás estaba sucia, devastada y llena de basura. No era de extrañar que nadie hubiera reclamado esa casa. ¿Qué estaban haciendo allí, por todos los cielos?

Étienne cerró la puerta y encendió una lamparilla de aceite; sin embargo, no parecía muy dispuesto a revelar sus planes. En lugar de eso se limitó a esbozar una sonrisa.

—¿Necesitas ayuda para limpiar, o por qué me has traído hasta aquí? —preguntó Aveline con cara alegre. La sonrisa de Étienne se volvió más amplia.

—¡Vente, quiero enseñarte una cosa!

La condujo hacia una escalera de madera muy desgastada que llevaba a la planta superior desde la parte de atrás de la sala. También allí reinaba un caos absoluto. Ella miró interrogativamente a Étienne.

—¡Espera aquí! —rogó él en lugar de darle una explicación y le puso la lamparilla de aceite en las manos. Subió con torpeza por otra escalera y desapareció por un tragaluz.

Al cabo de algunos instantes se abrió el tragaluz de nuevo y apareció su cara sonriéndole.

—Ya puedes venir ahora.

El corazón de Aveline se aceleró. No pudo menos que devolverle la sonrisa. Ascendió por la escalera con agilidad y salió a una azotea por la que flotaba en el aire un leve olor a humo y a plumas de ave.

Ante ella se extendía Acre. Gracias a su ubicación y a la altura del edificio, la azotea sobresalía del entorno y permitía unas vistas impresionantes de la ciudad en todas las direcciones. A la luz plateada de la luna y de las estrellas, Aveline divisó las murallas de la ciudad con sus numerosas torres, algunas de ellas marcadas todavía por los disparos de la maquinaria bélica de los cristianos. Por todas partes brillaban las hogueras de guardia y los farolillos. Reconoció algunas iglesias entre las casas, la de San Miguel, la de San Lázaro, la de Santa Catalina, la de San Andrés y otras más cuyo nombre no recordaba; divisó los barrios de los comerciantes con sus grandes almacenes, el castillo templario y la ciudadela, el imponente puerto y, finalmente, el mar que rodeaba a Acre por dos lados y que, a la luz de la luna, rodaba hacia sus costas como plomo líquido, acompañado por el omnipresente rugido y el murmullo de las olas.

Una brisa cálida jugueteaba con el pelo de Aveline, acariciaba su piel y le acercaba el olor de la sal y de las algas. Cerró los ojos e inhaló intensamente aquel aire. Percibió que se desprendía algo en su interior, que la calma regresaba a su cuerpo y a su alma.

Volvió a abrir los ojos cuando Étienne se le acercó y la abrazó por detrás.

—¿Te gusta?

Aveline asintió con la cabeza, incapaz de encontrar las palabras para lo que sentía en esos momentos. En lugar de hablar, echó la cabeza hacia atrás contra el pecho de Étienne, se acurrucó en sus brazos y dejó vagar una vez más la mirada por aquel escenario pacífico. «Pacífico», un estado que no había vivido desde hacía mucho tiempo y que no había sentido desde hacía mucho más tiempo aún.

—¡Es maravilloso! —susurró. Étienne la atrajo aún más firmemente hacia él y hundió la cara en su pelo. Finalmente le dio la vuelta y la miró a la cara henchido de curiosidad, de calidez y de ternura. Le rodeó suavemente las mejillas y la nuca con las manos y la besó. Y, aunque no era su primer beso, lo sintió como tal. Una exploración y un probar despreocupados, juguetones y exigentes a la vez. No tenían que esconderse, nadie los encontraría ni los observaría en ese lugar. La noche les pertenecía por entero.

Cuando se separaron del abrazo, Étienne la apartó del pretil bajo. Fue entonces cuando Aveline vio que en la parte trasera de la azotea había un lecho preparado para ellos. Cojines, mantas y alfombras, lámparas de aceite parpadeantes, cuencos con fruta y panecillos. Al mirarlo con cara de asombro, él sonrió y se encogió de hombros.

—Quería que todo fuera perfecto, al menos por esta vez —explicó con timidez.

—Étienne, yo...

De pronto Aveline tuvo que lidiar con las lágrimas. Estaba sobrecogida y conmovida, pero al mismo tiempo también avergonzada. Él le extendía y abría su corazón, pero ella en cambio le cerraba el suyo y recluía también todos los oscuros secretos de su interior.

—Gracias —logró musitar con voz ronca—. No sé ni qué decir.

Él esbozó una sonrisa picante.

—Si he de ser sincero, lo que tenía en mente para hoy no era precisamente hablar.

Aveline se echó a reír y dejó que él la condujera al lecho. Le sirvió una copa de vino tinto que le rodó, aterciopelada, por la lengua. El panecillo tenía un sabor a cardamomo y otras especias exóticas. Se hundieron en los cojines uno al lado del otro.

La cabeza de ella reposaba en el hombro de él mientras el cielo sobre ellos extendía sus tesoros. Sin embargo, Aveline percibió que la mirada de Étienne no estaba dirigida a las incontables estrellas, sino que estaba posada en ella. La deseaba. Por fin se inclinó sobre ella y la besó con suavidad. Ella le devolvió el beso completamente entregada.

Él detuvo sus caricias y la contempló con el asombro dulce del amor.

—Que Dios me asista, Ava, te amo —susurró—. ¡Más que a nada en el mundo!

Aveline tragó saliva. Quería decirle algo, quería proclamar que ella también lo amaba y que ya no quería estar sin él, pero no logró que esa frase saliera de sus labios.

¿Podía hablar ella de amor cuando le ocultaba algunos secretos, cuando consentía que lo molieran a palos por su culpa y que estuviera sirviendo de espía a su peor enemigo?

En ese momento comprendió que ni siquiera esa noche les pertenecía, se dio cuenta de que no estaban solos porque la sombra de Coltaire los acompañaba a todas partes, incluso en ese lugar escondido.

Quería gritar por la desesperación y por la impotencia, pero no podía proferir tampoco ningún grito. La rabia le fluía de dentro y rodaba por las mejillas desde sus párpados cerrados. Cuando abrió los ojos, divisó la cara afligida de Étienne.

—¿Qué te ocurre, Ava? —preguntó—. ¿He hecho algo...?

Ella se apresuró a ponerle los dedos en los labios y negó con la cabeza. La incertidumbre y la angustia en los ojos de él le desgarraron el corazón.

—No es..., no es por tu culpa, de verdad —le aseguró.

Él indagó en su mirada, quiso tocarle la cara, pero ella apartó la cabeza a un lado. Cuando levantó la mirada al instante siguiente, leyó desconcierto, pero también ofensa, en la expresión de la cara de Étienne.

—Lo siento mucho —fue todo lo que pudo decir.

Étienne fijó la vista en la noche. Ava estaba a tan solo un palmo de distancia de él, pero igual podría haber estado allí arriba, en una de las estrellas del firmamento, así de enigmática y de inalcanzable le parecía. Ella le había vuelto la espalda, de vez en cuando le temblaban los hombros entre sollozos reprimidos a duras penas. Algo en él quería tomarla en brazos y consolarla, pero al mismo tiempo le roían por dentro el rechazo y la humillación haciendo que apretara las mandíbulas con fuerza. Por supuesto que conocía la vida anterior de Aveline, sabía por lo que había pasado y que podía haber miles de motivos para su comportamiento, pero las dudas de sí misma que había sembrado en el corazón de él ya habían arraigado. ¿Y qué ocurría si no era su pasado el motivo de su rechazo, sino él, su comportamiento, sus expectativas? ¿Le estaría exigiendo demasiado? ¿Le repelía su cuerpo imperfecto? No era la primera vez que ella se apartaba de él. Y tampoco conocía las razones por su conducta de la otra vez. Con estos pensamientos sombríos acabó por quedarse dormido.

Un roce lo arrancó del sueño con un sobresalto, y en un primer momento lo asaltaron recuerdos desagradables. Pero entonces recordó dónde se encontraba. Y con quién. Las lamparillas de aceite hacía rato que se habían consumido y la luz de la luna ya en retirada apenas cincelaba algo más que sombras y contornos en la oscuridad.

Un cuerpo cálido se acurrucaba cariñosamente a sus espaldas, unas manos finas le tanteaban el pecho por debajo de la camisa, repasaban los contornos, acariciaban sus pezones haciéndole estremecer.

Fuera cual fuera la razón del cambio de actitud de Ava, en ese instante nada podía causarle más indiferencia a Étienne. Todo lo que le importaba era ese momento, la respiración de ella en su piel, los labios de ella en su nuca, el corazón latiéndole al compás de sus caricias.

Finalmente se dio la vuelta hacia ella, se quitó la camisa, luego le quitó la suya, despacio, sin apresuramiento, desató la venda que rodeaba sus pechos. Apenas podía distinguir a Ava en la oscuridad; todo era percibir, palpar, explorar, sin hablar, sin tener frente a los ojos la cara de quien todos conocían solamente por el nombre de Avery, el joven arquero.

Sus manos encontraron una piel cálida, unos brazos nervudos, una cintura delgada y unos pechos pequeños y firmes con los pezones erectos, unos labios carnosos y blandos, y unos pómulos pronunciados por debajo de sus pulgares.

¿Cómo la había podido tener por un muchacho siquiera por unos instantes?

Besos, muchos besos. El sabor de las lágrimas y del vino en la lengua. Los dientes de ella en los labios de él, en su cuello. El olor de la piel de ella, aromático y cálido, a canela y a pan recién hecho. Se embriagó de ese aroma, lo saboreó una y otra vez en los lugares más distintos de su cuerpo.

Fue Aveline quien finalmente le quitó el calzón y se deslizó por encima de él, lo acogió en su interior y lo meció con toda su entrega hasta alcanzar el orgasmo. Poco después lo alcanzaba también ella. Cuando se echó sobre su pecho enardecido, Étienne percibió unas lágrimas recientes en sus mejillas. Le echó una manta por encima, y estrechamente abrazados se quedaron dormidos.

Aveline se despertó por la caricia cálida del viento y los chillidos de las gaviotas. El amanecer rayaba ya por el horizonte sumergiendo el mundo en innumerables tonalidades violetas. Étienne seguía durmiendo, de modo que ella pudo contemplarlo a sus anchas.

—Yo también te amo —le susurró. Quizá podría decirlo alguna vez en voz alta.

En algún momento de la noche anterior, había decidido que Coltaire no podía robarle también esas horas únicas de perfecta soledad compartida. No sabía lo que le depararía el futuro, los próximos días, pero había comprendido que el transcurso de esa noche estaba en sus manos. Y, aunque no pudiera deshacerse de la sombra de Coltaire, había conseguido por lo menos desterrarla a un rincón oculto.

Étienne abrió los ojos cuando ella acarició la cicatriz de su frente. Él la miró, casi con incredulidad, como si no pudiera tomar por cierta la dicha de encontrarla a su lado. Esa mirada le hizo un nudo en la garganta a Aveline. Estaba convencida de que nunca antes la habían amado de la forma que esa mirada le revelaba prometedoramente.

Sonrió por no echarse a llorar.

—Nunca me has contado la historia de esta cicatriz —dijo enjugándose los ojos con disimulo.

Transcurrieron algunos instantes hasta que Étienne apartó la mirada de ella.

—Esto de aquí —repuso tocándose el estigma de la frente— me recuerda al mismo tiempo lo peor y lo mejor en el ser humano, la traición y la salvación. Marca el punto en que mi vida tomó una dirección completamente nueva. Para mejor, pienso yo.

—¿Y esta cicatriz de aquí?

Ella iba a tocarle una abertura brusca en el pecho, pero él le agarró la mano y le besó los dedos.

—Ahora me toca a mí.

Retiró a Aveline la manta con suma delicadeza y la contempló como a un tesoro precioso. Por último le besó el estigma que le había dejado la espada del sarraceno por debajo del pecho.

—Este punto me gusta especialmente —murmuró, y ella percibió su sonrisa como un cosquilleo en la piel.

Se acariciaron y se besaron el uno al otro, se mostraron las cicatrices, las visibles y algunas invisibles, los mapas de sus vidas. Y finalmente hicieron el amor una vez más, con ternura, sin apresuramiento, cubiertos tan solo por el sol y el viento.

Los ojos de Étienne siguieron el vuelo de una gaviota que trazaba círculos sobre ellos mientras abrazaba a Ava contra su pecho con un brazo y con la otra mano pescaba unos dátiles de un cuenco. Respiró hondo. ¡Ojalá se detuviera el tiempo, al menos por un rato! Aquel era un instante perfecto.

—Pasemos el resto de nuestras vidas aquí —dijo Ava expresando sus pensamientos.

Él la atrajo hacia sí y la besó en la frente.

—Solo nosotros dos —contestó—, tal como Dios nos trajo al mundo, bajo el sol y las estrellas. Beberemos el agua de la lluvia y de vez en cuando le dispararás a una paloma para la cena. ¡Por los cielos! No querría hacer ninguna otra cosa.

—Eso suena a que ahora vas a pronunciar un condenado «pero».

Aveline parpadeó hacia él con una sonrisa radiante. Étienne se echó a reír.

—«Pero» ¿qué iban a hacer entonces Caspar o Gallus sin nosotros? Seamos sinceros, sin nuestros múltiples talentos, esos dos estarían completamente perdidos.

—Peor aún. Toda la reconquista de Jerusalén estaría en juego si nos quedáramos aquí —sentenció Aveline solo para prorrumpir a continuación en una sonora carcajada. Étienne se le unió hasta que ella le selló los labios con un beso largo.

—En serio —dijo él finalmente—, me temo que, si no aparezco pronto, Caspar hará un asado conmigo en las brasas. Pronto va a sonar la tercia, llevará esperándome ya un buen rato.

Ava suspiró con pesar. Ninguno de los dos sabía si podrían volver a ausentarse disimuladamente para un encuentro secreto, ni cuándo. Ambos deseaban saborear esos momentos hasta el final.

—Los combates han terminado. ¿Qué trabajo puedes tener ahora para que te requieran con tanta urgencia?

Étienne titubeó bastante rato hasta que finalmente decidió ponerla al corriente de su situación. Él guardaba el secreto de Ava, ¿por qué no iba a conocer ella el suyo?

—Tengo que contarte una cosa, Ava, pero debes prometerme que no hablarás de ello con nadie.

Aveline sonrió somnolienta y luego se encogió de hombros.

—Dime.

Étienne la atrajo hacia él y entonces comenzó a hablar con rapidez, sin mirarla a la cara.

—Caspar y yo estamos cuidando en secreto a un sarraceno herido. Lo mantenemos oculto en la granja que nos sirvió como hospital militar de campaña. Yo voy por las mañanas a ver cómo se encuentra y a cuidar de él; Caspar lo hace por las tardes. ¡Por los cielos! El pobre debe de estar ahora muy hambriento.

Con cada palabra que penetraba en su mente, Aveline iba poniéndose cada vez más rígida, pero Étienne no parecía darse cuenta. Quiso taparse los oídos, cerrarle la boca, pero al mismo tiempo fue incapaz de moverse.

—Ahora se encuentra muy bien, con muletas puede incluso estar de pie un rato. Y tan pronto como pueda mantenerse en pie por completo, lo dejaremos..., lo dejaremos marchar —siguió hablando Étienne—. Asísteme, Dios, sé que parece una completa locura —confesó al cabo de una breve pausa—. Sobre todo porque Musa, al parecer..., es..., es un sobrino de Saladino, si bien esto último lo sabemos realmente desde hace muy poco.

El estómago de Aveline se contrajo. Se zafó del abrazo de Étienne y se quedó mirándolo fijamente con una mezcla de incredulidad y de desconcierto, incapaz todavía de pronunciar una sola palabra.

—Aveline, por favor, no me mires así. Al principio yo también me mostré escéptico, pero Caspar tiene razón... No podemos entregarlo. Musa es un tipo decente, un buen hombre. Le harían Dios sabe qué. Probablemente no seguiría vivo por mucho tiempo. Él confió en nosotros y le dimos nuestra palabra.

Ella asintió rígidamente con la cabeza. La misericordia era una de las cualidades más bellas de Étienne, un rasgo que ella adoraba de un modo especial, precisamente porque en eso se diferenciaba por completo de Coltaire. ¿Cómo habría podido condenarlo por eso?

En alguna parte sonó una campana.

—Tengo que irme ya —dijo ella y comenzó a recoger apresuradamente sus prendas y a vestirse.

Él la agarró de una mano y la miró a la cara durante unos largos instantes.

—¿Está todo bien? ¿Volveremos a vernos? ¿Aquí?

Ella asintió con la cabeza y esbozó una sonrisa. Luego se dio la vuelta y huyó de la azotea. Bajando por la escalera le salían las lágrimas a borbotones.

—Maldita sea, Étienne —susurró en la oscuridad—. Ojalá no hubieras dicho nada.

72

Acre, julio de 1191

É tienne se detuvo unos instantes y se preparó para capear el temporal que sin duda se le venía encima por llegar tarde. Sin embargo, por una noche como la anterior habría asumido incluso cosas peores. Poder por fin tener en los brazos a Ava había merecido la pena sin ningún género de duda.

Al parecer le había dado un buen susto con la confesión acerca de Musa. Sin embargo, al contarlo se había sentido bien, en cierto modo había sido un alivio liberador. Lo importante era que supiera que confiaba plenamente en ella, de igual manera que ella podía confiar en él.

Étienne respiró hondo y entró en la casa que les servía a Caspar y a él como vivienda y como sala de tratamiento.

—Caspar, lo siento...

—Anda, si ya estás aquí. —El cirujano levantó brevemente la vista de una tira de pergamino y lo examinó de arriba abajo con una mirada penetrante—. ¿Dónde te has metido? ¿Y qué pintas son esas que traes?

Étienne se pasó la mano por el pelo desgreñado y no pudo reprimir una sonrisa descarada.

—Yo...

—En realidad prefiero no saberlo —lo interrumpió Caspar con una seña—. Échate un cubo de agua en la cara. Tenemos que irnos ya. Guillaume ha mandado a por nosotros. Parecía algo urgente.

—No estará enfermo, ¿verdad?

—No, el duque Hugues ha convocado una asamblea, pero no tengo ni idea de qué se trata.

—¿Y quieren que estemos allí?

—Resulta obvia la razón por la que Guillaume me quiere tener a mí en la reunión —dijo Caspar con sorna mientras se ponía una camisa limpia—, pero en cambio a ti...

—Yo... todavía no he ido a ver a Musa.

—Entonces ese pobre diablo tendrá que esperar hasta la noche, su provisión de agua debería durarle hasta entonces. Y en el siguiente encuentro puedes explicarle por qué tuvo que esperar todo el día con el estómago vacío y protestón.

La reunión tenía lugar en la residencia del duque Hugues. El jefe francés del ejército habitaba un edificio grande y suntuoso, provisto de muebles tallados y alfombras finas bajo unas arcadas abiertas. En la mesa había vino y fruta en recipientes de plata, del patio interior llegaba el murmullo del agua de una fuente. Seguramente, aquella mansión era propiedad de una familia importante antes de la guerra. ¿Qué habría sido de ella?

Cuando entraron, el duque todavía no estaba presente. Guillaume, en cambio, ya ocupaba su asiento en aquella mesa larga. Detrás de él se habían posicionado Perceval Tournus, Anselme y Del. Se habían reunido ya numerosos capitanes y comandantes del contingente francés, y otros iban llegando. Reinaba un ambiente tenso, casi conspirativo; cuando alguien hablaba, lo hacía en voz baja y con gesto serio.

¿Qué demonios estaba sucediendo ahí? ¿Y qué se les había perdido a Caspar y a él en ese círculo ilustre? Étienne se sentía incómodo. Y pensar en Musa escondido o en su cita con Ava no mejoraba nada las cosas. ¿Y si alguien los había descubierto?

En una de las últimas filas descubrió a Coltaire de Greville, que dirigió una mirada despectiva en su dirección.

Étienne se alegró de que el conde Guillaume les hiciera una seña en ese momento para que se acercaran.

—¡Qué bien que hayáis venido! —los saludó a media voz.

—¿Puedes revelarnos por qué estamos aquí? —preguntó Caspar en tono mordaz sirviéndose una copa de vino.

—Para ser francos, no, no lo sé. El duque desea anunciar algo importante. Así que estoy tan a oscuras como vosotros. Pero algo me dice por dentro que nos esperan malas noticias. Y las malas noticias se soportan mucho mejor en compañía de tus conocidos y allegados. —Guillaume se echó a reír, pero enseguida volvió a ponerse serio—. Además tengo en mucho aprecio vuestro consejo.

Étienne se unió a sus amigos. Del se estaba trabajando con los dientes la uña de un pulgar, y Anselme tenía un aspecto extremadamente tenso. Antes de que Étienne pudiera decir nada, se creó un silencio absoluto en la asamblea. El duque Hugues estaba entrando en esos momentos en la sala; a su lado estaban Enrique, conde de Champaña, y Gilles de Corbeil, el médico personal del rey.

Étienne intercambió unas miradas de preocupación con sus amigos. El duque tomó entonces la palabra.

—Gracias, hombres, por haber venido todos en tan poco tiempo. —Su voz era profunda, fuerte y audible, acostumbrada a imponerse en el campo de batalla. Sin embargo, a diferencia de lo que dejaba suponer el tono de su voz, el duque daba la impresión de estar desasosegado. Sin ser consciente de ello, se llevaba constantemente la mano derecha a la barba. Parecía costarle un esfuerzo enorme pronunciar las palabras siguientes—. Hemos combatido hombro con hombro por esta ciudad y hemos derramado juntos nuestra sangre, y esto nos convierte en hermanos. Y como hermano vuestro es mi deber no ocultaros lo que se nos viene encima de manera inminente. —El duque Hugues tomó aliento mientras todo el mundo estaba pendiente de sus labios—. Voy a ser breve: nuestro venerable rey Felipe abandonará Tierra Santa en los próximos días para regresar a la patria.

Tras unos instantes breves para tomar aire, de pronto todo el mundo se puso a pronunciar exclamaciones y a hablar sin ton ni son. Prácticamente nadie se mantenía sentado en su asiento. Étienne observó cómo la cara de Del se ponía roja por los sentimientos reprimidos con esfuerzo.

—¡Jerusalén no ha sido conquistada todavía! —exclamó alguien con indignación.

—¿Cómo puede marcharse el rey justo ahora que ha quedado expedito el camino a la Ciudad Santa?

—¡Pero si acabamos de llegar!

—¡Silencio, hombres! —El duque alzó las manos con gesto apaciguador—. ¡Dejadme hablar hasta el final! —Transcurrieron algunos instantes hasta que Hugues pudo proseguir—. Entiendo vuestra agitación, pero escuchadme bien: nuestro rey no quiere poner en juego el éxito de esta peregrinación, claro que no. Ha dispuesto que una gran parte del contingente francés permanezca aquí para proseguir la lucha por Jerusalén, bajo mi mando.

—Pero ¿por qué nos deja entonces en la estacada?

—No nos deja en la estacada —replicó el duque con una calma rotunda, si bien la expresión de su cara revelaba más bien lo contrario—. Nuestro rey tiene sus buenos motivos para tomar esta decisión.

Hugues hizo un gesto con la cabeza a Gilles de Corbeil, y el médico personal tomó la palabra.

—Desde su llegada a Tierra Santa, el rey se ha visto afectado por diversas enfermedades, algunas de ellas muy graves —expuso Corbeil—. Su salud sigue afectada incluso ahora. Es de temer que sufra severas complicaciones si se demora por más tiempo en estas tierras. Por ello, Su Majestad ha decidido abandonar los Estados Cruzados y reanudar los asuntos de Estado en la capital. Como médico personal suyo, apruebo y recomiendo esa decisión.

—Y nos deja aquí para que nos pudramos —gruñó un caballero a media voz.

—Hombres, entiendo vuestro disgusto —explicó el duque Hugues—. Yo mismo me quedé... sorprendido cuando me enteré de la decisión de nuestro soberano. Pero nuestro país necesita un rey fuerte y sano, en eso estoy seguro de que estamos todos de acuerdo. Su Majestad se encargará de que nuestros esfuerzos no sean en vano y que esta empresa llegue a culminarse con éxito. Las arcas de la guerra volverán a estar llenas en breve con el dinero del rescate que van a aportarnos los prisioneros paganos. Ahora que Acre es ya nuestra, Jerusalén volverá a estar pronto en manos cristianas.

Una vez más estalló un murmullo generalizado. Los hombres se mostraban claramente escépticos igual que el mismo duque, quien no conseguía ocultar del todo su fastidio por el transcurso de los acontecimientos. Apretando las mandíbulas dejó vagar la mirada por entre los reunidos.

—El duque y yo pondremos hoy mismo en conocimiento del rey Ricardo de Inglaterra la decisión de Su Majestad —explicó el conde Enrique—. Pero queríamos que vosotros fuerais los primeros en conocerla. Y también seréis los primeros en saber cómo se procederá a la división en grupos de las fuerzas armadas francesas.

Ninguno de los presentes le envidiaba al jefe del ejército la ingrata tarea de comunicarle al colérico inglés la decisión de Felipe. Y probablemente no había tampoco nadie en la sala que no sintiera una punzada de deshonra y de vergüenza por el hecho de que su soberano retrocediera de una manera tan ostensible, mientras que el rey inglés hacía sonar la señal de la marcha sobre Jerusalén.

La mayor parte de los hombres abandonaron el lugar visiblemente afectados o con expresiones de rabia en sus caras después de que el duque diera por terminada la asamblea. Otros permanecieron en ella y discutían acaloradamente.

El duque Hugues parecía cansado cuando se dirigió en compañía del conde Enrique hacia Guillaume y se llenó una copa de vino que se bebió de un trago.

—¡Qué mierda maldita es todo esto! —murmuró mientras se llenaba otra copa.

Guillaume le puso la mano en el hombro para darle ánimos.

—Ya hicimos la mayor parte del camino sin nuestro rey, nos las arreglaremos también sin él para este último tramo.

—Puede que tengas razón en eso —admitió Hugues—, pero no deja de ser una deshonra de todos modos. El rey Ricardo nos tomará por unos cagones de mierda.

—¡Y pensará que nuestro rey es un traidor! —dijo Del súbitamente temblando de rabia.

—¡Refrenad vuestra lengua, estáis hablando de nuestro soberano ungido! —lo amonestó el duque, pero sonó poco decidido.

No había manera de frenar a Del.

—¡Ricardo de Inglaterra no se arredra de combatir y de desangrarse codo con codo con sus soldados por la causa de Cristo, mientras que nuestro rey se retira al cabo de unas pocas semanas con el rabo entre las piernas! —profirió con acaloramiento—. ¿No aceptó la cruz para la cruzada y juró recuperar Tierra Santa para los cristianos? ¿Hizo su juramento para esto?

—¡Moderaos, De l'Aunaie! ¡Ahora mismo! —le reprendió el conde Guillaume con dureza.

Sin embargo, el joven caballero pareció no prestarle atención.

—No entiendo cómo podéis estar tan condenadamente tranquilo, señor. Es...

—¡De l'Aunaie! —exclamó Guillaume ahora con una voz de trueno—. ¡Basta! De Langres, acompañadlo fuera y procurad que este exaltado meta el cráneo en un barril de agua fría.

—Del, ven.

Anselme agarró a su amigo del hombro, pero este se sacudió la mano con brusquedad y se apresuró a salir de la sala con la cabeza de un rojo subido. Anselme fue tras él.

Étienne siguió con la vista a ambos con consternación. Podía entender a su amigo. A él, que había estado luchando y sufriendo a lo largo de dos años frente a las puertas de Acre, la decisión de Felipe de Francia debía de parecerle un engaño. Y, obviamente, no era el único.

—No seas tan severo con él, Guillaume —dijo con un suspiro el duque Hugues—. Puedo empatizar muy bien con su cólera. Hace apenas una hora, yo estuve en un tris de liarme a romperlo todo en pedazos. —Hizo un gesto de negación apático con la cabeza, luego prosiguió en voz baja de modo que solo los circundantes podían seguir sus palabras—. Cualquiera con un cerebro más grande que una nuez puede colegir sin esfuerzo que nuestro rey no parte a causa de su salud, por mucho que lo diga su médico. Felipe quiere procurarse una ventaja frente a Ricardo e intentar ampliar en su ausencia las fronteras del dominio soberano de la dinastía de los Capetos.

Ninguno de los oyentes dio muestras de una gran sorpresa. No obstante, a Étienne le resultó desagradable ver desenmascaradas de tal manera las intenciones reales del rey Felipe. ¿Acaso renunciaba el rey a la causa de Cristo para poder privar a un príncipe peregrino de sus tierras? Un soberano estaba obligado a proteger sus intereses en el poder, pero ¿de esta guisa tan vil y tan poco caballerosa?

A pesar de que Étienne era escéptico respecto del corajudo rey Ricardo de Inglaterra, no le parecía que fuera una actuación correcta.

—Ahora que Felipe, conde de Flandes, ha muerto sin herederos, nuestro rey quiere asegurarse sus territorios para él —explicó Hugues—. Para tal fin y para el resto de sus pretensiones necesitará hombres si, como dice, va a dejar a la mayor parte de las tropas en Tierra Santa. —El duque suspiró—. Temo por la moral de nuestra gente. Y tendremos que reorganizar las estructuras de mando cuando los caballeros regresen con el rey Felipe.

—Permitidme unas palabras, alteza —intervino una voz demasiado conocida. Coltaire de Greville se acercó y adoptó una postura marcadamente erguida. Mantenía sus ojos de ave rapaz clavados en el duque Hugues—. Estaré fielmente a vuestro lado hasta que Jerusalén vuelva a nuestras manos tal como he jurado por Cristo, nuestro Señor. Y, si fuera necesario asumir más responsabilidad a causa de las circunstancias dadas, ¡sabed que estoy preparado para ello!

El duque examinó con la vista al caballero de arriba abajo, pero, antes de que pudiera replicarle algo, Caspar chasqueó ostensiblemente la lengua y todas las miradas se dirigieron hacia el médico.

—Con vuestro permiso, alteza. Antes de elevar a este hombre a un puesto de responsabilidad, estaríais mejor aconsejado si convirtierais a vuestro perro de caza en comandante del ejército.

Coltaire cerró el puño en torno a la empuñadura de su espada y avanzó un paso hacia Caspar, pero la mesa se interponía entre ellos. De todas formas, Étienne se estremeció.

El caballero tuvo que realizar grandes esfuerzos para mantener la compostura.

—No veo qué peso podrían tener aquí las palabras calumniosas de un cirujano cualquiera —masculló entre dientes.

Caspar sonrió sereno.

—Permitidme ser más preciso —dijo dirigiéndose al duque sin dignarse a mirar una sola vez al caballero—. Cuando Greville no se comporta como un perro rabioso como ahora, los cadáveres de sus hombres le sirven de escalones en el camino hacia arriba siempre que le parezca oportuno.

—¿Cómo te atreves, remiendahuesos? —Coltaire hizo tronar el puño encima de la mesa con tal fuerza que las copas tintinearon peligrosamente—. ¡Espero una satisfacción inmediata frente a este gnomo que se atreve a arrastrar mi honor por el lodo!

El duque Hugues alzó la mano con gesto imperioso. Coltaire se detuvo respirando con dificultad y dirigió al cirujano una mirada asesina.

Aunque Étienne apoyaba a su maestro, Caspar había vuelto a agitar un avispero, y con fruición.

—Conde Guillaume, ¿qué decís al respecto? —El duque dirigió una mirada interrogativa a su vasallo—. Son vuestros hombres.

Guillaume se levantó apoyándose con las manos en el tablero de la mesa y miró con severidad a ambos contrincantes.

—Creo que todos estamos muy agitados por los acontecimientos, ¡pero eso no debe dar motivo para pronunciar amenazas y ofensas a nadie! No toleraré bajo ningún concepto que mis hombres derramen su sangre entre ellos. ¿Me he explicado bien?

Dirigió la mirada alternativamente a uno y a otro.

Caspar sonrió con una sonrisa fina.

—Como sabes, no soy un hombre de espada, Guillaume. No soy yo quien busca sangre aquí, todo lo contrario.

Las mandíbulas de Coltaire parecían ruedas de molino al rechinar sus dientes, y su mirada continuó ardorosamente fija en el médico. Finalmente asintió con la cabeza con rigidez y en un gesto apenas visible.

—¡Entonces se acabó ya este asunto! —decidió Guillaume y volvió a tomar asiento, cruzado de brazos.

—Alteza —dijo Coltaire dirigiéndose al duque—, yo...

—Marchad ahora, Greville —lo interrumpió Hugues—. Tendréis oportunidades más que suficientes para demostrarnos que esas afirmaciones son infundadas. Y entonces ya veremos cómo continúa la cosa.

El caballero titubeó, era evidente que deseaba añadir algo, pero entonces asintió brevemente con la cabeza y abandonó la sala sin volverse a mirar atrás.

El duque Hugues hizo un movimiento nervioso con la mano.

—Mejor que os vayáis vosotros también ahora —exigió con voz cansada—. En unas pocas horas tendré el dudoso placer de ser el portador de malas noticias. Supongo que no puede perjudicarme recuperar las fuerzas hasta entonces.

Al salir, Guillaume miró a Caspar y sacudió la cabeza en una mezcla de resignación y de preocupación.

—Pero ¿en qué demonios estabas pensando?

—¡Toma, bebe y cálmate de una vez, Del!

Étienne le tendió a su amigo un vaso, pero este le apartó el recipiente de arcilla de un manotazo de modo que cayó al suelo y se hizo añicos. El vino tinto se extendió por todas partes como salpicaduras de sangre.

—¡No quiero calmarme! —dijo Del furioso y reanudó su caminata colérica alrededor del estanque de agua del pequeño patio interior del domicilio de Caspar y de Étienne—. Me encantaría darle una buena paliza a alguien que yo me sé.

—Entonces búscate a alguien que esté a tu altura —le rogó Étienne sonriente y alzando las manos a la defensiva. Pero Del parecía no percibir su presencia.

Anselme se encogió de hombros.

—No me queda otra que estar de acuerdo con el conde Guillaume. Si somos sinceros, nada cambia para nosotros. En este combate hemos dependido de nosotros mismos durante la mayor parte del tiempo.

—Claro que sí —insistió Del—, esto lo cambia todo. Es como si nuestro propio rey escupiera en las tumbas de todos los muertos que se han dejado la vida defendiendo la causa de Cristo. Mientras Su Majestad volverá a acostarse en breve entre sábanas de seda, nosotros quedaremos aquí diñándola en la mugre por un juramento sagrado que él también ha hecho. ¿Cómo quieres que vuelva a tener jamás respeto por semejante hombre?

—Te lo suplico, Del, guárdate esos pensamientos para ti —le rogó Anselme—, o te conducirán al patíbulo algún día.

Del resopló.

—¿Y no demuestra eso que se trata de una auténtica locura? No soy yo quien está traicionando a la causa. Estoy aquí, con la espada en la mano, no soy yo quien se retira con el rabo entre las piernas. Tú, Étienne, yo... hemos mirado a la muerte a los ojos innumerables veces en estos últimos meses. Apenas ha transcurrido un solo día en el que no hayamos temido palmarla. Y, sin embargo, estamos todos aquí. Y nos quedamos aquí. —Su voz se quebró de pronto. Sin fuerzas se sentó en un murete y enterró la cara entre las manos.

Anselme se sentó a su lado.

—Para nosotros, para ti, no cambia nada. Permaneceremos fieles a nuestra promesa, seguiremos librando esta batalla justa. Y, cuando llegue el momento, recibiremos la recompensa celestial por ello.

Del se quedó mirando fijamente al frente durante un rato.

—Dios me asista, tengo dudas de si estamos haciendo lo correcto, Anselme —acabó susurrando con la voz ronca—. A menudo dudo de toda esta mierda de aquí, de los miserables combates y de las muertes, del sentido de todo esto. A menudo he estado a punto de perder la fe en la causa y en mí mismo. Seguramente esperaba..., esperaba que como mínimo nuestro rey no hubiera renunciado a la fe.

Anselme puso una mano consoladora sobre el hombro de su amigo. No dijo nada pues no había ninguna réplica adecuada, probablemente porque todos tenían que lidiar con las mismas dudas, incluido Étienne.

Este estaba pensando en los soldados a los que habían recompuesto con esfuerzo para que murieran poco después en otra batalla, pensaba en los enemigos que podrían haber sido amigos, y en los aliados que se habían comportado peor que sus adversarios. Pensaba en Ava, que fingía ser otra persona para poder ser en algún momento quien realmente era.

No, cuando uno reflexionaba con profundidad al respecto, nada tenía ningún sentido.

Y, no obstante, estaban ahí. E iban a quedarse ahí. En pro de la esperanza vaga de estar haciendo lo correcto, y porque cualquier otra cosa habría significado que los sacrificios habían sido realizados en vano.

73

Acre, julio de 1191

El golpe le vino de atrás sin previo aviso. Aveline se tambaleó, pero consiguió mantenerse en pie y giró sobre sí misma. Bertrand y Gaston.

El corazón comenzó a latirle hasta la garganta. Contaba con que Coltaire iría a por ella tarde o temprano, pero había puesto sus esperanzas en que los acontecimientos de la reconquista de Acre le procuraran un poco más de tiempo. El hecho de que sus perros guardianes la hubieran localizado justo un día después de su cita agridulce con Étienne la cogió completamente desprevenida.

Étienne. Caspar. El sarraceno oculto. Todavía no había ideado ningún plan sobre cómo manejar esa información peligrosa.

Sin pensárselo, Aveline emprendió la huida, pero no llegó lejos. Uno de sus adversarios se abalanzó sobre ella por la espalda de modo que cayó cuan larga era. En su boca se mezclaron la suciedad y la sangre. Unos círculos de fuego se agitaron ante sus ojos cuando varias patadas la alcanzaron en el costado.

—Vuelve a intentarlo otra vez y nos ocuparemos de que no puedas correr nunca más —le dijo entre dientes Bertrand, y Gaston se echó a reír con risa cabruna.

Unas manos la alzaron bruscamente y tiraron violentamente de ella arrastrándola. Le entraron náuseas y mareo, apenas era consciente de adónde la llevaban. Si no podía hacer realidad su fuga, al menos quería escapar en el desmayo, retirar su consciencia a un lugar oculto donde nadie la encontrara. Una sonora bofetada casi le arrancó la cabeza de los hombros. Cuando abrió los ojos aturdida, divisó el implacable rostro de Coltaire.

—Saludos, Avery. Qué bien que por fin nos honres de nuevo con una visita tuya.

Volvió a entrecerrar los ojos al instante, pero otro bofetón imponente la alcanzó y la tiró al suelo. Sintió unas frías losas de piedra bajo las manos. Todo su cráneo retumbaba como una campana. Se obligó a mantener los ojos abiertos, a pesar de que no veía a sus torturadores.

—¡Bertrand, Gaston, marchaos!

Aveline oyó ruido de pasos y una puerta que se abría y volvía a cerrarse con un crujido. Estaba sola. Con él.

El corazón se le detuvo para, unos instantes después, volver a latir a trompicones al doble de velocidad.

—¡Mírame, mujer! —exclamó Coltaire rechinando los dientes.

A Aveline le costó todo su autodominio volver la cara hacia el caballero. Parecía extrañamente agitado, inquieto como un depredador excitado. Algo había sucedido, no cabía duda ninguna porque saltaba a la vista. La mirada de él llameaba cuando fijaba los ojos en ella.

—Espero por tu bien que tengas algunas noticias interesantes. Poco a poco comienzo a perder la paciencia, ¿sabes? Casi podría decirse que me evitas. —Enseñó los dientes en una sonrisa desangelada, sin humor—. Pero tú no te atreverías a tal cosa, ¿no es verdad?

Aveline permaneció en silencio, pero en la cabeza se le atropellaban los pensamientos. De lo que ella dijera, probablemente iba a depender no solo su propia vida.

Coltaire percibió el silencio de ella como una provocación, por supuesto. La agarró y la levantó de un tirón para volver a arrojarla al suelo acto seguido.

—No tengo tiempo para tus jueguecitos. He de actuar, de lo contrario...

Coltaire reanudó su deambular por la habitación. Realmente daba la impresión de estar casi desesperado. Sí, algo debía de haber sucedido, algo que había alterado sus ambiciosos planes. Y ese hecho lo convertía, sin duda, en un elemento aún más peligroso, como un león herido.

Cada fibra del cuerpo de Aveline estaba en tensión, se arrastró hacia atrás hasta sentir la pared a sus espaldas. Su mente trabajaba febrilmente. Sin embargo, el caballero no le dio tiempo para reflexionar.

—¡Abre de una vez esa boca, maldita sea! —dijo con voz atronadora—. Cuéntame algo que me sirva de ayuda, de lo contrario podría llegar a la conclusión de que ya no me resultas útil. O que tu utilidad se limita a servir de pasatiempo a mis hombres y a mí.

Se acuclilló frente a ella y se la quedó mirando con una fijación siniestra. El cráneo de Aveline retumbaba y ella sintió cómo el estómago se le levantaba. Con dificultad se tragó el vómito.

—Caspar... Caspar es un borracho. Sin vino no sabe...

Coltaire profirió un gruñido peligroso.

—Cuéntame algo que yo no sepa todavía. Todo el mundo sabe que ese charlatán empina el codo de lo lindo y eso no le ha ocasionado ningún daño hasta el momento. ¿Por qué iba a serle perjudicial ahora?

La boca de Aveline estaba como reseca, no quería salirle ninguna palabra de los labios.

—No voy a tolerar que me tengas por un tonto.

La mano derecha enguantada de Coltaire le agarró casi con suavidad el cuello y la presionó contra la pared. A continuación, sus dedos fueron apretándoselo cada vez con más y más intensidad. Ella oyó un sonido sibilante y solo con retraso comprendió que procedía de su desesperado intento por llenarse los pulmones de aire. El pánico se apoderó de ella, se retorcía tratando de apartar la mano de Coltaire de su cuello, pero él se lo apretaba implacablemente. Las fuerzas de Aveline disminuían con cada latido del corazón y una lluvia de chispas descendió por sus ojos hasta que, por último, la negrura se filtró en su campo de visión. Se había acabado.

De nuevo fue una bofetada lo que la arrancó de la inconsciencia. Aveline jadeaba igual que una mujer que se ahoga. Sintió que le goteaba sangre por la nariz.

—¿Vas a contarme algo ahora tal vez?

—Yo..., yo... —dijo ella con la voz muy ronca.

Coltaire la miraba como mira un cazador a su presa, sin piedad e inexorablemente. No había ninguna escapatoria, ni ahí ni en ninguna parte. Ni entonces ni nunca.

Por la Santa Madre de Dios, ¿qué podía hacer? Daba lo mismo lo que ella decidiera porque iba a traicionar a personas, iba a enviar a unas almas a su condenación y ella cargaría con la culpa.

—Caspar... es..., esconde a un sarraceno herido, a un sobrino de Saladino —dijo Aveline finalmente entre arcadas.

La expresión de acecho en la cara de Coltaire dio paso a un semblante de absoluta perplejidad.

—No puedes estar hablando en serio.

Casi parecía un poco cómico cómo el caballero se acuclillaba ante ella y, boquiabierto, intentaba comprender lo dicho. Sin embargo, Aveline no tenía el ánimo para reír sino para cualquier otra cosa, para gritar, para sollozar y para explotar de rabia. Jesús Santo, ¿qué había hecho? ¿Qué había hecho?

Coltaire se puso en pie de un salto, sus ojos destellaban.

—¡Esto lo cambia todo! —exclamó con alegría. Se echó a reír salvajemente, parecía exultante, casi borracho—. ¡Tengo que conocer todos los detalles! Y entonces, por fin, caerá de bruces ese bocazas de remiendahuesos. En tales circunstancias no habrá nadie que lo proteja, ni siquiera Guillaume, su amigo del alma —prosiguió regodeándose—. Ese maldito bastardo no volverá a interponerse en mi camino. Y ese príncipe pagano..., un rehén así puede decidir el curso de la guerra, o en todo caso ese hombre debe de valer su peso en oro. Una vez que lo tenga en mi poder, nadie podrá negarme un puesto influyente —reflexionó el caballero en voz alta. Entonces pareció acordarse de nuevo de Aveline y la miró con unos ojos como agujas—. No me estarás engañando, ¿verdad? Créeme, cariño, una mentira no te sentaría nada bien.

En esos momentos, Aveline no podía imaginarse algo peor que su situación actual, pero no dudaba de que Coltaire de Greville disponía de un ingenioso repertorio a la hora de elevar el miedo y el dolor a cotas inconmensurables. Por ese motivo se apresuró a negar insistentemente con la cabeza.

—No, no miento, ¡por la salvación de mi alma! Pero si..., si vos queréis saber algo más, tenéis..., tenéis que jurarme una cosa.

Coltaire resopló y sacudió la cabeza.

—A veces me resulta difícil decidir si demuestras valentía o una estupidez excepcional, mujer. ¿De verdad crees que puedes poner condiciones en la situación en la que estás?

Claro que no. Aveline bajó la vista y vio las manchas rojas que iba dejando en las baldosas del suelo la sangre de su nariz, entre estrellitas brillantes. Sin embargo, debía jugárselo todo a una carta. A Étienne le debía al menos eso.

Al ver que no replicaba, Coltaire sonrió mostrando unos dientes de lobo.

—Conseguiré esas informaciones de una u otra manera, estoy seguro de que tienes claro esto, ¿no? Pero, si es verdad lo que afirmas, podría decidirme finalmente a concederte un favor.

Aveline respiró hondo.

—Dejad a Étienne fuera. Él... fue quien me contó este asunto, pero no tiene nada que ver con él. Caspar escondió al sarraceno contra la voluntad de Étienne y lo obligó a no revelar nada.

La sonrisa de Coltaire se volvió lúbrica y resbaladiza.

—Claro, pero una bruja astuta como tú conoce los métodos y las vías para hacer cantar a un hombre, ¿verdad?

Aveline miró a la cara al caballero con frialdad, si bien habría preferido vomitarle encima. Se enjugó la sangre de la nariz con la manga.

—Étienne es inocente, así que dejadlo en paz —insistió ella.

La sonrisa de Coltaire se hizo más ancha.

—¡Por todos los cielos! Le tienes apego de verdad a ese Pie Tullido.

Por supuesto. Y Aveline sabía que el caballero no vacilaría ni un instante en aprovecharse de ese hecho para sus propios fines.

—Por mí, sea. Juro por Dios que no involucraré al tullido en este asunto. Quien me importa es ese infame y taimado remiendahuesos de Caspar. —Greville se plantó de brazos cruzados ante ella—. ¡Y ahora habla!

Después de que le contara lo que sabía, Coltaire empujó a Aveline al interior de un cobertizo. Estaba claro que iba a asegurarse de que le había dicho la verdad y de que sus informaciones iban a resultarle útiles. Después ya decidiría qué hacer con ella. Naturalmente, el caballero quería también impedir que pusiera sobre aviso a Caspar y a Étienne.

Ya mientras Coltaire corría el cerrojo de la puerta, Aveline comprendió que había cometido un terrible error.

74

Acre, julio de 1191

É tienne no tenía los ojos puestos en el ardiente juego cromá-
tico que el sol de poniente estaba pintando en el horizonte.
Caminaba inquieto de un lado a otro de la azotea, cuando de repente oyó un ruido. ¡Aveline!

En el mismo momento en que se disponía a levantar el tragaluz, alguien estaba presionándolo desde abajo. Una sonrisa amplia se dibujó en su cara. Ella había acudido para verlo de nuevo.
¡Por los cielos, cuánto la había extrañado!

—Ava, esperaba que... —Su sonrisa se borró igual que se bo-
rraron las palabras de su lengua cuando ella levantó la vista para
mirarlo. Tenía la mirada angustiada, los ojos enrojecidos y cubiertos de lágrimas, sangre seca sobre una piel grisácea. La atrajo hacia él y ella cayó de rodillas en la azotea como si la hubieran
abandonado las últimas fuerzas.

Étienne se situó frente a ella y la agarró por los hombros. El
corazón se le contrajo con una punzada dolorosa.

—Ava, ¿qué ha ocurrido? ¿Ava? ¡Por Dios, cuéntame, por
favor!

Cuando ella levantó la vista, su mirada estaba colmada de congoja, las lágrimas rodaban por sus mejillas como perlas.

—Lo siento mucho, Étienne —susurró con un hilo de voz
apenas audible.

Tal vez eso iba a significar el final de su vida. Tal vez no volvería a tener ninguna otra oportunidad de cumplir con sus votos y escapar a la condenación eterna. Ahora bien, ¿no iba a condenarse irremediablemente su alma de todas formas si no actuaba en ese mismo instante?

En las garras de Coltaire, Aveline había intentado hacer lo correcto, lo único posible. Sin embargo, ¿cómo habría podido ser correcta la acción de contrapesar una vida con otra, de sacrificar a una persona por otra? ¿Cómo iba a poder mirar a los ojos a Étienne nunca más después de aquello?

Finalmente había logrado escapar del cobertizo y había emprendido de inmediato su búsqueda. Si se lo confesaba todo ahora, probablemente él la odiaría; pero, si no lo hacía, se odiaría a sí misma el resto de su vida.

—¿Qué tienes? ¿Qué pasa? —El miedo embistió a Étienne; se alimentaba a sus anchas con el silencio de ella, se expandía en sus entrañas hasta que pareció ocuparlo todo—. ¡Por favor, Ava, háblame! —le suplicó.

Ella lo miró a la cara y él se sintió igual que en su primer encuentro ahí, en la azotea, cuando Ava no fue capaz de verbalizar lo que la atormentaba. Solo que esta vez la intensidad de su emoción era aún mayor. Étienne contempló sus ojos completamente abiertos como si estuviera mirando el interior de un pozo muy profundo en cuyo fondo acechaba algo oscuro, impronunciable.

—¿Dónde..., dónde está Caspar? —preguntó ella.

—¿Por qué? ¿Necesitas ayuda? ¿Hay alguien enfermo? ¿Te duele algo?

—¿Dónde está?

—De camino donde Musa, supongo. Partió poco después de las campanadas de vísperas. ¿Por qué quieres saberlo?

Ella se tragó las lágrimas. Todo su cuerpo se tensó bajo las manos de Étienne como si le costara reunir las fuerzas, y aún más para pronunciar las frases siguientes.

—Étienne, yo... Coltaire de Greville, él sabe lo de Musa... y lo del escondrijo. Tal vez esté ya de camino hacia allí. Tienes que...

Las manos de Étienne se deslizaron por los hombros de ella.

—Pero..., pero ¿cómo...? ¿Cómo puede él...? —Un frío adormecedor se expandió por su cuerpo, se filtró por sus extremidades y transformó su corazón en una piedra gélida y sorda—. ¿Cómo, por todos los cielos, puede saberlo?

—Porque... se lo he dicho yo.

Étienne se echó para atrás como un muelle, con el rostro gris y vacío. Su boca se abría y se cerraba, tenía la intención de decir algo, pero ninguna palabra conseguía salir de sus labios. El desconcierto, la incredulidad, una decepción desmedida, el pánico y el miedo, un miedo atroz, centelleaban en su mirada, cosas que ella nunca había querido ver en esos ojos. En un gesto de impotencia le acercó una mano sin llegar a tocarlo.

—¿Cómo...? ¿Cómo has podido hacer eso? —preguntó con la voz ronca y apagada—. Coltaire los matará a los dos o algo peor incluso. —Agitaba la cabeza sin cesar, como si no pudiera creer lo que ella había dicho. Finalmente gritó—: ¿Cómo has podido hacer eso, Ava? Confiaba en ti.

Se le llenaron los ojos de lágrimas, todo en él temblaba, trepidaba, de miedo y de una rabia desmedida, otra emoción que tampoco había visto antes en él, y que deseaba no haber presenciado nunca.

Étienne se puso en pie, anduvo cojeando de un lado a otro con las manos enterradas en el pelo mientras su imaginación le pintaba los peores escenarios.

—Coltaire me reconoció —dijo Aveline en voz baja—. Sabe quién soy y lo que soy, Étienne. Me ha extorsionado.

Esa no era ninguna justificación, pero sí por lo menos una explicación. No estaba segura de si Étienne le había prestado atención, de si sus palabras le habían llegado a la mente, ya que se hallaba reconcentrado en sus sentimientos.

Y aunque ahora fuera a aborrecerla (¿cómo podía tomarle a mal eso?), e independientemente de cómo acabara ese asunto para ella misma, Étienne no debía dejarse dominar por su ira, sino que tenía que actuar, con rapidez, de lo contrario todo habría sido en vano.

—¡Étienne, óyeme bien! Probablemente no sea demasiado tarde todavía, aún puedes avisarles a ambos. ¡Pero tienes que darte prisa!

Étienne sabía que Ava tenía razón, pero por el momento era incapaz de pensar con claridad. Ella se colocó frente a él y quiso agarrarlo de un brazo, pero él le apartó la mano con brusquedad. El roce de ella era lo último que podía soportar en esos instantes. Ava lo había traicionado, había traicionado su confianza, había traicionado todo aquello en lo que él creía y en lo que tenía puestas sus esperanzas. Se sentía invadido por la ira y la decepción.

—Cuando vuelva, si es que vuelvo, no quiero volver a verte aquí más —advirtió, y se asustó de lo dura y fría que le había sonado la voz—. No quiero volver a verte en absoluto. De lo contrario, te juro por Dios que no sé qué haría contigo.

Diciendo esto le dio la espalda y descendió por el tragaluz.

Étienne detestaba su pie tullido, ese apéndice inútil y deforme. Lo detestaba por la lentitud a la que lo obligaba, como si estuviera caminando por el lodo. Y sabía que no se lo perdonaría nunca si por esa causa llegaba demasiado tarde donde Musa y Caspar, quizá menos de lo que podría perdonarle su traición a Ava.

¿Cómo había podido equivocarse tanto con ella? Esa, la más amarga de todas las cuestiones, tendría que tratar de aclararla después, siempre y cuando existiera ese después.

No podía pedir ayuda a nadie. Ocultar a Musa era y seguía siendo alta traición, un acto que, si llegara a conocerse, sería castigado con una muerte cruel y pondría en peligro la vida de todos los implicados.

¿Qué haría un monstruo como Coltaire de Greville con esa información? Sin duda aprovecharía la oportunidad para vengarse de Caspar y de él. Y utilizaría a Musa para sacar provecho del asunto. ¿Recomendarse a sí mismo para un puesto influyente de mando? ¿Desacreditar al conde Guillaume? No había infamia de la que Étienne no creyera capaz a ese caballero degenerado.

Sin embargo, este debía asegurarse primero de que Ava había dicho la verdad. Y Greville se cercioraría ese mismo día. Intentaría atrapar a Caspar con las manos en la masa para que no cupiera ninguna duda.

¿Cómo iba a organizarlo? Étienne sacudió la cabeza. Daba lo mismo cómo fuera a proceder el caballero, lo importante era que él tenía que intentar adelantársele.

Una empresa prácticamente desesperada y sin perspectivas de éxito.

Cuando Étienne llegó por fin a su morada por debajo de la ciudadela, no sabía cuánto tiempo había transcurrido. Solo temía que hubiera sido demasiado. Las sombras se hacían más largas y ya se fundían con la oscuridad que se derramaba por la ciudad en todos sus rincones y en todas sus esquinas. Sacó a Fleur del pequeño establo situado junto a la casa y enjaezó a la mula con dedos temblorosos. El pie le ardía como si estuviera en llamas. Había sido una suerte que Caspar hubiera preferido hacer otra vez el camino a pie. Sin una montura, Étienne no habría podido esperar siquiera alcanzar a tiempo al cirujano y al sarraceno.

—¿Adónde te encaminas? —preguntó poco después uno de los soldados de guardia en la Puerta de San Antonio, apoyado en su lanza con cara de aburrimiento.

—Bueno, ¿adónde crees que voy? —replicó Étienne tratando de esbozar una sonrisa libidinosa. La carpa de las prostitutas se hallaba ahora más próxima a las murallas de Acre, pero seguía estando en las afueras de la ciudad. Esto les ofrecía una explicación creíble para las excursiones nocturnas, si bien Caspar y él tenían la precaución de cambiar de salida y evitar así preguntas desagradables. Aparte de eso, la disolución del antiguo hospital militar de campaña les brindaba también una excusa para sus estancias extramuros de la ciudad.

El soldado de guardia le devolvió la sonrisa.

—Entiendo. Dale recuerdos de Baptiste a la pechugona Dana. Dile que me reserve un sitito caliente bajo su manta para mañana que libro.

Étienne saludó tocándose brevemente la capucha y condujo a Fleur a través del portón de la ciudad. Cuando estuvo fuera del alcance de la vista, espoleó a la mula en los costados con los talones.

Permaneció en la calzada principal a pesar de que de ese modo corría el peligro de toparse directamente con Coltaire y su gente. Sin embargo, no le quedaba otro remedio que asumir ese riesgo, pues no podía permitirse dar un rodeo. Solo cuando divisó la granja con la última luz de la tarde, permitió a su jadeante mula aminorar la marcha. Étienne miró a su alrededor apurado. No divisaba ningún caballo por ninguna parte. Esto tenía tres explicaciones posibles: o Coltaire de Greville había llegado a pie, o todavía no había llegado, o ya se había marchado. Étienne apenas podía refrenar su pánico. Tenía que actuar con rapidez.

Buscó un lugar donde dejar a Fleur sin que pudiera verse de inmediato a la mula; luego caminó a trancas y barrancas hasta el escondrijo y golpeó con los nudillos en la puerta cerrada.

—¡Caspar! ¡Abre, rápido!

Fue como si se le desprendiera una losa del corazón cuando se abrió la puerta del cobertizo y vio al cirujano y a Musa ilesos a la luz de una lamparilla de aceite.

—¡Por los cielos, Étienne! ¿Qué haces tú aquí?

Caspar lo miró de arriba abajo lleno de preocupación, y Musa levantó alarmado la vista desde su lecho.

—¡Musa tiene que irse ahora mismo! —exclamó Étienne mientras se abría paso hacia el interior y cerraba la puerta tras de sí.

—¿Por qué? ¿Qué ha sucedido?

—Coltaire de Greville sabe acerca de Musa y del escondrijo.

—¿Qué? —graznó el cirujano, y Étienne se dio cuenta de que nunca antes lo había visto tan consternado y alterado—. ¿Cómo se ha enterado?

Étienne sacudió la cabeza.

—No nos queda tiempo. Puede que Coltaire se encuentre ya de camino. Tenemos que sacar a Musa de aquí, de lo contrario estaremos todos perdidos.

Caspar asintió brevemente con la cabeza y a continuación tradujo a Musa lo que había ocurrido. Los ojos del sarraceno saltaban sin parar de un lado a otro mientras intentaba comprender todo aquello.

—Quiere saber qué podemos hacer —tradujo Caspar la pregunta de Musa.

—No puede quedarse aquí, y no tenemos tiempo para buscarle un escondrijo seguro.

—¡Maldita sea! —Caspar entrecerró los ojos y se masajeó la raíz de la nariz mientras reflexionaba febrilmente. Por fin, intercambió algunas frases rápidas con Musa.

El sarraceno titubeaba, pero luego asintió con la cabeza.

—Bueno, pues —dijo Caspar respirando hondo—, Musa va a regresar con su gente. Ahora.

—Pero... ¿puede sostenerse en una silla de montar? Una cabalgada rápida de noche, y además por territorio enemigo, sería un gran desafío incluso para un jinete sano.

—¿Tenemos otra opción acaso? Voy a conseguirle una montura, y luego tendrá que abrirse paso hasta Tell Kaisan, donde están acampadas las tropas restantes de Saladino.

—Fleur está fuera, Musa podría...

—No —Caspar hizo un impaciente gesto de negación con la mano—, eso no. Si desaparece mi mula, aflorarían las preguntas. Además, Fleur no es lo suficientemente rápida. —Se tiró del pelo y entonces se detuvo de pronto—. ¡Los caballos de los sarracenos! —exclamó.

Étienne asintió con la cabeza en señal de comprensión. Muy cerca de allí, en el antiguo campamento cristiano se hallaba una dehesa vallada provisionalmente en la que se había alojado a los pocos caballos valiosos de los sarracenos que habían sido capturados como botín. Todavía no se habían repartido todos los animales entre los vencedores. Aquellos gráciles caballos no servían apenas para soportar a un jinete franco acorazado, como mucho podrían servirles como caballos para las marchas. Como la dehesa se encontraba ahora en territorio cristiano, la vigilancia nocturna era muy escasa.

Caspar habló algunas frases con Musa y luego se volvió hacia Étienne.

—Voy a ir allí con Fleur para buscar un caballo. Entretanto ayuda tú a Musa a vestirse y a recoger todo. Tiene que partir nada más llegar yo. Volveré tan rápido como me sea posible.

—¡Ten cuidado! —le dijo Étienne antes de que el cirujano saliera corriendo del escondrijo.

Étienne trató de calmar su respiración y los latidos completamente desbocados de su corazón mientras se volvía hacia Musa.

—Bueno, manos a la obra entonces.

Ayudó minuciosamente al joven pagano a vestirse. De los labios de Musa no salió ningún sonido, pero su cara se desfiguró varias veces en una mueca de suplicio mudo. Las heridas parecían seguir deparándole dolores considerables. No era de extrañar pues no hacía ni tres semanas que Musa había ido a parar a sus manos herido de suma gravedad. La curación había progresado bien en ese tiempo, pero aún distaba mucho de haberse completado. ¿Una cabalgada intensa con los huesos apenas cicatrizados? Eso no era, en verdad, ningún placer, pero ¿qué alternativa tenían?

—Lo siento —murmuró Étienne en la dirección del sarraceno, que estaba sentado sobre un tronco de madera mientras le deslizaba la bota por la pierna no lesionada. La pierna fracturada se quedaría sin bota, la férula no permitía otra cosa.

Musa esbozó una sonrisa forzada y replicó algo en su lengua materna. Por último, Étienne le colocó el cinturón con la espada y se apresuró a hacer un hatillo con las mantas, el odre de agua, la bota restante y unas pocas provisiones.

—*Ifrang!* —le dijo Musa señalándole un rincón del establo en el que había todavía un poco de heno. Luego le indicó con gestos que rebuscara algo debajo.

Cuando Étienne apartó el heno, se topó con un pergamino sellado. Se acordó de que Musa había pedido recado de escribir días atrás. Ese parecía ser el motivo. Naturalmente, no sabía leer la escritura sarracena, sinuosa y llena de adornos, pero reconoció el sello de Musa. Miró al hombre joven con una mirada inquisitiva.

—¿Qué es esto?

Musa respondió con un torrente incomprensible de palabras, pero luego se interrumpió e hizo una mueca. Acabó por intentarlo de otra manera.

—Quisiera decir gracias. —Acompañaba con gestos cada una de sus palabras pronunciadas con saltos—. Tú me has ayudado, yo te ayudaré con eso. —Señaló el escrito—. Si vienes, te recibimos como amigo. Igual que a Caspar.

Étienne creyó entender poco a poco de qué se trataba. Al mismo tiempo se preguntó cuándo y cómo había aprendido Musa su idioma. ¿Solo escuchando cuando le llevaba él la comida y a falta de otra alternativa le hablaba en franco para informarle de los sucesos recientes? Sonrió y asintió con la cabeza. Musa le devolvió la sonrisa, visiblemente aliviado de que Étienne pareciera entender. Dirigiendo una última mirada al sarraceno, Étienne enrolló el pergamino y se lo guardó debajo del jubón. Tenía que encontrar lo antes posible un lugar seguro para guardarlo, pero primero era el turno de Musa.

—¡Levántate! —Deslizó un brazo por debajo de las axilas del sarraceno y lo ayudó a ponerse en pie—. Caspar llegará de un momento a otro. Vamos a esperarlo fuera —dijo sin saber si Musa lo entendía todo.

Étienne pensó que era mejor esperar el regreso del cirujano escondidos entre los edificios de la granja. En el caso de que apareciera Coltaire, quizá podrían verlo venir con tiempo suficiente. Abrió la puerta con la mano libre. Un instante después, un golpe duro en el pecho lo envío contra la pared del cobertizo. Musa rodó al suelo profiriendo un grito de dolor.

—¡Santo Tomás, pero si es la pura verdad! —La figura atlética de Coltaire llenaba casi por completo el marco torcido de la puerta. La espada le colgaba del cinturón; los puños, de los cuales uno debía de haber impactado poco antes en Étienne, los mantenía relajados en las caderas. El caballero dejó escapar una risa ronca y al mismo tiempo triunfal—. Hasta este momento no podía creérmelo. Y, sin embargo, es cierto. Un príncipe sarraceno de pura cepa. Alta traición... No, la verdad es que no me lo habría esperado de vosotros, cirujanos asquerosos. —Coltaire sonrió con malicia mientras examinaba a Musa de arriba abajo como se examina a las reses del matadero en el mercado; detuvo la vista un buen rato en el sello delator que el sarraceno se había vuelto a poner inconscientemente tan solo hacía unos pocos instantes. A continuación se dirigió a Étienne—. Pero no había contado contigo, malparido. Esperaba encontrarme aquí a mi apreciado amigo Caspar. Eso es, en todo caso, lo que me confiaron.

Étienne se puso en pie con dificultad. El corazón le martilleaba como si le fuera a atravesar las costillas en cualquier momento. ¿Qué podía hacer? El caballero le bloqueaba la única vía de escape. ¿Y qué habrían podido organizar un tullido y un lisiado contra ese guerrero curtido en mil batallas?

—¿Habéis dicho que os lo «confiaron»? ¿Qué queréis decir? —preguntó Étienne para ganar tiempo—. Caspar no tiene nada que ver en este asunto. Ni siquiera está al corriente.

El caballero lo miró fijamente, medio con sorna, medio aprobadoramente. Luego asintió con la cabeza.

—Respeto que quieras proteger a ese remiendahuesos, de verdad, pero seamos serios, muchachito —dijo Coltaire y se echó a reír con risa falsa—, no me creo que hayas tramado tú todo esto a solas, eres demasiado cobarde, y como cirujano presumiblemente no tienes los conocimientos suficientes. ¡Así que no me mientas, joder! —El caballero dio un paso hacia el interior del establo. Su porte corporal era una amenaza por sí sola—. ¡Dale a la lengua y dime dónde está ese charlatán hediondo!

Étienne retrocedió. La rabia, el agobio, la impotencia y la terquedad luchaban dentro de él, pero se tragó sus sentimientos como si engullera esquirlas de cristal. Agachó la cabeza con una muestra evidente de resignación.

—Pro... probablemente esté borracho y acostado en los brazos de alguna puta.

Coltaire de Greville asintió con la cabeza.

—Sí, eso le va mucho al viejo Caspar. Mala suerte por la muchacha que quería mantenerte al margen en este asunto, pero no soy yo quien tiene la culpa, ¿eh?

Étienne tragó saliva. ¿Estaba hablado de Ava el caballero?

Coltaire volvió a dirigir su mirada a Musa, que entretanto se había erguido apoyándose en la pared con un brazo para descargar el peso de su pierna lesionada. Con las aletas nasales temblorosas y una mirada ardiente tenía la vista clavada en el caballero.

Coltaire sonrió con sorna.

—Así que ante mí tengo la llave de la riqueza y del éxito. Quién habría imaginado nunca que nada menos que mis dos enemigos favoritos iban a poner su vida en mis manos, y a perderla como consecuencia de ello. Me parece que se trata de un desenlace feliz de la fortuna.

Acompañándose de algo que sonó más bien a una maldición, Musa intentó desenvainar su espada, pero así como él estaba herido y debilitado, el caballero disponía, en cambio, de los reflejos de un depredador. Ya antes de que el sarraceno hubiera desenvainado por completo su arma, Coltaire se había abalanzado sobre él y sostenía ahora una daga contra su garganta. Con la mano libre agarró la espada de Musa y la arrojó fuera de su alcance.

—Quítatelo de la cabeza, por todos los demonios. Para obtener el dinero del rescate tengo que mantenerte con vida, sí, pero seguirás valiendo un montón de oro aunque te arranque una parte del cuerpo, cualquiera que sea.

Para reforzar sus palabras arañó la piel de Musa con la daga, y una hilera de diminutas gotas de sangre brotó del cuello del sarraceno como un collar de rubíes.

En ese instante, algo pareció llamarle la atención. Dio un paso atrás y examinó a su interlocutor con todo detalle.

—¡Por los cielos! Queríais largaros —constató. La expresión de su rostro oscilaba entre la sorpresa y el fastidio—. Vaya, vaya, ¿así que ha cantado el pajarito? —Resopló—. No pensé que tuviera tantas agallas esa condenada, pero ¡por Dios! ¡Es la última vez que esa perra se burla de mí!

Étienne creyó comprender hacia dónde apuntaban las palabras de Coltaire.

—No entiendo... —afirmó—. Yo solo quería llevar al pagano a un escondrijo más seguro. Hay demasiados soldados por aquí. Era solo cuestión de tiempo que lo descubrieran, tal como puede comprobarse ahora.

Étienne se quedó un tanto sorprendido por la facilidad con que salieron de sus labios todas esas mentiras. Pero, aunque seguía sin poder comprender ni perdonar lo que Aveline había hecho, jamás se le habría pasado por la mente permitir que la pasaran a cuchillo.

El caballero fijó sus ojos de azor en él y pareció querer penetrar con la mirada hasta el interior de su cráneo. Finalmente desistió.

—Me da lo mismo. Primero tengo que pensar qué voy a hacer con vosotros dos. —Retrocedió hasta el marco de la puerta para tenerlos a la vista mientras reflexionaba—. Bueno, creo que voy a llevarme ahora mismo al príncipe pagano. Y a continuación vendré acá con el conde Guillaume, o mejor aún, con el duque Hugues, para que puedan convencerse por sí mismos de en qué ratas traidoras tenían depositada su confianza. —Asintió con la cabeza con gesto de satisfacción—. Y no importa nada que Caspar no esté aquí. Nadie va a creer en serio que un tullido tan débil como tú haya organizado todo esto solo.

Étienne sintió que la ira bullía en su interior, no por las ofensas sino por las imputaciones tácitas.

—No hemos delatado nada al sarraceno que pudiera procurarle alguna ventaja a él o a sus correligionarios. Todo lo que hicimos fue cuidar a una persona gravemente herida, tal como corresponde a nuestra tarea, dada por Dios, de cirujanos —dijo entre dientes.

Coltaire parecía divertido.

—Pongamos en tela de juicio si a Dios le gusta o no que desperdiciéis vuestras artes en un pagano. Y me resulta dudoso también que la captura de este hombre hubiera cambiado o acortado de alguna manera el transcurso de la conquista. Acre ya había caído mucho antes de que atravesáramos las puertas de la ciudad con nuestros caballos. Pero no vas a negarme que pretendíais obtener de este modo un buen dinero por el rescate del príncipe, ¿verdad?

—Y vos no haréis nada diferente cuando os llevéis a Musa.

Coltaire se echó a reír con una risa cortante.

—Solo que yo estoy en mi derecho, pues no en vano he destapado la traición. Y créeme que será una fiesta para mí contemplar cómo os balanceáis colgados de una cuerda mientras os hacéis pis encima. Eso no podrá impedirlo ni siquiera el bueno de Guillaume a pesar de la obscena amistad que brinda a una chusma como vosotros. —El caballero se interrumpió unos instantes como si se le hubiera pasado por la mente un pensamiento inaudito—.

¿O es que el conde está al corriente de esto después de todo? Claro que no me extrañaría por su parte.

—¿Cómo podéis siquiera pensar en una cosa así? ¡El conde Guillaume es un hombre de honor! —masculló Étienne entre dientes y cerrando los puños.

—¿A diferencia de lo que ocurre contigo y con tu lúbrico maestro, quieres decir?

—¡Así es! —gruñó una voz desde la oscuridad antes de que una sombra se abalanzara por detrás sobre un Coltaire completamente perplejo presionándole algo en la boca.

¡Caspar!

Los dos hombres cayeron juntos al suelo en un remolino de manos y pies. El caballero trataba de zafarse de su adversario con unos codazos brutales y se movía en el suelo de un lado a otro, pero el cirujano no cejaba en su empeño y le apretaba la esponja anestésica sin piedad contra la boca y la nariz, con la fuerza bruta del carpintero que había sido en su día, mucho tiempo atrás.

Finalmente, Étienne despertó de su estupor. Se abalanzó sobre el caballero y le agarró las piernas que pataleaban salvajemente en todas direcciones. Aquello era como tratar de agarrar una llama ardiendo. ¡Ese hombre disponía verdaderamente de las fuerzas propias de un oso! Sin embargo, ni un matón como Coltaire podía resistir mucho tiempo las eficaces esencias de la esponja narcótica. Sus movimientos se fueron ralentizando, perdieron fuerza hasta que sus extremidades tan solo se movieron espasmódicamente para acabar completamente quietas.

Caspar se retorció con esfuerzo por debajo del cuerpo macizo de su oponente y se levantó. Con un semblante agitado, casi tembloroso, miró hacia abajo el trabajo que había realizado.

—¡Miserable cabronazo! —profirió finalmente y propinó una patada en las costillas al caballero inerte.

Musa estaba acuclillado en un rincón y respiraba con dificultad. También él parecía darse cuenta de que había estado en un tris de cambiar su suerte, la suya y la de todos.

Étienne se tiró de los pelos con ambas manos. ¿Y ahora qué?

—¿No deberíamos darle otro golpe en el cráneo? —se planteó—. Solo por si acaso...

Caspar hizo un gesto de negación con la mano.

—No será necesario. Con la cantidad de adormidera que había en la esponja podríamos haber tumbado incluso a un caballo. Nos daremos con un canto en los dientes si este tipo asqueroso se despierta de nuevo. —Caspar se movía de un lado a otro al tiempo que se restregaba la frente sudorosa. Respiró muy hondo—. Gracias a Dios que no habían vaciado por completo nuestro hospital militar y que me quedaba todavía bastante anestésico. Y además de que estés tú aquí le doy también gracias a Dios por el hecho de que Greville fuera un tonto del culo tan engreído que se convenció de que no aparecería nadie más. Cuando vi el caballo afuera, tuve claro lo que se estaba cociendo aquí dentro.

Étienne elevó una jaculatoria al cielo.

—Jesús Santo, realmente apareciste en el último momento —confesó.

Caspar asintió con la cabeza como ausente. Se puso a buscar materiales apropiados y comenzó a atar a Coltaire. No le examinó la respiración y el pulso hasta que no tuvo al caballero frente a él bien atado.

—Este hombre tiene la constitución de un buey —dijo no sin un asomo de admiración.

—Pero ¿qué vamos a hacer ahora con él? —preguntó Étienne.

Le resultaba difícil mantener controlada la voz. Aunque, siendo sinceros, habría preferido gritar para liberarse de la tensión que le apretaba el corazón como un puño de hierro. El cirujano se le acercó y le puso las manos en los hombros.

—Respira bien hondo, muchacho. Tal como planeamos, vamos a montar a Musa ahora mismo en un caballo y vamos a enviarlo a su casa. Y, si Dios quiere, habrá llegado donde su gente en Tell Kaisan antes de que Coltaire pestañee una sola vez siquiera. A continuación te encargarás de que no quede aquí ningún rastro que pueda delatar la presencia de nuestro huésped ni de los sucesos de esta noche. Yo me ocupo mientras tanto de este feo paquete.

Volvió a propinarle una patada al caballero inconsciente con la punta de la bota.

—No irás a...

Caspar chasqueó impaciente con la lengua.

—Créeme, si hubiera querido, este canalla estaría muerto hace tiempo, pero con toda seguridad no voy a enviar a mi alma al infierno por semejante bastardo.

Étienne tragó saliva y se preguntó si de todos modos no estaban ya condenados al infierno por los sucesos de esa noche.

—No, ya sé lo que voy a hacer con él —pensó Caspar en voz alta—. Y, si tenemos suerte, a este cabronazo de mierda le parecerá todo un sueño confuso cuando despierte mañana.

El cirujano se acercó a Musa, que estaba acuclillado en el rincón, pálido y con los hombros temblorosos, y le dijo unas cuantas frases apresuradas en su idioma materno. Musa asintió con la cabeza. Daba la impresión de estar conmocionado, agotado y cansado. No era de extrañar después de tantas emociones cambiantes. Caspar comprobó la fijación de la férula en su pierna, luego ofreció al herido un trago de poción analgésica que debía ayudarlo a soportar las siguientes horas sobre el duro lomo de un caballo. Por último le entregó un taleguillo con corteza de sauce después de darle unas breves explicaciones.

Juntos ayudaron a Musa a levantarse y lo llevaron fuera. No muy lejos de la choza, Caspar había atado uno de los caballos de los sarracenos de patas largas y esbeltas, un alazán poco llamativo. Había dado incluso con una silla de montar y unas bridas.

El sobrino de Saladino miró en dirección a ellos, luego hacia el caballo, y entonces se echó bruscamente al cuello de Caspar al tiempo que pronunciaba algunas frases. Un sollozo duro salió de la garganta de Musa cuando se desprendió del abrazo.

—Está bien, está bien —murmuró el cirujano con congoja.

Después, el sarraceno abrazó a Étienne.

—¡Gracias, *ifranğ*, muchas gracias! —dijo entre susurros, y sus ojos tenían un destello húmedo al mirar a su interlocutor con aquella escasa luz.

Étienne tragó saliva. Era como si los sucesos de las últimas horas hubieran estrechado aún más el vínculo entre ellos. Y, por primera vez desde el comienzo de esa aventura inaudita, se convenció de haber actuado correctamente.

Uniendo las fuerzas auparon a Musa a lomos del caballo y ajustaron las pocas pertenencias detrás de la silla de montar. El sarraceno estaba padeciendo unos dolores considerables, pero en la expresión de su cara había anidado una emoción nueva: la confianza absoluta.

Étienne no tuvo más remedio que sonreír.

—¡Que tengas mucha suerte, Musa! —dijo levantando la mano en señal de despedida. Probablemente no volverían a verse nunca. Y probablemente eso era lo mejor para todos.

Musa se llevó la mano derecha al pecho, los contempló a los dos y movió la cabeza hacia abajo en señal de completa gratitud. Luego hizo virar al caballo y se fue cabalgando sin volverse a mirar atrás.

75

Acre, julio de 1191

Aveline estaba sentada a la sombra del edificio en el que habían alojado a los arqueros y a otros soldados de su estandarte. Tenía la mirada perdida cuando Gallus la encontró allí poco después del amanecer.

—¡Por todos los diablos! ¿Qué has hecho? Tienes la pinta de alguien que llevara muerto tres días.

A decir verdad, Aveline se sentía exactamente así.

—Dormí mal —murmuró sin mentir del todo.

—Y en el sueño has luchado con un perro salvaje, ¿verdad? —le preguntó su comandante con leve sorna señalándole las magulladuras—. ¿Te las hiciste por una chica?

—¿Serías tan amable de traerme una jarra de vino, Gall?

—¿Vino a estas horas? Eso significa que la cosa es grave, ¿no? —murmuró él y desapareció sin más comentarios en el interior del edificio.

La campana de la iglesia de San Andrés dio la hora prima. Aveline se preguntaba si Étienne seguía con vida. Y Caspar. O si era posible que estuvieran esperando en una oscura mazmorra a que los colgaran de una soga. O si Coltaire los habría herido y torturado. No tenía ninguna esperanza de que hubieran escapado ilesos. Ya no. Y cargaba con esa culpa. Había traicionado a Caspar y había rogado para Étienne una salvación inútil. Su castigo sería tener que cargar en su alma, además de la muerte de su hijo, también la de Étienne y Caspar.

Lo más extraño del asunto era que no sentía nada mientras se lo imaginaba. Todo en su interior estaba adormecido y muerto como si fueran los pensamientos y los sentimientos de otra persona. A ella le parecía bien. Ya había sentido bastante, ya había sufrido bastante.

Los seres humanos eran arrojados a la vida inocentes y desamparados; crecían, se formaban, se deformaban y se doblegaban, volvían a enderezarse y volvían a ser polvo. Ella estaba en el punto de no querer levantarse ya más. ¿Y por qué iba a hacerlo? Ahora que Coltaire debía de sospechar al menos que lo había engañado, no iba a permitirle seguir con vida. ¿Para qué podía serle útil ahora? Ella ya había cumplido su cometido.

Una cosa era segura: ella no llegaría a ver Jerusalén ni a cumplir con sus votos. En ese sentido, era indiferente si iba a seguir viviendo o si iba a morir. Y también por ese motivo no sentía nada.

Gallus regresó con dos vasos y se sentó en el suelo a su lado.

—¡Toma, bebe! —exclamó tendiéndole un vaso—. Y luego escupe eso que te atormenta, muchacho.

Aveline tomó un trago. El vino estaba muy diluido, pero no importaba nada.

—¿Dónde está Greville?

Gallus se encogió de hombros.

—Ni idea. Vi su maldita jeta ayer por última vez, y desde entonces no le he echado de menos ni un solo instante.

Aveline asintió con la cabeza. Al parecer aún iba a seguir viva un poco más de tiempo.

—Gracias por el vino, Gallus —dijo—. Eres un buen tipo aunque te esfuerces de lo lindo para que no te lo note nadie. Siempre fuiste decente conmigo. Y por ello te doy las gracias. Quiero que lo sepas.

—Mierda, Avery, me estás metiendo el miedo en el cuerpo. —Su capitán la miraba de reojo con plena atención—. ¿Qué demonios te está pasando?

Aveline no respondió, se limitó a dar unos golpecitos en el vaso con los dedos. Como era natural, no podía contárselo.

—Te lo digo en serio, chico, estás haciendo que comience a preocuparme de verdad. Algo te pasa. ¿No quieres ir a hablar con ese sacerdote? ¿Cómo se llamaba? Ah, sí, el padre Kilian. También te ayudó la última vez, ¿no?

—Sí, tienes razón —admitió ella—. Debería hablar con él de nuevo.

Quizá fuera la última ocasión que lo viera.

Un martilleo impaciente y exigente en la puerta de la casa despertó a Étienne mucho después del amanecer. Se levantó al instante a pesar de que apenas había podido dormir tres horas, probablemente porque lo había estado esperando. No obstante, el hecho de que lo aguardara no impidió que su estómago se le contrajera con brusquedad y sintiera el regusto desagradable del vómito ascendiéndole por la garganta. Se frotó la cara con ambas manos y se alisó con poco entusiasmo el pelo revuelto.

Caspar apareció por la puerta de su alcoba y le dirigió un gesto perentorio con la cabeza. Étienne respondió de la misma manera. Por la noche habían acordado todo lo que había que decir. El escrito de Musa, un salvoconducto que les aseguraba la protección y el tránsito libre por territorio sarraceno, lo habían escondido en un lugar seguro. Ahora iba a demostrarse si su plan podía funcionar. En caso contrario, su destino iba a quedar sellado en breve.

—¡Abrid la puerta! ¡Ahora mismo! —ladró una voz acostumbrada a dar órdenes.

—Sí, sí, ya voy —oyó refunfuñar Étienne al cirujano.

Étienne se colocó a su lado cuando abrió la puerta. Enfrente había dos guardias de mirada furibunda. Eran hombres del duque Hugues a quienes ya conocía. Y un poco al fondo descubrió a Anselme y a Del que los miraban con un semblante de congoja.

A Étienne no se le pasó por alto que ambos iban completamente armados. De pronto percibió un nudo frío en el pecho que se contraía dolorosamente con cada respiración.

—¡Se ruega vuestra presencia inmediata! —dijo uno de los soldados con tono desagradable.

—Bien, bien. —Caspar consiguió que le sonara serena la voz—. ¿Quién requiere mis servicios con tanta urgencia que a poco me echáis la puerta abajo? Étienne, tráeme mi bolso.

—No lo vais a necesitar —intervino Anselme dando un paso al frente.

Tenía la cara pálida y una mirada inusualmente seria. Con la mano izquierda sujetaba con fuerza la empuñadura de la espada.

—¿Qué demonios ocurre? —preguntó Étienne aunque lo sabía muy bien.

—Caspar, Étienne, se os acusa de traición. Debéis comparecer de inmediato ante el duque Hugues y el conde Guillaume.

Étienne no tuvo que dramatizar su conmoción pues sintió literalmente cómo se le retiraba la sangre de la cabeza y se le reblandecían las rodillas como si fueran de mantequilla.

—¿Traición? —Pronunciada esa palabra por uno de sus amigos íntimos, la acusación sonaba realmente monstruosa—. Pero ¿quién...?

—¡Eso es absurdo! —resopló Caspar sacudiendo la cabeza.

Anselme luchaba visiblemente por mantener el porte.

—Tengo que rogaros que nos acompañéis al domicilio del duque Hugues, ahora mismo. Allí sabréis exactamente de qué se os acusa y quién os acusa.

Caspar se encogió de hombros.

—¿Por qué no? ¡Vamos, venga! —refunfuñó y se abrió paso hacia afuera sin contemplaciones por entre los guardias—. No hemos cometido ninguna injusticia.

Étienne dio la razón en silencio al cirujano. En efecto, no sentía como una injusticia haber salvado a Musa; sin ellos, el sarraceno se habría desangrado probablemente aquella misma noche. A pesar de todo, su decisión podía costarles tal vez la vida.

Flanqueados por los hombres del duque Hugues, y seguidos por Del y Anselme, caminaron por las calles de Acre.

—Es una historia absolutamente inverosímil —les susurró Del—. Y los señores de arriba desean oír qué tenéis que decir al respecto. Todavía no se ha decidido nada.

Étienne agradeció a su amigo su intento por insuflarle ánimos. Lo que Del no podía sospechar era las muchas incógnitas en esa historia. ¿De qué sucesos nocturnos se acordaría Coltaire? ¿Cuánto más contaba la palabra de un caballero frente a la suya? Y, por último: ¿conseguiría mantener él mismo la compostura?

Uno de los soldados de la guardia los anunció y entraron en la sala en la que pocos días atrás habían prestado atención a las palabras del duque.

Hugues y Guillaume estaban sentados uno al lado del otro en la parte delantera de la mesa y los miraron con unos semblantes serios pero difíciles de interpretar. Junto a ellos estaba, de pie, Coltaire de Greville. Tenía la piel gris, el cabello despeinado, la ropa arrugada y desarreglada. Ya de lejos, Étienne pudo ver que le temblaba todo el cuerpo por la ira reprimida. Y, a diferencia del duque y de Guillaume, su mirada era perfectamente descifrable: los ojos le destellaron en una expresión de odio asesino al verlos entrar.

«Se acuerda de todo», constató Étienne, y el estómago se le contrajo con tanta virulencia que creyó que iba a vomitar.

Cuando se encontraron los ojos de Caspar y de Coltaire, el caballero cerró los puños y dio algunos pasos enérgicos en dirección al cirujano. Al instante, Anselme y Del se adelantaron y pusieron coto a sus intenciones, ambos con la mano en la empuñadura de sus espadas.

—Caspar, Étienne —los saludó con frialdad el conde Guillaume, y ellos respondieron al saludo con una reverencia formal. No les ofrecieron tomar asiento.

—Coltaire de Greville ha presentado unas graves acusaciones contra vosotros —abrió la sesión el duque sin más circunloquios—. Estamos aquí para examinar qué hay de cierto en ellas.

—¡Oh, ardo de curiosidad! —dijo Caspar sarcástico, pero enmudeció en el acto cuando Guillaume le dirigió una mirada admonitoria.

—Coltaire de Greville afirma que habéis sanado y cuidado clandestinamente a un guerrero sarraceno en un escondrijo cercano a vuestro antiguo hospital militar de campaña, en lugar de entregárselo al conde Guillaume o a mí mismo. Según sus propias informaciones se trataba de un sobrino de Saladino.

—¡Venga ya, por favor! Eso es... —comenzó a hablar Caspar, pero el duque le cortó la palabra con un gesto imperioso.

—Afirma además que queríais llevar al pagano en secreto a otro lugar cuando él os sorprendió en el acto. Dice que después lo anestesiasteis, a Greville, lo sacasteis de allí y que esa misma noche eliminasteis todas las huellas que pudieran poner de manifiesto lo sucedido, incluido todo rastro del sarraceno.

Caspar levantó las manos en un gesto perfectamente estudiado y sacudió la cabeza con consternación.

—Vuestra alteza, vos mismo podéis oír a qué suena esta historia. Parece una farsa contada por estafadores junto al fuego de una chimenea. ¡Es completamente ridícula! Si hay algo que haya anestesiado a este hombre y le haya embotado los sentidos, debe de ser seguramente el vino.

Étienne se preguntó cómo se las arreglaba el cirujano para permanecer tan imperturbable, cuando todo lo dicho se correspondía con la verdad. Él mismo estaba completamente petrificado y era incapaz de emitir algún sonido.

Coltaire, por su parte, profirió un gruñido casi animal y se movió en dirección a Caspar.

—¡No te atrevas a ridiculizar mis palabras ni a intoxicarnos con tus mentiras, tú, rata, o te mataré con mis manos!

Nadie puso en duda la seriedad de sus intenciones. Casi simultáneamente, Del y Anselme desenvainaron sus armas y se interpusieron en el camino del caballero.

—¡Basta, Greville! —exclamó el duque con voz de trueno y levantándose con toda su amenazadora voluminosidad—. ¡Moderaos ahora mismo, hombre! ¡No estáis en vuestros cabales! Pronunciar una condena sigue siendo tarea exclusivamente mía y del conde Guillaume.

El caballero se sacudió el cuerpo brevemente como si tuviera que librarse de un sueño febril. Se dio la vuelta muy ufano y regresó a su sitio. Sin embargo, en su mirada seguía cociéndose un odio irreconciliable.

¡Jesús Santo! Se habían creado un enemigo despiadado.

—¿Vais a expresaros acerca de estas acusaciones? —preguntó Guillaume dirigiéndose a ellos.

—¡Por supuesto que sí! —vociferó Caspar—. De todas formas, el honorable Coltaire de Greville ya se ha desenmascarado él mismo. Tal como habéis podido convenceros vos mismo, a él lo impulsa un odio candente contra mí cuya causa no puedo explicarme ni con la mejor voluntad. Resulta obvio que haría cualquier cosa por desacreditarme, o incluso algo peor. Y eso que no hay nada más lejos de mi intención que dañaros a vos o a la causa de Cristo. Como bien sabéis, os he servido como cirujano a vos y a vuestros hombres desde el principio de este asedio, e incluso antes, con lealtad, con confianza y con eficacia.

Era posible que Guillaume se hubiera dado cuenta de cómo Caspar esquivaba dar una respuesta clara y rotunda, pero el caso fue que lo pasó por alto y, en lugar de señalárselo, miró a Étienne.

—¿Quieres decir algo tú también?

Étienne mantuvo la cabeza gacha y esperó que ese gesto se interpretara como humildad. En verdad no sabía cómo conseguir mirar al conde a los ojos.

—Me encontráis consternado por esas acusaciones, y disgustado. Pero, por favor, visitad nuestro antiguo hospital militar de campaña y convenceos vos mismo de que allí no hay nada que justifique esas monstruosas acusaciones.

Tenía todas las esperanzas puestas en no haber pasado por alto nada sospechoso la noche anterior.

—Eso ya lo hicimos hace rato —gruñó el duque con impaciencia. Parecía estar enfadándose por tener que perder el tiempo con un asunto así—. Mi gente me ha informado —y al decir esto dirigió la vista a Coltaire de Greville— que allí no hay nada que desvele ningún escondrijo ni una acción como la descrita.

—Por supuesto que no —tronó Coltaire—. Estos bastardos hicieron desaparecer todo después de dejarme fuera de combate.

—Con toda sinceridad, Greville —dejó caer el conde Guillaume—, me resulta difícil de creer que un tullido y un simple cirujano hayan derrotado sin más a un guerrero probado y tan robusto como vos.

La cara del caballero se volvió de color carmesí.

—Solo mediante la bajeza y la perfidia, alteza. Me aturdieron con una de sus pociones maliciosas.

—Eso suena muy... aventurero en el mejor de los casos, como en general suena toda vuestra historia, dicho sea de paso y si he de ser sincero —confesó el conde, y miró sucesivamente a Caspar y a Étienne, como si esperara alguna aclaración en sus miradas—. Ya nos demostrasteis en otro momento ante los ojos de todos los presentes que no albergáis ningún afecto particular hacia mi cirujano. Y en esa ocasión dejé claro que no tolero ninguna discordia y mucho menos un derramamiento de sangre entre mis hombres.

Étienne sintió germinar una esperanza en su interior, como una pequeña llama temblorosa. Por lo visto, al menos Guillaume estaba dispuesto a dar crédito a su historia.

—Conde Guillaume —dijo Coltaire haciendo rechinar los dientes por la rabia reprimida a duras penas—, aquí no estamos dirimiendo ninguna disputa personal, sino nada más y nada menos que una traición. Y un atentado pérfido contra mi persona para encubrirla.

Mientras que el duque Hugues se replegaba en el papel de mero observador, Guillaume examinaba a su caballero con una mirada gélida. Sin pronunciar palabra, hizo una señal a Del. Este abandonó la sala para regresar poco después con Bertrand. El escudero, habitualmente tan presumido y engreído, se aproximó despacio con los hombros caídos, de modo que Del se vio obligado a propinarle un empujón entre los omóplatos para animarlo a apresurarse. Se quedó ahí de pie, miserablemente venido a menos, y no osó mirar a la cara a sus altezas ni a su caballero.

A Étienne no le habría gustado estar en su pellejo. Si Bertrand no hubiese sido un tipo tan repulsivo, casi habría podido hasta sentir lástima por él.

—Ilústranos dónde y en qué estado has encontrado esta mañana a tu señor antes de venir a mí, muchacho —exigió Guillaume sin apartar la mirada de Coltaire de Greville.

Bertrand carraspeó, pero la voz le sonó ronca y débil al responder.

—En la carpa de las putas, alteza.

—Me temo que no te hemos oído bien, Bertrand, ¡habla más alto! —le exhortó Guillaume con la mirada fija todavía en Coltaire.

—Donde las putas, frente a la ciudad —graznó Bertrand, y podía vérsele en la cara que habría preferido desaparecer por un agujero del suelo—. Era evidente que había... bebido. Al menos estaba aturdido y olía a vino.

Guillaume no dijo nada, se limitó a enarcar las cejas como un gesto de interrogación.

—Conde Guillaume, os dejáis manipular —le espetó Coltaire—, porque albergáis sentimientos de amistad por este..., por este remiendahuesos y por su cómplice, pero...

—Haced el favor de dejar mis sentimientos en paz, Greville —replicó el conde en tono cortante—. En este asunto no estamos dirimiendo sobre mi persona. Y tendréis que admitir que por el momento hay más cosas en vuestra contra que a vuestro favor.

Étienne intercambió una mirada furtiva con Caspar. ¿Había realmente una esperanza para ellos?

Coltaire dio un paso hacia el conde Guillaume y levantó las manos en un gesto casi de desesperada impotencia.

—No puedo explicarme cómo llegué a la carpa de las putas, altezas. —El duque Hugues soltó una carcajada de disgusto, pero el caballero la ignoró—. Y, aunque mi escudero me haya encontrado allí, eso no dice nada acerca de los sucesos que tuvieron lugar con anterioridad, ni tampoco prueba que yo no esté ateniéndome a la verdad.

Guillaume sacudió la cabeza casi con gesto cansado, luego volvió a hacer una señal a Del. Poco después, el joven caballero regresaba con una mujer a su lado que cojeaba y llevaba un chal amarillo deshilachado alrededor de la cabeza y envolviéndole los hombros. Étienne la reconoció de todos modos.

¡Marica! En el último momento logró ocultar su sorpresa. ¿Qué hacía ella ahí? Dirigió una mirada a Caspar, pero este se encogió de hombros en un gesto apenas visible.

La joven prostituta parecía más flaca que de costumbre, sus pómulos sobresalían con claridad y tenía una mirada fatigada. Étienne sabía que en los últimos tiempos había sufrido ataques de fiebre cada vez con mayor frecuencia y con mayor virulencia. No obstante, en sus ojos había algo desafiante, casi una sonrisa.

—Por favor, repite lo que les has dicho esta mañana a los hombres del duque Hugues, mujer —la exhortó Guillaume.

Marica respiró bien hondo antes de levantar la vista y de mirar fijamente al conde.

—Ayer tuve visita de este caballero —dijo señalando con la cabeza a Coltaire—. Viene a menudo donde nosotras. Tenéis que saber que le pirran las muchachas delicadas, cuanto más planas de pecho y más jovencitas, mejor. —Coltaire jadeó ruidosamente—. Pero, bueno, mi cuerpo no debe de darle mucho asco, pues estuvo conmigo desde el anochecer...

—¡Eso es mentira! —gritó el caballero, pero Guillaume lo ignoró.

—En fin, ¿qué le vamos a hacer? —dijo Marica encogiéndose de hombros—, no hay mucho más que contar. Se quedó hasta que ya casi alboreaba, luego salió de mi tienda de campaña para cambiarle el agua al canario, tal como dijo él. Había bebido bastante vino, como casi siempre que viene a vernos. Al no regresar, pensé que se había ido en su caballo a la ciudad, así que aún pude dormir un poco —concluyó volviendo a encogerse de hombros.

Étienne contuvo involuntariamente la respiración. ¿Qué le llevaba a Marica a hacer eso por ellos? ¿No se daba cuenta de que así se exponía a un gran peligro?

—¿Y bien, Greville? ¿Qué tenéis que decir? —preguntó el conde Guillaume en un tono amable.

—Es una mentira como un templo —contestó el caballero entre dientes y arrojando una mirada asesina a Marica—. Probablemente Caspar sobornó a esta perra para que declarara eso.

¿Podía ser cierto? La mirada de Étienne brincó hacia el cirujano, pero la habitual expresión burlona de su semblante no delataba nada.

—Sí, de algún modo llegué a la carpa de las putas —continuó hablando Coltaire—, y no puedo acordarme de lo que sucedió después, pero en cambio me acuerdo pero que muy bien de lo que sucedió antes.

Guillaume lo miró en silencio durante un rato y luego sacudió la cabeza.

—Lo siento, Greville, eso no me convence.

Coltaire parecía encolerizado y perplejo. Pasaba de acusador a acusado... El caballero debió de creer que estaba viviendo una pesadilla.

—¿Dais más crédito a las palabras de una puta que a las mías?

—No. Pero todas estas pinceladas juntas muestran un cuadro de los hechos —replicó Guillaume—. Es del todo evidente que ayer tomasteis algunas copas de más y que os inventasteis esta escandalosa historia en plena borrachera.

—¡Es una maldita conspiración! —espetó el caballero, y Étienne vio cómo le sobresalían las mandíbulas al apretar los dientes con fuerza en una mueca depredadora.

—¿Conspiración? —dijo el conde Guillaume resoplando—. No os tengáis por más importante de lo que sois, Greville.

Sin embargo, el caballero no miraba a Guillaume, sino que tenía fijada en Caspar su mirada candente. En ella había una promesa de grandes dolores, de tortura y de muerte. Casi con desgana desprendió sus ojos de él para dirigirlos de nuevo al duque y al conde.

—Juro, por Dios...

—¡Oh, no! ¡No! Dejad los juramentos en paz —lo amonestó Guillaume con dureza—. No quiero oír el juramento de nadie aquí. Me parece evidente que alguien entre los presentes no está diciendo la verdad. Ofender a alguien y pecar con una mentira es una cosa, pero dar un falso testimonio jurando ante Dios es otra muy distinta.

—¿Por qué razón habría venido yo hasta vos con una historia inventada y exponerme al ridículo? —dijo Coltaire aferrándose a un último intento.

—Bueno, por algún motivo os habéis propuesto desprestigiar de forma persistente a mi médico.

—Pero...

—Sí, lo sé, a la inversa tampoco ha existido moderación —admitió Guillaume y lanzó una mirada intensa en dirección a Caspar—. Pero acusar a alguien de traición no es ninguna menudencia, sino que acaba con la muerte en el peor de los casos. —El conde hizo una pausa para respirar hondo—. No obstante, voy a disculpar vuestro comportamiento una última vez, Greville. La embriaguez puede llevar a los hombres a cometer los actos más abominables y a sembrar las ideas más estrafalarias en sus cabezas. Todos y cada uno de nosotros lo sabemos. ¡Procurad que no vuelva a repetirse! —Saltaba a la vista que Coltaire estaba hirviendo de rabia, pero se obligó a permanecer en silencio con un considerable autocontrol. El conde miró consecutivamente a Caspar y al caballero—. Sea lo que sea lo que se esté cociendo entre vosotros, exijo un punto final a esa disputa, ¡un final definitivo antes de que alguien resulte gravemente perjudicado! Espero haberme expresado con claridad. —Ambos contrincantes permanecieron en un silencio terco mientras se medían fijamente con la mirada. Guillaume entrecerró brevemente los ojos y bebió entonces un trago de la copa que tenía delante—. Sé que aspiráis a tareas mayores, Greville, pero tras este incidente albergo serias dudas de si sois apto para ellas. Para enfriar los ánimos y daros una última oportunidad de poner a prueba vuestra buena voluntad y vuestra utilidad, os propongo lo siguiente: vos y vuestro escudero acompañaréis en barco hasta Tiro al contingente de sarracenos que se encuentran en cautiverio francés. Nuestro rey ha confiado a Conrado de Montferrato la vigilancia de esos paganos ya que él mismo abandonará en breve Tierra Santa. El margrave los custodiará en su ciudad. El dinero del rescate que recibamos de Saladino contribuirá a llenar nuestras arcas de guerra para los próximos meses. —Dirigió la mirada a Hugues—. ¿Qué os parece esta idea, alteza? ¿Estáis de acuerdo?

—Por mí, sea —dijo el duque con un gruñido—. Y haríais bien, Greville, en entender nuestra concesión tras estas acusaciones infundadas como un puente de oro, como la última posibilidad de haceros valer. Otro incidente de este tipo y os despediré de mis servicios con cajas destempladas, esto deberíais tenerlo bien claro. Podéis consideraros afortunado de que en estos momentos no estemos en condiciones de permitirnos perder a ningún caballero, ya que el rey partirá a Francia dentro de unos pocos días y se llevará consigo una parte del ejército. —Al pronunciar estas palabras podía vérsele en la cara con claridad que seguía estando descontento con la decisión de su soberano.

Guillaume añadió:

—Y tras vuestro regreso de Tiro espero que vos y Caspar os evitéis por completo. Otro incidente de este tipo y se separarán definitivamente nuestros caminos. Esto es válido para ambos. —Hizo una señal a Del y a Anselme para que se acercaran—. Acompañaréis a Coltaire de Greville y a su escudero a su alojamiento para que recojan lo más necesario para el viaje. A continuación conducidlos al puerto. —Y dirigiéndose a Coltaire, dijo—: Greville, vos subiréis directamente a bordo para vigilar los preparativos para la partida de modo que el barco pueda zarpar mañana a su hora. Disponeos a pasar esta noche a bordo. —Coltaire recibió las instrucciones sin replicar y tieso como una tabla—. Esto sería todo entonces —zanjó el conde y despidió a Coltaire con un movimiento de la mano.

Étienne respiró hondo al salir de la sala. Se sentía como si hubiera pasado todo ese tiempo bajo el agua y acabara de emerger en ese preciso instante a la superficie. Jesús Santo, se habían salvado de verdad, más aún, Greville había quedado fuera de circulación para el futuro inmediato. Étienne dudaba de que la instrucción del conde Guillaume lo mantuviera alejado también después. Coltaire no era alguien que desistiera fácilmente de su odio asesino, sobre todo después de lo que había sucedido ese día, pero al menos por el momento estaban a salvo.

—Podéis retiraros —indicó el conde dirigiéndose también a ellos—, el duque Hugues y yo tenemos algunas cuestiones sobre las que departir.

Guillaume los miró unos largos instantes, y Étienne distinguió en sus ojos que no estaba ni de lejos convencido de su inocencia como acababa de querer hacer creer a todos, pero al parecer había decidido darse por satisfecho y no remover más las cosas.

Cuando dejaron atrás la casa del duque y se hubo convencido de que nadie los estaba acechando, Étienne le pidió cuentas a Caspar.

—Dime una cosa: ¿por qué involucraste a Marica en este asunto? El plan era llenar a Coltaire de vino y dejarlo tirado donde las prostitutas entre las tiendas de campaña.

—Así era, pero tu putita me sorprendió mientras estaba dejándolo allí —confesó el cirujano.

—Marica no es mi putita —replicó Étienne con disgusto.

—No me hizo preguntas y, por lo visto, se ha inventado su parte. Por la expresión de su cara parece que ha pasado por algunas experiencias con nuestro querido amigo.

—Puedes estar seguro de que las ha pasado, ya lo creo.

—Le di algunas monedas por su silencio, pero no le exigí de ninguna de las maneras que mintiera en favor nuestro —aclaró el cirujano—. Tiene que haber salido de ella misma, pero admito que sus palabras surtieron mucho efecto —dijo Caspar sonriendo.

—Solo que ahora no habrá otra Marica que pueda protegernos de la ira de Coltaire.

El cirujano emitió un gruñido de mala gana y a continuación le dio súbitamente un golpe a Étienne en las costillas.

—Anda, mira tú. Hablando del rey de Roma, por la puerta asoma.

Étienne siguió la dirección de la mirada de Caspar y divisó a Marica. Estaba apoyada pesadamente en el borde de una fuente de la calle y se llevaba agua a la boca con la mano.

Después de mirar a su alrededor, Étienne se fue cojeando hasta ella e hizo como si también él quisiera refrescarse. Una mirada de reojo a la joven mujer lo sobresaltó. Tenía en la cara la palidez de los muertos.

—Marica, ¿qué te pasa?

Ella levantó la vista y le obsequió con una sonrisa frágil.

—La fiebre, Étienne. Me está robando mis últimas fuerzas.

—¿No te estás tomando la poción que te preparé?

—Claro que sí —respondió ella con cansancio—, pero me temo que mi enfermedad ha traspasado la línea en la que los medicamentos aún logran producir algún efecto.

Étienne asintió con la cabeza preocupado. Cuando se llevaba una vida como la de Marica, no era posible albergar esperanzas de recuperarse de la malaria o de mantener esa enfermedad a raya al menos durante el tiempo suficiente. Quiso agarrarle la mano, pero ella se apartó de él.

—Aquí, no. No estaría bien que alguien nos viera juntos, ¿no crees?

Ella volvió a sonreír como un espectro.

—Quizá tengas razón —admitió Étienne, pero le afligía no poder ofrecerle al menos un poco de consuelo—. ¿Por qué..., por qué lo hiciste? —preguntó en cambio—. ¿Por qué has mentido por nosotros?

La prostituta joven lo miró fijamente, y en su semblante se instaló de nuevo un mohín desafiante.

—Porque Coltaire es un monstruo y se lo tiene merecido —contestó con firmeza—. Tenía una cuenta pendiente con él como ya te puedes imaginar. Y, además —dirigió la vista al suelo—, todavía te debía una.

—Marica, yo...

—No, no —lo interrumpió ella—. Tú siempre has sido amable y decente conmigo, Étienne. Siempre te preocupaste por mi bienestar. Eso es mucho más de lo que puede esperar una mujer como yo. —Levantó la mano cuando él quiso objetar algo—. Por favor, déjame hablar hasta el final. Lo hice por propia iniciativa y no me arrepiento, así que hazme el favor de no afligirte por ello.

—Han enviado a Coltaire a Tiro, pero me temo que no se dará por satisfecho una vez que haya regresado —susurró Étienne, y al pensarlo se le hizo un nudo en la garganta.

Marica se encogió de hombros con un gesto en apariencia despreocupado.

—Suceda lo que suceda, eso queda en manos de Dios. Me temo que de una manera u otra no me queda ya mucho tiempo.

Étienne contempló su cara consumida enmarcada por un cabello áspero, y temió que pudiera tener razón.

—No te preocupes por mí, Étienne. Ya he hecho las paces conmigo y me alegro de haber podido haceros un servicio a ti y a tu maestro después de que vosotros hicierais tantas cosas buenas por mí. —Se irguió y no era posible no darse cuenta del enorme esfuerzo que le costaba. Ahora fue ella quien agarró con disimulo la mano de Étienne y se la apretó unos instantes.

—Adiós, Étienne. Que Dios te proteja.

«Y a ti», pensó Étienne mientras la seguía con la mirada.

Aveline empujó la pesada puerta de entrada a la capilla en la que Kilian oficiaba desde hacía poco tiempo sus misas, y entró en una frescura crepuscular. El monje, junto con otros benedictinos, mantenía la pequeña casa de Dios limpia y en buen estado, prestaba los servicios religiosos y se ocupaba de los pobres y de los enfermos como ya había hecho frente a las murallas de Acre.

El olor balsámico del incienso aún flotaba, pesado y adormecedor, en el aire. Tuvo suerte. Cuando sus ojos se hubieron habituado a la escasa luz, divisó a Kilian arrodillado frente al altar. No había ninguna otra persona más que él. Aveline se arrodilló a su lado y murmuró con la cabeza gacha un padrenuestro y un avemaría. No levantó la vista hasta que percibió su mirada. Kilian sonrió, pero, al contemplar su cara, se le dibujó en los ojos la misma preocupación que ya había observado en Gallus.

—Salgamos para poder conversar con tranquilidad —propuso él y la levantó por los hombros.

Ella dejó que él la sacara de la capilla por una puerta lateral. A la sombra inmediata de la muralla había un banco desgastado. Kilian ahuyentó a un gato que dormitaba en él antes de tomar asiento y atraer a Aveline a su lado.

—¿Qué pasa? —preguntó sin rodeos y con un dejo de preocupación en la voz.

Aveline notó cómo se le estrechaba la garganta. Las lágrimas le ardieron de repente en los ojos. Casi con gesto de disgusto se las enjugó de la cara con la manga y carraspeó. Sin embargo, su voz sonó débil y ronca cuando respondió.

—Cedí ante Coltaire de Greville y traicioné a Caspar —confesó.

Kilian asintió con la cabeza despacio e intentó leer en su mirada.

—Ahora el caballero tiene lo que quiere y te dejará en paz. Eso está…, está bien, ¿o no?

«No tienes ni idea», pensó Aveline.

—¿Qué le contaste?

—Se trataba de una traición, de la ayuda a un sarraceno —respondió ella con cansancio. Más no necesitaba saber el monje.

—Ese es un delito muy grave —replicó Kilian—. Un peligro para la causa sagrada. Sin duda actuaste correctamente. —Le agarró las manos—. ¿Qué le pesa tanto a tu corazón entonces? ¿Es Coltaire de Greville? Puede que sea una persona severa y dura, pero también es un caballero y, por consiguiente, un hombre de honor.

Aveline estuvo a punto de echarse a reír por la ingenuidad de Kilian. ¿De dónde le venía esa confianza casi simplona? «No, Coltaire es un bellaco asqueroso, infame, que solo tiene en mente su propio provecho», pensó. Ahora bien, ¿por qué iba a cargar al monje con esas informaciones funestas? No había nada que confesar, pues ¿qué sentido podía tener confesarse cuando su mayor pecado iba a quedar sin expiar para siempre?

—Y, como hombre de honor que es, Coltaire mantendrá con toda seguridad su palabra y te dejará en paz —prosiguió Kilian. Un poco parecía como si tratara de tranquilizarse él mismo—. Así pues, ¿qué es lo que te tiene tan afligida?

—Étienne ha renegado de mí después de que yo le revelara mi traición —confesó ella finalmente, y consiguió que las palabras sonaran frías e indiferentes—. Sin embargo, seguirá guardando silencio sobre mi identidad, eso es seguro.

Estaba firmemente convencida. De todos modos era probable que pronto no tuviera ninguna ocasión más para hablar. Aveline tragó saliva.

Una emoción contrajo las comisuras de la boca de Kilian, como si solo a duras penas pudiera reprimir una sonrisa de alivio. Asintió satisfecho con la cabeza.

—Ya verás cómo todo te va a ir bien ahora, Ava.

«Todo te va a ir bien. Todo te va a ir bien», resonó como un eco en su cabeza. Esas palabras sonaban como una burla cruel. Había dejado de creer que algo pudiera volver a irle bien en la vida. Giró la cara hacia el sol, que se alzaba por encima de la ciudad y sumergía el callejón por debajo de la capilla en una luz blanca. Cerró los ojos y dejó que aquel cálido resplandor rodeara sus párpados y que los rayos del sol le acariciaran la piel. Tal vez debería quedarse simplemente ahí sentada para siempre.

Cuando abrió de nuevo los ojos, creyó primero estar viendo un espejismo, una aparición ideada por su atormentado cerebro. Vio a Caspar y a Étienne caminando por el callejón enfrascados en una conversación animada. La luz cegadora del sol los envolvía en un resplandor casi sobrenatural. ¿Estaban ya muertos y eran sus espíritus quienes vagaban por allí? Pero entonces oyó a Kilian a su lado inhalar una bocanada de aire con fuerza y comprendió que no estaba soñando.

Antes de que pudiera pensarlo, se puso en pie de un salto.

—¡Étienne!

El asistente del cirujano se detuvo y miró a su alrededor. Apretó los labios, cerró los puños con las manos caídas. También Caspar la miraba furioso. ¿Le habría hablado Étienne de su traición?

De todos modos, esto no la impidió acercarse a los dos. Ya antes de alcanzarlos, el cirujano le dio la espalda después de dirigir una última frase a Étienne y se marchó de allí. Era evidente que ya no quería saber nada más de ella. ¿Quién podría tomárselo a mal?

—Étienne, yo... ¿Pudiste avisar entonces a tiempo a Caspar?

—No —replicó él con gelidez—. Pero ya ves que estamos libres y con vida, aunque Dios sabe que no es mérito tuyo.

—¿Coltaire?

—Goza de una inmejorable salud por si estás preocupada por él. De todas formas no creo que esté de muy buen humor. Como castigo por sus... acusaciones infundadas contra mí y contra Caspar, el conde Guillaume lo ha enviado a Tiro para acompañar un transporte en barco de prisioneros. No se dejará ver por Acre durante algún tiempo.

Aveline asintió con la cabeza como si estuviera aturdida. Solo oyó la mitad de lo que le estaba contando Étienne, pero lo que sí comprendió fue que Caspar y Étienne se habían librado del castigo. Y todo lo demás no tenía ninguna importancia en esos momentos.

Étienne la miró a la cara unos instantes largos; su expresión delataba unos sentimientos en pugna, entre los que destacaban la decepción y la amargura. La joven quiso cogerle de la mano, pero él se apresuró a dar un paso atrás con un traspié.

—Intenté quitarle de la cabeza a Coltaire la idea de que tú nos avisaste. No sé si se lo tragó. Lo mejor es que tengas mucho cuidado cuando regrese.

Todos los sentimientos que ella había creído extinguidos o al menos adormecidos afloraron de golpe en Aveline. A pesar de que había estado a punto de arruinarles la vida a él y a Caspar con su traición, Étienne había salido en su defensa. De pronto quiso que él se enterara, que comprendiera por qué se había visto obligada a actuar de esa manera. Quería que él la perdonara.

—Coltaire, él me obligó, él...

Étienne alzó ambas manos con un gesto de rechazo.

—No quiero saberlo, Ava. Yo..., yo había confiado en ti, y tú... Esta mañana me tocó asumir que ya no viviría por la noche porque nos traicionaste, a Caspar y a mí. No puedo prestarte oídos ahora porque lo que querría hacer sería gritar y Dios sabe qué otras cosas más... —Apretó los labios y sacudió la cabeza con gesto cansado—. Adiós, Ava.

Acto seguido se dio la vuelta y se fue cojeando de allí.

Ella se lo quedó mirando un buen rato incluso cuando ya había desaparecido en aquel laberinto de callejones.

76

Acre, julio de 1191

É tienne cargó otra noche más de insomnio a sus espaldas. Habían sucedido demasiadas cosas en las últimas horas que lo habían sacudido y agitado. Necesitaba tiempo para comprender, ordenar y clasificar todos aquellos sucesos, pensamientos y sentimientos intensos, y aún estaba lejos de lograrlo. No entendía cómo habían podido salir con el pellejo intacto ni qué perseguía el Todopoderoso al permitir que se libraran del castigo. ¿Qué significaba eso para su futuro? Sin embargo, aún menos comprensibles eran para él sus sentimientos hacia Ava. Desde que se la había encontrado el día anterior inesperadamente, sentía un dolor desgarrador en el pecho que fue remitiendo muy despacito hasta convertirse en un latido sordo y frío. Quería escucharla con atención, entenderla y perdonarla, pero al mismo tiempo no se veía en condiciones de respirar el mismo aire que ella aunque solo fuera por unos instantes. Quería detestarla, juzgarla y condenarla, pero al mismo tiempo anhelaba consolarla, protegerla y amarla. Aquello era exasperante y se maldecía por no ser capaz de aceptar sencillamente las cosas como eran o de dejarlas tal y como estaban.

Alguien llamó a la puerta.

—Étienne, ¿estás aquí? —sonó la voz de Del.

—Si queréis celebrar algo, venid otro día —gruñó Étienne—. No estoy ahora precisamente de humor para fiestas, lo digo de verdad. Tengo que...

—Se trata de Marica —lo interrumpió la voz seria de Anselme. Étienne se acercó a la puerta a trompicones y la abrió. Sus amigos lo miraron con semblantes compungidos, Del carraspeó y con disimulo se limpió los mocos con la manga.

—¿Qué sucede con Marica?

—Ha muerto, Étienne. —El semblante de Anselme estaba colmado de compasión—. Sé que te sentías muy unido a ella, por este motivo...

Étienne agitó la cabeza.

—¿Muerta? ¿Cómo...? Pero si ayer todavía...

—Una de las chicas la encontró esta mañana en su tienda de campaña y vino de inmediato a vernos —explicó Del, que tuvo que aclararse varias veces la garganta hasta que su voz recuperó su habitual tono firme.

Étienne agarró el marco de la puerta cuando el suelo bajo sus pies comenzó a balancearse de repente.

—Coltaire.

—Cabría esperar que fuera obra suya después de la severa derrota que le infligió ella ayer —admitió Anselme—. Pero ya no se bajó del barco después de que Del y yo lo condujéramos allí, de eso se encargó nuestra gente. Y el barco zarpó al amanecer en dirección a Tiro.

—De todos modos, Vite, una de las chicas, asegura haber visto a uno de sus matones cerca de la carpa de las prostitutas —gruñó Del.

—Lo cual no significa nada de entrada —intervino Anselme—. Al fin y al cabo nosotros acudimos como clientes y no lo hacemos en raras ocasiones. Puede haber sido una casualidad. Además no hay señales de lesiones. —Se acercó a Étienne y le puso la mano en un hombro—. Tú sabes mejor que nadie lo enferma que estaba.

Por supuesto. El día anterior sin ir más lejos había podido formarse una idea cabal de su estado. Pareció presentir que se acercaba su fin. A pesar de ello, no podía creer que ahora, tan solo unas pocas horas después de su encuentro, estuviera muerta. Sintió que se le iba la sangre de la cabeza y se acuclilló apoyando las manos en las rodillas hasta que se le pasó el mareo. Parecía que el destino no tenía intención de concederle ningún respiro.

En cierto modo, Marica había sido una compañera de camino, una persona que había estado a su lado casi desde el comienzo de esa aventura. Habían compartido mucho más que un lecho. Él se había sentido unido a ella. Ella había confiado en él, había depositado sus esperanzas en él y lo había arriesgado todo por él. Tal vez incluso lo había amado un poco. Y, sin embargo, él no había podido protegerla ni salvarla. Le sobrevino una sensación de vergüenza.

Tardó algunas respiraciones en recomponerse. Sus amigos le dieron tiempo. Volvió a erguirse despacio y se dirigió a ellos.

—Quiero..., quiero ir a verla.

—Te acompañaremos —decidió Del. Anselme asintió con la cabeza.

Atravesaron la ciudad en silencio y salieron de Acre por la Puerta de San Antonio. Durante el trayecto, Étienne trató de prepararse para lo que le esperaba. No obstante, la visión de la chica muerta le afectó hasta la médula. Al entrar en la tienda de campaña, dos prostitutas estaban lavando y peinando el cadáver. En su delicadeza y en su fragilidad parecía más que nunca un hada; esa impresión se veía reforzada por la piel pálida, casi translúcida, y el cabello fino que rodeaba su cabeza como un velo. Étienne tragó saliva y se arrodilló junto a su lecho. La expresión de la cara de Marica parecía extasiada, casi pacífica, como si estuviera contemplando realmente un mundo mejor. «Se lo merece», pensó Étienne. «Santa Virgen María, acéptala en tu seno, por favor».

Dirigió la vista al cuello esbelto y a la garganta, buscó rastros de violencia. A primera vista no podía distinguirse nada, pero por su trabajo diario sabía que había muchas formas de herir o de matar a una persona, y no todas dejaban huellas visibles. Sí, esa prostituta joven estaba enferma de muerte, pero a Étienne le parecía demasiada casualidad que no hubiera sobrevivido siquiera un día a su declaración contra el caballero sin escrúpulos. Los sentimientos de culpa se apoderaron sigilosamente de su corazón. ¿Era posible que hubiera muerto por culpa suya?

Y si realmente aquello era obra de Coltaire, ¿qué tipo de revancha entonces había previsto ese caballero para Caspar y para él? ¿Y para Ava?

Antes de que las amigas de Marica pudieran envolver su cuerpo en el sudario, volvió a agarrar una última vez la delgada mano con los dedos largos que lo habían acariciado en tantas ocasiones con ternura. Ahora no había ningún resto de vida en ellos, no percibía nada más que frío y los vagos recuerdos de las horas compartidas.

Del llevó el cadáver al pequeño cementerio frente a las murallas de la ciudad, donde los indigentes y los forasteros enterraban a sus muertos. Apoyado en su amplia caja torácica, el cuerpo de Marica daba la impresión de ser más delicado y frágil de lo que ya era de por sí. El caballero no parecía percibir su peso en absoluto.

Un sacerdote harapiento pronunció unas oraciones y unas palabras de consuelo mientras se daba sepultura a la muchacha. Y lo único que quedó al final fue un montículo de tierra recién cavada y un doloroso espacio vacío en el pecho de Étienne.

77

Acre, julio de 1191

Un ratito más y habrá puesto los pies en polvorosa —se burló Gallus con la vista fija en la galera personal del rey francés que se bamboleaba no muy lejos de ellos en la dársena del puerto, y que estaba siendo cargada en esos momentos—. Y creedme que no pasarán siquiera dos días antes de que Ricardo de Inglaterra envíe a sus espías tras él.

Aveline dirigió a Gallus una mirada inquisitiva, y su comandante se encogió de hombros.

—Mierda, ese rey inglés es de todo menos necio. Sabe que su gran esfera de influencia es una espina clavada en el corazón de los miembros de la dinastía de los Capetos. Querrá vigilar los próximos movimientos de Felipe y, en caso necesario, avisar a sus gobernadores. —Gall sacudió la cabeza con gesto de disgusto—. Es una jodida vergüenza que el señor de los francos no piense en otra cosa que en el poder y en el dinero, y que para tal fin descuide sus obligaciones sagradas. —El comandante de la sección de arqueros soltó un salivazo—. Menos mal que por lo menos el rey Ricardo, ese hijo del diablo y tipo valiente donde los haya, se toma en serio su misión. Y sabe que para su cumplimiento necesita a los mejores arqueros que la cristiandad pueda ofrecer. Es decir: ¡a nosotros!

Se echó a reír con la voz ronca y le dio un codazo a Aveline en el costado.

Sí, en lo que concernía a ese asunto, Gallus tenía razón. Tanto el duque Hugues como el rey inglés estaban interesados en sus servicios y dispuestos a recompensarlos decentemente por ello. Eso, al menos, los libraba de la preocupación por su sustento futuro. Y una preocupación aún mayor, Coltaire de Greville y el secreto de su verdadera identidad, había pasado por el momento a un segundo plano. El caballero y Bertrand, su terrier, se encontraban en Tiro, y Aveline podía seguir aguantando sin que la molestaran en Acre, con todas las comodidades que podía ofrecer esa ciudad reconquistada.

Los hombres se habituaron con excesiva rapidez a la buena vida y a la abundancia. Reinaba un ambiente alegre y relajado, incluso Aveline sentía una serenidad casi absurda. Lo que ocurriría al regreso de Greville resultaba una incógnita. Dependía de si Étienne había logrado convencerlo de su inocencia o de si el caballero seguiría encontrándola útil en su aspecto actual.

Extrañamente, a Aveline le daba lo mismo. Era como si se encontrara en un mundo intermedio intemporal en el que todo carecía de significado. Tomaba los días tal como le venían, vivía de hora en hora pues no se atrevía a tener esperanza en un futuro.

Giscard de Moulins, un caballero al servicio del duque Hugues, estaba sentado en el taburete y se apoyaba en su musculoso brazo izquierdo. Tenía atravesada una flecha entre el codo y el hombro de modo que por delante asomaba el astil roto y por detrás un buen trozo de la punta. Giscard no parecía especialmente intranquilo, todo lo contrario, una sonrisa osada reposaba en sus labios mientras miraba a Caspar hacer su trabajo.

El cirujano extrajo unas tenazas de una caja.

—Seguro que debe de haber un buen motivo para no llevar puesta la cota de malla, ¿verdad?

—Estaba en la lavandería —refunfuñó su paciente rechoncho y se echó a reír con una risa ronca. Étienne tuvo que morderse los labios para no estallar en una carcajada. Caspar sonrió también y señaló la punta de la flecha.

—¿Y con ocasión de qué os habéis dejado enganchado este magnífico ejemplar?

—Estando de patrulla en dirección a Haifa —respondió Florent Cholet en su lugar.

Este segundo caballero estaba recostado en la pared de brazos cruzados y observaba la actividad de los cirujanos con un interés moderado. Había traído poco antes a su compañero herido. Aun cuando los caballeros monjes de San Juan se ocupaban de la mayoría de los enfermos y de pacientes con necesidad de cuidados en su hospital reabierto, los hombres del conde Guillaume, y de paso también los del duque Hugues, preferían acudir primero con sus heridas donde Caspar. Étienne estaba contento de que por fin hubiera algo que hacer. Por el momento, su trabajo era lo único que se interponía entre él y el torbellino de pensamientos que giraba sin cesar en su cabeza. Detenerse habría significado tener que ocuparse de ese vacío en su pecho que no le había dejado únicamente la muerte de Marica, tal como a esas alturas tenía muy claro.

—Una y otra vez aparecen esas hordas de sarracenos como moscas cojoneras —añadió Giscard de Moulins—. Disparan unas cuantas flechas y luego salen huyendo como cobardes.

—Esa es su estrategia. Deberíais haberlo comprendido ya, ¿no? —comentó Caspar en tono mordaz—. Tanto más imprudente se me hace que os hayáis atrevido a salir de patrulla solo con esta armadura de cuero tan cochambrosa. Con vuestro permiso, Moulins, poseéis más fortuna que entendimiento.

El caballero cogotudo sonrió enseñando los dientes y se encogió de hombros.

—Supongo que todos esperábamos que los perros paganos, después de la caída de Acre, se escondieran en cualquier parte y se lamieran las heridas con el rabo entre las piernas. En lugar de eso continúan atacando a nuestras patrullas en emboscadas. Además devastan todas las tierras, prenden fuego a los campos, talan los olivos y destruyen las aldeas. Tierra quemada por donde quiera que mires.

—Pero ¿por qué hacen eso? —preguntó Étienne. Mantenía sujeto el brazo del caballero para que Caspar pudiera acortar el astil de la flecha con las tenazas hasta justo por encima de la herida de entrada y engrasar el resto con un ungüento—. Ahora que Acre vuelve a estar en manos cristianas, todo lo que necesitamos para vivir y combatir nos llega con los barcos. Quienes van a sufrir esa destrucción serán sus propios campesinos.

Giscard resopló.

—A partir de otoño se reducirá otra vez el número de barcos procedentes de occidente. Dejando este hecho aparte, antes o después querremos llegar a Jerusalén. Y entonces nos tocará pasar por esas tierras devastadas.

—Y nómbrame a un solo caudillo, Étienne, que haya desperdiciado alguna vez un pensamiento en el bienestar de los campesinos o de la gente sencilla —señaló Caspar con cinismo—. Las personas son un medio para alcanzar un fin, nada más. Eso ocurre tanto en tierras sarracenas como en las nuestras.

—Sería mejor que Saladino procurara reunir el dinero del rescate —comentó Florent Cholet desde su sitio junto a la pared—. La entrega tendrá lugar en menos de dos semanas.

—Sospecho que el sultán estará intentando averiguar si los combatientes que quedan aquí van en serio desde el momento que nuestro querido rey se despide para regresar a la patria y se lleva a una buena parte de los caballeros consigo —especuló Caspar.

—Vamos completamente en serio, ese hijo de la gran puta ya puede apostar su culo pagano a que es así —dijo Giscard en tono sombrío—. Ya se enterará, ya.

—Corazón de León ha captado a casi todos los arqueros franceses que todavía no estaban a su servicio —intervino Florent—. El rey inglés está firmemente decidido a continuar. Bajo su mando, Jerusalén volverá a estar pronto en manos cristianas.

Giscard de Moulins asintió con la cabeza.

—Esto puede escocer un poco —avisó Caspar al herido con amabilidad. Agarró con las tenazas la punta de la flecha que sobresalía y la extrajo del brazo junto con el resto del astil dando un tirón fuerte.

El caballero respiró con jadeos.

—¡Por todos los diablos y más! —maldijo en voz muy alta.

Caspar le dio una palmadita en el hombro en un gesto apaciguador.

—Esto ya está. Solo ha afectado al músculo. Ya lo dije antes: más fortuna que entendimiento. Étienne se ocupará de la herida. Y en los próximos días pasaros por aquí y veremos cómo progresa la curación.

Étienne se puso de inmediato manos a la obra. Con una decocción de vino y de hierbas lavó cuidadosamente los cráteres sangrientos que había dejado el proyectil, después aplicó un ungüento y colocó una venda.

—Deberíais tomaros un descanso los próximos días y dedicaros a cuidar vuestro brazo —aconsejó Caspar al paciente.

—Ni hablar. —Giscard había vuelto a recuperar su sonrisa osada—. Mañana quiero estar presente cuando nuestro monarca dé la espalda a Tierra Santa. Quiero despedirlo con un escupitajo.

Caspar chasqueó con la lengua.

—Bueno, bueno, nadie va a insultar al rey bajo mi techo —amonestó con poco entusiasmo—. Tengamos presente que Su Majestad intervino ayer como mediador junto con Ricardo de Inglaterra para dirimir sobre la disputa por la corona del reino de Jerusalén. Un factor nada despreciable para el transcurso posterior de esta peregrinación armada, ¿no opináis lo mismo?

—Tengo mis dudas de que Conrado de Montferrato esté satisfecho con el resultado del acuerdo —gruñó Florent—. ¿No podrá coronarse hasta después de la muerte de Guido de Lusignan? Eso difícilmente satisfará a un hombre orgulloso y a un combatiente meritorio por la causa sagrada como es él. Sin la intervención de Conrado en Tiro, el reino de Jerusalén probablemente se habría echado a perder mucho antes del asedio de Acre.

Caspar se encogió de hombros.

—Es una solución intermedia. Y está en su naturaleza que, al menos de momento, nadie reciba lo que ansía en realidad. De todos modos, Conrado podrá consolarse con la mitad de los ingresos que tiene un rey hasta su coronación. No es un mal negocio, me parece a mí. Aparte de eso, lleva ya tiempo gobernando en Tiro como un rey.

—Hummm, es posible. Sin embargo, podría sentir que su honor ha resultado ofendido. Y todos sabemos que la vanidad herida ha provocado bastantes catástrofes.

Caspar asintió con el semblante serio.

—La mayoría de las catástrofes, diría yo.

El cirujano estaba sentado inclinado sobre la mesa y garabateaba algo en un trozo de pergamino mientras Étienne ordenaba la sala.

—Dime, ¿qué tal le va a Avery? —preguntó de pronto Caspar.

Étienne exhaló el aire con un jadeo.

—¿Qué quieres que te diga, Caspar?

Se dio cuenta de que su voz había sonado repelente y al mismo tiempo quebradiza. Esa herida todavía era demasiado reciente, y las palabras de Caspar cepillaban dolorosamente la costra que había comenzado a formarse.

A pesar de que el cirujano se dio cuenta de lo mucho que le afectaba a Étienne ese asunto, no dejó de seguir indagando.

—¿Qué ha ocurrido entre vosotros? ¿Os habéis peleado?

Étienne habría querido evitar esa conversación. Le había ocultado a Caspar hasta ese día cómo se había enterado Coltaire de la existencia de Musa y del escondrijo, y quién los había avisado en el último momento de las intenciones del caballero. No pensaba revelarlo nunca. ¿Qué habría cambiado hacerlo? También por esa razón evitaba las conversaciones de esa índole, por no hablar de que su mentor seguía sin tener ni idea de quién se ocultaba realmente tras la máscara del arquero Avery, y que por eso extraía unas conclusiones equivocadas.

—Caminamos por sendas diferentes. Dejémoslo así —respondió escueto.

Caspar levantó la vista de sus apuntes y la dirigió a Étienne.

—Sigo pensando que esa es la mejor solución, pero admito que no me gusta verte sufrir.

Étienne dio la espalda al cirujano ostensiblemente.

—Ya lo superaré —dijo.

Pero, siendo sincero, no le parecía que fuera a superarlo de ninguna de las maneras.

78

Costa de Levante, Rayab 587 (agosto de 1191)

El sol brillaba en un cielo azul zafiro haciendo que las crestas de las olas destellaran como cuchillas pulidas. Con un golpeteo rítmico, los remos de la galera se hundían una y otra vez en las aguas llevando a la superficie el olor a sal y a pescado mientras el barco se aproximaba a su destino con cada brazada. Karakush casi habría podido disfrutar de aquel viaje apacible. Sin embargo, al final lo esperaba, a él y a una parte de sus hombres, tan solo una nueva prisión. Tiro.

Mientras que Meshtub y los restantes soldados de la guarnición habían sido asignados a los ingleses, él y la otra mitad pertenecían al rey francés, o más bien, dado que este había abandonado Tierra Santa, a su representante, al menos hasta que se pagara el dinero del rescate. Eran trasladados de un lado a otro como ganado para el mercado; en ese instante estaban bajo la custodia del margrave Conrado de Montferrato. Nada menos.

Pensar en ello hizo que le volviera el dolor de cabeza. Cerró los ojos unos instantes, escuchó el chapoteo tranquilizante de las olas, el crujido de las cuerdas. Por fin sonaron unas campanas a lo lejos. Cuando volvió a abrir los ojos, distinguió en el horizonte la silueta de la ciudad portuaria fortificada de Tiro, uno de los últimos bastiones cristianos hasta la reconquista de Acre, y refugio de muchos colonos, comerciantes y príncipes francos. Hacía tres años, Conrado había dejado plantado y muerto de frío frente a las puertas de la ciudad al rey Guido, recién liberado de su cautiverio, probablemente porque ya por entonces tenía la vista puesta en la corona. «Un bellaco sin escrúpulos de la cabeza a los pies. ¡Que Alá lo maldiga!».

Quizá tenía razón el margrave en su apreciación de que el reino de Jerusalén habría caído definitivamente si Salah ad-Din hubiera tomado esa ciudad. Sin embargo, el sultán se había estrellado contra la triple fortificación y contra la férrea voluntad de poder de Conrado.

Karakush se levantó y se acercó a la borda todo lo que le permitía la cadena atada a los pies. Estaba fijada a una argolla en la mitad del barco, razón por la cual podía moverse únicamente en un radio determinado. Solo Alá sabía lo que pretendían los francos con ello. ¿Impedir que saltara por la borda y escapar a nado? Se habría ahogado lamentablemente instantes después. Como era natural, hacía tiempo que le habían despojado de las armas, y después de las penurias vividas tenía que admitir que ya no era ningún personaje especialmente temible que digamos. Cabía pensar pues que las cadenas tenían la finalidad de dejar bien claro quién era el vencedor y quién el vencido. De todos modos, en su caso se habían limitado a ponerle cadenas en los pies, mientras que a sus hombres les habían colocado, además, unas cadenas de hierro en las muñecas.

Raed, que estaba acurrucado con otros prisioneros a la sombra de una tela tendida, estiró el cuello para captar la vista sobre la ciudad. Se levantó y ya se disponía a colocarse al lado de Karakush cuando alguien tiró de los grilletes de sus pies y lo tumbó dejándole unos instantes las piernas en el aire. Raed cayó con mucha dureza.

Coltaire de Greville se acercó, agarró al chico de la nuca y lo arrastró hasta su sitio mientras le vociferaba en los oídos. Su brutal perro guardián, junto con su escudero, había estado martirizando constantemente a los prisioneros durante toda la travesía.

Raed sangraba con profusión por la nariz. Karakush quiso atenderlo, pero el caballero se le plantó delante despatarrado y le ladró algo en franco.

Karakush no entendió ni una palabra. Tampoco le fue necesario. Los ojos grises, casi transparentes, de su interlocutor hablaban de la crueldad y de la dureza que alguien le había inculcado a palos hacía mucho tiempo. La mandíbula rota y torcida del caballero se lo revelaba a las claras. Al parecer, Coltaire había pasado por la escuela de la violencia desde niño. No cabía esperar compasión ni comprensión de ese hombre.

—¿Qué criatura miserable eres? ¡Que Alá os maldiga a ti y a los de tu calaña! —le gruñó aunque sabía que Coltaire no hablaba su idioma—. ¡Déjame ver al chico ahora mismo!

Ambos tenían aproximadamente la misma estatura, aunque el caballero era más joven, más ancho de hombros y estaba mejor alimentado.

Coltaire dio un paso más hacia él de modo que quedaron frente a frente, y pronunció entre dientes algunas frases cargadas de odio.

Se trataba inequívocamente de insultos, y todo en el porte corporal y en la gesticulación del caballero hablaba del deseo de arrojar a Karakush y a los demás por la borda al mar en lugar de tener que estar vigilándolos por más tiempo.

—Tú y yo somos enemigos —declaró Karakush—, pero también somos personas. Y deberíamos tratarnos al menos con un mínimo de respeto. ¡Deja de torturar a mis hombres!

Coltaire se lo quedó mirando fijamente, luego sonrió, escupió a los pies de Karakush y se dio la vuelta. Al pasar al lado de Raed acuclillado a un lado le propinó una patada en el estómago.

Karakush sintió que la rabia hervía en su interior. Salió disparado hacia el caballero, pero las cadenas lo retuvieron.

—¡Tú, demonio! —dijo escupiendo—. Le ruego a Alá que me dé la oportunidad de enfrentarme a ti algún día con la espada.

Lo esperaba de todo corazón.

79

Acre, agosto de 1191

E l corazón de Aveline latía como un tambor en la escalera bajo el tragaluz. Había luchado un buen rato consigo misma, pero ahora estaba decidida: quería hablar con Étienne, explicarle las circunstancias y los motivos de su acción, sin importar las conclusiones que él extrajera. Quería que la entendiera. Quería que tal vez la perdonara algún día.

Sin embargo, lo que más deseaba era que él no estuviera allí y tener así una razón para interrumpir su desesperado propósito.

Tras respirar muy hondo empujó la trampilla hacia arriba. El cielo se extendía sobre ella, negro como el humo y entretejido de estrellas brillantes como un valioso tapiz, ahí mismo, al alcance, como si solo tuviera que alargar la mano para arrancar una, pero al mismo tiempo lejano e inalcanzable.

Del mar llegaba el sonido ascendente y descendente de las olas que rompían en las rocas que rodeaban Acre transportando una brisa cálida y salada.

Era una noche de dolorosa belleza, una noche para amantes, como el día en que Étienne la llevó allí por primera vez.

Aveline ascendió por el tragaluz a la azotea. Ya antes de verlo percibió el débil olor del aceite de la lamparilla y oyó el susurro de las telas. Giró la cabeza y divisó a Étienne. Estaba en un borde de la azotea, sentado sobre una alfombra a la luz llameante de una lamparilla de aceite, y la estaba mirando a la cara. Sus ojos brillaban como la miel oscura. No parecía muy sorprendido, pero tampoco muy alegre de verla. Para ser exactos, su cara era inexpresiva. Estaba claro que no tenía ninguna intención de ponérselo fácil. De todas maneras parecía dispuesto a escucharla. Eso era ya un comienzo.

—Después de la fiesta de la Candelaria, cuando celebramos la arribada de los barcos de aprovisionamiento, Bertrand nos vio juntos —comenzó a decir ella sin rodeos. Quería que Étienne lo supiera todo, desde el principio, sin ningún secreto más.

Aveline se detuvo donde estaba. No conseguía mirar a los ojos a Étienne y fijó la vista en la punta de las botas. Las uñas se le clavaban en las palmas de las manos por la fuerza con la que mantenía apretados los puños.

—Bertrand corrió de inmediato con esa información donde Greville, que esa misma noche me acechó y me exigió que espiara a su adversario Caspar a través de ti, y que le suministrara cualquier dato que pudiera perjudicar a Caspar. En caso contrario revelaría mi identidad, no como sodomita..., sino como mujer.

Miró a Étienne, que se esforzaba visiblemente por mantener un semblante inexpresivo, pero que no podía ocultar por completo su emoción. Su nuez de Adán ascendía y descendía al tragar saliva, le temblaban las aletas nasales. Aveline apartó la vista de él y reunió fuerzas para las siguientes frases.

—Coltaire de Greville se dio cuenta de quién era yo en realidad porque..., porque fue él quien abusó de mí. La criatura que abandoné en el bosque era hijo suyo.

Ella oyó un jadeo ahogado y alzó la vista. Étienne se había levantado de su sitio, la miraba penetrantemente, pero no se movía del lugar. ¿Qué estaría pensando?

Aveline tragó saliva con fuerza y siguió hablando con rapidez. Si no lo decía todo ahora, nunca lograría hacerlo, de eso estaba segura.

—Quería que te espiara y le hiciera llegar toda la información. Por ello decidí..., decidí mantenerme lejos de ti. Y por ello te apalearon los matones de Greville hasta dejarte medio muerto, como aviso para que cumpliera lo acordado. —Cerró los ojos cuando la arrollaron los recuerdos y los sentimientos de culpa—. Poco después de nuestro encuentro aquí en la azotea, Bertrand y Gaston me condujeron a rastras donde Greville. Yo..., yo no pude... —Un sollozo incontenible se le escapó por la garganta y se llevó la mano a la boca. No se atrevía a mirar a la cara a Étienne. No estaba segura de si podría soportar lo que viera en su rostro—. No pude resistirme a él. Me habría desenmascarado sin escrúpulos ante todo el mundo. Yo pensaba que lo más importante era llegar a Jerusalén y al Santo Sepulcro para librarme por fin de mi culpa y salvar mi alma, y para alcanzar esa meta estaba dispuesta a todo. Entendí demasiado tarde que de ese modo no había hecho sino cargar aún con más culpa. Por miedo a la condenación y a los tormentos después de la muerte, convertí mi vida en un infierno antes de tiempo, a pesar de que tú me habías ofrecido el paraíso. Lo que os hice a Caspar y a ti, y a vuestro protegido, es imperdonable. Y no puedo subsanarlo.

Aveline no percibió las lágrimas hasta que le gotearon por la barbilla. Se sentía reseca, dolorida y vacía. ¿Y ahora qué? Cuando levantó la cabeza, Étienne se había dado la vuelta y tenía la vista clavada en la ciudad. Aveline dio algunos pasos inseguros en su dirección.

Étienne no sabía qué hacer con sus sentimientos y sus pensamientos. Coltaire de Greville, ¿era el violador de Ava, el padre de su hijo? ¿Y estaba al corriente de todo sobre ellos dos? ¿Qué le había hecho a Ava ese asqueroso? ¿Lo habían molido a palos realmente por orden del caballero? ¿Y qué iba a impedirle ahora vengarse por el asunto de Musa y exponerlo a él en la picota como a un sodomita? ¿Le creerían? ¿Por qué Ava no se lo había hecho saber antes?

Traición. Eso era traicionar todo lo que habían tenido juntos.

Pero ¿acaso había tenido Ava otra opción? ¿Qué más podría hacer Greville con ella? ¿Qué sería lo siguiente? Y él mismo ¿era capaz de perdonar?

Étienne miraba fijamente las casas y las calles, las luces de Acre, y trataba de encontrar un orden, algo a lo que poder aferrarse antes de ser arrastrado definitivamente por esa vorágine de pulsiones.

Cuando se dio la vuelta, Ava estaba a unos pocos pasos de él. La mirada de ella parpadeaba, agitada, suplicante y al mismo tiempo desesperada y resignada.

Étienne dio un paso hacia ella. Y se detuvo cuando apenas los separaba medio brazo.

No se movían, no se miraban. Entre ellos se extendía únicamente el calor de sus cuerpos, el olor familiar del otro a madera cálida y a cuero, a hierbas curativas y aceites.

Un paso, un alzar el brazo, una mirada..., no habría hecho falta más para romper aquel encantamiento. Pero ninguno de los dos se movió.

El mar rodaba arriba y abajo, arriba y abajo. Ellos inhalaban y exhalaban el aliento.

La vida del más acá era breve y fugaz. Estaba llena de esperanzas y de miedos, llena de culpas y de pecados, pero también estaba llena de amor y de indulgencia.

Étienne levantó las manos hasta la nuca de Ava y atrajo la cabeza de ella hacia la suya hasta que sus frentes se tocaron, percibió la piel de ella en la suya, su calidez. ¿Cómo renunciar a eso?

Permanecieron así un buen rato, escuchando atentamente el arrullo de las olas, la respiración del otro. Al fin, Étienne movió las manos, rodeó con ellas las mejillas de Ava, y sus labios se encontraron.

Eran seres humanos, con sus dudas y sus pecados. Eran víctimas a las que se había convertido en victimarios, eran hijos e hijas de la culpa. Y, por Dios, merecían el perdón.

80

Acre, agosto de 1191

Una inercia somnolienta se había posado en la ciudad. El sol de agosto calentaba las murallas de Acre casi a la temperatura de un horno de panadería y paralizaba toda actividad. El aire, denso y abrasador, colgaba en los callejones y en las casas como un humo demasiado espeso como para que la brisa marina pudiera llevárselo consigo. Los rayos del sol caían como lanzas ardientes desde un cielo sin nubes. Quien podía, huía a la sombra. Quien estaba obligado a permanecer al sol, se cubría la cabeza con pañuelos a la manera de los beduinos y se movía lo menos posible.

Probablemente no había nadie en toda la ciudad que pudiera entusiasmarse con los planes del rey Ricardo para partir. Tras los largos meses de privaciones y de penurias durante el asedio, todos disfrutaban ahora en exceso de las comodidades que les ofrecía Acre: comida y vino en abundancia, amor comprable, seguridad. ¿Quién querría cambiar todo eso otra vez por el hambre, el combate y la muerte, aunque eso sirviera para la causa sagrada?

También Étienne se hallaba inmerso en un sueño borroso entre lo que había sucedido y lo que iba a suceder. Ava y él eran dolorosamente conscientes de que ese estado de despreocupación no podía ser duradero, y estaban decididos a apurar al máximo cada instante. De todas formas, la realidad encarnada en Caspar y en sus pacientes no tenía consideración ninguna por los deseos de Étienne. Eso le llevaba a estar sentado en el catre de la sala de las curas, ordenando sin ganas las provisiones de medicamentos, en lugar de estar con Ava. Estaban obligados a reponer existencias y a hacer acopio de medicinas mientras las tropas cristianas permanecieran en la ciudad y se tuviera acceso al flujo constante de mercancías de los comerciantes, ya que en su marcha hacia Jerusalén iban a necesitar con toda seguridad cada onza.

Una llamada enérgica a la puerta arrancó a Étienne de su labor.

—¡Alabado sea Dios! —exclamó agradecido por esa interrupción bienvenida.

Se dirigió cojeando hasta la puerta de entrada y la abrió. Enfrente tenía al conde Guillaume.

—¿Molesto?

—¡Por los cielos, no! Todo lo contrario. Me aliviáis de una tarea muy enojosa. —Étienne se apartó a un lado y le invitó a entrar con un gesto. Mientras el conde pasaba a su lado, Étienne lo examinó con una mirada profesional, pero a primera vista no pudo distinguir nada que requiriera atención médica. Ofreció al huésped un asiento a la mesa y llenó un vaso de vino diluido—. ¿Hay malas noticias, señor?

—¿Qué te hace pensar eso?

—Con vuestro permiso, pero es que soléis aparecer siempre cuando ha sucedido algo desagradable. Casi como una corneja.

El conde Guillaume pareció molesto y enarcó las cejas de una manera que a Étienne le recordó espantosamente a un Caspar muy malhumorado.

—Disculpad —se apresuró a rectificar mientras sentía acaloramiento en las mejillas—, eso que he dicho resulta inapropiado.

Sin embargo, las facciones de Guillaume se relajaron al instante y se rio con su radiante risa de muchacho.

—Está bien, Étienne. Probablemente tengas razón. Este es uno de los pocos lugares a los que no me sigue toda esa muchedumbre de pelotas, aduladores y babosos con sus noticias funestas. Es un buen escondrijo para tomar aire y hablar abiertamente.

—Un escondrijo que además pone a vuestra disposición una agradable compañía y el mejor vino de la ciudad —añadió Caspar que había entrado sin ser visto.

—¡Tú lo has dicho! —Guillaume brindó por el cirujano y tomó un buen trago. Caspar acercó un taburete y también Étienne se unió a ellos. Las medicinas podían esperar.

—Pero estamos expectantes por saber exactamente de qué estás huyendo —comentó Caspar mirando a su amigo con expresión de ruego.

La mirada de Guillaume se ensombreció, y exhaló un suspiro.

—Dicen que en unos pocos días va a tener lugar el intercambio de prisioneros, como ya sabéis. Pero Conrado de Montferrato se niega rotundamente a entregar a los sarracenos que están bajo su custodia en Tiro, entre ellos Karakush, antiguo comandante en jefe de Acre.

—¿Qué? Pero ¿por qué hace eso Conrado? —preguntó Étienne sorprendido.

El conde Guillaume se encogió de hombros y suspiró una vez más.

—La vanidad, los juegos de poder —conjeturó Caspar en su lugar—. Conrado está resentido con el rey Ricardo por no haberle apoyado en su reclamación del trono y porque Guido de Lusignan continúa portando en la testa la corona de rey.

—Me temo que es exactamente eso —dijo Guillaume asintiendo con la cabeza con gesto apático—. El rey Ricardo está que escupe veneno y bilis. Incluso ha pensado en voz alta sitiar la ciudad de Tiro para obligar a Conrado a la entrega de los prisioneros.

—¡Qué disparate más tremendo! —exclamó Étienne con un gruñido.

—Sí, en efecto. Realmente no necesitamos a los sarracenos para nada. Los cristianos nos las arreglamos nosotros solitos para convertirnos la vida en un infierno. —Guillaume bebió otro trago largo de vino antes de continuar hablando—. El duque Hugues ha conseguido por el momento que Ricardo mantenga la calma y que le ceda a él las negociaciones con el margrave. Mañana partirá hacia Tiro. Y, si Dios quiere, regresará a tiempo para estar presente en la entrega de los prisioneros.

Étienne notó que el estómago se le revolvía desagradablemente. Y Guillaume adivinó al instante la causa de su malestar.

—No te preocupes. Coltaire de Greville estará ocupado en Tiro una temporada todavía, ya me ocupo yo de eso. No se le ordenará regresar hasta poco antes de la partida de nuestro ejército a Jerusalén. Y entonces le tendré puesto el ojo encima. —Guillaume carraspeó y dirigió la vista a Caspar—. A la inversa espero que os mantengáis alejados de él y que no le busquéis las malas pulgas. —Caspar hizo un gesto de negación con la mano, pero Guillaume no había terminado todavía—. Sé que Greville es un cabronazo sin escrúpulos, pero me temo que necesitamos a gente como él, con talento para la violencia, si queremos recuperar Jerusalén.

El semblante de Caspar mostraba a las claras que, en su opinión, nadie necesitaba para nada a tipos asquerosos como Coltaire de Greville, pero no lo verbalizó.

El conde los miró a ambos y abrió la boca como si fuera a formularles una pregunta o a añadir algo, pero en lugar de eso agarró su vaso y lo apuró.

—Bueno, pues —dijo Guillaume levantándose con pesadez. Parecía cansado—. Todavía hay muchas cosas por hacer antes de partir. Estad preparados.

Pocos días después, Aveline y Étienne estaban sentados hombro con hombro en la azotea de su escondrijo y contemplaban cómo la última luz del día se ahogaba en las sombras de la ciudad.

El intercambio de prisioneros había fracasado. Safadino, hermano de Saladino y padre de Musa, había solicitado al rey Ricardo un aplazamiento porque todavía no habían reunido el dinero del rescate. Corazón de León había accedido, lo cual se debía probablemente al hecho de que el duque Hugues seguía negociando el regreso de los prisioneros de Tiro, y un aplazamiento convenía también a las huestes cristianas.

Étienne se preguntaba cómo le habría ido a Musa. ¿Habría conseguido culminar su huida con éxito y habría alcanzado a sus paisanos sin incidentes? ¿Se habrían curado como era debido sus heridas y cicatrizado sus huesos? ¿Pensaría en alguna ocasión en el *hakim* cristiano y en su asistente? No había nadie que pudiera responderle a esas preguntas. Y Étienne no estaba seguro de si era correcto que cavilara con tanta frecuencia sobre el joven sarraceno y su destino. Debería olvidarse de él y concentrarse en lo que se les venía encima.

—¿Cómo irán las cosas a partir de ahora? —preguntó Aveline en aquella quietud.

—¿Te refieres a la peregrinación armada o a nosotros?

Ella se encogió de hombros. ¿No era una cosa inseparable de la otra?

—Dicen que el intercambio definitivo de prisioneros no tendrá lugar hasta dentro de diez días —comentó Étienne—. Eso significa que estaremos diez días más aquí.

Aveline recostó la cabeza en su hombro e inhaló hondo en los pulmones aquel cálido aire. Diez días. Cada uno de ellos significaba un regalo inesperado, igual que el hecho de volver a sentarse ahí con Étienne en armonía. Él había decidido perdonarla, pero la confianza había que restablecerla de nuevo. Sin embargo, las cosas iban bien tal y como estaban en esos momentos.

En cuanto el ejército se pusiera en marcha hacia Jerusalén, y eso sería una vez concluida la entrega de los prisioneros, se acabarían por mucho tiempo esa soledad compartida y los encuentros secretos que aún eran posibles.

—Coltaire regresará pronto —dijo Étienne súbitamente, y Aveline percibió cómo se ponía rígido a su lado.

—No hablemos de él —le rogó—. Ahora no. Todavía no está aquí.

—Pero... necesitamos un plan. Es seguro que no va a dejarte en paz. —Étienne tragó saliva haciendo ruido—. Tú sabes ya... lo que sucedió con Marica. No puedo convencerme de que fue su enfermedad lo que la mató. —Giró la cabeza hacia Aveline, le agarró una mano y se la apretó. Su mirada estaba llena de preocupación—. Temo por ti, Ava. ¿No sería más seguro si te quitaras esas ropas de hombre y te pusieras de nuevo las de mujer para...?

—¿Qué sentido tendría, Étienne? —lo interrumpió ella con rudeza—. Coltaire me reconoció con prendas de hombre. ¿Crees realmente que podría engañarlo a la inversa? ¿O a Gallus y a mis compañeros de armas? Tendría que esconderme entonces. Y ahora que el rey Ricardo ha emitido un decreto que prohíbe a las mujeres la marcha a Jerusalén, ni siquiera podría acompañarte a la Ciudad Santa. No podría cumplir mi voto. —Sacudió la cabeza—. Si regresara en estos momentos a mi vida como mujer, no ganaría nada, excepto, tal vez, verme aún más indefensa que ahora.

Étienne asintió y giró la cabeza de nuevo hacia la ciudad cuyos tejados ardían con la última luz del día. Si bien tenía una sensación difusa de disgusto por las palabras de Ava, la entendió. En el mejor de los escenarios, ya no podría ser arquera; en el peor, la acusarían de traidora o de impostora. En uno u otro caso, Coltaire no desistiría de sus propósitos con ella.

«Y ya no serías la Ava que conozco».

Ava había tenido que soportar grandes sufrimientos y numerosos golpes del destino, pero ella había llevado las riendas de su vida pese a todos los reveses y perseguía un objetivo. Había luchado, había cometido errores, los había pagado y se había arrepentido. Todo eso la había convertido en la persona que se sentaba en ese momento a su lado. No estaba seguro de que la quisiera de otra manera, de que eso le diera lo mismo. No obstante, se preguntaba si, en esas circunstancias, alguna vez podrían compartir una vida como hombre y mujer, abiertamente y sin miedo.

—¿Tenemos futuro? —preguntó él.

Ava tardó un rato en responder.

—Eso solo Dios lo sabe —dijo al fin recostándose en su hombro—. Pero sé que tenemos un aquí y un ahora.

81

Acre, agosto de 1191

Aveline no era la única que esa mañana se hallaba en el adarve mirando en dirección al este. Entrecerró los ojos y oteó el horizonte a la búsqueda de jinetes, negociadores o emisarios de los sarracenos, por fin con el dinero del rescate. El plazo fijado iba a expirar a mediodía, una vez más.

Sin embargo, por mucho que se esforzaba su mirada, no divisaba siquiera una nube de polvo. A los lejos, a los pies de Tell Kaisan, donde seguía acampada una parte de las tropas de Saladino, el humo de sus hogueras ascendía lento y perezoso al cielo.

Por la mañana se había extendido el rumor de que el príncipe de los sarracenos había mandado masacrar a los prisioneros francos, pero no había pruebas de una acción tan infame. Algunos creían que esa acusación había sido lanzada a los cuatro vientos por compatriotas cristianos para encender los ánimos contra el enemigo. Habían pasado casi cuarenta días desde la captura de Acre. No eran pocos los que estaban cansados de la espera, anhelaban una decisión y deseaban ahogar en sangre definitivamente a los paganos, recuperar la Ciudad Santa.

También Aveline pensaba que probablemente aquello era un bulo difundido deliberadamente. Estaban en guerra y esta, como todo el mundo sabía, se libraba sirviéndose de todos los medios. Pero fuera cierto o no, una atmósfera tensa se había apoderado de Acre y de sus habitantes.

Cuando repicaron las campanas de la iglesia de San Andrés a la hora del mediodía, todavía no había aparecido ningún emisario.

«La paz y la bendición de Alá sean contigo». Karakush giró la cabeza primero a la derecha, después a la izquierda, y de esta manera concluyó la oración del mediodía. Igual que siempre, a continuación se sintió más sosegado y reconfortado de una manera difícilmente concebible. Se levantó, se acercó a la ventana de su prisión y miró hacia la ciudad que casi durante tres años había gobernado. En consonancia con su rango, no lo habían hacinado en uno de los patios con los demás prisioneros, sino que, tras su regreso de Tiro hacía algunos días, le habían concedido una alcoba propia con una cama y una mesa.

Sin embargo, habría preferido poder estar en esos momentos junto a sus hombres. No le convenía permanecer a solas con sus pensamientos, y mucho menos ahora. Se había enterado de que la entrega de los prisioneros se había anunciado para ese día, una vez más.

Después de que el plazo fijado de mutuo acuerdo hubiera expirado ya dos veces, Karakush no se atrevía a esperar que llegara realmente el día de su liberación. Ese continuo aguardar e inquietarse y la decepción posterior cansaban a su corazón viejo.

No sabía qué había impedido hasta entonces al sultán cumplir con las condiciones de la rendición y realizar el pago para el rescate de su valiente guarnición. Tampoco lo entendía. Karakush no era político ni diplomático, aunque siempre se había mantenido muy cercano al poder. Él había sido toda su vida un oficial, un soldado, un guerrero. Sabía combatir y guiar a sus hombres en la batalla, fortificar una muralla y organizar la defensa de una ciudad. Tenía talento para esas tareas, pero ahora el tiempo de los combates había dado paso al tiempo de la espera. Eran otros quienes decidían su destino.

«Alá, asísteme». Con los ojos cerrados, Karakush se presionó las sienes con las manos. Esa inactividad forzosa, ese estar a merced de los demás lo conducía al borde de la locura, lo dejaba desamparado y, ¿por qué negarlo?, lo llenaba de miedo.

Se sobresaltó cuando se abrió la puerta de su alcoba. Era Raed. Otra concesión. Le habían permitido mantener a su lado a su sirviente personal. Por supuesto que se las arreglaba muy bien sin ayuda, pero se alegraba de poder ahorrarle al chico la estrechez, la suciedad y la violencia del campo de prisioneros. Raed vivía en la diminuta antesala de su alcoba, se ocupaba de la comida y de la ropa de Karakush, se le permitía incluso realizar pequeños recados.

Cuando el joven levantó la vista hacia él, Karakush se apresuró hacia la entrada de la alcoba. La cara de Raed tenía un color ceniciento, los ojos lucían grandes y rígidos. Le temblaba todo el cuerpo mientras caminaba dando tumbos en su dirección.

—¡Por Alá, muchacho! —Karakush se colocó a su lado de una zancada y sujetó a Raed por el brazo antes de que se le doblaran las rodillas. Con delicadeza lo condujo a la cama para que pudiera sentarse—. ¿Qué tienes?

—No va a esperar más —susurró su sirviente.

—¿Quién? ¿Qué quieres decir?

—Melek-Ric. No va a esperar más. Me acabo de enterar. Dice que no habrá ningún aplazamiento más porque el sultán ha dispuesto ya de suficiente tiempo. —Un sollozo seco escapó de la garganta de Raed—. Hoy mismo, dice, van a ser ejecutados todos los prisioneros.

—¡Alá nos asista! —Karakush sintió cómo las fuerzas le abandonaban y se desplomó en la cama junto al chico. Así que el rescate había vuelto a fracasar una vez más. Y los francos habían llegado ya al límite de su paciencia.

—Muhafiz...

—Ya no soy ningún muhafiz —replicó Karakush en un tono apagado.

Raed trató de recomponerse, de enfrentarse a su inminente destino con entereza, pero fracasó. Le tiritaba el cuerpo hasta que ese tiritar se convirtió en un temblor incontrolado, le corrían las lágrimas por las mejillas y de su garganta escapaban ligeros gemidos de pena.

Karakush extendió una mano y le apretó el hombro. Ese gesto de impotencia era lo único de lo que se sentía capaz. Raed no había cumplido siquiera los dieciocho años. Y otros habían decidido que no cumpliría ni un día más.

A Étienne le dolía endemoniadamente el pie izquierdo mientras se dirigía cojeando a la ciudadela lo más rápido que podía. Sin embargo, aún era mucho peor esa vaga desesperación que iba apoderándose de él cada vez más y más. Tenía que hablar de inmediato con Anselme y con Del.

Ya de lejos, antes de que pudiera entender una palabra, se dio cuenta de que sus amigos estaban envueltos en una acalorada discusión. Estaban el uno frente al otro como dos gallos de pelea con las plumas erizadas, las caras rojas y desfiguradas por la ira.

Eso no fue óbice para que Étienne se pusiera a hablarles de inmediato cuando finalmente llegó hasta ellos. El asunto era demasiado importante.

—El rey Ricardo... va a ordenar la ejecución de los prisioneros, de todos ellos. Casi tres mil personas —informó sin aliento.

—Eso ya lo sabemos —gruñó Anselme—. Y este condenado idiota se ha ofrecido voluntario para participar en la matanza —añadió con un desprecio total.

Étienne se volvió, desconcertado, hacia su amigo.

—¡No puedes estar hablando en serio!

Agarró a Del por los hombros, sintió la necesidad de sacudirlo, pero el joven caballero se zafó bruscamente de su agarre.

—Es cierto —admitió y su voz sonó casi terca.

—¿Por qué, por amor de Dios?

—Pero ¿qué quieres que haga Corazón de León en tu opinión? —le espetó Del con vehemencia.

«Corazón de León». ¡Por los cielos, cómo había pronunciado ese nombre! Como si aquel hombre fuera un santo.

—¿Quieres que Saladino lo maneje a su antojo? —Del hablaba con una furia creciente—. Esta mañana, ese cabrón sarraceno ha dejado expirar el plazo para la entrega del dinero del rescate por tercera vez. En lugar de pagar está devastando los campos, manda arrasar ciudades y fortificaciones a lo largo de la costa. Continuamente exige nuevas negociaciones, nuevas garantías de seguridad. Nos está dando largas, va probando sin escrúpulos hasta dónde puede llegar, y aprovecha el tiempo para impedir un avance de los cristianos. ¿Es que no lo veis? Es él quien está jugando con la vida de los rehenes.

—Pero son personas indefensas a las que van a masacrar aquí. ¡No puedes hacer eso! —Étienne se dio cuenta de que su voz adquiría un tono casi suplicante.

—¿Por qué no? —replicó Del con ardor, y Étienne creyó distinguir unas lágrimas en sus ojos—. ¿Acaso porque están vuestros amigos entre ellos?

Étienne pensó en Kazim, en Sedat y en los demás y quiso responder con un sí. Pero en lugar de eso dijo:

—Porque también hay mujeres y niños entre ellos. Y porque ningún guerrero se merece ser masacrado de esta manera deshonrosa. El rey Ricardo no debe hacer eso. Puede mostrar grandeza, puede dejar que impere la misericordia.

—¿Cuánto tiempo crees que debe seguir alimentando a los prisioneros en tu opinión? Tendríamos que dejar a centenares de hombres para su vigilancia cuando nos dirijamos a Jerusalén. Está en juego toda la reconquista —replicó Del impetuoso. A continuación, negó intensamente con la cabeza—. No, Corazón de León no debe mostrar ninguna debilidad ahora. Es el alma de Saladino la que tiene que cargar con la muerte de esas personas, si es que ese demonio tiene un alma.

—Puede ser que Saladino sea también responsable de esta situación, pero no creo que tú ni tu alma salgáis limpios de este asunto —replicó Étienne con una voz temblorosa por la ira.

—Se librará quien se bautice. Los demás son paganos. Su muerte no me deparará ninguna noche de insomnio —afirmó Del. Luego sacudió la cabeza con cansancio y miró a Étienne a la cara—. ¿No dijiste una vez que yo era un hombre de espada, un hombre de acción y no un pensador? —Y al mismo tiempo lanzó una mirada de reojo a Anselme, que estaba furibundo.

—¡Pero tú eres un caballero, maldita sea! ¡No un matarife! —le gritó Anselme a su amigo—. No te conviertas en una herramienta de ese cascarrabias de rey.

Del salió disparado hacia él.

—Has hablado bien, Anselme de Langres. Guillaume te quiere como a un hijo. ¡Ya casi tienes tu feudo en el bolsillo!

Anselme sacudió la cabeza desconcertado.

—Estás celoso. ¿Es eso? ¿Esperas que el rey Ricardo te arroje después algunas migajas en forma de tierras?

—¿Y a ti qué te importa? —dijo Del entre dientes.

—Eres mi amigo —explicó Anselme con la voz quebrada—. Por supuesto que me importa lo que pienses y lo que te suceda.

Étienne se interpuso entre ellos.

—Del, no tienes por qué hacerlo. Estás bajo pabellón francés. El mando le corresponde al duque Hugues, y con toda seguridad no obligará a nadie a participar en esa masacre...

Del levantó la mano con un gesto de rechazo.

—No te molestes, Étienne. Ya lo tengo decidido. Hemos venido aquí para reconquistar la Ciudad Santa y haré todo lo necesario para lograrlo. —Tragó saliva y se secó los ojos con rapidez—. Esas dudas... deben terminar.

Con esas palabras se dio la vuelta y los dejó allí plantados.

Étienne lo siguió con la mirada hasta que sus rodillas blandas cedieron y se puso de cuclillas. Comprendió lo que pasaba en el interior de su amigo, comprendió que las dudas eran el verdadero enemigo de Del. Le impedían ser el soldado que tenía que ser. La duda no era compatible con el odio; sin embargo, solo quienes odiaban podían expulsar, aplastar y extinguir vidas sin ver detrás de la sangre a las víctimas y a su destino, y sin que ellos mismos resultaran perjudicados en su cruel labor. Si hacías todo eso a pesar de las dudas, el odio se volvía contra ti mismo tarde o temprano, de eso estaba seguro Étienne.

Los fueron a buscar a primera hora de la tarde. Igual que a Meshtub, a Karakush le ofrecieron un caballo para el camino frente a las puertas de la ciudad, pero él lo rechazó. Sus últimos instantes quería compartirlos con las personas con quienes había luchado y sufrido por esa ciudad.

Debería haber sentido miedo, desesperación, rabia, pero, en lugar de eso, todo en su cabeza giraba solo en torno a una pregunta: ¿por qué Salah ad-Din había permitido que se llegara a esto? ¿Por qué les recompensaría de esa manera su lealtad sacrificada?

Algo en Karakush seguía resistiéndose a aceptar como motivo un cálculo fallido. No quería creer que el sultán hubiera jugado tan fríamente con la vida de todos, y que hubiera perdido la apuesta. Él siempre se había mostrado magnánimo y honorable con sus enemigos, ¿por qué iba a traicionar así a sus propios hombres? Muchos emires habían contemplado el ascenso de Salah ad-Din con envidia y rechazo, y no perdían ninguna oportunidad para ponerle piedras en el camino. Quizá esta vez fuera así también. Probablemente no estaban dispuestos a pagar el exorbitante precio del rescate. Tal vez les convenía debilitar a su detestado sultán entregando a la muerte a casi tres mil personas, muchos de ellos guerreros suyos.

Según estaban las cosas, Karakush no conocería ya nunca la respuesta a esas preguntas, pero al menos quería abandonar el mundo con el sentimiento de que su sultán no lo había dejado en la estacada.

«¡Que Alá se apiade de todos nosotros!», rogó en silencio y cerró los ojos por unos instantes.

Poco antes de alcanzar la puerta de la ciudad, oyó una voz que lo llamaba.

—¡Karakush, esperad! —Se acercaron tres jinetes. Reconoció a Hunfredo de Torón en compañía de dos caballeros. El hombre joven se bajó de su montura e inclinó la cabeza en señal de saludo—. Me envían a que os lleve con el rey Ricardo —explicó sin circunloquios.

Karakush sabía lo que significaba eso. Tendría que habérselo figurado. No obstante, los sentimientos que no le habían afectado todo ese tiempo se precipitaron sobre él de pronto con la fuerza de una piedra de molino. Una sensación de frío se extendió por sus extremidades.

—¡No! —exclamó—. ¡Maldita sea, claro que no! Hemos luchado juntos, y juntos hemos perdido. ¡También moriremos juntos! —Un poco le sorprendió a él mismo el rigor con el que se estaba tomando ese asunto, pero su guarnición había soportado todo tipo de privaciones durante el asedio, había seguido sus órdenes sin rechistar y se había desangrado por él en numerosos combates. ¿Por qué iba a conservar la vida, si sus hombres, que no tenían siquiera la mitad de sus años, iban a perder la suya? ¿Por qué él, nada menos que él, iba a gozar del privilegio de escapar a la conclusión de todo? Eso le parecería una traición, hacia ellos y hacia todo en lo que creía—. ¡Me quedaré con mi gente! —insistió tercamente y dio un paso atrás con los brazos cruzados.

Hunfredo negó con la cabeza con gesto triste.

—Sois verdaderamente un hombre honorable, Karakush, pero me temo que no puedo permitíroslo —replicó en un tono compasivo—. No moriréis hoy.

Aveline volvía a estar en el adarve, esta vez con el arco y la aljaba bien llena de flechas. Habían recibido la orden de salvaguardar la ciudad contra posibles ataques durante la ejecución de los prisioneros. Una gran parte de los jinetes acorazados y de los soldados de infantería se encontraba extramuros de Acre. Fuertemente armados, formaban rodilla con rodilla y escudo con escudo un muro impenetrable entre el lugar de la ejecución y los restos de las tropas sarracenas.

Todos los prisioneros que no se dejaron bautizar habían sido expulsados del castillo templario y de la ciudadela. Iban encadenados, conducidos extramuros de la ciudad. Aveline los vio pasar en hileras aparentemente interminables, algunos erguidos y con el orgullo inquebrantado, otros sollozando y rezando, tal vez todavía esperanzados. También había mujeres, niños y niñas entre ellos, familiares y allegados de los soldados de la guarnición.

Aveline no sabía si lo que estaba sucediendo era correcto o una equivocación, si era justo o injusto. Hacía tiempo que había renunciado a pretender dirimir en ese asunto. La única certeza era que se encontraban en bandos diferentes y que esas personas dignas de lástima tenían la mala suerte de encontrarse, en ese instante, en el bando equivocado. Y al menos por ese motivo merecían su compasión.

La llanura frente a Acre se llenó pronto con los prisioneros, los caballeros cristianos y los soldados. El rey Ricardo había mandado dividir a los sarracenos en tres grupos. Uno muy reducido, en el que se encontraban Meshtub y Karakush, los antiguos comandantes de la guarnición, fue conducido hasta él al borde de la plaza bajo un baldaquino para presenciar la inminente matanza. Eso no podía significar otra cosa sino que, por el momento, iban a librarse de la muerte, presumiblemente porque se quería seguir manteniendo a estos prisioneros especialmente valiosos en reserva como rehenes objeto de trueque. Aveline no quería imaginarse lo humillante y cruel que debía de ser tener que quedarse de brazos cruzados viendo lo que iba a venir a continuación.

Y aún otro grupo de personas iba a sobrevivir al parecer: figuras míseras que tenían un aspecto decrépito aún mayor que el resto de los prisioneros. Se trataba de indigentes, peones, esclavos, personas que no poseían ningún valor para Saladino y cuya muerte no habría supuesto ninguna diferencia. Esa circunstancia les había procurado la libertad. Probablemente era el primer día de sus miserables vidas en que podían alegrarse de su insignificancia, a pesar de que su futuro fuera incierto. Ricardo los dejó marchar sin más.

Quedaba el último grupo, el mayor con diferencia: oficiales, soldados, guerreros y sus familias, ya fueran integrantes de la antigua guarnición de Acre o prisioneros de las filas de Saladino. La pérdida irrecuperable de su fuerza combativa golpearía sensiblemente al sultán de los sarracenos, lo cual hacía que su muerte fuera inapelable.

Tan pronto como el rey Ricardo estuvo seguro de que las tropas de Saladino podían contemplar la ejecución a lo lejos pero sin intervenir, dio la señal. El movimiento de su mano pareció débil y su cara no mostró ninguna emoción. Aveline se preguntó si al rey inglés le habría gustado solucionar ese asunto de otra manera, sin derramamiento de sangre. Algo así tenía que representar por fuerza un impío desperdicio de vidas incluso para un señor de la guerra como él. A diferencia de Coltaire de Greville, Ricardo no era un hombre cruel que encontrara placer en matar, pero de todas formas la violencia representaba para él una moneda legítima para imponer sus intereses cuando fracasaban otros medios. Como había ocurrido en ese caso.

A la orden de Ricardo, sus carniceros avanzaron con sus espadas hacia los indefensos prisioneros y los fueron abatiendo, hombre tras hombre.

Aveline desvió la mirada. No necesitaba ver aquello. Los gritos que venían de abajo, los gemidos y los lamentos, el sonido nauseabundo del acero al penetrar en la carne y en los huesos, bastaron por completo para grabar a fuego ese día en sus sueños para siempre. Los gestos de rabia y de desesperación y los lamentos de los impotentes sarracenos más allá del muro formado por los jinetes acorazados eran también un reflejo elocuente de lo que estaba sucediendo en la llanura. No tardó mucho en comenzar a ascender hasta los adarves un hedor repugnante, un olor a matadero, a sangre caliente, a excrementos y a cuerpos destripados. El olor de la muerte y del exterminio.

Ubicado al lado de Karakush, Meshtub tenía la vista fijada en el suelo. Le temblaban las aletas nasales, mantenía los dientes apretados de tal modo que se les oía rechinar, y tenía la cara desfigurada en una mueca.

Karakush se obligó a mantener la cabeza alta y a dirigir la vista a las personas que estaban condenadas a morir. Los brazos le colgaban inútiles a los lados, cerraba los puños con tanta fuerza que le crujieron los nudillos, cada músculo de su cuerpo estaba tenso y duro como una tabla. De lo contrario habría caído de rodillas al instante. Sin embargo, quería permanecer erguido y mirar a los ojos a todos y a cada uno de sus hombres. Les debía eso como mínimo. Quería que supieran que no les daría la espalda tampoco en ese último lance, quería que supieran que los iba a recordar.

Estaban muriendo como muyahidines. «Para esos serán los jardines del edén, por cuyas tierras bajas fluyen los arroyos. Se les adornará allí con brazaletes de oro, se les vestirá de satén y brocado verdes, estarán allí reclinados en divanes. ¡Qué agradable recompensa y qué bello lugar de descanso!», recordó los versículos del Corán, pero ese pensamiento no le reconfortó. Era y continuaba siendo una muerte sin sentido.

Se maldijo a sí mismo por no haberse asegurado de que Raed abandonaba la ciudad sitiada, por haberse alegrado en secreto de su desobediencia. Ahora el chico pagaba un precio cruel. Aunque Raed era plenamente consciente del peligro y a pesar de que en calidad de soldado de la guarnición debía tener presente la muerte cada día, la responsabilidad de lo que iba a sucederle ese día pesaba sobre los hombros de Karakush.

Buscó al joven entre la multitud. Tardó un rato en descubrirlo entre las personas apiñadas y amedrentadas. Raed miró en su dirección y sus miradas se encontraron. Karakush no apartó la vista de él, estaba decidido a no perderlo ya más, a ofrecerle su apoyo con la mirada. El muchacho se mantenía erguido, la expresión de sus ojos era de resignación y de una finitud aplastante. Miró a Karakush directamente cuando el rey Ricardo dio la señal y comenzó la matanza a su alrededor. Continuó mirándolo incluso cuando la espada de un guerrero franco le atravesó el corazón.

Étienne encontró a Anselme en la entrada de la ciudadela. Estaba sentado a la sombra con la espalda apoyada en un muro y la cabeza hundida en los brazos.

Étienne se sentó junto a su amigo y ambos permanecieron un rato en silencio.

Después, Anselme alzó la cabeza y se pasó las manos por la cara. ¿Había estado llorando?

—¿Por qué no estás ahí afuera con los caballeros acorazados y con Guillaume? —preguntó Étienne.

—El conde no lo consintió. Dijo que algunos hombres buenos debían quedarse en la ciudad. Para ser sinceros, lo que pretendía era ahorrarme esa carnicería —respondió Anselme mordiéndose el labio inferior—. Creo que Del tiene razón de estar celoso. Yo debería estar ahí fuera y proteger al menos a nuestra gente.

Étienne no supo qué replicar a eso.

Incluso hasta ellos llegaban los gritos y los lamentos del lugar de la ejecución frente a las murallas. Por primera vez desde hacía mucho tiempo, Étienne deseó tener vino, mucho vino, para anestesiar los sentidos y ahogar en él aquel coro del horror. Supuso que Caspar había elegido esa vía, en cualquier caso había desaparecido desde el comienzo de la ejecución en masa.

El combate era una cosa; en cierto modo era una competición honesta, un «tú o yo» en el que cada uno tenía unas opciones similares. Pero lo que estaba sucediendo ese día frente a las murallas de Acre, donde unos soldados armados estaban masacrando a prisioneros indefensos, repugnaba a muchos en lo más profundo, aunque entendieran las razones. Se trataba de un aviso cruel al príncipe de los sarracenos, y tenía por objeto que este no volviera a poner a prueba la determinación de los cristianos.

Mentalmente, Étienne vio cómo Del degollaba a un Kazim encadenado, cómo hundía la espada a una mujer o mataba a una criatura, y el estómago se le revolvió.

Estaban sentados junto a la muralla y esperaban sin saber muy bien qué, posiblemente el final de la masacre, el enmudecimiento de los gritos. Ninguno de ellos podía decir cuánto tiempo había pasado hasta que por fin se instaló un silencio sepulcral en la llanura a las afueras de Acre. Le encargaron a un muchacho que les trajera vino sin diluir, y este se lo llevó poco después.

Cuando Del subió la cuesta hacia la ciudadela, a un paso más bien tambaleante, el sol de poniente ya había abrasado el cielo hasta convertirlo en cenizas. Su amigo tenía el aspecto de haber librado una batalla en solitario, estaba completamente manchado de sangre y de suciedad. Su mirada parecía desgastada con las imágenes de ese día atrapadas para siempre en ella. Casi parecía como si los muertos estuvieran contemplándolos desde sus ojos.

Anselme se levantó de un salto, rodeó los hombros de Del con un brazo y lo condujo hasta su residencia. Nadie dijo nada, nadie formuló preguntas ni pronunció ningún juicio. Le alcanzaron el vino en silencio y se emborracharon juntos hasta que, al menos por esa noche, un velo de clemente olvido se extendió sobre lo sucedido.

82

Acre, agosto de 1191

E l duque Hugues, el conde Guillaume, su cuñado Enrique de
Champaña y algunos otros altos mandos del ejército francés
se apiñaban en torno a la mesa en la que estaban desplegados diferentes mapas.

Igual que los demás presentes (principalmente caballeros,
pentarcas, portaestandartes y capitanes), Étienne se mantenía en
un segundo plano a la espera. Sintió un malestar al recordar la
última vez que se había encontrado frente a esa mesa en la residencia del duque. Varias veces tuvo que conminarse a sí mismo
para recordar la razón por la que se hallaban ese día ahí reunidos:
el Estado Mayor quería comunicarles cómo y por cuál ruta se
desarrollaría la marcha de las tropas en dirección a Jerusalén a la
mañana siguiente, y adoptar los últimos acuerdos.

Naturalmente, entre los presentes se encontraba también Coltaire de Greville. Dado que al fin Conrado de Montferrato se
había plegado a las exigencias de Ricardo de llevar de nuevo a
Acre a los prisioneros de la parte francesa, estos habían llegado ya
hacía algún tiempo. La víspera del fallido pago del dinero del
rescate, Coltaire regresó también de Tiro y, como era de esperar,
se prestó de inmediato a servir de ayudante de verdugo en la matanza que siguió después. Étienne se alegró de que el conde Guillaume hubiera tenido la deferencia y la precaución de mantener
ocupado esa mañana a Caspar en otros menesteres, de modo que

los adversarios no se habían encontrado todavía, de momento. Pero, aun así, el caballero ignoraba ostensiblemente a Étienne y se aferraba en silencio a una copa de vino. Parecía decidido a no atraer sobre su persona otra vez el disgusto de Hugues y de Guillaume.

Étienne sintió un escalofrío. Una cosa estaba clara: Greville no era un hombre que perdonara fácilmente, y mucho menos lo que ellos le habían hecho. Aprovecharía su oportunidad en cualquier emboscada de modo que no hubiera nada que se le pudiera imputar ni perjudicara sus ambiciosos planes. Actuaría de forma encubierta y en secreto, y eso lo convertía en un individuo aún más peligroso de lo que había sido hasta entonces.

Finalmente, Étienne descubrió a Anselme y se colocó a su lado. Su amigo parecía destrozado.

—¿Dónde está Del? —le preguntó en voz baja y mirando a su alrededor.

Anselme entrecerró los ojos y presionó el dedo pulgar y el índice sobre ellos.

—No se encuentra bien, se ha pasado media noche gritando en sueños —contestó—. No quiere hablar sobre ello, pero parece un espectro.

—Me temo que era de esperar. —Lo que Del había visto y vivido no era posible sacudírselo de encima de un día para otro, posiblemente lo llevaría consigo a lo largo de toda la vida. Étienne había observado esa circunstancia con mucha frecuencia entre sus pacientes—. Le prepararé un mejunje que le haga dormir mejor —se ofreció. Anselme asintió con la cabeza agradecido.

—¡Oídme bien, hombres! —exclamó por fin el duque dirigiéndose a los presentes—. Una guarnición bajo el mando de Bertram de Verdún y Étienne de Longchamps permanecerá aquí en Acre. Para todos los demás, mañana significará la marcha hacia Jerusalén. No tomaremos el camino directo a la Ciudad Santa, sino que marcharemos a lo largo de la costa hasta Ascalón.

—¿Y por qué? —preguntó alguien, y la voz sonó disgustada.

—El rey Ricardo lo ha dispuesto así —explicó Enrique de Champaña.

—Vaya, vaya, así que el rey inglés lo ha dispuesto así —dijo en tono de burla un caballero—. ¿Acaso nos hemos convertido en sus vasallos sobre los que puede «disponer» así, sin más? Yo no recuerdo haberle prestado mi juramento a él.

—Puede que no seamos sus vasallos —replicó el duque Hugues con frialdad—, pero dado que nuestras arcas de la guerra prácticamente están vacías y que no recibiremos por parte de Saladino ningún dinero por el rescate de los prisioneros muertos, Ricardo es quien va a pagar nuestra soldada, nuestro armamento y nuestro alimento.

—Así que hasta ahí hemos llegado. Ya no somos sino los mercenarios de un cascarrabias inglés.

Entre los hombres se levantó un murmullo generalizado acompañado de protestas y gritos de insatisfacción, entre los cuales Étienne no fue capaz de discernir si iban dirigidos hacia Ricardo de Inglaterra o hacia el propio rey que los había dejado en la estacada de una manera tan vergonzosa.

—¡Hombres! —Hugues mantuvo las manos en alto hasta que se reinstauró la calma—. Hay buenas razones para ese recorrido a lo largo de la costa. La ruta terrestre nos llevaría a atravesar una región montañosa complicada en donde tras cada elevación podría esperarnos una emboscada. Sería sencillo para Saladino separarnos de las líneas del abastecimiento. Y no necesito explicaros qué consecuencias tendría eso. —Miró a su alrededor—. La ruta costera, en cambio, nos permitirá mantenernos en contacto constante con la flota, que podrá abastecernos de comida, agua y armas y que, en caso necesario, podrá hacerse cargo de los heridos o de los enfermos. Además, los barcos transportarán la maquinaria de asedio y el abultado material militar, de modo que podremos avanzar por tierra con más movilidad.

Desde hacía algún tiempo, la costa de Tierra Santa se hallaba indiscutiblemente en manos cristianas, así que no cabía esperar ataques por ese lado. El plan tenía sin duda sentido. Y Anselme y Étienne no fueron los únicos que asintieron con la cabeza en señal de aprobación.

—La infantería, los ballesteros y los arqueros cubrirán los flancos de la expedición militar mientras que las tropas montadas e intendencia avanzarán por el centro.

—Señor, ¿me permitís una pregunta? —pidió la palabra Anselme.

—Adelante —dijo el duque con un gruñido.

—Los soldados de a pie que nos protegen por el lado terrestre estarán sometidos a una presión enorme. Quedarán expuestos a los constantes ataques. ¿Cómo nos aseguraremos de que aguantarán en esas condiciones?

Hugues asintió con la cabeza admitiendo el reparo.

—También en eso ha pensado el rey inglés. Las tropas del lado terrestre se alternarán cada pocas horas con los hombres que marcharán por el lado de mar para que puedan descansar. Además, hay un día de descanso programado después de cada día de marcha. Eso nos hará avanzar con mayor lentitud, ciertamente, pero los soldados tendrán tiempo para recuperar las fuerzas.

Anselme agradeció la respuesta con una breve reverencia. Sí, todo aquello sonaba a plan bien meditado, le pareció también a Étienne. Se podía decir del rey Ricardo lo que uno quisiera, pero de estrategia y de táctica entendía más que la mayoría. De esa manera, a pesar de su inferioridad numérica frente a los hombres de Saladino, conseguirían llegar a Jerusalén. Sin embargo, solo Dios sabía lo que les esperaba allí.

—Pero no olvidéis esto —advirtió el duque Hugues—. Saladino no nos concederá ni un segundo de descanso, no después de lo de ayer. La disciplina es una necesidad suprema en estos momentos. La formación de la marcha debe mantenerse a toda costa. Y, con la excepción de algunas lavanderas, no se va a permitir la presencia de mujeres en la marcha.

—Eso le resulta fácil decirlo al rey Ricardo —susurró un hombre cerca de ellos lo suficientemente alto como para que pudieran oírlo todos los que le rodeaban—. Él no llora ni una lágrima por su mujer. Y tiene suficientes tíos aquí, vale, pero ¿quién piensa en nosotros?

—¡Chist! —siseó otro, pero ambos sonrieron groseramente.

El duque reclamó la atención de los presentes aplaudiendo con sus grandes manos.

—Bien, hombres, transmitid lo que hemos hablado, haced los últimos preparativos, motivad a vuestra gente para la marcha. Al amanecer saldremos en dirección a Jerusalén.

Era la última vez que estarían tan cerca, la última vez que sentiría los labios de ella en su piel. La última noche en la que se les concedía permanecer juntos sin ser molestados; no volvería a suceder en mucho tiempo, tal vez nunca más.

Étienne miraba abajo, hacia la ciudad silenciosa y oscura con excepción de unas pocas luces y de las hogueras de los puestos de guardia. Caballeros, soldados y peones se habían retirado temprano a descansar para estar preparados para la marcha del día siguiente. Nadie sabía lo que le esperaba en la inminente etapa o frente a las murallas de Jerusalén, pero todos eran conscientes de que partir significaba abandonar un lugar seguro, cambiar la paz y las comodidades por el polvo, el sudor y la sangre. ¿Y para qué? Posiblemente para iniciar otro asedio de varios años, para una muerte bajo el sol abrasador.

Pero no ese día. Esa noche pertenecía aún a la vida. Étienne se tendió en su lecho de la azotea y esperó a Ava.

En cuanto todo el equipamiento estuvo cargado y guardado en barriles y el hatillo quedó atado para el día siguiente, Aveline salió furtivamente de la tienda de campaña. No tenía intención de emborracharse con su grupo esa última noche antes de la partida. De todos modos, ella nunca lo hacía, razón por la cual nadie se escandalizaría por su ausencia. Su última noche intramuros de Acre quería pasarla únicamente con una persona. Metió la cena en un talego y se puso en camino.

Cuando bajaba por la cuesta de la ciudadela, le salió al encuentro Coltaire de Greville.

Aveline se quedó de piedra. También el caballero se detuvo a algunos pasos de distancia. Se miraron fijamente sin decirse nada. Era la primera vez que se encontraban frente a frente desde que él la secuestró y la obligó a la traición. Siguió una batalla muda de miradas, pero Aveline no apartó la vista, sino que se obligó a desafiar los ojos de azor de su torturador sin pestañear.

Al cabo de unos instantes, Coltaire de Greville asintió con la cabeza casi en señal de aprobación, y una sonrisa peligrosa apareció en sus labios.

Esa sonrisa podía significar todo o nada.

Él se hizo a un lado y con un gesto exageradamente obsequioso le dejó el camino libre.

Despacio y a trompicones, Aveline comenzó a moverse tratando de mantener los ojos en el adoquinado mientras pasaba a su lado, pero con cada paso que daba sentía su mirada candente posada en ella.

Por lo visto, había decidido dejarla vivir, pero aún no había terminado de ajustar las cuentas con ella.

83

Costa del reino de Jerusalén, agosto de 1191

El incesante tintineo de las cotas de malla, de las armas y de los arneses, el amortiguado pisoteo de miles de pies y cascos, todo ello, acompañado por el tantarantán de los tambores, marcaba el ritmo del lento pero constante avance del ejército a lo largo de la costa.

Aveline dirigió la mirada al frente, hacia el mástil recubierto de metal que sobresalía de un carro en la sección central del ejército fuertemente custodiado. En él ondeaba el pendón del rey inglés, visible desde lejos para amigos y enemigos. El estandarte debía servir de punto de orientación y de reunión para procurar que la formación militar no se dispersara en exceso. Al mismo tiempo mostraba también a sus enemigos la determinación y la inquebrantable voluntad de lucha del ejército cristiano.

Era el tercer día de marcha. En algún lugar, muy a la cabeza de la formación militar y envueltos por una nube de polvo, cabalgaban Ricardo Corazón de León y el rey de Jerusalén, Guido de Lusignan, rodeados por los caballeros de la Orden de San Juan. Detrás de ellos avanzaban las tropas inglesas y normandas y en último lugar los templarios. Los soldados franceses, bajo el mando del duque Hugues, formaban la retaguardia y protegían la caravana de intendencia.

El avance se realizaba a duras penas. El terreno a lo largo de la costa era unas veces arenoso y otras estaba cubierto de imprevisibles arbustos espinosos, y convertía cada paso en un desafío. No obstante, eso ocurría en la misma medida para sus adversarios, especialmente para las tropas de Safadino, el hermano de Saladino, que los seguían a una distancia segura y que una y otra vez enviaban grupos de jinetes que ponían a prueba la cadena defensiva por el flanco oriental. Ocasionalmente atacaban también grupos de beduinos sobre sus grotescas monturas jorobadas.

Aveline batía con la mirada las crestas ascendentes y boscosas del Monte Carmelo, pero solo divisaba muy a lo lejos las siluetas de algunos jinetes. Era una sensación agobiante, después de los días de descanso y de ocio intramuros de Acre, volver a encontrarse de repente cara a cara con la muerte.

—No soporto más este maldito calor —exclamó Lucas con la voz ronca quitándose violentamente la cofia de cota de malla. Era uno de los arqueros que habían llegado a Tierra Santa con el duque Hugues y que ahora habían quedado asignados a su sección.

—¡Contrólate, triste quejica! —le espetó Gallus tirando de una flecha sarracena que se había clavado sin ocasionar daño en la parte posterior de la cota de malla de Lucas—. ¿Vas a quejarte también de que esta punta no te haya perforado ese ingrato barrigón tuyo?

Lucas esbozó un gesto de agobio y negó con un ademán de la mano.

—Si no lo hacen las flechas, tarde o temprano me matará este sol. ¡Maldita sea! Voy a entrar en ebullición con toda esta ropa y todo este metal.

Aveline lo entendía demasiado bien. No podía beber tanta agua como la que sudaba con su gruesa chaqueta acolchada bajo la cota de malla. Sin embargo, la armadura cumplía a todas luces su función de muro impenetrable contra sus atacantes. Así era normal ver a soldados que continuaban su avance impertérritos, con flechas enemigas clavadas en su coraza.

—Nos quedan menos de dos millas y entonces nos relevarán los hombres del flanco occidental —dijo en tono consolador Gallus, cuyo rostro estaba enrojecido también por el esfuerzo. Bajo la cofia de cota de malla y el yelmo con forma de huevo, sus facciones parecían más angulosas y puntiagudas. Sin embargo, sonrió con optimismo cuando sintió la mirada de Aveline en él—. ¿Está todo bien, muchacho?

—Eso creo.

Ella asintió con la cabeza, pero en realidad tenía una sensación de agobio en el pecho, el presentimiento de un peligro, como si algo estuviera a punto de suceder. Miró hacia atrás por encima del hombro. Muy cerca de ella cabalgaban Anselme y Del, un poco más alejado distinguió al conde Guillaume. Todos parecían estar en alerta, tensos, pero no alarmados. A Coltaire de Greville no se le veía por ninguna parte. Últimamente no se dejaba ver apenas, pero eso no suponía ningún alivio para Aveline, sino más bien lo contrario. Era una corazonada, la sensación de que un depredador acechaba en la oscuridad dispuesto a atacar cuando se le ofreciera una ocasión propicia. Aveline buscó con la vista el carro de los cirujanos y de Étienne, pero no pudo verlo, lo cual no hizo sino aumentar su desasosiego interior.

Al omnipresente polvo se le unía cada vez con mayor intensidad una bruma bochornosa que ascendía desde la costa y desde los arroyos y ríos que descendían de las montañas al mar. Ese aire húmedo se pegaba a la piel y dificultaba la respiración. Se formaban unos jirones de niebla que entorpecían la visión, de modo que pronto solo fue posible distinguir el estandarte como un contorno impreciso. Incluso los hombres que iban por delante de Aveline eran engullidos cada vez más y más por la bruma. Allí donde a unos pocos pasos por delante de ella caminaba antes un hombre, de pronto se abría ahora un hueco. La formación compacta se estaba rompiendo.

El malestar de Aveline creció hasta convertirse en una preocupación seria.

—Tenemos que corrernos más hacia delante —exclamó ella sin dirigirse a nadie en particular—. Tenemos que cerrar la formación.

—No te pongas nervioso, muchachito —dijo en tono de burla un caballero cercano agachándose hacia ella desde el lomo de su caballo—. Realmente no es necesario ir pegados a la chaqueta del rey Ricardo. Ya sabemos cuidarnos de nosotros mismos.

El hombre toqueteó la empuñadura de su espada con una sonrisa autosuficiente y se acomodó de nuevo en su montura con un gesto exagerado de desenvoltura.

Aveline apretó los labios. Las palabras del caballero no la tranquilizaron lo más mínimo, no había manera de quitarse de encima esa sensación de malestar que se le estaba deslizando bajo la piel hasta las raíces del pelo y que crecía hasta convertirse en un picor desagradable. Colocó una flecha en la cuerda y dejó vagar la mirada hacia el este, por encima de las colinas, pero la bruma formaba allí también un velo tupido. Por detrás creyó ver sombras moviéndose.

De pronto un sonido sibilante. Un grito de espanto.

Apenas tuvo tiempo de levantar el arco cuando algo se estrelló con fuerza contra ese flanco del ejército.

De un instante al otro, el aire se llenó de gritos, de relinchos de caballos, de choques de espadas.

—¡Formad! —oyó vociferar Étienne al conde Guillaume. Los caballeros se precipitaron desde todos los lados hacia el flanco oriental.

—Safadino —conjeturó Caspar con el semblante furioso, y refrenó a Fleur, que estaba dando brincos sin avanzar—. Así que ha conseguido abrirse paso. Y, si tenemos mala suerte, nos va a separar de la sección delantera del ejército.

Étienne cerró los puños. «No está bien. No está nada bien». ¿Cómo había podido suceder algo así? ¿No se les había inculcado que mantuvieran compacta a toda costa la conexión con la sección delantera? Sin embargo, muchos hombres de la parte francesa del ejército se habían mostrado reacios desde el principio a obedecer las órdenes rey Ricardo.

También el resto de la caravana de intendencia fue deteniéndose poco a poco. Caspar se asomó a la parte trasera del carro y sacó un cuchillo largo que entregó a Étienne.

—Toma, por lo que pueda pasar.

Él mismo se había armado con un hacha y miraba con tensión hacia el este, desde donde iba acercándose cada vez más el fragor de la batalla. Dos caballeros se apostaron frente a su carro con las espadas desenvainadas. Por lo visto les habían asignado la misión de proteger a los valiosos cirujanos, pero Étienne dudaba de que ambos pudieran hacer mucho cuando las cosas se pusieran verdaderamente difíciles y se luchara a brazo partido.

Ya durante todo el día, las tropas de al-Adil habían estado hostigando la cadena defensiva de los cristianos por el lado terrestre, hasta el momento sin un éxito persistente. Ahora parecían haber encontrado un hueco y penetraban por él sin compasión. ¿Estaría Musa entre ellos?

Étienne fijó la vista en la dirección en la que suponía que se encontraba Ava, pero entre los jirones de niebla, los cuerpos de los caballos y los cuerpos pululantes de los soldados no pudo distinguirla. «Santa Madre de Dios, protégela», imploró en silencio. Era todo lo que podía hacer, y el corazón se le encogió convulsivamente ante la impotencia.

No tardaron mucho en llevarles los primeros heridos. Caspar dejó su arma a un lado y se puso manos a la obra. Étienne hizo lo mismo. Sin embargo, a diferencia de su maestro, no conseguía concentrarse por completo en la tarea. Los dos caballeros junto al carro hacían todo lo posible por mantener alejados a los enemigos. No obstante, cuando Étienne levantó la vista, vio muy cerca a varios guerreros sarracenos que pasaban a toda prisa sobre sus monturas. Asestando un golpe certero derribaron a un peón de la caravana de intendencia y comenzaron a extraer sacos de flechas de su carro.

Étienne tenía dificultades para respirar. Si no sucedía algo rápidamente, el día terminaría en una catástrofe sangrienta para las tropas francesas. Y posiblemente también para el resto del ejército.

Los jinetes se estrellaban sin freno contra el muro de escudos, los hombres salían despedidos hacia atrás por los aires, arrastrando a los arqueros consigo. Aquello era un entramado mortal de espadas, cascos de caballos y extremidades.

Aveline consiguió realizar un disparo antes de caer a un lado. Se puso a salvo arrastrándose apresuradamente hacia atrás mientras los jinetes enemigos pasaban por encima de ella y avanzaban hacia el centro de la formación militar. Se arrodilló, colocó casi simultáneamente otra flecha, disparó. Un sarraceno aulló y cayó desde su montura al suelo, en donde un soldado le atravesó el pecho con la lanza.

El cuerpo de Aveline actuaba con autonomía, con todos los sentidos concentrados en luchar y sobrevivir.

Flecha, cuerda, tensar, disparar. Otra vez.

Los hombres caían, tanto compañeros como enemigos. Los sarracenos se precipitaban como una corriente a través de la brecha abierta en el muro de escudos, de repente llegaban también desde el sur. Eso solo podía significar una cosa: habían cortado la conexión con la sección delantera del ejército. Safadino iba a rodearlos.

Una flecha tras otra salía disparada desde el arco de Aveline, acertaba, fallaba. Las tropas cristianas se defendían desesperadamente, pero los enemigos llegaban por todos los lados. Erró su última flecha. Buscó un punto de apoyo firme y agarró el arco con ambas manos, firmemente decidida a estampárselo en la cara al siguiente atacante. Le temblaba todo el cuerpo bajo el calor que parecía fluir por cada fibra.

En ese momento se oyó un estruendo de numerosos cascos. «*Deus lo vult!* ¡Dios lo quiere!», sonaban las exclamaciones proferidas por gargantas roncas. Jinetes con los escudos de armas de

Ricardo de Inglaterra, caballeros monjes de San Juan y templarios se movían con rapidez y pasaban como guadañas por entre sus enemigos. En medio de ellos se encontraba el rey inglés en persona, tal como Aveline distinguió no sin asombro. Y repartía leña como un energúmeno.

Aveline resopló aliviada. Puso las manos en las rodillas y se permitió recuperar el aliento durante unos instantes. Luego miró a su alrededor buscando a sus compañeros. Allí donde había visto a Lucas y a Gallus por última vez, yacían dos cuerpos inertes.

—¡Es Corazón de León! —exclamó con júbilo Étienne cuando pudo procurarse una visión general de la situación—. Ha venido en nuestro auxilio con sus hombres.

—¡Alabado sea Dios! —suspiró Caspar mientras atendía la herida de un soldado de infantería que sangraba en abundancia—. Entonces puede que salgamos de esta.

Los hombres de Ricardo consiguieron hacer retroceder cada vez más a los enemigos y cerrar el muro de escudos hacia el este con combatientes de refuerzo. Al rey podía vérsele todo el tiempo en la refriega sin consideración hacia su persona ni hacia su cargo. Vociferaba órdenes, reagrupaba las tropas y combatía siempre que sus enemigos se ponían al alcance de su espada.

Un verdadero corazón de león, sin duda, pero también un corazón temerario e imprudente. Étienne no quería imaginarse lo que les amenazaba a ellos o a la causa de Cristo si caía Ricardo.

—¡Eh, Étienne, mira ahí! —Caspar señaló con la barbilla hacia la derecha. Dos figuras, la una apoyada pesadamente sobre la otra, se acercaban tambaleándose. Étienne salió a su encuentro a toda prisa.

—¡Av... ery! ¡Por los cielos! ¿Estás bien?

—Estoy bien, sí. Ocúpate de Gall. Le han dado.

Étienne se colocó al otro costado del comandante de la sección de arqueros y le pasó el brazo por los hombros. Juntos cargaron con él hasta el carro.

—No es ni la mitad de malo de lo que parece, maldita sea —murmuró Gall y escupió un salivazo sanguinolento a la hierba—. No merece la pena ni mencionarlo siquiera.

Lo depositaron junto al carro y Étienne comenzó a examinar al viejo luchador, no sin mirar de reojo con cara de preocupación a Ava.

—No tengo nada, de verdad —lo tranquilizó ella una vez más y le tocó el brazo con una mano. Ese roce duró solo un instante, pero bastó para que se aliviara la tensión en el pecho de Étienne y fuera sustituida por el deseo de estrecharla entre sus brazos y no soltarla ya nunca más.

—¡Maldita mierda pinchada en un palo! La cabeza me zumba como una colmena —dijo Gallus con la voz ronca—. El hijo de puta sarraceno me ha dejado el coco como un bombo.

—¡Qué suerte tienes de tener una cabeza tan dura! —dijo Ava acuclillada ante su comandante y sonrió.

—Mierda, vaya, así que te burlas de mí, ¿eh, hijito?

—Avery, ayúdame —le rogó Étienne—. Tenemos que quitarle el yelmo. —Juntos tiraron del metal, que se había abollado por el golpe del enemigo.

—¡Por todos los demonios! ¿Pretendéis arrancarme la cabeza ahora? —los regañó Gallus, pero después de algunos tirones y giros consiguieron retirarle finalmente el yelmo. Étienne palpó el cráneo del comandante. Aparte de unos cuantos verdugones con sangre allí donde el metal de la armadura había sajado la piel, todo parecía haber quedado intacto. Étienne levantó el casco protector abollado.

—Yo diría que esta cosa ha cumplido su cometido y que saldrás de esta con unos dolores de cabeza infernales.

Gallus esbozó una mueca e hizo un gesto de negación con la mano.

—Ya os dije que la mala hierba nunca muere. ¿Les hemos dado al menos un patada en el culo a esos malditos paganos?

Ava miró a su alrededor y Étienne siguió su mirada. En efecto, los combates se habían paralizado; todos los enemigos que se encontraban todavía entre ellos o estaban ya muertos o iban a estarlo en breve. Las filas de la formación del lado oriental habían quedado cerradas y reforzadas por caballeros acorazados. También estaba restablecida la conexión con la sección central de la formación militar. A lo lejos se veía a los hombres restantes de Safadino huyendo hacia las colinas.

—Todo parece indicar que hemos salido bien parados de nuevo —comentó Étienne.

—Sí, pero no ha sido mérito nuestro —dijo Ava con un suspiro.

Étienne le cogió la mano disimuladamente y se la apretó.

—Pero estáis vivos y eso es todo lo que cuenta.

—Caspar, te necesitamos —oyó Étienne la voz de Anselme. Al dar la vuelta al carro descubrió a su amigo. Exceptuando algunos rasguños parecía haber salido ileso.

—¿De qué se trata? —preguntó Caspar que acababa de atender a su último paciente.

—Pregunta mejor de quién —contestó Anselme en tono misterioso—. De todas formas, no te preocupes, en mi modesta opinión creo que no es nada grave, pero sus señorías quieren estar seguros del todo.

Étienne distinguió en el brillo de los ojos de Caspar que se habían despertado su curiosidad y su ambición.

—Étienne, coge el bolso y vamos para allá.

Juntos siguieron a Anselme a través de las filas de jinetes y de soldados de a pie que se estaban reagrupando. La formación continuaba todavía en calma, pero un muro tupido de escudos y de caballeros aseguraba que, de momento, los enemigos no se atrevieran a abrirse paso entre sus filas.

Tras una breve caminata llegaron a su destino, y Étienne tragó saliva cuando comprendió a quién iban a estar dirigidos sus servicios.

—Espero que os haya servido a todos los presentes de lección, de lección sangrienta que han tenido que pagar muchos hombres buenos con sus vidas —tronó una voz acostumbrada a mandar. Sus palabras caían como latigazos—. Pensad en esos hombres la próxima vez que desacatéis frívolamente mis órdenes.

El rey de Inglaterra estaba rodeado de comandantes y de jefes del ejército franceses, entre ellos el duque Hugues, el conde Guillaume y Enrique de Champaña. Todos mantenían las cabezas gachas como niños regañados. Pero Ricardo no había acabado aún.

—Dejadme deciros con toda claridad una cosa: si alguno de vosotros o de vuestros hombres, por vanidad o por despecho pueril, vuelve a poner en juego nuestra causa común, se las tendrá que ver con mi cólera irreprimible.

Los príncipes permanecieron callados con los semblantes turbados.

Anselme aprovechó la ocasión.

—Señores míos, aquí están los cirujanos, tal como se me ordenó.

El duque Hugues asintió con la cabeza y les hizo una señal para que se acercaran.

—Vuestra Majestad, tened la bondad de dejar a este hombre que os vea la herida.

El rey inglés gruñó enfadado, pero dejó que Caspar se adelantara y le examinara el corte sangrante que le atravesaba el puente de la nariz y la mejilla. A Hugues y a los demás se les veía incómodos por el hecho de que su negligencia no solo había puesto en peligro toda la expedición militar, sino que también había provocado que el jefe supremo del ejército resultara herido. Étienne, en cambio, sintió sobre todo un profundo respeto. No todo el mundo podía afirmar haber estado tan cerca del rey inglés. Ricardo llevaba cota de malla y guantes como cualquier otro soldado.

Se había quitado el yelmo y la cofia de cota de malla de modo que su pelo cobrizo formaba rizos en la frente sudorosa. Su apuesto semblante estaba completamente enrojecido, pero no por el esfuerzo realizado, sino por algo que le venía de dentro, una vitalidad y un empuje irrefrenables. Tenía clavada la mirada en la de Caspar, que seguía examinando con atención al rey.

—¿Qué andas mirando así de atento, hombre? —le espetó Ricardo finalmente.

Caspar sonrió, y parecía absolutamente exento de temor.

—Para ser sincero me preguntaba si ibais a morderme la mano en el momento en que atendiera vuestra herida.

Los ojos verdes del rey brillaron peligrosamente.

—¿Qué te hace suponer eso?

Caspar se encogió de hombros.

—Bueno, Majestad, tenéis la reputación de contar con un temperamento desenfrenado. Hay quien afirma que lleváis el demonio en la sangre.

Étienne oyó retener el aliento a todos los príncipes y caballeros ante aquella falta de respeto. Sin embargo, en lugar de ira, distinguió en las facciones del rey Ricardo una emoción que se abría paso para convertirse en una sonrisa sincera. Finalmente la sonrisa asomó intensa y sin contención.

—Por los cielos, esto me está gustando —confesó finalmente—. ¡Un hombre sincero! En estos tiempos es verdaderamente una rareza. ¿Cómo te llamas?

—Me llaman Caspar, Majestad, para serviros.

El cirujano hizo una reverencia leal, pero no sumisa.

—Bueno, Caspar, pues entonces haz lo que haya que hacerse.

—Con vuestro permiso, Majestad, querría dejar el cuidado de vuestra herida a mi acompañante aquí presente.

Se hizo a un lado y señaló con el dedo a Étienne, cuyo corazón comenzó a encabritarse.

Con un asomo de disgusto, el rey enarcó las cejas.

—¿A un asistente?

—A un maestro en la sutura de heridas por corte y cirujano muy experimentado. Yo le confiaría mi vida.

La voz de Caspar estaba exenta de toda burla.

De pronto, la mirada clara y penetrante del rey Ricardo se posó en Étienne, quien, durante unos instantes, se olvidó de respirar. Caspar no podía estar hablando en serio. ¿Le encargaba que atendiera las heridas al hombre más importante, y posiblemente más peligroso, de esa campaña militar, a uno de los soberanos más poderosos del orbe?

—Está bien —una sonrisa burlona apareció en los labios de Ricardo—, voy a confiar en tu criterio, Caspar. Pero seamos sinceros, lo que en verdad temes es que pudiera morderte la mano, ¿verdad? Espero que tu acompañante tenga más agallas.

—Las tengo, Majestad —se oyó Étienne decir—, y además estoy armado de una aguja extremadamente afilada.

El rey Ricardo se echó a reír y asintió con la cabeza en señal de reconocimiento; a continuación le mostró de buena gana la mejilla a Étienne.

Llegaron por la tarde a Haifa, o, mejor dicho, a lo que quedaba de ella. Hacía ya algunas semanas que Saladino había ordenado la destrucción total de la ciudad y de la fortaleza y había devastado también los campos circundantes. No obstante, las ruinas y su ubicación ofrecían a los combatientes cristianos una cierta protección. Gracias a la planificación del rey Ricardo, la flota les proveyó de todo lo que necesitaban las personas y los animales, y se hizo cargo de los heridos.

Tras la derrota, Safadino se había atrincherado con sus tropas en una aldea al sur de Acre; su hermano Saladino se replegó a Tell Kaimoun, en el Monte Carmelo, y permanecía a la espera.

Al menos de momento reinaba la calma y el rey Ricardo prometió a sus hombres exhaustos dos días de asueto antes de acometer la siguiente etapa.

Étienne estaba almohazando a Fleur, que trituraba con las mandíbulas la avena de su saco de forraje. Caspar estaba friendo unas cebollas y unos nabos en una olla.

—¿Por qué lo hiciste, Caspar?

El cirujano se encogió de hombros y siguió removiendo en el caldero sin levantar la vista.

—Bueno, pensé que no nos vendría mal algo caliente de comer después de un día tan...

Étienne chasqueó la lengua.

—Caspar, sabes perfectamente a lo que me refiero.

El cirujano se detuvo, luego miró a Étienne a la cara con franqueza.

—Porque te lo has merecido, Étienne. Y porque todo lo que dije iba en serio. Has hecho siempre muy bien tu trabajo, probablemente mejor de lo que habría podido hacerlo yo. Si ahora aprendes también a controlar tus dudas sobre ti mismo, te convertirás en un cirujano muy bueno, tal vez incluso en uno excepcional.

Una sensación agradablemente cálida envolvió a Étienne. No supo qué replicar, de ahí que se limitara a permanecer boquiabierto.

—¡Por los cielos, chico! —Caspar levantó los brazos al aire en un gesto fingido de exasperación—, cierra ahora mismo esa boca, de lo contrario podría decidir retractarme al instante de lo que he dicho. Así tienes pinta de no ser capaz ni de contar hasta tres.

Étienne se apresuró a volver a su tarea, pero en la cabeza le bailaban los pensamientos. Caspar había hecho mucho más que dejarle atender y curar una herida. Al cederle la atención en un caso tan especial, lo había encumbrado a su mismo nivel, casi lo había ennoblecido a la vista de todos los príncipes. Y lo que tal vez era aún más importante: Caspar le había otorgado su entera confianza, sin reservas.

Étienne creyó percibir una sonrisa de oreja a oreja en sus propios labios. Sin embargo, eso no era nada en comparación con la embriagadora sensación de felicidad que se le estaba arremolinando con calidez en el pecho.

—Dicen por ahí que has salvado al gran Corazón de León de morir desangrado —comentó con sorna Anselme, que se acercaba en compañía de Del. Como era habitual, se habían traído algo para remediar la sequedad de sus gargantas—. Deberíamos brindar por eso. Con los mejores saludos también del conde Guillaume.

—Oye, si te manejas tan bien con la aguja, tal vez debería traerte mi jubón —añadió Del con una sonrisa apagada que no se reflejó en su mirada. Daba la impresión de estar exhausto y consumido.

—¿Estás bien tú?

—Sí, sí, perfectamente. Solo que no duermo mucho últimamente.

—¿Y qué, dime? ¿Cuándo vas a incorporarte a la nómina de los médicos personales de Ricardo? —preguntó Anselme mientras revolvía en el carro de Caspar buscando vasos.

Étienne levantó las manos con gesto de rechazo.

—Créeme, doy las gracias a Dios de no haberle pinchado al rey con la aguja en el ojo. ¡Cómo me temblaban las manos!

—No me vengas con una falsa modestia —replicó Anselme tendiéndole un vaso lleno—. El rey se deshizo en elogios incluso después de que os fuerais.

Étienne sintió que se le calentaban las mejillas.

—¿De veras? —Lanzó una breve mirada a Caspar, sobre cuyos labios destelló una sonrisa de orgullo.

—Como te lo digo —corroboró Anselme sacando un taleguillo de cuero y entregándoselo a Étienne—. Me rogó que os diera esto junto con su agradecimiento.

Étienne echó un vistazo en el interior del taleguillo y se quedó de piedra. Dentro había cuatro besantes de oro.

—Esto es..., esto es...

—¡Son tus honorarios! —acabó Caspar su tartamudeo—. Tus merecidos honorarios.

Brindaron entre ellos y bebieron. Étienne se dio cuenta de que Del se bebía el vino literalmente de un trago; quizá Caspar no era el único que trataba de combatir con el vino los demonios danzantes de la noche. Sin embargo, era demasiado feliz en esos instantes como para emplear más tiempo en tales pensamientos.

—Podemos alegrarnos de que no haya sucedido nada más —señaló—. Y de que el rey se haya llevado tan solo unos rasguños.

Anselme asintió pausadamente con la cabeza.

—Sí, por Dios, sin Corazón de León la cosa habría acabado muy mal. Y no reservó sus fuerzas en ningún momento.

—No exige a sus hombres nada que no esté dispuesto a hacer él mismo, sino todo lo contrario, es un modelo de valentía y de lealtad —añadió Del, pero sin la euforia de días anteriores, y se llenó otro vaso—. Y eso lo distingue por completo de nuestro... rey.

Permanecieron en un silencio embarazoso. Resultaba difícil poner objeciones a eso. Sin la intervención desinteresada de Ricardo, probablemente no estarían vivos.

Cuando Del iba a llenarse el vaso por tercera vez, Anselme le puso la mano en el brazo.

—Despacito, hombre. Nos han asignado la patrulla de guardia para esta madrugada.

—Sí, sí. —Del se zafó de la mano de su amigo y se llenó el vaso hasta el borde—. Y puede que lo mejor sea que el vino me procure hasta entonces unas pocas horas de sueño.

Anselme puso cara de preocupación, pero se lo consintió.

Se separaron cuando en el odre de vino no quedó ni gota. Étienne no sabía si era por el vino o por la euforia que seguía embriagándolo, pero en la despedida dio un abrazo muy fuerte a sus amigos.

Cuando se hubieron marchado, Caspar se acercó a él y le entregó sin decir palabra una funda de cuero, enrollada y de fácil manejo.

—Quería darte esto.

Étienne miró alternativamente al fardo en sus manos y a Caspar.

—Es...

—Hace algún tiempo que le pedí a Fabrice que lo confeccionara, pero pienso que hoy es el momento adecuado para que lo recibas.

Étienne desenrolló el cuero con las manos temblorosas y divisó diversos escalpelos, agujas, pinzas, retractores y sondas, todo reluciente y nuevo. Étienne tragó saliva. Su propio forro de vendas, su propio equipo quirúrgico. Hasta ese momento no había podido imaginar que alguna vez lo tendría entre sus manos.

Sintió ese gesto como un espaldarazo.

Aveline estaba sentada con Gallus y Kilian junto a una pequeña hoguera, cuando apareció Étienne.

—Venía a echarle un vistazo a la cabeza de Gallus —dijo como saludo, e inconscientemente se llevó la mano a un fardo de cuero que le colgaba del cinturón. Aveline lo veía ahí por primera vez.

—No es necesario —replicó Kilian y se levantó de su sitio. Quizá estuviera equivocada, pero Aveline creyó percibir en la voz del monje una dureza inusual—. Acabo de hacerlo yo. Se trata de un chichón tremendo, nada más.

Étienne parecía sorprendido y un poco molesto; Aveline se lo notó por el hoyuelo que se le formó en la barbilla al apretar ambas mandíbulas. Además, se le veía un poco decepcionado. ¿Por qué motivo? ¿Porque no la había encontrado sola? ¿Cómo iba a ser eso posible ahí, en Haifa, con casi quince mil soldados pululando alrededor?

Se levantó y se acercó a los dos.

—Seguramente no estaría de más que Étienne le echara otro vistazo a la herida —intentó mediar.

Kilian pareció querer objetar algo, pero entonces lo dejó estar y se limitó a asentir brevemente.

—¡Por el infierno y la condenación eterna! ¿Es que no me vais a dejar pronunciar una palabrita a mí? —refunfuñó Gallus—. No en vano se trata de mi propio coco.

—Si ya puedes renegar de esta manera otra vez, no tenemos entonces nada de que preocuparnos —objetó Étienne y se echó a reír. Era obvio que estaba decidido a no dejar que le amargaran el buen humor que traía.

Gallus suspiró de una forma cómica.

—Por supuesto que me sentiría condenadamente honrado si los mismos dedos que han tocado la noble cabeza del rey Ricardo se ocuparan ahora de mi cráneo abollado.

El comandante se echó a reír y la cara de Étienne se iluminó de orgullo.

—Sí, todo el mundo habla de ello.

A Aveline no le quedó más remedio que sonreír. Le deparó una sensación cálida ver a Étienne tan feliz, confiado y en paz consigo mismo. Le habría gustado abrazarlo y besarlo en ese momento.

—Bueno, parece que no se requiere de mi ayuda por aquí —comentó Kilian en tono mordaz y se fue con paso firme y sin decir nada más.

Aveline lo siguió con la mirada sin comprender. ¿Estaba ofendido o incluso celoso? Era posible que estuviera resentido con el cirujano por el hecho de que no se separara de ella aun sabiendo perfectamente que su amor la ponía en peligro.

Quizá Kilian tenía razón, pero ¿habría seguridad en algún momento para Aveline en realidad? ¿No estaba expuesta constantemente al peligro, con o sin el amor de Étienne? Porque, de ser así, sin duda prefería afrontarlo con él.

84

Haifa, agosto de 1191

No hacía mucho que el sol había salido y Étienne estaba ocupado reuniendo y metiendo en un bolso las vendas y los analgésicos para su visita a los heridos de la última escaramuza. Una y otra vez tocaba el fardo de cuero con los instrumentos quirúrgicos que colgaba de su cinturón, como si tuviera que convencerse en cada ocasión de que estaba ahí realmente. Aún necesitaba acostumbrarse, igual que a ser considerado un médico cirujano de pleno derecho. Hasta que él mismo llegara a sentirse por completo como tal, seguramente debería pasar todavía algún tiempo.

Lo primero que oyó fue la llamada de Anselme.

—¡Étienne!

Su voz sonaba estridente, ronca, atemorizada. Al salir Étienne precipitadamente de la tienda de campaña, vio a su amigo que se acercaba a caballo con un cuerpo inerte ante él sobre la silla de montar. Allí donde yacía aquel hombre, la sangre se deslizaba por el hombro del caballo.

Así que aquel era el día que tanto había temido. Étienne sintió que todo el calor escapaba de su cuerpo, el corazón se le transformó en un trozo de hielo afilado que le dolía cada vez que respiraba. Todos los sonidos enmudecieron hasta que su cabeza se llenó tan solo de un zumbido agudo. «¡Por favor, no!», era todo lo que podía pensar.

Anselme saltó del caballo, bajó el cuerpo fláccido y se lo colocó a las espaldas. Iba dejando un reguero de sangre mientras se dirigía tambaleándose con su carga a la tienda del hospital militar de campaña. Étienne vio que Caspar se apresuraba a salir a su encuentro mientras que él mismo era incapaz de dar un solo paso. No despertó de su inmovilidad hasta que los dos pasaron a su lado con el herido, y entonces fue cuando volvió a percibir los sonidos. Oyó a Anselme que sollozaba incontenidamente, y a Caspar que vociferaba instrucciones.

Del, por el contrario, permanecía en completo silencio. «Dios mío, es Del».

Cuando Étienne entró en la tienda de campaña, ya habían colocado al joven caballero en el catre y estaban a punto de retirarle la cota de malla. Étienne se situó al lado de Del y le agarró la mano, aquella garra que parecía estar hecha para la empuñadura de una espada. Ahora estaba fría y sin fuerza, pegajosa por la sangre. Se la apretó con suavidad, y los párpados de Del temblaron. Sus ojos le parecieron a Étienne pozos oscuros llenos de dolor en un rostro de una palidez cadavérica. Del intentó sonreír, la sangre brilló en sus labios.

—Todo va a ir bien —susurró antes de que los ojos se le cerraran de nuevo y se quedara dormido.

—Sí, todo va a ir bien —contestó Étienne con voz ronca aunque su amigo probablemente ya no podía oírlo.

Anselme estaba de pie junto al catre, le temblaba todo el cuerpo.

—Antes, en la patrulla de guardia... Fue como..., como si se hubiera puesto ese desafío —explicó entre sollozos e intentó enjugarse las lágrimas y limpiarse los mocos de la cara—. En lugar de..., en lugar de replegarse con nosotros, se precipitó a todo galope contra los paganos. Yo quise detenerlo, pero...

Anselme lloraba con fuerza y agitaba la cabeza. Étienne observó que su cota de malla y su guerrera también estaban llenas de sangre.

—No es mía —dijo Anselme en tono bronco al captar la mirada de Étienne, y señaló con la cabeza hacia su amigo tumbado en el catre.

Étienne se atrevió por fin a dirigir los ojos al centro del cuerpo de Del. Sangre, todo lleno de sangre. Muchísima sangre, demasiada.

Caspar cortó el gambesón empapado y hecho jirones y lo retiró del cuerpo del herido. La fuerza de la espada del enemigo, presumiblemente blandida a todo galope, debía de haber sido criminal si había penetrado con tanta facilidad a través de la cota de malla y de la chaqueta acolchada. Y criminal también era la herida.

Un breve sonido de horror escapó de los labios de Étienne antes de poder llevarse la palma de la mano a la boca. A la izquierda del ombligo se abría un corte con la forma de una hoz, que volvió a llenarse de inmediato de sangre un momento después de que Caspar se lo hubiera limpiado con un paño. Sin embargo, ese momento bastó para reconocer que la herida llegaba a lo más profundo de la cavidad abdominal y que la hoja de la espada había desgarrado también todo lo que había encontrado a su paso.

Caspar exhaló un suspiro tembloroso y se pasó la mano por la cara. A continuación se volvió hacia Étienne y Anselme. Su mirada mostraba un cansancio infinito y una tristeza absoluta.

—Esto de aquí... excede mis conocimientos médicos. Excede cualquier conocimiento médico —explicó sin ambages—. Va a morir, desangrado o por la fiebre traumática.

El frío se extendió por el cuerpo de Étienne. No conocía a nadie que hubiera sobrevivido a una herida de ese tipo. Pero el hombre que tenía enfrente no era una persona cualquiera, era Del, su amigo fuerte y fanfarrón. No podía morir sin más. Eso era imposible. Caspar debía de estar equivocado, solo por esa vez.

Y, sin embargo, el cirujano nunca se había equivocado hasta el momento.

Anselme se retorció con las palabras de Caspar, buscó un sostén y finalmente se apoyó en una mesa.

—¡Tienes que hacer algo! —dijo jadeando—. Ayúdalo, Caspar. ¡Te lo suplico!

—¡Por Dios, muchacho! Si pudiera, lo haría —respondió el cirujano con aspereza—. Debes creerme.

Anselme profirió un sonido intenso, primitivo, una mezcla de aullido furioso y de sollozo. Agarró un taburete y lo estampó contra el suelo.

—¡No! —vociferó y se acercó al catre—. ¡Del, hijo de puta, no puedes hacerme esto! ¡No así! Hemos llegado muy lejos juntos, no puedes palmarla antes de que alcancemos Jerusalén. ¡No te lo consiento!

Agarró un paño y lo presionó sobre la herida en un intento desesperado de detener la hemorragia. Finalmente Caspar se acercó y con suavidad le quitó el paño de la mano.

—Se quedará dormido, nada más. Es mejor así que agonizar después entre dolores con la fiebre traumática.

El cuerpo de Anselme temblaba bajo las lágrimas, pero acabó por asentir con la cabeza. Caspar le dio unas breves palmaditas en el hombro, luego se acercó a la cabecera del catre, apartó de la frente de Del los mechones de cabello pegados, casi con un gesto paternal, y le administró una generosa cantidad de poción contra el dolor. Una dosis excesiva.

Cuando el cirujano levantó la vista, tenía la mirada emocionada.

—Quedaos con él —les exhortó con la voz ronca—. Quedaos con él hasta que haya acabado. Eso es todo lo que podéis hacer.

A continuación salió de la tienda de campaña como si huyera.

Étienne respiraba con dificultad, tenía la sensación de que unas piedras le oprimían el pecho. ¿Se había hecho médico para eso, para tener que contemplar cómo se le moría uno de sus mejores amigos sin poder hacer nada? ¿Formaba parte de la profesión de médico aceptar la irrevocabilidad de algunas cosas? Acercó un taburete, agarró la mano de Del y se puso a esperar. A esperar. A esperar.

Incapaz de sentir e incapaz de rezar, solo pudo mirar cómo la sangre de su amigo iba formando poco a poco bajo el catre un charco brillante, que acabó esparciéndose.

Cerró los ojos. Era otro quien estaba sentado en ese taburete. Era otro quien sujetaba los dedos fríos y pegajosos por la sangre de Del.

Anselme se había recostado contra la mesa con la cara hundida en las manos.

Del luchó una última vez por salir a la superficie de su consciencia. Los miró por debajo de unos párpados pesados, ensombrecidos, con la piel blanca como el lino.

—¡Por los cielos! No puedo..., no puedo creer que vuestras feas caras sean lo último que voy... a ver. Os echaré de menos, cabrones —susurró con un hilo de voz. En su mirada se hallaba presente la certeza clarividente de un moribundo, y sus labios sin sangre se desfiguraron en algo que acaso quería ser una sonrisa—. Pero esperad todavía..., esperad un poco hasta que vengáis conmigo, ¿vale? Y cuidaos el uno al otro hasta entonces.

Étienne percibió cómo su cabeza realizaba involuntariamente un movimiento de asentimiento.

—Te lo juro, cuidaré de Étienne —dijo Anselme sollozando y poniendo una mano en la mejilla del moribundo—. ¡Que te vaya bien, querido amigo mío! ¡Dios te bendiga!

Cuando acabó todo, Étienne se buscó a solas un lugar entre las tiendas de campaña y dejó que el sufrimiento fluyera de él hasta que los mocos y las lágrimas le gotearon por la nariz. Ni siquiera al morir su madre había sentido un dolor tan despiadado. Al parecer, la guerra hacía que los lazos entre las personas crecieran con una mayor rapidez y una mayor profundidad de lo que eran capaces de crecer los lazos de sangre. Deseó que fuera diferente.

¿De qué servía que Caspar lo hubiera convertido en un cirujano si no había sido capaz de auxiliar a su amigo? «Nadie podría haberlo auxiliado, Étienne», se dijo a sí mismo. No había podido hacer nada más que sostener la mano del moribundo. Aun así, ese sentimiento era insoportable.

Después de cavar juntos una tumba y de depositar en ella el cuerpo de Del, después de que un sacerdote pronunciara las palabras del funeral y de que Étienne, Anselme, Caspar, el conde Guillaume y numerosos caballeros y escuderos de su séquito se hubieran despedido de él, el joven cirujano regresó solo a la tienda de campaña del hospital militar. Estaba sentado en el mismo taburete que unas pocas horas antes y tenía la mirada fija en la mancha oscura donde la sangre de Del se había filtrado en la tierra pisoteada. Alguien había intentado lavar el charco, pero la mancha seguía destacando claramente del resto del suelo. Étienne deseó que Ava estuviera a su lado. Cómo le hubiera gustado abrazarla en ese momento, aferrarse a ella, buscar calor y consuelo. Ava había asistido al entierro de Del, y Étienne había notado su mirada posada todo el tiempo en él en lugar de en la tumba.

Cuando Caspar entró en la tienda de campaña, Étienne no levantó la vista, lo reconoció por el sonido de sus pisadas. Oyó cómo el cirujano acercaba un taburete y tomaba asiento.

—Étienne... —La voz le salió áspera y se aclaró la garganta—. Tal vez te ayude... —Se interrumpió. Étienne acabó por levantar la vista. Caspar lo miró directamente a los ojos. Parecía inseguro, casi desamparado. Sus ojos carecían del habitual destello burlón y presuntuoso. En su lugar vio reflejada en ellos su propia pena—. Créeme. Si sobre algo tengo yo alguna idea, es sobre la pérdida de personas... y sobre la tristeza. —Se vio obligado a aclararse de nuevo la garganta—. Cuando el dolor es reciente, lo único que deseas es que se acabe, no volver a sentir nada más. —Caspar respiró hondo—. Haces muchas cosas..., incluso cosas estúpidas para que ese maldito dolor ceda de una vez por todas. Sin embargo, la verdad es que nada sirve, la pena no cesa nunca, solo que con el tiempo va adoptando otra forma, una forma menos dolorosa. Es así en la mayoría de los casos.

Sin que Étienne lo quisiera, se le escapó un sollozo por la garganta. Sí, realmente en ese momento no deseaba nada más sino que desapareciera esa sensación, esa oquedad abrasadora como si lo estuvieran vaciando por dentro con un objeto puntiagudo. No sabía cómo iba a soportar ese dolor, ni siquiera si iba a ser capaz de soportarlo.

Caspar continuó hablando.

—En todos estos años he aprendido a vivir con ello, he entendido que el dolor no es ningún signo de debilidad ni de falta de fe. —Respiró hondo—. El dolor es bueno porque demuestra que hemos amado a esa persona y que hemos sido amados. El dolor es nada menos que el maldito precio que pagamos por el amor.

85

Campamento de Salah ad-Din, Monte Carmelo,
Rayab 587 (agosto de 1191)

Karakush se acarició nerviosamente la barba recién recortada mientras lo acompañaban a la tienda de campaña de Salah ad-Din.

Libre. Estaba realmente libre.

Al fin, el rey inglés había permitido al sultán pagar una suma exorbitada por el rescate de Karakush, Meshtub y los pocos prisioneros que quedaban de Acre, como muestra de su buena voluntad y para retomar las relaciones diplomáticas tras el reciente baño de sangre, tal como se dijo.

«Tal vez debería haberme puesto un lacito», pensó Karakush con amargura. «A fin de cuentas soy algo así como un agasajo».

Iba a ser la primera vez desde el comienzo del asedio que tendría enfrente a su soberano, ¿cuánto hacía ya de eso? La primera vez desde la masacre.

El sultán lo esperaba de pie y con la mirada temerosa. Los dejaron solos y durante un buen rato se observaron en silencio. Salah ad-Din parecía envejecido, sus ojos transmitían cansancio y preocupación, tenía las mejillas grises y hundidas. Saltaba a la vista que le pesaba enormemente su responsabilidad como sultán y comandante en jefe.

Karakush bajó la cabeza avergonzado. No sabía qué decir.

Entonces el sultán se acercó a él y lo agarró por los hombros.

—Karakush, querido amigo mío. ¡Qué bien tenerte aquí de nuevo! ¡Alabado sea Alá!

Karakush levantó la cabeza y se vio expuesto a la mirada penetrante y escrutadora del sultán.

—¿Cómo estás? ¿Tienes heridas que haya que cuidar?

—No me pasa nada —respondió con desgana—. Estoy vivo. Yo estoy vivo. —No consiguió eliminar el tono de amargura de sus palabras. Se había librado de la muerte, pero durante el resto de su existencia tendría que cargar con el sentimiento de culpa por haberlo hecho mientras que tantos otros habían encontrado un final absurdo y deshonroso.

Salah ad-Din apretó los labios y asintió con la cabeza. Entonces soltó a Karakush y comenzó a caminar de un lado a otro de la tienda de campaña con los brazos cruzados a la espalda. Cuando el sultán se detuvo al fin y lo miró fijamente, había una profunda consternación en su mirada.

—Lo subestimé —admitió con una voz apagada—. Subestimé la determinación del rey Ricardo. ¡Tendría que haberlo visto venir y haberlo evitado!

A Karakush no se le pasó por alto que el sultán no dio ninguna razón para el relevo de la guarnición, un relevo pospuesto una y otra vez; no ofreció ninguna explicación, ni siquiera una justificación, pero su consternación era auténtica.

—Cargo con la responsabilidad de sus muertes. Tengo que asumir esa culpa. —Se detuvo ante él y lo miró a la cara—. Yo solo, Karakush. ¡No tú! Tú hiciste todo lo imaginable por Acre y por tus hombres.

Karakush tragó saliva. Le habría gustado creer eso, pero al mismo tiempo, en esas incontables noches en las que le perseguían la mirada de Raed o las caras de sus guerreros muertos, se preguntaba una y otra vez qué otra cosa podría haber hecho, si habría tenido que rendirse antes o haber negociado con más ahínco las condiciones, si seguirían vivos entonces. Aunque agradecía el intento, las palabras del sultán no podían quitarle esa carga. No podía quitársela nadie.

Salah ad-Din lo miró y asintió con la cabeza en señal de comprensión.

—¿Puedo hacer algo por ti? —preguntó—. ¿Tienes algún deseo?

Karakush se miró compungido las botas y carraspeó.

—Sí... lo tengo, en efecto.

No estaba seguro de si era impropio o atrevido lo que quería formular. Él era un mameluco de Salah ad-Din a pesar de que el sultán le había dado ya la libertad hacía tiempo junto con el nombre de Karakush, Águila Negra. Ese vínculo no podía romperse así como así. Sin embargo, Acre se interponía entre ellos, y los miles de muertos.

—¡Formúlalo, amigo mío! —lo animó el sultán con el semblante radiante. Parecía casi aliviado de poder concederle un favor.

Karakush carraspeó de nuevo, pero no evitó su mirada.

—Yo... os solicito humildemente que me dispenséis de vuestro servicio por el momento y me pongáis bajo el mando de vuestro hermano al-Adil.

La sonrisa se desvaneció de la cara de Salah ad-Din. Parecía preocupado, tal vez incluso ofendido. Pero lo entendió.

Finalmente asintió.

—Sea como dices. Mañana mismo mandaré que te lleven a él. Y le ruego a Alá que puedas perdonarme algún día.

86

Costa del reino de Jerusalén, agosto de 1191

Sentían que estaba mal dejar el cadáver de Del ahí, en suelo extranjero y tan lejos de su tierra, o al menos de su destino, Jerusalén. Sin embargo, no les quedaba otra opción. El ejército partía para cubrir la siguiente etapa. Solo pudieron llevarse la armadura y la espada de Del. Anselme quería entregárselas a la familia De l'Aunaie si algún día regresaba de Tierra Santa a su hogar.

Étienne había pensado, o había esperado al menos, que por su oficio le resultaría más fácil lidiar con las pérdidas, sobre todo en un viaje como aquel, en el que la muerte se contaba entre sus acompañantes permanentes. Había creído que su trato diario con los enfermos y los moribundos le había dotado de una gruesa coraza contra ese tipo de dolor, pero era todo lo contrario. La pérdida de su amigo había dejado a Étienne desnudo y desprotegido. Tenía el dolor metido en el pecho como la hoja de una espada rota. Tal vez con el tiempo le saldría una costra o le crecería carne nueva, pero siempre lo llevaría consigo.

Sin embargo, cuanto más pensaba Étienne en ello, más claramente comprendía que no había sido la espada sarracena la que había matado a Del. Algo diferente lo había hecho morir bastante antes. ¿El miedo? ¿Las dudas de sí mismo? ¿El absurdo? ¿O al final había sido realmente el odio lo que lo había destrozado volviéndose en su propia contra? Lo que parecía seguro era que había desafiado a la muerte, quizás incluso la había buscado.

Uno no puede dedicar su vida a luchar y a matar sin que su alma resulte dañada.

Étienne observó disimuladamente a Anselme, que estaba sentado a lomos de su caballo y miraba al frente con la cara pálida e inmóvil de una estatua de mármol. Étienne se preguntó qué heridas invisibles había sufrido ya en el transcurso de esa guerra. Y qué herida le había dejado la pérdida de su amigo íntimo. En todo caso, desde el entierro de Del, Anselme no había pronunciado una sola palabra más. Como siempre, él, persona meditabunda e introvertida, estaba arreglándoselas solo.

El terreno fue volviéndose cada vez más cenagoso debido a las numerosas corrientes pequeñas de agua que descendían desde el Monte Carmelo hasta el mar. El aire flotaba entre ellos como una bruma húmeda y viscosa, diminutos insectos pelmazos picaban constantemente a personas y animales. Cuando el suelo se volvió más resbaladizo y los caballos empezaron a hundirse hasta los menudillos en la tierra húmeda, las tropas tuvieron que apartarse de la costa e internarse tierra adentro para poder avanzar.

Al menos, sus adversarios se veían perjudicados de la misma manera por aquel terreno intransitable. Sin embargo, pronto se vio que no era aquel terreno cenagoso lo que mantenía a distancia a los paganos. Se trataba más bien de que los sarracenos no eran los únicos cazadores al acecho.

Cuando el ejército se hallaba todavía a media jornada de Cesarea, se vieron obligados a atravesar un río poco profundo pero bastante ancho. Ya antes de que Étienne y Caspar llegaran a la orilla con su carro, el desasosiego se extendió por la formación militar. Un murmullo angustiado recorrió las filas de los soldados, los caballos se encabritaron y los animales de carga y de tiro se desbocaron, e incluso Fleur, habitualmente tan imperturbable, se resistía a las riendas de Étienne y pretendía echarse a un lado en lugar de seguir a los de delante por las aguas someras.

—¿Qué te pasa, chica? —quiso saber Étienne—. ¿Desde cuándo te asusta tanto un poco de agua?

Pero entonces llegaron hasta ellos las palabras «monstruos» y «bestias gigantescas»; la gente alargaba el cuello y señalaba con los dedos las corrientes de agua de color marrón. Étienne se puso en pie en el pescante e intentó distinguir aquello de lo que se estaba hablando.

En ese mismo momento sonaron gritos y relinchos estridentes procedentes de la vanguardia de la formación militar que ya se encontraba en la mitad del río. El agua parecía estar hirviendo allí donde se retorcían unos gigantescos cuerpos escamosos cuyos dientes, largos como dagas, mordían los flancos de un caballo y lo arrastraban a un lado. También dieron cuenta del jinete. Su voz sonó aguda y destemplada cuando un lagarto gigantesco le mordió, y sus gritos de auxilio quedaron ahogados poco después en un borboteo y en un chapoteo. A lo lejos resonaron más gritos. Aquellos monstruos escamosos habían encontrado más víctimas.

Completamente aterrorizado, Étienne volvió a sentarse en el pescante, incapaz de moverse.

Enemigos despiadados, ciénagas traicioneras, bestias con escamas... Se preguntó de qué otra manera iba a poner Dios todavía a prueba su determinación.

Al terminar ese día perdieron a siete hombres y nueve caballos antes de poder montar el campamento nocturno, y eso sin que ni un solo sarraceno se les hubiera acercado.

87

Monte Carmelo, Shaabán 587 (septiembre de 1191)

Karakush no estaba seguro de por qué al-Adil lo quería presente en el encuentro con Melek-Ric. Oficialmente se suponía que era el guardaespaldas del hermano de Salah ad-Din, pero ambos sabían que en el fondo no le amenazaba ningún peligro. Al fin y al cabo, al-Adil y el rey inglés se habían sentado frente a frente ya en varias ocasiones para negociar, siempre en un intercambio serio y respetuoso. Se decía incluso que ambos albergaban un amistoso interés mutuo. Y aunque el líder de los francos marchaba decidido con sus fuerzas de combate en dirección a Jerusalén, aunque ambos ejércitos se acechaban sin cesar y se enzarzaban en escaramuzas, Ricardo no dejaba pasar ninguna oportunidad para encontrar una solución dialogada. Ese hecho merecía un reconocimiento.

El rey inglés podía ser un guerrero implacable, pero no un carnicero sin escrúpulos o irreflexivo. Tal vez era eso lo que al-Adil quería dejar claro una vez más a Karakush en ese encuentro, junto con el hecho de que Karakush tenía que cumplir con su deber y no dejarse llevar por sus sentimientos personales ni por los golpes del destino.

Karakush no estaba seguro de si lo conseguiría.

Al-Adil esperaba al rey en una tienda de campaña de seda amarilla que había sido profusamente dispuesta con cojines y alfombras. Sobre una mesa tallada había una bandeja de plata con frutas y pasteles junto con refrescos aderezados con agua de rosas y enfriados con nieve de las montañas, pues se había corrido la voz de que el rey inglés apreciaba tales exquisiteces.

El líder de los francos apareció acompañado por el dragomán Hunfredo de Torón y por un guardaespaldas posicionado siempre detrás de él. Ricardo parecía estar de muy buen humor y rebosante de fuerza y de energía como siempre. Tan solo la herida en la mejilla, un corte con una ligera costra, era testimonio de los combates pasados.

Al-Adil recibió a sus huéspedes con los brazos extendidos y una sonrisa acogedora, y el rey de los francos devolvió el saludo con verdadera cordialidad. Entre los dos hombres existía a todas luces un lazo de mutua simpatía. Se entregaron uno al otro valiosos regalos. Al-Adil había mandado confeccionar para el rey inglés una daga con una funda de plata repleta de artísticas incrustaciones que, entre otras figuras, mostraba a un mártir cristiano llamado Jorge. Una verdadera obra maestra.

Karakush sintió un acaloramiento intenso en la frente. ¡Por Alá! Él no era ni diplomático, ni retuercepalabras. No obstante, se preguntó cómo al-Adil se las arreglaba para cortejar de aquella manera al mayor enemigo de los musulmanes. Después de lo de Acre.

¿Podía contemplar la masacre como lo que probablemente había sido, esto es, una fría decisión militar que ellos, dado el caso, habrían tenido que adoptar de igual modo?

Karakush no había llegado todavía a ese punto. No, después de la muerte de Raed.

Los hombres tomaron asiento sobre los cojines. Cuando Hunfredo detectó la mirada de Karakush, le dirigió un gesto compasivo. Al menos él parecía entender lo que lo inquietaba.

—Aquí estamos de nuevo, Ahmed —comenzó a decir el rey inglés con una sonrisa.

Karakush se sorprendió de que el franco no lo llamara Safadino, como hacían todos los cristianos, sino que empleara esa forma familiar para dirigirse a él. Era evidente que los dos se sentían más cercanos de lo que él había supuesto.

—Sí, aquí estamos de nuevo —contestó al-Adil de buen talante. A diferencia de su sabio y reflexivo hermano Salah ad-Din, él irradiaba cordialidad y humor. La red de pequeñas arrugas en torno a los ojos revelaba que le encantaba reír—. Os he preparado una sorpresa especial, Ricardo.

El rey francés alzó las manos con gesto de rechazo.

—Después de este regalo digno de un príncipe —dijo señalando la magnífica daga—, ¿qué más podría pediros?

Al-Adil sonrió con picardía.

—Creo que os va a gustar.

Hizo una señal a un sirviente, y poco tiempo después este introdujo en la tienda de campaña a una esclava con un magnífico laúd. La joven iba ataviada con una sencilla pero noble vestimenta de seda que mostraba sus encantos. Su cabello estaba insuficientemente cubierto por un velo casi translúcido y adornado con cadenitas de plata. A una señal de al-Adil, tomó asiento en un rincón de la tienda de campaña y comenzó a tocar música. Tenía una voz clara y melodiosa y movía los dedos sobre las cuerdas de su instrumento con una destreza impresionante.

—Recordé que vos adoráis la música —explicó al-Adil con una sonrisa.

Sin embargo, el rey inglés no pareció reparar en él ya, tan absorto estaba en el disfrute de la melodía. En su cara apareció una expresión casi extasiada y ensimismada.

Karakush tuvo que admitir que ese era un rasgo que hacía parecer casi simpático al guerrero. También se dio cuenta de que la atención del franco iba dirigida más al instrumento y al virtuoso toque de los dedos que a la encantadora intérprete.

—¿Os gusta? —preguntó al-Adil al cabo de un rato.

Ricardo asintió, aturdido, con la cabeza, y pareció que tenía que hacer esfuerzos por encontrar el camino de vuelta al aquí y al ahora.

—¡Es absolutamente maravilloso! —confesó—. Gracias.

Al-Adil esbozó una sonrisa amplia y se alegró por el éxito de su sorpresa.

—Os obsequio a la muchacha, si queréis.

Durante unos instantes, el rey pareció sorprendido, pero luego negó con la cabeza.

—Os agradezco vuestra amabilidad, Ahmed, pero los cristianos no tenemos esclavos.

Su interlocutor se rio en voz baja.

—Cierto, en lugar de esclavos los llamáis siervos, ¿no es así?

Ricardo no contestó nada, se limitó a levantar su cáliz con una sonrisa y a beber un trago.

—Si hemos de ser sinceros, los cristianos y los musulmanes tenemos muchas más cosas en común de las que nadie querría admitir —declaró finalmente.

—¿Lo creéis así?

—Bueno, rezamos a un único Dios todopoderoso que guía cada uno de nuestros pasos.

—Pero según nuestra doctrina solo existe Alá —objetó al-Adil con amabilidad—. «¡Él es Alá, Uno, Dios, el Eterno. No ha engendrado, ni ha sido engendrado. No tiene par». Así se dice en el Sagrado Corán, la revelación de nuestro profeta Mahoma. Vosotros, en cambio, consideráis a Jesús el Hijo de Dios.

—Sin embargo, en vuestra doctrina, Cristo desempeña también un papel —replicó Ricardo.

Al-Adil asintió con la cabeza.

—Eso es cierto, como profeta. Pero Mahoma, ¡alabado sea!, es el sello de los profetas. Su revelación concluye todas las anteriores y, por consiguiente, es la única que tiene significado e importancia para nosotros.

Permanecieron callados un rato, y el rey de los francos se sirvió pastel.

—¿Creéis que las diferencias entre nuestros dos credos son tan irreconciliables? —preguntó finalmente, y en su cara se dibujó una expresión extraña.

Al-Adil se recostó y se cruzó de brazos.

—¿Adónde apuntáis exactamente, Ricardo?

—Bueno... —El franco hizo una pausa y sonrió sin alzar la mirada—. Estaba pensando en una vinculación entre nuestras dos casas.

Al-Adil se echó a reír. Y Karakush exhaló un suspiro de sorpresa. ¿Iba en serio el franco con esa propuesta escandalosa? ¿Una boda entre latinos y sarracenos, entre Oriente y Occidente, entre la casa de Plantagenet y la dinastía ayubí? ¿O les estaba gastando una broma pesada?

Su señor parecía estar formulándose esas mismas preguntas, pues había dejado de reír y estaba escudriñando el semblante de su interlocutor. Ricardo no dio más explicaciones, sino que se limitó a sostener en silencio aquella mirada penetrante.

Finalmente, al-Adil hizo un gesto afirmativo con la cabeza.

—Verdaderamente sois un hombre asombroso, Ricardo —señaló y en su voz resonó el dejo de una fascinación indignada—. Tendré que reflexionar sobre muchas cosas. —Tras una pausa breve, añadió—: Si no queréis a la chica, permitidme entonces obsequiaros al menos con el laúd, para que no se os haga demasiado largo el tiempo hasta nuestro próximo encuentro.

88

Cesarea, septiembre de 1191

Esperar. Esperar. La mayor parte del tiempo de un guerrero parecía consistir en esperar. Esperar al término del asedio, esperar al enemigo, esperar órdenes, el siguiente ataque, el siguiente combate y, por último, esperar a que todo hubiera acabado. Para los médicos de campaña significaba esperar a aquellos que requerirían su auxilio, la espera de una mejoría, de la sanación o de la muerte.

Las tropas de Saladino se habían atrevido de nuevo a avanzar; de nuevo había combates. Otra vez había que esperar a que llevaran al hospital militar de campaña de Caspar y de Étienne a aquellos que no habían tenido suerte en la batalla.

Casi a diario salían a combatir las tropas de Saladino. El príncipe de los sarracenos pretendía provocar a toda costa la gran y decisiva batalla campal, según le convenía a él, en un terreno que le era familiar y cuyas ventajas conocía mejor que nadie.

Sin embargo, por lo visto no había contado con la fría y casi estoica impasibilidad del rey Ricardo. Cada vez que los sarracenos iniciaban un nuevo ataque, él devolvía el golpe, pero en ningún momento se dejaba inducir a sacrificar a sus hombres sobre un terreno desconocido o a desmembrar una formación compacta. Como persona y como rey uno podía pensar lo que quisiera, pero como comandante en jefe y estratega no se podía desear tener a la cabeza a otro hombre de su categoría. Y, aunque pensar eso lindara con la herejía, probablemente no había nadie que lamentara que su líder en esos días se llamara Ricardo Corazón de León y no Felipe de Francia.

Étienne se quedó mirando fijamente las brasas hipnóticas del brasero. Los hierros candentes estaban preparados así como las cuchillas, las tenazas y el instrumental para retirar las flechas. Ahora tocaba esperar. Esperar.

Se sobresaltó cuando alguien corrió la lona de la tienda de campaña y entró a toda prisa. Era Bertrand. Llevaba puestos todos los elementos de la armadura, parecía abrumado y sin aliento.

—¿Qué quieres tú en este lugar? —le increpó Caspar.

—Tenéis que venir ahora mismo. El conde Guillaume, está...

El cirujano se acercó al escudero y lo agarró con dureza por los hombros.

—¿Qué ocurre con Guillaume? ¡Habla, hombre!

—Ha..., ha luchado en una escaramuza y lo han herido de gravedad. No nos hemos atrevido a traerlo hasta aquí porque... Tenéis que ir con él, de lo contrario será su fin, seguro.

Caspar asintió con la cabeza.

—¡Étienne, mis cosas, rápido!

Étienne no se movió del sitio.

—¿Por qué no se nos ha enviado a Anselme o a uno de los hombres de Guillaume? —quiso saber. Sintió un tirón en el estómago—. ¿Por qué nada menos que tú, Bertrand?

—También yo formo parte de los hombres de Guillaume, por si lo has olvidado —replicó el escudero con frialdad—. Los demás están protegiendo al conde contra esos paganos sanguinarios, pero si no partimos ahora mismo...

—¡Étienne, rápido! —dijo Caspar entre dientes mientras recogía él mismo el frasco de arcilla con la poción contra el dolor y otras medicinas.

—Os espero fuera con los caballos. ¡Por el amor de Cristo, daos prisa! —exclamó Bertrand y salió de la tienda de campaña.

Étienne cogió el bolso con el instrumental de Caspar, pero, en lugar de dárselo, agarró al cirujano del brazo.

—Caspar, no tengo buenas sensaciones. Hay algo que no cuadra aquí. Podría ser una trampa.

—Es posible, sí —admitió el cirujano—. Pero, y si no es así, ¿qué? —Le cogió a Étienne el bolso de la mano—. Tengo poquísimos amigos como para permitirme dejarlos morir por una corazonada.

—Me ocurre lo mismo... —murmuró Étienne, pero Caspar ya había salido de la tienda de campaña. Cuando Étienne se asomó fuera, el cirujano estaba a lomos del caballo que había traído Bertrand para él. Su corazón comenzó a desbocarse de pronto—. Déjame ir contigo, Caspar —le rogó, y la voz le sonó más estridente de lo previsto—. Puedo ayudar.

Caspar negó con la cabeza.

—Uno de los dos tiene que quedarse aquí. Tal vez haya más heridos.

Diciendo esto hizo girar a su caballo y lo espoleó. Bertrand fue tras él en el incipiente crepúsculo.

Étienne los siguió con la vista. El escudero se volvió a mirar unos instantes, y lo que Étienne vio en esa mirada le heló la sangre al instante: el destello de una sonrisa malvada, infame, como un relámpago en el cielo nocturno.

—¡Caspar! —gritó al cirujano—. ¡Por los cielos, Caspar! ¡Es una trampa! —Pero ambos jinetes estaban ya fuera del alcance de su voz—. ¡Por Dios! ¡Maldita sea! —Étienne se llevó las manos al pelo. ¿Y ahora qué? Dio un giro sobre su propio eje—. ¡Un caballo! ¡Necesito un caballo ahora mismo! —gritó sin dirigirse a nadie en concreto.

Unas cabezas se giraron hacia él, lo miraron con una interrogación en los ojos o con la frente fruncida. Se levantó un hombre de una de las hogueras vecinas.

—¿Por qué razón?

—¡Ote! ¡Alabado sea Dios! —Ote pertenecía a la caballería ligera. Étienne le había curado hacía poco tiempo una llaga supurante—. Se trata de un herido —explicó sin aliento—, tengo que ir a verlo. Ahora mismo. Y la cosa ha de ser rápida.

Ote no podía entender lo que estaba en juego, pero la perentoriedad de la voz del joven cirujano bastó para convencerlo. Salió corriendo y regresó pocos instantes después con un caballo enjaezado y ensillado. Sin muchos preámbulos ayudó a Étienne a subirse a la montura. Este le dio las gracias con una inclinación de la cabeza y se marchó a todo galope. El tirón en su estómago creció hasta convertirse en un desgarro en toda regla. Demasiado tarde. Iba a llegar demasiado tarde. Le exigió al caballo galopar al límite por el recinto del campamento, pero Caspar y Bertrand no aparecían ante sus ojos. Étienne ni siquiera podía decir con certeza si había tomado el camino correcto. ¡Era una pesadilla! Posiblemente había pocas cosas peores que conocer una catástrofe inminente y no poder evitarla. Solo había sentido algo similar cuando quiso avisar a Musa y a Caspar. En aquella ocasión había conseguido llegar justo a tiempo. Étienne estaba seguro de que esta vez no lo lograría. Coltaire de Greville había estado todo ese tiempo al acecho, inmóvil como una víbora bajo la arena, había hecho creer a todos que estaban seguros, pero ese día se había decidido a atacar.

—¡Dios Santo Bendito! ¡Por favor, por favor, asístenos! —rezaba Étienne mirando a la lejanía.

De pronto distinguió a cierta distancia a Anselme, que conducía a su caballo por las riendas. Étienne dirigió su montura hacia él y logró detenerlo bruscamente junto a su amigo.

—¡Étienne! ¿Qué demonios haces tú...?

—¿Dónde está Guillaume? ¿Se encuentra bien? —lo interrumpió Étienne sin aliento.

—Eso creo. Cuando nos separamos hace un momento, se encontraba bien de salud. Posiblemente esté Perceval ahora quitándole la armadura. Los sarracenos se han replegado, los combates han cesado por hoy. Está demasiado oscuro ya. —Se lo quedó mirando entonces con el ceño fruncido—. Pero ¡por todos los cielos! ¿Qué haces montado en un caballo?

Si todavía le quedaba un último rescoldo de esperanza de que Bertrand había dicho la verdad, en ese momento quedó del todo extinto. Y un frío adormecedor se apoderó de Étienne.

—¡Llévame al campo de batalla! ¡Ahora mismo! Te lo explico todo por el camino.

—Coltaire, esa repugnante carroña. —Anselme hervía de rabia. Llevaba empuñada la espada en la mano y el escudo en el brazo—. No habría creído capaz de tanta infamia a nadie, ni siquiera a él. ¿Quieres decir que pretende matar a Caspar en el campo de batalla y endilgarles la culpa a los paganos? —Al asentir Étienne a la pregunta, sacudió la cabeza con gesto de desconcierto—. ¿Qué odio irreconciliable es ese que tiene contra vosotros, que no se arredra siquiera ante un atentado tan cobarde y vil?

Étienne no respondió nada. No tenía tiempo para explicaciones. Su mirada sobrevoló el campo de batalla en la linde de Cesarea donde se había producido el último enfrentamiento entre cristianos y sarracenos, buscando febrilmente al cirujano. El postrer rayo de luz en el horizonte y la luna en ascenso transformaban aquel escenario en un inquietante teatro de sombras. Caballos sin dueño trotaban entre los cadáveres; se transportaba o se saqueaba a los muertos y a los heridos. Seguía habiendo realmente algún combate cuerpo a cuerpo aquí y allá, pero no podía verse a Caspar, Bertrand o Coltaire por ninguna parte.

—Se mantendrán apartados —supuso Anselme—. Seguramente ese asqueroso de Greville no quiere testigos indeseados para lo que está tramando.

—Sin duda.

Étienne desvió la mirada hasta la linde del campo de batalla. El corazón se le aceleró. Imaginarse lo que encontraría allí le provocó náuseas.

—¡Allí! —Un ovillo de sombras casi engullido por la oscuridad. Con una certeza casi lúgubre supo que los había descubierto—. ¡Caspar! —vociferó con todas sus fuerzas y en ese mismo instante golpeó al caballo en los costados con los talones.

Anselme lo siguió entre maldiciones. Por supuesto que era peligroso, tal vez incluso suicida, lo que estaba haciendo. Era casi de noche, los merodeadores enemigos podían asaltarlos en cualquier momento. Sin embargo, ¿qué otra opción tenía? ¿Dejar a su mentor en manos de sus asesinos? Volvió a gritar una vez más el nombre de Caspar.

Observó a lo lejos cómo se destejía el ovillo de sombras, cómo dos contornos se subían a sus caballos fantasmagóricos y se marchaban a galope tendido de allí, y cómo una tercera sombra permanecía tumbada en el suelo, inmóvil.

—¡Jesús Santo Bendito! ¡Caspar!

Ya antes de que su caballo se detuviera del todo, Étienne saltó de su montura y se acercó a trompicones al cuerpo inerte.

Caspar yacía medio de costado. Tenía la cara llena de sangre, y también en el resto del cuerpo debía de haber heridas sangrantes por la humedad que percibió al palpar el jubón. Faltaba luz para distinguir mejor los detalles. Con los dedos temblorosos, Étienne le tomó el pulso, y casi se puso a aullar de alivio cuando percibió unos débiles latidos. Podían hablar sin ambages de suerte por el hecho de que Coltaire fuera un hijo de puta vengativo, brutal, que antes de matar a Caspar definitivamente había querido desahogar su rabia. Pero ellos se le habían adelantado.

Anselme apareció a su lado.

—¿Cómo está? —preguntó y miró apresuradamente a su alrededor buscando a posibles atacantes.

—Vive, pero tenemos que sacarlo de aquí lo más rápidamente posible. Necesito luz para curarle las heridas.

—¿Has reconocido a esos tíos?

—No, pero ¿acaso te queda aún alguna duda?

Caspar dejó oír un gemido agónico.

—Todo va a ir bien —susurró Étienne sin saber a quién quería tranquilizar diciendo eso.

Caspar se hallaba en alguna zona intermedia entre el sueño y la vigilia cuando Étienne y Anselme lo alzaron juntos al catre de la tienda de campaña del hospital militar. Se miraron el uno al otro con una mirada acongojada, pues solo unos pocos días atrás había yacido Del en él, y había muerto.

Étienne cerró los ojos y los puños a la vez para detener el temblor. Luego exhaló el aire y comenzó a examinar a Caspar en detalle. El cirujano tenía la cara destrozada, la nariz probablemente rota. La respiración y el pulso le iban más rápido de lo habitual, pero ninguna de las dos cosas le parecieron a Étienne por el momento muy preocupantes. La sangre en la cara parecía provenir de dos heridas abiertas. Presumiblemente, esos dos cabrones le habían atacado en primer lugar con los puños.

En cambio, bajo el jubón hecho jirones se veían varias heridas profundas muy feas, y moratones en los hombros, en el pecho y en los costados. El brazo izquierdo estaba roto, probablemente en el intento de protegerse la cabeza de los golpes.

—Si quieres saber mi opinión, diría que esas heridas proceden de una maza o algo por el estilo —conjeturó Anselme tras un breve vistazo.

Étienne asintió con la cabeza.

—Sí, eso podría encajar muy bien.

Un arma contundente con una cabeza de metal cortante, un instrumento que elegiría un hombre como Coltaire para ocasionar unos dolores crueles a su víctima antes de matarlo de forma definitiva. Seguramente estarían rotas algunas costillas; sin embargo, nada parecía indicar que Caspar hubiera sufrido lesiones internas. ¡Por los cielos! Étienne no quería imaginarse lo que habría sucedido si hubieran llegado tan solo unos pocos instantes después.

La cosa pintaba mal, pero era factible. Podía lograrlo. Podía salvar a Caspar.

Alguien corrió la lona de la tienda de campaña y Ava apareció en la entrada con una cara gris de preocupación.

—Os he visto llegar. ¿Qué ha pasado?

—Coltaire. Se ha ensañado con Caspar —explicó Anselme escuetamente.

Ava tragó saliva con dificultad.

—¿Puedo ayudar?

—Por supuesto. —Étienne asintió agradecido con la cabeza en su dirección—. Podrías lavarle la cara. Ahí enfrente hay agua.

Entonces se volvió de nuevo hacia Caspar. Su paciente. Una persona que necesitaba su ayuda.

—Bien. Voy a coser primero esta herida —explicó en voz alta, principalmente para convencerse a sí mismo, y señaló una herida dentada, muy sangrante, entre la clavícula y el pecho. Era profunda, pero no parecía haber afectado a ningún hueso ni a ninguna arteria ni vena grande. No obstante, había que detener urgentemente la pérdida de sangre.

—Anselme, alcánzame esa cajita de allí. Y la jarra de vino.

Su amigo hizo lo que le habían mandado, y Étienne comenzó con el trabajo. Acababa de dar la segunda puntada cuando Caspar profirió un grito.

—¡Maldita sea! ¿No vas a ofrecerme siquiera un poco de poción contra el dolor? —dijo entre jadeos—. ¿Es que no te he enseñado absolutamente nada, muchachito?

Los labios de Étienne dibujaron una sonrisa.

—¡Caspar, qué bien que estés de vuelta entre nosotros! Avery, dale un traguito de ese frasco de arcilla de ahí, pero no más.

—Dos tragos por lo menos —le enmendó Caspar—. Tengo el cráneo como un bombo, como si me hubiera bebido yo solo un barril de vino. Coltaire, ese cerdo... —Gimió y quiso llevarse la mano a la frente, pero no fue capaz de levantar el brazo.

—Sí, ese cabronazo te ha dado una buena, pero ahora vamos a remendarte otra vez.

Tras una mirada a Étienne para cerciorarse, Ava vertió un poco de la poción contra el dolor en un vaso y le administró el líquido al cirujano.

Caspar volvió a gemir.

—Mi cráneo, maldita sea...

La preocupación volvió a invadir el corazón de Étienne. Se esforzó por terminar el cosido con rapidez y a continuación atendió las demás heridas con la asistencia de Anselme. Entretanto, Ava limpiaba la sangre de la cara de Caspar y le daba de beber agua de vez en cuando. Justo cuando Étienne acababa de entablillarle el brazo izquierdo, el cirujano se convulsionó y vomitó ruidosamente junto al catre.

—Yo..., yo... Étienne...

De repente, su cabeza se inclinó hacia un lado.

—Étienne, rápido. Algo no va bien. —Ava se apartó a un lado para hacerle sitio. Étienne acudió de inmediato.

—¿Caspar? Caspar, ¿me oyes? —El cirujano gimió débilmente, pero no respondió. Tenía los párpados solo medio cerrados, y Étienne vio con claridad que una pupila estaba dilatada en comparación con la otra—. ¡Oh, no, no, por favor, no!

Se apresuró a palpar el cráneo de Caspar. Sobre la oreja derecha encontró el chichón que debía de haberle ocasionado la maza de Coltaire. El cráneo había sido presionado hacia dentro en una superficie del tamaño de un huevo de paloma, pero sin llegar a fracturarlo.

Étienne se desplomó en el taburete y hundió la cara en las manos. De pronto le costaba respirar. «¡Dios Santo Bendito! ¡Por favor, no! ¡Por favor, que no ocurra con Caspar también!». La desesperación y el miedo se extendieron en él como un veneno y amenazaron con paralizarlo por completo.

—Étienne, ¿qué le sucede? —Ava agarró al joven ayudante por los hombros y lo sacudió—. ¡Habla!

La voz de Ava arrancó a Étienne de su estupor. Respiró hondo varias veces. «No te rindas, ahora no», se conminó a sí mismo en silencio. Volvió a examinar la cabeza de Caspar. No le salía sangre por la nariz ni por las orejas. Sin embargo, eso era un débil consuelo.

—¡Étienne! ¿Qué ocurre?

Tragó saliva con dificultad antes de comenzar a dar explicaciones:

—Su..., su cráneo está herido, dañado, y ahora se le está acumulando la sangre por debajo del hueso. La sangre no puede salir y por ello va a ir aplastando poco a poco... su cerebro.

Ava profirió una exclamación de horror y se llevó las manos a la boca.

—¿Qué...? ¿Qué quieres decir?

La consternación estaba escrita también en la cara de Anselme.

—¿Te acuerdas de aquella herida del conde Guillaume, cuando estuvo a punto de asfixiarse?

—Cómo iba a olvidarme de algo así.

—A él se le acumuló la sangre en el pecho y por ello le presionaba el corazón y los pulmones.

—Pero encontrasteis una manera de drenarla. ¿No hay una vía posible también en este caso?

Étienne apoyó ambas manos en el borde del camastro y asintió con la cabeza en un gesto infinitamente lento.

—Sí, la hay. Caspar me contó una vez cómo su maestro Roger Frugard había tratado heridas de este tipo, pero es una intervención difícil y arriesgada. Y se precisa de un instrumental especial que yo no tengo.

Étienne percibió que le invadía de nuevo una oleada de desesperación, pero apretó los dientes y luchó con todas sus fuerzas para impedirlo.

—¿Y si preguntamos a los otros cirujanos? Puede que el médico personal de Ricardo tenga ese instrumental...

Étienne negó con la cabeza.

—Es inútil. Puede que haya a lo sumo un puñado de médicos cristianos que dispongan del conocimiento y de los instrumentos necesarios. Y ninguno de ellos se encuentra en este campamento militar.

—¿Y si lo llevamos a uno de los barcos? —propuso Ava.

—No. Nos quedan como mucho unas horas. Solo hay una oportunidad de salvarlo.

El conde Guillaume deambulaba inquieto de un lado a otro de su tienda de campaña. Tenía una palidez cadavérica y en su rostro se mostraba el mismo miedo y la misma desesperación que amenazaba con desgarrar también a Étienne.

—¿Y decís que Coltaire de Greville ha perpetrado este atentado infame?

Dirigió la mirada alternativamente a Étienne y a Anselme. No había nadie más en la tienda de campaña; Ava se había quedado vigilando al cirujano herido.

—Estaba demasiado oscuro para distinguir a Greville, pero hay muchos indicios —explicó Anselme.

Guillaume profirió una maldición blasfema.

—Entonces no puedo hacer absolutamente nada. ¡Por los cielos! A ese cerdo me gustaría tenerlo entre mis manos...

—Alteza —lo interrumpió Étienne implorante—, Caspar morirá si no hacemos algo inmediatamente. Debemos actuar con la máxima premura. Solo hay una oportunidad de salvarlo, y aun así es una oportunidad mínima. Tenéis que... —Étienne carraspeó y cerró por unos instantes los ojos porque todo dependía de la siguiente frase—. Tenéis que permitirme llevar a Caspar donde los sarracenos para que lo trate uno de sus médicos. Solo ellos disponen del conocimiento necesario.

Guillaume interrumpió abruptamente su deambular y se quedó mirando fijamente a Étienne, como si acabara de pedirle matrimonio. Por unos instantes, el conde se quedó sin lengua.

—Pero ¿sabes lo que estás pidiendo? —profirió con la voz ronca—. Eso raya..., eso raya con la traición.

Étienne estaba a punto de llorar.

—Señor, os lo suplico. Sé que es un ruego inaudito. Pero, por favor..., también sé del afecto que profesáis a Caspar. Igual que yo... —Le falló la voz, y tardó unos instantes en poder continuar hablando—. Los dos le debemos la vida. Más que eso. Ciertamente es capaz de comportarse de una manera horrible, pero ambos sabemos qué tipo de persona es en realidad. Y debemos saldar nuestra deuda haciendo todo lo posible por salvarlo.

La cara de Guillaume se entristeció de repente y, sin darse cuenta, se tocó el lugar por debajo de las costillas donde el tratamiento de Caspar le había dejado una cicatriz. Se sentó en su sillón plegable y asintió con la cabeza.

—Una vida por una vida, supongo. —Cuando volvió a levantar la vista, la pena estaba presente en todas sus facciones—. Solo que... ¿cómo piensas hacerlo, Étienne? Nunca llegaréis allí vivos. Desde que fueron masacrados los prisioneros en las afueras de Acre, la gente de Saladino está sedienta de sangre. A cualquier cristiano que cae en sus manos lo torturan o lo ejecutan al instante. Sus hombres os harán pedazos en cuanto pongáis un pie en su territorio.

Étienne carraspeó y bajó la vista.

—No, no lo harán, señor.

—¿Qué te hace estar tan seguro?

—Creedme, alteza, no queráis saberlo.

—¡Oh, ahí te equivocas, hijito! —gruñó el conde y se levantó de un salto de su asiento—. ¡Ya lo creo que quiero saberlo! —Se detuvo directamente frente a Étienne—. ¡Habla!

Étienne no conseguía mirarlo a los ojos. Su voz era apenas un susurro.

—Estoy..., estoy en posesión de un salvoconducto expedido por el hijo de Safadino.

Guillaume retrocedió algunos pasos dando tumbos con una expresión de total desconcierto en el rostro. Étienne percibió también un jadeo incrédulo proveniente del lugar que ocupaba Anselme.

—¡No puedes estar hablando en serio! —exclamó el conde con la voz ronca—. ¿Estás tratando de decirme que todo..., que todo lo que contó Coltaire de Greville aquel día era cierto?

Étienne apretó las mandíbulas en lugar de responder, pero tampoco lo negó.

Guillaume se llevó las manos a los labios y miró fijamente a Étienne un largo instante.

—¿Así que es verdad que cuidasteis al hijo de Safadino...? —El conde reanudó su inquieto paseo por la tienda de campaña, pero evitó mirar a Étienne—. ¿Estabas enterado tú también? —preguntó con voz airada a Anselme, quien negó en silencio con la cabeza—. Sabes que eso es alta traición, Étienne —siseó entre dientes—. Tendría que colgaros *ipso facto* del árbol más próximo por ese delito.

—Al menos con Caspar podréis ahorraros esa molestia si permanecemos aquí más tiempo —replicó Étienne con vehemencia, pero luego sacudió la cabeza con resignación—. Puedo aseguraros, alteza, que en ningún momento se trató de una traición, sino del cuidado de una persona que habría muerto si no la hubiéramos auxiliado. Para Caspar lo más importante son los pacientes. Todo su empeño está dirigido a curarlos, o al menos a reducir su sufrimiento tal como corresponde a la labor de un médico. Sabéis que nunca le importó si quien necesitaba su ayuda era un siervo o un rey, un pagano o un cristiano. Y él, en ningún momento, desveló nada ni hizo nada que hubiera procurado cualquier tipo de ventaja a los sarracenos.

—Sí, sí, es un condenado santo, lo sé —gruñó el conde de mal humor—. Pero eres consciente de que el hijo de Safadino

686

nos habría aportado como mínimo un montón de dinero por su rescate.

—¿Igual que los demás rehenes? —replicó Étienne desafiante.

—¡No me vengas ahora con esas, muchachito! —La voz de Guillaume adoptó un matiz peligroso—. Y aunque ese tipo asqueroso de Greville se lo merecía mil veces, le jugasteis una mala pasada en ese asunto. Ahora bien, creo que Caspar ya ha pagado bastante por eso hoy.

—Así es, alteza, y el tiempo se nos está acabando —dijo Étienne sintiendo de pronto un profundo agotamiento—. ¡Si sobrevivo a esto, haced conmigo después lo que queráis, pero ahora os suplico que nos ayudéis!

Guillaume regresó a su asiento y miró atentamente a Étienne. Finalmente, su mirada se quedó colgada de la sangre en la ropa y en las manos de Étienne. La sangre de Caspar. La dureza se retiró de su mirada y exhaló un suspiro.

—¿Y en qué tipo de ayuda estás pensando?

—Haced que podamos abandonar el campamento sin llamar la atención para dirigirnos al sudeste, a las posiciones de Safadino. Y permitidme dos hombres de confianza como escolta y protección.

—¿A quiénes?

—A Avery, un arquero de Lorena. —Étienne hizo una pequeña pausa—. Y a Anselme de Langres.

Ya había hablado con ambos al respecto.

Guillaume se levantó de un salto de su sillón.

—¡No! Eso no puedo permitirlo, es imposible. Anselme es uno de mis mejores caballeros.

—E íntimo amigo mío. Puedo confiar ciegamente en él.

—¡No! —exclamó Guillaume con férrea determinación—. De ninguna de las maneras.

Anselme carraspeó.

—Si se me permite decir algo también... —Dio un paso al frente e hizo una pequeña reverencia ante el conde—. Poco antes de la muerte de Del le juré que cuidaría de este burro terco. Te lo ruego, Guillaume, debes permitirme cumplir mi promesa.

El conde lo miró fijamente con una mezcla de ira y de desesperación.

—¿Y qué hay de tu juramento hacia mí como vasallo? ¿Y qué hay de tus votos de peregrino?

—Ambas cosas las cumpliré con sumo gusto en el caso de que regrese.

Ese «en el caso de» ocupaba claramente la mente del conde Guillaume, exactamente igual que el miedo a perder al hombre al que amaba como a un hijo o a un hermano. Pero no lo dijo, se limitó a asentir con la cabeza con un aire de derrota. El juramento frente a un moribundo era inquebrantable.

—Bien, pues que así sea. —Suspiró y su voz sonó áspera—. Me encargaré de que podáis abandonar el campamento sin ser vistos. Pero debéis andaros con sumo cuidado. Si nuestra gente os pilla ahí fuera, pasaréis por desertores en el mejor de los casos, y por traidores en el peor. Y sabéis que me estoy jugando el cuello solo por autorizaros esto. Lo negaré todo. No me quedará más remedio que negar haber tenido el más mínimo conocimiento. ¡Dependéis únicamente de vosotros! —Se acercó y puso las manos en los hombros de cada uno—. Cuidaos mutuamente, no habléis con nadie. ¡Y haced lo que podáis por Caspar!

Les dio un abrazo breve y cordial.

—Os lo agradezco, alteza —susurró Étienne—. No puedo deciros cuánto.

—¡Que Dios os guarde! Rezaré para que volvamos a vernos sanos y salvos.

Regresaron a paso rápido a la tienda de campaña del hospital militar. Antes de partir, había que recoger algunas cosas para llevar.

—Ya, ya... Dijiste antes que confiabas ciegamente en mí —gruñó Anselme sin mirar a Étienne—. Pero esa confianza no era tanta como para ponerme en conocimiento sobre el asunto ese con el hijo de Safadino, ¿eh?

Étienne creyó percibir un dejo de rabia en la voz de Anselme, o, en todo caso, de agravio y decepción.

—Solo por una razón: no quería poneros a ti, a Del o al conde también en peligro.

—¡Ah, mira tú qué bien! Y por esa razón voy a acompañarte ahora en una misión suicida por tierras sarracenas. Suena a lógica convincente, sí, ya lo creo.

—¡Ay, Anselme, yo...!

—Olvídalo, hombre —cedió el caballero—. Soy y seguiré siendo tu amigo. Vamos a llevar a Caspar donde los paganos y procuraremos que vuelva a estar sano. —Calló durante unos instantes y añadió entonces—: Pero tengo que saber una cosa, Étienne. ¿Habrían podido ayudar los sarracenos a Del también?

Étienne negó con la cabeza con consternación.

—No. Para él no había salvación. No en esta vida.

—¿Y bien? ¿Va a ayudarnos Guillaume? —preguntó Aveline cuando regresaron por fin Étienne y Anselme a la tienda de campaña del hospital militar. Étienne asintió brevemente y se volvió hacia Caspar—. Se ha despertado algunas veces —le informó—. Murmuró algo, pero no parece muy consciente de lo que ocurre a su alrededor.

Étienne miró a su amigo con preocupación.

—Eso podría significar que la hemorragia bajo el cráneo es más lenta de lo que nos temíamos.

—¿Existe entonces la posibilidad de que cese por sí sola y se cure?

—Me temo que no. Eso significa únicamente que tal vez nos quede un poco más de tiempo. A pesar de todo tenemos que darnos prisa.

Cogió un bolso de cuero y comenzó a meter en él diversas medicinas y algunos taleguillos que dejaron escapar un tintineo de monedas. A continuación tomó una caja con vendas y la vació; sacó del fondo un pergamino doblado. Ese debía de ser el salvo-conducto del que le había hablado a Ava. Mantuvo el escrito unos instantes en alto antes de guardarlo con cuidado con las demás cosas en el bolso.

—Esto nos conducirá, esperemos que con seguridad, hasta Musa a través de las líneas enemigas —anunció, si bien su voz sonó mucho menos confiada de lo que Aveline esperaba.

Ella no había dudado ni un instante cuando él le había pedido que lo acompañara. Si no culpable, sí se sentía al menos correspon-sable de la terrible venganza de Coltaire. Acompañaría a Étienne y haría todo lo posible para que Caspar, su mentor y amigo, se salva-ra. Y, si encontraba la muerte en el intento, al menos sería por una causa que valía la pena y al lado de una persona a la que amaba y que había dado vida de nuevo a su existencia. No dejaba de estar un poco sorprendida de la paz interior que había sentido al tomar esa decisión. No había habido vacilación, ni titubeos, ni dudas. Era lo correcto y punto.

—Voy a buscar rápidamente mis cosas —dijo. Iba a necesitar su arco y las flechas, eso era seguro.

—Y yo me ocupo de los caballos —añadió Anselme—. Tú sabes montar a caballo, ¿verdad? —preguntó dirigiéndose a Ave-line.

Ella se encogió de hombros.

—Un caballero de nuestro estandarte me enseñó un poco du-rante la acampada de invierno en las afueras de Adrianópolis. Será suficiente.

—Bien, entonces volvemos a encontrarnos aquí enseguida.

Aveline se dirigió a la tienda de campaña de su sección lo más rápido que pudo sin llamar la atención. La noche era lo suficien-temente joven como para que la mayoría, sin un servicio de guar-dia en esos momentos, estuviera cenando o matando el tiempo con el vino y los juegos de dados. Consiguió colarse a hurtadillas en la tienda de campaña, donde recogió apresuradamente los arcos y las aljabas. Por último fijó en su cinturón el taleguillo con la figurita de María que le había dado Bennet en la boda; ya le había traído suerte otras veces.

Cuando se dirigió a la salida, se encontró de frente con Gallus.

—Mierda, ¿pensabas despedirte o ibas a pirarte así sin más? —preguntó con voz áspera. Sin embargo, en lugar de ira ella vio tan solo tristeza en sus ojos, y una corazonada que se había convertido en una certeza.

A Aveline se le hizo un nudo abrasador en el pecho. Los acontecimientos de las últimas horas se habían precipitado de tal modo que en realidad ya no pensaba en nada más que en su inminente misión.

—Gallus, Gall, yo... tengo que...

El viejo comandante se limitó a negar con la cabeza en un gesto de cansancio.

—No, chico, no quiero oírlo. Ya lo sabes tú bien —dijo y se echó a reír con voz ronca—, es mejor no saberlo todo. Todos tenemos nuestros secretos, y está bien que sea así. Y tú tendrás tus razones. —Carraspeó—. ¡Maldita sea! Hace tiempo que venía notando que te pasaba algo. Lo principal es que no vayas a matarte por cualquier tontería.

Aveline se encogió de hombros.

—No es por una tontería —prometió.

Él volvió a reír en voz baja. Su risa sonó como las pisadas sobre hojas secas.

—¿Volveremos a vernos tal vez?

Ya mientras pronunciaba ese deseo, el corazón se le contrajo dolorosamente.

—¿Quién puede decirlo? ¡Pero por todos los demonios! Por mí no tienes por qué preocuparte. Ya sabes —dijo Gall golpeándose el cráneo con el pelo ralo y desgreñado y el muñón de la oreja desgarrada por una espada selyúcida—. No soy fácil de matar.

Aveline no pudo menos que sonreír contra su voluntad. Sí, probablemente el viejo luchador sobreviviría a todos. Se acercó a él, le dio un abrazo y dejó que él la estrujara con su jubón apestoso mientras se tragaba las lágrimas. Luego lo empujó a un lado y se marchó sin volverse a mirar. Cualquier otra cosa le habría roto el corazón.

Nadie sabía si regresarían. Por ello quiso despedirse rápidamente de otra persona.

—¿Que vas a hacer qué? —dijo Kilian jadeando aterrorizado y llevándola rápidamente a un lugar apartado entre las tiendas de campaña.

Ya se estaba arrepintiendo de haber puesto al monje en conocimiento de su situación, pero él se merecía saber la verdad después de todo lo que habían pasado juntos. Había sido siempre su confidente y eso no iba a cambiar precisamente ese día.

—Ava, eso es un suicidio. Y una traición... a la causa de Cristo. ¡Una traición a todo lo que estamos haciendo aquí! Deja que esos médicos se involucren con los paganos, pero no te metas tú en ese lío. No puedes poner ahora en juego tu alma por esas maquinaciones de herejes.

—No es ninguna herejía. Se trata de salvar la vida de Caspar —le contradijo ella con suavidad y agarró las manos del joven monje. En un primer momento, él quiso soltarse, pero luego se lo consintió y ella creyó distinguir un ligero rubor en sus mejillas.

—Tengo que ayudar a Étienne a llevar a Caspar donde Safadino. Se lo debo a los dos después de todo lo que hice.

—«¿Qué provecho sacará una persona de ganar el mundo entero, si pierde su alma?», dice el apóstol Mateo. Tu única obligación es con Dios, Ava. Y con tu alma inmortal. ¡Por el amor de Cristo, no te la juegues! ¡Has hecho un voto! —le imploró.

—Mi decisión es firme, Kilian. Por favor, siempre has sido un amigo verdadero y leal. No nos enzarcemos ahora en una discusión, no cuando hoy puede ser la última vez que nos veamos.

—Aveline, yo... —comenzó él de nuevo, pero se interrumpió y negó débilmente con la cabeza. Apretó con fuerza la cruz de madera que le colgaba del cuello y pronunció una oración breve. Entonces la besó en la frente, y Ava notó que a él le temblaba todo el cuerpo—. ¡Que Dios te proteja!

Aveline se alejó a toda prisa, llevaba ya demasiado rato fuera con esas despedidas que le habían encogido el alma. Y, no obstante, estaba segura de que había actuado correctamente.

Ya había recorrido más de la mitad del camino hasta la tienda de campaña del hospital militar cuando el corazón le dio un vuelco doloroso de repente. Había divisado a Bertrand y a Greville. Y no podía decir con seguridad si ellos la habían visto también.

89

Cesarea, septiembre de 1191

Ya estás aquí, por fin!
Cuando Ava apareció, Étienne sintió un alivio mayor del que habría estado dispuesto a admitir. Durante unos terribles instantes había temido que Aveline hubiera decidido dejarlos en la estacada.

—¿Dónde te habías metido? Tenemos que partir ya.

Anselme había traído caballos, los dos suyos y un robusto alazán negro que en su día había servido a Del como caballo de batalla, y que parecía capaz de llevar a dos personas incluso en trayectos muy largos.

Étienne ya estaba sentado a lomos del caballo con Caspar delante, doblado como un saco mojado por encima del cuerno de la silla de montar y sujeto contra su pecho con un brazo para que no cayera. Étienne era plenamente consciente de que cabalgar representaba un gran riesgo para la lesión de Caspar y que podía empeorar o al menos acelerar su curso, pero no había otra alternativa. Un carro habría sido demasiado llamativo, pero sobre todo demasiado lento. Así que solo podía rezar para que Caspar aguantara.

Anselme ayudó a Ava a subir a la silla de montar de su caballo de marcha antes de montar él mismo. Por un instante pareció que ella quería decir algo, pero lo dejó estar. Parecía aturdida y pálida, pero esa impresión podía deberse perfectamente a la luz de la luna o a miles de buenos motivos que también agitaban a Étienne y hacían temblar cada centímetro de su piel. Entretanto, la mayoría de los soldados ya se había retirado a dormir, de modo que pudieron transitar desapercibidos por el campamento. De todas formas, los cirujanos tenían fama de estar trajinando incluso en horas intempestivas; eso formaba parte del oficio y no llamaría la atención.

Comoquiera que lo hubiera organizado, Guillaume había cumplido con su palabra y se había ocupado de que la sección sudeste del campamento permaneciera desguarnecida durante un tiempo para que ellos pudieran salir sin ser detectados.

Cabalgaron por tierras iluminadas por la luna. Con aquella luz mortecina, las caras de sus acompañantes tenían un color azul pálido y céreo, casi fantasmagórico, mientras escudriñaban el entorno en busca de enemigos o de patrullas de guardia de los suyos. Anselme sabía aproximadamente en qué dirección se encontraba el acuartelamiento de Safadino, y aquella noche despejada les permitía orientarse cuando era necesario por los astros. Según los cálculos de Anselme se hallaba a entre dos y tres horas de distancia a trote normal. Sin embargo, avanzarían mucho más despacio con Caspar herido, como era natural. Y el tiempo corría en su contra, un hecho que Étienne tenía que aceptar, aunque la desesperación en aumento casi le cortaba la respiración.

Una y otra vez, el cirujano parecía despertar brevemente de su inconsciencia, gemía por los dolores, se movía y murmuraba algunas palabras confusas, incoherentes, pero esas fases fueron volviéndose más raras y Étienne temía el momento en que enmudeciera por completo, pues sabía que la muerte entonces no se haría esperar mucho más tiempo. Eso ya le había tocado presenciarlo en varias ocasiones con sus pacientes, igual que las maldiciones blasfemas y la rabia de Caspar por tener que asistir impotente a su muerte.

La idea de que al cirujano le sorprendiera ese mismo destino llenaba a Étienne de miedo y de cólera a la vez, pero también sentía una obstinación vital, una determinación resuelta a no dejar

que se llegara a ese extremo. No se hallaban del todo desamparados. Aunque el resultado de su viaje dependía de innumerables
factores, siempre existía la posibilidad de un milagro. Y Étienne
haría todo lo posible por llegar a realizarlo.

Desde su primer encuentro, Caspar había sido su mentor, su
consejero y su amigo. En muchos sentidos, había sido mejor padre que Basile d'Arembour. O, para ser más precisos, había sido
la primera persona en asumir el papel de padre para él, en llevar a
cabo lo que le habría correspondido hacer a un padre.

El hombre en que Étienne se había convertido solo existía
gracias a Caspar. El cirujano había sacado a la superficie todos sus
talentos ocultos y lo había llevado a abandonar (aunque no siempre de la forma más amable) su autocompasión y sus dudas, y a
meditar sobre sus facultades. Sin él, el Étienne de ahora no exis-
tiría. Y por ello le debía a Caspar intentar todo lo posible para
salvarlo.

Caspar se tambaleó y Étienne lo sujetó con más firmeza.
Pronto le ardieron los músculos por ese esfuerzo desacostumbra-
do, pero él había insistido en sentar al herido en su montura,
también porque, llegado el caso, sus compañeros debían tener las
manos libres para luchar.

—Vamos a hacer una parada breve —decidió Anselme.

Hasta ese momento no se dio cuenta Étienne de que su amigo
debía de haber estado observándolo desde hacía un buen rato.

—¡No nos queda tiempo para eso! —exclamó Étienne rechazando la propuesta aunque todo su cuerpo clamaba por un descanso—. Tenemos que encontrar el campamento de Safadino.

—Si os caéis los dos o el caballo se derrenga por el agotamiento, entonces sí que no alcanzaremos nuestro objetivo en absoluto.
Allí enfrente hay una aldea. Tal vez encontremos un pozo.

La voz de Anselme no admitía discusión y, en el fondo, Étienne sabía que tenía razón.

La aldea consistía en una serie de chozas calcinadas. También
en ella se habían empleado a fondo las tropas enemigas. No que-

rían dejar que cayera en manos de sus adversarios nada que pudiera ofrecerles alguna protección o defensa.

Aunque la mayoría de los edificios se habían desmoronado hasta convertirse en montones de escombros, una choza todavía tenía los cimientos a la altura de las rodillas. Apartaron a un lado unas cuantas vigas y adobes carbonizados, luego colocaron con cuidado a Caspar sobre una de las mantas, protegido por el muro. Étienne le administró un poco de agua del odre antes de pasárselo a sus acompañantes. Ava repartió el pan. Las noches de verano eran cálidas, de modo que pudieron prescindir de encender una hoguera.

—Voy a ver si encuentro un pozo aprovechable para dar de beber a los caballos —decidió Anselme antes de dar un bocado—. Vuelvo enseguida.

Se puso en marcha con el pan en la mano. Étienne y Ava se quedaron allí en silencio. A Étienne le faltaban las fuerzas para hablar, pues la tensión y el miedo le devoraban toda la energía. De todos modos, probablemente no habría encontrado las palabras para expresar la gratitud que sentía por tener a Ava a su lado en esos momentos. Así que solo le cogió una mano brevemente y se la besó. Ella sonrió. Su sonrisa era fina y frágil como el cristal.

—¡Jinetes! —exclamó Anselme de pronto mientras corría hacia ellos—. Es difícil decir cuántos son desde esta distancia, pero en breve estarán aquí.

Igual que un depredador, el miedo clavó sus garras en el corazón de Étienne. Oteó el horizonte con los ojos entrecerrados.

—¿Son hombres de Safadino?

Anselme negó débilmente con la cabeza y dirigió el dedo índice a una nube de sombras en movimiento a lo lejos.

—Vienen por el oeste, por el mismo camino que nosotros. —Respiró hondo—. Étienne, son de los nuestros.

—¡Coltaire!

Todo el calor, toda la vida pareció abandonar el cuerpo de Étienne de forma abrupta; se acuclilló porque las piernas no querían sostenerlo ya ni un momento más. Coltaire de Greville los había encontrado para privarlos de esa última oportunidad de salvar a Caspar y completar así su venganza. Sin embargo, aparte de ellos y del conde Guillaume, nadie estaba al corriente de su plan ni de su meta. ¿Cómo había podido Coltaire...? Étienne se sintió enfermo al comprender, y un velo rojo le nubló la vista.

—¡Por Dios, Ava! ¿Cómo has podido hacerlo? —profirió apretando los dientes.

Su propia voz le pareció la de un extraño, era más bien un gruñido colmado de odio. Y era un odio candente lo que estaba comenzando a llenar el vacío en cada rincón de su cuerpo, como una hoguera que todo lo consume.

Ava lo miró atónita con los ojos grandes y brillantes como espejos, pero él creyó ver que la culpa también parpadeaba en ellos.

—No estarás pensando que... ¿Qué razón habría, Étienne? —preguntó sin aliento—. ¿Qué sentido podría tener?

—Solo Dios sabe lo que ese diablo te ha prometido o te habrá hecho para que se lo digas. ¡Me da lo mismo! —gritó él. Esta vez no iba a perdonarla. Había vuelto a cometer ese error fatal. No sucedería una segunda vez—. Caspar va a morir por tu culpa. Todos nosotros. —Se acercó a ella a trompicones, la agarró por los hombros y la zarandeó. Era todo ira y rabia y odio. Los demás sentimientos permanecían indiferentes, inoperantes—. Pero ¿qué clase de persona eres, Ava?

—Étienne —dijo ella con la voz estrangulada—, no tengo nada que ver con eso, lo juro por...

—¿Cómo podría creerte una sola palabra después de todo lo que has hecho? ¡Por Dios! Ojalá no tuviera que verte en los últimos instantes que me quedan en esta vida, tú...

Alguien tiró de él hacia atrás, lo apartó de ella y le propinó una bofetada sonora.

—¡Vuelve en ti, hombre! —le gritó Anselme—. No estás en tus cabales. ¿Por qué la has tomado con Avery?

—Ava nos ha traicionado —le espetó Étienne, y creyó que esa rabia y esa decepción absoluta iban a despedazarlo—. Ella nos traicionó ya una vez a Caspar y a mí en favor de Coltaire. Y ahora ha vuelto a suceder.

Las lágrimas corrieron de pronto por las mejillas de Étienne, apagaron el fuego en su pecho dejándole en un estado de entumecimiento apático, indiferente. Se desplomó sin fuerzas en el suelo.

En la cara de Anselme se reflejaba un estado de confusión absoluta.

—Pero ¿qué estás diciendo? ¿Quién es Ava? ¿A quién te refieres, maldita sea, con ese «ella»?

—No hay tiempo para eso, tenemos que irnos ahora mismo de aquí —murmuró Étienne y se puso en pie.

Tenían todavía una pequeña ventaja, quizá bastara para alcanzar las tropas de Safadino.

—Eso es absurdo. En campo abierto no llegaríamos a recorrer ni una milla antes de que nos alcanzaran, no nos es posible con Caspar. Si los esperamos aquí, al menos tendremos una mínima oportunidad.

Uno de los caballos relinchó asustado. Étienne se volvió a mirar en la dirección del sonido y vio cómo Ava se subía a su montura, espoleaba al caballo en el costado con los talones y salía al galope en dirección al este.

El bolso de cuero de Étienne estaba tirado en la tierra, abierto. No tuvo que ir a mirar para saber lo que faltaba. El salvoconducto.

Fue como si alguien le estuviera clavando una cuchilla dentada en las costillas, una vez, y otra, y otra. Nunca se había sentido tan engañado y traicionado por nadie. ¡Santa María, Madre de Dios! ¿Cómo había podido equivocarse tanto con una persona? ¿Cómo había sido capaz de robarles despiadadamente la última oportunidad de salvación de Caspar? Algo en Étienne se había roto definitivamente y no volvería a curarse. Ya no importaba que no sobrevivieran a ese día.

—¿Por qué...? ¿Por qué ha hecho eso Avery, por todos los demonios? ¿Qué significa todo esto? —tartamudeó Anselme mientras seguía con la mirada atónita la nube de polvo. Se volvió a Étienne—. ¿Puedes explicarme de una vez qué diablos está pasando aquí?

Étienne exhaló con fuerza y volvió a sentarse en el polvo.

—Avery se llama realmente Ava y es una mujer vestida con ropa de hombre —confesó en tono apático. Ya daba lo mismo que se lo contara, porque de todos modos iban a llevarse el secreto a la tumba—. Coltaire se enteró y la chantajeó, por esa razón le contó lo del hijo de Safadino en nuestro escondrijo.

Anselme parecía visiblemente abrumado mientras digería todas esas informaciones. Pero, cuanto más comprendía, más furioso se iba poniendo.

—¿Y para cuándo habías previsto contarme todo esto? ¡Maldita sea! Pensaba que éramos amigos y que confiabas en mí ciegamente, pero en cambio no deja de salir a la luz un secreto tras otro. —Sacudió la cabeza—. Te juro que si salimos de esta, Étienne d'Arembour, te voy a dar una tunda de hostias que te van a dejar sin sentidos.

En rigor, tenía todo el aspecto de querer poner en práctica sus palabras en el acto.

—¿Y por qué demonios le pediste a Avery..., le pediste a ella que viniera si ya os había traicionado una vez?

Étienne cerró los ojos y sintió de pronto un cansancio y un vacío infinitos.

—Porque hace tiempo que sé quién es en realidad y la amo casi desde ese mismo instante, Anselme. Porque creía que ella no había tenido ninguna otra alternativa la primera vez, porque creía que podía confiar en ella. Una conclusión errónea que hoy, probablemente, va a costarnos la vida. Y yo ya no podré enmendar esta culpa. Lo siento mucho.

Su amigo no dijo nada, se presionó los dedos sobre los ojos cerrados. Finalmente se acuclilló frente a Étienne y le puso una mano en los hombros. Su mirada se ablandó de pronto y sonrió débilmente.

—Si hay algo que se te pueda reprochar, Étienne, es tu buena fe.

No era la primera vez que Étienne oía decir eso. Anselme se sentó a su lado y juntos fijaron la vista en dirección a los jinetes que se aproximaban, cuyas siluetas iban perfilándose con mayor claridad a lo lejos. Étienne contó hasta seis.

—¿Adónde quiere ir? —reflexionó Anselme en voz alta—. Me refiero a Av... a.

Étienne se encogió de hombros débilmente.

—A Jerusalén, supongo. Para cumplir su promesa y salvar su alma, pero para eso ya es demasiado tarde. Aunque consiga llegar allí y le franqueen el paso con el salvoconducto, arderá en el infierno por lo que ha hecho hoy.

Sin embargo, Étienne no pudo sentir ninguna satisfacción al pensar eso; su rabia se había agotado. Tan solo sentía una pérdida, una especie de tristeza por todas las vivencias que ya no iba a tener, por todas las oportunidades perdidas.

Caspar gimió de repente. A Étienne, ese sonido casi le pareció un toque militar que los advertía de que todavía no estaban muertos, de que aún había esperanzas. Se levantó y se fue cojeando hasta colocarse al lado de Caspar. El cirujano se movió ligeramente. Étienne le apartó el pelo de la frente y le humedeció con agua los labios agrietados. Caspar le había reprochado siempre su desaliento, su tendencia a rendirse con demasiada rapidez y a dejarse arrinconar. Pero no ese día, le prometió en silencio. Ese día Étienne iba a luchar de todas todas. Y, si sucedía un milagro, vencerían a Coltaire y a los demás. Tal vez incluso conseguirían llevar a tiempo a Caspar hasta el campamento de Safadino. Y con un poco de suerte no los matarían de inmediato, sino que los dejarían llegar hasta Musa, cuyos médicos le salvarían la vida.

Ese día tenían que suceder muchos milagros. Demasiados. Pero Étienne estaba en deuda con Caspar y consigo mismo, y debía intentarlo al menos.

Esperaron a sus atacantes con el arco y la espada, al amparo de las ruinas. La luna proyectaba un brillo frío sobre los yelmos y las cotas de malla y hacía palidecer los rostros de sus adversarios. Coltaire, Bertrand. Además estaban Vite y Maline y otros dos matones leales al caballero.

Ya se encontraban al alcance de las flechas. En pocos instantes los tendrían encima.

Étienne apuntó y realizó un primer disparo. Falló. Incluso considerando la limitación de la visibilidad en la noche, sus habilidades con el arco no se acercaban, ni de lejos, a las de Ava. Con ella habrían tenido una oportunidad real.

Sin embargo, solo a causa de ella estaban ahora frente a Coltaire y a sus matarifes. Étienne contuvo la rabia al pensar eso. No servía de nada. Disparó otra vez. La flecha se clavó en la cota de malla de Malin, cerca de un hombro. El hombre se la arrancó con un reniego furioso y la tiró a un lado. Si la punta había ocasionado algún daño, entonces no cabía duda de que no había sido muy grande. Sus enemigos no parecían llevar consigo armas de largo alcance o al menos no parecían querer utilizarlas. Estaban seguros de su superioridad. ¿Y por qué no?

Anselme se había apostado frente a Caspar con el yelmo, el escudo y la espada en ristre, y estaba a la espera.

Étienne disparó su última flecha y al menos consiguió derribar de su montura a uno de los atacantes antes de que los hombres los alcanzaran. Sin embargo, incluso contra cinco espadachines apenas tenían alguna posibilidad de éxito.

Los hombres descendieron de sus monturas y desenvainaron las espadas. No tenían prisa. En los labios de Coltaire se dibujó una sonrisa maliciosa y segura del triunfo mientras se hacía una composición del lugar y de la situación.

—Así que realmente queréis pasaros al bando de los paganos —observó—, y de equipaje lleváis a un cirujano medio muerto y sabe

702

Dios qué informaciones militares importantes para esa gentuza sarracena. —Hizo un movimiento afirmativo con la cabeza, con la satisfacción de un cazador que acaba de abatir un ciervo enorme—. Esto me recuerda un poco nuestro encuentro nocturno con el príncipe de los paganos. La única diferencia es que esta vez no vais a salir bien librados. Y Guillaume, vuestro protector, tampoco. Que me aspen si el conde no estaba al corriente de estos hechos, sobre todo teniendo en cuenta que os acompaña su caballero fino. El duque Hugues y Corazón de León reconocerán por fin a qué clase de cuervos estaban criando y a quién deben agradecer su desenmascaramiento. Estoy convencido de que sabrán como recompensarlo, ¿no creéis?

El caballero parecía haber alcanzado la meta de sus deseos.

—La única razón por la que estamos aquí es porque casi matáis a golpes a Caspar y porque buscamos ayuda para él —le espetó Étienne—. No hay nadie entre nosotros que tenga la intención de cometer ninguna traición, ni ahora ni nunca.

Coltaire hizo un gesto de negación con la mano.

—Como si eso importara. Os hemos capturado aquí, a unas pocas millas del campamento de Safadino, y sé de buena tinta que vamos a encontrar un salvoconducto de los paganos entre vuestras pertenencias. ¿Qué otra duda podría caber entonces? Y, si os declaran culpables de alta traición, os espera una muerte larga y dolorosa, de eso podéis estar seguros. Me da mucha lástima que mi amigo Caspar no vaya a poder vivirlo dado el estado en que se halla. Pero, bueno, ya nos divertimos lo nuestro con él. Dicho con sinceridad, estaba convencido de que no había salido vivo del campo de batalla. Ese bastardo es más correoso de lo que me figuraba. Una suerte para mí, pues ¿quién iba a pensar que los sucesos se desarrollarían tan a mi favor?

Se echó a reír. Su risa tenía un sonido cruel, repugnante, que provocó las náuseas de Étienne. En rigor daba lo mismo que ya no estuvieran en posesión del salvoconducto, pues el caballero tenía razón: tenían todo en su contra. Y esa vez no habría nadie que pudiera testificar a su favor.

De pronto algo pareció llamar la atención de Coltaire.

—No veo a la puta arquera por ningún lado. ¿Os habéis hartado de ella y le habéis retorcido el pescuezo? —Fingió una expresión de pena—. ¡Qué lástima! Les había prometido a mis hombres que se lo podrían montar con esa marimacho falaz. —Sonrió con lubricidad—. Uno puede divertirse de lo lindo con esa gatita salvaje, lo sé porque lo he experimentado con mis propias carnes. Pero eso no hace falta que te lo diga, ¿verdad?

De nuevo esa sonrisa. A Étienne le entraron ganas de vomitarle encima o de borrarle la sonrisa de la cara a puñetazo limpio.

Aunque despreciaba a Ava por lo que les había hecho, con las palabras de Coltaire se le revolvió todo por dentro. En sus entrañas hervía una rabia abrasadora.

—¿Por eso os ha revelado adónde nos dirigíamos ahora? ¿Porque se lo habéis sacado con violencia?

Durante unos breves instantes, Coltaire pareció perplejo. Luego se echó a reír de nuevo y esta vez sí parecía estar divirtiéndose en serio.

—Es cierto que es una zorrita insidiosa, pero en este caso no es la culpable. No fue ella quien os ha traicionado, sino ese cura, Kilian, su amigo o confesor o el diablo sabe qué narices.

Étienne dio un traspiés. Por un momento no pudo respirar cuando fue consciente del significado de las palabras de Coltaire.

—Sí, has oído bien, amigo mío —dijo Coltaire con sorna—. El monje me vino a ver después de que la putita se lo contara todo cuando fue a despedirse de él. Al cura le entró miedo por la salvación de su alma o algo por el estilo y quiso que la rescatáramos antes de que cometiera una traición a la causa de Cristo. Parece que ese pobre tipo ha perdido la cabeza por ella. Y, por lo visto, el cura te tiene por la tentación diabólica en persona y nos pidió que la exorcizáramos. —Movió la cabeza casi con un gesto de incredulidad—. ¡Por los cielos! ¿Quién se habría imaginado que iba a disfrutar tanto con esta historia? ¿Por ese motivo la mandaste al carajo, porque pensaste que había sido ella quien nos puso sobre vuestra pista?

—¿Tiene alguna importancia eso ahora? —preguntó Étienne con la voz ronca. Los sentimientos de culpa parecían querer sepultarlo con virulencia.

—No, en realidad ninguna —admitió el caballero con aire divertido—. Después de lo de hoy, probablemente no me será de ninguna utilidad ya esa mujer. Aunque, bien mirado, me habría gustado presenciar qué sucedía con ella después de desenmascarar su engaño. Pero, bueno, uno no puede tenerlo todo siempre.

—Eres una infame escoria, Coltaire —dijo Anselme entre dientes—. Y, si crees que vamos a ir con vosotros sin luchar, entonces eres, además, un imbécil.

El semblante divertido de Coltaire dio paso a una expresión cada vez más rígida. A una señal suya, Bertrand y los demás soldados se pusieron en movimiento. A Étienne lo dejaron tumbado a la izquierda, dado que al parecer no representaba ninguna amenaza para ellos, y los cuatro se fueron a por Anselme.

Este luchó como un berserker, hacía que su espada zumbara en el aire, interceptaba los golpes contrarios con el escudo. Y durante un rato pareció que podría dar cuenta de sus atacantes. Sin embargo, en algún momento comenzaron a flaquearle las fuerzas. Vite se colocó a sus espaldas y le propinó un golpe brutal en el hombro. La cota de malla evitó lo peor, pero la fuerza del golpe hizo que Anselme cayera a tierra boca abajo. Bertrand levantó el brazo para asestarle un espadazo en el suelo. Sin embargo, antes de que pudiera propinarle el golpe, Étienne le saltó por la espalda y lo empujó hacia atrás. El codo de Bertrand le impactó con una fuerza brutal en la boca del estómago; Étienne resbaló, cayó, respiró entre jadeos.

Antes de que el escudero pudiera arremeter contra él con rabia, Coltaire alzó la mano.

—Ya basta, hombres. Dejadlos con vida. Todavía tienen una tarea por cumplir. Servirán de ejemplo a todos para mostrar qué fin les espera a los traidores.

Los matones de Coltaire se retiraron, algunos de mala gana. El caballero, en cambio, dio unos pasos hacia delante.

705

A pesar de su agotamiento, Anselme se retorció y se puso de nuevo en pie a trompicones. Dejó el escudo tirado, agarró en cambio con ambas manos la espada y atacó a Coltaire. Era un intento inútil, no solo Étienne se dio cuenta de ello, pero ¿qué tenía que perder?

Con un movimiento casi desenfadado, Coltaire desvió con su propia espada el golpe sin fuerza de Anselme, y con dos golpes consecutivos le arrancó la espada de las manos haciendo que el joven caballero tropezara. Se mantuvo en pie entre jadeos, intentó atacar nada más que con sus manos. Coltaire le propinó una patada que lo hizo caer de nuevo en tierra. Con la cara desfigurada por el dolor, Anselme se quedó tumbado boca arriba.

—¿A quién tratas de demostrar algo aquí, eh, muchachito? —dijo Coltaire siseando y poniéndole un pie encima del pecho; despacio fue cargando su peso hacia delante. Anselme se quejó dolorido.

—¡Déjalo en paz, bastardo cobarde! —gritó Étienne esforzándose por levantarse.

Coltaire se bajó del cuerpo de Anselme y se dirigió a Étienne con una sonrisa provocadora.

—O si no, ¿qué?

Étienne oyó cómo sus dientes rechinaban cuando apretó las mandíbulas con una rabia y una decepción impotentes. No había nada, absolutamente nada que él pudiera hacer.

La sonrisa de Coltaire se hizo más amplia.

—Montadlos en los caballos —indicó a sus hombres—. Al alba quiero estar de vuelta en el campamento militar.

Bertrand y uno de los soldados agarraron a Étienne sin contemplaciones por los hombros y tiraron de él hasta los caballos.

—Ahora te va a tocar a ti, miserable tullido —masculló el escudero.

Sí, moriría, ahora o en unos pocos días, y Anselme con él, por culpa suya. No había podido salvar a Caspar. Había acusado injustamente a Ava de traición, y ambos se habían separado con rabia y decepción. Él era todo un fracasado, de la cabeza a los pies. Extrañamente, Étienne no sentía miedo de la muerte, solo tenía sentimientos de culpa en relación con sus amigos. Y un pesar doloroso. Moriría sin haber podido pedirle perdón antes a Ava. Y sin haberla tocado una última vez.

—El remiendahuesos se lo podemos dejar a los buitres —decidió Coltaire con una mirada despectiva en dirección a Caspar.

De hecho, el cirujano llevaba ya bastante rato sin emitir ningún sonido; sin embargo, si se le miraba con atención, podía distinguirse un débil ascenso y descenso de su tórax.

La idea de dejarlo morir ahí, indefenso, desgarró literalmente por dentro a Étienne, pero ya no podía hacer nada más por él. Lo habían arriesgado todo y habían perdido.

Cuando sus dos torturadores iban a subirlo al caballo, Étienne percibió un sonido sibilante como el desgarro de una tela. Oyó un gemido a su lado, las manos que lo estaban agarrando se soltaron y Bertrand cayó de lado como un saco de harina. Tenía una flecha clavada en la columna vertebral, justo por debajo de la nuca.

Étienne miró confuso el proyectil e intentó comprender lo que había sucedido. Entonces, el grito ronco de Malin lo aclaró todo.

—¡Paganos! ¡Están atacando! —gritó—. ¡Por allí!

La cabeza de Étienne giró en todas direcciones. Se acercaban unos jinetes por el este, una docena larga, con las vestimentas típicas de los sarracenos y capitaneados por arqueros montados. Uno de ellos debía de haber sido quien matara a Bertrand.

—¡Poneos a cubierto ahora mismo! —ordenó Coltaire.

El otro guerrero que estaba con Étienne lo agarró por el jubón y lo arrastró hasta un cobertizo desmoronado donde también se había refugiado Coltaire. Vite y Malin se acuclillaron tras los restos de los muros de la choza en ruinas, con Anselme entre ellos.

Sus atacantes estaban tan solo a unos instantes de distancia.

—¡Dame el salvoconducto ahora mismo! —exclamó Coltaire rechinando los dientes.

Étienne no sabía qué esperaba hacer el caballero con ese documento que estaba expedido a nombre de Étienne y de Caspar. ¿Creía Coltaire que iba a salir bien librado mientras se encontrara en compañía de Étienne? Si el hijo de Safadino había sobrevivido, reconocería de inmediato al caballero. Si, por el contrario, Musa no llegó nunca a alcanzar a los suyos, ese escrito no tendría entonces ya ningún valor. Aun así, Étienne quiso disfrutar de una última satisfacción privando de toda esperanza a Coltaire.

—No me queda otra que decepcionaros. Ya no tengo el salvoconducto. Avery-Ava lo robó y se marchó con él poco antes de que llegarais.

—¡Mientes!

—¿Por qué iba a mentir cuando ese documento también podría salvarme a mí?

Coltaire lo atravesó con su mirada de ave rapaz. Un vislumbre de pánico se asomó en sus facciones, pero se transformó rápidamente en odio puro.

—Tendría que haber matado a esa condenada zorra —siseó entre dientes.

Étienne sintió que le ascendía por la garganta una mezcla histérica de risas, lágrimas y arcadas. ¡Qué broma cruel de la Fortuna que los hombres de Safadino los hubieran encontrado, pero que ahora Étienne no pudiera identificarse como amigo de su hijo! ¡Y qué ironía que Coltaire de Greville y sus matarifes lo acompañaran a la muerte por su alevoso plan de venganza! Pues, tras la cruel masacre a las afueras de Acre, sus enemigos ya no hacían prisioneros.

—¡Étienne!

Se quedó de piedra. El sonido de esa voz le llegó hasta la médula. ¿Podía ser cierto?

—¿Ava?

Étienne se levantó y salió de su refugio sin que nadie se lo impidiera. Los sarracenos casi los habían alcanzado.

Y entonces la descubrió en medio de sus atacantes, con el arco en la mano. Ava. Y no era el único rostro conocido: a su lado cabalgaba nada menos que Musa.

Étienne avanzó haciendo eses, amenazaba con desplomarse y tuvo que apoyar las manos en los muslos. Ava no los había traicionado, al contrario, lo había arriesgado todo para ir a buscar ayuda. ¿Cómo lo había conseguido?

—¡Étienne! —exclamó ella una vez más. El miedo y el alivio pugnaban en su voz. Los hombres de Musa se bajaron de sus monturas y se lanzaron al ataque. Malin, Vite y el tercer soldado buscaron su salvación en la huida al comprender lo desesperado de su situación. Sin embargo, solo consiguieron dar unos pocos pasos antes de caer abatidos por las flechas. El herido Anselme se salvó. Por lo visto, Ava había informado detalladamente a los sarracenos sobre quiénes eran sus compañeros, si bien Étienne todavía no entendía cómo. Ella saltó del caballo con el arco en la mano.

Étienne quería ir hacia ella, disculparse, tocarla. Avanzaba a trompicones, aturdido, cuando un brazo musculoso le rodeó el cuello por detrás a la velocidad del rayo y tiró de él. Coltaire usó el cuerpo de Étienne como escudo y se lo llevó consigo hacia atrás en dirección a la choza en ruinas y a los caballos. Una flecha, una flecha de Ava, pasó silbando a su lado pero no alcanzó al caballero.

—Juro que voy a hacer que el remiendahuesos se desangre como un cerdo si alguno de vosotros vuelve a disparar —amenazó el caballero con bufidos mientras seguía retrocediendo. Étienne sentía la punta de una daga pinchándole dolorosamente en un costado. Su pecho subía y bajaba aceleradamente. Buscó la mirada de Ava. A unos pocos pasos frente a él estaba ella con el arco alzado y tenso, y había otros arqueros detrás de ella, a quienes Musa hizo un gesto con la mano para que se detuvieran. La cara de Ava era una máscara de concentración férrea, su mirada fría y sin ninguna emoción.

—¡Déjalo libre! —exigió.

—Y una mierda —contestó Coltaire entre dientes, muy cerca de la oreja de Étienne—. O me dejáis ir ahora, o cortaré en pedacitos a vuestro amigo.

—¡Déjalo libre ahora mismo!

—¿Quién te piensas que eres, mala puta? Tendría que haberte matado cuando tuve ocasión, traidora, hijapu...

Étienne oyó el sonido sibilante, sintió cómo el emplumado de la flecha le creaba un verdugón abrasador en la mejilla y cómo la punta se clavaba en su objetivo con un sonido repugnante. El brazo en torno a su cuello se relajó y el pesado cuerpo de Coltaire cayó al suelo con un sonido sordo. Estaba muerto ya antes de tocar el suelo. La flecha de Ava le había atravesado el ojo derecho.

Étienne se desplomó de rodillas jadeando. Ava bajó el arco y con el arma se desvaneció la máscara de sus facciones, dejando ver todos los sentimientos que bullían en su interior. Se puso en movimiento, corrió hacia él y se arrodilló a su lado. Étienne sintió que le corrían las lágrimas por las mejillas cuando desapareció la tensión y la estrechó fuertemente entre sus brazos, ignorando por completo las miradas que podían estar ahora centradas en ellos.

—Lo siento muchísimo, Ava —le murmuró en el cuello—. He sido terriblemente injusto contigo. ¿Cómo fui capaz de pensar ni un instante que...?

—Ambos hemos cometido errores, cada uno a su manera. Pero ahora se ha acabado todo, Étienne. Se acabó.

Coltaire estaba muerto, sí, pero no se había acabado todo, todavía no. Tenían que salvar a Caspar, si es que aún había una salvación para él.

Étienne se separó de Ava y se levantó a duras penas. Musa, rodeado por una parte de sus soldados, esperaba a una distancia discreta. Étienne descubrió a su lado otra cara conocida: Karakush, el antiguo comandante de la guarnición, armado con espada y arco.

Una fina sonrisa se dibujó en los labios de Musa cuando se encontraron sus miradas. Étienne se acercó a él cojeando.

—Musa, me alegro muchísimo de verte. Sin tu ayuda...

Musa tiró de repente de él para abrazarlo con vehemencia.

—Tenía una deuda que saldar.

—Pero Caspar —la voz de Étienne amenazaba con quebrarse—, el *hakim*, se está muriendo, y yo...

Musa lo apartó de sí y señaló con la cabeza en la dirección donde yacía Caspar al amparo del muro. Un hombre estaba arrodillado a su lado y examinaba al herido mientras otro le proporcionaba luz con farolillos y antorchas.

—He traído un médico —explicó Musa con sencillez.

—Pero ¿cómo...? —Étienne miró en dirección a Ava que esperaba y sonreía algo apartada. Se propuso preguntar más tarde cómo se las había arreglado para todo aquello; ahora lo único que importaba era Caspar.

Karakush se colocó al lado del cadáver de Coltaire de Greville y miró al muerto. Había un vislumbre de asombro en el ojo izquierdo del caballero, completamente abierto. En el derecho estaba clavada la flecha que lo había matado. Karakush movió la cabeza en señal de reconocimiento. Un disparo preciso, magistral. Y, aunque le habría gustado abatir a aquel canalla brutal y sin escrúpulos haciéndole sufrir primero lo suyo, tuvo que admitir que él jamás habría logrado un disparo tan certero.

Aunque no conocía los detalles de la historia, no dudó que el arquero tenía una cuenta mucho mayor que él con ese caballero. Una cuenta que de alguna manera estaba relacionada con el cirujano cojo.

Karakush miró por encima del hombro al joven arquero. No, aquel muchachito flaco verdaderamente no daba la impresión de poder hacer daño ni a una mosca. Solo por ese motivo había conseguido llegar con vida hasta su acuartelamiento y mostrar el salvoconducto. Y, aunque el documento no estaba expedido a su nombre, había conseguido convencer a Musa. Enseguida se subieron a sus monturas y se pusieron en camino. Y, como el joven hijo de al-Adil todavía no se había recuperado del todo de sus heridas, fue Karakush quien cabalgó a su lado por deseo expreso de su padre, y Karakush había cumplido su misión con inesperada satisfacción.

Hacía tiempo que sabía que Musa estaba con vida gracias al cuidado de dos cirujanos cristianos. Y ellos se habían apresurado para salvar, precisamente, a esos dos médicos.

Karakush suspiró. A diferencia del odioso diablo que tenía a sus pies, los dos médicos francos se habían jugado la vida para ayudar a una persona de un credo diferente. ¡Por Alá! El mundo no estaba tejido de una manera tan sencilla como alguno desearía pensar, como el mismo Karakush habría querido.

El médico musulmán levantó brevemente la vista cuando Étienne se le acercó. Tenía el pelo oculto bajo un turbante oscuro, la barba encanecida ya y la piel curtida por el aire y el sol.

—¿Eres tú el otro cirujano que cuidó de Musa? —preguntó, sorprendiendo a Étienne al hablar en un francés casi perfecto.

—Sí. —Étienne asintió con la cabeza, desconcertado—. Me llamo Étienne d'Arembour.

—¡Un buen trabajo, Étienne d'Arembour! —alabó el sarraceno—. Musa os debe la vida. Yo me llamo Arif, le sirvo a él y a su padre como médico personal. Viví mucho tiempo en Acre, por eso domino tu idioma, lo digo por si te ha extrañado.

Así fue, pues, como Ava había podido hacerse entender.

Cuando el hombre volvió a mirar al inmóvil Caspar, la cara se le puso seria.

—Las cosas no están nada bien para tu amigo. No puedo prometer que logre salvarlo, pero voy a intentarlo todo. El arquero me describió su herida, así que espero haber traído todo lo necesario conmigo. Y tú vas a ayudarme.

No esperó a la reacción de Étienne, sino que se puso manos a la obra en ese mismo momento. A partir de entonces, toda su atención se centró en la cura de Caspar, con Étienne asistiéndolo siempre que podía.

Primero le raparon el pelo por encima y alrededor de la fractura del cráneo con una navaja con una cuchilla muy afilada, luego limpiaron cuidadosamente la zona con una esponja empapada en vinagre. En un siguiente paso, Arif retiró cuidadosamente el colgajo de piel de la zona de la lesión hasta dejar al descubierto el hueso. El sarraceno sacó entonces de su bolso un aparato que Étienne no había visto nunca antes. Era una especie de taladro hueco, con un borde afilado y dentado, del diámetro de un denario de plata, que podía ponerse en rotación mediante una manivela. Así que con ese instrumento iba a abrir el cráneo de Caspar. Étienne se estremeció al imaginárselo, aunque sabía que era la única manera de salvar a su mentor y amigo. Ya los ancestros habían realizado ese tipo de operaciones, lo sabía por las lecciones de Caspar, pero apenas había médicos cristianos que dispusieran aún de las facultades necesarias para realizarlas. Por primera vez iba a presenciar una intervención de ese tipo.

El sarraceno colocó el taladro un poco por encima de la zona de la fractura para evitar que el hueso ya golpeado se rompiera definitivamente y que las astillas se colaran en el interior del cráneo. Con esa herramienta era posible realizar una abertura con una sorprendente rapidez. Arif sacó el trozo de hueso fresado y al instante se dispuso a drenar o a retirar la sangre fresca así como la ya coagulada que había debajo, para reducir la presión en el cráneo de Caspar. Por último cubrió el agujero con el colgajo, y Étienne lo vendó todo con una venda limpia. En el caso de que la herida siguiera sangrando, ahora podría fluir hacia el exterior.

Étienne no tenía ni idea de cuánto tiempo había pasado, pero el sol ya se mostraba en el horizonte cuando por fin concluyeron la cura. Arif asintió con la cabeza a Étienne con gesto de reconocimiento mientras se lavaba las manos.

—Hemos hecho lo que hemos podido. Todo lo demás está en manos de Alá. Si despierta de su estado inconsciente, tendrá una oportunidad de sanar por completo.

Étienne asintió con la cabeza aturdido. Todo lo que podía hacer ahora era esperar.

—Vamos a organizar un transporte —explicó el médico—. Entonces lo llevaremos primero a nuestro campamento militar y, cuando la hemorragia haya cedido, iremos con vosotros a Jerusalén. Allí hay un hospital en el que recibirá los mejores cuidados.

El sarraceno dio unos golpecitos en el hombro a Étienne en un gesto tanto para animarlo como para agradecerle la ayuda, y entonces lo dejó a solas con Caspar.

Étienne contempló a su amigo, que yacía allí pálido y como dormido. Dios les había concedido ese día más de un milagro, pero ahora Étienne esperaba uno más, el último.

Sintió que se desvanecía la tensión de las horas pasadas; en cambio, el agotamiento y el cansancio se abatieron sobre él como un manto de plomo. Le habría gustado tenderse al lado de Caspar y quedarse simplemente dormido. Pero eso tendría que esperar aún un poco.

Anselme se acercó a él, y Étienne se levantó. Su amigo dirigió una mirada compasiva al cirujano herido antes de volverse a él. Parecía exhausto, pero le habían atendido sus heridas.

—Musa me ha ofrecido una escolta de su gente hasta las proximidades de nuestras posiciones. El último tramo lo haré yo solo. Diré que estuve con Coltaire y sus hombres de patrulla cuando nos asaltaron y que soy el único que pudo escapar. Eso tendría que valer, digo yo.

—Guillaume estará más que contento de tenerte de nuevo sano y salvo a su lado —respondió Étienne y tragó saliva.

Después de todo lo que habían vivido y padecido juntos, era apenas imaginable que sus caminos fueran a separarse.

—Anselme, te agradezco todo lo que has hecho por nosotros. No puedes ni imaginarte cuánto —murmuró.

El caballero sonrió.

—Estoy contento de haber podido cumplir mi promesa. Y ahora voy a rezar por la curación de Caspar.

Se dieron un abrazo largo y cordial.

—Cuídate, amigo mío, y cuida de Av... a —añadió—. ¿O mejor... a la inversa?

Se rieron, pero fue una risa llena de melancolía. Anselme montó en su caballo, se llevó los dedos al yelmo una última vez como saludo y partió en compañía de la escolta.

Étienne lo estaba siguiendo con la mirada cuando sintió de pronto la mano de Ava en la suya. Intercambiaron una larga mirada.

Así que, a continuación, se dirigirían a Jerusalén. Por fin iban a llegar a su destino, aunque por una vía completamente inesperada.

90

Acuartelamiento de al-Adil. Monte Carmelo, Shaabán 587
(septiembre de 1191)

M usa llevaba puesta su armadura y se disponía a ajustarse el cinturón de la espada.

—Regresaré hoy mismo con mi padre para reunirnos con las tropas de mi tío —anunció a Karakush—. Ha llegado un mensajero. La ocasión es propicia, y todo parece indicar que en breve tendrá lugar la gran batalla. ¡Que Alá nos asista! Tal vez se decida la guerra en los próximos días.

Karakush asintió con la cabeza.

—De acuerdo, voy a hacer el equipaje. Podremos partir enseguida.

—No, amigo mío, tú no. Todavía no. Tengo una misión para ti, un ruego.

—¿Qué quieres decir?

Karakush miró a su interlocutor con los ojos entrecerrados.

—Me gustaría que acompañaras a los médicos francos con seguridad a Jerusalén. Quiero que Caspar se recupere en el muristán.

Karakush resopló con sorna.

—¿Ahora me he convertido en una niñera? Yo debería estar allí donde se lucha.

Aunque no estaba muy seguro de querer esto último, sintió una extraña punzada de ofensa por el ruego de Musa.

Musa levantó la vista y le dirigió una mirada penetrante.

—Que yo esté aquí frente a ti se lo debo solamente a esos hombres. Sin su ayuda probablemente estaría muerto, o sería como mínimo un tullido. Me gustaría hacer por ellos lo que esté en mi mano, ¿comprendes? —Lo agarró por los hombros—. Confío en ti, Karakush. Contigo estarán seguros, por ello quiero que seas tú quien los acompañe. Después de eso puedes unirte a nosotros enseguida y entrar en combate.

Karakush hizo un gesto de disgusto, pero asintió con la cabeza después. Sinceramente no tenía ninguna prisa en regresar al frente con Salah ad-Din. Estaba cansado, muy cansado de la guerra. Y, por supuesto, sabía lo que el hijo de al-Adil les debía a esos cristianos.

—Por mí, de acuerdo, si ese es tu deseo.

—Ven conmigo, quiero despedirme de los tres antes de partir. —Juntos atravesaron el campamento militar—. Una cosa deberías saber —explicó Musa como de pasada—. El arquero, el muchacho que vino hasta nosotros pidiendo ayuda y que luego mató a aquel caballero inmundo, ¿sabes?

—Sí, ¿qué sucede con él?

—Bueno... —Musa se quedó callado, y, cuando Karakush lo miró de reojo, detectó una sonrisa desconcertante en sus labios—. Al parecer..., en realidad es una muchacha.

Karakush se detuvo y lo miró estupefacto.

—Eso es una broma, ¿verdad?

Musa se detuvo también y sonrió de oreja a oreja.

—Me temo que no. Los dos estuvieron conmigo anoche, me revelaron el secreto y lo juraron por el sepulcro del hijo de su Dios.

—Pero eso..., eso es... —Karakush estaba perplejo. Luego pensó en el llamativo comportamiento del arquero durante el combate del día anterior, en la íntima familiaridad entre él (ella) y el joven cirujano.

—¿De verdad? ¿Un chico-chica?

—No es ningún chico-chica. Tampoco es esclava ni sirvienta. Y, al parecer, ella misma se decidió a adoptar el papel masculino.

En realidad, es más bien algo así como una... —Musa buscó una palabra adecuada—, como una guerrera.

Karakush sacudió la cabeza con asombro. Conocía a mujeres con esos atuendos tan solo como esclavas, cuya vestimenta inusual y sus barbas pintadas estaban destinadas a entretener y a atraer a un determinado tipo de hombres, a los chico-chica justamente. Bien, pero ¿una arquera, una guerrera? Eso sonaba francamente absurdo.

—¿Y eso no te parece... desvergonzado?

Musa se encogió de hombros y se puso de nuevo en movimiento.

—Supongo que podría tener también los pies de un macho cabrío y me sería completamente indiferente. Ella salvó a los dos hombres a los que les debo la vida. Estoy en deuda con ella y tiene toda mi lealtad y mi respeto.

Los tres francos estaban alojados en la linde del campamento militar, en una tienda de campaña propia. Arif estaba con ellos y examinaba al herido, que todavía no había recuperado la consciencia. El joven cirujano y su acompañante estaban arrodillados junto al lecho de su amigo con los semblantes llenos de preocupación.

—Parece que se ha detenido la hemorragia —dijo Arif cuando entraron—. Eso es bueno. Creo que mañana podremos llevarlo a Jerusalén. Y entonces su sanación quedará en manos de Alá.

Musa asintió con gesto serio.

—Ruego al Todopoderoso que se apiade de nuestro *hakim*. —Entonces se dirigió a los demás—. Tengo que regresar hoy mismo con las tropas y quería despedirme de vosotros. —Con una mirada exhortativa le pidió a Arif que tradujera—. Os debo nada menos que la vida.

—¡Igual que a la inversa! —replicó el joven franco.

Karakush recordó que se llamaba Étienne. Parecía exhausto y sacudido por los sucesos pasados, por la tensión y el miedo, pero al mismo tiempo también aliviado.

Musa sacudió despacio la cabeza.

—Encontré bondad y amabilidad en un lugar en el que esperaba infamia y muerte. Aunque llegué a vosotros como enemigo, y no sabíais siquiera quién era yo, lo arriesgasteis todo por mí, y por ese motivo, tal como me he enterado hace poco, estuvisteis a punto de perder la libertad o incluso la vida. No hay palabras que expresen mi gratitud y probablemente nunca podré saldar mi deuda por completo.

Durante el discurso de Musa, Karakush observaba con una mezcla de fascinación y desagrado al chico-chica, la guerrera, tal como la llamaba Musa. Incluso ahora seguía llevando botas, pantalones y un desgastado jubón de hombre que no permitía reconocer ninguna forma femenina. El pelo, negro y ondulado, le llegaba hasta la nuca, tenía la barbilla, como era de esperar, lisa y barbilampiña, puede que un poco angulosa debido a las privaciones del pasado.

Ella le devolvió la mirada con unos ojos claros y azules. Era una mirada firme y resuelta, casi intrépida.

¡Por Alá en los cielos! Tan joven todavía y ya había pasado por más de un infierno sin quebrarse. Todo eso pudo leerlo él en esa mirada penetrante. Y le impresionó. Al mismo tiempo lo avergonzaba también, no tanto por el hecho de que esa criatura, todavía tan zagala, supiera manejar el arco mejor que él, que llevaba décadas ejercitándose. Eso, a lo sumo, escocía un poco. En cambio sí le afectaba muchísimo que esa mujer joven, a pesar de todo lo que había asumido y sufrido, estuviera ahí, frente a él, con un semblante inquebrantable de guerrera y de arquera magistral.

Esa joven era la prueba de que una persona no tiene por qué atenerse a aquello para lo que parece que está predestinada por nacimiento o por las circunstancias, o por lo que se espera de ella. Son las decisiones las que forman a una persona, y sus actos.

A Karakush le pareció que esta constatación era extrañamente liberadora y reconfortante. También con respecto a su propia vida.

Se sobresaltó, absorto como estaba en sus cavilaciones, cuando Musa mencionó su nombre.

—Karakush, mi leal amigo, os escoltará sanos y salvos hasta la Ciudad Santa, doy fe de ello. Él se ocupará de que tengáis alojamiento y protección, y de que no os falte de nada. Vamos a llevar a Caspar al muristán, en donde Arif, junto con otros médicos, velará por su bienestar. Y, cuando llegue el momento en que queráis dejarnos, mi gente os acompañará al lugar que deseéis.

Durante unos instantes se miraron en silencio. A continuación, Musa estrechó fuertemente entre sus brazos al joven cirujano. Acto seguido se despidió de la muchacha con una pequeña reverencia.

—¡Que Alá os proteja!

La joven devolvió el saludo con una sonrisa. Era la primera vez que Karakush la veía sonreír, y le sorprendió cómo esa sonrisa le transformaba la cara. Ella se acercó de pronto a él y le dirigió la palabra.

—Estamos muy agradecidos de que os ocupéis de nosotros —tradujo Arif—, después de lo que los nuestros hicieron con vuestros hombres en Acre.

A Karakush se le hizo de pronto un nudo en la garganta. Se llevó la mano al pecho e hizo una reverencia breve, casi avergonzada.

—Es un honor para mí.

Tal vez había sido la providencia de Alá la que lo había conducido a ese lugar, a esa misión. Esos tres cristianos le parecieron la promesa de un futuro en el que algún día pudiera darse una convivencia pacífica entre ellos, una vida sin combates. Algún día, cuando terminara esa guerra.

91

Jerusalén, septiembre de 1191

Jerusalén, la Santa.

La ciudad se extendía ante ellos grande y majestuosa, como un tesoro. La Cúpula dorada de la Roca que lo dominaba todo brillaba a la luz del sol enmarcada por las imponentes murallas de la ciudad como un huevo de oro en su nido. El profeta Mahoma había ascendido al cielo desde allí en su caballo alado. Esto fue lo que les dijo Arif en el Monte de los Olivos, desde donde, a su vez, Jesús había iniciado su viaje al Reino de los Cielos, como se dice en las Sagradas Escrituras. La Cúpula de la Roca y la mezquita de al-Aqsa estaban levantadas en la explanada donde muchos siglos antes había estado el Templo de Salomón, el santuario de los hijos y de las hijas de Abraham. Hasta ese día buscaban la presencia de Dios en la muralla de poniente, el último vestigio conservado del templo. Y en alguna parte por detrás de ella se distinguía con un brillo tenue la cúpula de la iglesia del Santo Sepulcro, el lugar en el que se dio sepultura a Jesús después de haber muerto por la redención de la humanidad y de haber prometido la exención de todos los pecados y de la muerte mediante su resurrección. La torre del campanario señalaba al cielo como un dedo índice admonitorio.

Todo estaba entretejido y conectado como una alfombra tejida con oraciones, rituales y devoción a través de muchos siglos. No era posible entresacar un hilo simplemente. Todo estaba relacionado, era uno.

Fue una sensación desconcertante y edificante al mismo tiempo cuando finalmente recorrieron los callejones de la Ciudad Santa. Ser consciente de que por ese mismo suelo que ahora pisaba caminó en su día Jesucristo hizo que Étienne se estremeciera. Todo respiraba historia, como si pudieran hablar las piedras que ya habían visto y vivido tantas cosas, como si hablaran en susurros acerca del pasado.

Pero, al mismo tiempo, Jerusalén estaba completamente en el aquí y en el ahora, y rebosaba de vida. Por la ciudad pululaba mucha gente, muchos soldados, pero sobre todo ciudadanos completamente normales, comerciantes, artesanos, musulmanes, judíos y también cristianos. Bajo las arcadas a derecha e izquierda de la calle y en tiendas pequeñas ofrecían sus servicios o mercancías para la venta. En los mercados techados se apilaban especias en montones de todos los colores y fragancias. Había zapatos bordados al lado de telas en fardos relucientes y recipientes de plata pulida. Entremedias se agolpaban las caravanas de burros muy cargados, vendedores de agua o chicos adolescentes que ofrecían a gritos quejumbrosos pan de forma circular y pastas. Flotaba en el aire un seductor olor a sésamo, cuero y agua de rosas, que hacía que Étienne inspirara profundamente una y otra vez.

En algún momento se elevó desde los minaretes la llamada a la oración vespertina. Poco después creyó oír por algún lugar las campanas de una iglesia.

Jerusalén, ciudad santa de tantas personas. Y el lugar en el que, ojalá, todo cambiaría a mejor para Ava, para Caspar y para él.

92

A Aveline le temblaba todo el cuerpo mientras se dirigía a la entrada de la iglesia del Santo Sepulcro. Étienne y un guerrero sarraceno, que Karakush les había puesto de guardaespaldas, la seguían a corta distancia.

Después de tanto tiempo, después de tantos reveses, de tantas fatigas, de tantos rodeos, desgracias y despedidas, ella se hallaba ahora en el lugar más sagrado de la cristiandad. Solo unos pocos pasos la separaban del cumplimiento final de sus votos, y no sabía qué sentir al pensarlo. Llevaba puesto un vestido de mujer y un velo le cubría el cabello corto. Le había parecido importante presentarse ante la tumba de Cristo como la mujer que era cuando partió y pronunció su juramento, a pesar de que por muchos motivos no era la misma persona que por aquel entonces. Y tampoco quería volver a serlo.

De los dos portales que antaño daban acceso a los peregrinos a la iglesia del Santo Sepulcro, Saladino había mandado tapiar uno. Un musulmán abría cada mañana el otro, tal como se había enterado Aveline. Desde hacía siglos, una y la misma familia guardaba la llave en Jerusalén para mantener la paz entre los diferentes grupos cristianos, a menudo enfrentados, que compartían la casa de Dios. Se trataba de una tradición cancelada durante algunas décadas tras la reconquista de la ciudad por los cristianos, pero que Saladino restableció de inmediato.

A Ava le pareció un milagro que el sultán, tras su victoria hacía cuatro años, hubiera renunciado a arrasar para siempre el lugar más sagrado de sus enemigos. Ella había meditado sobre las razones. Tal vez Saladino se diera cuenta de que el deseo de presenciar los escenarios de la Pasión de Cristo no cesaría con la destrucción de la iglesia; puede que fuera también por respeto al más sagrado de sus enemigos, un respeto que no tuvieron los cristianos en la toma de Jerusalén cuando bañaron la ciudad en sangre. A la vista de las atrocidades que los correligionarios de Aveline infligieron por aquel entonces a los habitantes de la ciudad, se sorprendió de que se permitiera a muchos cristianos, principalmente orientales, seguir viviendo en Jerusalén. Mientras pagaran el impuesto de capitación, Saladino los toleraba dentro de sus muros. Confió la administración y el cuidado del Santo Sepulcro a sacerdotes melquitas.

Aveline pasó los dedos por las cálidas paredes de arenisca roja que tantos peregrinos antes que ella habían tocado y en las que habían dejado cruces o escudos de armas. Admiró la imponente torre del campanario, la magnífica cúpula y los trabajos afiligranados en piedra que enmarcaban el portal. Y comprendió que estaba haciendo todo eso para retrasar el mayor tiempo posible su último paso al interior de la casa de Dios.

«Después de todo lo que has pasado, ¿vas a abandonar ahora?», se reprendió en silencio. Claro que no. Aveline cerró los ojos y respiró hondo. Entonces atravesó el portal.

Étienne siguió a Ava con la mirada. Decidió esperar todavía un poco para entrar. Quería que ella hiciera lo que tenía planeado sin que la molestara nadie.

Casi diez días había necesitado Ava hasta que estuvo preparada para ir por fin a ese lugar. Al principio, a Étienne le pareció incomprensible su titubeo; después de todo, ella había asumido las fatigas más tremendas, lo había arriesgado todo para poder estar ahí. En esos diez días habían explorado juntos la Ciudad Santa con sus numerosas iglesias, capillas y monasterios, con los testimonios centenarios de la más profunda piedad. Juntos habían recorrido la Via Dolorosa, rastreado el sacrificio y el sufrimiento de Jesús y visitado los lugares de la Pasión, excepto ese situado al final del recorrido. Sin embargo, Étienne acabó por comprender qué le impedía a Ava dar ese último paso.

Su valiente e intrépida Ava, la talentosa arquera, la mujer que había vivido oculta entre hombres, que había arriesgado su vida para conducir a Musa a su rescate, que se había enfrentado a Coltaire de Greville y que al final lo había matado, tenía miedo.

Durante los dos últimos años, ella había vivido y sobrevivido, ante todo, para ese momento. Y ahora temía lo que vendría después, se preguntaba cómo iba a proseguir su vida.

Étienne no podía decírselo, solo esperaba que le permitiera formar parte de su futuro.

Aveline estaba arrodillada ante la tumba de Cristo, ante el sanctasanctórum, rezando y meditando. El suelo de mármol era frío y duro, y pronto le dolieron las rodillas. Sin embargo, ese dolor le resultaba agradable. Igual que por aquel entonces, cuando hizo su voto de peregrina, quería recordar ahora para siempre el cumplimiento del juramento, ese momento crucial en su vida.

Sobre ella se abovedaba la imponente cúpula de la iglesia; las lamparillas de aceite sobre pesados soportes de bronce y la escasa luz del sol que se filtraba allá arriba a través de las ventanas proporcionaban una iluminación tenue. El olor balsámico del incienso y de la cera de las velas flotaba en el aire.

La construcción de mármol que cubría la sepultura sagrada le recordó a Aveline un templo pequeño soportado por columnas. «Edículo», así lo denominó el sacerdote melquita que la había acompañado. También habían enmarcado con mármol el banco de roca sobre el que yació en su día el cadáver de Cristo; sin embargo, a través de tres aberturas del tamaño de un puño era posible tocar la piedra que había debajo y estar así más cerca de Cristo que en cualquier otro lugar.

El sacerdote le confió también a Aveline que, hacía pocos años, el sepulcro, al igual que toda la iglesia, había sido decorado profusamente con oro y plata, pero que las joyas, lo mismo que los valiosos candelabros, habían sido fundidos hacía cuatro años para pagar a los combatientes para la defensa de Jerusalén contra los sarracenos. Con el permiso de Saladino, el patriarca había sacado de la ciudad los tesoros restantes de la iglesia tras la reconquista de la ciudad. Como resultado, el lugar más sagrado de la cristiandad ofrecía aquellos días un aspecto sencillo, casi sobrio.

Aveline no se molestó, todo lo contrario, le pareció lo más apropiado incluso. Siempre había tenido a Cristo por alguien que no quiso elevarse por encima de nadie, que se preocupó por unir a la gente con independencia de su poder, de su estatus o de su dinero.

Aveline sacó de su talego por fin las tres velas de cera de abeja y las colocó una al lado de otra en el lugar previsto a tal efecto. Tres velas para tres almas por cuya salvación quería rogar en ese instante junto a la tumba de Cristo.

Prendió fuego a una tea en una de las lamparillas de aceite y encendió uno tras otro los tres pabilos. Una vela por su hijo, una por su marido, una por ella misma. Dirigió sus oraciones y peticiones a Dios en silencio.

Cuando acabó, las velas se habían consumido ya en buena parte.

Había partido hacía dos años a un viaje lleno de fatigas y de adversidades, había atravesado medio mundo y había realizado muchos sacrificios para poder estar en ese lugar. En verdad, Dios no se lo había puesto nada fácil. Y presumiblemente era justo que así fuera, dada la magnitud de su culpa. Sin embargo, ahora había cumplido su voto, había expiado por fin su grave pecado.

Sintió que le abandonaba la tensión y que desaparecía la carga de sus hombros, como si se hubiera desprendido de un yugo de plomo. Su antigua vida quedaba ahora detrás de ella.

¿Y delante de ella? El vacío.

Pero no era un vacío aterrador, oscuro y absurdo. No. El futuro se extendía ante ella igual que una página en blanco de un libro que esperaba a ser escrito, una historia que todavía quería ser imaginada y vivida. No estaba muerta. Todavía no. Y su vida comenzaba ahora.

Por primera vez desde que Étienne la conocía, Ava tenía un aspecto de absoluta despreocupación. Después de dejar la iglesia del Santo Sepulcro, sus pasos eran verdaderamente alegres, casi iba bailando por las callejuelas de Jerusalén, de modo que su protector musulmán tenía dificultades para seguirlos.

Étienne la observaba de reojo y no se cansaba de ver su sonrisa y sus ojos radiantes. Ahora se daba cuenta de la tremenda carga que ella había tenido que soportar sobre sus espaldas durante los meses y años pasados. Pero esa época se había acabado.

Tal como les había anunciado Musa, Karakush había organizado su alojamiento en el barrio cristiano en el noroeste de la ciudad, a muy poca distancia de la iglesia del Santo Sepulcro. También se había ocupado de que no les faltara de nada a Ava y a él antes de regresar al frente con las tropas musulmanas. Y los días pasados fueron verdaderamente un tiempo de vida en pareja sin sobresaltos, por primera vez desde que él se había encontrado con Ava. Ahí ya no tenían necesidad de esconderse más, se habían terminado el sigilo y la cautela. El hecho de que Avery resultara ser una mujer con ropas de hombre sorprendió a los sarracenos menos de lo que habían supuesto. Si eso los ofendía, no se lo hacían sentir en ningún momento, sino que la trataban con cortesía y respeto.

Étienne había querido a Avery no menos que a Ava, pero eso facilitaba mucho las cosas. Y ahí no había nadie que le echara en cara a Ava su anterior mascarada o que quisiera pedirle una rendición de cuentas por ello.

Antes de regresar a su alojamiento dieron un rodeo, el mismo que habían hecho desde el día de su llegada a Jerusalén.

El llamado «muristán» estaba situado en una construcción grande, sencilla, cerca de la iglesia de San Juan Bautista. Ya en la época de la dominación cristiana, el edificio había formado parte del célebre hospital de los Caballeros de San Juan, les contó Arif. Cuando la ciudad cayó en manos de Saladino, el sultán permitió que diez hermanos de la orden continuaran su labor cuidando de los necesitados que aún quedaban en él. Cuando terminaron su trabajo, también tuvieron que abandonar la ciudad y entregar el hospital. Pero poco tiempo después volvió a ponerse en funcionamiento, esta vez a cargo de los sarracenos, y eso había sido un golpe de la fortuna para Caspar. Varios médicos se preocupaban por el bienestar de los enfermos y de los heridos. Arif había dispuesto que Caspar tuviera su propia cama y la mejor atención posible. De hecho, él despertó ya de su estado de inconsciencia el primer día de su llegada a la Ciudad Santa, pero tardó varios días en tener bien despejada la mente. Por el momento todo parecía indicar que iba a recuperarse por completo.

Fue un milagro, el mayor de todos. Étienne no sabía a quién agradecérselo más, si a Dios o a los médicos musulmanes. O dar las gracias a Dios por permitirles sobrevivir a todos los peligros de modo que los médicos musulmanes pudieran salvar a Caspar al final.

Cuando entraron en la enfermería, Caspar estaba tumbado en su lecho, apoyado en una almohada, y conversaba animadamente con Arif en el idioma de los sarracenos. Su brazo izquierdo estaba perfectamente entablillado, una venda limpia cubría la herida de la cabeza. Tras detenerse definitivamente la hemorragia en el cráneo de Caspar, Arif había cerrado el orificio en el hueso con un denario de plata y cosido la piel por encima. Todo parecía cicatrizar limpiamente, aunque seguramente pasarían bastantes semanas antes de que el cráneo fracturado se cerrara de una manera sólida. Como único recuerdo de su etapa entre la vida y la muerte, a Caspar le quedaría una preciosa mella en la cabeza y una espantosa cicatriz. No era la primera.

Cuando Caspar los divisó les hizo señas para que se acercaran.

—Étienne, Avery, venid aquí, hay buenas nuevas.

Sistemáticamente evitaba pronunciar el nombre real de Ava. Era difícil decidir si lo hacía por descuido o por tomarle el pelo. Étienne consideró como más probable esto último, y se alegraba un poco por ello, porque demostraba que el cirujano casi volvía a ser el mismo de antes.

Arif salió a su encuentro para saludarlos, pero luego los dejó a solas con su amigo.

—Acabamos de tener una conversación interesante —comenzó diciendo Caspar, mientras Étienne acercaba otro taburete a la cama y tomaba asiento al lado de Ava.

La relación entre ella y el cirujano seguía marcada por una timidez mutua, pero iba mejorando con el paso del tiempo. Hacía cinco días, después de que Caspar hubiera recuperado su plena consciencia, su humor mordaz y su apetito, Étienne se había sincerado con él y le había desvelado el secreto de Avery. Era difícil decir lo que más le sorprendió al cirujano, si el hecho de que el arquero fuera en realidad una mujer o no haberse dado cuenta por sí mismo de la mascarada de Ava en ningún momento. Se lamentó, lo regañó y le soltó algunos reproches y comentarios mordaces, y Étienne lo soportó todo con paciencia. Entretanto, Caspar parecía haberse resignado con la situación. De vez en cuando Étienne lo sorprendía contemplándolos a él y a Ava con una mirada inusualmente apacible, como si realmente estuviera contento por cómo el destino había vuelto las tornas para su protegido.

—Corazón de León y el ejército cristiano han infligido a Saladino una severa derrota en Arsuf —informó Caspar—. Arif acaba de contármelo ahora mismo. No os preocupéis —objetó al ver la mirada de Étienne—. Nuestras tropas no han sufrido graves pérdidas, dicen. También Musa, Safadino, Karakush y el sultán han salvado el pellejo, pero su reputación ha quedado dañada.

—¿Significa eso que venceremos a Saladino? —preguntó Ava. En su voz había una mezcla de emoción y de preocupación.

—Significa únicamente que los nuestros han ganado una batalla, pero no la guerra, ni mucho menos —contestó Caspar—. No obstante, Arif estaba lleno de admiración por la habilidad táctica de Ricardo y por la valentía de las tropas cristianas. Los sarracenos no volverán a cometer el error de subestimarlos.

Ava asintió con la cabeza rígida. De pronto, de una manera completamente inesperada, Caspar le agarró la mano y se la apretó.

—Óyeme bien, muchacha. Musa os llevará en breve a Acre o a Tiro, allí subiréis a un barco hasta Mesina o Marsella y navegaréis por vía directa hacia vuestra tierra. Tú sabes mejor que nadie que no podéis regresar con las tropas, y que tampoco tenéis por qué hacerlo. Ya ha dejado de ser vuestra guerra.

Étienne parpadeó sorprendido.

—¡Un momento! —interrumpió al cirujano—. ¿Qué estás diciendo? Tú vas a venir con nosotros, ¿verdad?

Caspar sonrió, y había una mezcla de nostalgia y de picardía en su sonrisa, muy típica en él.

—Estoy pensando en quedarme aquí en Jerusalén y aprender de los médicos musulmanes. Acabo de hablar con Arif al respecto —confesó—. Y, ahora que incluso tú dominas el arte de la trepanación, no voy a quedarme yo rezagado, ¿no te parece? —dijo sonriendo de oreja a oreja.

—Ahora estoy en posesión de un taladro para trepanar, sí, pero de ahí a dominar la materia todavía hay un buen trecho —le contradijo Étienne con vehemencia—. ¿Cómo voy a hacerlo sin ti...?

—Mi querido Étienne —lo interrumpió Caspar casi con dulzura—, sin tu destreza y tu valentía hace tiempo que estaría yo criando malvas en una tumba fría. Has demostrado que lo tienes todo para convertirte en un excelente cirujano.

Étienne tragó saliva con dificultad y bajó la vista mientras luchaba por mantener la compostura.

—Te he enseñado todo lo que sé —añadió Caspar—. Ya va siendo hora de que sigas tu propio camino. Y, tal como están las cosas, no vas a tener que caminar solo. —Volvió a apretar la mano de Ava, que seguía sujetando.

—¿Y qué..., qué sucederá cuando Jerusalén sea sitiada y reconquistada por nuestras tropas? ¿Qué será entonces de ti? —volvió a intentar Étienne con la voz quebrada.

—Entonces, si Dios quiere, me encontraré otra vez con Guillaume —respondió el cirujano con un suspiro cómico—. Por mí no tienes por qué preocuparte. Al único que hasta el momento quería verme muerto de verdad lo estarán devorando ahora los buitres, gracias a Avery. Ya me las apañaré con todos los demás.

Étienne asintió con la cabeza rígida.

—Así pues, ¿es aquí donde se separan nuestros caminos? —musitó.

Aveline vio en el hoyuelo profundo de la barbilla lo mucho que le afectaba la decisión de Caspar. Su mentor sonrió lleno de melancolía.

—Me temo que así es. Por aquí no hay nada más que podáis hacer.

También al cirujano le resultaba visiblemente difícil dejar marchar a su aprendiz, compañero y amigo, pero sabía que era necesario para darle una oportunidad a Étienne de que echara a volar con sus propias alas.

Y Caspar tenía razón: la misión de ambos ya estaba hecha, su voto cumplido, era el final de su viaje.

Ahora había una vida esperando ser vivida.

Epílogo

Hacienda cerca de Annonay, Borgoña, junio de 1193

Nadie te llega ni a la suela del zapato, a ti y a tu arco, ni siquiera Apolo. Tras mi ridícula actuación, podré decir que he tenido suerte si no se arranca las plumas una a una por la vergüenza. ¿No es así, amigo mío? —dijo Anselme acariciando el plumaje del halcón posado en su puño enguantado, a lo que el ave de presa respondió echando la cabeza atrás bajo la caperuza.

Ava se echó a reír con una risa ruidosa, alegre, y los rizos negros se le arremolinaron en la cabeza.

—Estoy segura de que lo superará —contestó y se echó a reír de nuevo—. Aunque hoy no ha tenido realmente su día.

Con una sonrisa acarició el talego de cuero sujeto en el cuerno de su silla de montar, en el que se encontraban ya varios conejos y faisanes. Apolo solo había cazado una perdiz, y Anselme sospechaba que Ava se la había dejado por deferencia.

La observó de reojo. Nada recordaba ya a Avery, al tímido y silencioso arquero. No era la primera vez que Anselme se preguntaba cómo había sido posible que Avery y Ava fueran una y la misma persona. Sin embargo, tenía que admitir que aquella mujer joven que cabalgaba a su lado, sentada a horcajadas en su caballo igual que un hombre y dejando que el viento jugara con su pelo suelto, representaba una compañía muchísimo más agradable que el monosilábico arquero.

—Nadie pregunta por mis sentimientos, por supuesto —refunfuñó el conde Guillaume, que espoleaba a su caballo tordo para unirse a ellos—. No me habéis dejado siquiera un conejo viejo y decrépito. ¿Se supone que ahora debo tirarme de los pelos por la deshonra?

—Mejor que te olvides de eso —repuso Anselme con una risa sarcástica—, pues no te quedan demasiados, no.

El conde le dirigió una mirada furiosa que a medio camino se transformó en una sonrisa juvenil. Inconscientemente se pasó las manos por la cabellera. No, no tenía el pelo ralo, solo más cano por las privaciones pasadas durante la peregrinación. Ciertamente hacía casi nueve meses que habían regresado de Tierra Santa, pero las huellas que los largos años de combates, las preocupaciones, el hambre y las enfermedades habían dibujado en sus facciones no podían borrarse con mucha rapidez. El agotamiento en la mirada de Guillaume iba desapareciendo despacio, a pesar de las energías que le proporcionaban las colinas de un verde intenso y los exuberantes bosques de Borgoña así como la proximidad de su familia. En privado le había confiado a Anselme que apenas pasaba una noche en la que no le persiguieran los miedos y las imágenes horrorosas de los meses anteriores.

A Anselme no le iba apenas mejor. Como en un lúgubre teatro de sombras, los fantasmas del pasado se levantaban noche tras noche en sus sueños para revivir acontecimientos que habían quedado ya muy atrás en el tiempo. Al pensarlo reprimió un escalofrío.

Algunas de las pocas cosas que ayudaban a mantener esos demonios a raya eran las excursiones de caza por los bosques tupidos y llenos de vida de Francia, y la compañía de amigos que habían sufrido lo mismo que él. A ellos no necesitaba explicarles nada, no necesitaba justificar las noches en vela ni los temblores en las manos. Ese era también el motivo por el que en los últimos meses su señor feudal y él se retiraban repetidamente al pabellón de caza de Guillaume cerca de Annonay. Salvo el cetrero, unos pocos sirvientes y criadas, allí permanecían a solas. Y en esta ocasión, Fortuna había conducido también a Étienne y a Ava hasta ellos. Habían pasado casi dos años desde su último encuentro en algún lugar del páramo más allá de Cesarea. Y habían sucedido muchas cosas desde entonces. Anselme apenas se había atrevido a esperar volver a verlos alguna vez. Inhaló profundamente el cálido y resinoso aire del bosque y cerró durante unos instantes los párpados. Tenía motivos para dar gracias a Dios.

Cuando volvió a abrir los ojos, captó una mirada atenta de Guillaume dirigida a Ava de reojo. Era difícil saber lo que el conde pensaba de su doble vida o del hecho de que siguiera conduciéndose más como un hombre a pesar de haberse convertido en una mujer casada. Pero sin duda estaba dispuesto a disculpárselo todo cuando Anselme, Étienne y sobre todo su amigo Caspar le debían la vida gracias a sus acciones audaces y valientes.

En cuanto se vislumbró a lo lejos la hacienda y a sus caballos les llegó a las narices el olor familiar del establo, los animales iniciaron un galope animado.

Étienne los esperaba en el pequeño jardín en el que había hecho compañía a Perceval Tournus. A este caballero viejo, los huesos, y en concreto la espalda, lo fastidiaban, de modo que renunció a la excursión de caza y se quedó sentado disfrutando del sol en un banco cerca del cálido muro de arenisca. Y Étienne había opinado que Ava sería una compañera mucho más útil en la caza que él mismo.

Cuando entraron en el jardín, la pequeña Adalize salía barboteando contenta por entre las matas de lavanda, apretujando a uno de los gatos de la finca. En cuanto divisó a su madre, soltó del abrazo estrangulador al animal que maullaba lastimero y trotó alegremente hacia ella. Ava recibió a la niña con los brazos extendidos, le estampó un beso en la mejilla y la levantó en alto. A continuación le dedicó a Étienne el tipo de sonrisa que las mujeres reservaban normalmente para Anselme. Sin embargo, no fueron celos lo que él sintió, sino una alegría sincera por la felicidad de su amigo. ¡Cuánto habían sufrido Ava y él para estar juntos! Se habían casado en Jerusalén, en la iglesia del Santo Sepulcro, antes de su viaje de regreso pasando por Acre. Eso era lo que le habían dicho la víspera. Unos meses después nació Adalize, un sol con rizos oscuros y los ojos de color ámbar de su padre. Al igual que Caspar en su día, Étienne recorría el país como cirujano ambulante junto con su pequeña familia. Y mirándolo a la cara se veía que le sentaba de maravilla esa vida libre e independiente. Los ojos le brillaban bienhumorados. Se había dejado crecer una barba corta, sus hombros parecían más anchos, su paso más erguido, incluso parecía que había disminuido su cojera. Pero tal vez eso se debía también a las buenas botas que se había permitido comprar recientemente. Todo en él irradiaba confianza en sí mismo y una profunda satisfacción interior. Con razón.

Cuando la pequeña Adalize divisó a Anselme, se retorció en los brazos de su madre hasta que Ava la dejó de nuevo en el suelo. De inmediato se fue trotando hasta él con sus robustas piernecitas. Pese al poco tiempo que hacía que se conocían, ella le había tomado mucho cariño. Exactamente igual que a la inversa. Levantó a la pequeña, la hizo girar por los aires hasta que gritó de alegría y luego la llevó en brazos hasta sus padres.

—Se te da pero que muy bien —comentó Étienne sonriente y mirando a la niña que tiraba de los rizos de Anselme con interés.

Anselme carraspeó.

—Si Guillaume se sale con la suya, pronto formaré una familia yo también.

—¿Es verdad eso?

Anselme se frotó la nariz avergonzado.

—Al parecer, el conde me ha encontrado una guapa heredera, y el feudo viene por añadidura. —Al pensarlo, Anselme sintió una brusca punzada—. Justo como había previsto Del.

Étienne le puso la mano en el hombro y se lo apretó brevemente.

—También yo lo extraño mucho.

735

Mientras en el exterior el sol del atardecer iba descendiendo hacia el horizonte con un color rojo candente, estaban todos sentados alrededor de la mesa del salón y disfrutaban de una deliciosa comida. Adalize tenía la cabeza reposada en el regazo de su madre y dormía como un tronco sin inmutarse por la animada charla y las carcajadas en la mesa.

Un apetitoso olor a hierbas y a especias ascendía de la fuente de faisán asado y del pan recién hecho, y todos se servían con ganas. Étienne vertió vino tinto en las copas mientras bromeaba con Guillaume. Casi como antaño, extramuros de Acre, pensó Anselme. Y, a su vez, no era lo mismo, pues faltaban dos buenos amigos en aquel círculo.

—Alcemos nuestras copas —exhortó a los demás y todos siguieron su ejemplo—. ¡Demos gracias a Dios por habernos reunido aquí después de tanto tiempo, y brindemos por los que no pueden estar con nosotros! Especialmente por Caspar y por Del.

Anselme se apresuró a beber de su copa, pues temía que se le fuera a quebrar la voz si pronunciaba una palabra más.

—¡Por los amigos ausentes! —retomó el conde Guillaume el brindis.

—Y por el duque Hugues, que Dios se apiade de su alma.

Volvieron a beber todos una vez más.

Parecía que el ambiente distendido de antes no podía imponerse de nuevo, y así comieron en silencio durante un rato.

—¿Qué pasó con Hugues? —preguntó Étienne finalmente. Igual que todos los demás sabía de la muerte del duque, por supuesto, pero no conocía las circunstancias exactas.

Guillaume giró su copa meditabundo antes de responder.

—Sucedieron muchas cosas después de vuestra partida de Tierra Santa, Étienne. Dos veces, después de una larga y enconada lucha, estuvimos a punto de plantarnos frente a las murallas de

Jerusalén, pero dos veces hizo sonar Ricardo Corazón de León el toque de retirada e impidió un ataque conjunto porque consideró que el riesgo era demasiado elevado. —Guillaume suspiró—. Sí, no podíamos tener ninguna certeza acerca del número de efectivos de las tropas de Saladino en ese momento. Y, además, nuestras líneas de intendencia lo eran todo menos estables. Probablemente disponíamos de muy pocos hombres para haber podido mantener la ciudad en nuestras manos. Sin embargo, podéis imaginaros la inmensa decepción de nuestros combatientes cuando después de todas las privaciones y de todas las fatigas y teniendo a la vista la meta de su peregrinación armada supieron que no iban a poder alcanzarla. El duque Hugues estaba fuera de sí y finalmente negó el vasallaje a Corazón de León y ordenó la retirada de las tropas francesas.

—Por una buena razón —gruñó Perceval y golpeó la mesa con su copa vacía—. El rey inglés no tenía derecho a tomar él solo esa grave decisión.

Guillaume balanceó la cabeza.

—No estoy seguro —confesó—. Sin Ricardo, nuestro avance hacia Jerusalén habría llegado a un final ignominioso mucho antes, a unas pocas millas a las afueras de Acre. Desde el principio, Hugues y Ricardo no fueron amigos, y el duque y nuestra gente solo siguieron con desgana a Corazón de León, incluso después de que a mi cuñado Enrique de Champaña se le ofreciera la corona de Jerusalén.

Al pensar en los extraños e imprevisibles giros del destino, Anselme sacudió la cabeza en silencio. El designado rey de Jerusalén, Conrado de Montferrato, había sido asesinado en Tiro por nizaríes en abril del año 1192, precisamente cuando la situación en Tierra Santa parecía consolidarse a su favor. Hasta ese día no estaba claro quién había estado detrás del cobarde atentado. La muerte de Conrado condujo a que Enrique de Champaña, quien por su parentesco con Ricardo Corazón de León así como con el rey francés pasaba por ser el vínculo ideal entre las partes en litigio, se casara apenas una semana después con la jovencita Isabel y se convirtiera, por consiguiente, en el rey de Jerusalén.

—Aparte de eso, Hugues intentó hacerse con el poder en Acre con la ayuda de los comerciantes genoveses, lo cual no gustó especialmente a Ricardo, como ya podemos imaginarnos. Mientras tanto, Juan, el hermano de Ricardo, estaba creando alboroto en su Inglaterra natal, y nuestro propio rey no tenía nada mejor que hacer que urdir intrigas con el príncipe aspirante inglés.

—Por eso pactó Corazón de León abiertamente con los paganos —dijo Perceval Tournus con acaloramiento—. Propuso incluso una boda entre su hermana y el hermano de Saladino. ¡Qué mierda!

Guillaume hizo un gesto de negación con la mano.

—Eso se quedó en agua de borrajas. Si quieres saber mi opinión, solo pretendía ganar tiempo. Y de paso consiguió finalmente firmar la paz con Saladino por la vía diplomática, sin ningún derramamiento de sangre, y convencerlo de que volviera a abrir las puertas de Jerusalén a los peregrinos cristianos.

—Siempre que no sean franceses —objetó Anselme.

—¿Qué quieres decir con eso? —preguntó Ava con el ceño fruncido.

—Que Ricardo Corazón de León es un bastardo rencoroso —dijo Anselme exhalando un suspiro—. Después de todos los disgustos con los nuestros y con nuestro rey, que debieron de parecerle igual que una traición, quiso jugarnos una última mala pasada y negoció con Saladino que los peregrinos franceses no pudieran entrar en la Ciudad Santa.

—Eso... ¿significa que no estuvisteis en Jerusalén? —preguntó Étienne con cautela.

Anselme vio con claridad en sus ojos que no se había atrevido a formular esa pregunta tácita hasta ese momento.

El conde Guillaume sonrió.

—Por supuesto que estuvimos allí y visitamos el Santo Sepulcro ataviados como sencillos peregrinos y en una caravana de mercaderes alemanes.

Étienne abrió la boca para decir algo, pero el conde se le adelantó.

—Y, por supuesto, nos encontramos con Caspar. Estaba bien y nos encargó que te transmitiéramos sus recuerdos.

El alivio relajó las facciones de Étienne; el joven cirujano agarró disimuladamente la mano de Ava.

—Bueno —siguió diciendo Guillaume poniendo cara seria—, al poco tiempo fallecía el duque Hugues en Acre. Las continuas disputas y la larga guerra habían consumido sus fuerzas por completo.

—Igual que las de Saladino, por lo que he oído —intervino Étienne.

Guillaume asintió.

—Sí, también ha muerto el príncipe de los sarracenos. No lo mató la espada, sino una enfermedad, se dice. Solo Dios sabe cómo van a continuar las cosas en Tierra Santa tras su muerte. Safadino lo ha sucedido en el poder. Por el momento las cosas parecen estar calmadas. Enrique lleva firmemente las riendas en el reino de Jerusalén.

—Y ese inglés arrogante recibió al final su merecido castigo —añadió Perceval.

—Puede ir cociéndose a fuego lento en las mazmorras de los Hohenstaufen hasta que los suyos se rasquen los bolsillos para pagar el rescate. Si es que lo consiguen alguna vez.

Anselme sacudió la cabeza.

—De Corazón de León puedes decir lo que quieras, Perceval, pero es una infamia encarcelar a un príncipe al regreso de una peregrinación. Y sería una infamia aún mayor si son ciertos los rumores de que el rey Felipe está intentando que el emperador le venda bajo cuerda a Ricardo, para mantenerlo él mismo como rehén.

Étienne y Ava asintieron con la cabeza con absoluta conformidad.

—Me mantengo en mis trece —dijo el anciano caballero con un movimiento de negación con la mano—; si el rey inglés no se hubiera conducido con tanta arrogancia y prepotencia en Acre frente al duque austriaco, no habría tenido nada que temer. Así que Leopoldo mandó pagar y se lo entregó al emperador Enrique.

Guillaume alzó las manos con un gesto conciliador.

—Lo pasado, pasado está. No vamos a cambiarlo y no conduciría a nada que...

—¿Señor? —dijo una criada que había entrado en la sala—. Hay una visita en la puerta que pregunta por vos.

—¿Una visita? ¿A estas horas?

El conde frunció el ceño, pero entonces apareció en sus labios una sonrisa enigmática que Anselme no fue capaz de interpretar.

Guillaume se apresuró a ponerse en pie y atravesar la sala con largas zancadas.

—Disculpadme unos instantes —exclamó mirando atrás por encima del hombro, mientras sus amigos le dirigían miradas inquisitivas. En su ausencia todos se dedicaron de nuevo a la comida y al vino.

Finalmente regresó el conde y se detuvo en la entrada de la sala ocultando de las miradas a la persona que estaba a sus espaldas. Tenía una sonrisa de oreja a oreja, lo cual le hacía parecer un pillo muy crecidito.

—Al parecer, Dios ha dispuesto que hoy pueda darles una alegría a varias personas que me son muy queridas, incluido yo mismo —explicó con misterio. De inmediato recayó en él la atención de todos—. Hace algunas semanas me llegó una carta desde Marsella. Sin vacilar invité al remitente a venir a mi hacienda. ¿Y qué queréis que os diga? Pues que ha llegado hoy. Y no habría podido elegir un momento mejor.

Sin dejar de sonreír, el conde se apartó a un lado y dejó al descubierto al recién llegado, que entró en la sala.

La silla de Étienne chirrió ruidosamente al ser arrastrada por las tablas del suelo cuando se levantó de pronto de su asiento.

—¡Por los cielos, no me lo puedo creer! —La voz le sonó ronca en una mezcla de sorpresa, alegría y emoción—. ¡¡Caspar!!

Con una rapidez que nadie le habría creído dada su discapacidad, Étienne dio la vuelta a la mesa y abrazó con vehemencia a su amigo y mentor. Ninguno de los dos se avergonzó por las lágrimas.

—Muchacho, qué bueno verte de nuevo —murmuró el anciano en el hombro de Étienne, luego lo apartó a un brazo de él y lo examinó de arriba abajo. Por último asintió con la cabeza, satisfecho con lo que veía.

Anselme contempló la escena no sin profunda emoción. Se alegró de corazón por sus amigos. También por Guillaume, pues sabía lo mucho que había extrañado a Caspar. A primera vista, el cirujano no parecía haber cambiado apenas. Tan solo su piel había quedado bronceada por los años bajo el sol del sur de modo que se destacaban más claras las numerosas arrugas de expresión en torno a los ojos, y luego estaba ese sitio deforme por encima de la oreja derecha tapado con insuficientes pelos y que daba testimonio de las dramáticas circunstancias de su último encuentro. Étienne condujo a Caspar hasta una silla libre en la mesa. Anselme no estaba seguro pero los movimientos del cirujano le parecieron más lentos que antes. Presumiblemente un precio pequeño por el milagro de estar vivo y en plena posesión de sus facultades mentales tras una herida de ese calibre.

—¿Desde cuándo estás por el país? —preguntó Étienne sin aliento cuando Caspar hubo tomado asiento frente a él. Los ojos le brillaban por la agitación y por la alegría de ese inesperado reencuentro.

—Desde hace unas seis semanas largas —contestó Caspar.

Negó con la cabeza en un gesto apenas perceptible cuando Anselme fue a llenarle la copa de vino, pero en cambio se sirvió agua de la jarra. Al parecer, sí se había dado alguna que otra transformación desde su último encuentro.

—Por los cielos, ¿seis semanas ya? —exclamó Étienne con un jadeo—. ¿Por qué no me avisaste antes de que ibas a regresar?

Caspar alzó las cejas a su manera habitual.

—¡Ay! ¿Y adónde crees que debería haberte enviado la noticia según tú? —preguntó con sorna—. ¿Acaso a Arembour, para que tus parientes tan preocupados por tu bienestar volvieran a acordarse de ti? Guillaume me pareció la mejor dirección. De todas formas, no me reveló que te encontraría aquí, a ti y a tu... familia.

Dirigió una sonrisa a Ava y obsequió una mirada muy tierna a la durmiente Adalize.

—Yo mismo no lo sabía —intervino el conde—. Pero doy las gracias a Dios por la providencia que nos ha reunido a todos aquí.

—¿Cómo te fueron las cosas? ¿Cómo fue tu estancia en Jerusalén, y cómo van tus estudios? ¿Vas a volver a trabajar de cirujano? —asedió Étienne a preguntas al médico hasta que este alzó las manos a la defensiva.

—Llevo todo el día sobre una silla de montar. Deja que un anciano recupere primero las fuerzas antes de someterlo a un interrogatorio en toda regla.

Étienne se echó a reír y sirvió a Caspar un pedazo de carne en su plato.

—El faisán lo cazó Ava esta mañana —señaló no sin orgullo.

Y, mientras su mentor comía con gusto el asado, Étienne se puso a contar en cascada todos los acontecimientos que habían tenido lugar desde su último encuentro. Caspar escuchaba masticando y con la típica sonrisa burlona en las comisuras de los labios de la que habían tenido que prescindir durante tanto tiempo.

—Mi hermano Philippe bautizó a Adalize —informó Étienne al final—. Está a punto de convertirse en un monje cisterciense. Y la vida monástica parece sentarle bien, quién lo habría creído. Sé por él que mi padre ya no vive. Sufrió una apoplejía hace años y murió tras un largo periodo de enfermedad. Por ese motivo, nadie de mi familia se ha puesto en camino a Jerusalén. Y como Philippe y yo ya no estamos a su disposición, Gérard y Geoffroi continúan a la greña en Arembour y han convertido sus vidas en un infierno.

Una sonrisa del todo insolente se coló en las facciones de Étienne al pronunciar esas palabras.

—Y está bien que así sea —opinó Caspar con un gesto afirmativo de la cabeza.

Una vez que el cirujano apuró por fin su plato, se recostó en la silla y profirió un suspiro de satisfacción, los ojos de todos se quedaron mirándolo expectantes.

—¿Y ahora qué? —acabó preguntando Étienne—. ¿Qué planes tienes? ¿Qué piensas hacer?

—Va a quedarse conmigo, por supuesto, estirará sus piernas de viejo junto al fuego de la chimenea y velará por mi salud siempre que sea necesario —explicó Guillaume bienhumorado, pero Anselme percibió en el dejo de su voz que el conde lo estaba diciendo medio en broma. Echaba de menos la compañía de su amigo mordaz.

—Cuando no te da una coz tu jamelgo, disfrutas de la salud de un buey, Guillaume —rehusó Caspar—. Me aburriría mortalmente, antes o después comenzaría una aventura con tu esposa y al final no te quedaría más remedio que matarme. Eso no puede quererlo nadie.

Guillaume se echó a reír fuerte y con ganas.

—¿Escolástica? ¿Una aventura contigo? —dijo meneando sonriente la cabeza—. No conoces a mi esposa. O puede que sufras de una desmedida autoestima en lo que se refiere a tus artes seductoras.

Ahora se rieron los dos al unísono.

—¿Significa eso que vas a volver a hacer de cirujano por estas tierras? —quiso saber Étienne.

—¿Contigo como competidor? —preguntó Caspar con una sonrisa en la que había tan solo una leve burla—. ¿Qué posibilidades tendría yo de éxito?

Étienne se sonrojó y sonrió tímidamente, no estaba seguro de la seriedad que había en las palabras de su mentor.

—No, Étienne —acabó explicando Caspar—. Tengo previsto viajar a Salerno, tal vez escribir un libro y torturar a los futuros cirujanos de allí como profesor. He aprendido muchas cosas nuevas de Arif y de los demás médicos sarracenos. Y seguramente no perjudicará a nadie que además de ti y de mí en el futuro haya otros cirujanos que dominen el arte de la trepanación —dijo dándose unos golpecitos en la parte abollada de su cabeza.

—Torturar a estudiantes..., eso suena en verdad a una tarea hecha a tu medida —comentó Guillaume con una sonrisa satisfecha y todos prorrumpieron en carcajadas.

Anselme se recostó en su silla y dejó vagar la mirada por encima de la mesa, por aquella comida sencilla pero deliciosa, luego por sus amigos, cuyas caras alegres brillaban a la luz de la chimenea, enfrascados en una animada conversación. Sintió cómo se apoderaba de él una satisfacción completa.

Un hombre inteligente que por la providencia de Dios compartía con ellos esa comida había dicho una vez: «No tienes que lamentarte por lo que la vida te ha negado o te ha quitado, sino que debes alegrarte por lo que Dios te ha regalado y aún te tiene reservado». Y Anselme sabía que, en ese caso, debía alegrarse muchísimo.

Epílogo histórico

Para la mayoría de los lectores y de las lectoras, incluida yo misma, el encanto especial de las novelas históricas reside en el hecho de que se refieren a unos acontecimientos que tuvieron lugar en la realidad y que conforman el marco de la trama con personajes que realmente existieron. Es un poco como una clase de historia, solo que con emoción y tensión.

También esta novela se basa en sucesos verdaderos del siglo XII. Una gran parte de los personajes, las rutas descritas, el transcurso del sitio de Acre así como las circunstancias y los acontecimientos en el campamento militar cristiano y durante el viaje posterior en dirección a Jerusalén están basados en testimonios históricos. No obstante, hay que irse despidiendo de la idea de que las fuentes contemporáneas a las que nos referimos la bibliografía y yo reflejan fielmente la realidad de la Plena Edad Media. Los cronistas de entonces pertenecían a bandos políticos o sociales, se dedicaban deliberadamente a la propaganda o eran víctimas de sus burbujas de filtrado y de interpretación marcadas por la cultura y la religión. De entrada, muchos segmentos de población están representados en minoría, hay acontecimientos que fueron omitidos o falseados adrede o no, o se servían de fuentes de segunda y de tercera mano. Solo en casos muy contados, los historiadores se esforzaron por informar de una manera «neutral» y equilibrada a partir de la observación directa. Esta constatación es decepcionante: la historiografía es, en una buena parte, interpretación y ficción. Incluso si examinamos los testimonios escritos desde diferentes perspectivas e introducimos y comparamos las fuentes arqueológicas (en la medida en que dispongamos de ellas), solo alcanzaremos a obtener una imagen borrosa e incompleta de los acontecimientos reales. Puede que eso sea frustrante para la historiadora y la arqueóloga que hay en mí, pero para la escritora es una circunstancia feliz porque hace posible rellenar y embellecer ficticiamente las lagunas y las ambigüedades.

A pesar de estas insuficiencias voy a tratar de desglosar a continuación el núcleo histórico de los acontecimientos.

La batalla de los Cuernos de Hattin en el año 1187, en la que el ejército cristiano resultó aplastado y que tuvo como consecuencia que la mayor parte del reino de Jerusalén, incluida la Ciudad Santa, volviera a caer en manos musulmanas, pasa por ser el desencadenante de la llamada «Tercera Cruzada». Al llamamiento del papa Gregorio se fueron sumando todos los monarcas importantes de la Edad Media europea. La peregrinación armada del emperador Federico Barbarroja (el término «cruzada» no se empleó hasta mucho después), que partió hacia Palestina por la ruta terrestre en 1189, componía el contingente mayor. Es difícil determinar las cifras concretas de combatientes, pues estas fueron objeto predilecto de la manipulación tanto en el bando propio como en el contrario. Sin embargo, aun teniendo en cuenta este hecho, el ejército de Barbarroja parece haber sido imponente para los estándares de aquella época, con dos docenas de condes y una docena de obispos así como cuatro mil caballeros con sus correspondientes escuderos, varias decenas de miles de soldados de a pie, peones e intendencia. En cualquier caso era un ejército tan imponente que la noticia ya sobresaltó a Saladino muchos meses antes y lo indujo a adoptar todo tipo de medidas estratégicas, a la postre innecesarias. Barbarroja había planificado su empresa con mucha antelación y de forma detallada y perfeccionista, y había llegado a acuerdos precisos con todos los países de tránsito, aunque en la práctica los acuerdos no solían respetarse, lo cual provocó (sobre todo en el caso de los bizantinos) todo tipo de retrasos y de disputas. De hecho, el emperador estuvo a punto de conquistar Constantinopla para forzar el cumplimiento de las promesas. Barbarroja, que en la época de la Tercera Cruzada ya se acercaba a los setenta años de edad, era un hombre de un extraordinario carisma y de un dinamismo aún mayor, que dirigía su ejército con férrea disciplina; sin embargo, toda la empresa dependía en exceso de su persona. Su muerte repentina condujo a la disolución de la campaña militar. Tan solo una pequeña parte de los hombres prosiguió el viaje hacia Acre al mando de su hijo Federico, duque de Suabia. Continúa siendo controvertida en la actualidad la causa del fallecimiento de Barbarroja; se considera probable que se tratara de una enfermedad cardiovascular. Se ha especulado generosamente sobre cómo habría resultado la Tercera Cruzada y cómo habría transcurrido la historia si él hubiera sobrevivido y hubiera conducido a su ejército completo a Palestina. Por cierto, el apodo de Barbarroja no aparece en los testimonios escritos sino transcurrido algún tiempo tras su muerte. Yo lo empleo aquí, no obstante, para evitar confusiones con su hijo del mismo nombre. Cabe suponer que ese apodo ya era de uso corriente antes de los documentos escritos.

También el rey inglés, Ricardo Corazón de León, y el rey francés, Felipe, acudieron al llamamiento papal y tomaron la cruz, pero antes de su travesía marítima tuvieron que aclarar algunos asuntos y litigios y, en el caso de Ricardo, tuvo que conquistar Chipre de pasada, razón por la cual su llegada a Tierra Santa se retrasó una y otra vez. Hasta su arribada en la primavera y el verano del año 1191, tan solo sus tropas de avanzadilla reforzaron al ejército cristiano extramuros de Acre.

Aunque parece que Ricardo y Felipe sintieron mutuo afecto durante mucho tiempo y actuaron repetidamente como aliados, su relación debió de enfriarse fuertemente como muy tarde en el camino a Tierra Santa. Resulta difícil nombrar el motivo (o los motivos) para su desavenencia, probablemente fue la disolución definitiva del compromiso de Ricardo con Alix, la hermana de Felipe (aunque era un secreto a voces que Enrique Plantagenet, el padre de Ricardo, había convertido a la joven en su manceba). Las intrincadas relaciones familiares entre Ricardo y Felipe contribuyeron adicionalmente a incrementar las tensiones. Así, Leonor, la madre de Ricardo, había estado casada de joven con el padre de Felipe, el rey Luis. Ambos hombres compartían dos medias hermanas de esta unión. El rey francés, además, estaba por encima de Ricardo en la jerarquía, pero al mismo tiempo este último disponía de un gran poder y de una posesión enorme de tierras en el continente con Normandía y Aquitania, y por consiguiente representaba una amenaza constante para la corona francesa. Las cosas eran... complicadas.

La lucha por Tierra Santa se concentró en los años 1189-1191 en la ciudad portuaria fuertemente fortificada de Acre, que en 1187 había caído en manos de Saladino y que era administrada por su gobernador Karakush. Su reconquista se consideraba indispensable para los posteriores movimientos militares porque por ese puerto accedían las tropas cristianas, el material de guerra y las mercancías. Ambos bandos llevaron a cabo con gran persistencia y enconamiento los combates por la defensa y por el asedio de la ciudad, de modo que Acre se transformó en el escenario de la disputa más larga y más costosa en vidas humanas entre combatientes cristianos y musulmanes en la historia de las cruzadas. El hambre y las epidemias mataron en ambos bandos a más personas que las acciones de guerra propiamente dichas. Así, en el campamento militar murieron entre otros Sibila, la reina de Jerusalén, y su hija, así como Federico de Suabia, hijo de Barbarroja. Pronto cobró Acre la fama de ser el «cementerio de la nobleza europea».

Estos guerreros enemistados trabajaban con todos sus medios para lograr la victoria. La tecnología de armas mortíferas como el denominado «fuego griego» (una mezcla incendiaria a partir del petróleo) representó un cambio crucial de las reglas de juego. De las fuentes se desprende que en Acre hubo efectivamente un herrero que fabricó una mezcla especial con propiedades similares a la gasolina que ocasionaba unos daños tremendos y que pronto fue muy temida entre los cristianos. Por otro lado existían sofisticadas tácticas de asedio en las que el socavamiento selectivo de las murallas y las grandes catapultas desempeñaban un papel decisivo. De hecho, estas últimas solían llevar nombres tales como «mal vecino» o «catapulta de Dios».

Mientras que los musulmanes enviaban al campo de batalla a la caballería ligera armada con arcos, los cristianos confiaban en la fuerza de combate de caballeros acorazados fuertemente armados. También en el bando cristiano había numerosos arqueros y ballesteros. Unidades de arco largo como las que conocemos de la guerra de los Cien Años todavía no estaban operativas por aquel entonces.

El sabotaje y el espionaje estaban a la orden del día en ambos bandos. De hecho, fue extramuros de Acre cuando los europeos entraron por primera vez en contacto con la transmisión de noticias a través de palomas mensajeras, y en las fuentes también están documentados nadadores de combate musulmanes.

Durante los muchos meses que duró el asedio se produjeron con frecuencia actos de confraternización entre los bandos enfrentados, un fenómeno conocido también en otras guerras y en otras épocas. Este contacto, en parte verdaderamente amistoso, entre cristianos y musulmanes en las treguas de la guerra no era algo exclusivo de los soldados. También Ricardo Corazón de León cultivaba un intercambio estrecho con Saladino y su hermano Safadino. Saladino obsequiaba al rey inglés incluso con regalos, medicinas y exquisiteces orientales. Se dice que, durante la batalla de Jaffa, Saladino mandó llevar dos caballos a Corazón de León después de que su montura encontrara la muerte en la batalla. La idea de un matrimonio entre Safadino y Juana, la hermana de Ricardo, fue desechada porque ninguno de los implicados quiso convertirse a la fe contraria (aunque queda abierto hasta qué punto la propuesta no era un mero ardid diplomático).

Como es natural, había fanáticos por ambos lados, sobre todo entre los europeos que acababan de llegar a Palestina, pero en general puede suponerse que la convivencia en Tierra Santa a lo largo de algunas décadas también creó un clima de respeto mutuo y de afecto amistoso entre cristianos y musulmanes. Hubo estrechos contactos comerciales y diversos intercambios culturales, por ejemplo en el ámbito de la artesanía o de la música, pero también se crearon alianzas militares.

El sultán Salah ad-Din, Saladino, pasaba por ser un soberano honorable y magnánimo incluso en círculos cristianos, y con frecuencia se mostraba generoso e indulgente con sus enemigos. A día de hoy no está claro por qué no recaudó a tiempo el dinero para el rescate de sus hombres en Acre; puede que apostara demasiado alto y que perdiera. En cualquier caso, los soldados de la valiente y tenaz guarnición de Acre eran abiertamente admirados incluso por los cristianos por su poderío y su capacidad de resistencia. No obstante, cuando Ricardo Corazón de León los mandó ejecutar tras expirar el plazo de la entrega del rescate, lo hizo de acuerdo con las reglas de su tiempo y por consideraciones estratégicas, aunque no todos los contemporáneos aprobaron ese acto cruel.

Aunque Ricardo Corazón de León puede ser visto como un personaje conflictivo, de temperamento explosivo y enormemente vengativo, por otro lado era la personificación del caballero, culto, práctico, valiente y un guerrero cabal. En última instancia, fue su dinamismo y su habilidad como estratega lo que decidió el combate por Acre en favor de los combatientes cristianos, y, gracias a sus esfuerzos diplomáticos, Jerusalén volvió a ser accesible a los peregrinos. Su arrepentimiento público por los «pecados contra natura» durante su estancia en Mesina encontró repercusión en las fuentes. Si esto puede considerarse una prueba sobre la reiterada sospecha acerca de su bisexualidad o de su homosexualidad, es algo que cada cual ha de decidir por sí mismo, pero no desempeñó en absoluto ningún papel en su posición política y militar. Lo que sí es seguro es que las relaciones entre personas del mismo sexo se consideraban un pecado grave en la Edad Media, y no pocas veces se castigaban con la muerte. En aquella época habría sido impensable vivir abiertamente como homosexual.

Una vez aclarado el marco histórico, vamos a ocuparnos de los protagonistas de mi novela que son ficticios, pero cuyas vidas y acciones reflejan las posibilidades de su época.

Las personas discapacitadas como Étienne d'Arembour estaban expuestas en la Edad Media a múltiples discriminaciones y represalias, incluso si procedían de familias nobles. Una deformidad, al igual que una enfermedad, era contemplada a menudo como una señal o una expresión de alguna culpa y, en consecuencia, la persona era condenada al ostracismo. Las personas con alguna discapacidad eran excluidas, por regla general, de la herencia. Si los allegados no se ocupaban de ellos, con frecuencia solo les quedaba mendigar o, cuando era posible, se ganaban la vida por sí mismos, como en el caso de Étienne.

Dado que en el siglo XII existían a lo sumo reglamentos regionales de medicina que regulaban y supervisaban oficialmente la formación de los médicos, los conocimientos de los médicos medievales eran realmente muy diferentes. La denominada «teoría de los cuatro humores» de la medicina griega de la Antigüedad desempeñaba un papel central en sus procedimientos igual que la penitencia y la oración, la astrología y el esoterismo. Mientras que el médico «teórico» se centraba sobre todo en el diagnóstico y en la terapia a través de medicamentos y de dietas, y por regla general no realizaba ninguna operación ni ningún tratamiento en el que fluyera la sangre, el cirujano estaba fuertemente marcado por la dimensión práctica y artesanal de su oficio que abarcaba un amplio espectro, desde las sangrías hasta las amputaciones. La escuela de medicina de Salerno estaba considerada como uno de los centros formativos de cirujanos más reputados de la Plena

Edad Media. En el sur de Italia, de influencia musulmana, se transmitía también el saber de la medicina greco-oriental, por lo que puede suponerse que los médicos formados allí disponían de profundos conocimientos incluso para los estándares actuales, si bien sus posibilidades de tratamiento eran limitadas por razones puramente técnicas. Uno de ellos fue el cirujano Roger Frugard, quien puso por escrito sus amplios conocimientos y las técnicas quirúrgicas que perfeccionó él mismo.

El hecho de que se estuviera en disposición de poder tratar un «hematotórax», como en el caso del conde Guillaume, está documentado en las fuentes y se recoge incluso en la literatura medieval (*Parzival* de Eschenbach). El arte de la trepanación, única terapia posible para una hemorragia importante entre el cráneo y las meninges externas, ya era común en la Edad de Piedra. La paleopatología puede demostrar que los pacientes se recuperaban después de esas intervenciones en un número sorprendente de casos.

Las relaciones entre la higiene y el peligro de infección eran conocidas probablemente por la observación, si bien no se comprendían los mecanismos de acción subyacentes. De todos modos, reinaba una disputa académica sobre cómo había que tratar el pus, denominado «purín de las heridas». Mientras que muchos médicos centroeuropeos consideraban que el pus limpiaba las heridas y lo promovían específicamente, los partidarios de la medicina greco-oriental abogaban por su eliminación completa, un enfoque que sigue siendo válido en la actualidad. Las enfermedades infecciosas y las epidemias que irrumpían con regularidad en los grandes campamentos militares eran imposibles de controlar sin el conocimiento de los antibióticos y con los medios de entonces, y ocasionaban millares de muertes. Una herida en la cavidad abdominal con afectación del tracto gastrointestinal, como en el caso de Del, equivalía por tanto a una condena a muerte.

Pasemos ahora a Aveline. Se trata de una mujer disfrazada de hombre que recorre unas tierras y que vive unas aventuras, un tema que ha ido convirtiéndose en un tópico frecuente en las novelas históricas. Esto que parece un cliché inventado y manido, era un fenómeno común y probado en todas las épocas y lugares. Al margen de los casos de identidad transgénero, las razones por las que las mujeres adoptaban papeles masculinos son tan evidentes como diversas. De hecho lo hicieron no pocas peregrinas medievales para protegerse de los asaltos durante aquel viaje largo lleno de peligros. Sin embargo, muchas mujeres se han hecho pasar por hombres incluso en la era moderna para poder participar activamente en acciones de combate, algo que se les ha negado en gran parte del planeta hasta bien entrado el siglo xx y que todavía se les niega en algunos lugares. Lo hicieron por convicción, por necesidad, para ganarse la vida o para estar cerca de sus seres queridos. Un estudio del año 2002 se ocupa de las mujeres que se disfrazaron de hombres y combatieron en la Guerra Civil estadounidense. Pudieron reconstruirse en torno a los cuatrocientos casos. Muchas de ellas no fueron desenmascaradas hasta su muerte o cuando resultaron heridas. Así pues, este fenómeno estaba por lo general más extendido de lo que suele suponerse. También hay pruebas concretas de travestismo durante las Cruzadas. Imad ad-Din, secretario de Saladino, afirmó que había mujeres entre los francos que cabalgaban e iban armadas como los hombres, que luchaban como los hombres y que no se las distinguía como mujeres hasta ser despojadas de sus armas y de sus ropas. Una arquera de gran talento, la llamada «mujer de la capa verde», alcanzó cierta notoriedad entre amigos y enemigos a causa de su excelente puntería durante la Tercera Cruzada. Su cadáver y su arco fueron presentados al asombrado Saladino después de haberla abatido finalmente. Estos casos sugieren que hubo mujeres en la Edad Media que participaron abiertamente o a escondidas en operaciones de combate. Las fuentes hacen suponer que ese comportamiento no estaba aceptado en la sociedad y probablemente era sancionado, y, por tanto, implicaba considerables peligros adicionales para las mujeres.

Habría mil detalles más que valdría la pena mencionar, pero al fin y al cabo tenemos entre manos una novela y no un libro de historia. Existe una gran cantidad de artículos tanto científicos como divulgativos sobre las cruzadas, sobre las personalidades de la época y sobre muchos aspectos concretos de la vida medieval. Me resulta difícil seleccionar una obra recomendable entre tanta abundancia, pero una sinopsis con una escritura equilibrada, actual y también muy entretenida de la época, tanto desde la perspectiva musulmana como cristiana, la ofrece el historiador británico Thomas Asbridge en su libro *Las cruzadas: una nueva historia de las guerras por Tierra Santa* (Barcelona, Ático de los Libros, 2019, traducción de Tomás Fernández Aúz).

Agradecimientos

F ue largo el camino hasta que pude poner el punto final a este manuscrito. El hecho de que llegara a ese punto y de que aquella pila de hojas acabara convirtiéndose en un libro de verdad se lo debo a una multitud de personas maravillosas.

Mi agradecimiento del todo especial va dirigido

a CHRISTOPH LODE, colega y amigo que contribuyó decisivamente a que me tomara en serio la escritura, que acompañó al libro desde su concepción hasta el manuscrito definitivo y que me asistió con su saber y su experiencia ya fuera como instigador, lector de pruebas o asesor,

a SANDRA LODE y a KAY STÄDELE, mis intrépidas lectoras de pruebas que con paciencia y atención examinaron el manuscrito y me ayudaron a mejorar el texto,

a mi fabuloso agente BASTIAN SCHLÜCK, abridor de puertas y guía, sin el cual no me habría sido posible dar el paso hacia mi existencia de autora como profesión principal,

al EQUIPO de la editorial PIPER, que ha trabajado duro por este libro, y en concreto a mi editor TIM MÜLLER, que unió todos los hilos y no se cansó nunca de responder a las innumerables preguntas de una autora debutante, en ocasiones demasiado puntillosa,

a mi corrector JULIAN HAEFS, cuyo meticuloso trabajo me ha salvado de muchos errores lingüísticos y temáticos, y que mantuvo la visión de conjunto en el tremendo caos de nombres, a las queridas COLEGAS DE LA MESA DE AUTORES DE ESPIRA por el amistoso intercambio de conocimientos,

al profesor KAY PETER JANKRIFT, que me proporcionó valiosas referencias bibliográficas e información sobre la medicina medieval, y al profesor KNUT GÖRICH, que me procuró claridad en una complicada cuestión detallista,

a mi familia, especialmente a MI PADRE y a MI MADRE, que siempre me dejaron hacer mis cosas con una confianza admirable, que siempre me han acompañado con orgullo y benevolencia, y que nunca han dudado de mí,

a mis maravillosos hijos JONATHAN y LINUS, que siempre consintieron que su mamá desapareciera durante horas o días tras los libros o la pantalla del ordenador,

y, por supuesto, a JÖRG, mi marido, que aguantó con paciencia que las pilas de hojas y de apuntes de mi trabajo de investigación se expandieran paulatinamente por toda la casa; que aseguró la ingesta regular de alimentos y las dosis vitales de chocolate praliné en las fases más intensas de mi trabajo, que me ayudó a salir de algún que otro atolladero narrativo como lector de pruebas y sparring, que me cubrió las espaldas en el mejor de los sentidos para poder dedicarme a escribir y que también me apoya incondicionalmente en todos los demás aspectos. Sin él no estaría yo aquí.

Personajes

Lista de los personajes que intervienen en la trama. Los personajes históricos están marcados con un asterisco (*).

Étienne d'Arembour.
Basile d'Arembour, su padre.
Gérard, Geoffroi y Philippe d'Arembour, sus hermanos.
Margot, la cocinera.
Padre Boniface, el capellán.
Inés I de Nevers*, condesa de Auxerre, Tonnerre y Nevers, señora feudal de los Arembour.

Caspar, médico cirujano ambulante.
Roger Frugard*, su maestro de oficio.

Aveline, apodada Ava.
Bennet, arquero anglosajón.
El padre Kilian y el hermano Gilbert, monjes benedictinos de la abadía de San Arnulfo en Metz.
Jean, Maude, Frédéric, Lucille, peregrinos hacia Jerusalén.

Guillaume IV de Mâcon*, conde de Vienne y Mâcon.
Hugues III, duque de Borgoña*, su señor feudal.
Perceval Tournus, caballero.
Simon de Cluny, caballero.

Aymeric de l'Aunaie, apodado Del, escudero y posteriormente caballero.

Anselme de Langres, escudero y posteriormente caballero.

Bertrand, escudero y villano.

Gaston, un muchacho.

Marica, prostituta.

Emperador Federico I Barbarroja*, soberano del Sacro Imperio Romano Germánico.

Duque Federico V de Suabia*, su hijo.

Ulf von Feldkirch, caballero.

Gallus, comandante de una unidad de arqueros.

Hubert, Matthieu y Renier, arqueros.

Coltaire de Greville, caballero y posteriormente pentarca.

Malin y Vite, soldados.

Bela III *, rey de Hungría.

Isaac II Ángelo*, emperador de Bizancio.

Kilij Arslan II*, sultán de los selyúcidas.

Kudbeddin*, su hijo.

Baha ad-Din Karakush*, gobernador y comandante en jefe de Acre.

Salah ad-Din Yusuf ibn Ayyub*, apodado Saladino, jefe del ejército y sultán de Egipto y de Siria.

al-Malik al-Adil Sayf ad-Din Abu Bakr Ahmed Najm ad-Din Ayyub*, apodado Safadino, su hermano y jefe del ejército.

al-Malik al-Aschraf Musa Abu'l-Fath Muzaffar ad-Din*, apodado Musa, tercer hijo de Safadino.

Abu'l Haija*, apodado «el Gordo»; comandante de la guarnición en Acre.

al-Meshtub*, su sucesor; comandante de la guarnición en Acre.

Raed, recluta y sirviente personal de Karakush.

al-Muzaffar Taqi ad-Din Umar*, jefe del ejército, hijo del hermano mayor fallecido de Saladino, Nur ad-Din Shahanshah.

Guido de Lusignan*, rey del reino de Jerusalén.

Sibila*, su esposa, reina de Jerusalén.

Isabel I de Jerusalén*, hermana de Sibila y, posteriormente, reina de Jerusalén.

Hunfredo IV de Torón*, su exmarido y señor de Torón.

Jacques I d'Avesnes*, caballero famoso y jefe del ejército.

Luis III, landgrave de Turingia*, jefe del ejército.

Enrique II de Champaña*, conde de Champaña, jefe del ejército, rey del reino de Jerusalén.

Conrado de Montferrato*, margrave de Montferrato, señor de Tiro, aspirante al trono del reino de Jerusalén.

Ricardo I, Corazón de León*, rey de Inglaterra.

Enrique II *, su padre, rey de Inglaterra.

Leonor de Aquitania*, su madre.

Juana*, su hermana.

Berenguela de Navarra*, su esposa.

Felipe II *, rey de Francia.

Gilles de Corbeil*, su médico personal.

Glosario / Aclaraciones de términos

Ash-Sham: «El norte» contemplado desde La Meca, la designación árabe para la Gran Siria desde el Sinaí hasta el Éufrates, que incluye toda la costa oriental del mar Mediterráneo (el «Levante» o bien el «Oriente» desde la perspectiva europea).

Calzón: Prenda interior masculina que llegaba hasta las rodillas y que se sujetaba a la cintura con un cinturón o un lazo.

Camomila: Manzanilla.

Capeto: Miembro de la dinastía de los Capetos, es decir, de la casa real francesa.

Cofia: Tocado que llevaban las mujeres casadas o todas las mujeres cuando iban a la iglesia.

Colérico, temperamento: *véase* Teoría de los cuatro humores.

Derbake: Tambor de arcilla con una piel de cabra tensada.

Diezmo de Saladino: Impuesto para la cruzada, recaudado en Inglaterra y en Francia.

Disentería: Enfermedad diarreica de origen bacteriano.

Dragomán: Traductor, o bien, intérprete.

Dromon: Barco de guerra bizantino, con remos y armado.

Epifanía: Designación original de la festividad cristiana de la aparición del Señor, que se conmemora el 6 de enero, popularmente denominada «día de los Reyes Magos».

Estados Cruzados: Designación de los estados cristianos del Próximo Oriente.

Estandarte: Unidad militar compuesta por cincuenta caballeros y sus respectivas fuerzas de combate bajo el mando de un «pentarca».

Estopa: Hilaza de cáñamo o de lino.

Flemático, temperamento: *véase* Teoría de los cuatro humores.

Fundíbulo (también «trabuquete»): Máquina arrojadiza con brazo de palanca para su empleo en la guerra de asedio. Se trata de una variante de la catapulta.

Furriel: Soldado de la logística militar, originariamente encargado de la adquisición del forraje para los caballos.

Galeota: Pequeña galera con entre dieciséis y veinte remos por lado.

Gambesón: Prenda acolchada que solía llevarse bajo la cota de malla, pero que también podía servir como armadura independiente.

Gangrena: Infección grave de una herida, a menudo con resultado de muerte.

Hábito: El traje de monjes y monjas en función de su orden religiosa.

Hakim: Palabra árabe para «médico» o «entendido en medicina».

Hierbas curativas: Árnica.

Ifrang: Palabra árabe para «franco».

Laudes: *véase* Liturgia de las horas.

Leprosería (también «leprosorio»): Institución en la que los enfermos de lepra eran aislados del resto de la población.

Liturgia de las horas: También llamada «breviario» u «oficio divino», es el conjunto de oraciones divididas a lo largo de un día (que podía depender también de la estación del año); Hora Prima = a las 6; Hora Tercia = a las 9; Hora Sexta = a las 12; Hora Nona = a las 15; Vísperas = a las 18; Completas = a las 21; Maitines = a las 24; Laudes = a las 3.

Maitines: *véase* Liturgia de las horas.

Mamelucos: Esclavos militares de origen predominantemente turco que eran entrenados como soldados desde la adolescencia y educados en la fe musulmana. Después de varios años de formación, eran liberados con un acto solemne, pero por regla general permanecían en el servicio militar.

Mangana: Catapulta con gran poder arrojadizo.

Melancólico, temperamento: *véase* Teoría de los cuatro humores.

Melek (también «malik»): Título de gobernante árabe, originariamente «Dios», «rey», «ángel».

Melquitas: Cristianos residentes en el Próximo Oriente.

Miasmas: Palabra griega para «vapores malignos» que designa la concepción medieval de los vapores tóxicos o causantes de enfermedades, que surgen del suelo o del agua.

Mihrab: Nicho de oración semicircular o en hornacina en una mezquita, que indica la dirección de la Kaaba en La Meca, la dirección hacia la que hay que orar.

Moro: Designación cristiana para los habitantes musulmanes de la península Ibérica.

Muhafiz: Esta palabra árabe que significa «guardián» es el título que obtiene un comandante de una guarnición o también un gobernador.

Muristán: Palabra árabe para «hospital»; también es el nombre de un barrio del casco antiguo de Jerusalén.

Muyahidín: Alguien que hace la guerra a los infieles.

Nona, hora: *véase* Liturgia de las horas.

Pentarca: Mando de un estandarte.

Plantagenet: Dinastía gobernante anglonormanda que se remonta al conde Godofredo V de Anjou.

Purín de las heridas: Expresión antigua para referirse al «pus».

Quran: Corán.

Rak ah: Secuencia de posturas para la oración.

Sanguíneo, temperamento: *véase* Teoría de los cuatro humores.

Sarracenos: Designación usual entre los cristianos para los musulmanes de Oriente Próximo.

Selyúcidas: Dinastía gobernante cuya esfera de influencia abarcaba, entre otras regiones, Anatolia y partes de Siria.

Shukran: Palabra árabe para «gracias».

Sobrevesta: Túnica sin mangas.

Sodomía: Designación medieval para todas las formas de relaciones sexuales fuera del espectro heteronormativo legítimo.

Teoría de los cuatro humores: También denominada «teoría humoral», es el fundamento de la medicina medieval. Parte de la base de que todas las afecciones físicas y psíquicas están condicionadas por la mezcla de los cuatro humores corporales, la sangre, la flema, la bilis amarilla y la bilis negra. Equilibrar esos humores es la preocupación central de las artes curativas. Según los humores, las personas se dividen en: personas de temperamento sanguíneo (exceso de sangre), personas de temperamento flemático (exceso de flema), personas de temperamento colérico (exceso de bilis negra), personas de temperamento melancólico (exceso de bilis amarilla).

Toca: Pañuelo con forma de velo que puede llevarse en combinación con la cofia.

Torre de asedio: Construcción de varios pisos para el asedio a una población.

Trabuquete: *véase* Fundíbulo.

Ud: Laúd árabe con el mástil vuelto hacia abajo.

Urca: También «huissiers» en francés, barco de vela con varias cubiertas que resultaba apropiado para el transporte de caballos.

Vestiarium: Vestidor de un monasterio.

Via Militaris: Calzada de tránsito de los ejércitos que en parte se remonta a la red viaria romana.

Vísperas: *véase* Liturgia de las horas.

Nombres de localidades antiguas y sus equivalentes actuales

Acre (Israel)
Adrianópolis = Edirne (Turquía)
Alba Graeca = Belgrado (Serbia)
Alba Regia = Székesfehérvár (Hungría)
Antioquía (Siria)
Cesarea (Israsssssel)
Cilicia = Zona oriental de la región mediterránea de Turquía
Constantinopla = Estambul (Turquía)
Dosia = Dieuze (Francia)
Filipópolis = Plovdiv (Bulgaria)
Filomelio = Akşehir (Turquía)
Haifa (Israel)
Hattin (Israel)
Iconio = Konya (Turquía)
Jaurium = Györ (Hungría)
Kallipolis = Galípoli (Turquía)
Laodicea (Turquía)
Larende = Karaman (Turquía)
Naissus = Nis (Serbia)
Reino de Armenia = Armenia
Saint-Nabor = Saint-Avold (Francia)
Seleucia (Turquía)
Shakif = Beaufort o Belfort (El Líbano)
Triaditsa = Sofía (Bulgaria)